퇴계 편지 백 편

퇴서백선
退書百選

퇴계 편지 백 편

이황李滉 지음
이정로李庭魯 엮음
박상수朴相水 번역

도서출판 수류화개

해 제[1]

1. 선정원칙

퇴계 이황의 후손 이후익李厚翼의 기록에 따르면,《퇴서백선》은 퇴계의
숙부 송재松齋 이우李堣의 후손인 소은小隱 이정로李庭魯가 정조正祖의
명으로 편집한《주서백선朱書百選》의 선례에 따라 1,000여 통의 퇴계 편
지에서 100편을 골라 6권 3책으로 편집하였고, 이를 소은의 손자인 이종
무李鍾武가 이후익에게 발문을 받아 간행하였다. 그러나 서문과 발문이
없어서 정확한 간행연도는 확인할 수 없다. 소은은 애초에 자신을 반성
하고 자손들에게 물려주기 위한 목적으로《퇴서백선》을 편집하였다. 그
러나 손자 이종무가 이를 사사로이 가지고 있는 것은 옳지 않다고 여겨
마침내 간행하여 반포하였다.

　우선 정조의 명으로 편집한《주서백선》의 선정기준을 살펴보면《퇴서백
선》의 선정 원칙도 가늠할 수 있다.《주서백선》은 〈답채계통答蔡季通〉 단
한 편을 제외하고 모두 이황의《주자서절요朱子書節要》에서 가져왔다. 이
러한 내용은 정조의 〈화성성묘고유문華城聖廟告由文〉에서 "《주서백선》을
편찬할 때《주자서절요》를 준칙으로 삼았으니 우리 대유를 준칙으로 하

여 후진을 가르치고자 함이었네.[選百朱書 節要是準 準我大儒 以詔後進]"라는 구절을 통해서도 확인할 수 있다.

또 《홍재전서弘齋全書》〈일득록日得錄 문학文學 3〉에 다음과 같이 말하였다.

《주서백선》을 편찬하도록 명하면서 "지금의 선비들은 명明·청淸의 낮고 구슬픈 학문에 고질적인 병통이 있지 않으면 공령功令이나 응수應酬 문자에 빠져 있고, 제대로 주자朱子의 편지글을 읽은 사람이 있다는 말을 들어 보지 못하였다. 나는 장차 이 책으로 한 시대를 크게 변화시키는 토대를 삼으려 하는데, 굳이 100편을 뽑은 것은 지금 사람들의 병통이 넓게 보기는 하되 요점을 알지 못하고 택하기는 하되 정밀하지 못한 데 있기 때문에 먼저 간략한 곳부터 착수하게 하고자 하는 것이다. 이 또한 높이 오르려면 낮은 곳에서부터 시작하고 멀리 가려면 가까운 곳에서부터 시작하는 뜻이다.[命編朱書百選 敎曰 今之爲士者 不膏肓於明淸噍殺之學 則卽乾沒於功令應副之文 未聞有能讀朱子書者 予將以此編爲不變一世之權輿 而必以百選者 今人之患 在於博而寡要 擇而不精 故欲令其先從約處下手 亦升高自卑 行遠自邇之意也]" 하였다.

이러한 과정에서 편찬된 《주서백선》을 기준으로, 첫째 수신자와 발신자가 동일한 경우 발신일을 감안하지 않고 한 데 모아 배열하였다. 둘째 동일한 내용을 선정하지 않고 안부, 학문적 경향, 출처 등 다양한 내용으로 선정하였다. 셋째 《주서백선》의 경우 주자朱子가 연평延平 이통李侗과 주고받은 편지인 〈상연평선생上延平先生〉을 맨 앞에 두고, 황직경黃直卿에게 답한 〈답황직경答黃直卿〉을 맨 뒤에 배열함으로써 사승師承과 전수傳授 관계를 밝힌 것처럼, 《퇴서백선》에서도 선배인 농암聾巖 이현보李賢輔에게 답한 〈답농암이상국答聾巖李相國〉을 시작으로 종손從孫인 이종도李宗道에게 보낸 〈여종도與宗道〉로 마무리하고 있다.

2. 편집 체제와 내용

《퇴서백선》은 총 6권 3책으로, 1권 14통, 2권 18통, 3권 3통, 4권 15통, 5권 25통, 6권 25통으로 구성되어 있다. 각 편의 자세한 내용은 다음과 같다.

차례	제목	발신일	내용
1	答聾巖李相國	1549년(49세)	출처出處
2	上沈方伯	1549년(49세) 12월 1~16일	서원書院
3	答李相國	1559년(49세) 11월 25일	제수除授
4	答權相國	1566년(66세) 3월 16~20일	제수除授
5	答洪相國退之	1568년(68세) 2~3월	제수除授
6	答閔判書	1566년(66세) 4월 11~16일	제수除授
7	與任判決	1546년(46세) 이전	행장行狀
8	與宋台叟	1552년(52세) 4~5월	행신行贐
9	答宋台叟	1552년(52세) 7월 11~30일	촉문囑文
10	答朴參判	1566년(66세) 4월 하순	제수除授
11	與曹楗仲	1553년(53세) 2월	제수除授
12	與盧伊齋寡悔	1554년(54세) 7월 11일	사우師友
13	答李仲久	1563년(63세) 2월 15일	제명題銘
14	與林士遂	1544년(44세) 5월	시가詩歌
15	答柳仁仲	1566년(66세) 9월 28일	칭도稱道
16	與朴澤之	1558년(58세) 1월	편서編書
17	答成浩原	1570년(70세) 4월 20일	제명題銘
18	答鄭靜而	1569년(60세) 2월 5일	유람遊覽
19	答金成甫別紙	1563년(63세)	시가詩歌
20	與洪應吉	1553년(53세) 9월 7일	심유선악心有善惡
21	答金伯純	1563년(63세)	논인論人
22	答李全仁	1567년(67세) 10월 23일	행장行狀
23	答李達李天機	미상	성정性情과 이기理氣
24	答宋寡尤	1570년(70세)	예禮
25	答南時甫	1556년(56세) 7월	심기지환心·氣之患
26	答李叔獻	1558년(58세) 5월	위학爲學
27	答許太輝	1566년(66세) 윤 10월 22일	위학爲學
28	答李大成	1552년(52세) 12월	명성名聲

29	答趙大宇	1564년(64세) 이전	행장行狀
30	答金敬夫	1566년(66세) 9월 하순	칭도稱道
31	答金敬夫肅夫	1570년(70세) 6월	예禮
32	與吳仁遠	1540년(40세) 4월	꽃 감상
33	答奇明彦	1559년(59세) 10월 24일	성정性情과 이기理氣
34	答奇明彦論四端七情第一書	1559년(59세)	성정性情과 이기理氣
35	答奇明彦論四端七情第二書	1560년(60세) 11월 5일	성정性情과 이기理氣
36	答奇明彦論四端七情第三書	1562년(62세) 겨울	성정性情과 이기理氣
37	答奇明彦	1567년(67세) 9월 21일	출처出處
38	答奇明彦	1570년(70세) 7월 12일	출처出處
39	答奇明彦論改心統性情圖	1570년(70세) 11월 6일	도설圖說
40	答黃仲擧論白鹿洞規集解	1559년(59세) 2월 6~25일	의리義理
41	答黃仲擧	1559년(59세)	유람遊覽
42	答黃仲擧	1560년(60세) 3월 1일	출처出處
43	答李剛而	1554년(54세) 3월	시가詩歌
44	答李剛而	1562년(62세) 3월 20일 경	술
45	答李剛而	1562년(62세) 여름	제명題銘
46	答李剛而	1567년(67세) 5월 초순	예禮
47	與趙士敬·琴聞遠	1556년(56세) 3월 3일	꽃 감상
48	與趙士敬·琴聞遠	1558년(58세) 4월 8일	유람遊覽
49	與趙士敬	1560년(60세) 3월 24일	유람遊覽
50	答趙士敬	1565년(65세) 9월 1일	도설圖說
51	答鄭子中	1556년(56세) 4월 11일	가사家事
52	答鄭子中	1556년(56세) 12월 7일	심기지환心氣之患
53	答鄭子中講目	1561년(61세) 1월	심유선악心有善惡
54	答鄭子中	1561년(61세) 4월 3일	예禮
55	與鄭子中	1564년(64세) 10월 12일	위학爲學
56	答烏川諸君	1565년(65세) 3월	시가詩歌
57	答金愼仲惇敍	1570년(70세) 3월 27~30일	시가詩歌
58	答金惇敍	미상	시가詩歌

59	與金而精	1560년(60세) 12월	위학爲學
60	答金而精	1565년(65세) 12월 1일	위학爲學
61	答禹景善	1565년(65세) 10월	꽃 감상
62	答禹景善	1567년(67세) 9월 1일	의리義理
63	答禹景善問目	1570년(70세) 11월 6일	위학爲學
64	答具景瑞	1566년(66세) 7월 7일	제수除授
65	答丁景錫	1555년(55세) 2월 초순	위학爲學
66	答金應順	1560년(60세)	위학爲學
67	答鄭汝仁	1569년(69세) 9월 10일	예禮
68	答金景純	1565년(65세) 12월	도설圖說
69	答金士純	1562년(62세) 봄	위학爲學
70	答金士純	1569년(69세) 6월 10~29일	위학爲學
71	與鄭子精	1566년(66세) 4월 22일	시가詩歌
72	答鄭子明·李宏仲	1562년(62세) 12월	악樂
73	答李宏仲	1561년(61세) 1월	위학爲學
74	答李宏仲	1562년(62세) 12월	위학爲學
75	答李宏仲問目	1567년(67세) 12월	성정性情과 이기理氣
76	與柳應見	1565년(65세) 11월 16일	위학爲學
77	答柳應見	1567년(67세) 11월 21일	과거科擧
78	答柳而見	1563년(63세) 1월	위학爲學
79	答柳而見	1570년(70세) 3월	명성名聲
80	答具汝膺	1570년(70세) 8월 중순	사우師友
81	答琴聞遠	1554년(54세) 1월	사우師友
82	與琴聞遠	1563년(63세) 9월 24~27일	예禮
83	答柳希范	1563년(63세) 10월	위학爲學
84	答柳希范	1564년(64세) 여름	논인論人
85	答權章仲	1556년(56세) 10월	유람遊覽
86	答李平叔	1569년(69세) 7월 하순	위학爲學
87	與李平叔	1569년(69세) 9월 15~16일	예禮
88	與金道盛	1570년(70세) 6월 1~3일	위학爲學
89	與韓永叔	1562년(62세) 1월 12일	과거科擧
90	答申啓叔	1562년(62세) 12월	도설圖說
91	答申啓叔	1563년(63세) 7월	위학爲學
92	答鄭道可問目	1568년(68세) 6월 이전	예禮

93	答鄭道可	1568년(68세) 6월 28일	위학爲學
94	上四兄	1545년(45세) 6월 하순	행신行贐
95	答甯姪	1567년(67세) 8~9월	출처出處
96	與憑姪別紙	1566년(66세)	제명題銘
97	寄子寯	1554년(54세) 12월 8일	예禮
98	與安道孫	1560년(60세) 9월 20일	훈계訓戒
99	答完姪	1549년(49세)	훈계訓戒
100	與宗道	1559년(59세)	예禮

이상 정리한 편지의 내용으로 학문을 비롯한 꽃 감상, 부부의 예, 유람, 훈계 등 다양한 주제로 편지를 주고받았는데, 그중 평소 아내와 사이가 좋지 않다는 이함형李咸亨의 소식을 듣고 그에게 쓴 편지를 살펴보면 다음과 같다.

"저는 두 번 장가들었지만 줄곧 불행이 심했습니다. 그렇지만 이 부분에 대해 마음을 박하게 하지 않고 노력하여 잘 처신한 것이 거의 수십 년이나 되었습니다. 그동안 몹시 괴롭고 심란하여 번민을 견디지 못할 경우도 있었지만, 어찌 감정대로 대륜을 소홀히 해서 홀어머니께 근심을 끼칠 수 있겠습니까? 질운이 말한, '아비도 자식에게 간여할 수가 없다.'는 것은 참으로 이 도리를 문란하게 하는 간사한 말이니, 이 말을 핑계로 공에게 충고하지 않을 수는 없습니다. 공은 마땅히 여러 번 깊이 생각하여 징계하고 고치도록 하십시오. 이 문제를 끝내 고치지 않는다면 어찌 학문한다 하며, 어찌 실천한다 하겠습니까?"

― 〈여이평숙與李平叔〉 중에서 ―

퇴계는 이함형에게 《대학大學》 전문傳文에 "자신에게 허물이 없어야 남을 비난할 수 있는 법이다."라는 말을 인용하여 아내를 허물하기에 앞서 자신을 돌아보기를 권한다. 이후 이함평이 어떻게 처신하였는지는 모르지만 두 번째 결혼이 맘에 들지 않았던 퇴계가 아내를 어떻게 대하였는지 짐작할 수 있는 대목이다.

3. 결론

《퇴서백선》은 어느 특정한 주제나 내용에 구애됨이 없이 편집되었다. 그 중 문답의 주제는 일상사 외에도 학문적 주제까지 폭넓게 다루고 있을 뿐만 아니라 그 내용은 상대의 학문적 고하와 깊이에 따른 답변을 통해 자신의 병통을 고치는 대응책을 제시하고 있다. 그래서 때때로 상대를 억누르기도 하고 추켜세우기도 하는 등 격려와 배척의 다양한 방법을 통해 오류를 바로잡아주고 있다. 그래서 당시 사람을 감발시키기에 충분하였고, 오늘날 그의 간찰을 읽는 사람에게 깊은 인상을 심기에 충분하다. 뿐만 아니라 사람을 대하는 퇴계의 인간적인 모습을 가감없이 확인할 수 있고, 또한 그의 학문적 태도와 지향을 확인할 수 있는 훌륭한 참고서가 될 것임을 확신한다.

끝으로 나의 아버지가 올해 팔순이 되셨다. 어릴 적 한겨울 아랫목에 언 손을 녹이던 얼음장 같던 아버지의 손을 아직도 기억한다. 그렇게 자신을 수고롭히며 세 아들을 모두 대학까지 보내셨다. 주위에서 간혹 무엇 때문에 그렇게까지 힘들게 공부시키느냐며 핀잔을 주는 사람들도 있었지만, 그나마 없는 살림에 머리에 공부라도 넣어주어야 제몫의 삶을 살 거라는 신앙보다 더한 간절한 믿음으로 그렇게 80년을 사셨다. 이처럼 오롯이 자식의 삶이 당신의 인생인 것처럼 희생하신 아버지 덕에 그나마 한 몫의 역할을 할 수가 있었다. 올해 산수傘壽의 연세를 맞으시는 아버지의 숭고한 희생에 만분의 일이라도 보답하고픈 마음을 담아 이 책을 나의 아버지께 바친다.

구일헌九一軒에서 쓰다

퇴계 편지 백 편
목차

14부 위학 爲學

15부 꽃 감상

일러두기

1. 원문은 퇴계학연구소(http://www.toegye.org/)에서 제공하는 '퇴계전서정본'을 저본으로 삼았다. 단, 표점의 오류가 있는 경우 수정하였다.
2. 원본의 순서를 따르지 않고 주제별로 재편집하였다.
3. 번역 뒤에 실리는 원문은 '[ ]'의 형식으로 처리하였다.
4. 원주原註의 경우 '【 】'의 형식으로 처리하였다.
5. 주석에서 직접적으로 인명이 노출된 경우에만 생몰연대를 달고, 직접적이지 않은 인명에는 생몰연대를 달지 않았다.
    예) 안유安裕(1243~1306) : 자는 사온士蘊이고, 호는 회헌晦軒이다.
    예) 홍퇴지 : '퇴지退之'는 홍섬洪暹(1504~1585)의 자이고, 호는 인재忍齋며, 시호는 경헌景憲이다.
    예) 어부사 : 이현보李賢輔가 지은 시가로, 단가短歌 5장과 장가長歌 9장으로 구성되었다.
6. 한 단락에서 앞서 한자漢字가 노출된 단어의 경우, 다음에 나오는 단어에는 한자를 생략한다.
7. 원문에는 없지만 가독성을 높이기 위해 아래의 간주를 추가한 경우가 있다.
    예)【추신】,【질문】,【답변】등

1

출처

- 미욱한 저를 지적해주시어 감사드리며
- 다섯 번이나 사직하며
- 증손자의 죽음을 슬퍼하며
- 도산서당을 지을 돈이 모자라
- 임금의 장례도 뒤로하고

出處

이.
미욱한 저를
지적해주시어 감사드리며

영감께서 보내신 편지와 사장초辭狀草[1], 〈어부사漁父辭〉[2] 등을 받고 대감께서 잘 지내신다니 기쁘고 축하드리는 지극한 마음을 이길 길이 없었습니다. 사장초를 살펴보니 말은 간략하면서도 뜻이 분명하고 예의는 바르면서도 정의情誼가 간절하여 위로는 충성과 사랑의 정성을 다하고 아래로는 한가로이 벼슬에서 물러나기를 원하는 바람을 이루었으니, 비록 늦은 한스러움은 있지만 허물이 되지는 않습니다. 그리고 참으로 사람으로 하여금 덕을 숭앙하고 공경하는 마음이 일어나 소문만 듣고도 게으름을 떨쳐 버리게 하니 이것만으로도 나라에 보답하고 은혜를 갚은 것이 많은데, 어찌 반드시 예의를 헤아리지도 않고 임명 소식을 듣고 급히 달려 나아가야만 임금을 섬기는 도리를 다한다고 하겠습니까?

요사이 저의 상황은 과연 더 이상 벼슬에 머무를 생각은 없지만 그렇다고 제멋대로 떠날 수도 없어 머물러 날만 보내며 감사監司의 처분만 기다리고 있는 처지입니다. 이때 저의 미욱한 점을 간절히 지적하시는 글을 받으니 두려워, 계획과 생각을 바꾸려는 마음도 들었지만 떠나고 머무는 것을 결정하지 못하고 망설이고만 있으니 어떻게 해야 좋을지 모르겠습니다. 관아에 사람이 없어 조용한 것 같지만 때마침 이러할 뿐, 제가 떠나고 머무르는 것이 실로 이 일과는 아무 관련이 없습니다. 그리고 이 고을은 큰 길가나 우마차가 시끄럽게 몰려드는 곳과는 비교도 되지 않고 송사訟事도

---

1 사장초 : 사직상소의 초고를 이른다.

2 어부사 : 이현보李賢輔가 지은 시가로, 단가短歌 5장과 장가長歌 9장으로 구성되었다. 《농암집聾巖集》에 실려 있다. 이 해에 퇴계가 이현보의 〈어부사〉에 발문을 썼다.

그리 번거롭지 않아 병든 몸을 요양하기에는 적당할 듯합니다.

　저의 고달픈 병이 날로 더해 매년 심해져만 가니 이것이 어찌 저만의 근심이겠습니까? 남들도 제가 벼슬아치의 역할을 다하지 못할 것을 압니다. 기운이 딸리고 정신이 흐릿하여 일이 닥쳐오면 어떻게 해야 할지도 모르겠고, 어제 한 일도 오늘 벌써 잊어버리고 아침에 시킨 일도 저녁이면 벌써 살피지 못하고 있습니다. 저 자신마저 이러한데 정사가 날로 문란해지는 것이 어찌 이상할 것이 있겠습니까? 조정의 뜻은 백성들을 가엽게 여겨 마치 아픈 사람처럼 돌보라고 하지만 은혜가 아래로 미치지 않고, 여염집 사람들은 근심과 고통으로 이리저리 흩어져 떠돌아다니는데도 그들의 원통함이 위로 전달되지 않으니, 이 모든 것들은 수령이 제 직분을 다하지 못한 죄입니다. 명령이 시행되지 않고 세금을 재촉해도 납부하지 아니하여 장부에는 빈 곳이 많아 꾸짖음이 연이어 이릅니다. 위로는 윗사람을 섬기지도 못하고 아래로는 아랫사람을 부리지도 못하며, 그 중간에서 제 몸 하나 제대로 지키지 못한 채 바로 곁에 있는 친구의 위급함도 구하지 못하면서 그저 자리만 지키고 녹봉에만 욕심을 내는 듯합니다. 이것이 제가 하루도 마음 편히 있지 못하고 서둘러 떠나려는 이유이니, 어찌 정직을 가장한 채 그렇게 되기만을 바라며 가당치도 않은 일을 하려고 하겠습니까?

　편지 끝에서 말씀하신 훈계는 더욱 저를 가엽게 여기는 후의로, 어리석고 보잘 것 없는 저에게 유종의 미를 갖도록 하려는 고마운 생각이라는 것을 알겠습니다. 저는 비록 어리석지만 이 점을 생각한 적이 있습니다. 그렇지만 조정에서는 걸핏하면 아프다는 핑계로 벼슬에서 물러나고 외직에 있을 때는 관직이 내려지면 병을 참으면서까지 오랫동안 머물렀으니, 아마도 이 때문에 남들의 의심과 분노를 불러일으키는 것이 아닌가 싶습니다. 그래서 저는 조정에 있건 외직에 있건, 집에 있는 날을 불문하고 만약 병이 심하면 벼슬을 그만두고 병이 다소라도 차도가 있으면 다시 관직으로 나아갈 생각입니다. 이렇게 하면 아마 저 자신에게도 떳떳하고 남들도 의심 치 않을 것이니 어떻습니까?

제가 계속 벼슬을 하느냐 마느냐는 감히 예禮나 일이 어떠한지를 따 지는 것이 아니고, 몸에 병의 정도를 살펴 행동하기 때문에 고집스러운 것 같기도 하고 터무니없는 것 같기도 해서, 정직을 가장한다는 사람도 있고 융통성이 없다는 사람도 있습니다. 저의 병이 일생의 근심거리라 는 것을 남들도 모두 아는데 의심과 비방에서 벗어나지 못하니 저의 처 신이 어렵습니다.

요사이 저의 처자妻子를 보낸 것은 특별한 이유가 있어서가 아니라, 사 실 제가 병이 심해 부득이 돌아갈 계획을 세웠기 때문입니다. 감사가 멀리 있어서 답장을 받는 것이 늦어지는 동안 공사의 일이 서로 차질을 빚게 되 자 고을 군자들의 의논이 분분하여 의리로 꾸짖으며 가서는 안된다고 하 고, 백성들은 모두 원망하면서 "내 농사일을 돌봐주지 않는다."고도 하며, "내 빚 갚을 일은 걱정도 해주지 않는다."고도 하며, "수령을 보내고 맞이 하는 폐단을 우리에게 떠맡긴다."고들 하니, 저로서는 참으로 마음이 언짢 을 따름입니다. 또한 저의 형님[3]이 다음 달 보름 무렵 호서湖西에서 와서 성묘를 가려고 이미 조정에 청을 올렸다고 저에게 편지로 알려왔습니다. 수십 일을 서로 바라기만 하다가 제가 먼저 군郡을 떠나는 것도 미안하니 마치 작년 단산丹山에서의 일[4]과 같습니다.

생각지도 않았는데 대인께서 기억하시고 이렇게 다정히 말씀해주시니 제가 아무리 고루하다지만 어찌 감동하고 주선해서 말씀하신 뜻을 받들

---

3 형님 : 당시 충청감사로 있던 퇴계의 넷째 형 이해李瀣(1496~1550)를 이른다.

4 단산에서의 일 : 단산은 충청북도 단양丹陽을 이른다. 1548년 1월 퇴계가 단양군 수가 되었을 때 그해 10월 형 이해李瀣는 충청감사로 왔다. 당시 같은 고을에서 벼슬살이 하는 것은 혐의쩍은 일이라고 하여 퇴계가 풍기군수豊基郡守로 옮긴 일이 있다.

지 않겠습니까? 올리신 글에 대한 회답⁵이 곧 도착할 것이니 요청이 받아들여지면 마땅히 갈 것이고 받아들여지지 않는다면 병세를 살펴 처신하려 합니다. 만약 이렇게 되면 머뭇거리다가 찬바람 부는 매서운 추운 날씨를 만나게 될 것인데 겨울을 보낼 일이 걱정입니다. 이것이 이른바 이러지도 저러지도 못한다는 말이니 어떻게 해야 좋을지 모르겠습니다.

〈어부사〉는 지난 봄 임성주任城主⁶와 함께 의논한 것이 흡족치 않아 참람되다고 생각했었는데, 뒤에 용수사龍壽寺⁷에서 보내온 편지를 보고 전날 함부로 고친 것이 후회되어 곧바로 답장을 올리지 못했습니다. 이번에 보내주신 장章의 순서와 새로 지은 단가는 모두가 저번에 보여주신 것보다 좋아서 노래할 만하고 후세에 전할 만합니다. 여기서 또한 강호의 경치와 풍월의 맑음과 낚시하는 즐거움은 바로 하늘이 고상히 물러난 사람에게 내려준 곳임을 알았습니다. 세속에 얽매여 허덕이는 사람의 입장에서 보자면 저 하늘을 날아다니는 기러기와 땅 위를 기어 다니는 벌레의 차이에 그칠 뿐이겠습니까? 진실로 그 끝을 찾을 수가 없습니다.

발문跋文⁸은 어찌 감히 경솔하게 지을 수 있겠습니까? 마땅히 정갈하게 써서 올리겠습니다. 아직도 드리고 싶은 말이 남아 있지만 뒷날 직접 만나뵙고 말씀드리기로 하겠습니다. 산에 단풍이 들고 물은 푸르러 대감을 모시고 감상하기에 딱 좋은 때인데다가 또 대감 손자의 초대도 있고 하니 어찌 달려가 뵙지 않겠습니까? 요청이 받아들여지면 갈 수가 있겠지만 만약 받아들여지지 않는다면 머물렀다가 형님이 오시기를 기다려서 함께 가겠습니다. 그전에는 아마 다시 왕래할 겨를이 없을 듯합니다. 죄송합니다.

---

5 올리신……회답 : 사직서에 대한 회답을 이른다.

6 임성주 : 임내신任鼐臣(1512~1588)을 이른다. 자는 조원調元이고, 호는 어은漁隱이며, 퇴계의 문인으로 병조참의兵曹參議 등을 지냈다.

7 용수사 : 안동시 도산면 운곡리에 있는 사찰의 이름이다.

8 발문 : 퇴계가 지은 〈서어부가후書漁父歌後〉라는 제목의 발문을 이른다.

황공하여 이만 줄입니다.

농암聾巖 이상국李相國에게 답하는 편지 答

• **해설** : 이 편지는 농암聾巖 이현보李賢輔(1467~1555)의 편지를 받고, 기유년(1549년, 49세) 8월 초순에 보낸 답장이다. 농암은 자신이 지은 가사인 〈어부사漁父辭〉를 보내 발문을 써 줄 것을 부탁했고, 후에 퇴계는 〈서어부가후書漁父歌後〉라는 제목의 발문을 써서 보냈다. 퇴계는 오늘날의 경우에 비추어 보자면 그리 많지 않은 49살의 나이였음에도 벼슬에서 물러나 자신의 병을 조리하고 조용히 공부하며 지내기를 열망하였다.

• **이상국** : 이현보를 이른다. 자는 비중菲仲이고, 호는 농암聾巖·설빈옹雪鬢翁이다. 사간 원정언司諫院正言 등을 지냈다. 저서로 《농암집聾巖集》이 있다.

02.
다섯 번이나
사직하며

인산困山[9]을 하는 참담한 날에 임금의 상여가 나아가면 모든 벼슬아치들이 상여줄을 부여잡고 뒤따라가면서 애통한 마음을 표현합니다. 그런데 병든 저는 그렇게 할 길이 없어서 시골로 돌아와 옛 절에 머물러 있습니다[10]. 마침 공께서 보내신 편지를 받아보았는데, 옛 의리로 저를 꾸짖으시니 죽을 만큼 부끄러워 무슨 말을 하겠습니까. 더욱이 저는 참으로 소인이고 참으로 죄인임을 압니다. 다만 이러함에도 이상하게 여기지 않을 수 없는 점이 있습니다. 제가 이렇게 돌아온 것을 온 세상이 다 빈정대고 꾸짖으며 어떤 사람은 산새에 비유하기도 하고 어떤 사람은 이단異端이라고 배척하기도 하니, 대개 사람들 축에도 끼지 못하였습니다. 그런데도 공만은 이렇게 몇 마디 말도 없이 오히려 다시 이러저러한 말씀을 하시니 어째서입니까? 어찌 미궁에 빠진 사람을 가련히 여겨 회유하는 술책을 펴십니까? 시끄럽게 떠들어 대는 것이 더욱 죄를 짓게 되는 것은 아닐까 두렵습니다. 후의를 헛되게 하기 어려워서 이렇게라도 한두 마디 말씀을 드립니다.

저의 사람됨도 이상치 않습니까? 제 자신의 처신이 어려운 것은 어째서이겠습니까? 큰 어리석음, 심한 병, 헛된 명성, 잘못된 임금의 은혜 이 네 가지가 제 몸에 모여서 서로 간섭하고 모순을 일으키며 방해하고 마음을

---

9 인산 : 상왕·왕·왕세자·왕세손과 그 비妃들의 장례를 이르는 말로, 1567년 8월 2일 당시 조선 제13대 임금 명종明宗이 승하하였다.

10 옛 절에……있습니다 : 퇴계는 9월 18일 명종의 장례식이 거행되자 집에 있는 것이 편치 않아 안동 용수사龍壽寺에 머물렀다.

빼앗습니다. 옛 사람들에게 다다르고 싶지만 옛 사람 중에도 저처럼 어리석은 사람은 없었고 오늘날 사람들과 같아지려고 해도 오늘날 사람 중에도 저처럼 병이 심한 사람은 없습니다. 헛된 명성에서 달아나려고 하면 헛된 명성이 그때마다 뒤쫓아오고, 잘못된 은혜를 사양할수록 잘못된 은혜는 도리어 더욱 가중됩니다. 큰 어리석음으로 헛된 명성을 채우자니 망령된 짓을 하는 것이 되고 심한 병으로 잘못된 은혜를 받아들이자니 부끄러움도 모르는 사람이 됩니다. 부끄러움 없는 마음을 가진 채 함부로 일을 하면 덕에 상서롭지 않고 사람들에게는 좋지 않으며 나라에 해가 됩니다. 제가 벼슬을 좋아하지 않고 언제나 몸을 물리려는 것은 어찌 다른 까닭이 있어서 그러하겠습니까? 이 네 가지 번잡함에 시달리고 두 가지 근심에 쫓기기 때문입니다.

돌아보니 저는 43세 때부터 이미 이러한 뜻을 알고 물러나기를 도모하여 오늘에 이른지 25년이 되었습니다. 하지만 행동은 미덥지 못하고 정성은 지극하지 못해 아직도 아래 윗 사람들의 신용과 인정을 받지 못한 채 다섯 번 벼슬에 나갔다가 여섯 번 물러나는 사이에 낭패를 당해 발을 헛디뎌 비틀거리다가 지난해와 올해 이르러서는 더욱 심합니다. 대개 이러한 상황이 되었고 나이도 70이 되고 보니 네 가지 어려움에 하나가 더 보태져 다섯 가지 어려움이 되었는데, 잘못된 나라의 은혜가 더 많아져서 육경六卿에 이르렀으니[11] 일이 더욱 난감하게 되었습니다.

지난해 일에 대해서는 우선 말할 것이 없고, 올해 다시 부르시니 지난해의 다섯 번 부르셨던 끝이라 저의 생각만 고집하기가 매우 어렵습니다. 진실로 나아가서 지난날 극구 사양했던 잘못된 은혜를 받아들인다면 두 가지 근심 가운데 하나는 이미 스스로 범하고 만 것입니다. 그래도 오히려 핑계거리가 있습니다. 나라의 부름을 받은 한 가지 일을 마치면 물러나는

---

11 육경에 이르렀으니 : 퇴계는 1567년 예조판서禮曹判書에 제수되었다.

것은 당연한 도리입니다. 그런데 생각지도 못하게 도성에 들어오자마자 갑자기 국상國喪을 만나 서둘러 장례에 참여하여 여러 신하들의 뒤를 따라다니다가 중국 사신을 맞이할 즈음에는 병이 더욱 심하고 몸이 이렇게 피곤하니 저의 행동에 어찌 이상할 것이 있겠습니까? 기운이 달리고 정신마저 없으며 숨은 끊어져 거의 죽을 지경에 이르렀는데, 마침 이때 예조에 임명하신다는[12] 왕명이 내려졌습니다.

새로운 왕께서 새로운 정치를 펼 무렵 융숭한 은혜를 입었으니 감격스러워 보답하려는 마음 어찌 끝이 있겠습니까마는, 거의 다 죽어가는 병든 사람이 이러한 큰 임무를 결코 담당할 수 없다는 것은 사람들도 알 것입니다. 이 때문에 한결같이 벼슬하지 않으려고 다섯 번이나 사양을 하여 해임되는 은혜를 입었습니다. 이 일은 선대의 조정에서도 지난번처럼 제대로 모양새를 갖추지 못했는데 새로운 명을 받고 이렇게 은혜를 저버리니, 장차 무슨 낯으로 여러 신하의 반열에 함께 끼어 있을 수 있단 말입니까?

옛날 군자들 가운데 나아가고 물러나는 분수에 밝은 사람은 작은 일도 그냥 지나치는 법이 없었으며 조금이라도 관직을 지키는 분수를 잃어버리면 반드시 서둘러 떠났습니다. 임금을 사랑하는 정으로 보자면 저들도 반드시 차마 떠나지 못하였을 것입니다. 그럼에도 불구하고 떠날 수밖에 없었습니다. 이는 아마도 몸을 바쳐야할 상황임에도 의리가 행해지지 않는다면 반드시 물러나야 의리를 따를 수 있는 것이 아니겠습니까? 이때 비록 차마 그렇게 하지 못하는 정이 있더라도 도리에 굴복하지 않을 수 없습니다.

제가 아무리 변변치 못한 사람이지만 선왕의 조정으로부터 남다른 은혜

---

12 예조에 임명하신다는 : 퇴계는 1567년 7월에 예조판서禮曹判書 겸동지경연춘추관사兼同知經筵春秋館事에 임명되었다.

를 입은 것이 천지와 더불어 끝이 없어 비록 몸이 가루가 되고 머리가 부
서진다고 하더라도 사양할 수 없습니다. 더구나 임금님의 장례를 치르느
라 몇 달을 머무는데 무슨 꺼릴 것이 있겠습니까? 다만 신하된 도리가 이
미 없어졌는데 공허한 정만 가진 채 아무 하는 일 없이 자리만 차지하고
있습니다. 부끄러움을 무릅쓰고 상중에 시간만 끌면서 위태한 목숨과 허
약한 증세로 하루아침에 혹시라도 갑자기 죽는 것도 마른 털을 태우듯 쉬
울 것이니 그렇게 된다면 목숨을 바쳐 성취한 것들은 아녀자와 내시의 충
성[13]에 불과할 것입니다. 지난 수십 년 이래로 곤궁함을 참고 마음을 괴롭
히며 두 가지 근심을 피하려고 했던 의도가 끝내 어디에 있단 말입니까?
오직 크게 두려운 점은 다만 여기에 있을 뿐입니다.

이 때문에 돌아갈 계획을 서두르지 않을 수 없지만 벼슬에서 물러날 길
이 막힌 지 오래되어 물러나려는 요청에 대해 요사이 허락한 경우가 없어
백방으로 생각해보아도 대책이 없었습니다. 그래서 체직의 명령이 내려지
고 제수되기 전에는 벼슬이 없는 몸이라 자유로운 틈을 얻었으니 이 틈에
몸을 빼내어 나와 버렸습니다. 제 생각으로는 여러분들이 장례를 치르는
직분을 다해서 정과 의를 다할 것이라 생각하니 이는 진실로 신하된 사람
의 지극한 바람입니다. 저는 장례를 마치지도 않고 정을 굽혀서 의를 따랐
으니 신하된 불행한 사람의 처신으로 부득이 이러했던 것입니다.

임금과 어버이는 한 몸이니 같은 도리로 자신의 목숨을 바쳐 섬겨야 합
니다. 그러나 부자는 천륜에 속하니 정해진 장소가 없이 곁에서 봉양해야
하지만 임금과 신하는 의로 만난 것이니 곁에서 섬기는 데 정해진 장소가

---

13 아녀자와……충성 : 순종만 하는 나약한 충성심을 이른다. 《논어論語》〈헌문憲問〉
    에 "사랑한다면 그를 노력하도록 만들지 않을 수 있겠는가. 충성한다면 그를 깨우
    쳐 주는 일을 그만둘 수 있겠는가.[愛之 能勿勞乎 忠焉 能勿誨乎]"라는 공자의 말이
    나오는데, 이에 대해서 소식蘇軾이 "사랑하기만 하고 노력하도록 만들지 않는다면
    그것은 새나 짐승의 사랑이요, 충성하기만 하고 깨우쳐 주지 않는다면 그것은 여
    자나 내시의 충성이다.[愛而勿勞 禽犢之愛也 忠而勿誨 婦寺之忠也]"라고 하였다.

있습니다. 장소에 구애 없이 봉양해야 하는 경우에는 은혜가 항상 의를 가려서 떠날 때가 없지만 정해진 장소가 있는 경우에는 의가 때로는 은혜를 빼앗기 때문에 떠날 수밖에 없는 경우가 있습니다[14]. 산 사람을 봉양하고 죽은 사람을 장례 치르는 것에도 법도는 동일합니다. 진실로 그렇지 않아서 그 의의를 묻지도 않고 가부를 헤아리지 않은 채 한 데 묶어서 정이라는 한 글자로 몰아간다면 임금을 섬기는 도리가 이처럼 혼동되어 분별 없지 않으리라 저는 생각합니다. 만약 저의 어리석고 병든 것을 생각지 않고 직책을 올바로 수행하지 못하는 부끄러움도 없이 오랫동안 관직에 있었다면 여기에서 진실로 떠날 도리가 없었을 것입니다.

저는 지극히 보잘것없고 비루한데도 선대왕의 넓으신 도량과 성대한 덕을 만나 잘못된 보살핌을 내려주셨습니다. 비록 완전히 벼슬에서 물러나는 것을 허락하지는 않으셨지만 시종 사퇴하는 것을 너그러이 용납하시어 죄를 주지 않을 뿐 아니라, 또 장려하시어 저의 어리석고 병든 자취로 하여금 마침내 16, 7년 동안 한가하게 지내고 싶던 소원을 이루어 주셨습니다. 선대왕께서는 저에게 진실로 시골 먼 외지에 있는 신하로 길러주셨으니, 이는 반드시 임금의 곁에서 반드시 죽어야 한다고 책임지우지 않으신 것이 분명합니다.

이제 만약 직분을 다하지 못하고 임금의 은혜에 죄를 짓고 있고 병이 매우 위태로운데도 부끄러움도 모른 채 자리에서 떠나지 않고 절개를 욕되게 하며 명예를 더럽힌 채 죽게 된다면 하늘에 계신 선대왕의 영혼이 "나의 신하가 내가 돌봐준 은혜를 실추시키지 않았구나."라고 기꺼이 말씀하

---

14 부자는……있습니다 : 《예기禮記》〈단궁 상檀弓上〉에 "어버이를 섬기되 숨김은 있고 범함은 없으며, 정해진 장소가 없이 곁에서 봉양해야 하며, 부지런히 일하여 죽음에 이르며, 삼년상에 슬픔을 지극히 한다. 군주를 섬기되 범함은 있고 숨김은 없으며, 정해진 장소가 없이 곁에서 봉양해야 하며, 부지런히 일하여 죽음에 이르며, 부모의 삼년상에 준한다.[事親 有隱而無犯 左右就養無方 服勤至死 致喪三年 事君 有犯而無隱 左右就養有方 服勤至死 方喪三年]"라는 구절이 있다.

시겠습니까? 아니면 저를 꾸짖어 "네가 이렇게까지 염치가 없는가? 옛날
에는 어찌하여 죽기를 작정하고 나의 명에 따라 벼슬하지 않았는가?"라고
말씀하신다면 저는 무슨 말로 대답해야 하겠습니까? 이 또한 이치나 상황
으로 보아 당연히 있을 수 있는 일이니 이를 가지고 따지면 제가 비록 정
을 좇고 의를 잊어버리려 스스로를 욕되게 하려고 해도 거취와 생사 사이
에서는 결코 스스로를 가벼이 할 수 없으니 어찌 떠나지 않겠습니까?

비록 그렇지만 도가 같은 사람은 말을 하지 않아도 서로 마음이 맞고
도가 다른 사람은 아무리 많은 말을 해도 알아듣지 못합니다. 그대가 저
와 도가 다르다면 불가능하겠지만 제가 하는 행동이 혹시라도 도리에 합
당하다면 그대의 견식과 의취로 보아 어찌 구차스럽게 말을 해야만 아시
겠습니까? 지금 제가 말하지 않으려는 것과 부합하지 않을 뿐만 아니라
얼마 전 실마리가 조금 드러났을 당시에도 이미 납득하지 않았습니다.

이번에 이렇게 보내주신 편지에 겨우 저에게 말씀하시기를 "서울에
있으면 불편한 일도 많고 오래 머무를 상황도 아니니 반드시 벗어나려
는 계획을 세워야 하겠습니다."라고 하셨는데, 이 몇 구절은 사람의 뜻
을 잘 이해하신 것 같지만 그 나머지 사람들에게는 공격을 당하는 것이
더욱 엄합니다. 그 밖에 박화숙朴和叔[15] · 이중구李仲久[16] · 정자중鄭子
中[17] · 이숙헌李叔獻[18] 등 여러 사람도 모두 이 말을 듣고는 더욱 격분하였

---

15 박화숙 : '화숙和叔'은 박순朴淳(1523~1589)의 자다. 호는 사암思菴이고, 시호는 문
   충文忠이다. 우의정을 지냈고, 서경덕徐敬德의 문하에서 공부하다가 중년에 퇴계
   의 문하에서 공부하였다. 저서로《사암집思菴集》이 있다.
16 이중구 : '중구仲久'는 이담李湛(1510~1575)의 자다. 호는 정존재靜存齋이다. 병조참의兵
   曹參議 등을 지냈고 퇴계의 문하에서 사숙하였다. 저서로《정존재집靜存齋集》이 있다.
17 정자중 : '자중子中'은 정유일鄭惟一(1533~1576)의 자다. 호는 문봉文峯이다. 이理
   를 중심으로 하는 이론에 따라 서경덕의 기론氣論을 비판하면서 전반적으로 퇴
   계의 이론을 계승하였다. 저서로《문봉집文峯集》이 있다.
18 이숙헌 : '숙헌叔獻'은 이이李珥(1536~1584)의 자다. 호는 율곡栗谷 · 석담石潭 · 우재

고 제가 떠나고 나서는 더욱 의심하였으니, 다른 사람들에게 무엇을 바라겠습니까? 엄한 꾸지람이 내려지기만 숨죽여 기다릴 뿐입니다.

문득 일찍이 고요히 생각해 보니, 여러분과 재상들의 본래 의도는 모두 선비와 군자의 떳떳한 도리로 저를 꾸짖어 적막適莫이 없이 의를 행한다는 뜻으로[19] 들여보내려고 하는 것이니, 그 뜻이 매우 두텁습니다. 그러나 제 일생의 종적은 항상 벼슬에서 물러나 의를 따르는 쪽이어서 제군들이 의심과 재상들의 노여움을 모두 다 풀어 드릴 방법이 없으니 매우 부끄럽습니다.

비록 그렇지만 일찍이 시험해보니 배워서 옳으면 그 옳은 것이 구차한 데 이르기도 하고, 배워서 통하면 그 통하는 것이 반드시 세속의 흐름에 따르게 됩니다. 이 다섯 가지 근심과 두 가지 걱정이 그 사이에 장애를 일으키니 묵묵히 다시 저의 도를 지키는 것만 못합니다. 그러므로 저는 항상 벼슬에서 물러나는 것을 통해 옛사람의 도에 부합하기를 구하였지만, 번번이 신하된 의리에 어그러졌습니다. 이것이 바로 노魯나라의 어떤 남자가 이른바 "나의 불가능함으로 유하혜柳下惠[20]의 가능함을 배우겠다[21]."

<hr>

愚齋다. 우리나라 18대 명현의 한 사람으로 문묘에 배향되었다. 저서로 《율곡집栗谷集》이 있다.

19 적막이……뜻으로 : 《논어論語》〈이인里仁〉에 공자가 "군자는 천하의 일에 있어서 오로지 주장함도 없으며 그렇게 하지 않는다는 것도 없어서 의를 따를 뿐이다.[君子之於天下也 無適也 無莫也 義之與比]"라고 하였고, 집주集注에 사씨謝氏가 "적適은 가可함이요, 막莫은 불가不可함이다."라고 하였다.

20 유하혜(B.C. 720?~B.C. 621?) : 노魯나라 사람으로 성은 전展이고, 이름은 획獲이며, 자는 자금子禽·계季이다. 그가 살았던 식읍인 유하柳下가 호가 되었으며, 혜惠는 문인들이 그에게 올린 시호다.

21 노나라의……배우겠다 《시경詩經》〈소아小雅 백항巷伯〉에 "옛날 노魯나라의 남자男子에게 폭우가 쏟아진 날 밤 이웃에 사는 과부가 집이 무너졌다면서 찾아왔는데, 남자가 문을 열어 주지 않자 과부가 '어찌 유하혜下惠처럼 하지 못하느냐.'고 다그치니, 남자가 '유하혜는 진실로 가능하지만 나는 진실로 불가능하다. 나는 장차 나의 불가능으로 유하혜의 가능함을 배우려 한다.[柳下惠固可 吾固不可 吾

라고 한 것과 같으니, 어찌 그렇지 않으며 어찌 미덥지 않겠습니까?

대개 의가 있는 곳은 사람과 때에 따라 변해 일정하지 않으니 여러분들에게는 벼슬에 나아가는 것이 의리이지만 저에게 여러분들처럼 하라고 한다면 옳지 않고, 저에게는 물러나는 것이 의리이니 저에게 여러분들처럼 하라고 한다면 이 역시 옳지 않습니다.

요사이 남시보南時甫[22]가 "이황이 위아지학爲我之學[23]을 한다 하는데, 위아지학은 이황이 본래 하지 않던 것인데, 그의 행적을 살펴보면 한결같이 위아지학과 흡사하다."라고 했다는 말을 들으니, 등줄기에 식은땀이 나서 옷을 적십니다. 그러나 만일 그의 행적만 가지고 사람을 단정한다면 옛날에 양주楊朱가 아니면서 자신만을 위하는 듯한 사람들이 어찌 끝이 있었겠습니까?

주자가 일찍이 불가佛家의 말을 인용하여 "이 몸과 마음으로 진찰을 받드는 것, 이것이 부처의 은혜에 보답하는 일이네[24]."라고 하였고, 또 두보杜甫의 시를 인용하여, "사방의 이웃들이 쟁기를 들고 나서니 어찌 우리 집까지 쟁기를 잡을 필요가 있겠는가[25]?"라고 하였으며, 이연평李延平[26]이 "지금과

將以吾不可 學柳下惠之可]' 하였다."라는 구절이 있다.

22　남시보 : '시보時甫'는 남언경南彦經(1528~1594)의 자다. 호는 정재靜齋·동강東岡이며, 서경덕徐敬德의 문인이다. 공조참의工曹參議를 지냈고 이요李瑤와 함께 퇴계를 비판하다가 양명학을 숭상한다 하여 탄핵을 받고 사직하였다.

23　위아지학 : 극단적인 개인주의를 주장하는 양주학楊朱學을 이른다. 《맹자孟子》〈진심 상盡心上〉에 맹자가 "양자는 자신을 위하는 입장을 취하였으니, 하나의 털을 뽑아서 천하가 이롭더라도 하지 않았다.[楊子 取爲我 拔一毛而利天下 不爲也]"라고 하였다.

24　이 몸과……일이네 : 《능엄경요해楞嚴經要解》에 "이 몸과 마음으로 진찰을 받드는 것, 이것이 부처의 은혜에 보답하는 일이네.[將此身心奉塵刹 是則名爲報佛恩]"라는 구절이 있다.

25　사방의……있겠는가 : 두보杜甫의 〈대우大雨〉의 마지막 구절에 "사방의 이웃들이 쟁기를 들고 나서니, 어찌 우리 집까지 쟁기를 잡을 필요가 있겠는가?[四隣未耜出 何必吾家操]"라는 구절이 있다.

26　이연평 : '연평延平'은 이통李侗(1093~1163)의 호다. 자는 원중願中이고, 시호는 문

같은 때는 궁벽한 곳에서 초의목식草衣木食하면서 본래 하던 공부에나 힘쓸 것이다."【연평의 말을 전부 기억할 수는 없으나 대의大意는 이와같습니다.】라고 하였고, 양구산楊龜山[27]의 시에 "성근 꽃송이로 가벼이 눈과 다투지 말고, 맑고 고움을 밝은 달빛 속에 고이 간직하라[28]."라고 하였으니, 이 분들이 모두 위아지학을 하여 그렇게 말한 것입니까? 몸이 당堂 위에 있어야 당 아래에 있는 사람의 잘잘못을 분별할수 있으니 공은 이 두 가지 중 어느 것이 옳고 어느 것이 그르며, 어느 것을 취하고 어느 것을 버리겠습니까? 기탄없이 말씀해 주십시오.

기명언에게 답하는 편지 答

- **해설** : 이 편지는 기대승奇大升(1527~1572)의 편지를 받고, 정묘년(1567년, 67세) 9월 21일에 보낸 답장이다. 당시 퇴계는 명종明宗이 승하하고 장례를 치르는 기간이었음에도 연로하여 서울까지 가지 못하고 울적하여 안동 용수사龍壽寺에 머물렀다. 1567년 당시에만 5번이나 조정에서 벼슬을 내려 퇴계를 불렀지만 끝내 자신은 다 죽어가는 병든 사람이라 막중한 임무를 감당할 수 없다며 나아가지 않았다.

- **기명언** : '명언明彦'은 기대승의 자다. 호는 고봉高峰·존재存齋이다. 대사간大司諫을 지냈고, 저서로 《고봉집高峰集》이 있다.

정文靖이다. 나종언羅從彦에게 정자程子의 이학理學을 배워 이정二程의 삼전제자三傳弟子가 되었다. 양시楊時·나종언과 함께 '검남삼선생劍南三先生'으로 불렸다. 그의 문하에서 주희朱熹와 나박문羅博文·유가劉嘉 등이 배출됨으로써 이정二程의 학문이 주희에게 이어지는 교량 역할을 했다. 저서로 《이연평집李延平集》이 있다.

27 양구산 : '구산龜山'은 양시楊時(1053~1135)의 호다. 자는 중립中立이고 정호程顥·정이程頤 형제에 사사하였다. 저서로 《구산집龜山集》 등이 있다.

28 성근……간직하라 : 송宋나라의 양시楊時가 저궁에서 매화를 보면서 호안국胡安國에게 지어 보낸 시로, 《구산집龜山集 42》에 〈저궁관매기강후渚宮觀梅寄康侯〉라는 제목으로 실려 있다. "성근 꽃송이로 가벼이 눈과 다투지 말고, 맑고 고움을 밝은 달빛 속에 고이 간직하라.[莫把疎英輕鬪雪 好藏淸艷月明中]"라는 구절이 있다.

03.
증손자의 죽음을
슬퍼하며

여름 사이에 연이어 두 통의 편지를 받았습니다. 그 중 하나는 4월 17일
에 부친 것이고, 나머지 하나는 5월 9일에 차례로 부친 것이었습니다.
편지를 받고서 한가히 지내시는 생활이 뜻에 맞고 안부도 좋으시다니 위
안이 되고 그리운 마음 천리나 떨어진 먼 곳에서도 금할 길 없습니다. 다
만 여러 가지 일이 뒤얽혀 오랫동안 답장을 드리지 못하였습니다. 7월[29]
을 맞아 안부는 다시 어떠신지요?

　성균관에 제수된 것은 진실로 나아가지 말아야 할 것으로 압니다. 다만
요사이 또 중국을 다녀오는 사신으로 임명되었다는 소식을 들었습니다[30].
이것은 다른 보통의 임명과는 다른 것 같으니 나가지 않으려 해도 사양하
기 곤란한 혐의가 있을듯하니 어떻게 대처하실지 모르겠습니다. 권력을
잡고 있는 기존 사람들에게 쫓겨났다가 갑자기 다른 일로 다시 조정으로
들어간다는 것은 매우 편치 않은 일입니다. 전조銓曹[31]에서 조금이라도 사
람들에게 나가고 물러나는 길을 알게 했다면 이런 임명은 기필코 없었을
것입니다. 지금은 이미 이렇게 되어버린 상황이니 도리에 맞게 처신하면서
공연히 떠날 수도 없게 되었으니 평소보다 배나 걱정이 더합니다.

29　7월 : 원문은 '火流'. 화성火星이 서쪽으로 흘러가는 음력 7월을 말한다. 《시경詩
　　經》〈빈풍豳風 칠월七月〉에 "칠월에 화성이 서쪽으로 내려가면, 구월에는 두꺼운
　　옷을 준다.[七月流火 九月授衣]"라는 구절에서 유래한다.

30　중국을……들었습니다 : 고봉은 1570년 6월에 부경사赴京使로 임명되었지만 벼
　　슬에 나가지 않았다.

31　전조 : 이조吏曹와 병조兵曹를 아울러 이르는 말이다.

지난 번 저의 편지에서 그대를 위해 도모했던 일들은 대부분 어리석은 저의 지나친 염려 끝에서 나온 것이었습니다. 그런데도 보내신 답장에서는 그것을 저의 잘못이라고 여기지 않으시고 하나하나 거론하여 답해 주셨는데, 모두 뜻을 북돋우고 도를 헤아리신 말씀이 아닌 것이 없었습니다. 진실로 이로부터 뜻을 더하여 오래도록 변하지 않는다면, 옛 사람들이 말한 "한가한 때에 이르지 못했던 것을 강론하니 참으로 기쁘다."고 한 것이 참으로 오늘의 일을 두고 한 말일 것이니 감히 축하드립니다.

저는 이미 물러나서 마침 칠십의 나이를 맞으니 늙어서 사퇴를 청한 한 가지 일은 하늘이 내린 다행이라 할 수 있습니다. 만약 여러분들이 저를 굴복시키고 붙들지 않았다면 보잘것없는 신하의 지극한 소원을 이룬지 오래였을 겁니다. 매번 임금께서 저의 편지가 들어갈 때마다 문득 승정원에서 보고를 드리면 마침 왕께서 부르시는 명령을 내리는 발단을 야기시켜 이 일은 끝날 기약조차 없습니다. 지난 달 중순에 임금이 내리신 한 통의 교지敎旨를 받아보니 건강을 잘 조리하고 오라는 명령이 있었습니다. 이에 이 명을 핑계 삼아 구차하게 시간이나 벌려는 계획이라고 여길까봐 마침내 편지를 올려 사직을 비는 일은 우선 그만 두었습니다. 일찍이 이미 마음이 맑고 한가한 경지로 돌아왔는데도 아직 이처럼 좌우로 끌려 다니며 흔들리고 있습니다.

새로 지은 서실은 땅이 높고 넓어서 뜻을 간직하고 학문에 전념하는 즐거움을 깃들게 하고 있음을 알았습니다. 또 '낙樂'자로 이름을 붙였으니[32] 아주 적절하고도 좋습니다. 한번 가서 며칠 머물면서 그곳의 즐거움이 어떤지 함께 들을 수 없는 것이 한스럽습니다. 오직 가진 것과 더해진 것이 조용히 사색하는 가운데 맞아떨어져 혹 시로 읊는 것이 있으면 풍편을 통

---

32 '낙'자로……붙였으니 : 고봉은 1570년 5월에 '낙암樂庵'을 지었는데, 퇴계의 편지에서 "가난할수록 더욱 즐길 수 있어야 한다.[貧當益可樂]"라는 구절에서 이름을 지었다. 이후 퇴계는 낙암의 기문記文을 지었으며 액자도 써 주었다.

해 전해주시는 것을 아끼지 마시고 이 늙은이의 어둡고 막힌 것을 씻어주기를 바랄 뿐입니다.

선인先人의 비석에 새길 글에 대해 하신 말씀은 잘 받았습니다. 고친 부분도 있고 그렇지 않은 부분도 있지만 말씀하신 대로 따르겠습니다. 선인의 숨은 뜻과 슬피 사모하는 자식의 정성이 이에 이르러 다시 한이 남지 않습니다. 마땅히 농사가 끝나면 예천에서 다른 돌을 구해 와서 글씨를 새겨 비석을 세울 계획입니다. 돌보아 주신 두터운 은혜를 어떻게 갚아야 할지 모르겠습니다. 마음과 뼈에 새긴 정성이 하늘처럼 끝이 없습니다.

그대의 가족들이 오랫동안 서울에 머물러 있다니 어려움을 알 수 있습니다. 게다가 홍역까지 앓고 있다는데 지금은 어떤지 모르겠습니다. 이런 소식을 들을 때마다 마음이 편치 않습니다. 저의 손자 안도安道[33]의 아들도 서울에서 전염병으로 일찍 죽었으니 슬픔을 말할 수 없습니다. 서울의 상황이 자꾸만 변하여 일정하지 않고 또 논쟁거리가 일어나 앞으로 일을 알 수가 없어 걱정이니 어찌하겠습니까? 하고 싶은 말은 많지만 멀리서 보내는 편지인데다가 또 안질로 고생을 하고 있어 자세히 다 말씀드리지 못합니다. 오직 도를 위해 더욱 몸을 아끼시기를 거듭 바랍니다.

기명언奇明彦에게 답하는 편지 答

• **해설** : 이 편지는 기대승奇大升(1527~1572)의 편지를 받고, 경오년(1570년, 70세) 7월 12일에 보낸 답장이다. 퇴계는 자신의 선인先人을 기리는 비문에 관하여 그와 의논하고, 농사가 끝나는 가을에 비석을 새길 뜻을 전하였다. 당시 서울에 있는 자신의 손자 안도安道의 아들, 즉 퇴계의 증손자가 전염병으로 일찍 죽었다.

• **기명언** : '명언明彦'은 기대승奇大升의 자다. 호는 고봉高峰·존재存齋이다. 대사간大司諫을 지냈고, 저서로 《고봉집高峰集》이 있다.

---

33 안도(1541~1584) : 자는 봉원逢原이고, 호는 몽재蒙齋이다. 퇴계의 장손으로 사온직장司醞直長 등을 지냈다. 저서로 《몽재문집蒙齋文集》이 있다.

04.
도산서당을
지을 돈이 모자라

전에 편지에서 말씀하신 뜻이 조금 바뀌었다는 생각이 들었었는데 대성
大成[34]을 만나 또 이미 도성으로 들어가시겠다고 승낙을 받았다는 소식
을 듣고 마음이 몹시 기뻤습니다. 그대는 달통한 사람으로 벼슬에 나아
가고 버리는 것에 관해 굳이 어느 한쪽만 고집할 필요가 없을 것이니 아
마도 이미 죽령竹嶺을 넘어서 구담龜潭을 지났을 것이라 생각합니다.

지금 갑자기 편지를 받아 보니 전에 들은 소식과 어찌 다른지요? 그대의
생각이 비록 처음의 뜻을 저버리지 않으려고 하지만 오옹梧翁[35]에게 한번
승낙했던 것을 저버리게 되었으니 어찌하겠습니까? 이제부터는 오옹이 그
대를 근심하는 마음이 더욱 심할 것이며 병든 이 사람에게 더욱 준엄하게
허물이 돌아올 것이니 어찌할까요? 그러나 이것은 한쪽의 근심에 그칠 뿐
입니다. 이 시대의 사람들이 범접하지 못할 사람에게 쌓인 노여움과 미움
이 적지 아니하니 그대는 이 점이 두렵지 않으십니까?

전에는 다만 병든 한 사람이라 세상에 영향을 미치지 못하였기 때문
에 내버려 두고 문제시하지 않았지만 만약 손가락으로 세어 자주 손꼽는 일
이 많다면 혹 격분시킬 기회를 제공하는 것이니 어찌하겠습니까? 그러나
저같이 늙고 보잘 것 없는 사람[36]은 스스로 벗어날 길이 없지만 그대 같은

34　대성 : 이문량李文樑(1498~1581)의 자다. 호는 벽오碧梧·녹균綠筠이다. 평릉도찰
　　방平陵道察訪 등을 지냈고, 퇴계와 이웃에 살면서 절친하였다. 저서로 《벽오문집
　　碧梧文集》이 있다.

35　오옹 : 호가 벽오碧梧인 이문량李文樑을 이른다.

36　늙고……사람 : 원문은 '龍鍾'. 사람이 늙어서 대나무 가지와 잎이 스스로 주체하

사람이야 따로 처신할 방법이 없겠습니까? 다만 사람의 생각에 따라 오르내리는 두레박³⁷과 같아서는 안 될 것입니다. 이것은 옛날이나 지금이나 벼슬하는 사람의 첫 번째 의리이니 비록 죽더라도 자신이 지켜야할 것을 바꿀 수 없는 것입니다.

또 "책상에 의지한 그 공부가 큰 것이지 창을 휘두르는 사업이야 낮은 것이라네³⁸."라는 말을 모르는 것은 아니지만, 다만 늙고 쇠약하여 들은 것을 높이고 아는 것을 행하는 데 스스로 힘쓰지 못하여 늘 제 자신이 부끄럽고 두려웠습니다. 그래서 매번 생각해 보니 비록 제 자신에게는 효과를 거둘 수 없지만 남들이 이 일에 효과를 본다면 또한 하나의 다행일 것입니다.

그대와 같은 사람이 만약 줄곧 조용한 곳에 있다면 사업과 공부가 사방을 경영하던³⁹ 날보다 더 클 것이니, 지나치게 한가롭게 지내지 말아서 사귀는 사람이 다행스럽게 여기기를 간절히 바랄 뿐입니다. 명언明彦은 요사이 《역리책易理策》을 읽고 있으니 참으로 높은 학이 닭의 무리를 피하는

지 못하고 흔들리는 것과 같은 모습을 형용한 말이다. 북주北周 유신庚信의 〈공죽장부邛竹杖賦〉에 "풍상을 겪어 고색을 띠고 이슬에 젖어 얼룩무늬가 깊으니, 매양 용종의 족속과 더불어 자취를 감춘다.[霜風色古 露染斑深 每與龍鍾之族 幽翳沈沈]"라는 구절이 있다.

37 사람의……두레박 : 《장자莊子》〈천운天運〉에 "그대는 유독 두레박틀을 보지 못하였는가? 잡아당기면 내려가고, 손을 놓으면 올라오는 것을. 저 두레박틀은 사람이 당기는 대로 움직일 뿐 자기가 사람을 당기는 것은 아니기 때문에, 내려가거나 올라오거나 사람들에게서 비난을 받지 않는다네.[且子獨不見夫桔橰者乎 引之則俯舍之則仰 彼 人之所引 非引人也 故俯仰而不得罪於人]"라는 구절에서 유래한다.

38 책상에……것이라네 : 송宋나라 소옹邵雍의 시 〈천도음天道吟〉에 "책상에 의지한 그 공부가 큰 것이지, 창을 휘두르는 사업이야 낮은 거라네. 봄가을에 흥을 타고 노닐어야 하기에, 나갈 적엔 작은 수레와 아이를 쓰노라.[隱几功夫大 揮戈事業卑春秋賴乘興 出用小車兒]"라는 구절이 있다.

39 사방을 경영하던 : 《시경詩經》〈대아大雅 강한江漢〉에 "사방을 경영하고는 왕에게 성공을 아뢰었다.[經營四方 告成于王]"라는 구절이 있다.

것처럼[40] 자신을 지키고 처신하는 비범함이 또 이와 같으니 다른 날은 헤아릴 것이 없지만, 다만 조정에서 이 사람을 마땅히 어떻게 기르느냐에 달려 있을 뿐입니다.

구옹龜翁[41]이 끝까지 구담龜潭에서 숨어 살겠다는 약속을 지키지 못한 것은 이치가 이미 먼저 정해졌으니 제가 늘 깊이 근심했던 것입니다. 그러나 때묻은 얼굴을 치켜들고서 속된 모습으로 달려 나아가지 않고[42] 월악산月嶽山 아래로 삼경三徑[43]을 옮겨놓고 만약 끝까지 평소의 절개를 이곳에서 굳게 지킬 수 있다면 이것은 옛날이나 마찬가지로 세속을 벗어난 숨은 군자가 될 것이니, 어찌 반드시 구담이라야 이 사람의 외로운 절개를 높이 우뚝하게 하겠습니까?

도산서원을 짓는 것은 정말 어쩔 수 없이 지금 막 세 칸을 지었지만 자금을 계속 댈 수가 없어 중간에 중지해야 할 형편입니다. 그러나 지어 놓은 건물에는 가을이면 들어가 지낼 수 있을 것입니다. 못 가운데 오래전에

---

40 높은…… 것처럼 : 한유韓愈의 〈취증장비서醉贈張秘書〉의 "높은 학이 닭의 무리를 피하네.[軒鶴避鷄群]"라는 구절에서 온 말이다.

41 구옹 : 이지번李之蕃(?~1575)의 호다. 자는 형백馨伯이며 또 다른 호는 성암省菴·사정思亭이다. 《토정비결土亭秘訣》을 지은 이지함李之菡의 형이며, 선조 때 영의정을 지낸 이산해李山海의 아버지이다. 청풍군수淸風郡守를 지냈고, 퇴계의 권유로 벼슬을 버리고 구담봉龜潭峰에 암자를 짓고 세상과 등지고 살아 '구담주인龜潭主人'으로도 불린다.

42 때묻은……않고 : 제齊나라 공치규孔稚珪의 〈북산이문北山移文〉에 "그동안 입고 있던 마름 옷을 불살라 버리고 연잎 옷을 찢어 버린 채, 때 묻은 얼굴을 치켜들고서 속된 모습으로 달려 나갔네.[焚芰製而裂荷衣 抗塵容而走俗狀]"라고 비평한 말이 나온다.

43 삼경 : 세 지름길이 난 은자隱者의 정원을 이른다. 한나라 때 은사 장후蔣詡가 일찍이 자기 문정門庭에 세 오솔길을 내놓고 구중求仲과 양중羊仲 두 사람하고만 종유했던 데서 전하여 은자의 처소를 가리키는데, 진晉나라 처사 도잠陶潛의 〈귀거래사歸去來辭〉에 "세 오솔길은 묵었으나, 소나무와 국화는 아직 남아 있도다.[三徑就荒 松菊猶存]"라는 구절이 있다.

버려진 배가 있는데, 지금 그곳 백성과 복구할 방법을 생각해 보십시오. 만약 이 몇 가지 일들이 잘 성사되고 맡은 일은 한가로우며 오랫동안 자리가 비지 않도록 일을 잘 헤아려 함께 즐거움을 누릴 수 있다면 이 또한 큰 다행이겠습니다.

황중거黃仲擧에게 답하는 편지 答

● **해설** : 이 편지는 황준량黃俊良(1517∼1563)의 편지를 받고, 경신년(1560년, 60세) 3월 1일에 보낸 답장이다. 당시 세 칸의 도산서원을 짓는데 자금이 부족하여 중단해야 하는 상황을 전하였다.

● **황중거** : '중거仲擧'는 황준량의 자다. 호는 금계錦溪고, 퇴계의 문인이다. 단양군수丹陽郡守 등을 지냈다. 저서로 《금계집錦溪集》이 있다.

05.
임금의 장례도
뒤로하고

서울의 여러 가지 시끄러운 의논[44]은 나도 듣고 있다. 비단 듣고 있을 뿐만 아니라 처음 출발할 때도 필시 이럴 것이라 미리 짐작했었다. 비록 그렇지만 나에게 한직인 지중추부사知中樞府事에 있게 해도 머무를 수 없는데, 더구나 새롭게 등극한 왕(선조宣祖)께서 새로이 정치를 펼 즈음에 예조판서禮曹判書의 은명恩命을 입었으니 어찌하겠느냐? 마침 병이 심해 하루도 직무를 수행할 수 없으니 신하의 도리가 조금도 없다.

가령 옛 사람들을 이러한 경우에 처하게 한다고 하더라도 어찌 임금의 장례 때문에 녹만 축내고 떠나지 않겠느냐? 의리로 따진다면 떠나는 것을 의심할 여지가 없는데 차마 임금의 장례 때문에 떠날 수 없다고 한다면 이것은 이른바 '아녀자나 환관의 충성'일 뿐이다.

주임周任이 "제대로 할 수 없거든 그만두어야 한다[45]."고 한 것이나, 맹자가 "그 직책을 수행할 수 없으면 떠나야 한다[46]."고 한 것이 반드시 이와 같

44　시끄러운 의논 : 이 해 지중추부사知中樞府事의 직책으로 명종이 여러 차례 불렀고, 퇴계는 부름에 모두 사직하였으나 명종이 윤허하지 않아 상경하였다. 이후 7월에 선조가 예조판서禮曹判書로 임명하였으나 병으로 사직하고 낙향하였다. 당시 명종의 장례가 끝나지 않은 상태여서 조정에서는 전왕前王에 대한 신하의 도리에 합당치 않다고 비난하는 의론이 일었다.

45　주임이……한다 : 주임周任(?~?)은 옛날 어진 사관으로 알려진 인물이다.《논어論語》〈계씨季氏〉에 공자가 책임을 회피하려는 염유冉有를 꾸짖으면서 주임의 말을 인용하여 "힘을 다해 반열에 나아가되 제대로 할 수 없거든 그만두어야 된다.[陳力就列 不能者止]"라고 한 구절이 있다.

46　그……한다 :《맹자孟子》〈공손추 하公孫丑下〉에 "관직을 수행해야 할 사람이 그 직책을 수행할 수 없으면 떠나야 하고, 말할 책임이 있는 사람이 그 말을 하지 못하면

은 경우가 아니겠느냐? 요즈음 사람들은 자신의 직책을 제대로 수행하지
도 못하면서 녹만 먹는 자들이 늘어가는 것을 흔히 보아 저들을 괴이하게
여기지도 않고 도리어 나를 괴이하게 여기니 또한 이상하지 않느냐? 그러
나 만약 내가 이번에 떠나지 않고 번민만 한 채 묵묵히 서울에 머물러 있
다가 감기에라도 걸려 땀도 흘리지 못하고 죽고 만다면 여러 사람들은 또
주경유周景遊를 책망하듯이[47] 나를 책망할 것이다. 그래서 나는 차라리
이렇게 하지 저렇게는 하지 않으려 한다.

조카 이교李寗에게 답하는 편지 答

● **해설** : 이 편지는 조카 이교李寗(1531~1595)의 편지를 받고, 정묘년(1567년, 67세) 8~9월에
보낸 답장이다. 당시 명종의 장례에 참여하지도 않고 벼슬에 나아가지 않는 퇴계의 태도
에 대한 논의가 조정에서 분분하였다. 그러나 이러한 일을 미리 짐작하고 있던 상황이라
벼슬에 나아가지 않았다.

● **이교** : 퇴계의 형님인 온계溫溪 이해李瀣의 아들이다. 자는 군미君美이고, 호는 원암遠
巖이다. 대흥현감大興縣監 등을 지냈다.

　　　떠나야 한다.[有官守者不得其職則去 有言責者不得其言則去]"라는 구절이 있다.

47　주경유를 책망하듯이 : '경유景遊'는 주세붕周世鵬(1495~1554)의 자다. 호는 신재
　　愼齋·남고南皐·무릉도인武陵道人·손옹巽翁이다. 대사성大司成 등을 지냈고, 백
　　운동서원白雲洞書院을 창설했다. 저서로 《죽계지竹溪誌》 등이 있다. 그가 만년에
　　잦은 병이 있었지만 사직하지 않고 대사성大司成으로 죽자 사람들이 그를 비난했
　　던 일을 이른다.

2

서원과 제수

除書
授院

이.
서원 건립의
중요성

풍기군수豊基郡守 이황은 삼가 목욕재계하고 관찰사 상공합하相公閤下께 편지를 올립니다. 저는 병들고 노둔하여 수령의 소임을 다하지 못하는 상황이지만, 문득 어리석은 사람도 한 번은 좋은 생각을 할 수 있기에 저의 견해를 말씀드립니다.

이 고을에 있는 백운동서원白雲洞書院은 전 군수 주세붕周世鵬[1]이 창건한 곳입니다. 죽계竹溪의 물줄기가 소백산에서 발원하여 옛날 순흥부順興府의 가운데를 흐르는데, 이곳은 바로 사문斯文[2]의 선현인 문성공文成公 안유安裕[3]의 고향으로 골이 깊고 그윽하여 구름 낀 골짜기가 아름다운 곳입니다.

주세붕이 부임하여 군을 다스리면서 더욱 학문을 진작시키고 인재를 기르는 것을 우선으로 삼아 향교에 정성을 기울였습니다. 또 죽계가 대현大賢의 유적이 있는 곳이라 하여 그곳에 터를 잡아 30여 칸의 서원을 세우고

---

1 주세붕(1495~1554) : 자는 경유景游이고, 호는 신재愼齋·남고南皐·무릉도인武陵道人·손옹巽翁이며, 시호는 문민文敏이다. 사림士林자제들의 교육기관으로 백운동서원을 세워 서원의 시초를 이루었다. 이후 퇴계의 건의로 소수서원의 사액을 받아 공인된 교육기관이 된 뒤 풍기사림의 중심기구로 자리 잡았다.

2 사문 : 유학儒學을 말한다.

3 안유(1243~1306) : 자는 사온士蘊이고, 호는 회헌晦軒이다. 초명은 안유安裕였으나 뒤에 안향安珦으로 고쳤다. 조선시대에 들어와 문종의 이름이 같은 글자였으므로, 이를 피해 초명인 안유로 다시 고쳐 부르게 되었다. '회헌'이라는 호는 만년에 송나라의 주자朱子를 추모하여 그의 호인 회암晦庵을 모방한 것이다. 우리나라에 성리학을 최초로 도입하였다.

사당을 지어 문성공과 문정공文貞公 안축安軸[4]·문경공文敬公 안보安輔[5]를
배향하였습니다. 그리고 그 옆에 강당과 서재, 정자를 지어 유생들이 노닐
고 학문할 수 있는 장소를 만들었습니다. 터를 다듬다가 얻은 약간의 동銅
으로 천여 권의 경사자집經史子集을 구입하여 보관해두고 식미息米[6]와 학
전學田[7]을 설치하여 고을 선비들에게 관리하도록 하였습니다. 그리고 고을
선비 김중문金仲文[8]에게 사무를 주관하게 해서 학도를 모집하니 사방에
서 몰려들어 이들을 권장하고 훈도하였습니다.

이윽고 주세붕이 군을 떠나자, 문성공의 후손인 지금의 병조판서 안현
安玹[9]이 때마침 관찰사로 부임하여 사당을 배알하고 선비를 예우하였습
니다. 서원을 발전시킬 수 있는 제도와 방도를 더욱 염려하여 노비를 보충
하고 어염魚鹽을 공급하는 등 제반 조치를 하여 영원히 그 덕택을 입도록
하였습니다. 이때부터 감사가 부임할 때마다 모두 이곳에 마음을 두어 권
장하였고 감히 소홀히 하지 않았습니다.

대개 서원이라는 이름이 옛날에는 없었다가, 남당南唐 때에 옛날 이발李
渤[10]이 은거하던 여산廬山 백록동白鹿洞에 학궁學宮을 세우고 스승과 제자
를 두어 교육하면서 이를 '국상國庠'이라고 하였는데 이것이 서원의 시초입
니다. 그 후 송나라에서도 이를 따라 시행하였지만 중엽까지도 성행하지

---

4 안축(1282~1348) : 자는 당지當之이고, 호는 근재謹齋다. 저서로 《근재집謹齋集》이
    있다.

5 안보(1302~1357) : 자는 원지員之다. 고려 후기의 문신으로 《관동별곡關東別曲》을
    지은 안축安軸의 아우이다. 춘추관수찬春秋館修撰 등을 지냈다.

6 식미 : 쌀을 빌려주어 이자를 불리는 쌀을 이른다.

7 학전 : 문묘의 제수祭需와 교육의 경비에 쓰도록 나라에서 지급한 토지를 이른다.

8 김중문(?~?) : 호는 대영당對影堂이다.

9 안현(1501~1560) : 자는 중진仲珍이고, 호는 설강雪江이며, 시호는 문희文僖다. 우의
    정右議政 등을 지냈다.

10   이발(773~831) : 자는 준지濬之이고, 호는 백록선생白鹿先生이다.

못해 천하에 네 곳의 서원[11]만 있었을 뿐이었습니다. 송나라가 양자강 남쪽으로 천도[12]하고나서 치열한 전쟁의 나날을 보내면서도 민월閩越·절강浙江·호북湖北·상남湘南 지방에서 유학이 진흥되고 선비들의 학문이 날로 융성하였는데, 이때 서로 본받아 곳곳에서 서원이 증설되었습니다. 비록 오랑캐인 원나라가 중국을 차지하고 있었을 때도 먼저 태극서원太極書院을 세워 천하에 학문을 번창시킬 줄 알았습니다.

그 후 명나라가 천하를 다스리면서 문화가 크게 천명되고 학교의 정책이 더욱 발전하였습니다. 오늘날 《대명일통지大明一統志[13]》에 기재된 바로는 천하의 서원이 총 300여 곳이라고 하는데, 그곳에 기록되지 않은 것까지 계산하면 더 많을 것으로 생각됩니다.

왕궁王宮과 국도國都에서부터 지방의 모든 고을에 이르기까지 학교는 어디에나 다 있는데, 서원에서 찾을 것이 무엇이기에 중국에서는 그처럼 높였단 말입니까? 이는 은거하면서 자신의 뜻을 구하는 선비나 도를 강론하고 학문을 닦는 무리들이 대부분 시끄러운 세상을 싫어하여 경서를 안고 한적하고 조용한 들이나 물가로 숨어 선왕의 도를 노래하고 고요히 천하의 의리를 살피면서 덕德을 쌓고 인仁을 익히는 것을 낙으로 삼았기 때문에 기꺼이 서원에 나아갔던 것입니다. 국학과 향교는 저자와 성 안에 있는 데다, 앞으로는 학령學令에 구애받고 뒤로는 과거시험이라는 외물에 마음을 빼앗기게 되니, 그 효과를 어찌 같은 등급으로 논할 수 있겠습니까? 이로써 말한다면, 선비의 학문은 서원에서 힘을 얻을 뿐 아

---

11 네 곳의 서원 : 백록서원白鹿書院·숭양서원崇陽書院·악록서원岳麓書院·응천서원應川書院을 이른다.

12 남쪽으로 천도 : 송宋나라가 금金나라에게 쫓겨 남쪽으로 달아나 세운 나라로, '남송南宋'이라고 한다.

13 대명일통지 : 명明나라의 이현李賢 등이 왕의 뜻을 받들어 1461년에 만든 지리책이다.

니라 국가에서 얻는 어진 인재들도 국학이나 향교보다 서원에서 더 많이 배출된다고 하겠습니다.

옛날 현명한 임금도 이러한 사실을 알았기 때문에 송나라 태종太宗은 강주태수江州太守인 주술周述[14]의 건의에 따라 구경九經을 급히 보내주고, 또 그 동주洞主[15]인 명기明起[16]를 발탁하여 등용하였습니다. 이후 직사관直史館 손면孫冕[17]이 병으로 사직하면서 백록동白鹿洞으로 돌아가기를 청하자 이를 허락하였습니다. 그리고 이종理宗[18]도 유학을 숭상하여 고정서원考亭書院 등에 모두 편액을 하사하여 영광스럽게 하였습니다. 이것이 중국 사풍士風의 아름다움인데, 선비들 스스로가 아름답게 한 것일 뿐만이 아니라 역시 위에서 양성해준 데서 이루어진 것입니다.

우리나라의 교육방법은 하나같이 중국의 제도를 따라 중앙에는 성균관과 사학四學[19]을 두고 지방에는 향교를 설치하였는데, 이 또한 아름답다고 할 수 있습니다. 다만 서원은 옛날부터 설치되었다는 말을 들어본 적이 없으니 이것이 우리나라의 한 가지 큰 결점입니다. 주세붕이 처음 서원을 건립하자 이를 이상하게 여긴 사람들이 많았는데도 주씨는 더욱 뜻을 견고히 하여 세상 사람들의 비웃음과 온갖 비방을 무릅쓰고 시행하였으니, 이는 전고前古에 없던 성대한 일을 했기 때문입니다.

아! 하늘이 혹시 이로 말미암아 동방에 서원교육을 일으켜 중국과 같이

---

14 주술(?~1436) : 자는 숭술崇述이고, 호는 동야東埜다. 저서로 《동야시집東埜詩集》이 있다.

15 동주 : 서원의 원장을 이르는 말로, '산장山長'이라고도 한다.

16 명기(?~?) : 어떤 사람인지 자세하지 않다.

17 손면(?~?) : 자는 백순伯純이다. 직사관直史館을 지냈다.

18 이종(1205~1264) : 남송南宋의 제5대 황제를 이른다.

19 사학 : 나라에서 인재를 기르기 위하여 서울의 네 곳에 세운 교육 기관으로, 위치에 따라 중학中學·동학東學·남학南學·서학西學이 있었다. 태종 11년에 설립하여 운영하다가 고종 31년(1894)에 폐지하였다.

아름답게 하려는 것이 아니겠습니까? 그러나 제 생각에는, 교육이란 반드시 위로부터 아래로 파급되어야 근본이 서서 영원히 전할 수 있을 것입니다. 그렇지 않으면 아침에 가득 찼다가도 저녁이면 말라버리는 근원 없는 물과 같으니, 어찌 오래 지속할 수 있겠습니까? 위에서 인도하면 아래에서는 반드시 따르기 마련이고 임금이 숭상하면 온 백성이 사모하는 법입니다. 오늘날 주씨가 창건한 것이 비록 기특하고 위대하며 안현安玹의 성취가 매우 완전하고 정밀할지라도, 이것은 단지 군수 한 사람과 방백方伯 한 사람의 일일 뿐입니다. 일이 왕명을 거치지 않고 이름이 역사에 기록되지 않고서는 사방의 이목을 끌거나 사람들의 의아심을 진정시킬 방법이 없을 것이니 온 나라가 본받고 후세에 길이 전하지 못할까 걱정입니다.

　제가 이곳에 부임하고 나서 서원의 모든 일에 늘 마음을 다하려고 하였습니다. 그러나 노둔하고 무능한데다 질병까지 더하여, 서원의 학풍을 진작시켜 격려하고 많은 선비들을 권장하지 못해 사기는 날로 쇠퇴하고 유생들은 점차 게을러졌습니다. 그래서 옛날 현인의 향기가 서린 곳에 세운 우리나라 최초의 아름다운 서원이 끝내 실추될까 매우 두렵습니다. 이에 분수에 넘치는 것도 헤아리지 못하고 함부로 조정에 아뢰어 만에 하나라도 재가를 얻기를 바라지만 거리는 멀고 글은 미약하여 감히 두려워 말을 꺼내지 못하고 있었습니다.

　생각건대 합하께서는 한 도道의 책임을 맡아 교화의 근본을 숭상하시니, 한쪽의 이해利害가 걸린 일도 의당 조정에 아뢸 것인데, 하물며 이러한 성스런 세상의 큰일에 관한 것이야 더 말할 필요가 있겠습니까?

　만약 합하께서 나무꾼에게 묻는 것도 불가능하다고 여기지 않으신다면 저의 말을 가져다 다듬어서 임금께 말씀드려주십시오. 그렇게 하신다면 저는 송나라 고사故事에 의거하여 서적과 편액을 내리고 논과 노비를 지급하여 서원의 재력을 풍족하게 해달라고 요청할 것이고, 또한 감사와 군수에게 선비를 양성하는 방안과 경비를 지원하는 등에 관해서만 감독하게 하고 번거로운 명령이나 사소한 조목으로 구속하지 못하도록 하겠습니다.

그리고 군수로서 저같이 병약하고 무능한 사람은 합하께서 마땅히 그 직책을 비워둔 죄를 물으시고 조정에 청하여 덕망德望과 경술經術, 절행 節行과 풍의風義가 사람 중에 모범이 될 만한 사람을 골라 군수로 임명하 여 책임을 맡겨야 할 것입니다. 이렇게만 한다면 서원은 비단 한 고을이나 한 도道의 학교일뿐 아니라 한 나라의 학교가 될 것이며, 이렇게만 한다면 교화가 임금에게서 근원하여 선비들이 즐겁게 와서 공부하면서, 영원히 허물어지지 않고 전해질 것입니다. 또 이렇게만 된다면 사방에서 다투어 사모하고 본받아 선현의 유적지로 향기가 뿌려진 곳인 최충崔冲[20]·우탁禹 倬[21]·정몽주鄭夢周[22]·길재吉再[23]·이색李穡[24]·김종직金宗直[25]·김굉필金宏 弼[26]과 같은 이들이 살던 곳에도 모두 서원이 세워질 것입니다. 나라의 명

20　최충(984~1068) : 자는 호연浩然이고, 호는 성재惺齋·월포月圃·방회재放晦齋이
　며, 시호는 문헌文憲이다. 사학십이도私學十二徒의 하나인 문헌공도文憲公徒의
　창시자다. 형부상서중추사刑部尙書中樞使를 지냈다.

21　우탁(1263~1343) : 자는 천장天章·탁보卓甫(卓夫로도 씀)이고, 호는 백운白雲·단
　암丹巖이며, 시호는 문희文僖다. '역동선생易東先生'으로도 불린다.

22　정몽주(1337~1392) : 초명은 정몽란鄭夢蘭·정몽룡鄭夢龍이다. 자는 달가達可이
　고, 호는 포은圃隱이다. 어머니 이씨李氏가 난초화분을 품에 안고 있다가 땅에 떨
　어뜨리는 꿈을 꾸고 낳았기 때문에 초명을 '정몽란'이라 했다. 뒤에 정몽룡으로
　개명하였고 성인이 되자 다시 정몽주라 고쳤다. 저서로《포은집圃隱集》이 있다.

23　길재(1353~1419) : 자는 재보再父이고, 호는 야은冶隱·금오산인金烏山人이다. 포
　은圃隱 정몽주鄭夢周·목은牧隱 이색李穡과 함께 삼은三隱으로 불린다. 저서로
　《야은집冶隱集》등이 있다.

24　이색(1328~1396) : 자는 영숙穎叔이고, 호는 목은牧隱이다. 저서로《목은문고牧隱
　文藁》등이 있다.

25　김종직(1431~1492) : 자는 효관孝盥·계온季昷이고, 호는 점필재佔畢齋이며, 시호
　는 문충文忠이다. 길재의 학통을 계승하여 김굉필·조광조로 이어지는 조선시대
　도학道學 정통의 중추적 역할을 하였다. 생전에 지은 〈조의제문弔義帝文〉은 무오
　사화戊午士禍가 일어나는 원인이 되었다.

26　김굉필(1451~1504) : 자는 대유大猷이고, 호는 사옹簑翁·한훤당寒暄堂이며, 시호

으로 세워지기도 할 것이고 사사로이 세워지기도 해서 유생들이 학문하는 곳으로 삼아 성스러운 조정에서 교화를 숭상하고 인재를 양육하는 성대함을 밝혀줄 것입니다. 이렇게만 한다면 장차 우리나라의 문교文教가 크게 밝아져서 추로鄒魯·민월閩越[27]과 같이 나란히 칭송될 것입니다. 제가 살펴보니, 지금의 국학은 실로 훌륭한 선비를 배출하는 데 중요한 기능을 하고 있습니다. 그러나 군현郡縣의 향교는 제도만 갖추어 놓았을 뿐, 실제 교육은 크게 무너진 상태입니다. 그래서 선비들은 도리어 향교에서 공부하는 것을 부끄럽게 여겨, 이미 심각하게 퇴폐한 지경에 이르러 구제할 방도조차 없으니 참으로 한심한 실정입니다.

오직 서원교육이 지금 진흥된다면 향교정책의 잘못을 구제할 수 있을 것이며, 학자들도 의지할 곳이 생기고 선비들의 기풍도 크게 변하여 습속은 날로 아름다워지고 왕의 교화가 이루어져 성스런 왕조의 다스림에도 작은 보탬이 아닐 것입니다. 하찮은 정성이지만 만약 임금께 알려진다면 병으로 물러나 시체가 골짜기를 메우고 죽는다고 하더라도 유감이 없을 것입니다. 간절한 소망을 이기지 못하여 죽음을 무릅쓰고 글을 올립니다.

【추신】

제가 삼가 고사를 살펴보니, 모든 서원에는 반드시 동주洞主나 산장山長을 두어 이들을 스승으로 삼아 교육을 맡겼습니다. 이는 중대한 사안으로서 또한 마땅히 거행되어야 할 것입니다. 다만 서원의 동주나 산장은 초야에 은거하는 선비나 관직에서 물러난 사람 가운데 선택해야 하는데, 재주와 덕망이 출중하여 한 시대의 사표가 될 만한 사람이라야 합니다. 만일 그러한 사람을 얻지 못하고 단지 그 이름만 도적질하는 사람을 두

는 문경文敬이다. 《소학小學》에 심취하여 '소학동자小學童子'로 불리었다. 저서로 《한훤당집寒暄堂集》 등이 있다.

27 추로·민월 : 추로鄒魯는 맹자와 공자의 고향이고, 민월閩越은 주자의 고향이다.

게 된다면 오늘날 직무를 제대로 수행하지 못하는 교수敎授나 훈도訓導와 다르지 않아 뜻있는 선비는 뒤도 돌아보지 않고 서원을 떠나게 될 것입니다. 이는 도리어 서원에 손해를 끼치게 될까 염려되어 이번에 함께 요청 드리지 못한 것입니다. 이것은 오직 합하의 재량과 조정의 결정이 어떠하냐에 달려 있습니다. 저 황滉은 또 두 번 절하고 편지를 올립니다.

심방백沈方伯에게 보내는 편지 與

• **해설** : 이 편지는 기유년(1549년, 49세) 12월 1~16일에, 경상도관찰사인 심통원沈通源(1499~?)에게 보낸 것이다. 서원書院의 건립과 관리가 제도화 되지 않은 당시의 상황을 개편하여 학문을 진작시키고 인재를 길러야 하는 필요성을 전하였다.

• **심방백** : 심통원을 이른다. 자는 사용士容이고, 호는 욱재勖齋다. 이 편지를 받을 당시 경상도관찰사를 지냈다.

02.
벼슬에서 물러나기를
바라며

저 황滉은 삼가 목욕재계하고 두 번 절하며 말씀드립니다. 얼마 전 안기 찰방安奇察訪이 오는 편에 전해주신 상공相公의 편지를 받아보고 황송한 마음으로 읽었습니다. 직무[28]에 여유가 있으시고 만복을 누리시며 안부도 좋으시다니 기쁜 마음을 가누지 못하겠습니다.

저는 지난 해 서울로 들어가서 한번 찾아뵐까 했지만 여의치 못하였습니다. 이후 병이 날로 심해져 맡고 있던 직책에도 충실치 못하고 임금님의 은혜를 입고도 사은숙배謝恩肅拜[29] 하지 못하는 등 그간의 이러저러한 곤궁한 일들을 말로 할 수 없습니다.

올 봄에는 부종이 생겨 죽기 전에 고향으로 내려가려고 일을 서두르다 보니 또 찾아뵙지[30] 못하였습니다. 중간에 유판서柳判書[31]가 상공께서 위로하시는 뜻을 편지로 알려주셨지만 마음속에 담아두기만 할 뿐 끝내 답장도 하지 못하였으니 어리석고 완고한 이 사람이 문하에 더할 수 없는 죄

---

28 직무 : 원문은 '燮理'. 나라의 대신이 음양의 조화를 고르게 하는 일을 이르는데, 백성들의 원통하고 억울한 사정을 들어주는 일을 말한다.

29 사은숙배 : 관원에 임명된 사람이 궁중에 나아가 왕에게 숙배肅拜하고 감사함을 표시하는 일을 이른다.

30 찾아뵙지 : 원문은 '掃門之役'. 귀한 사람을 찾아뵙고 인사를 드리는 일을 말한다. 《사기史記 52》〈제도혜왕세가齊悼惠王世家〉에 "한漢나라 위발魏勃이 어릴 때 제상齊相인 조참曹參을 만나고 싶어 하였으나 가난한 처지라 만날 길이 없었다. 그래서 조참의 집 문 앞을 청소하여 조참을 만났다."라는 고사가 있다.

31 유판서 : 유진동柳辰仝(1497~1561)을 이른다. 자는 숙춘叔春이고, 호는 죽당竹堂이며, 시호는 정민貞敏이다. 여러 청환직淸宦職을 두루 거쳤다.

를 지었습니다. 이번에 또 덕위德威를 손상하면서까지 멀리서 저에게 편지를 보내 깊이 겸손함을 보존한 채 인도하고 격려해 주시니 상공께서 사람을 대하는 넓으신 도량은 참으로 보통사람의 마음으로는 헤아릴 수조차 없습니다.

그런데 일찍이 들으니 옛날에 "훌륭한 임금은 한 번 찡그리고 한 번 웃는 것을 아낀다[32]."라고 하였습니다. 다만 임금만이 그럴 것이 아니라 재상도 마땅히 이 말을 새겨들어야 할 것입니다. 그러므로 "한 때의 인물에 대한 한 글자의 허여가 화려한 곤룡포보다도 영광스럽고, 한 마디 배척의 말이 날선 도끼날보다도 엄하다[33]."고 하였습니다. 만약 사람의 옳고 그름을 헤아리지 않고 함부로 칭찬하거나 배척한다면 어찌 한 번 찡그리고 한 번 웃는 것을 아끼는 도라고 하겠습니까? 또 저의 지극히 어리석고 졸렬함은 지난날에 이미 공의 감식에서 남김없이 드러났는데 하루아침에 외람되이 허여하시되 다만 한두 마디에 그치지 않으시니 이래서야 어찌 세상의 인재를 고무시켜 나라를 다스리는 데 열중하도록 할 수 있겠습니까? 저는 두려워 자신을 잃고 어찌해야할지 모르겠습니다.

저는 지난해의 잘못도 벌써 바로잡기 어려운데 올 여름에는 큰 병으로 겨우 죽음만 면하였으니 직무에 충실하지 못할 것은 하늘도 알고 세상 사

32　훌륭한……아낀다 : 임금이 상벌에 관해 조심함을 이른다. 《자치통감資治通鑑》〈주기周紀 2 현왕顯王 18년〉에 전국시대 한 소후韓昭侯가 해진 바지를 잘 간직하라고 명하자, 모시는 자가 "임금께서는 또한 인자하지 못하십니다. 어찌 좌우의 신하에게 주지 않고 간직하라 하십니까?"라고 하니, 소후가 "내가 들으니 '밝은 임금은 한 번 찡그리고 한 번 웃는 것도 아낀다.[明主愛一嚬一啌]'라고 하는데, 지금 이 바지가 어찌 다만 찡그리고 웃는 정도겠느냐. 나는 반드시 공이 있는 자를 기다려서 주려 한다."라고 하였다.

33　한때의……엄하다 : 《춘추春秋》에서 한 글자의 포폄襃貶을 매우 중히 여겨, 고어古語에 "화려한 곤룡포보다 영광스러운 것은 곧 한 글자의 포양이요, 날선 도끼날보다도 엄한 것은 바로 한 글자의 폄척이다.[榮於華袞 乃一字之襃 嚴於斧鉞 乃一字之貶]"라고 한 데서 온 말이다.

람들도 모두 알고 있는 상황입니다. 그런데도 사람들은 그렇게 여기지 않고 있으니, 제가 사람들의 비방 속에 있은 지 여러 해가 되었습니다. 늘 한스럽게 생각되는 것은 예전부터 저같이 어리석고 병든 사람도 없었는데 이러한 허명과 곤란한 상황이 불행히도 지금까지 남아 있습니다. 만약 재상께서 평소 이와 같은 사정을 민망히 여기시고 그 사이에 관심을 쏟지 않으신다면 장차 어떻게 뒷수습해서 조정의 수치가 되지 않게 하시렵니까? 옛날 선비들도 재상의 존엄함이 뭇 신하들과는 다르다는 것을 모르지 않아 혹 글을 올려 일을 논하고 심정을 토로하는 경우도 많았습니다. 그래서 감히 그러한 예를 좇아 심정을 피력하고자 합니다.

이제 제가 두렵고 민망하게 중추부中樞府의 자리에서 아직도 벗어나지 못하였으면서도 바깥에 머물고 있어 마음이 편치가 않습니다. 그런데도 감히 사면을 도모하지 못한 것은 그것이 아무런 보탬이 되지 않거나 혹은 다른 걱정이 생길까 두려웠기 때문입니다. 바라옵건대, 상공합하께서는 저의 이러한 사정을 특별히 긍휼히 여기시고 어떠한 계기를 통해 수단과 방법을 동원해 구제하시어 저를 중추부에서 풀려나 지난날의 직함을 가지고 분수대로 고향에서 죽을 수 있도록 해 주십시오. 그렇게 해주신다면 한 물건이라도 제자리를 얻지 못하는 것을 부끄럽게 여기셔야 할 성대한 업적에 어찌 상쾌한 일이 아니겠습니까?

높은 작위와 두터운 녹봉은 병든 몸으로 감당할 수 있는 처지가 아닐뿐더러 몸도 이미 멀리 바깥에 있으니 어찌 조정의 직함을 유지할 수 있겠습니까? 이 이치는 확연하니 둘 중 어느 하나도 어길 수 없습니다. 이렇게나 분명하게 알면서도 끝내 바람이 이루어지지 않는다면 죽어도 눈을 감지 못할 한스러운 일이니, 대인이나 군자가 마땅히 측은히 여겨야 할 것입니다. 망령되고 참람한 말을 늘어놓아 죽을죄를 지었습니다.

양색지兩色紙 여섯 폭에 관한 말씀을 받들어 써서 올립니다. 다만 제가 여기에 재주를 부리는 것에 관해서는 제대로 붓을 잡을 줄도 모릅니다. 처음에 향리의 후생들과 장난삼아 익혔던 것에 불과한데, 뜻밖에 잘못 상공의 귀에까지 들어가기에 이르렀으니 이 또한 제가 제대로 처신을 도모하지 못한 일 가운데 하나입니다. 그렇지만 일이 이렇게 되고 보니 백지로 보낼 수도 없습니다. 그 여섯 폭 외에는 한 폭이 더 있는데 잘못 썼고, 써놓은 여섯 폭마저도 빠지고 잘못된 부분이 한두 곳이 아닙니다. 병든 마음이 어둡고 복잡하기가 다른 사람에 비할 것이 아니라는 것을 이 한 가지 일에서도 볼 수 있으니 부끄럽고 땀이 납니다. 이를 살펴주시기 바랍니다. 추운 계절에 더욱 명덕明德에 힘쓰셔서 이 백성을 복되게 하시기를 축원합니다. 황공하여 더 쓰지 못합니다.

이상국李相國에게 답하는 편지 答

• **해설** : 이 편지는 이준경李浚慶(1499~1572)의 편지를 받고, 기미년(1559년, 49세) 11월 25일에 보낸 답장이다. 퇴계는 그해 여름에 위중한 병에 걸렸다가 겨우 나았지만 아직은 직무를 제대로 수행할 수 없음을 전하였다.

• **이상국** : 이준경을 이른다. 자는 원길原吉이고, 호는 동고東皐·남당南堂·홍련거사紅蓮居士·연방노인蓮坊老人이며, 시호는 충정忠正이다. 저서로 《조선풍속朝鮮風俗》 등이 있다.

03.
사직 장계를
올리며

저는 머리를 조아려 두 번 절하고 말씀드립니다. 근간에 사직 장계를 가져갔던 사람이 돌아오는 편에 살아날 수 있는 길을 알려주시는 상공相公의 편지를 받고 감격스럽고 황공한 마음을 이길 길 없었습니다. 저는 비록 어리석고 완고하지만 상공께서 이렇게 간절히 애쓰시니 어떻게 미혹된 마음을 돌이켜 생각을 바꾸어야할지 모르겠습니다. 그러나 다만 저의 사사로운 처지에 도저히 그렇게 하지 못할 것이 한두 가지가 아닙니다. 이미 저를 염려하시는 마음을 알았으니 어찌 감히 숨겨두고 모두 말씀드리지 않겠습니까?

작은 것을 사양하고 큰 것을 받으며 물러나는 것을 나아가는 계기로 삼는 것은 결코 할 수가 없고 종품從品 자리가 사흘 만에 갑작스레 정품正品 자리로 결정난 것을 결코 받아들일 수 없는 것은 이미 사직 장계에서 대략 말씀드렸습니다. 다만 이 두 가지 일만으로도 이미 절대로 나아갈 수 없는 이유가 되지만 이외에도 더욱 불가능한 것이 있습니다.

저는 보통사람의 자질에도 멀리 미치지 못하는데다가 남들에게 없는 큰 병까지 가졌으니 일상에서 해야 할 온갖 자질구레한 일들조차 오히려 감당할 수가 없습니다. 그래서 여태까지 굳이 사직하고 물러났던 것인데 어찌 터럭만한 재주라도 알맞게 쓰일 곳이 있겠습니까? 어찌하여 자꾸만 불행의 끝으로 치닫게 하고 터무니없는 의논이 일어나 보통사람이 아닌 것처럼 부풀리고 과장하여 옛날 크게 어진사람이나 할 수 있는 일을 저같이 보잘것없는 사람에게 기대하시는지 모르겠습니다. 이제 임금님의 은혜가 거듭 내려오니 비록 망령스럽게 그 이유를 말할 수는 없지만 임금님을 그

룻되게 한 단서가 어찌 의논이 크게 잘못되어서가 아니겠습니까?

　사람으로 말하면 이러하고 일로 말하면 저러한데 스스로 헤아려보지도 않고 임금님의 명령이라는 이유로 함부로 나아가서 직책을 맡는다면 상공께서는 능히 감당해서 일을 그르치지 않을 것이라 생각하시는지 모르겠습니다. 이 사람이 이 직책을 맡아서 일을 그르치지 않으면 임금님의 명령을 하루도 지체할 수 없을 것입니다. 그러나 만약 그렇지 않다면 임금님께서 명령하시는 일에 서둘러 함께 할 수 없을 것이 분명합니다. 하물며 이 세 가지 일 외에 또 한 가지 일이 있지만 더욱 사람을 두렵고 곤혹스럽게 해서 감히 말할 수조차 없습니다.

　아! 저는 지극히 보잘것없는 몸으로 이러한 때에 임금님의 명에 달려가 응할 수 없는 이유로 대략 이 네 가지를 들었지만, 네 가지 조목 외에 또 다른 이유를 어떻게 다 말씀드리겠습니까? 일이 이 지경에 이르렀으니 병이 깊고 쇠약한 몸으로 길을 나섰다가 병이 더하여 거의 죽을 지경에 이를 것은 도리어 말할 겨를조차 없었습니다. 그래서 처음에 사양했을 때는 병에 차도가 있으면 혹 나아갈까도 생각했지만, 새로 명령을 받고서 거듭 사양했을 때는 여론이 좋은 방향으로 해결되기를 바랐습니다. 그런데 이미 일이 그렇게 되지 않고 도리어 전보다 더 막중한 벼슬이 내려졌으니 제가 앞뒤도 따지지 않고 슬그머니 나아가 벼슬을 받는다면 어찌 천만부당한 일이 아니겠습니까?

　상공합하께서는 제가 병이 심하여 벼슬하기 어려운 사정을 익히 아시기 때문에 줄곧 언제나 보호하시어 저의 바람대로 해주셨고, 또 영상각하께서도 성대하게 마음을 써주신 것이 이러하였습니다. 그 밖의 공경대부들도 일찍이 제가 병으로 조정에서 자리를 비웠던 사실을 잘 아니 누군들 쓸모없다고 생각지 않겠습니까? 다만 이후로 저와는 잘 알지도 못하는 여러 사람들이 저의 이름만 듣고 사람을 부리고자 하여, 이에 헛소문을 고집하면서 사실에 부합되도록 다그치다 점차 잘못되어 여기에까지 이르렀을 뿐입니다. 어떻게 사람을 쓰느냐는 치란治亂과 관계되어 있으니 조정의 이번 천거가 크게 잘못된 것이 이와 같습니다. 나라를 생각하는 여러 대신들 가운데 반드시 대들보만 쳐다보며 길게 탄식하는 사람도 있고 때를 기다렸다가 생각을 말로 다 하는 사람도 있습니다. 그렇게 하면 잘못 내려진 임금님의 명령은 곧바로 고쳐질 것이고, 제가 명령을 늦추어 어긴 죄도 다소 용서받을 수 있을 것입니다. 그런데 이제 상공의 편지를 받으니 조정의 바람에 속히 부응하라고 독려하신 내용이고, 또 "선현先賢들도 이러한 상황에서는 오지 않을 수 없을 것이다."라고 말씀하시니, 아! 어찌 전날에 감싸주시던 것과 이토록 서로 다르단 말입니까? 과연 영상합하의 말씀대로라면, 제가 적임자가 아니면서 선현처럼 대처하려고 한다면 그 죄가 더욱 클 것이니 어찌 감히 여기에 붙여 나아갈 수 있겠습니까? 또 적임자가 나아가지 않는 것이 어찌 조정의 희망을 말할 수 있겠습니까? 때문에 처음에는 지극히 감사하다고 생각하였지만 거듭 헤아려보니 끝내 다 따를 수가 없어서, 삼가 다시 한 장의 장계狀啓를 써서 안동부安東府에 맡겨 본도本道(경상도)로 보내 다시 임금님께 올리게 하였습니다.

또 생각건대 길을 나서면서 조정의 명령을 기다리는 것은 그래도 진퇴를 결정하지 못했을 때인데 지금은 나아가지 못한다는 것을 알면서 길을 나서기는 어렵습니다. 그러므로 고향에 돌아가서 임금님의 명령을 기다리겠습니다. 이것 역시 사람들의 의혹을 불러일으킬 것이지만 송나라의 두범杜範[34]과 원나라의 오징吳澄[35]은 임금 섬기는 도리를 모르는 사람이 아니지만 두 사람 모두 면직을 요청하고는 곧바로 돌아간 전

---

34 두범(1182~1245) : 자는 성지成之이고, 호는 입재立齋이며, 시호는 청헌淸獻이다. 주자朱子의 제자로 바른말 하기를 잘하여 대신들의 미움을 샀다. 저서로《청헌집淸獻集》이 있다.

35 오징(1249~1333) : 자는 유청幼淸·백청伯淸이고, 시호는 문정文正이다.《영종실록英宗實錄》을 편찬할 때 총책임을 맡았다가 실록이 완성되자 사직하고 귀향했다. 저서로《의례일경전儀禮逸經傳》등이 있다.

례가 있으니 아마도 일이 부득이한 경우 이렇게 하는 것도 하나의 방법이기 때문일 것입니다.

　상공합하께서는 굽어 살피시어 지난번 보호해 주셨던 간절함으로 한때 잘못 내려진 은혜의 기틀을 바로잡고 기회를 보아 급히 도모해서 미천한 몸이 돌아가 큰 은혜를 끝맺을 수 있도록 간절히 바라는 지극한 마음을 가눌 길 없습니다. 감정이 북받치고 말이 막혀 저의 심정을 다 말씀드리지 못합니다. 삼가 편지를 올립니다.

권상국權相國에게 답하는 편지 　答

- **해설** : 이 편지는 권철權轍(1503~1579)의 편지를 받고, 병인년(1566년, 66세) 3월 16~20일에 보낸 답장이다. 퇴계가 사직 장계를 올리고 조정의 처분을 기다리고 있던 상황에서 권철이 조언의 편지를 보내 처신하는 방법을 일러주자, 이에 감사를 표한 내용이다.

- **권상국** : 권철을 이른다. 자는 경유景由이고, 호는 쌍취헌雙翠軒이며, 시호는 강정康定이다. 형조판서刑曹判書를 지냈다.

04.
선비의 도와
장사꾼의 마음

조정에서는 선비의 도道로 대우하는데도 자신은 시정잡배들의 마음으로 조정에 나아가는 것은 다만 제 자신도 감히 하지 못할 뿐만 아니라, 조정에서도 바라지 않는 것입니다. 관직을 사양할 때는 마음이 그래도 밝았는데 높은 지위를 얻어서는 갑자기 지난번 사양했던 것도 잊고 이익을 탐내어 망령되게 나아가 "임금의 명령을 어길 수 없습니다."라고 변명한다면 이것은 시정잡배들의 마음이 아니겠습니까?

보내온 편지를 보니 제 뜻을 다 살피지 않은 점이 있는 것 같아 부득이 옛사람들의 사례를 인용하여 밝히지 않을 수 없습니다. 조趙나라는 헛된 이름으로 조괄趙括을 등용하여 장평長平에서 패하였고[36], 진晉나라는 헛된 이름으로 은호殷浩를 등용하여 산상山桑의 패배를 맛보았으며[37], 전한前漢은 크게 기대하고 신공申公[38]을 불렀지만 매우 실망하였고, 후한後漢

---

36 조괄……패하였고 : 조괄(?~B.C. 260)은 조사趙奢의 아들로, 마복자馬服子로도 불린다. 아버지가 전한 병법兵法을 열심히 공부했지만 실전 경험은 없었다. 조나라 효성왕孝成王 6년 진秦나라의 반간계反間計가 적중해 염파廉頗를 대신하여 조괄을 장군으로 삼았다. 이후 장평長平에서 염파가 견지했던 수성守城 전략을 버리고 대거 공격에 나섰다가 진나라의 장수 백기白起에게 포위되자 탈출을 시도하다가 화살에 맞아 전사했다. 이때 조나라의 군사 40여 만 명도 포로가 되어 하룻밤에 다 죽임을 당했다.

37 은호……맛보았으며 : 은호(?~356)는 자가 연원淵源인데, 당나라 사람들이 피휘避諱하여 '심원深源'이라 했다. 목제穆帝가 그를 등용하여 양주자사로 삼아 북벌을 시도하였으나 산상山桑에서 요양姚襄과 전투하여 크게 패하였다.

38 신공 : 신배공申培公(?~?)이라고도 한다. 중국 전한前漢 노魯 지역 출신의 학자로 문제 때 초왕楚王의 태자 무戊의 스승이었으며 정치고문으로 태중대부太中大夫를 지냈다.

때는 억지로 번영樊英[39]을 등용하여 크게 비방을 샀으니 이것이 헛된 이름의 선비를 등용해서는 안된다는 증거입니다. 더군다나 저는 헛된 이름을 도둑질하고 있는 것이 앞에서 열거한 몇 사람보다 더 심하니 사양하여 그만두도록 하는 것이 낫습니다.

송宋나라 유재劉宰[40]는 벼슬에서 떠난 뒤에 조정에서 일곱 번이나 관직을 제수했지만 한 번도 응하지 않았습니다. 저는 유재의 전기를 읽지 못해서 그에게 제수한 관직의 높낮이가 어떤지 모릅니다. 송나라 최여지崔與之[41] 같은 사람은 성도부成都府의 지사知事를 사퇴하고 광주廣州로 돌아간 뒤에 조정에서 예부상서禮部尚書의 벼슬로 불렀지만 열세 번이나 사양하는 상소를 올리고 이르지 않았습니다. 그리하여 연이어 참정參政으로 불렀지만 모두 극구 사양하고서 끝내 이르지 않았습니다. 최여지의 생각은 반드시 작은 벼슬을 사양하면서 큰 벼슬을 받는 것은 시정잡배와 같은 마음이요, 조정이 자기를 대우하는 도리가 아니라고 생각하여 차라리 임금님의 명을 받들지 않고 끝내 자신의 뜻을 이루었으니, 어찌 임금을 섬기는 도리를 모른다고 하겠습니까? 그래서 뒷날 의리를 주장하는 사람들이 "최여지는 당시에 이미 늙고 병들어 나랏일을 감당할 수 없었기 때문에 벼슬에 나아가지 않은 것은 당연하다."고 말하고, 또 "최여지는 대신의 풍도가 있다."고 하였고, 임금의 명을 어겨 죄를 지었다는 말은 들어보지 못했습니다.

이러한 일들로 볼 때 명한 벼슬을 마땅히 받을 수 없을 때는 힘써 사양하고 나아가지 않는 것도 하나의 방도입니다. 만약 자기의 분수를 헤아리

---

39 번영(?~?) : 자는 계재季齋다. 경씨역학京氏易學을 익혔고 오경五經에도 밝았다. 저서로 《역장구易章句》가 있다.

40 유재(1167~ 1240) : 자는 평국平國이고, 호는 만당병수漫塘病叟이며, 시호는 문청文淸이다. 지영국부知寧國府 등을 지냈다. 저서로 《만당문집漫塘文集》이 있다.

41 최여지(1158~1239) : 자는 정자正子이고, 호는 국파菊坡이며, 시호는 청헌淸献이다.

지 못하고 옳고 그름도 따지지 않은 채 일체의 것들을 받아 사양하지 않으며 나아가기만하고 물러나지 않으면서, 이것을 임금을 섬기는 태도라고 한다면 아마도 이치에 어긋나거나 방정한 것을 깎아버리는 평론일 것이니, 이를 가르침으로 삼아 천하를 이끌 수는 없는 것입니다.

양구산楊龜山[42]은 부름을 받으면 사양하지 않고 나아갔고, 윤화정尹和靖[43]은 부름을 받고 극구 사양했지만 억지로 일으켜 나아갈 수밖에 없었습니다. 두 분 모두 밝게 정사를 돌보지 않아 후세에 비방을 남겼습니다. 저는 늘 구산의 뜻은 알 수가 없었지만 화정은 그 사람됨이 비록 지경持敬 공부는 깊어도 본래 경륜의 재주가 부족하다는 것을 애초부터 스스로 알고 사양했다고 생각합니다. 마땅히 끝까지 사양했어야 좋았는데 결국 자신의 뜻과 달라져 버렸으니 애석한 일입니다.

당나라 말기에 헐후歇後[44] 정계鄭綮[45]를 숨은 덕이 있다고 해서 재상으로 삼자 정계는 자신이 감당할 수 없다는 것을 알고 사양하였지만 그 뜻을 이루지 못하고 관직에 나아간 지 얼마 되지 않아 사퇴하고 물러났습니다. 군자들의 논평이 사퇴하고 물러난 것을 좋게 여기고 애초부터 극구 사양하지 않고 관직에 나아간 것을 애석하게 여겼습니다. 저 같은 사람은 심히 정계보다 어질지 못해 이미 감당하지 못한다는 것을 알아

---

42 양구산 : '구산龜山'은 양시楊時(1053~1135)의 호고, 자는 중립中立이며, 시호는 문정文靖이다. 신종神宗 희령熙寧 9년에 진사시에 급제하고 벼슬이 공부시랑工部侍郎에 이르렀다. '정문사선생程門四先生' 중의 한 사람으로 낙학洛學의 대종大宗이 되었는데, 후일 이 학맥에서 주자朱子·장식張栻·여조겸呂祖謙 등 뛰어난 학자가 많이 배출되었다. 저서로《구산어록龜山語錄》이 있다.

43 윤화정 : '화정和靖'은 윤돈尹焞(1071~1142)의 호다. 정이程頤의 문인으로 평생 과거시험에 뜻을 두지 않았으며, 저서로《화정집和靖集》등이 있다.

44 헐후 : 당唐나라 소종昭宗 때 사람인 정계鄭綮가 해학을 좋아하여 시詩로 시사時事를 논함에 직설적으로 표현하지 않고 희롱하듯 풍자적으로 표현하였기 때문에 당시 그 시체詩體를 '정헐후체鄭歇後體'라고 하였다.

45 정계(?~899) : 자는 온무蘊武다. 감찰어사監察御使 등을 지냈다.

군자들의 논평에 따라 힘써 사양하고 나아가지 않는 것이 마땅하니, 어찌 정계처럼 이미 나아갔다가 곧바로 사직하는 것을 배워야 하겠습니까?

이것은 난세의 일로 본래 인용하는 것이 마땅치 않지만 헐후의 일로 저같이 어리석고 옹졸한 사람을 증명하는 것이 절실하여 말씀드린 것입니다. 범순인范純仁[46]이 귀양살이에서 돌아올 때 중사中使[47]를 보내 재상으로 대우하여 불렀지만 범순인은 병을 핑계로 돌아갔고 두범杜範은 부름을 받고 오던 도중에 상소를 올리고 곧바로 강을 건너 돌아가 버렸습니다. 그후 서울에 갔다가 돌아가려고 하자, 임금이 명령을 내려 성문을 닫고 나가는 것을 허락지 않는데도 오히려 틈을 엿보아 돌아갔습니다.

오초려吳草廬[48]는 사국史局이 끝나자 임금이 잔치를 베풀었지만 말도 없이 곧바로 가버리자[49] 관리를 보내 그를 따라갔지만 만나지 못하고 돌아왔습니다. 당시 조정 신하들이 건의해서 "오징吳澄은 나이 많은 신하이니 마땅히 우대해야 합니다."라고 하자 다시는 부르지 않았습니다.

제가 살펴보니 송원宋元 시대에는 사대부들을 대우하는 일에 이미 벼슬을 그만두고 떠나는 제도가 있었고 또 사직을 청하는 길도 있었습니다. 신하가 물러나려고 하면 탄탄대로가 있고 요청하면 뜻을 이루지 못한 경우

---

46 범순인(1027~1101) : 자는 요부堯夫고, 시호는 충선忠宣이다. 범중엄范仲淹의 둘째 아들로 동지간원同知諫院을 지냈다. 왕안석王安石 변법變法의 부당성에 대해 격렬하게 비판하다가 하중부지주河中府知州로 쫓겨났다. 저서로 《범충선문집范忠宣文集》이 있다.

47 중사 : 왕의 명령을 전하는 내시를 이른다.

48 오초려 : '초려草廬'는 오징吳澄(1249~1333)의 호고, 자는 유청幼淸·백청伯淸이며, 시호는 문정文正이다. 당시 대유학자인 허형許衡과 더불어 '북허남오北許南吳'로 일컬어졌다. 한림학사翰林學士를 지냈다. 저서로 《오문정공전집吳文正公全集》이 있다.

49 사국이……가버리자 : 《영종실록英宗實錄》 편찬 작업을 완성하고 곧바로 귀향했던 사실을 이른다.

가 없던 것이 이와 같아서 신속히 물러나려고 하다가 혹시라도 지체되어 돌아가는 시기를 놓칠까 두려워했습니다. 그런데 지금은 이 두 가지 길이 모두 막히고 이상 여러 사람의 일을 죄로 삼아 금지하고 있으니, 마땅히 가야 할 사람은 어떤 길로 떠나야 할지 모르겠습니다. 이제 떠나가는 것을 죄로 삼고 물러나는 것을 허물로 삼으니 가만히 생각해보아도 이해할 수 없습니다.

하상지何尚之[50]가 물러났다가 다시 와서 벼슬하자 심경지沈慶之도 오히려 비웃었습니다[51]. 제가 물러났다가 다시 온 것이 다섯 번인데, 지금 만약 나아간다면 여섯 번째가 됩니다. 티끌만큼의 보답도 없이 여섯 번 나갔다가 일곱 번 물러난다면 어찌 왕량王良의 벗이 그가 자질구레하게 나아가고 물러나기를 좋아한다는 비방[52]만 하였겠습니까?

【추신】

작년, 제가 서울을 떠나고 난 며칠 뒤 안순좌安舜佐와 김세헌金世憲이 늙고 병들어 직분을 다하지 못한다고 쫓겨났는데 만약 제가 조정에 있었다

---

50 하상지(382~460) : 자는 언덕彦德이고, 시호는 간목簡穆이다. 진晉나라 때는 임진 령臨津令을 지냈고, 송나라 때는 영태자중서자領太子中庶子를 지냈다. 나이가 많 아 벼슬에서 물러났다가 왕의 부름에 다시 나아갔다.

51 심경지도……비웃었습니다 : 심경지(386~465)는 자가 홍선弘先이다. 하상지何尚 之가 벼슬에서 물러나 녹피관鹿皮冠을 쓰고 한가로이 지내다가 다시 기용되자, 심경지가 "오늘은 어찌 녹피관을 쓰지 않으셨소."라고 기롱하였다. 후에 심경지는 자손과 친척을 거느리고 누호婁湖로 옮겨 가서 여유롭게 지냈으나, 80세가 되어 재차 혼란한 세상에 나가 유원경柳元景과 안사백顔師伯의 모반을 적발하여 강하 왕江夏王 유의공劉義恭을 죽이고 결국 제 몸도 보전하지 못했다.

52 왕량의……비방 : 《후한서後漢書 14》〈왕량열전王良列傳〉에 왕량王良이 벼슬에 급 급하다가 조정의 부름을 받고 가던 중에 친구의 집을 방문하자, 그 친구가 "충성 스러운 말이나 기이한 계책도 없이 높은 자리를 차지하려고만 하다니, 어쩌면 그 렇게도 구질구질하게 거리낌 없이 나아가고 물러난단 말인가.[不有忠言奇謀而取 大位 何其往來屑屑不憚煩也]"라고 비난하며 물리친 고사가 전한다.

면 당연히 저들과 함께 쫓겨났을 것이고, 만약 저들은 쫓겨나고 저만 남았다면 이는 제가 도리어 저들만 못한 경우가 되는 것입니다.

상국相國 홍퇴지洪退之에게 답하는 편지 答

• **해설** : 이 편지는 홍섬洪暹(1504~1585)의 편지를 받고, 무진년(1568년, 68세) 2~3월에 보낸 답장이다. 퇴계는 자신이 벼슬에 나아가지 않는 상황을 '조정에서는 선비의 도道로 자신을 대우하는데 자신은 시정잡배의 마음으로 나아갈 수 없다'고 하면서, 자신과 비슷한 처지에 있던 중국 벼슬아치들의 처신을 예로 들었다.

• **홍퇴지** : '퇴지退之'는 홍섬의 자이고, 호는 인재忍齋이며, 시호는 경헌景憲이다. 조광조趙光祖의 문인으로, 대제학大提學을 지냈다. 저서로 《인재집忍齋集》 등이 있다.

05.
늙어 벼슬을
사양하며

대감의 편지를 받은 지 지금 몇 년 만인지요? 편지를 받아 기뻤는데 뜯어보고는 다시 사람의 정신을 망연자실하게 하여 죽고 싶어도 그러지 못하는 탄식이 있었으니 어찌 하겠습니까? 영공께서도 오히려 저를 다 알지 못하는데 다른 사람에게 무엇을 바라겠습니까? 영공께서는 저를 어떤 사람이라고 생각하십니까? 과연 한 가지라도 다른 사람과 같은 것이 있습니까? 제가 이렇게 허술한데도 이처럼 남다른 은혜를 입었으니 만에 하나라도 감당할 수 있겠습니까?

임금께서 잘 모르고 잘못 벼슬을 내리시는 것을 저는 분명히 알면서도 무릅쓰고 받는다면 옳겠습니까? 신이 비록 임금과 남들을 속일지라도 어찌 조정을 욕되게 할 수 있겠습니까? 이것은 아무리 늙고 병든 이유가 아니더라도 오히려 감히 나아갈 수 없는데, 하물며 나이가 일흔에 가까워 온갖 병에 걸린 사람이야 어떠하겠습니까? 공은 평소 제 마음의 괴로움이나 피로에서 오는 온갖 깊은 병에 대해 어떻게 생각하십니까? 나머지는 우선 말할 것도 없이 무오년[53]과 기미년[54] 겨울과 봄에 객지에서 병이 깊어 거의 죽을 뻔한 적이 여러 번이었습니다. 그런데도 잘못된 은혜가 자꾸만 내려와 사양하려고 해도 허락지 않고 받으려 해도 벼슬하기 어려우니 황송

53　무오년 : 1558년(58세) 10월에 성균관 대사성을 제수하였지만, 11월에 병으로 사양하니 상호군上護軍에 제수하였다. 12월에 가선대부 공조참판에 제수하자 병으로 사양하였지만 왕이 들어주지 않았다.

54　기미년 : 1559년(59세) 2월에 휴가를 얻어 시골로 내려와 분황焚黃을 하고 병으로 올라가지 못하고 상소하여 사직하셨으나 왕이 들어주지 않았다.

하고 군색한 온갖 단서를 어떻게 다 하겠습니까? 그리하여 마침내 낭패로 돌아간 것을 공께서도 보지 않았습니까?

그때도 오히려 그러했는데 지금은 8, 9년도 더 지나 더더욱 늙고 병들었으니 추한 모습을 정녕 어찌하겠습니까? 한번 나아가 벼슬자리를 도적질하고도 만족할 줄 모르고 또 다시 나아가 다시 벼슬자리를 훔쳐 차지해야겠습니까? 사람이 순서를 뛰어넘어 벼슬자리를 가지게 될 때 미안한 마음을 가지고 있으면서도 오히려 그 자리를 받는 것은 뒷날 갚을 것을 생각하기 때문입니다.

저 같은 경우 지난번에 종품從品을 받고 털끝만큼도 보잘 것 없는 노력을 하지 않았는데, 지금 또 이를 사직하고 피한 나머지가 계단이 되어 도리어 육경六卿의 서열을 얻게 되었으니 나중의 공효를 묻는다면 바람을 잡듯 아무런 소득이 없는 것이나 마찬가지입니다. 그런데도 한갓 "임금의 명령을 어길 수가 없었습니다."라고 변명하며 자신의 이익만 취하고 얼굴을 쳐들고 부끄러운 줄도 모른 채 뻔뻔스레 탐식만 한다면 남들은 그 남은 찌꺼기를 먹으려 하겠습니까?

보내온 편지에 "옛날과 지금은 상황이 다르니 사양하거나 받는 의리는 따질 것이 없다."고 하였으니 살아갈 길을 알려주신 것이 지극하다 하겠습니다. 그러나 제 생각으로는 끝내 미안한 점이 있습니다. 오늘날에 옛날의 도리를 그대로 지킬 수는 없지만 천하의 의리와 인심의 시비는 지금이나 예나 마찬가지여서 하루라도 없을 수가 없습니다. 지금 만약 이 주장을 내버려두고 시비와 가부를 일체 따지지 않고 오직 나아가는 것만 일삼는다면 제 생각으로는 선비의 기풍이 허물어지고 세상의 도리가 무너져 강을 건너는데 노가 없는 것이나 마찬가지일 것이니, 이것이 가의賈誼가 한심하게 여겼던 것입니다[55]. 그러니 공이 따질 것이 없다고 한 것은 잘못된 것이

---

55 강을……것입니다 : 가의賈誼(B.C. 201~B.C. 168)의《신서新書》〈속격俗激〉에 나오

아니겠습니까? 또 "이름이 재상의 반열에 있으니 초야에 있는 사람과는 달라 불러도 나아가지 않으니 어찌 이런 이치가 있는가?"라고 하였는데, 말이 여기에 이르니 간담이 땅에 떨어집니다.

지난번 홍이상洪貳相[56]의 편지에도 그렇게 나무라시니 이것을 문제삼고 죄를 삼으면 진실로 옛날에 이른바 "영해의 사이가 바로 내가 죽을 곳[57]" 이 됩니다. 비록 그렇지만 이것에 관해 저는 의혹이 없을 수 없습니다. 만약 말씀하신 대로라면 신하된 사람은 예禮로 나아가고 의義로 물러나야 하는데 다만 이것은 낮은 관리들만 행할 수 있는 것이고, 경卿이나 재상은 예의가 어떠한지 돌아볼 겨를조차 없이 모두 임금의 명령만 따라 나아가고 물러나야 한단 말입니까?

저는 벼슬이 높을수록 책임과 기대도 더욱 무겁고, 책임과 기대가 무거우면 나아가고 물러나는 것도 더욱 어렵다고 들었습니다. 그래서 옛날의 사대부들 가운데 산림에 묻혀 사는 사람이 아니더라도 경상의 지위에 있어서는 불러도 나아가지 않던 사람은 한 둘로 셀 수조차 없습니다. 또 사람들이 제가 옛 현인들의 경우를 자신에게 끌어다 붙인다고 여길까 두려워 감히 하지 못하고 있습니다.

영공께서 한번 깊이 헤아려보신다면 절로 아실 것입니다. 그래서 저는 일찍이 망령되이 나아갈 만 해서 나아가는 것은 나아가는 것이 공경스러운 태도이고, 나아가서는 안 되는데 나아가지 아니하는 것은 나아가지 않

는 구절이다.

56 홍이상 : 홍섬洪暹(1504~1585)을 이른다. 이상貳相은 정승 다음 가는 벼슬이란 뜻으로, '좌찬성과 우찬성'을 이른다.

57 영해의……곳 :《송사宋史 104》〈추호열전鄒浩列傳〉의 "만약 지완이 간관으로서 아무 말도 하지 않고 그대로 경사에서 벼슬을 하고 있다 할지라도 한질을 만나서 땀을 내지 못할 경우에는 5일 만에 죽을 것이니, 어찌 유독 영해 밖의 지역만이 사람을 죽게 할 수 있겠소.[使志完隱默官京師 遇寒疾不汗 五日死矣 豈獨嶺海之外 能死人哉]"라는 구절에서 온 말이다.

2. 서원과 제수 • 69

는 것이 공경스런 태도라고 생각했습니다. 옛날에 나아가지 않은 사람들이 어찌 도중에 명령을 내버리려고 그렇게 했겠습니까? 옳음이 있는 것이 바로 공손함이 있는 것입니다.

만약 제가 쌓인 병이 없다면 나아갈 수 있고 크게 늙지 않았다면 나아갈 수 있고 쓸모 있는 재목이면 나아갈 수 있을 것입니다. 지금은 그렇지 않아 거의 죽을 때가 되어 사방에서 병들이 모여드니 나아가서는 안될 뿐 아니라, 또한 나아갈 수도 없습니다.

편지에서, 도중에 명을 내버리는 것에 해당된다고 하셨는데 죄를 논하기에 진실로 합당한지요? 지난번 세 번이나 부름을 받았지만 나아가지 않은 적이 없었고 반드시 몇 년을 힘쓴 뒤에 물러났으니 이때는 그래도 사소한 근력이나마 남아 있었던 때입니다. 네 번째 부름을 받았을 때는 사직을 호소하다가 견책을 당해 억지로 나아갔는데 병이 더욱 심해져 4, 5삭朔 동안 5, 6일 정도만 근무하고 물러났으니 일의 형편이 매우 절박하였습니다. 그런데 금년에 임금님의 명령을 받았을 때는 그래도 감히 마음이 편치가 않아 제 스스로 급히 달려가다가 도중에 감기에 걸려 병이 점점 심해져 지금까지 이르렀으니 오늘 나아가지 못하는 것은 어찌 까닭 없이 임금의 명령을 하찮게 여기면서 일신의 편안함을 추구한다고 할 수 있겠습니까?

앞뒤 사정들을 종합해 보면 이 또한 어진 사람들은 마땅히 동정할 일이고 조정에서도 마땅히 용서할 일인 듯합니다. 모쪼록 영공께서는 이전 주장을 고집하지 마시고 저의 호소를 채택하여 옛 친구를 버리지 않는 도리를 돈독히 하고 서둘러 손을 적셔 물에 빠진 사람을 건져주기를 조정에서 공언하여, "이 사람은 늙고 병들어 벼슬하기가 어려운데 그 동안 여러 가지 어려움이 여차저차 하니 오지 못하는 것을 죄로 삼지 말고 그의 사퇴를 받아들여 지난번의 명령을 거두어들이고 예전의 직책으로 시골에 가 있게 하되, 예전 벼슬을 그만두는 사람의 예로 대우하는 것이 또한 조정의 모든 사물이 제자리를 얻도록 하는 큰 법입니다."라고 말씀해주십시오. 그러면 조정의 어질고 이치에 통달한 여러 재상들은 반드시 그렇다고 동조하는 주장을 펼 사람들이 많을 것입니다.

이로 인해 임금님께 말씀드려 시행될 수 있게 한다면 조정의 불쌍하고 병든 사람을 포용하는 혜택과 저의 분수에 따라 의를 다하려는 바람이 공으로부터 드러나 양쪽이 모두 온전하게 될 것이니, 어찌 아름다운 일이 아니겠으며 어찌 흔쾌한 일이 아니겠습니까? 저의 사정은 조정이나 재야에서 모두 안 지가 오래되었으니, 어찌 공이 저에게 사사로운 정으로 위한다고 여기겠습니까? 영공께서는 의심하지 마십시오.

민판서閔判書에게 답하는 편지 答

• **해설** : 이 편지는 민기閔箕(1504~1568)의 편지를 받고, 병인년(1566년, 66세) 4월 11~16일에 보낸 답장이다. 당시 민기도 편지로 퇴계에게 벼슬에 나올 것을 권하였다. 그러나 퇴계는 자신은 재주도 없는데 벼슬이 잘못 내려졌지만 임금과 사람들을 속이더라도 조정은 속일 수 없고 자신은 온갖 병에 시달려 벼슬에 나아갈 수 없음을 전하였다.

• **민판서** : 민기를 이른다. 자는 경열景說이고, 호는 관물재觀物齋·호학재好學齋며 시호는 문경文景이다. 우의정右議政을 지냈다. 저서로 《석담야사石潭野史》 등이 있다.

06.
대제학을
사직하며

한번 이별하고 여러 해가 지나는 동안 그리운 마음 간절했었는데 자중子中[58]이 오는 편에 편지를 보내 주시니 제가 잘못된 길로 들어설까 걱정하면서 미혹된 점을 통렬히 지적하고 살아날 길을 알려 주시어 너무나 감사하여 어떻게 보답해야 할지 모르겠습니다. 그렇다고 한마디 말이나마 후의에 감사하지 않을 수 없어 대강을 말씀드립니다.

저는 태어나면서부터 온갖 일들이 순탄하지 않고 어려움이 많았는데, 특히 막대한 근심은 매번 본분과 생각 밖에서 나왔습니다. 범상한 사람은 낮은 지위에 있으면서 이름이 없어야 하고, 늙고 병든 사람은 멀리 초야에 버려지는 것이 본분에 어울리는 일입니다. 그런데 지금 저는 그렇지 않아 성품이 매우 어리석고 재능이 몹시도 열등하며 병은 더할 수 없이 심하고 지극히 노쇠한 사람인데도 명성이 너무 지나치고 책임이 너무 무거우며 지위가 너무 높고 은혜가 너무 융숭한 변란을 당하고 있습니다. 만약 제가 기미를 알고 먼 앞날을 걱정하는 옛날의 군자라면 비록 그 가운데 한 가지만 해당되어도 오히려 상서롭지 못한 조짐이고, 반드시 낭패가 날 징조라고 여겨 곧바로 물러났어야 하는데, 하물며 네 가지의 더할 수 없는 결함을 가지고 네 가지의 지나친 복을 만났으니 처신을 어떻게 해야 하겠습니까?

불행히 모른다면 그만이겠지만 다행히 제 자신을 명확히 아니 어찌 이

58　자중 : 정유일鄭惟一(1533~1576)의 자다. 호는 문봉文峯이고, 퇴계의 문인으로 예안현감禮安縣監 등을 지냈다. 저서로《문봉집文峯集》이 있다.

러한 징조를 범하면서 감히 우리 임금의 명령에 응할 수 있단 말입니까? 아무리 그렇다지만 감히 응하지 못하는 이유가 어찌 개인적인 사정 때문이겠습니까?

일찍이 주자朱子의 말을 들으니 "사대부가 관직을 사양하고 받는 것과 나아가고 물러남은 제 자신만을 위한 것이 아니라, 그 처신을 옳게 하고 못함은 바로 나라 풍속의 성쇠와 관련되기 때문에 더욱 살피지 않을 수 없는 것이다[59]."라고 하였습니다. 크게 현명한 사람의 출처도 그 사이에 작은 장애가 있으면 오히려 이것이 재앙이 되는데 하물며 보잘것없는 사람이 헛된 명성을 끼고서 임금을 속이고, 큰 이익을 보고서는 자기의 분수를 잊어버린 채 단지 이득만 알고 보답할 줄은 모르며 예의가 어떤 것인지도 염치가 어떤 것인지도 모른다면 그 폐단이 어찌 풍속을 상하게 하고 국정을 망치는 것에만 머무르겠습니까?

관자管子[60]가 말한 "사유四維가 베풀어지지 않으면 나라가 망한다[61]."는 것이 이 때문에 생긴 것입니다. 이러한 것으로 말할 것 같으면 이것이 어찌 한 사람의 작은 일이거나 한때의 하찮은 것이라고 하여 망령되게 처신할 수 있겠습니까? 때문에 옛날 잘 다스려지던 시대에는 윗자리에 있는 사람들이 그런 것을 알아서 아무리 현명한 사람을 구하고 재능 있는 사람을 쓰는 일에 급급하더라도 어렵게 여기고 신중하게 생각해서 큰사람에게

59 사대부가……것이다 : 조정에 나아가 벼슬하거나 집에 물러나 은거하는 것을 이르는 말로,《회암집晦庵集》〈답한상서서答韓尙書書〉에 나오는 구절이다.

60 관자 : 춘추시대 제齊나라 사람인 관이오管夷吾(B.C. 716?~ B.C. 645)를 이른다. 별명은 관자管子고, 자는 중仲이다. 친구 포숙아鮑叔牙의 권유로 환공桓公을 섬기고, 재상宰相으로서 환공을 도와 패자霸者가 되게 하였다. 저서로《관자管子》가 있다.

61 사유가……망한다 :《한서漢書》〈가의열전賈誼列傳〉에 "관자가 '예의염치禮義廉恥를 사유四維라고 하는데, 사유가 베풀어지지 않으면 나라가 망한다.'라고 하였습니다.[管子曰 禮義廉恥是謂四維 四維不張 國乃滅亡]"라는 구절이 있다.

는 큰일을, 작은 사람에게는 작은 일을 맡겨 능력이 없는 사람에게는 억지로 시키지 않았습니다. 간혹 불행히 잘못 등용되었으면 반드시 자기 스스로 알아 사직 요청을 하면 그에 따라 지체없이 허락해 주었고 늙고 병들어 정신과 힘이 없는 사람에게도 벼슬을 그만 둘 길을 열어두어 대우하였던 것입니다. 그래서 조정에는 요행으로 얻는 지위가 없었고 선비들은 자신의 본분을 잃지 않아 위에서는 올바르게 조치할 수 있어 재상의 공[62]을 이루었고 아래서는 함부로 벼슬에 나아가는 근심이 없어 복속覆餗의 낭패[63]를 면할 수가 있었습니다. 그리하여 임금과 신하가 함께 복을 누리고 모두가 제 위치를 얻었으니 어찌 아름답지 않겠습니까? 그렇지 못한 것은 일체 이와 반대되어 실패한 예가 고금에 분명하여 속일 수가 없습니다.

요사이 임금님의 결단이 확실하여 좀스럽고 간사한 무리들을 척결하여 조정이 깨끗하고 많은 어진 신하들이 정치를 일신시켰습니다. 그런데도 오히려 부족하다 여기시고 궁에서는 공묵恭黙[64]의 가운데서 어진 신하를 얻어 쓰기 위해 밤낮으로 노력하시니, 비록 상商 고종高宗과 주周 문왕文王과 같은 성심도 어찌 이보다 더할 수 있겠습니까?

---

62 재상 : 원문은 '濟川'. 험난한 물길을 거뜬히 건넌다는 뜻으로, 재상의 역할을 수행하는 것을 비유한다. 《서경書經》〈열명 상說命上〉에 은殷 고종高宗이 명재상 부열傅說에게 "내가 만일 큰 냇물을 건너게 되면 그대를 배와 노로 삼겠다.[若濟巨川 用汝作舟楫]"라고 한 구절에서 유래한다.

63 복속의 낭패 : 재상宰相이 그 지위를 감당하지 못해 일을 망치는 것을 비유하여 이르는 말로, 《주역周易》 정괘鼎卦의 "솥의 발이 부러져 여러 사람이 먹을 음식을 엎질러 버렸다.[鼎折足 覆公餗]"라고 한 구절에서 유래한다.

64 공묵 : '공묵사도恭黙思道'의 준말로, 공경히 삼가며 묵묵히 치도治道를 생각하는 것을 이른다. 《서경書經》〈열명 상說命上〉에 은殷 고종高宗이 신하들에게 "부왕께서 나에게 왕위를 전하여 사방을 바로잡는 책임을 맡기셨으나, 나는 나의 덕이 선왕과 같지 못할까 두려워서, 말을 하지 않고 공경히 삼가며 묵묵히 치도를 생각하였는데, 꿈에 상제가 나에게 훌륭히 보필할 재상을 내려 주셨다. 만약 이 사람을 찾아내면 그가 나를 대신해서 말을 해 주리라.[以台 正于四方 台恐德弗類 玆故弗言 恭黙思道 夢帝賚予良弼 其代予言]"라고 한 구절에서 유래한다.

이때 잘못하여 보잘 것 없는 자질과 우활한 저 같이 못난 사람을 함부로 나아가게 하려 하시니 제가 만약 임금의 명령에 서둘러 좇을 줄만 알아서 억지로 나아간다면 이것은 저로 인하여 조정에서 어진 사람을 구하는[65] 아름다운 뜻이 결국에는 관자管子가 깊이 근심하고 가의賈誼가 눈물 흘리며 크게 탄식했던[66] 결과로 돌아가고 말 것이니 이것이 제가 황공하고 두려워 감히 나아가지 못하는 까닭입니다.

대개 나갈 만해서 나가는 것은 의로운 것이고, 나갈 수 없어서 나가지 않는 것 역시 의로운 것이니 의義의 소재가 바로 임금을 섬기는 길이니 무엇에 구애되겠습니까? 하물며 제가 종전에 애써 사양하고, 또 서울로 올라가는 도중에도 극구 사양했던 것은 모든 것에 능력이 없는 까닭입니다. 그런데 하루아침에 높은 관직과 후한 봉록이 다가오는 것을 보고는 책임의 여하를 생각지 않고 나갈 것 같았으면 지난번에 할 수 없던 것을 지금에서 갑자기 할 수 있게 되었겠습니까? 이것은 마음을 쓰는 데 있어서 서로 크게 어긋나는 것이니 제가 나아가기 꺼려하는 것이 바로 여기에 있습니다.

제가 비록 완고하고 무지하지만 저 역시 사람입니다. 위로는 우레와 같은 임금님의 위엄이 있고 아래로는 곤궁하고 굶주린 절박함이 있으니 한번 하늘같은 임금의 은혜를 입으면 부귀의 즐거움을 크게 누릴 수 있고 남들의 의심과 비방도 없어진다는 것을 제가 어떻게 모르겠습니까? 그러나

---

65 어진……구하는 : 원문은 '夢卜'. 은殷 고종高宗이 꿈에서 부열傅說을 만나보고 그의 얼굴을 그림으로 그려 사방에 배포해서 부열을 찾아 정승으로 삼은 고사故事에서 나온 말로, 임금이 어진 사람을 얻는다는 뜻이다.

66 가의가……탄식했던 : 《한서漢書》〈가의열전賈誼列傳〉에 한나라 가의賈誼가 비통한 심정으로 문제文帝에게 치안책治安策을 올리면서 "삼가 현재의 상황을 살펴보니, 통곡할 만한 일이 한 가지요, 눈물을 흘릴 만한 일이 두 가지요, 장탄식할 만한 일이 여섯 가지입니다.[竊惟事勢 可爲痛哭者一 可爲流涕者二 可爲長太息者六]"라고 한 고사가 전한다.

지금 제가 당면한 입장으로 평소에 들은 것을 비추어 보고 감히 함부로 나아갈 수 없는 것은 위에 말씀드린 것과 같습니다.

그러므로 열심히 본분을 지키며 이익을 보고 나아가거나 화가 두려워 뜻을 바꾸는 일을 없애려 합니다. 그리하여 훗날 지하에서 고인을 뵐 때를 기다릴 것이니, 저의 그러한 뜻은 진실로 걱정해줄 만하고 저의 그러한 진정은 용서받을 만하다고 생각하였습니다. 그런데 어찌하여 행실은 남에게 믿음을 받지 못한단 말입니까? 정성이 하늘에 이르지 못해 걱정과 용서의 효험이 오래도록 드러나지 않고 헐뜯고 꾸짖는 말만 지금까지 답지하고 있습니다.

일전에 박자진朴子進[67] 군이 편지를 보내와 심하게 나무랐는데 그중에 가장 이해할 수 없던 것은 '형적形迹'이란 두 글자입니다. 그래서 가만히 생각해 볼 때 자진이 저와 오랫동안 서로 알아온 사람이라고 할 수 있는데, 이렇게 곤란한 때 결코 의심하지 말아야 할 사람이 의심하는 듯하니 더군다나 다른 사람들은 어떻겠습니까? 이에 입을 열어 구차스럽게 스스로 변명하지 않을 수 없었습니다. 비록 이것이 매우 비루하고 외람되기는 하지만 그 말은 신하된 사람의 의리와 관련되었기 때문입니다.

아마 지난번 편지를 받으시기 전에 자중子中[68]이 와서 영감의 편지를 읽고는 놀라고 두려워 마음을 안정시킬 수 없었습니다. 그리고 다시 자진子進의 편지를 받고 지난번 편지에서 의심받은 말뜻이 대체로 이와 같다는 것을 알았습니다. 그리고 자진이 또 "오직 저의 생각만 그러한 것이 아니라 여러 사람들의 생각도 다 그렇다고 합니다."라고 하니, 그렇다면 비록 공의 진실하고 애석히 여기는 마음으로도 저에 대해서 의심이 없을 수 없다는 것입니까? 아니면 저를 의심하는 것이 아니라 공께서 정성스런 심정

67　박자진 : '자진子進'은 박점朴漸(1532~?)의 자로 추정된다. 일반적인 기록에는 경진 景進이고, 호는 복암復庵이다. 황해도감사黃海道監司를 지냈다.

68　자중 : 정유일鄭惟一(1533~1576)의 자다.

으로 간절하게 나아가는 것이 다소나마 도움이 될듯하여 어쩔 수 없이 이렇게 말씀을 하신 것입니까?

앞의 주장에 따르면 '불능不能'이라는 두 글자입니다. 제가 43살 이래로 지금까지 23년 동안 죽음을 무릅쓰고 물러날 계획을 하는 이유는 다름이 아니라 오직 '불능'이라는 이 두 글자에 몸이 매여 있었기 때문입니다. 지금 여러분이 다른 주장을 내세워 그 사이에 의심스런 마음을 두니 아무런 사실도 없는데 사람을 의심하여 죄악에 빠트리기를 어찌 우리 당의 군자들이 잔인하게 할 수 있단 말입니까?

이후의 주장에 따르면 공께서 편지에서 말씀하신 것처럼 만에 하나라도 과연 능력이 있다면 제가 임금을 속이고 세상을 기만하여 윗사람을 그릇되게 하는 죄를 불러온 것이니 저의 목이 떨어지고 몸이 가루가 되더라도 속죄할 수 없을 것입니다. 그러나 궁궐을 가는 만 리 길에 퍼진 소문이 대체로 실제보다 지나친 말이 많은데 공께서는 무슨 근거로 이를 믿고 말씀하시는 것인지 모르겠습니다. 하물며 버러지 같은 저의 병들고 추한 모습이 한번 왕께서 가까이 하시면 곧바로 싫증내실 것이고 아무런 실속도 없는 저를 억지로 시험하면 그 대답에 요령이 없으며 국가계획에 아무런 대책이 없을, 뻔한 결과가 이와 같을 것입니다.

우리 임금에게 측근들에 대해 후회가 들도록 하고 현명한 사람을 구하려는 뜻이 느슨해져 조그만 이익을 구하다가 도리어 큰 손실을 낳게 될 것이니 어찌 윗사람에게 보답하는 것이겠습니까? 그러므로 지금 여러분의 계획으로는 제가 지난번 성세聖世에 쓰이기에 부족하다는 뜻을 분명히 임금께 밝히고 뭇 조정 신하들 의견도 분명하니 다시는 전과 같은 과오를 답습하지 말고 반드시 다시 오늘날 제일 가는 선비를 구해 우리 임금의 기대에 부응하도록 하고 지극한 정치를 구현하고 큰 이름을 빛내는 데 마땅히 힘쓰는 것이 급선무입니다.

이에 모쪼록 임금님께 아뢰어 저에게 내린 벼슬을 바꾸고 본래의 직책인 상태로 벼슬을 그만 두게 해서 높은 누각에 묶어 두고[69] 산골에 버려두어 옛날 헛된 명성을 가진 선비를 대하듯이 하십시오. 그리하여 다 죽어가는 목숨으로 하여금 분수껏 의를 다하고 초목과 함께 생을 마칠 수 있도록 해 주십시오.

그렇게 된다면 조정에서는 이를 계기로 실제로 현명한 인재를 구해 다스릴 수 있을 것이고 저는 이를 계기로 어진 이를 방해하거나 나라를 욕되게 하는 죄에서 벗어날 수 있을 것입니다. 또 세상 사람들로 하여금 종남산終南山이 벼슬의 지름길[70]이 아님을 알게 한다면 북산北山에서처럼 나중에 더렵혀지는 이문移文[71]이 없게 하는 것입니다. 이렇게만 된다면 저에게 있어 다행스러움이 어떠하겠으며, 여러분들은 나랏일을 도모하는 충성과 사람을 이루어주는 아름다운 일을 동시에 달성하였다고 할 것입니다.

제가 두려워 애를 태우던 끝에 이 편지를 쓰려고 하니 눈은 어둡고 마음은 바쁘며 거듭 생각을 구상하려니 피로하고 힘이 없어서 붓을 잡았다가는 쉬기를 반복한 지 수십일 만에 겨우 몇 마디 말을 하지만 오히려 말에 순서가 없고 글자도 제대로 되지 않습니다. 그런데도 부끄러움도 무릅쓰

---

69 높은……두고 : 《진서晉書》〈유익열전庾翼列傳〉에 "이 사람들은 마땅히 높은 다락 위에 묶어 두었다가, 천하가 태평해진 뒤에야 써 먹을 일을 의논해야 할 것이다.[此輩宜束之高閣 俟天下太平 然後議其任耳]"라는 구절이 있다.

70 종남산이……지름길 : 은사隱士라는 이름으로 하루아침에 높은 벼슬을 얻는 것을 말한다. 《신당서新唐書》〈노장용전盧藏用傳〉에 당나라 때 노장용盧藏用은 처음에 종남산에 은둔하여 자못 훌륭한 명성이 있었는데 뒤에 나와서 벼슬하였다. 이때 사마승정司馬承禎은 천태산天台山으로 들어가니, 장용은 종남산을 가리키면서 "여기에도 아름다운 운치가 있는데 굳이 천태산을 찾을 것이 있나?" 하였다. 승정은 웃으면서 "내가 보기에는 종남산은 벼슬의 지름길일 뿐이네." 하니, 장용은 부끄러워하였다.

71 북산에서처럼……이문 : 《고문진보古文眞寶》〈북산이문北山移文〉에 "잠깐 자취를 산림에 돌리나 마음은 세속에 물들었으며, 혹은 먼저는 깨끗하였으나 뒤에는 더러웠으니, 어쩌면 그리도 잘못되었는가.[乍廻迹以心染 或先貞而後黷 何其謬哉]"라는 구절이 있다.

고 급히 글을 올립니다. 어진 마음으로 살펴주시어 조금이나마 재량하여 주기시기 바랍니다. 저는 두려워하며 두 번 절합니다.

【추신】

한 수만 잘못 두어도 전체 판을 망치는 장기판을 보지 못하였습니까? 지금 헛된 이름을 권장하여 한때의 이목을 움직이려고 하니 실제적인 쓰임도 아니고 잘못 두는 것이니 어찌 장기판을 망치게 될까 근심하지 않겠습니까? 더구나 요사이 사림士林의 재앙도 대개는 헛된 수를 놓아 발생한 것입니다. 앞에 뒤집어진 수레가 있으면 뒤따르는 사람들은 더욱 나아가기 어렵습니다. 귓병을 앓아 듣지도 못하는데도 오히려 시끄러운 무리들이 소리를 듣고 툭하면 소기묘小己卯[72]라고 지목한다고 들었으니 이것이 바로 재앙을 싣고 와서 먹인다는 말입니다[73]. 저는 불행히도 장기에서 잘못 수를 놓은 판을 만나 판을 망치고 말았는데 여러분들께서는 편안할 수 있을지 모르겠습니다.

제 생각으로는 기묘년에 일어난 사화士禍를 말하더라도 영수領袖의 인사가 학문을 완성하지도 못한 채 갑자기 큰 명성을 얻었고, 갑자기 경세제민經世濟民을 자임하는데도 임금께서는 그의 명성을 좋아하여 중책을 맡겼으니 이것은 이미 잘못 수를 놓아 실패하는 길을 택한 것입니다. 또 많은 일을 좋아하는 신진新進들이 시끄럽게 일어나서 실패를 재촉하고, 아첨하는 사람들에게 자신들의 재주를 팔도록 하였으니 아마도 이를 뒤따

---

72 소기묘 : 기대승奇大升(1527~1572)을 조광조趙光祖에 빗대어 이르는 말이다. 도학을 일으키고 사류들을 진작시킨 공이 조광조에 버금간다는 의미이다.

73 재앙을……말입니다 : 원문은 '載禍相餉'. 《자치통감資治通鑑》에 동한東漢의 하복夏馥이 중관들의 미움을 받아 체포령이 내리자 임려산林慮山으로 숨어들어 대장간에서 일하고 있었는데, 그의 아우 하정夏靜이 비단을 싣고 찾아와서 대접하려 하자, "아우는 어찌하여 재앙을 싣고 와서 나를 먹이려 하는가.[弟奈何載禍相餉乎]"라고 한 구절에서 유래한다.

르는 사람들을 지극히 경계해야함은 소홀히 할 수 없는 것입니다.

박참판朴參判에게 답하는 편지 答

- **해설** : 이 편지는 박순朴淳(1523~1589)의 편지를 받고, 병인년(1566년, 66세) 4월 하순에 보낸 답장이다. 퇴계는 당시 안동에 있다가 공조판서工曹判書와 홍문관대제학弘文館大提學, 예문관대제학藝文館大提學 등에 제수되었지만 서울로 올라가다가 중도에 병에 걸려 사직하고 고향으로 돌아와 자신이 벼슬에 나아가지 못하는 상황을 전하였다.

- **박참판** : 박순을 이른다. 자는 화숙和叔이고, 호는 사암思菴이며, 시호는 문충文忠이다. 우의정右議政을 지냈고, 중년에 퇴계의 문하에서 수학하였다. 저서로 《사암집思菴集》이 있다.

07.
조식에게
출사를 권하며

저 황滉은 두 번 절합니다. 지난번 이조吏曹에서 유일遺逸의 선비를 채용하려고 천거하였는데, 임금께서 어진 인재를 임용하시는 것을 좋아하여 품계를 뛰어넘어 6품의 벼슬을 내리라고 특별히 말씀하시니, 이것은 실로 우리 동방에서 예전에 드문 장한 일입니다. 제 생각에는 벼슬하지 않는 것은 의가 아니니 임금과 신하의 큰 윤리를 어찌 버릴 수 있겠습니까[74]? 그런데 선비가 혹시라도 벼슬하는 것을 어렵게 여기는 것은 다만 과거科擧가 사람을 어지럽게 하고 잡진雜進[75]의 길은 더욱 천하기 때문이니, 이것이 바로 몸을 깨끗이 하려는 선비가 자취를 감추고 숨어서 나아가는 것을 달갑게 여기지 않는 까닭입니다.

그런데 지금은 산림에서 천거하는 일은 과거科擧처럼 혼탁하지도 않고 품계를 뛰어넘어 6품을 내리는 것은 잡진처럼 더럽혀지는 것도 아닙니다. 그러므로 동시에 천거된 사람으로 성수침成守琛[76]은 이미 토산현감兎山縣監에 부임하였고, 이희안李希顏[77]도 고령현감高靈縣監에 부임하였습니다. 이 두 사람 모두 지난날 벼슬을 사퇴하고 은거해서 장차 그대로 몸을 마칠

74　벼슬하지……있겠습니까 : 《논어論語》〈미자微子〉에 "벼슬하지 않으면 의리가 아니니, 어른과 아이의 예절도 버릴 수 없거늘 임금과 신하의 의리를 어찌 버릴 수 있겠는가.[不仕無義 長幼之節 不可廢也 君臣之義 如之何其廢之]"라는 말이 있다.

75　잡진 : 문과나 무과의 합격자가 아닌 사람에게 처음 벼슬을 내릴 때 참봉參奉 같은 말단직을 내리는 것을 이른다.

76　성수침(1493~1564) : 자는 중옥仲玉이고, 호는 청송聽松·죽우당竹雨堂·파산청은坡山淸隱·우계한민牛溪閒民이며, 시호는 문정文貞이다.

77　이희안(1504~1559) : 자는 우옹愚翁이고, 호는 황강黃江이다.

것 같던 사람들이었지만 전에는 벼슬길에 나서지 않다가 지금은 나섰으니, 이것은 어찌 그들의 뜻이 변해서겠습니까? 그들은 틀림없이 자신이 지금 나가면 위로는 성조의 아름다움을 이룰 수 있고, 아래로는 자신이 쌓아 온 경륜을 펼 수 있을 것으로 여겨 그러했던 것입니다. 이어서 그대에게는 전생서典牲暑 주부注簿를 제수하였으니, 사람들 모두, "조군曹君의 뜻이 바로 두 사람의 뜻이다. 이제 두 사람이 이미 벼슬에 나갔으니 조군도 나오지 않을 리가 없다."라고 하였는데, 그대는 끝내 나오지 않으니 어찌된 일입니까?

자신을 알아주지 않아서라고 한다면 깊이 숨어 있는 사람 가운데서 뛰어난 이를 뽑은 것이니 알아주지 않는다고는 말할 수 없을 것이고, 때가 아니라고 한다면 임금이 성스러워 현명한 사람 구하기를 갈망하시니 때가 아니라고 말할 수도 없을 것입니다.

그대는 문을 굳게 닫고 단정히 앉아 몸을 닦고 뜻을 기른 지 오래되었으니, 얻은 것이 크고 쌓인 것이 두터워 이것을 세상에 베풀면 장차 가는 곳마다 이롭지 않을 데가 없을 것인데, 또 어찌 제가 아직 그 일에 자신이 없다며 칠조개漆雕開가 벼슬을 원하지 않는 것처럼 한단 말입니까[78]?

이 점이 제가 그대의 처신을 석연하게 이해하지 못하는 이유입니다. 그렇다 하더라도 제가 어찌 그대를 깊이 의심하겠습니까? 그대의 처신에는 반드시 그러한 까닭이 있을 것입니다. 저는 영남에서 나고 자라 집이 예안禮安에 있어서 남쪽 지방을 왕래할 때 귀댁이 삼가三嘉에 있다거나 김해金海에 있다는 말을 들은 적 있습니다. 두 곳 모두 제가 일찍이 지나오던 곳이지만 한번도 형문衡門[79]에 나아가서 당신의 훌륭한 모습을 뵙지 못하였

---

78 제가……말입니까 : 《논어論語》〈공야장公冶長〉에 "공자께서 칠조개에게 벼슬을 하도록 권하자, 그가 대답하기를 '저는 벼슬하는 것에 대해 아직 자신할 수 없습니다.'라고 하니, 공자께서 기뻐하셨다.[子使漆雕開仕 對曰 吾斯之未能信 子說]"라는 구절이 있다.

79 형문 : 나무를 가로질러 만든 보잘것없는 문을 이르는 말로, 안분자족安分自足하는 은자의 거처를 뜻한다. 《시경詩經》〈진풍陳風 형문衡門〉에 "형문의 아래 한가

습니다. 이는 실로 제가 스스로 덕을 닦을 뜻이 없어 덕 있는 이를 사모하는 데 게으른 탓이라 지금 미루어 생각해보니 매우 부끄럽기 짝이 없습니다. 저는 천성이 질박하고 고루한 데다 스승과 벗의 인도를 받지 못하여 어려서부터 한갓 옛 것을 사모하는 마음만 가지고 있었습니다. 몸에는 질병이 많아 친구들이 간혹 "하고 싶은 대로 하면 병이 나을 수 있다."고 권하였지만, 집이 가난하고 어버이가 연로하시기 때문에 억지로 과거를 보아 이익과 녹봉을 취하게 되었습니다.

제가 그때는 참으로 식견이 없고 쉽사리 남의 말에 동요되어 한결같이 몸을 허망한 지경에 두었는데, 뜻밖에도 과거합격자 명단에 이름이 올라 속세에 골몰하느라 한가할 날이 없었으니, 달리 더 이상 무슨 말을 하겠습니까? 그 뒤로 병은 더욱 깊어지고, 또 스스로 세상에 나가 일할 만한 능력이 없다는 것을 알아 비로소 반성하고 물러나 옛 성현의 글을 더욱 읽어 보니, 지난번의 모든 저의 학문과 나아갈 방향과 처신과 행실이 모두 옛날 사람과 크게 어긋났습니다. 이에 두려운 마음이 들어 그들을 따르려고 길을 바꾸어 늙으나마 수습하려 하였습니다. 그렇지만 마음은 노쇠하고 정신은 황폐하며 질병마저 몸을 휘감아 힘을 쓸 수조차 없게 되었습니다. 그렇다고 그대로 그만둘 수도 없어 벼슬을 그만두고 책을 짊어지고 고향으로 돌아가 장차 이르지 못한 경지를 더욱 구하려 하였습니다.

행여 하늘의 신령이 도와주어 조금씩 공부가 쌓인 끝에 만에 하나라도 터득하여 일생을 헛되게 보내지 않기를 바란 것이 곧 저의 10년 이래의 소망이었습니다. 그런데 성은은 저의 허물을 감싸주시고 분에 넘치는 명예는 사람을 핍박하여 계묘년(1543, 43세)부터 임자년(1552, 52세)까지 세 번 물러나 고향으로 돌아갔다가 세 번 불려 왔습니다. 늙고 병든 정력으로 공

히 지낼 만하네.[衡門之下 可以棲遲]"라고 한 데서 유래한다.

부에 전심하지 못했으면서도 성취하기를 바란다면 어렵지 않겠습니까? 이리하여 벼슬길에 나아가기도 하고 들어앉기도 하며 공부를 멀리하기도 하고 가까이하기도 하였으니, 저의 학문이 이른 경지를 제 스스로 더듬어 보니 남보다 나은 점이라고는 없었습니다. 이 때문에 더욱 자신을 만족하지 못하고 지쳐서 서울에 누웠으니 세월만 흘러가 돌아가기를 원하는 한결같은 마음은 도도한 물길과 같습니다. 이런 때 멀리서 그대의 높은 의리를 들으니, 우러러 그 기풍을 본받아 나약한 마음이 흥기되지 않을 수 없었습니다.

무릇 영리의 길은 세상에서 모두들 좇는 것으로, 얻으면 즐거워하고 얻지 못하면 슬퍼하고 한탄하는 것은 모두가 그러할 것입니다. 그대는 산림에서 무슨 일을 스스로 이루었기에 저러한 영리를 잊어버릴 수 있는지 모르겠습니다. 거기에는 반드시 일삼는 것이 있을 것이고 반드시 얻는 것이 있을 것이며, 반드시 지켜서 편안한 것이 있을 것이며, 반드시 마음속에 즐거운 것이 있지만 남들은 그것을 알지 못합니다.

그렇다면 저처럼, 뜻은 여기에 두고도 돌아갈 길을 잃어 헤매는 사람이 어찌 조급하게 한마디 언급해 주시기를 갈망하지 않겠습니까? 천리나 멀리 떨어진 곳에서 마음으로 사귀는 것은 옛사람도 숭상한 것이니, 어찌 반드시 잠시라도 만난 다음에야 구면인 것처럼 친해지겠습니까? 무릇 경솔히 나아가서 여러 번 말로末路에서 실패한 것은 저의 어리석은 소행이요, 한번 나아가기를 신중히 하여 평소의 지조를 온전하게 한 것은 그대의 뛰어난 식견이니, 두 사람의 차이가 너무나 엄청납니다. 오직 그대가 지난번 저의 잘못을 용서하시고 만년의 진심을 애처롭게 여겨 물리쳐 도외시하지 않으신다면 저에게는 크나큰 다행일 것입니다. 저 황滉은 재배합니다.

조건중曹楗仲 에게 보내는 편지 與

- **해설** : 이 편지는 계축년(1553년, 53세) 2월에, 조식曺植(1501~1572)에게 보낸 편지다. 조정에서 내린 사도시주부司導寺主簿의 관직을 사양하자 퇴계가 처음으로 그에게 편지를 보내 벼슬에 나가기를 권유하면서 '천리나 멀리 떨어진 곳에서의 정신적 사귐[千里神交]'을 맺기를 원하였다.

- **조건중** : '건중楗仲'은 조식의 자다. 호는 남명南冥이고, 시호는 문정文貞이다. 단성현감을 사직할 때 올린 상소는 조정의 신하들에 대한 준엄한 비판과 함께 국왕 명종과 대비大妃 문정왕후文貞王后에 대한 직선적인 표현으로 큰 파문을 일으켰다. 이렇게 모든 벼슬을 거절하고 오로지 처사處士로 자처하며 학문에만 전념하였다. 저서로《남명집南冥集》이 있다.

08.
임금을
속이는 죄

저는 죽음에 가까운 병을 안고 있으니 쇠잔한 몰골은 말할 수 없이 지극합니다. 괴롭게도 명실이 상부하지 않은 이름으로 세상을 속이고 임금을 속였으니 죽어도 죄가 남을 것인데, 잘못 내리신 은혜를 입은 중에도 다시 잘못된 임금의 교지敎旨를 받으니 하늘과 땅 사이에 달아날 곳조차 없어 밤낮으로 애타게 대장臺章[80]이 나와서 어떤 조처라도 해주시기를 바랐는데 아직도 아무런 소식이 들리지 않습니다. 요사이 묘당廟堂[81]의 여러 상공相公들의 글을 얻어 보니 살길을 가르쳐 주신 것이 그대가 보내신 편지와 같았습니다.

저의 뜻이 망령스럽게도 2품 정직正職은 그 무게가 어떠하겠습니까? 그런데도 명확히 분별하지 못하고 한때 은혜로운 명령이 있었다고 부끄럼도 없이 뻔뻔스럽게 나아가 벼슬을 받는다면 무슨 도리이겠습니까? 해당 관서에 고신告身[82]을 납부하는 것은 사사로이 고신을 납부하려는 것이 아니라 해당 관서에서 곧장 받았기 때문입니다.

처음에 신섭申暹[83]에게 부탁하여 "여러 고신告身들을 끝내 해당 관서에 납부할 것이니 번거롭게 오가지 마라!"고 하였습니다. 이는 사면을 기다려 허락을 받게 되면 이렇게 할 것이었는데, 섭이 저의 생각을 헤아리지 못하

---

80 대장 : 사헌부司憲府와 사간원司諫院에서 상소하는 글을 이른다.

81 묘당 : 종묘宗廟와 명당明堂이라는 뜻으로, 조정이나 의정부를 이르는 말이다.

82 고신 : 조선시대에 관원에게 품계와 관직을 수여할 때 발급하는 임명장을 이른다.

83 신섭(?~?) : 퇴계의 문인이며 조카사위다. 용궁현감龍宮縣監을 지냈다.

고 여러 상공께 청하여 사람들의 웃음거리가 되고 말았습니다. 이 역시 제 말이 분명치 않았던 탓이니 부끄럽습니다. 또 이미 사은謝恩하고 나서 곧 바로 사직하고 물러나는 것은 위에서 말씀드린 것처럼 하기에는 무리인데, 더군다나 무슨 핑계로 물러날 수 있겠습니까? 부득이 다시 한번 무릅쓰고 사직 상소를 올리는 사태가 장차 어떻게 되겠습니까? 황공한 마음을 다 거론하지 못하겠습니다.

구경서具景瑞에게 답하는 편지 答

- **해설** : 이 편지는 병인년(1566년, 66세) 7월 7일에 쓴 편지다. 그 해 1월에 왕의 부름을 받고 서울로 가다가 영천榮川에서 사직상소를 올리고 풍기豊基에 머물며 왕의 명령을 기다렸지만 왕은 허락하지 않았다. 이후 4월에 지중추부사知中樞府事로 임명하여 불렀고, 7월에 사직상소를 올렸지만 허락하지 않았다.

- **구경서** : '경서景瑞'는 구봉령具鳳齡(1526~1586)의 자다. 호는 백담柏潭이고, 시호는 문단文端이다. 대사헌大司憲 등을 지냈다. 저서로 《백담문집柏潭文集》 등이 있다.

3

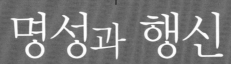

명성과 행신

行 名
贖 聲

01.
벗에게
선을 재촉하는 도리

보내신 편지를 살펴보니 수백마디 말씀에 가깝지만 큰 요점은 두 가지에 지나지 않았습니다. 하나는 명성을 얻어서 부모님의 마음을 위로하려고 저에게 도움을 요청하는 것이고, 하나는 옛 사람들이 했던 것처럼 선비들의 습관을 바로 잡고 이교異敎를 물리칠 것을 저에게 요구하는 것이었습니다. 그대 자신은 어버이를 위한 굴복을 면치 못하고 벗에게는 선을 권장하는 도리를 다하려고 한다는 사실을 알았으니 훌륭한 마음이라고 할 수 있습니다. 이를 통해 비로소 족하께서 저에 대해 실로 모르는 것이 많다는 것을 알았으니, 이는 무엇이겠습니까? 지금 세력 있는 가문이 경쟁하듯 나아가 억압하고 알력을 부리는데도 감히 원망하고 노여워하며 비난하고 재앙과 실패로 여기지 않는 것은 그들이 때를 만나 요직을 차지하고 있어서 사람들이 그들이 한 짓을 해괴하다고 여기지 않기 때문입니다.

그대는 오늘날 저를 어떻게 보십니까? 애초에 병들고 버림받은 가운데서 저를 기용한 사람은 현직에 있던 명망 있는 한두 벼슬아치들로 저의 곤궁하고 침체된 상황을 슬프게 여겨 천거하였을 뿐입니다. 그래서 병든 몸을 겨우나마 보존하고 한양에 왔는데 저의 실상을 보고는 실망하면서 손가락질하는 사람들도 있었습니다. 그런데 뜻밖에 다시 이렇게 높이 벼슬에 발탁하시는 명령이 있었는데 또 강론하는 자리가 따뜻해질 겨를조차 없이 병으로 제 소임을 사직하였습니다[1]. 그런데도 오히려 아무 하는

---

1 강론하는……사직하였습니다 : 1552년 4월에 홍문관교리弘文館校理, 지제교知製敎 겸경연시독관兼經筵侍讀官, 춘춘관기주관弘文館記注官, 승문원교리承文院校理

일 없이 녹봉을 받고 여관에 누워있으니 요직을 차지하고 있는 사람들과 비교하면 세력의 매서움이 어떠하겠습니까? 이렇게 족하를 위해 무리지어 함께 권세를 쥐고 있는 가문으로 나아가 서로 압박하고 다툰다면 비방을 받는 것은 정말 걱정하지 않지만 원망과 노여움, 재앙과 실패가 갑자기 드러나지 않는다고 보장할 수 있겠습니까? 이 점이 저를 잘 알지 못하는 것 같은 한 가지 일입니다. 옛날의 군자는 비록 때를 만나 도를 행하는 것을 귀하게 여겼지만 자신이 도를 체득하지 않고 그 시대에 도를 행할 수 있었던 자는 없었으며, 간혹 학문을 실지로 체득하지 못했으면서도 오히려 세상에 떨칠 수 있었던 것은 필시 재주를 믿을 수 있었기 때문일 것입니다.

저는 어려서부터 병이 많고 학문이 정밀하지 못하였는데 분수에 넘치게 과거에 급제하였으니 행동하고 처신하는 것이 평범한 사람보다도 못했으며 사람들도 그렇게 보았습니다. 늙은 나이가 되어 다행히 병으로 한가해져 처음으로 옛 사람들의 책을 잡고 자세히 읽으며 마음을 가라앉히고 깊이 사색하여 타고난 천성을 거짓으로 마음 밖에서 구해서는 안 된다는 것을 진정으로 알고 기꺼이 마음에 꼭 들어맞는 뜻이 있어 그 즐거움이 끝이 없었으니, 실로 이것으로 한평생을 마치고 싶은 바람이 있었습니다. 그러나 병이 깊고 정신이 없어 직접 몸으로 실천하는 공이 돈독하거나 전일하지 못했기 때문에 마음속으로 터득하고 행동으로 드러나 보이는 것이 없어 항상 스스로 부끄러워 탄식하였습니다. 어쩌다가 세상에 발걸음을 다시 내디디려고 계획해서 일을 처리하고 사람과 관계하는 사이에 제 자신이 고요한 가운데의 견해와 더불어 방해받고 모순됨을 깨닫고 자득함이

로 불러 상경하였다. 사헌부집의司憲府執義에 임명되어 사양하였으나 허락받지 못하였다. 6월에 동료들과 차자箚子를 올려 병으로 사직을 청하였지만 홍문관부응교弘文館副應教로 옮겼고, 7월에 통정대부성균관대사성通政大夫成均館大司成에 올랐다. 11월에 병으로 사직하고 상호군上護軍이 되었다.

없다는 사실을 알게 되었습니다.

사람들은 이것을 보고 옛날의 이李 아무개[2]와 다른 점이 있다고 하겠습니까? 전날의 평범한 이李 아무개가 오늘날 자신도 실천하지 못하는 옛 도를 말한다면 사람들이 어떻게 믿을 것이며, 저 자신에게 어찌 심히 부끄럽지 않겠습니까?

저는 정성을 다하지 않으면 하늘을 감동시킬 수 없다고 들었습니다. 실로 자득하여야 비로소 정성스럽다고 할 수 있는데 정성스럽지 않으면서 득과 실을 지적해서 말한다고 하늘을 감동시킬 수 있겠습니까? 그러나 벼슬에 있는 사람이 당연히 말해야 함에도 말하지 않는 것은 큰 죄입니다. 저 자신의 득실의 유무는 때때로 감히 생각지도 않았습니다. 다만 그때는 이른바 '마땅히 말하지 말아야 할 때'였습니다. 어째서 그랬을까요? 당시 조정에서 논쟁한 것[3]은 불법佛法이 행해지느냐 마느냐에 관한 논쟁이 아니라, 바로 승려의 도승제度僧制[4] 중 그 절목이 국정에 더욱 해롭다는 것에 관한 논쟁이었을 뿐입니다. 만약 불법의 시행을 진실로 전에 논쟁할 수 없었다면 지금 그 문제를 끄집어내어 다시 논쟁하는 것은 옳지 않습니다.

이때 성균관의 직책을 맡은 제가 조정의 의견을 따르고자, 도승제 한 가지 일의 절목만 논쟁하였다면 이는 도리어 불교가 유행하는 것을 도운 혐의를 받게 되고, 불교의 잘못을 항변하여 논쟁하고 이것을 제거하려고 했다면 시비를 일으키는 계기가 되었을 것입니다. 때문에 저만 그렇게 하지

---

2 이 아무개 : 퇴계 자신을 가리킨다.

3 조정에서……것 : 정업원淨業院에 관련된 논쟁을 이른다. 정업원은 서울 성내城內에 있었던 암자庵子로, 주로 양반 출신의 여승만이 있었다. 명종明宗 때 이 자리에 인수궁仁壽宮을 지었다.

4 도승제 : '도첩제度牒制'라고도 하는데, 조선 태조 6년(1397) 억불책의 하나로 실시된 승려의 신분 증명 제도를 이른다. 국가가 일정한 승려에 한해서만 신분증을 발급하여 양민이 승려가 되는 것을 막은 제도로, 이로 인해 승려들은 큰 타격을 받았고 불교도 쇠퇴하였다.

못했을 뿐만 아니라 학생들도 감히 논쟁하지 못했습니다. 그대의 생각은 어떠한지 모르겠습니다.

한유韓愈의 〈논불골표論佛骨表〉[5]는 천고의 한 쾌거입니다. 그러나 제가 지금의 배운 것과 재주로 또 말할 수 있는 기회를 잃어버렸는데 이를 본받으려고 한다면 옳지 않습니다. 이것이 또 저를 알지 못하는 두 번째 일입니다. 선비들이 습관을 바로 잡은 한 가지 일에 있어서 하루라도 스승의 자리[6]에 앉았다면 하루의 책임이 있으니 어찌 소홀히 할 수 있겠습니까? 다만 자득함이 없기 때문에 남에게 감화를 주지 못해 곧바로 떠나게 되었습니다. 무릉武陵[7]과 송강松岡[8]이 성균관에 벼슬한 것은 드문 일이었고, 벼슬하고도 훈계하고 인도하는 데 크게 힘쓰지 않았습니다.

이 역시 제가 대사성大司成이 되어 제대로 해 놓은 일이 없었기 때문에 두 분이 힘을 다하기 어려워서 그러했습니다. 이미 말도 못했고 또 직책을 제대로 수행하지 못했으니 이것이 제가 하루도 직책에 편안하지 않고 매우 두렵고 부끄러워서 조심스러웠던 것입니다. 그런데 다행히 하늘이 이 굴레와 짐을 벗겨주어 차츰 제자리를 얻게 되었습니다.

봄에 만약 사직을 허락받아 옛 집으로 다시 돌아가 병을 치료하는 사이에 조금이라도 옛 글을 다시 복습하게 된다면 다행 중 다행이겠습니다. 저

---

5 한유의 〈논불골표〉: 부처의 사리舍利를 궁중으로 들여오려는 당唐 헌종憲宗에게 부당함을 알리기 위해 지어 올린 글을 이른다.

6 스승의 자리 : 원문은 '皋比'. 범의 가죽으로 만든 강석講席을 이르는 말로, 옛날 스승이 앉는 자리에는 반드시 호피虎皮를 깔았던 데서 유래한다.

7 무릉 : 주세붕周世鵬(1495~1554)의 호다. 또 다른 호는 신재愼齋·손옹巽翁·남고南皐이며, 자는 경유景遊다. 중추부동지사中樞府同知事 등을 지냈고, 1543년 주자의 〈백록동학규白鹿洞學規〉를 본받아 사림자제들의 교육기관으로 백운동서원白雲洞書院, 곧 소수서원紹修書院을 세워 서원의 시초를 이루었다. 저서로 《무릉잡고武陵雜稿》가 있다.

8 송강 : 조사수趙士秀(1502~1558)의 호다. 자는 계임季任이고 시호는 문정文貞이다. 좌참찬左參贊 등을 지냈다.

는 다시 한 가지 더 말씀 드릴 것이 있습니다. 옛 사람들은 부모님을 즐겁
게 해드리는 일로 벼슬에 기필하지는 않았습니다. 윤화정尹和靖[9]의 어머
니가 "나는 네가 선善으로 나를 봉양한다는 것은 알겠지만 네가 녹봉으
로 나를 봉양하는지는 모르겠다[10]."고 말한 것이 바로 이것을 말한 것입니
다. 그래서 윤화정은 세상에서 녹봉을 구하지 아니하고 기꺼이 초목과 함
께 썩었습니다. 후패侯覇의 처도 오히려 제 자식의 산발한 머리와 듬성듬
성한 이빨을 한탄하지 않았는데[11], 어찌 변변치 못한 일명一命[12]의 혜택을
입을 수 있단 말입니까? 저는 그대가 이 점을 석연찮게 여기니 위로 정승
께 염려를 끼칠까 두렵습니다. 이 일은 걱정하지 마시고 천명을 기다리십

---

9 윤화정 : '화정和靖'은 윤돈尹焞(1071~1142)의 호다. 자는 언명彦明·덕충德充이다.
   정이程頤의 문인으로, 평생 과거에 뜻을 두지 않았다. 저서로 《화정집和靖集》 등이
   있다.

10 나는……모르겠다 : 《송사宋史》 〈윤돈열전尹焞列傳〉에 윤돈이 젊었을 때 진사시
   에 응시하였는데 시제詩題로 왕안석王安石의 신법新法에 반대하였던 사마광司馬
   光·소식蘇軾·정이程頤·황정견黃庭堅 등의 선류善類를 주벌함을 논할 것이 출제
   되자, "이런 조정에서 어떻게 녹봉을 구하겠는가?"라고 하고 바로 나와 버렸다. 그
   리고 스승 정이에게 다시는 진사시에 응하지 않겠다고 말하자, 정이는 "그대에게
   는 어머니가 계시다."라고 답하였다. 윤돈이 집에 돌아가 어머니 진씨陳氏에게 자
   신의 뜻을 고하자, 어머니가 말하길, "나는 네가 선善으로 나를 봉양한다는 것은
   알겠지만, 네가 나를 녹봉으로 봉양하는지는 모르겠다.[吾知汝以善養 不知汝以祿
   養]"라고 하였다.

11 후패의……않았는데 : 《후한서後漢書》 〈열녀전列女傳〉에 후패侯覇는 광무光武 때
   사람으로, 자신의 친구인 재상 자백子伯의 화려한 모습과 초라한 자신의 아들을
   비교하여 슬퍼하자, 그의 아내가, "당신은 젊어서 청렴과 절개를 닦아 영달을 부
   러워하지 않았습니다. 자백이 귀한 신분인들 당신의 고결함에 어떻게 견줄 수 있
   겠습니까? 당신이 몸소 수고하는데 자식이 어찌 밭 갈지 않고 봉양할 수 있을 것
   이며 당신이 밭을 가는데 산발한 머리털과 듬성듬성한 이빨이 아닐 수 있겠습니
   까? 그런데 어찌 옛날 뜻은 잊어버리고 아이를 부끄러워한단 말입니까?"라고 하
   였다.[君少修淸節 不歆榮福 子伯之貴 孰與君之高 君躬勤苦 子安得不耕以養 旣耕 安
   得不蓬髮歷齒 奈何忘宿志而慙兒女子乎]"는 구절이 있다.

12 일명 : 제일 낮은 9품 벼슬을 이르는 말이다. 주대周代에 관직을 아홉 등급으로
   나누었는데, 최하는 일명一命, 최고는 구명九命이었다.

시오. 판서가 비록 상황에 이끌려 도모하지 못했더라도 실제로는 그대의 일을 잊지 않고 있을 것이니 어찌 화합하는 날이 없겠습니까? 돌아가는 인편이 저녁이 되어 간다고 하기에 등불 아래 거칠게 쓰느라 하고 싶은 말을 다 쓰지 못했습니다.

이대성李大成에게 답하는 편지   答

• **해설** : 이 편지는 이문량李文樑(1498~1581)의 편지를 받고, 임자년(1552년, 52세) 12월에 보낸 답장이다. 이문량이 편지에서 '명성을 얻어서 부모의 마음을 위하는 것과 선비들의 습관을 바로잡아 이교異敎를 물리치는 것'에 관한 편지를 보냈다. 당시 퇴계는 성균관대사성의 직책을 맡고 있으면서 불교의 도승제도僧制에 관하여 논의하였다.

• **이대성** : '대성大成'은 이문량의 자다. 호는 벽오碧梧·녹균綠筠이다. 평릉도찰방平陵道察訪 등을 지냈고, 퇴계와 이웃에 살면서 절친하였다. 이후 퇴계의 고제高弟가 된 이덕홍李德弘·황준량黃俊良 등을 초년에 가르친 적도 있다. 저서로 《벽오문집碧梧文集》이 있다.

02.
중국의 오염된
학풍

그대가 수척한 모습으로 추위를 무릅쓰고 멀리 중국으로 사신 갔다는 소식에[13] 매우 걱정스러웠습니다. 그런데 며칠 전에 무사히 귀국하였다는 소식을 듣고 미처 축하를 드리지도 못했는데, 마침 서원西原[14]에서 보내신 편지를 받았습니다. 사행使行 중의 여러 정황과 귀국하신 뒤 안부를 자세히 들으니 늙은 회포에 매우 기뻤습니다. 여행을 마친 뒤에 조금의 피곤함이 없을 수 없지만 잘 조섭하고 계시다니 무슨 걱정이 있겠습니까?

저는 평생 혜옹醯甕[15]처럼 주周나라 문물을 구경하는 행차를 다녀온 적이 없어[16] 매번 사신들이 돌아올 때면 부러운 마음을 금할 수 없었는데, 더구나 그대가 다녀오니 제 마음의 회포가 어떻게 끝이 있겠습니까? 그러나 책상을 마주하고 자세히 물어볼 수 없는 것이 한스럽습니다. 지금 보내신 편지를 보니 중국 도성은 사방의 중심[17]으로 서서 명성이 모여드는 곳인데 선비의 습성과 학술이 저렇게 더럽고 어긋났으니, 이것은 하늘이 그

---

13 중국으로……소식에 : 유성룡柳成龍은 1569년 10월에 천자의 생일을 축하하기 위해 성절사聖節使의 서장관書狀官으로 명明나라에 갔다가 이듬해 귀국하였다.

14 서원 : 충청북도 청주의 옛 이름이다.

15 혜옹 : 술 단지에서 생기는 초파리의 일종인 혜계醯鷄가 사는 술 단지를 말한다. 흔히 좁은 국량을 가진 사람을 빗대어 이르는 말로, '혜계옹醯鷄甕'이라고도 한다.

16 주나라……없어 : 청淸나라로 사신으로 가서 중화의 문물을 본다는 말로, 춘추시대 오吳나라 공자公子 계찰季札이 예악禮樂에 밝았는데, 노魯나라로 사신 가서 옛 주나라의 음악들을 차례로 들으며 열국의 흥망성쇠를 알았다는 고사에서 온 말이다.

17 중국……중심 : 《시경詩經》〈상송商頌 은무殷武〉에 "상나라 도읍이 잘 정돈되어 있으니 사방의 중심이로다.[商邑翼翼 四方之極]"라는 구절이 있다.

렇게 만든 것인지 아니면 사람이 그렇게 만든 것인지 모르겠습니다. 지금
말한 내용으로 지난날 윤자고尹子固[18]의 문답과 위시량魏時亮[19]의 말을 헤
아려 보니, 육씨陸氏[20]의 선학禪學[21]이 이렇게 천하를 휩쓸었나 하는 탄식
이 그치지 않습니다.

그러나 연경으로 들어가는 수가 많지만 이 사람들을 만나 이러한 이야
기를 나누는 사람은 거의 없었습니다. 그런데 그대가 태학생 수백 명을 만
나[22] 이러한 정론을 펼쳐 그들의 미혹된 점을 하나하나 지적하고 점검하였
으니 이는 쉽지는 않았을 것입니다. 다만 오경吳京이란 사람이 전송하려
고 하다가 서로 일이 어긋났다니 안타까운 일입니다.

《계몽익전啓蒙翼傳[23]》을 지금 성주星州에서 처음 간행하였는데, 만약 뒷
날 가서 사 온다면 빠진 판본을 보충하여 간행할 수 있을 것입니다. 《계몽

---

18 윤자고 : '자고子固'는 윤근수尹根壽(1537~1616)의 자다. 호는 월정月汀이고, 시호
    는 문정文貞이다. 퇴계의 문인으로, 좌찬성左贊成 등을 지냈다. 저서로 《월정집月
    汀集》 등이 있다.

19 위시량(1529~1591) : 명明나라 사람으로, 자는 공보工甫·순경舜卿이다. 호는 경오
    敬吾고, 시호는 장정莊靖이다. 1559년 진사가 되어 1567년 조사詔使로 조선에 왔
    다. 남경형부상서南京刑部尙書를 지냈다.

20 육씨 : 송宋나라 유학인인 육구연陸九淵(1139~1193)을 이른다. 자는 자정子靜이
    고, 호는 상산象山이며, 시호는 문안文安이다. 저서로 《상산선생전집象山先生全
    集》이 있다.

21 육씨의 선학 : 육구연陸九淵의 학풍을 말한다. 그는 주자와 동시대 사람으로, 전
    적으로 실천에 힘쓰고 강학을 폐하며 돈오頓悟로 종지宗旨를 삼는 학풍이었다.
    그래서 주자는, "육씨의 종지는 본래 선학禪學으로부터 나왔다."라고 하였다.

22 태학생……만나 : 《서애집西厓集》 〈연보年譜〉에 서장관書狀官으로 연경을 간 유성
    룡柳成龍이 연경에서 수백 명의 태학생들을 만나, 진백사陳白沙는 도를 정밀하게
    보지 못하였고, 왕양명王陽明의 학문은 오로지 선학禪學에서 나온 것이니, 설선
    薛瑄을 으뜸으로 삼는 것이 좋겠다는 자신의 견해를 피력한 사실이 있다.

23 계몽익전 : 《역학계몽익전易學啓蒙翼傳》을 이른다. 원元나라 호일계胡一桂가 주
    희의 《역학계몽易學啓蒙》에 주석을 달고 편찬한 것으로, 부친 호방평胡方平의 《역
    학계몽통석易學啓蒙通釋》을 한층 발전시킨 것이다.

의견啓蒙意見[24]》은 지난번 서울에 있을 때 다른 사람에게 한 권을 빌려 보았더니 종종 사람의 견해를 깨우쳐 주는 곳이 있었는데 돌아가는 서원西原 사람 편에 이 책 한 권을 부칩니다. 바빠서 이만 자세히 쓰지 못합니다.

유이현柳而見에게 답하는 편지 答

• **해설** : 이 편지는 유성룡柳成龍(1542~1607)의 편지를 받고, 계해년(1563년, 63세) 1월에 보낸 답장이다. 중국으로 사신 갔다가 무사히 돌아온 유성룡을 위로하며, 그가 보낸 편지에서 말한 중국 선비들의 더러운 습관과 학술에 관하여 안타까움을 피력하였다.

• **유이현** : '이현而見'은 유성룡의 자다. 호는 서애西厓다. 퇴계의 문인으로 영의정領議政 등을 지냈다. 저서로 《서애집西厓集》 등이 있다.

---

24 계몽의견 : 명明나라 학자 한방기韓邦奇가 지은 《역학계몽의견易學啓蒙意見》을 이른다. 퇴계가 〈계몽전의서啓蒙傳疑序〉에서 이를 참고하였다.

03.
초를
선물하며

청송 이공간李公幹[25]이 작은 초 네 자루를 노자로 보내와, 지금 두 자루를 드리니 받아 주십시오. 미공眉公[26]의 아들이 아직도 청경淸境[27]에 있다는 말을 들었는데 그렇습니까? 어떻게 생활하고 계시지요? 두 자루는 그의 아들에게 보내 그 아버지 제사에 쓰도록 해서 한결같이 평생의 마음을 밝히도록 하고 비밀로 했으면 더욱 좋겠습니다[28].

송태수宋台叟에게 보내는 편지 與

• **해설** : 이 편지는 임자년(1552년, 52세) 4~5월에, 송기린宋麒麟(1507~1581)에게 보낸 편지다. 이중량李仲樑이 네 자루의 초 가운데 두 자루를 보내며 안부를 전하였다.

• **송태수** : '태수台叟'는 송기린의 자다. 호는 추파秋坡·눌옹訥翁이다. 이조판서吏曹判書를 지냈다. 저서로 《추파집楸坡集》이 있다.

---

25 이공간 : '공간公幹'은 이중량李仲樑(1504~1582)의 자다. 공조참의工曹參議 등을 지냈다.

26 미공 : 송인수宋麟壽(1499~1547)의 자인 미수眉叟를 이른다. 호는 규암圭庵이고, 시호는 문충文忠이다. 한성부좌윤漢城府左尹을 지냈다. 저서로 《규암집圭庵集》이 있다.

27 청경 : 청주淸州를 이른다.

28 비밀로……좋겠습니다 : 당시 송인수가 죽은 지 6년밖에 지나지 않아 신원이 되지 않은 상태였기 때문이다.

04.
사신 가신 형님의
안부를 물으며

성무成茂[29] 등이 의주에서 편지를 가지고 이번 달 12일에 서울로 들어와서 형님의 행로의 안부를 알았습니다. 비록 그 사이에 몸이 편찮으셨다가 곧바로 쾌차하셨고 함께 간 자제들 이하 모두 무사히 압록강을 건넜으며, 또 16일에 요동에서 장계를 올리는 편에 함께 편지를 보내주시어, 건강도 좋으시고 도중에 장마 등으로 길이 막히는 폐단 없이 길을 나서 지체 없이 예정대로 가신다니 기쁘고 위안되는 마음을 어떻게 말씀드리겠습니까? 다만 요동에서 서쪽으로 가시는 동안 객지 생활은 어떠하시며 장마는 지지 않았는지요? 더위가 극심한데 전에 편찮으시던 무릎은 초순이면 습관처럼 재발하더니, 지금은 말을 타고 아픔을 견디시는 것이 어떠하신지요? 부사副使[30]가 요동에서 저에게 보낸 편지에 "형님의 말 타는 솜씨를 따라갈 수도 없다."고 하였습니다. 저는 형님께서 여전히 편찮으실 텐데 어찌 이렇게 말할까 생각했습니다. 이 말로 미루어 혹시 말을 오래 타고 가시느라 차도가 있으신가 생각했습니다.

이곳은 두 대소가에는 모두 우환이 없고 온계동溫溪洞[31]의 전염병도 지금은 사라졌고 태평교太平橋 집[32]도 모두 무사합니다. 영寗[33] 형제들이 처

---

29 성무 : 당시 함께 갔던 종으로 추정된다.

30 부사 : 이해李瀣와 함께 갔던 성절부사聖節副使 유진동柳辰仝(1497~1561)을 이른다.

31 온계동 : '온계溫溪'는 이해李瀣(1496~1550)의 호다. 온계동은 그의 집이 있던 곳이다.

32 태평교 집 : 태평교太平橋는 경상북도 영천군에 있는 다리 이름으로, 이곳에 온계溫溪 이해李瀣의 식구들이 병을 피해 기거하던 집이 있었을 것으로 추정된다.

33 영 : 이해李瀣의 둘째 아들 이영李寗(1527~1588)을 이른다.

음에 빙憑[34] 등과 함께 홍조弘祚[35]의 집에 와서 머물다가 본댁 자제들이 아무도 없어 허전하여 본댁으로 되돌아갔다고 하니, 이것은 행차 도중에 보내신 편지에서 시킨 대로 한 것입니다. 최랑崔郎[36]은 종원宗元[37]이 데리고 가서 스스로 몸가짐을 단속한다니 다행입니다. 그 밖의 자식들과 조카들은 각지로 흩어져 허송세월하고 있지만 제가 병으로 권면하고 감독할 엄두를 내지 못하는 것이 늘 안타깝지만 어찌할 수 없습니다.

저는 특별한 다른 증세는 없지만 전보다 배나 더 건강이 나빠진 것을 제 스스로 느끼겠습니다. 다행히 한가하게 지내다가 마침 청부靑鳧[38]에 자리가 나서 간청하였지만 후보에 들지도 못하였습니다. 그런데 뜻밖에 이번 보름날 인사이동에서 다시 임금님을 모시게 되었습니다[39]. 옛날 직책도 이미 감당할 수 없었는데 실록청實錄廳 낭관郎官의 임무는 더욱이나 저같이 병든 사람은 하루도 버틸 수 없을 텐데 어찌하겠습니까? 처음에는 가을에 장례식[40]에 참석하고 서울로 돌아오지 않고, 몇 년 동안 미루어 왔던 일을 할 수 있을 것이라고 생각했었습니다. 그런데 지금은 나아가고 물러나는 사이가 미관微官과는 비교할 수 없어 실로 가벼이 처신하기 곤란하니 어떻게 처신하는 것이 마땅할지 몰라 답답합니다. 또 아랫사람들 가운데 간교하고 참람하게 죄를 짓는 사람은 아직 없다고 하니 진실로 기쁩니다. 떠나시고 나서 서울에도 별달리 보고 들을 만한 일이 없습니다. 다만

---

34 빙 : 퇴계와 4촌인 이수령李壽苓의 아들 이빙李憑(1520~1585)을 이른다.

35 홍조 : 퇴계의 누이의 아들인 신홍조辛弘祚(?~?)를 이른다.

36 최랑 : 온계의 사위인 최덕수崔德秀(?~?)를 이른다.

37 종원 : 누구인지 자세하지 않다.

38 청부 : 경상북도 청송군靑松郡의 옛 이름이다.

39 임금님을……되었습니다 : 이 해 6월에 홍문관弘文館 응교應教로 임명되었다가, 전한典翰으로 승진하였다.

40 장례식 : 퇴계의 장인 권질權礩(1483~1545)의 장례식을 이른다.

간교하고 참람함을 막기란 객지에서는 더욱 어려울 테니 다시 모쪼록 유의하시어 시종 외람되다는 소문이 없도록 한다면 매우 큰 다행일 것입니다. 요즘 서울에 온 명나라 사신들은 아랫사람들로 인해 좋지 못한 비방을 들으니 어찌 깊이 근심스럽지 않겠습니까?

이번에 온 세 환관[41]들의 탐욕스러운 요구는 앞뒤로 한결같지만 뒤에 온 자들이 더욱 심해 심지어는 대궐에서 보관하고 있는 보물조차 공공연히 훔쳐가거나 혹은 몰래 차지하고 돌려주지 않으니 전혀 사람의 도리라고는 찾아 볼 수 없습니다. 그러나 오직 화정華亭 장공張公[42]만이 서둘러 왔다가 깨끗하게 돌아갔으니 교만하거나 탐욕스럽지 않아 자못 사신의 체모를 갖추어 비로소 선비의 귀함을 알 수 있었으니 우리나라 사람들이 매우 흠모합니다.

분천汾川 이공李公[43]께서는 근래에 사직상소를 올리고 아울러 자신의 의견을 개진하여 국사를 언급하였는데, 임금께서 특별히 자헌대부資憲大夫의 품계를 제수하고 교지를 내렸습니다. 다른 사람들에게 부치는 편지도 이번 편지와 함께 보내니 살펴봐주십시오. 건강하게 서둘러 돌아오시기를 간절히 빕니다. 삼가 절하며 말씀드립니다.

넷째 형님께 보내는 편지 與

---

41 세 환관 : 명明나라 사신 곽방郭玢·장봉張奉·오유吾猷를 이른다. 이 해에 중국황제가 태감太監 곽방과 행인行人 장승헌張承憲을 보내 중종에게 '공희恭僖'라는 시호를 내리고, 또 태감 장봉과 오유를 보내 왕과 왕비에게 고명誥命을 내렸다.

42 화정 장공 : 명明나라 문신인 장승헌張承憲(?~?)을 이른다. 자는 감선監先이고 호는 백탄白灘이다. 화정현華亭縣 사람으로, 1545년에 황제의 고명誥命을 받들고 와서 중종의 국상에 대해 시호와 부의를 전달하였던 인물이다.

43 분천 이공 : 이현보李賢輔(1467~1555)를 이른다. 자는 비중菲仲이고, 호는 농암聾巖·설빈옹雪鬢翁이다. 시호는 효절孝節이다. 홍귀달洪貴達의 문인으로 호조참판戶曹參判 등을 지냈으며, 퇴계와 교유하였다. 저서로《농암집聾巖集》이 있다.

• **해설** : 이 편지는 을사년(1545년, 45세) 6월 하순에, 퇴계의 넷째 형 이해李瀣(1496~1550)
에게 보낸 편지다. 당시 이해는 황제의 생일을 축하하기 위해 성절사聖節使로 명明나라
에 갔는데, 당시 이해는 무릎이 좋지 않아 걱정하였다. 또한 조선에 온 명나라 사신들의
탐욕스러운 모습에 사람의 도리를 찾아볼 수 없다고 비난하였다.

• **넷째 형님** : 이해를 이른다. 자는 경명景明이고, 호는 온계溫溪이며, 시호는 정민貞愍이
다. 대사헌大司憲 등을 지냈다.

4

행장과 촉문

囑行
文狀

01.
정여창에 관하여
물으며

일찍이 선현 정여창鄭汝昌[1] 선생의 풍모를 들은 적이 있는데, 제가 고루하고 과문하여 자세한 것은 몰라 마음속에 늘 부끄럽고 서운하여 이렇게 감히 여쭈어 봅니다. 공의 장인[2]께서는 선생과 어떠한 친분이 있으며, 선생은 어느 고을 사람이며, 어느 해에 과거를 했으며, 벼슬은 무슨 관직까지 올랐습니까?

　그가 안음현감安陰縣監이 된 것은 어떠한 연유로 외직에서 벼슬하게 되었으며[3], 그가 점필재佔畢齋[4]의 문도였기 때문이라고 하지만 그 상세하게는 무슨 일 때문인지는 모르겠습니다. 그의 저술과 비문·행장 등이 혹시라도 영공의 집에 있거나 그 자손의 집에 보관하고 있는지요? 만약 그렇다면 잠시 빌려 볼 수 있게 해서 저의 어리석음을 일깨워 주신다면 천만 다행스러움을 이길 수 없을 것입니다. 그의 후손으로 오늘날 남아 있는 사람

1　정여창(1450~1504) : 자는 백욱伯勖이고, 호는 일두一蠹·수옹睡翁이며, 시호는 문헌文獻이다. 무오사화 때 종성鍾城으로 유배되었다가 사후에 부관참시되었다. 중종대에 우의정에 증직되었다. 저서로 《일두유집一蠹遺集》이 있다.

2　공의 장인 : 최호문崔浩文(?~?)을 이른다. 그는 정여창의 사위로, 임호신은 정여창의 외손서外孫婿다.

3　어떠한……되었으며 : 당시 세자사부의 한 사람으로 연산군을 보필하였지만 곧고 강직한 성품으로 주목받지 못하였기 때문이다.

4　점필재 : 김종직金宗直(1431~1492)의 호다. 자는 계온季昷이고, 시호는 문충文忠이다. 정몽주와 길재의 학통을 계승하여 김굉필金宏弼·조광조趙光祖로 이어지는 조선시대 도학 정통의 중추적 역할을 하였다. 생전에 지은 〈조의제문弔義帝文〉은 무오사화가 일어나는 원인이 되었다. 저서로 《점필재집佔畢齋集》 등이 있다.

은 누구이며, 그가 함경도로 귀양 갔던 곳[5]은 정확히 어디이며, 죄를 입은
해는 어느 해이며, 어디에 장사[6]를 지냈는지도 함께 알려 주십시오.

임판결任判決에게 보내는 편지 與

- **해설** : 이 편지는 병오년(1546년, 46세) 이전에, 임호신任虎臣(1506~1556)에게 보낸 편지다.
  퇴계는 임호신이 정여창鄭汝昌의 외손서外孫婿이기 때문에 비문과 행장 등에 관한 내
  용과 자세한 행적을 물었다.

- **임판결** : 임호신을 이른다. 자는 무백武伯이고, 시호는 정간貞簡이다. 호조판서에 기용되
  었으나 병으로 사직하였다. 지돈녕부사知敦寧府事로 사망하였다.

---

5 귀양 갔던 곳 : 1498년 무오사화 때 김일손金馹孫 등의 사초가 문제되어, 연산군
   의 스승이었음에도 김종직의 문인이라는 이유로 함경도 종성鍾城으로 유배 갔다.

6 어디에 장사 : 함양군咸陽郡 승안동昇安洞 간좌艮坐 언덕에 장례를 치렀다.

02.
이언적의 저술을
정리하며

존경하는 선친 회재晦齋[7] 선생에 대해 조정의 신하들이 계장啓狀을 올려 한 시대의 유종儒宗이라고 하고, 이어 복직을 청하였다고 하니 참으로 영광스러운 일입니다. 천도天道는 순환하는 것이라 시비의 공정함이 끝내 사라지는 법이 없다는 것을 오늘에 와서 경험하게 됩니다. 나라와 개인과 유림과 사문斯文을 위하여 매우 축하하고 기쁜 마음을 말로 할 수가 없습니다.

　병들고 보잘 것 없는 저는 지난여름에 큰 더위를 무릅쓰고 서울에 들어갔다가 마침 큰 변[8]을 만나 분주히 애통해 하던 가운데 갑자기 병이 심해져 목숨도 보존하기 어려운 상황에 아무 하는 일도 없이 녹봉만 축내면서 죽고 싶지 않아 허둥지둥 돌아왔습니다. 그랬더니 여론이 장례를 끝마치기도 전에 돌아갔다고 크게 꾸짖으니[9] 매우 부끄럽고 두렵습니다. 오늘 또 부르시는 교지를 받으니 이 혹독한 겨울에 어떻게 명을 따르겠습니까? 부득이 또 사직을 간청하였지만 끝내 어떻게 일이 마무리 될지 몰라 근심이 끝도 없습니다.

7　회재 : 이언적李彦迪(1491~1553)의 호다. 초명은 이적李迪이었으나 중종의 명으로 '언彦'자를 더하였다. 자는 복고復古고, 시호는 문원文元이다. 저서로《구인록求仁錄》등이 있다.

8　큰 변 : 1567년 5월에 유지諭旨가 내려와 6월에 서울로 올라간 지 3일 만인 6월 28일에 명종明宗이 승하하였던 일을 이른다.

9　여론이……꾸짖으니 : 7월에 대행왕大行王의 행장수찬청行狀修撰廳 당상관堂上官이 되어 행장을 지었다. 이후 예조판서禮曹判書 겸동지경연춘추관사兼同知經筵春秋館事를 제수 받고 두 번을 사양하였지만 왕이 허락하지 않자, 8월에 병으로 사직하고 고향으로 돌아왔던 일을 두고 이른다.

지난 번 말씀드린 행장行狀은 초고를 마무리해 둔 지 오래되었는데 아직 정서하지 못해 돌아가는 인편에 부쳐드리지 못하는 것이 아쉽습니다. 맡은 대로 수정하고 정서해서 인편을 통해 부쳐드릴 것이니 다음 달 보름 전후면 아마도 전해드릴 수 있을 듯합니다. 오래지 않아 선왕의 실록청實錄廳이 설치되면 반드시 저의 집에 명을 내려 행장을 비롯한 여러 가지 저술을 요구할 것이니 그대도 모쪼록 미리 갖추어 놓고 기다리십시오. 나머지는 별지에 자세히 쓰고 이만 줄입니다.

【별지】

하나. 유고遺稿에 외람되게 표점을 찍은 것을 그대는 마땅히 몇 벌 베껴서 잘 보관해 두었다가 혹시 올리라는 조정의 교지가 있거나, 아니면 당시 어진 사람들이 간행하기를 원하면 응당 부응하는 것이 좋겠습니다. 다만 지금 기술한 행장 가운데 혹시라도 다시 살펴보아야 할 일에 관해서는 우선은 그대로 남겨두고, 두 번째 상소도 그렇게 하십시오.

하나. 서문을 짓는 것은 경솔하게 할 수 없는 것이니 유고를 깨끗이 베끼고 나서 다시 당대의 명현을 찾아 서문을 쓰도록 하는 것이 좋겠습니다.

하나. 중국 사신이, '동국東國에 심학心學을 아는 사람이 있는가?'에 대한 물음에 예조에서 몇 사람을 나열하여 답하였는데 존장께서도 그 중에 들었습니다. 또 망기당忘機堂[10]에게 답한 무극無極과 태극太極을 논한 4, 5통의 편지가 정자程子와 주자朱子의 오묘한 뜻을 얻었다고 써서 알렸습

---

10 망기당 : 조한보曺漢輔(?~?)의 호다. 후배 학자인 이언적李彦迪과 성리학에 관한 논쟁을 하여 주목을 끌었다. 그는 존양存養에 관해 "심心이 무극의 경지에 소유逍遊해 허령의 본체로 하여금 내 마음의 주인으로 삼는다.[遊心於無極之眞 使虛靈之本體 作得吾心之主]", "천지만물로 하여금 나를 조종朝宗하게 해 운용에 막힘이 없게 한다.[使天地萬物朝宗於我 而運用無滯]", "무극태허의 본체를 가지고 내 마음의 주체로 삼는다.[以無極太虛之體 作得吾心之主]"라고 하여 도가 사상에 가까운 경지를 취하였다.

니다. 다만 사신이 보고나서 어떻게 생각했을지는 모르겠습니다.

하나. 독락당獨樂堂[11]의 자연 경관에 대해 간략하게 갖추어 보내왔지만, 이것을 행장行狀에 넣으려고 하는 것이 아니고 그곳의 경치를 알고 시를 지어 그리운 마음을 풀려고 해서입니다. 그렇지만 이 병든 늙은이에게 여러 가지 제약이 많아 뜻대로 될 수 있을지는 아직 확실치 않습니다.

하나. 벼슬을 지낸 연월을 굳이 다 기록할 필요는 없을 듯합니다. 그러나 어쩔 수 없이 써야 할 것이 있고, 혹 쓰지는 않더라도 말하는 사이에 아무런 생각 없이 함부로 말해서는 안 될 것입니다. 그래서 자세한 사실을 알고 싶지만 교지가 없어 상고할 근거가 없으니 대강을 조사해서 보여주시기 바랍니다.

하나. 《구경연원九經衍義》·《구인록求仁錄》·《대학장구경정大學章句更定》·《속혹문續或問》[12] 등 책의 완질을, 편지를 가져온 심부름꾼을 통해 보내니 조정에서 찾으면 올리는 것이 좋겠습니다.

이전인李全仁에게 답하는 편지 答

• **해설** : 이 편지는 이전인李全仁의 편지를 받고, 정묘년(1567년, 67세) 10월 23일에 쓴 답장이다. 이전인이 자신의 아버지 이언적李彦迪의 행장에 관하여 자문을 해주었다.

• **이전인**(1516~1568) : 자는 경부敬夫이고, 호는 잠계潛溪다. 이언적李彦迪의 아들이다.

---

11 독락당 : 이언적李彦迪이 벼슬을 그만두고 고향에 돌아와 지은 사랑채로, 오늘날 경북 경주시 안강읍에 있다.

12 《구경연원》……《속혹문》 : 이언적李彦迪이 정미사화에 연루되어 평안도 강계江界에 유배되었던 1547년부터 1553년까지 지은 책들이다.

03.
조광조의
행장을 읽고

보내신 선친 대사헌大司憲 선생[13]의 행장을 받아 읽어보고는 말할 수 없이 감사하고 애통하여 마치 며칠이나 사람을 취하게 하는 것 같았습니다. 저에게 잘못 부탁하신 비문은 마땅히 죽을힘을 다해 지어야겠지만 저는 어려서부터 병이 많아 배우지 못해 문장의 체제와 격식을 깨닫지 못했습니다. 젊어서는 남들이 이런 일로 서로 저에게 기대도 하지 않았고 저 역시 그런 일에 감히 뜻을 두지도 않았습니다. 이렇게 늙어 거의 죽어가는 때가 되어 어찌 잘 하지도 못하는 것을 억지로 하여 도리어 이같은 중대한 일을 스스로 맡겠습니까?

이런 까닭에 사람들이 간혹 와서 요청을 해도 일절 들어주지 않았습니다. 그런데 이제 만약 이 글을 짓는다면 이전에 사양한 사람들의 원망이 일어날 것이며, 이후로 요청하는 사람에게 거절할 핑계가 없을 것이니 매우 난처한 상황이 되었습니다. 이 때문에 수없이 생각해보아도 요청을 들어줄 수가 없어 부끄러움을 이길 수 없습니다.

또 비단 이러할 뿐 아니라 행장 중에 실린 사실을 살펴보니 너무 소략해서 진실로 행장을 짓게 하더라도 어찌 훌륭한 덕망과 아름다운 행적이 끝내 이렇게 묻혀 전해지지 않게 한단 말입니까? 그래서 저의 어리석은 생각으로 그대를 위한 생각을 말씀드리니, 그대 선친의 덕을 드러내어 전하려

---

13 대사헌 선생 : 조광조趙光祖(1482~1519)를 이른다. 자는 효직孝直이고, 호는 정암
靜菴이다. 중종반정中宗反正 이후 조정에 나아가, 유교적 이상정치를 현실에 구현
하려는 다양한 개혁을 시도하였다. 시대를 앞서간 개혁정책은 기묘사화己卯士禍
로 인해 실패로 끝났다. 춘추관기주관春秋館記注官 등을 지냈으며, 저서로《정암
집靜庵集》이 있다.

고 한다면 마땅히 먼저 더욱 널리 찾아가서 물어보아야 할 것입니다. 그렇게 하면 어진 사람은 큰 것을 알 것이고 그보다 못한 사람도 작은 것을 알 것이니[14] 부지런히 찾으면 반드시 얻는 것이 많을 것입니다. 그렇게 한 뒤에 그 자료를 모으고 참작해서 의심스러운 것을 버리고 믿을 만한 것들을 취해서 행장에 덧붙인다면 행장에 실린 실제적인 자취가 거의 완비될 것입니다. 이것을 가지고 다시 오늘날 글을 쓰는 여러분께 찾아가 정성껏 간청을 한다면 반드시 부응해서 글을 지어줄 사람이 있을 것입니다. 제가 알고 있는 한두 조목을 적어 올리니 아무쪼록 여기에 따라 수 년 동안 널리 구하시되 절대로 서둘러 마무리하려다가 지난번처럼 소홀하거나 경솔하게 하지 마시기 바랍니다.

공자께서 말씀하시기를 "급히 하려다 보면 목적을 달성하지 못한다[15]."고 하였으니 옛 성현의 말씀이 어찌 사람을 속이겠습니까? 밝게 살피시기 바랍니다. 행장은 그대의 조카[16]에게 부치니 다시 거두어 가서 아울러 살펴보시기 바랍니다.

조대우趙大宇에게 답하는 편지 答

---

14 어진……것이니 : 《논어論語》〈자장子張〉에 "문왕과 무왕의 도가 아직 땅에 떨어지지 않아 사람들에게 남아 있으므로, 어진 사람은 큰 것을 알고 있고 그렇지 못한 사람도 작은 것을 알고 있다.[文武之道 未墜於地 在人 賢者識其大者 不賢者識其小者]"라는 구절에서 유래한다.

15 급히……못한다 : 《논어論語》〈자로子路〉에 "급히 하려고 하지 말고, 조그마한 이익을 보려 하지 마라. 급히 하려다 보면 목적을 달성하지 못하고, 조그마한 이익을 돌아보면 큰일을 이루지 못한다.[無欲速 無見小利 欲速則不達 見利則大事不成]"라는 구절에서 온 말이다.

16 그대의 조카 : 조광조趙光祖의 큰 아들인 조정趙定(?~?)의 아들 조충남趙忠男(?~?)을 이른다.

• **해설** : 이 편지는 조용趙容(?~?)의 편지를 받고, 갑자년(1564년, 64세) 이전에 보낸 답장이
다. 조용은 조광조趙光祖의 아들로, 아버지 조광조의 행장을 퇴계에게 보내 비문을 써
줄 것을 부탁하였다. 그러나 지금까지 비문을 써준 일이 없어 이번에 요청을 들어준다면
이전에 거부당했던 사람들에게 비난을 들을 것이고, 이후에는 거절할 명분이 없음을 들
어 정중히 거절하였다.

• **조대우** : '대우大宇'는 조용의 호로, 조광조의 둘째 아들이다.

04.
글재주가
부족하여

거듭 편지를 받고 상중喪中에 지내시는 안부가 좋으시다니 위안되는 마음을 어찌 이기겠습니까? 다만 보내신 선친의 덕에 대한 기록을 읽고는 감탄하면서 본 것을 매우 다행이라 여겼습니다. 그러나 제가 그 일을 감당할 수 없다는 뜻을 지난번 편지에서 간곡하고 상세하게 말씀드렸는데 어찌 헤아리지 않으시고 이렇게 억지로 보내시는지요?

저는 평생 아는 것이라고는 아무것도 없고 다만 제 자신이 부족하다는 것은 분명히 압니다. 노둔한 자질에 어려서부터 병이 많아 전적으로 책을 읽지 못했는데 조정에서는 헛된 소문만을 취하여 문한文翰의 반열에 두니 직책상 피하지도 못하고 때로 자질구레하고 자구字句나 꾸미는 일을 하면서도 당시에는 부끄러운 줄도 몰랐습니다. 몇 해 동안 물러나 한가롭게 지내면서 옛사람이 저렇게 지어놓은 저술과 이렇게 함부로 하는 저를 살펴보니 이를 생각할 때마다 부끄러워 등줄기에서 땀이 날 지경입니다.

요사이 마침 권계조權繼祖[17]·박중보朴重甫[18]·권경신權景信[19] 집안의 자제들과 고향 근처 여러 사람들로부터 시문의 부탁을 받았지만, 저는 모두 간곡한 말로 일체 사양하여 비록 벗어나기는 했지만 대체로 의심과 유감스런 말이 더해만 가니 저는 매우 두렵습니다. 또 저는 평소에 남에게 신

---

17 권계조 : '계조繼祖'는 권찬權纘(1504~1560)의 자다. 이조판서吏曹判書를 지냈다.

18 박중보 : '중보重甫'는 박승임權承任(1517~1586)의 자다. 호는 소고嘯皐다. 공조참의
    工曹參議를 지냈고, 저서로《성리유선性理類選》등이 있다.

19 권경신 : '경신景信'은 권예權輗(1495~1549)의 자다. 호는 마애磨厓다. 이조판서吏曹
    判書를 지냈고, 저서로《마애집磨厓集》이 있다.

뢰를 얻지 못해 공연한 일로 스스로 곤욕을 치른다고 슬퍼하고 있습니다.

서울에 와서도 다시 여러 곳에서 글이나 글씨를 부탁받았는데 한갓 병이 심할 뿐 아니라 더욱이 전에 부탁받은 사람들에게는 사양하면서 뒤에 부탁받은 사람들에게는 허락하는 것은 곤란한 일이라 모두 간곡히 사양하였던 것입니다. 그런데 지금 상을 당한 당신께서 지난번 편지에서 제가 간청했던 것을 모르지 않을 텐데도 저의 사정을 돌아보지 않고 가당치도 않은 일로 저를 옴짝달싹하지 못하게 하니 어찌 서로 잘 아는 사람의 도리라고 하겠습니까?

더구나 덕을 기록하여 후세에 전하는 것은 참으로 후세까지 이름이 알려질 사람이어야 합니다. 지금에 글 쓰는 사람은 후세까지 이름이 알려질 사람의 조건은 결코 저에게 있지 않으니 속히 다른 사람을 골라 보도록 하십시오. 그리고 글자를 계산하여 돌을 재어서 칸 수를 만들어 보내주시면 글을 짓는 일은 제가 병이 낫는 대로 틈틈이 해보겠습니다.

그러나 이 또한 남에게 한두 번 사양한 것이 아니라 사람들에게 노여움을 살 혐의가 있지만 거듭 부탁한 뜻이 예사롭지 않아 부득이 저버린다면 마음에 더욱 서운할 것이기에 이로써 조금이나마 효성의 두터운 바람에 보답하고자 합니다.

저는 노쇠함과 질병이 날로 심하여 서늘한 가을을 기다려 물러날 길이 생기면 조금이나마 조용한 곳에 머무를 수 있을 것이라 생각했었는데 참으로 뜻밖에 임금의 그릇된 은혜가 이르렀습니다. 그대가 보기에 교육을 주관하는 중책[20]을 어찌 병들어 용렬한 사람이 감당이나 할 것으로 생각하십니까?

그간의 진퇴를 돌아보면 매우 어려운 점이 있어서 부끄러운 얼굴로 직책

---

20 교육을……중책 : 임자년(1552년, 52세) 7월에, 퇴계는 성균관대사성成均館大司成에 올랐다.

에 나아가 말없이 겨울을 보낼 생각이니 불행한 탄식을 누구와 함께 말하겠습니까? 옛사람은 재능을 가지면 남에게 알려지지 않은 것을 탄식하였지만, 저는 언제나 무능한 재주로 배척받지 않고 있는 것을 고민하고 있으니 어떻게 한단 말입니까?

초고 두 건과 백지 두 폭을 동봉하고 두 번 절하고 되돌려 드리니 널리 이해하시고 의아하게 여기거나 꾸짖지 말아주십시오. 저는 죽을죄가 지극하여 부끄럽고 송구함을 감당할 수 없습니다.

송태수宋台叟에게 보내는 편지 **與**

• **해설** : 이 편지는 임자년(1552년, 52세) 7월 11∼30일에, 송기수宋麒壽(1507∼1581)에게 보낸 편지다. 상대는 당시 상중에 있으면서 선친의 덕행을 기술하는 글을 지어줄 것을 부탁하였다. 그러나 자신의 집안사람들에게조차 글을 써주는 것을 허락지 않던 처지임을 밝히고 거절한다.

• **송태수** : '태수台叟'는 송기수의 자다. 호는 추파楸坡다. 이조판서吏曹判書 등을 지냈고, 퇴계와 가깝게 지냈다. 저서로 《추파집楸坡集》이 있다.

5

사우

· 스승과 벗의 가르침이 없어
· 학문의 병로을 가진 자에게
· 고요히 사색하는 즐거움

師友

이.
스승과 벗의
가르침이 없어

장기瘴氣 낀 바다 기운이 차고 매서운데 어떻게 지내시는지요? 지극히 그리운 마음이 자꾸만 당신께 치달립니다. 저는 하릴없이 지내는 모습이 말이 아닌데다 병이 해와 더불어 더해만 갑니다. 요사이 8, 9년 동안 외직을 청하여 농사를 지으면서 시골에 묻혀 지내는데 생각지도 않게 거듭 은혜와 녹봉을 받아 억지로 서울로 올라와 골몰하며 또 이곳에서 3년을 보냈습니다. 친구 한두 명이 그대의 아우와 가까이 살고 있어서 그들을 통해 그대의 안부를 전해들을 수 있어서 기쁘고 다행스럽게 생각합니다. 저는 그동안 한 마디 안부마저 부치지 못할 형편은 아니었는데 그럭저럭 지내면서 안부조차 드리지 못했으니 매우 부끄럽습니다.

저는 어려서 학문에 관하여 듣고 뜻을 일으키기도 했지만 돌아보면 이끌어주는 스승과 벗들이 없는데다 어려서부터 고질병에 걸려 곧바로 스스로 그만두고 말았습니다. 이후 다행스럽게도 동료의 교분이 있어 그대와 옥당玉堂에서 한가로이 함께 지내며 강론하면서 학문적 진보가 있었습니다. 이때 제 마음은 어둡고 막힌 것이 심해 그림 그리는 일에 비유하자면 흰 바탕도 갖추지 못하였는데 어떻게 채색을 할 수 있었겠습니까[1]?

시골에서 지내면서 세속의 일을 접하지 않아 비로소 낙건洛建 지방 여러

---

1 흰 바탕도……있었겠습니까 : 《논어論語》〈팔일八佾〉에 "그림을 그려 문체를 이루는 일은 하얀 바탕의 비단이 마련된 뒤에야 가능한 것이다.[繪事後素]"라는 공자의 말이 있다.

군자[2]들의 책에 마음을 쏟을 수 있었고 거기서 얻은 감동과 흥분은 전에 비할 수 없이 깊고 절실했습니다. 그러나 쇠약하고 병든 사람이라 정력이 미치지 못하여 실제로 충분히 공부하지 못하고 아직은 조금도 참된 것을 얻지도 못한 채 갑자기 또 세상에 나아가게 되니 거의 녹아 없어지는 지경에 이르지 않겠습니까?

이런 까닭에 두려워 죽기 전에 자취를 거두어 시골로 돌아가 졸렬한 자신을 지키고 병든 몸을 조리하면서 옛 서적이나 읽고 새로운 공부를 더하며 늘그막을 즐기는 것이 그동안 저의 바람이었습니다. 끝내 얻을지 말지는 미리 말할 수는 없고, 이해利害에 관해서는 다만 하늘에 맡겨둘 뿐입니다.

문득 생각해 보니 옛날 군자들은 모두 스승과 벗이 있어서 같은 뜻으로 서로 구하고 같은 도로 서로 도와주어 능히 학문을 이루고 덕을 세울 수 있었습니다. 그런데 저와 그대는 같은 세상에 태어났으면서도 가까이 사귈 수 없고 멀리 떨어져있어 직접 만날 기약조차 없으니 쓸쓸히 헤어져 있는 근심과 비루한 싹이 틀 때면 간절한 그리움을 어찌 잠시라도 그칠 수 있겠습니까?

〈숙흥야매잠夙興夜寐箴[3]〉은 지난날 일찍이 가슴 깊이 새겨왔지만 이처럼 조리가 정밀하고 공정이 엄정할 줄 생각지도 못했습니다. 주석을 얻어 보니 문장을 나누고 어구를 분석하며 바른 의론과 높은 주장은 핵심을 자유자재로 노닐면서 홀로 밝고 넓은 경지에 이르니 탄복하는 마음 이길 길이 없었습니다. 다만 그것을 풀이한 말 가운데 몇 군데는 저의 얕은 식견으로 의문이 들어 삼가 추려서 별지에 기록하였으니 바로잡아 주시기

---

2   낙건……군자 : 정주학程朱學을 이르는 말로, 정자程子는 낙양洛陽에 살고 주자朱子는 복건福建에 살면서 강학한 데서 이른다.

3   숙흥야매잠 : 노수신盧守愼이 송宋나라의 진백陳柏이 지은 〈숙흥야매잠〉을 8장으로 나누고 주석을 단 것으로, 책으로는 1575년에 성주의 천곡서원泉谷書院에서 간행하였다.

바랍니다. 바라건대 부디 들어보시고 거듭 생각하셔서 버릴 것과 취할 것에 관해서 다시 말씀해 주시기를 간절히 바랍니다.

옛날 정이程頤 선생은 《역전易傳》을 이미 완성했는데도 끝내 출간하지 않고, "조금 더 나아지기를 바란다."라고 하였고, 주자朱子는 《장구집주章句集註》를 완성하고도 스스로 평생 동안 몇 번이나 고쳤는지 알 수가 없었습니다. 때로는 문인과 친구가 의문을 제기하고 질문하여 고친 경우도 적지 않습니다. 사사로운 의견을 내세우지 않고 뭇사람이 옳다는 의견을 모았기 때문에 천하 만세토록 비난할 수가 없는 것이니 이것이 바로 대현인이 위대한 까닭입니다.

우리 동방의 성리학은 이것을 명확하게 강론한 사람이 본래 드물고 저술이 별로 없습니다. 간혹 있어도 거칠어 허점투성이를 면치 못하고 사람들의 뜻에도 만족시키지 못하였습니다. 그러한 까닭은 다름이 아니라 대강 비슷한 것만 보고는 서둘러 지나치게 자기주장을 내세우기 때문입니다.

그런데 이 주석을 보니 다른 저술과 비할 정도가 아닙니다. 이 도가 우리 동방에서 없어지지 아니한다면 이 주석은 반드시 후세에까지 전해질 것입니다. 그러나 작은 결함이나 의심스러운 곳이라도 만약 고치고 다듬어서 완벽하게 하지 않으면 훗날에 가서 오늘날을 보는 것이 마치 오늘날 우리가 옛날을 보는 것과 같지 않겠습니까? 옛사람은 진실로 의리의 무궁함을 알았기 때문에 마음을 비우고 도로 나가는 뜻 역시 무궁하였으니 제가 그대에게 기대하는 까닭도 이 때문입니다.

저는 올가을 휴가를 청하여 영남지방에 성묘를 다녀올 생각인데 서울로 돌아올 때가 늦어질지 빨라질지는 아직은 점칠 수 없습니다. 그러나 만약 저에게 답장을 하시려거든 그대의 아우를 통해 제 친구에게 부탁해서 전해 주도록 하신다면 아무리 천릿길이라도 도중에 편지가 없어지는 걱정은 없을 것입니다. 이밖에 자세한 사연들은 다 말하지 못하고 더더욱 건강하시기 바라며 이만 줄입니다.

이재伊齋 노과회盧寡悔에게 보내는 편지　與

• **해설** : 이 편지는 갑인년(1554년, 54세) 7월 11일에, 노수신盧守愼(1515~1590)에게 보낸 편지다. 당시 노수신은 을사사화로 인해 파면되고 진도珍島에 유배되어 있었지만, 퇴계는 송宋나라 진백陳柏이 짓고 노수신이 주석을 단 〈숙흥야매잠夙興夜寐箴〉에 관하여 편지를 주고받으며 학문을 토론하였다.

• **노과회** : '과회寡悔'는 노수신의 자다. 호는 소재蘇齋·이재伊齋·암실暗室·여봉노인茹峰老人이며, 시호는 문의文懿이며, 뒤에 문간文簡으로 고쳤다. 양재역벽서사건良才驛壁書事件에 연루되어 죄가 가중됨으로써 진도로 이배되어 19년간 귀양살이를 하였다. 유배기간 동안 퇴계·김인후金麟厚 등과 서신으로 학문을 토론했고, 진백의 〈숙흥야매잠〉을 주석하였다. 유배 당시 나흠순羅欽順의 《곤지기困知記》를 보고 이전의 학설을 변경하여 도심道心은 미발未發, 인심人心은 이발已發이라고 해석하였다. 저서로 《소재집蘇齋集》이 있다.

02.
학문의 병통을
가진 자에게

역동서원易東書院[4]에서의 모임은 매우 좋은 일이었습니다. 함께 《심경心經[5]》을 읽으며 많은 의론을 통해 종전에 투철하지 못하고 철저하지 못했던 부분들까지 투철하고 철저하게 볼 수 있었습니다. 간혹 잘못 보는 부분이 있으면 이를 통해 반성하고 고쳤습니다. 서로 도와 학문을 갈고 닦는 것으로[6] 옛 사람들은 즐거워했다는 것이 비로소 진실로 저를 속이기 위한 거짓이 아님을 알았습니다.

　다만 제각기 사정들이 있고 서원에도 일이 있어 오래 머물 수가 없습니다. 기한에 맞추어 과정을 정하고 매일 정해진 진도에 따라 강론이 끝나면 시간이 많지 않아 모두가 익숙하게 반복하여 젖어들어 깊이 음미하고 참되게 체득할 수가 없었는데, 이것은 주자 문하의 독서법에 허물이 되는 것입니다. 또한 사람의 자질에는 제각기 병통이 있습니다. 쉽게 글의 뜻을 깨우친 자는 본래 알기 어려운 것이 없다고 생각해 깊이 추구하거나 오래 노력하여 실제로 체득하는 학문에 다시는 뜻을 두지 않는 듯합니다. 이 경지에 이르지 못하는 사람은 문장의 의미에 얽매여 벗어날 수 없어 마음으로 터득하고 정신으로 이해하여 참된 실천의 경지에 쉽게 이르지는 못하

4　역동서원 : 경상북도 안동시 송천동에 있는 서원으로, 1570년에 지방 유림에서 의논하여 우탁禹倬의 학문과 덕행을 추모하기 위해 창건하여 위패를 모셨다.

5　심경 : 송宋나라 학자 진덕수眞德秀가 경전과 도학자들의 저술에서 심성수양에 관한 격언을 모아 편집한 책이다.

6　서로……것으로 : 원문은 '麗澤'. 《주역周易》 태괘兌卦 〈상전象傳〉의 "두 개의 택澤이 나란히 있는 것이 태괘이니, 군자가 이를 본받아 붕우 간에 학문을 강습한다.[麗澤 兌 君子以 朋友講習]"라는 구절에서 유래한다.

는 듯합니다.

일찍이 읽고 내용을 이해한 자들은 또 자신에 대한 믿음이 너무 독실합니다. 올바른 견해와 식견에 대해 이렇게 독실하게 믿으면 참으로 좋겠지만 종종 잘못 파악한 부분까지도 주장이 너무 지나쳐 다시는 남의 말을 듣지 않으니 이 또한 작은 병통이 아닙니다. 이러한 병통들은 한번 모여서 한차례 《심경心經》을 읽는다고 변화시킬 수 있는 것이 아닙니다. 그러나 사람들이 돌아가고 나서도 끊임없이 공부한다면 어떻게 얻는 것이 없겠습니까?

저 같은 경우는 돌아와서 아무리 더더욱 사색하고 경계하며 힘을 써보아도 어찌 이렇게 혼미한지 일상생활 속에서 마음이 전일할 때는 적고 자주 중단되는 때는 많으니 어찌하겠습니까? 그러나 그나마도 두세 번은 생각이 이어지지 않는 때가 많은 것을 깨닫겠으니 어찌하겠습니까?

보내신 편지에 스스로 혼미하고 게으른 습관을 고치고 싶다며 그 방법을 물었더군요. 전에 들으니, 자사자子思子[7]가 사성思誠에 관하여 논하며 다섯 가지 학문의 방법[8]을 베풀어 "얻지 않으면 그만두지 않으며[9]", "자신은 백번 천번 한다[10]."는 훈계를 더하였습니다. 마지막에 "과연 이것을 잘

---

7 자사자 : '자사子思'는 공자의 손자인 공급孔伋(B.C. 492~B.C. 431?)의 자다. '자子'는 공자孔子의 경우처럼 스승에 대한 존칭어다. 저서로 《중용中庸》이 있다.

8 사성에……방법 : 《중용中庸》에 "참되려고 노력하는 것이 사람의 도이다.……그것은 즉 선을 택해서 굳게 잡는 것이다. 그러기 위해서는 널리 배우고 자세히 묻고 신중히 생각하고 분명하게 분변해야 하며, 그러고는 독실하게 실천해야 한다.[誠之者人之道也……擇善而固執之者也 博學之 審問之 愼思之 明辨之 篤行之]"라는 구절이 있다.

9 얻지……않으며 : 《중용中庸》에 "생각하지 않는다면 모르지만 일단 생각할진댄 깨닫지 못하면 그만두지 않는다.[有弗思 思之 弗得不措也]"라는 구절이 있다. '弗得不措'는 《중용》에 '不得不措'로 되어 있다.

10 자신은……한다 : 《중용中庸》에 "남이 한번에 능하거든 나는 백 번을 하며, 남이 열 번에 능하거든 나는 천 번을 하여야 한다.[人一能之 己百之 人十能之 己千之]"라는 구절이 있다.

시행하기만 한다면 아무리 어리석은 사람이라도 반드시 밝아지고, 아무리 유약한 사람이라도 반드시 강해질 것이다[11]."라고 하였습니다.

대체로 어리석은 사람이라도 밝아져 혼미함이 사라지고 유약한 사람이라도 강해지면 게으름도 변합니다. 이러한 명확한 가르침을 옛사람들은 이미 분명하게[12] 사람들에게 말해주었는데 그대는 부족하다 여겨 이렇게 까지 물으니 큰길[13]을 버려둔 채 가지 않으면서 장님에게 길을 묻는 것이나 무엇이 다르겠습니까? 또 중병에 걸린 사람이 값을 매길 수 없는 좋은 약을 구해 복용하지도 않으면서 의사를 찾아 처방을 묻는 것과 같습니다. 세상의 수없는 약이 있다지만 어떻게 먹지 않고 병을 치료하는 약이 있겠습니까?

저는 평소 혼미하고 게으른 버릇이 특히나 심해 늘 자사의 말씀에 부끄러움이 있었지만 지금 이것으로 그대를 권하는 것은 나 자신이 질 수 없는 짐을 그대가 힘을 다해 본받는 것을 보고 싶은 생각에서입니다. 우연히 보내신 질문에 느낌이 있어 허심탄회하고 개의치 않았기 때문에 최근의 일들을 궁구하여 말씀을 드리니 모쪼록 생각을 골똘히 생각하여 소홀히 하지 말기를 바랍니다.

구여응具汝膺에게 답하는 편지 答

11　과연……것이다 :《중용中庸》에 "과연 이 방법대로 잘 행하기만 한다면 아무리 어리석은 사람이라도 반드시 밝아지고, 아무리 유약한 사람이라도 반드시 강해질 것이다.[果能此道矣 雖愚必明 雖柔必强]"라는 구절이 있다.

12　분명하게 : 원문은 '八字打開'. 좌우의 필획이 분명한 '팔八'자처럼 논리를 명확하게 전개하여 분명하게 해명함을 이르는 말로, 주자가 유자징劉子澄에게 준 편지의 "성현께서 이미 팔자타개하였는데 사람들은 스스로 깨닫지 못하고 오히려 밖으로만 허황하게 달린다.[聖人 已是八字打開了 人自不領會 却向外狂走耳]"라는 구절에서 유래한다.

13　큰길 : 원문은 '康莊'.《이아爾雅》〈석궁釋宮〉에 "오달五達의 길을 '강康'이라 하고, 육달六達의 길을 '장莊'이라 한다.[五達曰康 六達曰莊]"라는 구절이 있다.

- **해설** : 이 편지는 퇴계가 문인 구찬록具贊祿(1519~1595)의 편지를 받고, 경오년(1570년, 70세) 8월 중순에 보낸 답장이다. 역동서원易東書院에서 《심경心經》을 함께 읽으며 토론하면서 공부가 더욱 철저해졌음을 전하였다. 또한 구찬록이 고치고 싶다는 게으른 습관에 대해서 자사子思의 사성思誠을 설명하며 훈계하였다.

- **구여응** : '여응汝膺'은 구찬록의 자다. 호는 송안松顔·용산龍山이다. 퇴계의 문인으로, 현감縣監을 지냈다.

03.
고요히 사색하는
즐거움

편지를 보내와 요사이 근황을 자세히 알게 되어 객지의 시름에 크게 위안이 되었습니다. 저는 몇 해 전에 한 차례 경솔히 벼슬에 나온 뒤로 돌아갈 방편이 없어 고민하고 있습니다. 세월은 말[馬]처럼 내달려 벌써 다시 봄꽃을 보게 되었습니다. 관동지방의 인사고과[14]에서 정선旌善 고을에만 자리가 비어있긴 하지만 관청일이 문란하여 병든 저 같은 사람이 감당할 수 없어 외직으로 나가고픈 바람을 이룰 수가 없었습니다. 나라의 봉록만 축낼 뿐 새벽부터 밤늦도록 보잘것없는 힘조차 바치지 못하고, 예전 익혔던 학문을 되돌아보니 아득히 꿈속의 일과 같습니다. 시속에 응하고 남을 따르다가 늘 스스로를 잃어버린 부끄러움만 남고 전혀 마음에서 우러나오는 즐거움이라고는 없습니다. 오직 옛 어진 사람들에게 죄를 짓고 있을 뿐만 아니라 지금 세상에서조차 꾸지람을 당하니 어찌하겠습니까?

그대는 여러 번 세속에서 벗어나 산으로 들어가 홀로 지내며 고요히 사색하고 있어 반드시 가슴 속에 즐거운 바가 많을 것인데 함께 하지 못하는 것이 한스럽습니다. 다만 배우기만 할뿐 더불어 강론하여 밝힐 사람이 없는 것이, 그대가 크게 두려워해야 할 점입니다. 그렇지만 정말 옛 사람을 독실하게 믿고 일상생활에서 주경궁리主敬窮理[15]하며 절실하게 공부를 통

---

14 인사고과 : 원문은 '殿最'. 관원들의 근무성적을 심사하여 우열을 매기던 인사고과를 이르는 말로, 상上을 '최最', 하下를 '전殿'이라고 하였다. 감사가 관하의 각 고을 수령의 치적을 심사하여 1년 중 6월 15일 이전과 11월 15일 이전에 중앙에 보고하였다.

15 주경궁리 : 거경궁리居敬窮理와 같은 말이다. 정주학程朱學의 학문 수양 방법으로

해 참되게 쌓아가고 오래 힘쓴다면 성인의 말씀이 진실로 나를 속이지 않았다는 것을 명확히 알게 될 것이니, 어찌 공부가 명확하지 않다고 근심하겠습니까?

마음이 내달리고 날뛰는 경우, 제가 바로 이러한 병에 걸려 늙도록 이루어 놓은 것이 없으니 어떻게 그대를 위해 도모할 수 있겠습니까? 그렇지만 이전 현인들이 이에 관해 논한 것들을 자세히 살펴보면 억지로 힘써 잡아서도 안되고, 또 조급하게 속박하여서도 안됩니다. 이렇게 한다면 비단 이루지 못할 뿐만 아니라 반드시 탈이 나게 마련입니다. 그러니 모쪼록 느긋하게 생각하고 여유를 가지며 깨어있는 마음으로 늘 보살핌을 잃지 말아야 합니다.[16] 이 방법이 조금 간략한 것 같지만 주자朱子가 "아직 드러나기 전에는 찾아볼 수 없고, 이미 지각한 뒤에는 안배할 수 없으니 오직 평소에 엄숙하고 공경하며 성품을 기르고 닦는 것으로 공부의 본령으로 삼아야 한다."라고 한 구절을 더욱 깨우침이 절실하게 깨우쳐야 할 것입니다. 이 말은《심경부주心經附註》에서 인용한《중용中庸》수장首章의 아래에 보이니 참고하여 살펴 볼 수 있습니다.

말씀하신, 가정에서 부자형제간에 날마다 예법을 행하는 것에 관해 견해가 여기에까지 미치니 대단히 좋은 생각입니다. 옛날 서중거徐仲

'거경居敬'은 내적수양방법을 가리키는 말로, 경敬이란 인간에게 품부 받은 천명天命으로서의 선성善性이 순수하고 곧게 발할 수 있도록 성性에 영향을 주는 의식 작용을 미연에 없애는 수양법을 말한다. '궁리窮理'는 외적수양방법을 가리키는 말로, 인간에게 품부된 천명으로서의 선성이 이미 욕심의 영향을 받아 굴절되려고 하는 것을 의식적으로 순수하고 곧게 발할 수 있도록 끊임없이 적극 노력하는 수양법으로, 격물格物을 통해 사물의 이치를 궁구하는 것을 말한다.

16 깨어있는……하니 :《심경心經》〈중용中庸 천명지위성장天命之謂性章〉에 "그러므로 깨어 있는 마음이 항상 어둡고 아득한 가운데 있으면서 돌보아 모두 일찍이 놓아 버리지 않는 것이니, 대개 비록 체단을 지키고 있지만 도리어 흔적을 드러내지 않는다.[所以惺惺主人 常在冥漠中照管 都不曾放下了 蓋雖是持守體段 却不露痕跡]"라는 구절이 있다.

車[17] 선생은 예복과 홀을 갖추고 혼정신성昏定晨省[18]의 예를 행하였는데 집안사람들도 처음에는 매우 해괴하게 여겨 비웃었지만 시간이 지날수록 믿게 되었습니다. 지금 세상에 이조판서吏曹判書 안安 선생[19]이 매일 형님을 찾아뵙고 매우 엄숙하게 절을 하였습니다. 고금을 통하여 행동이 독실하고 자질이 아름다운 군자로서 이것을 진실로 실행에 옮기는 사람은 많았으니, 오직 《소학小學》의 예에 당연할 뿐만이 아닙니다. 다만 여기에는 경솔한 마음으로 가볍게 시행할 수 없는 도리가 있기 때문에 공자께서 자로子路[20]에게 "부형이 계신데 어떻게 듣자마자 곧바로 실행할 수 있겠는가[21]?"라고 경계하신 것이 바로 이것입니다.

그러므로 이 일에 대해 적절하게 처신하기란 매우 어렵습니다. 이미 경솔한 마음으로 가볍게 실행할 수도 없고 그렇다고 또 그만두고 실행하지 않을 수도 없습니다. 다만 평소에 정성스러운 뜻을 쌓아 두었다가 일의 곡절에 따라 점차 실천할 수 있는 것만 자연스럽게 실천하다가 온 집안의 신뢰가 드러나면 실천하지 않던 것까지 오히려 점차 실천할 수 있을 것입니다. 유독 한 집안만 그런 것이 아니라 고을이나 벗들 간에도 아무리 일의 형편이 가정에서와는 다르지만, 이 또한 마땅히 이 원리로 미루어 실천한다면 낭패를 면할 수 있을 것입니다.

---

17 서중거 : '중거仲車'는 서적徐積(1028~1103)의 자다. 시호는 절효처사節孝處士다. 양주사호참군楊州司戶參軍 등을 지냈다. 저서로《절효집節孝集》등이 있다.

18 혼정신성 : 아침저녁으로 부모의 안부를 물어 살핀다는 의미로, 《예기禮記》〈곡례상曲禮上〉에 "자식 된 자는 어버이에 대해 겨울에는 따뜻하게 해 드리고 여름에는 시원하게 해 드려야 하며, 저녁에는 잠자리를 보살펴 드리고 아침에는 문안 인사를 올려야 한다.[冬溫而夏淸 昏定而晨省]"라는 구절이 있다.

19 안 선생 : 안현安玹(1501~1560)을 이른다. 자는 중진仲珍이고, 호는 설강雪江이며, 시호는 문희文僖다. 우의정右議政 등을 지냈다. 뒤에 청백리에 녹선錄選되었다.

20 자로(B.C. 543~B.C. 480) : 공자의 문인으로 곧고 순진하여 헌신적으로 공자를 섬겼다. 위衛나라에서 벼슬하던 중 내란이 일어났을 때 전사하였다.

21 부형이……있겠는가 : 《논어論語》〈선진先進〉에 나오는 구절이다.

대개 시속에는 옛 법도를 배우는 사람들을 아무런 이유 없이 싫어합니다. 그대는 일개 가난한 선비로 저같이 보잘것없는 사람과 상종하면서 갑자기 여러 사람들 앞에 옛 법도를 행한다면 미처 믿음을 얻기도 전에 먼저 괴이하게 여겨 성내거나 욕을 듣는 곤란함을 당하게 될 것입니다. 가령 지엽적인 것을 수습한 것도 없고 스스로 확립할 수도 없으면 장차 조금 마음속에 얻은 것까지도 내버리게 됩니다. 그래서 부득이 이 말을 하는 것이니, 요컨대 자신을 바르게 하고 도를 실천하는 올바른 방법이 아니니 그대가 헤아리기에 달려 있을 뿐입니다.

《예기禮記》에 "엄숙하고 위엄 있고 엄연하고 씩씩함"은 아랫사람을 대하는 태도이니 어버이를 섬기는 데는 적용할 수 없습니다. 대체로 도道는 확정된 격식이 없고 상황에 따라 변하기 때문에 군자의 용모와 기상 역시 상황에 따라 변하는 것으로, 《논어論語》〈향당鄕堂²²〉 한 편의 기록이 바로 이것입니다. 그러므로 한 사람의 몸으로 어버이를 섬길 때는 이렇게 하고 아랫사람을 대할 때에는 저렇게 하는 것이 올바른 것입니다. 만약 어떤 사람이 어버이를 섬길 때 오히려 엄숙하고 위엄 있고 엄연하고 씩씩함으로 한다면 이것은 기질에 국한된²³ 잘못이고 엄숙하되 사랑과 공경의 실질로 융화하지 않았으니 이것은 바로 효를 실천하려는 생각²⁴에 죄를 짓는 사람이니 어떻게 함께 도를 이야기 할 수 있겠습니까?

---

22 향당 : 몸가짐이나 옷차림, 식생활 등 공자의 일상에 관한 내용이 실려 있다.

23 기질에 국한된 : 원문은 '局於氣質'. 《근사록近思錄》〈경계警戒〉에 "성性은 불선함이 없으나 기질에 국한되고 이욕에 빠지는 것은 스스로 작게 여기기 때문이다.[性無不善 而局於氣質 汨於利慾者 自小之耳]"라는 구절이 있다.

24 효를……생각 : 원문은 '孝思'. 《시경詩經》〈대아大雅 하무下武〉에 "영원토록 효성을 다 바침이여, 그 효도는 선인의 뜻을 본받음이라.[永言孝思 孝思維則]"라는 구절이 있다. 이 시는 주周나라 무왕武王이 천하의 본보기가 된 것은 길이 효도를 생각하여 잊지 않았기 때문임을 찬미한 내용이다.

　계당溪堂[25]을 처음 지었는데 비둘기처럼 너무 졸렬해서[26] 내가 그곳에 있더라도 퇴락함을 면하지 못할 것입니다. 더군다나 제가 그곳에 있지도 않고 아이들도 잘 돌보지 않아 장차 버리게 될 지경에 이르게 되었습니다. 제가 오랫동안 돌아가지 못한 것이 부끄럽고 아이들이 문아文雅를 좋아하지 않아 안타깝습니다. 화답한 시는 별지에 적어 두었으니 웃으면서 보시기 바랍니다. 나머지는 대업에 힘쓰시고 아울러 과거공부도 그만두지 말아서 바람에 부응하시기 바랍니다.

　　　　　　　　　　　금문원琴聞遠에게 답하는 편지 答

● **해설** : 이 편지는 퇴계가 문인 금난수琴蘭秀(1530∼1604)의 편지를 받고, 갑인년(1554년, 54세) 1월에 보낸 답장이다. 집안에서 부자와 형제간에 예법을 행하는 것에 관한 견해를 듣고 칭찬하면서, 고금을 통해 예법에 맞는 행동이 독실하고 자질이 훌륭한 사람들은 매우 많았음을 상기시켰다. 또한 경솔한 마음으로 섣불리 행동하지 말기를 당부하였다.

● **금문원** : '문원聞遠'은 금난수의 자다. 호는 성재惺齋·고산주인孤山主人이다. 퇴계의 문인으로, 장흥고봉사長興庫奉事를 지냈다. 저서로 《성재집惺齋集》이 있다.

25　계당 : 계상서당溪上書堂을 이른다. 1551년 한서암寒棲庵을 계상의 동북쪽으로 옮겨 지은 서당이다.

26　비둘기처럼……졸렬해서 : 《금경禽經》에 "비둘기는 집이 보잘것없어도 편안하게 여긴다.[鳩拙而安]"라는 구절이 있다. 그 주석에 "집짓기를 좋아하지 않아 새 집을 빼앗아서 사는데, 비록 보잘것없어도 편안히 거처한다."라고 하였다.

6

제명

《주서절요》에 대한 지적에 감사하며
내 글의 잘못
이름 도적질을 꾸짖으며
숙부의 호를 적어 보내며

題
銘

01.
《주서절요》에 대한
지적에 감사하며

최근 정월 보름이후에 보내신 편지를 받고, 봄철에 편히 지내시며 도리를 탐구하시는 것이 더욱 좋으시다니, 저는 이 말의 뜻을 외우고 음미하니 어리석고 게으른 사람을 경계하고 격려하는 것이 매우 깊어 단지 마음이나 열고 눈이나 밝게 할뿐 만이 아니었습니다. "촛불을 켜서 밝히는 것이 어둠 속에 길을 가는 것과 어느 것이 낫겠습니까[1]?"라고 말씀하신 것은 참으로 지당하십니다. 그러나 저는 날로 병이 깊어가서 촛불을 밝히는 것도 지속하지 못해 끝내는 어둠 속을 걷게 되지나 않을까 염려스럽습니다.

지난번 부탁하신 〈재명齋銘[2]〉은 제가 거기에 대하여 아는 것이 없어 감히 섣불리 짓지 못하고 오랫동안 요구에 대답을 늦추어 왔던 것입니다. 지금 다시 그 독촉이 예사롭지 않아 오래도록 게을렀던 죄를 져버릴 수 없어 거칠게나마 짧은 글을 지어 책임을 면하고자 하니 부디 잘못된 부분을 지적해서 인편을 통해 회답해 주신다면 다시 수정하여 큰 오류에서 벗어나려고 합니다. 대개 이것은 의리의 근본이고 지극히 미세하고 은밀한 부분

---

1 촛불을……낫겠습니까 :《설원說苑》〈건본建本〉에 진晉 평공平公이 사광師曠에게 "내 나이 칠십이라 배우고자 해도 이미 늦은 듯하다."라고 물으니, 사광이 "어찌 촛불을 밝히지 않습니까?……신은 들으니 '어려서 학문을 좋아하는 것은 해가 솟아오를 때의 햇빛과 같고, 장성하여 학문을 좋아하는 것은 해가 중천에 오를 때의 햇빛과 같으며, 늙어서 학문을 좋아하는 것은 촛불을 밝혀 밝게 하는 것과 같다.'라고 하였습니다. 촛불을 켜서 밝히는 것이 어둠 속에 길을 가는 것과 어느 것이 낫겠습니까?[何不炳燭乎……臣聞之少而好學 如日出之陽 長而好學 如日中之光 老而好學 如炳燭之明 炳燭之明 孰與昧行乎]"라는 구절이 있다.

2 재명 : 〈정존재명靜存齋銘〉을 이른다.

이니 말씀하신 뜻에 들어맞기가 쉽지 않을 것입니다.

작년 남시보南時甫[3]가 저에게 〈정재기靜齋記〉를 지어 달라고 할 무렵 저의 견해는 더욱 치밀하지 못했는데도 끝내 사양하지 않고 함부로 의논을 하고는 다시 의심하거나 꺼리는 것이 없었는데 나중에 보니 길기만 하고 내용 없는 말들뿐이었습니다. 이러한 점을 잘못이라고 여겼기 때문에 이번 잠箴에서는 지루하고 필요 없는 말들은 모두 없애려 노력하였습니다. 그러나 뒷날 이것을 보는 것이 오늘 이전의 기록을 보는 것과 같다면 식견 있는 사람의 비웃음을 살까 두렵습니다.

그대의 생각은 정靜에 의착하는 것을 법으로 삼아 기질의 병을 구제하려는 생각은 매우 좋습니다. 그러나 '정존靜存'이라는 두 글자는 결국 한쪽의 도리이기 때문에 잠箴의 중간과 끝 부분에 부득이 동적動的인 측면을 말하지 않을 수 없었고 또 경敬도 아울러 말하였습니다. 보내온 편지의 뜻을 상세히 살펴보면 또한 이와 같으니 아마도 드러내어 스스로 경계하려는 본래의 뜻에 어긋나지 않을 것으로 여겨집니다. 산기山記와 시에 대하여 지나치게 너그럽게 대하시니 이는 사뭇 절차탁마切磋琢磨하는 저 같은 사람에게 할 것은 아닌듯하니 어떻게 생각하십니까? 《회암서절요晦菴書節要[4]》의 잘못된 곳을 지적해 주시니 고맙기가 이루 말할 수 없습니다.

이 책은 당초에 사방사람들과 함께할 것을 기약하지도 않았던 것으로 다만 늘그막에 정력이 달릴 때를 위해 단속하는 공부가 필요하여 스스로 보기 편하도록 했을 뿐입니다. 중간에 황중거黃仲擧[5]가 간곡히 출판하기

---

3 남시보 : '시보時甫'는 남언경南彦經(1528~1594)의 자다. 호는 동강東岡이다. 1566년 조식曺植·이항李恒 등과 함께 발탁되어 지평현감砥平縣監이 되었다. 조선시대 최초의 양명학자이다.

4 회암서절요 : '회암晦菴'은 주자朱子의 호로, 《주서절요朱書節要》를 이른다.

5 황중거 : '중거仲擧'는 황준량黃俊良(1517~1563)의 자다. 호는 금계錦溪다. 성주목사星州牧使 등을 지냈고, 저서로 《금계집錦溪集》이 있다.

를 원해 처음의 뜻을 고집할 수가 없었습니다. 그러나 이 마저도 두 집 젊
은이들을 위하는 데 그치고자 했던 것인데, 생각지도 못하게 중거가 오랜
경계를 파기하는 바람에 서울에까지 소식이 전해져버렸으니 이를 생각하
면 땀이 나고 두렵지만 이제 와서 후회한들 아무 소용이 없으니 어찌해야
좋겠습니까?

지적하신 두 곳의 잘못은 어느 글 어느 조목에 해당되는지요? 다음 인
편에 모두 알려 주시면 헤아려보고 고치겠습니다. 그러나 주신 편지에 "정
밀하고 깊은 의리와 수작하는 일 가운데 우리의 몸과 마음에 절실한 것은
먼저 취하는 것이 당연하지만 그 가운데 간혹 긴요하지 않은 것이 수록되
었다."고 하셨는데 이것은 정말 그렇습니다. 그러나 꼭 이 주장대로 다하려
면 아마도 한쪽으로 치우치는 결함에 빠지는 것을 벗어나지 못할 것이라
생각합니다.

의리에는 진실로 정밀하고 깊은 부분만 있고 조잡하고 얕은 곳이 없겠
습니까? 일에는 긴절한 수작만 있고 한가로운 수작이 없겠습니까? 이 몇
가지는 자신의 몸과 마음에 관계된 것이 진실로 절실하니 마땅히 먼저 해
야 할 것입니다. 그렇다고 남에게 있는 것이나 타물에 있는 것이 절실하지
않다 하여 그대로 버려야 하겠습니까? 우리 유학이 이단과 다른 점이 바
로 여기에 있으니, 오직 공자 문하의 여러 제자들은 이 뜻을 알았습니다.
그래서 《논어論語》의 기록에 정밀하고 깊은 부분도 있고 조잡하고 얕은
부분도 있으며 긴절하게 수작한 부분도 있고 한가롭게 수작 부분도 있으
며 내 몸과 마음에 절실한 것도 있고 남과 타물에 있어 내 몸과 마음에 절
실하지 않은 부분도 있으니 시험 삼아 몇 가지 예를 들어보겠습니다.

염자冉子가 곡식을 청하는 것[6]과 강자康子가 약을 보낸 것[7]과 백옥伯

---

6 염자가……것 : 《논어論語》〈옹야雍也〉에 나오는 내용이다.

7 강자가……것 : 《논어論語》〈향당鄕黨〉에 나오는 내용이다.

玉의 심부름꾼[8]과 원양原壤의 기다림[9]과 봉인封人이 공자를 만나려고 했던 것[10]과 유비孺悲가 만나려고 했던 것[11]과 호향互鄉 사람을 만났던 것[12]과 사면師冕을 만났던 것[13]이 대개 이와 같으니, 이런 것을 정밀하고 깊은 것이 아니라 해도 괜찮고, 한가로운 수작이라고 말해도 괜찮으며, 비록 몸과 마음에 절실하지 않다고 해도 괜찮습니다. 그렇지만 무엇인들 도道의 한 단서가 아닌 것이 있겠습니까? 진실로 그 지극함에 이르러서 말하자면 정밀하고 깊은 것이거나 긴요하고 간절한 것들 모두 이를 벗어나지 않습니다.

그러므로 어떤 사람이 구산龜山[14]에게 "《논어論語》 20편에 어떤 것이 요긴하고 절실합니까?"라고 묻자 구산이 "모두 다 요긴하고 절실하다."고 하였으니 바로 이 때문입니다. 그러하니 이 책에서 취할 것을 보내신 편지에서 말씀하신 것처럼 마땅히 우선해야 할 것은 참으로 셀 수 없이 많습니다. 혹시라도 피차 편지를 주고받는 사이에 문안하는 일, 회포를 푸는 일, 산수山水를 즐기는 일, 시절을 한탄하고 풍속을 민망히 여기는 일 등과 같은 한가한 수작은 절실하지도 않은듯하지만 취하여 함께 넣어 완미하도록 하였으니, 한가로이 지내시는 선생을 직접 만나 말하고 이야기 나누며 웃는 사이에 목소리를 직접 듣는 것과 같다면 도를 가진 사람이 풍모와

---

8 백옥의 심부름꾼 : 《논어論語》〈헌문憲問〉에 나오는 내용이다.

9 원양의 기다림 : 《논어論語》〈헌문憲問〉에 나오는 내용이다.

10 봉인이……것 : 《논어論語》〈팔일八佾〉에 나오는 내용이다.

11 유비가……것 : 《논어論語》〈양화陽貨〉에 나오는 내용이다.

12 호향……것 : 《논어論語》〈술이述而〉에 나오는 내용이다.

13 사면을……것 : 《논어論語》〈위령공衛靈公〉에 나오는 내용이다.

14 구산 : 양시楊時(1053~1135)의 호다. 북송北宋 말기 검남劍南 장락長樂 사람으로, 자는 중립中立이다. 채경蔡京이 나라를 망치고 백성들에게 해를 끼친다고 비판했고, 왕안석王安石의 학문을 극력 배척했다. 고종高宗이 즉위하자 공부시랑工部侍郎이 되었다. 저서로 《구산집龜山集》 등이 있다.

안색에서 기상을 얻는 것이 정밀하고 깊은 것에서 오로지 힘쓰는 것보다 못하다고는 할 수 없을 것이며 달갑지 않고 긴요하지 않은 일도 덕을 저버리려서는 얻을 수 없습니다. 이뿐만이 아닙니다. 제가 이 책을 읽고 나서 스승과 벗들의 의리가 이처럼 중하다는 것을 알았습니다. 의가 중하기 때문에 정이 깊고 정이 깊기 때문에 서로 주선하는 정성스런 말을 하는 것입니다. 만약 의리에 무관하거나 몸과 마음에 절실하지 않다고 하여 모두 제거해 버린다면 어찌 옛사람의 스승과 벗들의 도가 이처럼 중대한 줄 알겠습니까?

일찍이 남시보의 편지를 보았는데,《주서절요朱書節要》〈답여백공서答呂伯恭書〉에 "수일 이래로 매미 소리가 더욱 맑으니, 들을 때마다 일찍이 그대를 그리워하지 않은 적이 없었습니다."라고 하자, 한 단서를 들어 "이런 쓸데없는 말을 어디에다 쓰겠습니까?"라고 하였습니다. 제가 대답했던 말을 지금 다 기억하지는 못하지만 그 대강의 뜻은 '만약 쓸데없는 것으로 본다면 쓸데없는 것이겠지만 쓸데없는 것이 아니라고 본다면 쓸데없는 것이 아닙니다.'라고 했습니다.

사람의 식견이 서로 다르고 좋아하는 것도 다릅니다. 저는 평소에 이러한 것을 매우 좋아해서 여름철에 푸른 나무 그늘이 짙고 매미 소리가 귀에 가득할 때마다 마음속으로 주자朱子와 여백공呂伯公 두 선생의 풍도를 그리워하지 않은 적이 없었습니다. 또한 정원의 풀은 하잘것없는 물건 가운데 하나이지만 이를 볼 때마다 문득 염계濂溪의 '똑같은 마음[15]'을 생각합니다. 지금 세속의 이 학문을 좋아하지 않는 사람의 관점으로 말하면 애당초 괴이할 것이 없고 그 좋아할 줄 아는 자라도 모두 이처럼 같을 수야 없습니다. 그렇다면 한공韓公이 "처음에는 서로 의견이 다르다가 마침

---

15 염계의……마음 :《송원학안宋元學案》〈염계학안 하 부록濂溪學案下附錄〉에 송나라 주돈이周敦頤가 창 앞의 풀을 뽑지 않고 그대로 두자 어떤 사람이 물으니 "저 풀이 살고 싶어 하는 마음은 나와 똑같다.[與自家意思一般]"라고 한 구절이 있다.

내는 서로 무르녹아 한 곳으로 돌아간다[16]."라고 말하였지만 실은 쉬운 일이 아닙니다.

제가 이 말을 하는 이유는 스스로 자신의 견해를 옳다고 여겨 제군들이 저의 의견에 동조하기를 바라는 것이 아닙니다. 스스로 저의 결함을 밝혀 약을 구해 저 자신을 치료할 따름입니다. 오직 그대는 헤아려 잊지 마시고 알려주십시오. 이만 줄입니다.

이중구李仲久에게 답하는 편지 答

• **해설** : 이 편지는 이담李湛(1510~1575)의 편지를 받고, 갑인년(1563년, 63세) 2월 15일에 보낸 답장이다. 당시 《주서절요朱書節要》를 정리하고 있던 퇴계에게 작업의 오류를 지적하자 이를 수용하며 감사해하였다. 정리된 자료를 출판하자는 황준량의 부탁에 뜻을 꺾지 못하고 허락하였다가 서울에까지 소식이 전해져 후회스럽다는 심정을 전하였다.

• **이중구** : '중구仲久'는 이담의 자다. 호는 정존재靜存齋다. 전한典翰을 지냈다. 저서로 《정존재집靜存齋集》이 있다.

---

16 한공이……돌아간다 : 《창려문집昌黎文集》〈별지부別知賦〉에 한유韓愈가 양의지楊儀之를 보내며 지은 시부詩賦에 "처음에는 서로 의견이 다르다가 마침내는 서로 무르녹아 한 곳으로 돌아간다.[始參差以異序 卒瀾漫而同流]"라는 구절이 있다.

02.
내 글의
잘못

편지에 선공先公[17]의 묘갈명墓碣銘 문장 가운데 잘못된 부분을 일러 주시고, 이숙헌李叔獻[18]의 평론까지 아울러 받았는데 과연 이렇다면 저의 글이 잘못되었습니다. 이것이 제가 지난날 잘못된 부탁을 받고 감히 승낙하지 못한 까닭이니, 바르게 알지도 못하면서 글을 짓는다면 반드시 이러한 잘못에서 벗어나지 못하여 선공의 덕에 누를 끼치게 될 것입니다. 마땅히 말씀하신대로 수정하여 크게 잘못되는 부분이 없도록 하겠습니다. 그렇지만 이미 완성된 글을 추후에 고치는 것은 마치 솜씨 없는 목수가 집을 지은 뒤에 남의 잘못된 곳을 지적해 주면 그에 따라 다시 도끼질하면서 남의 말에 부응하는 것이나 마찬가지이니, 깎고 찍은 흔적이 어찌 법도에 맞고 남의 눈에 들겠습니까? 틀림없이 집을 망치게 될 것입니다.

더구나 잠깐 사이에 고칠 마음으로 손에 피멍이 들고 얼굴에 땀을 흘리며 다듬다가 더더욱 문제가 발생할까 걱정입니다. 우선은 천천히 다음을 기약하며 덮어 두고 드러내지 마십시오. 저의 말이 없어도 스스로 유의하시리라 생각합니다. 다만 여기에 약간의 의심이 있습니다. 이른바 '기미를 보아 명철하게 처신하셨다.[見機明哲[19]]'는 말에 대하여 공과 숙헌이 힘써

---

17 선공 : 성혼成渾의 아버지 성수침成守琛(1493~1564)을 이른다.

18 이숙헌 : '숙헌叔獻'은 이이李珥(1536~1584)의 자다. 호는 율곡栗谷·석담石潭·우재愚齋다. 이조판서吏曹判書 등을 지냈고, 현실과 원리의 조화와 실공實功과 실효實效를 강조하는 철학사상을 제시하였다. 저서로《율곡전서栗谷全書》등이 있다.

19 견기명철 : 퇴계가 지은 성혼成渾의 아버지 청송聽松 성수침成守琛의 묘갈명에는

따졌으니, 화를 피하려는 것은 올바른 법도가 아니라는 뜻에서 곽임종郭
林宗[20]도 숭상할 만하지 못하다고 말씀하신 것입니까? 제 생각에 이런 일
은 사람이 닥친 상황이 서로 다르기 때문에 바르고 바르지 않은 차이가
있는 듯하니, 기묘년의 일[21]은 제 생각에 선공처럼 처신하는 것이 올바르
니, 무슨 문제가 있다고 굳이 말하지 않으려 하십니까?

저는 요사이 심사가 크게 어그러져 비방이나 칭찬에 모두 놀라고 처신
이 형편없어 마침내 수습하기 어려운 지경에 이른 것을 스스로 탄식하고
있습니다. 장원서掌苑署[22]에 제수되고도 오래도록 사은숙배하지 않았다
는 말을 들었는데 어찌하여 그렇게 하십니까? 말에 뜻을 다 담을 수 없습
니다. 건강에 유의하시기 바랍니다.

성호원成浩原에게 답하는 편지 答

• **해설** : 이 편지는 성혼成渾(1535~1598)의 편지를 받고, 경오년(1570년, 70세) 4월 20일에 보
  낸 답장이다. 성혼이 자신의 아버지 성수침成守琛의 묘갈명을 쓴 퇴계의 글에 잘못된
  부분이 있음을 알리자, 누를 끼쳐 미안하다는 마음을 전하였다.

• **성호원** : '호원浩原'은 성혼成渾(1535~1598)의 자다. 호는 묵암默庵·우계牛溪다. 저서로
  《우계집牛溪集》이 있다.

'견기명철見幾明哲' 등의 글귀가 보이지 않는 것으로 보아 수정이 된 듯하다.

20 곽임종 : '임종林宗'은 곽태郭泰(128~169)의 자다. 동한東漢 말기의 학자로 허소許劭
    와 더불어 '허곽許郭'으로 불리었고, 또 개자추介子推·문언박文彦博과 더불어 '개
    휴삼현介休三賢'으로 불리었다. 출신이 변변치 못했지만 어려서부터 굴백언屈伯彦
    에게 배우고, 많은 서적에 정통하였고 언변에 능했다. 이응李膺 등과 교류했고 낙
    양洛陽에 명성을 떨쳐 태학생들이 그를 지도자로 추천할 정도였다.

21 기묘년의 일 : 1519년 남곤南袞과 홍경주洪景舟 등의 훈구파勳舊派에 의해 조광조
    趙光祖 등의 신진사류들이 숙청된 기묘사화己卯士禍를 이른다.

22 장원서 : 조선시대 궁중 정원의 꽃과 과일 나무 등에 관한 일을 맡아 보던 관청官廳이다.

03.
이름 도적질을
꾸짖으며

보내신 편지를 받고 아직 치통이 다 낫지 않았지만 복 받으시며 잘 지내
신다니 그립고 위안되는 마음 이길 길이 없습니다. 또 정사精舍를 완성
하여 학문을 강론하는 실마리를 갖게 되었다는 소식을 듣고는 감격스러
운 마음을 말로 할 수가 없습니다.

지난번 편지에 저의 시구詩句를 새기지 말아 달라고 요청했던 의도
는 이 시구를 그 사이에 걸어두는 것을 회피하려고 했던 것이 아닙니
다. 여러 사람들의 입으로 지목하며 수군대는 때에 갑자기 우리 두 사
람의 시를 벽에 높이 걸어둔다면 수군대던 것이 꾸지람으로 바뀔 것이
틀림없습니다. 우선은 서두르지 말고 상황이 안정될 때까지 기다렸다
가 상황이 어떠한가를 살펴 대처하는 것도 늦지 않을 것이기에 말씀드
릴 뿐입니다. 또 그 중간에 남명南冥²³이 말한 것은 직접 저를 지칭한
것이 아니라 저와 편지를 주고받으며 논변한 사람을 가리켜 말하였을
뿐입니다.

그러나 전날 제가 이 말을 그대에게 거론했던 것은 남명을 미워하거
나 화가 나서가 아닙니다. 우리들이 날마다 성현의 말씀을 강론하면
서 실천이 미치지 못하니 세상을 속인다고 해도 옳은 말이 아니겠습니
까? 비록 자신은 명성을 훔치려는 마음이 없다고 하더라도 세상 사람
들이 혹시라도 헐뜯으며 이 이름을 그에게 돌린다면 명성을 훔쳤다고

---

23 남명 : 조식曺植(1501~1572)의 호다. 자는 건중楗中이다. 벼슬에 나아가지 않고 현실
  정치의 폐단에 대해서도 비판과 함께 대응책을 제시하는 등 민생의 곤궁과 폐정개
  혁에 대해서도 적극적인 참여의지를 보여주고 있다. 저서로《남명집南冥集》이 있다.

하는 것도 전혀 없다고는 할 수 없을 것입니다. 그렇다면 남명의 말을 어찌 홀로 기명언奇明彦[24]만이 경계하고 두려워할 일이겠습니까? 실제로 우리들 모두가 마땅히 죽을 때까지 힘써야 겨우 면할 수 있을 것입니다.

이제 보내주신 편지에 그 사실을 물어보고 그 사실을 알고서 풀어보려고 한다면 제가 알려드린 본의가 아닐 뿐더러, 또한 옛사람들이 잘못을 들으면 바로잡던 도道가 아닐 것입니다. 깊이 저의 정성스런 마음을 살피시고 아울러 그대 또한 이를 경계로 삼으시기 바랍니다. 물으신 몇 가지 항목은 별지에 답을 하였으니 취사에 관하여 살펴 맞지 않는 것이 있다면 알려주십시오.

【별지】

《심경부주心經附註》의 서문에 "성인과 현인의 경전에 마음을 두려고 한다.[圖實心于聖經賢傳之中]"고 말하였는데, 이른바 '성경현전聖經賢傳'은 《심경心經》에 인용한 여러 경전을 가리키며 '도치심圖實心'은 이 경전들의 격언과 지극한 논리 가운데 마음을 두려는 것을 말하는 것일 뿐 다른 의도가 있는 것은 아닌 듯합니다. 임은林隱[25]의 〈심학도心學圖[26]〉는 황돈

---

24 기명언 : '명언明彦'은 기대승奇大升(1527~1572)의 자다. 호는 고봉高峰·존재存齋이다. 대사간大司諫을 지냈고, 저서로 《고봉집高峰集》이 있다.

25 임은 : 정복심程復心(1257~1340)의 호다. 자는 자견子見이다. 휘주로학교수徽州路學教授를 지냈다. 어려서부터 이학理學 공부에 잠심하여, 보광輔廣과 황간黃榦의 설을 모아 절충하고 문장을 나누어 그림을 그리고, 그 그림에 설명을 붙여 《사서장도四書章圖》라 이름 하였다. 또한 여러 책의 어록을 취하고 그 차이점을 변증하여 《사서찬석四書纂釋》을 지었다.

26 심학도 : 주자의 제자 정복심程復心이 지은 것으로, 양심良心과 본심本心에서 출발하여 사십부동심四十不動心과 칠십이종심七十而從心까지의 공부하는 과정을 그림으로 나타낸 것이다.

篹墩[27]이 끼워 넣었다면 마땅히 간략하게라도 스스로 글을 끼워 넣은 의도를 말했을 텐데 한 마디 언급도 없는 것으로 보아 후대 사람들이 그렇게 했는지도 모르겠습니다. 그렇지만 상고할 곳이 없습니다.

〈심경찬心經贊[28]〉에 나오는 '비궤棐几[29]'에서의 '비棐'자는 원래 '비榧'자로 되어 있는데 오늘날의 '비자나무[榧子木]'로 책상을 만들 수 있습니다. 《진서晉書》〈왕희지전王羲之傳〉에 '희지羲之가 제자의 집에 갔다가 만나지 못하고 비자나무 책상이 매끄럽고 정갈하여 해서와 초서를 반반 섞어서 글자를 써 놓았더니 그 제자의 아비가 실수로 책상을 깎아 지워버려 제자가 놀라서 여러 날 한탄하였다.'고 하는데 바로 여기에 '비궤棐几'라는 글자가 나옵니다.

황돈은 《심경》 말미에 오로지 존덕성尊德性을 주장하였고, 도문학道問學 한쪽을 억제하였으니 그 뜻은 세속 선비들이 입으로 말만 하고 귀로 듣기만 하는 학문을 숭상하고 실천을 소홀히 하는 폐단을 구제하려고 하는 것입니다. 그런데 만약 단지 이러할 뿐이라면 그 학설이 비록 굽은 것을 바로잡으려다 지나치게 곧게 하는 실수가 없을 수 없지만 그래도 좋습니다. 이후 다시 또 다른 학설을 세워서 주자가 초년에 상산象山[30]을 공격하다가

---

27 황돈 : 정민정程敏政(1445~1500)의 호다. 자는 극근克勤이다. 시독학사侍讀學士를 지냈다. 저서로 《황돈집篹墩集》·《심경부주心經附註》 등이 있다.

28 심경찬 : 송宋나라 진덕수眞德秀가 경전과 송나라 도학자들의 저술에서 심성心性의 수양에 관한 격언을 모아 《심경心經》이란 책으로 편찬했는데, 거기에 지어 붙인 찬贊을 말한다.

29 비궤 : 진덕수眞德秀의 〈심경찬心經贊〉에 "밝은 창가 안석에서 맑은 대낮 향을 사르고 책을 펴고 숙연한 자세로 나의 천군을 섬기노라.[明窓棐几 淸晝鑪薰 開卷肅然 事我天君]"라는 구절이 있다.

30 상산 : 송宋나라 육구연陸九淵(1139~1193)의 호다. 자는 자정子靜이다. 주자와 같은 시대를 살며 유학자로서 쌍벽을 이루었으나, 주자가 끊임없는 탐구와 연구를 강조했던 데 반해, 육구연은 도의 가장 높은 지식은 내면의 성찰과 자습自習을 끊임없이 실천함으로써 습득된다고 주장하였다. 육구연은 '무극이태극無極而太極'에 대

만년에 스스로 그 잘못을 깨닫고 상산과 의견을 같이하여 한 권의 책을 짓고는 《도일편道一篇》이라고 이름 붙여 학설을 증명하였습니다. 이때 진건陳建[31]이라는 사람이 황돈이 천하를 속인다고 격분하여 《학부통변學蔀通辨》을 지어 황돈의 잘못을 배척하였다고 합니다.【이 설명은 《황명통기皇明通紀》에 나와 있습니다.】

이 두 책을 다 보지 못한 것이 한스럽습니다. 그러나 황돈의 학문이 마침내 육상산陸象山의 심학心學과 선학禪學에 빠진 것은 숨길 수 없습니다. 요사이 중국 사람들이 모두 불교의 학설을 공부하는 것이 마치 도도한 홍수와 같아 우리나라 사람도 조금씩 불학佛學을 향하는 자들도 빠져 들어가는 조짐을 많이 보이고 있습니다. 주朱 선생이 평일에 육상산에 대해서 깊이 근심하고 깊이 개탄하여 힘써 배척했던 것도 이러한 까닭이었습니다. 그러나 《심경》 한 책은 황돈의 학술이 어긋났다고 해서 헐뜯을 수는 없으니 무엇 때문일까요? 책 말미에 주자가 존덕성尊德性하는 여러 학설을 중요하게 생각했던 것을 인용한 것은 실지로 선생이 중간에 약간 치우친 점이 있다는 것을 스스로 깨닫고 이를 경계하고 힘쓰며 제자들을 격려하여 크게 알맞고 지극히 바른 도에 이르도록 기약하였으니, 육씨와의 생각과 의견을 일치하려고 했던 것은 아닙니다.

황돈이 여기에 또 육씨의 한가지 학설도 그 사이에 끼워 넣은 적이 없었으니, 독자들은 다만 세상을 구제하려는 깊은 뜻이 있는 것만 보고 이단으로 돌아가는 두려움이 없다면 이 책을 존중하고 신뢰할 수 있는 것이 옛날이나 마찬가지일 것입니다. 어찌 《도일편》 때문에 이 책까지 의심

해서, 《역易》의 원리는 '태극太極'이라고만 하면 되는데 '무극無極'이라는 말을 덧붙였다고 비판하였다.

31　진건(1479~1567) : 명明나라 사람으로 자는 정조廷肇이고, 호는 청란淸瀾이다. 육구연陸九淵과 왕수인王守仁의 심학心學이 선학적 경향을 띄고 있다고 배척하였고, 주자의 이학理學을 계승하였다. 저서로 《학부통변學蔀通辨》·《황명통기皇明通紀》 등이 있다.

할 수 있단 말입니까? 이 때문에 제가 〈심경후론心經後論〉 한 편을 지어서 그 뜻을 밝힌 적이 있는데 지금 부쳐드리니 그대가 어떻게 생각할지 모르겠습니다.

이강이李剛而에게 답하는 편지 答

• 해설 : 이 편지는 이정李楨(1512~1571)의 편지를 받고, 임술년(1562년, 62세) 여름에 보낸 답장이다. 남명南冥을 거론했던 자신의 의도를 밝히고, 별지에서 《심경心經》 문구에 대한 다양한 주장들을 들어 설명하고 있다. 특히 평소 주자朱子가 육상산陸象山을 깊이 근심하고 개탄하면서 배척했던 이유를 들었다.

• 이강이 : '강이剛而'는 이정의 자다. 호는 구암龜巖이다. 홍문관부제학에 임명되었으나 취임하지 않고 고향에 구암정사龜巖精舍를 짓고 후진을 양성하였다. 어릴 때 송인수宋麟壽로부터 배우고 성장한 뒤에는 퇴계와 교유하였다. 저서로 《구암문집龜巖文集》 등이 있다.

04.
숙부의 호를
적어 보내며

'송재松齋'라고 쓴 편액은 동쪽 방의 문미門楣[32] 위에 걸어야 한다. 대청의 경우 '당堂'이나 '헌軒'이라고 해야지 '재齋'라고 해서는 안된다. 숙부께서 왕무공王無功[33]의 〈취향기醉鄉記〉를 읽으시다가 시 가운데 "소나무 이슬이 계당溪堂에 떨어지네."라는 구절에서 '송당松堂'의 두 글자를 취하여 당호로 삼으셨다. 그래서 이 두 글자를 써서 보내니 당堂 위에 걸만 할게다.

○전에 말한, '송당松堂'이라는 칭호[34]는 후손으로서 끝내 마음이 편지 않으니, 그 아래 작은 헌軒을 '만취헌晚翠軒'이라고 이름 짓고 호로 삼는 것이 마땅할 듯하다[35].

조카 빙憑에게 보내는 별지 與

• **해설** : 이 편지는 조카 이빙李憑(1520~1585)에게 병인년(1566년, 66세)에 보낸 것이다. 퇴계의 숙부인 이우李堣의 호가 송재松齋인데서 당호를 '송당松堂'이라고 짓는 것은 후손으로서 마음이 불편하니 '만취헌晚翠軒'으로 짓기를 당부하였다.

• **이빙** : 퇴계의 조카인 이빙을 이른다. 자는 보경輔卿이고, 호는 만취헌晚翠軒이다. 송재 이우의 손자다. 예빈시첨정禮賓寺僉正을 지냈다

---

32 문미 : 문 위에 가로로 댄 나무를 이른다.

33 왕무공 : '무공無功'은 당唐나라 시인 왕적王績(585?~644)의 자다. 동고東皐에 살아 '동고자東皐子'라고 자호하였다. 대조문하성待詔門下省 등을 지냈다. 저서로 《왕무공집王無功集》이 있다.

34 송당이라는 칭호 : 이빙李憑의 조부인 이우李堣(1469~1517)의 호가 송재松齋인 데서 이르는 말이다.

35 전에⋯⋯듯하다 : 《도산급문록陶山及門錄 4》〈이빙李憑〉에 실린 구절을 가져왔다.

7

시가

- 분에 넘치는 칭찬을 거부하며
- 〈무이도가구곡〉을 논하며
- 늘 그막은 책 보기 좋은 때
- 매화를 감상하며
- 매화를 기르는 방법
- 김평필의 시를 읽고는
- 시 짓는 방법

詩歌

이.
분에 넘치는 칭찬을
거부하며

어제 외출하였다가 해가 저물어 돌아와 남겨놓은 명함을 보고 비로소 헛걸음 하신 줄 알았습니다. 공교롭게 길이 서로 엇갈린 것은 옛 사람도 탄식하였으니 마음의 갈피를 잃어 기가 막힐 지경입니다. 보내주신 행록行錄 뒤에 지은 시를 받으니 쌍금雙金이나 백붕百朋[1]도 이보다 더할 수 없다는 생각이 들었습니다. 펼치고 읽어보고는 망연히 부끄럽고 얼굴이 붉어지니 제가 그대에게 바라는 것과 서로 다른 점이 있습니다.

　군자는 한마디 말로 지혜로운 사람이 되기도 하고, 한마디 말로 지혜롭지 못한 사람이 되기도 하는데[2] 어찌하여 그대는 저를 속이고 희롱하십니까? 어찌하여 그대는 자신을 아끼지 않고 경솔하게 말을 하십니까? 큰 종은 작은 종채로 소리를 내지 못하고 천균千鈞이나 되는 큰 활은 생쥐를 잡기 위해서 쏘지 않는데, 그대는 진실로 이 병든 사람을 어떤 사람이라고 생각하며 졸렬한 저의 시가 어떠하기에 성대한 칭찬을 이토록 지극히 한단 말입니까?

1　쌍금이나 백붕 : 쌍금雙金은 '쌍남금雙南金의 준말로, 보통의 금보다 두 배의 가치가 나가는 남쪽 지방의 금을 이른다. 백붕百朋은 많은 재물을 이르는 말로, 《시경詩經》 〈소아小雅 청청자아菁菁者莪〉에 "군자를 만나 뵌 이 기쁨이여, 마치 보화寶貨를 나에게 내려주신 듯하도다.[旣見君子 錫我百朋]"라는 말이 있다. 둘 다 많은 재물을 이른다.

2　군자는……하는데 : 《논어論語》 〈자장子張〉에 진자금陳子禽이 자공子貢을 공자孔子보다 훌륭하다고 평하자, 자공이 "군자는 한마디 말로 지혜로운 사람이 되기도 하고, 한마디 말로 지혜롭지 못한 사람이 되기도 하니, 말은 신중하게 하지 않으면 안 된다.[君子一言以爲知 一言以爲不知 言不可不愼也]"라는 구절이 있다. 퇴계 편지에서 '智'자는 《논어》에 '知'자로 되어 있다.

　이것은 그대의 재주와 필치가 호방하고 상쾌하여, 짓기 어려운 운자를 얻어 재기를 마음대로 부리고 어려운 운자를 통해 공교함을 드러내되, 순풍을 만난 배와 진중을 내달리는 말과 같아서 한번 손을 놓기만 하면 그침 없이 질펀하게 치달리는 것에 불과합니다. 그래서 마음속으로 스스로 생각하기를 '아무개는 본래 말할 상대도 못되고 다만 자신의 감회를 터놓고 재주를 부려 장난한 것이다.'라고 한다면 그대가 저를 대하는 것이 너무 소원한 것이 아닙니까?

　저를 대하는 것이 그러할 뿐 아니라 그대 스스로의 처신도 매우 소략합니다. 옛날 군자는 스스로 처신하는 것과 남을 대하는 것이 아마도 이렇지 않았을 것입니다. 또한 초명鷦螟[3]을 대붕大鵬에 비유하면 단지 초명이 작다는 것만 드러나고 모모嫫母[4]를 치장하여 서시西施[5]에게 나아가더라도 모모의 추함만 더더욱 드러날 뿐입니다. 저는 부끄럽고 불안하여 마치 사흘이나 술에 취해 깨지 못한 것 같습니다. 군자는 자신이 감당하지 못하면 잠시도 머물러 두지 않으니 곧바로 되돌려 드려야 되지만 탁월한 글 솜씨와 화려한 운치는 읊조리기에 충분하고 되씹어도 싫증이 나지 않아 감히 어리석음을 무릅쓰고 그대로 두고 있습니다. 아! 이 또한 어리석은 짓이라 하겠습니다.

　그런데 또 어떤 말이 있으니 '시인의 말은 본래 저것을 바탕으로 이것을 드러내고 남을 위해 지은 작품이 자신을 드러내기에 충분하다.'라고 합니다. 그대가 사물을 끌어다 유형별로 연결시켜 지극히 훌륭하다고 칭찬하고는 있지만 저의 입장에서 본다면 저에게 비길 수 있는 것은 열에 둘, 셋도

3　초명 : '초명鷦螟'은 아주 작은 벌레를 이르는 말로, 《포박자抱朴子》〈외편外篇〉에 "초명이라는 벌레는 모기의 눈썹에 집을 짓고 하늘 가득 나는 대붕大鵬을 비웃는다.[鷦螟屯蚊眉之中 而笑彌天之大鵬]"는 구절이 있다.

4　모모 : 황제黃帝의 네 번째 후비后妃인데, 추녀로 이름났다.

5　서시 : 춘추전국시대 월越나라의 미인이다.

없고 그대에게 비길 수 있는 것은 열에 여덟, 아홉이나 됩니다. 마치 봄 동
산의 울긋불긋한 꽃과 곤양昆陽 땅의 날쌘 호랑이[6]와 오릉五陵[7]의 수놓은
듯 화려함과 꼬불꼬불 산길의 준마와 바다를 치달리는 돛단배와 텅 빈 한
수漢水의 고니와 술, 난초와 비둘기 등 이러한 것은 모두 그대가 일삼는 것
이니 비록 그대 스스로가 기술하여 나열해 놓았다고 해도 좋을 것입니다.

저에게는 곤옥崑玉과 같은 빛깔도 없는데 더군다나 그러한 덕이야 말
할 것이 있겠습니까? 안기安期[8]가 세상을 외면했던 것처럼 저에게도 그러
한 바람이 있지만 방법을 모르겠습니다. 풍성豊城에서 발굴된 명검[9]이 예
스럽기는 하지만 그 같은 광채는 제가 할 수 없는 것이고 골짜기에서 나온
얼음[10]이 차갑기는 하지만 그 같은 맑고 깨끗함을 저는 미치지 못합니다.

---

6 곤양……호랑이 : 왕망王莽의 말기에 한漢나라를 중흥시키려는 군사가 사방에서 일
   어나 곤양昆陽에서 결전하는데, 왕망의 장수 왕심王尋과 왕읍王邑이 백만의 군사를
   거느리고 범·표범·무소·코끼리 등의 동물까지 동원하였다.

7 오릉 : 한漢나라 고조高祖·태종太宗·고종高宗·중종中宗·예종睿宗 다섯 황제의 능
   침이 있는 곳으로, 장안 부근을 뜻한다.

8 안기 : 안기생安期生(?~?)을 이른다. 유향劉向의 《열선전列仙傳》〈안기선생安期先生〉
   에 "안기 선생은 낭야 부향 사람이다. 동해 가에서 약을 팔았는데, 당시 사람들은 천
   세옹이라 하였다. 진 시황이 동쪽에서 노닐다가, 그를 만나 사흘 밤낮 동안 이야기를
   나누고 많은 금은보화를 주었으나 모두 받지 않았다. 떠나면서 편지 한 통과 붉은 옥
   으로 만든 신발 한 쌍을 남겼는데, 그 편지에 '몇 해 뒤 봉래산에서 나를 찾으라.' 하였
   다. 이에 진 시황이 서불 등을 시켜 동남동녀 수백 명을 데리고 동해에 배를 띄워 봉래
   산을 찾아가게 하였다.[安期先生者 瑯琊阜鄉人也 賣藥於東海邊 時人皆言千歲翁 秦始皇
   東遊 請見與語三日三夜 賜金璧度數千萬出於阜鄉亭皆置 去留書以赤玉舃一雙爲報曰 後數
   年 求我於蓬萊山 始皇卽遣使者 徐市盧生等數百人入海]"라고 하였다.

9 풍성에서……명검 : 오吳나라 때 북두성과 견우성 사이에 늘 자줏빛 기운이 감돌기
   에 장화張華가 점성가占星家 뇌환雷煥을 보내 풍성豊城의 감옥 터에서 보검인 용천
   검龍泉劍과 태아검太阿劍을 발굴했다고 한다.

10 골짜기에서……얼음 : 두보杜甫의 시 〈입주행증서산검찰사두시어入奏行贈西山檢察
   使竇侍御〉에 "깊은 골짜기에서 나와 투명하게 빛나는 한 덩어리 얼음을, 한漢나라
   영풍관과 노한관처럼 시원한 곳의 옥병에 넣어둔 것만 같네.[炯如一段淸冰出萬壑 置
   在迎風露寒之玉壺]"라는 구절이 있다.

곡기를 끊은 듯 여위고 두견의 울음처럼 애달프고 물에 뜬 갈매기 같기를 저는 진실로 노력했지만 모두 범접하지 못하였습니다. 이를 미루어 보자면 그 나머지는 알 수 있을 것입니다.

그대는 저를 끌어올리고 미루어 양보하려고 자신의 아름다움을 자처하지 아니하며 남들이 미치지 못하는 것을 돌보지 않고 단지 붓 가는 대로 뒤섞어 서술하니 또한 이상하지 않습니까? 더구나 역대로 시를 잘 짓던 여러 대가들을 모두 아전이나 종 부리듯 한다면 왕개미가 큰 나무를 흔들려는 것[11]과 같아서 불가능할 뿐만 아니라 도리어 스스로 곤궁해질 뿐입니다. 이것은 그대와 제가 후세의 군자들에게 죄를 짓는 꼴이니 참으로 두려운 일이 아니겠습니까? 비록 그렇지만 그대는 젊고 힘이 있어서 혹시라도 저의 말을 통해 분발하여 스스로 노력하면 달성하는 것이 반드시 옛사람들을 넘어설 것이니 저는 장차 눈을 비비고 기대하겠습니다. 저는 하찮은 자질로 질병까지 겹쳐 날로 발전할 가망도 없이 날로 퇴보할 뿐입니다. 그래서 그저 몸이나 어루만지며 크게 탄식하는 것입니다.

임사수林士遂에게 보내는 편지 與

• **해설** : 이 편지는 갑진년(1544년, 44세) 5월에 임형수林亨秀(1514~1547)에게 보낸 편지다. 마침 외출했던 사이에 임형수가 방문하여 만나지 못해 아쉬웠다는 소식과 함께 자신의 시를 지나치게 칭찬한 것에 대해 송구한 마음을 전하였다.

• **임사수** : '사수士遂'는 임형수의 자다. 호는 금호錦湖다. 부제학副提學 등을 지냈다. 저서로 《금호유고錦湖遺稿》가 있다.

---

11 왕개미가……것 : 한유韓愈의 시 〈조장적調張籍〉에 "왕개미가 큰 나무를 흔들어 대니, 자기 분수를 모르는 것이 가소롭도다.[蚍蜉撼大樹 可笑不自量]"라는 구절이 있다.

02.
〈무이도가구곡〉을
논하며

〈도가구곡櫂歌九曲[12]〉 1절絕 네 구절[13]의 뜻은 제가 처음 가졌던 생각이
주석[14]의 뜻과 같았기 때문에 처음 1절[15]에서 그렇게 말하였는데, 뒤의
1절[16]을 이렇게 고친 까닭은 새로운 것을 파고들어 남다른 것을 정립하
려고 한 것이 아닙니다. 다만 본 시의 뜻을 반복하고 자세히 음미하다가
"이 밖에 따로 있다.[除是別有]"를 꼭 이렇게 보아야 하는지 의문이 들었
습니다. 그러나 제 마음에도 처음에는 명확히 그렇다는 자신이 없어 기

---

12 도가구곡 : 〈무이도가구곡시武夷櫂歌九曲詩〉를 이른다. 송宋나라 때 주희朱熹가 무
   이산武夷山의 정사精舍에 한가히 있으면서 지었던 것으로 모두 10수로 되어 있다.

13 1절 네 구절 : 《주자대전朱子大全》〈순희갑진중춘……정제동유상여일소淳熙甲辰仲
   春……呈諸同遊相與一笑〉의 "구곡도 다할 즈음에 눈앞이 탁 트이니, 우로에 젖은 뽕
   과 삼 너머 평평한 시내가 보이네. 어부들이 다시 무릉도원 가는 길 찾지만, 이곳 말
   고 인간세상 별천지가 있을까?[九曲將窮眼豁然 桑麻雨露見平川 漁郞更覓桃源路 除
   是人間別有天]"라는 구절을 이른다.

14 주석 : 구재櫂齋 진보陳普의 《무이도가주해武夷櫂歌註解》에 "구곡九曲의 우의寓意
   는 순전히 한 가닥 도로 나아가는 순서로 그 뜻이 진실로 구차하지 않으니 단지 무
   이의 산수만을 읊은 것이 아니다.[九曲寓意 純是一條進道次序 其意固不苟 不但爲武
   夷山水也]"라고 하였다.

15 처음 1절 : 퇴계가 주자의 〈무이도가구곡시武夷櫂歌九曲詩〉에 차운하여 지은 처음
   시를 말하는데, 그 시에 "구곡에 와보니 도리어 망연하니, 진원이 어찌 이 시내이겠
   는가? 차라리 우로에 젖은 뽕과 삼 너머 다시 산중의 길을 찾아야겠네.[九曲來時却
   惘然 眞源何許只斯川 寧須雨露桑麻外 更問山中一線天]"라는 구절이 있다.

16 뒤의 1절 : "구곡산은 다만 넓게 열려 있어, 인가와 촌락이 장천을 굽어보고 있네.
   그대는 이 놀이가 좋다고 말을 말라, 별일천의 묘처를 다시 찾아야지.[九曲山開只曠
   然 人烟墟落俯長川 勸君莫道斯遊極 妙處猶須別一天]"라는 구절이 있다.

명언奇明彦[17] 군에게 편지를 보냈더니 명언도 이후에 1절이 옳다고 하지 않았습니다. 아마 그의 생각도 그대가 보내온 편지의 뜻과 같은 듯합니다. 그대는 편지에서, 본 주석의 뜻이 본래 이와 같다고 했는데 그렇다면 '애평천靄平川'[18] 이상은 제가 스스로 무궁한 아취雅趣로 보는 것이 됩니다. 그렇다면 그 아래 "어부들이 다시 무릉도원 가는 길 찾지만, 이곳 말고 인간세상 별천지가 있을까?"라는 말은 어떻게 보아야 합니까? 만약 이것과 함께 제가 자득한 부분으로 본다면 "다시 신선의 길을 찾으니 인간세상 밖에 따로 한 세상이 있더라."고 하는 말이 맞지 않습니다.

만약 이 두 구절을 이단인 노자老子와 불교의 무리들이 일상의 비근함을 싫어하여 공허하고 아득한 데서 도를 구하려는 입장으로 살펴본다면, 그 말에는 당연히 비방과 배척의 의도가 담겨 있을 것이니 이와 같이 일단의 좋은 일로 표현하여 마치 숭상하고 부러워하는 듯한 뜻을 두지는 않았을 것입니다. 또《연주시격聯珠詩格[19]》에서는 이 시의 말구에 단 주석에 "주자가 일찍이 이 구절 때문에 비방을 받았다."고 하였지만 이런 일이 있었는지 없었는지는 달리 상고할 수 없습니다. 만약 정말로 이러한 일이 있었다면 위의 두 단락의 뜻으로 살펴보면 모두 비방을 받을 만한 내용이 아닙니다. 왜냐하면 만약 위 단락의 뜻으로 본다면 이른바 '별유천別有天'이라고 하는 것이 우로에 젖은 뽕과 삼[桑麻雨露] 속에 있는 것으로 사물을

---

17 기명언 : '명언明彦'은 기대승奇大升(1527~1572)의 자다. 호는 고봉高峰·존재存齋고, 시호는 문헌文憲이다. 《주자대전朱子大全》을 발췌하여 《주자문록朱子文錄》을 편찬하는 등 주자학에 정진하였다. 퇴계와 편지를 주고받으면서 사단칠정四端七情을 주제로 논란을 편 것으로 유명하다.

18 애평천 : 《주자대전朱子大全》〈순희갑진중춘……정제동유상여일소淳熙甲辰仲春……呈諸同遊相與一笑〉의 "구곡도 다할 즈음에 눈앞이 탁 트이니 우로에 젖은 뽕과 삼 너머 평평한 시내가 보이네.[九曲將窮眼豁然 桑麻雨露見平川]"에는 '견평천見平川'으로 되어 있다.

19 연주시격 : 원元나라 간보干輔가 지은 책이름으로, 칠언절구七言絶句를 모은 것이다.

업신여기거나 세상을 가벼이 여기는 뜻이 없으니 무슨 비방이 있겠습니까? 또 만약 아래 단락의 뜻으로 본다면 이른바 '별유천'이라고 하는 것은 바로 이단자들을 가리키는 것으로, 주자 자신의 일에 속하지 않으니 또한 무엇 때문에 비방을 받겠습니까?

〈구곡십절九曲十絕[20]〉은 애당초 학문의 순서에 관한 의미는 없었는데 주석을 다는 사람이 천착하여 억지로 끌어다 붙이고 구절마다 이치에 맞지 않는 것을 꿰어 맞추니 모두 주자의 본뜻은 아닙니다. 그래서 제가 일찍이 옳지 않은 부분을 밝혔었는데 기명언奇明彦도 제 말에 동의하였습니다. 다만 구곡九曲에 있어서 제가 이후에 고친 설에 대해서는 동조하지 않았습니다. 그것은 팔곡八曲의 "유람객이 올라오지 못해서라네."라는 한 구절로부터 이 1절絕에 이르기까지 본래는 경치를 묘사한 말이지만 그 중간에 흥을 붙이고 뜻을 부여한 곳이 없지 않아 명언의 명확한 분별력과 해박한 학식으로도 억지로 꿰어 맞춘 설에 영향을 받아서 그렇게 된 것입니다.

그래서 저의 생각으로는 주자의 이 1절은 본래 경치를 묘사했을 뿐이며 구곡은 산이 다하고 물이 고요한 상황을 노래했을 뿐입니다. 본래 이곳은 별다른 절경이 없어 유람의 흥이 다하는 곳으로 시의 앞 두 구절은 눈에 보이는 대로 서술하였고 마지막 두 구절의 뜻은, 이곳이 극지처極至處라고 생각지 말고 모쪼록 다시 진원묘처眞源妙處에 이를 것을 구해야 하니 일반적인 인간 세상 밖에 또 다른 좋은 세상이 있음을 말하는 것 같습니다.

여러 현인들이 이 시에 화답한 것을 보면 이 뜻에 맞는 것이 또한 많습니다. 예컨대, 방악方岳[21]은 "대가마 타고 성촌星村으로 가는 길을 물으니

---

20 구곡십절 : 위에서 말한 〈도가구곡櫂歌九曲〉을 이르는 말로, 〈무이도가구곡시武夷櫂歌九曲詩〉를 이른다.

21 방악(1199~1262) : 남송南宋 휘주徽州 기문祁門 사람으로, 자는 거산巨山이고, 호는 추애秋崖다. 이부시랑吏部侍郎을 지냈다. 당시 권력자이던 사숭지史嵩之·정대전丁

시내 남쪽 일선천一線天[22]을 바라보네[23]."라고 하였고, 장헌張憲[24]은 "늙은 눈을 비비며 배를 타고 봉래산 속 하늘을 다 보았네."라고 하였으며, 양사종楊士宗[25]은 "참다운 유람이 이곳에 와서 그친다고 말하지 말라. 다시 여기서 별천지를 보리라."고 하였고, 고응상顧應祥[26]은 "다시 맑은 흥취로 저무는 날을 보내고, 풍동風洞에서 거듭 일선천을 찾네."라고 했습니다.【주석에 "풍동風洞에 일선천一線天이 있어 바로 이곳이 무이산武夷山에서 가장 기이한 곳이지만 유람하는 사람들은 거리가 멀다고 싫어하여 아무도 이곳에 이르지 않는다."라고 하였다.】 이 구절들이 모두 경치가 끝나는 곳이기 때문에, 다시 한 선경仙境을 찾아 궁극의 경치로 삼고자 했던 것입니다. 가만히 생각해 보면 주자의 처음 생각 역시 이와 같았을 것으로 생각됩니다. 그런데 읽는 사람들이 읊조리고 완미한 나머지 그 생각이 아득하고 원대하며 무궁한 의미를 함축하고 있다고 여겨, 이를 도 닦는 사람의 깊고 얕음, 높고 낮음, 누르거나 드높임, 나아가고 물러남의 뜻으로 옮겨가게 된 것입니다.

大全·가사도賈似道 등의 미움을 받아 벼슬길이 여의치 못했다. 저서로 《추애집秋崖集》이 있다.

22　일선천 : 바위가 양쪽으로 갈라져 생긴 좁은 길이 마치 하늘로 통하는 길처럼 보인다고 하여 붙여진 이름이다.

23　대가마……바라보네 : 방악方岳이 지은 〈우화회옹도가又和晦翁棹歌〉에 "흥에 겨워 우연히 이곳에 오니 누가 그늘진 골짜기를 청천晴川으로 만들었나? 대가마 타고 성촌星村으로 가는 길을 물으니 시내 남쪽 일선천一線天을 바라보네.[乘興而來亦偶然 誰將陰堅作晴川 筍輿更問星村路 去看溪南一線天]"의 3, 4번째 구절이다.

24　장헌(?~?) : 자는 사렴思廉이고, 호는 옥사생玉笥生이다. 추밀원도사樞密院都事를 지냈고, 저서로 《옥사집玉笥集》이 있다.

25　양사종(1435~?) : 자는 원보原父다. 복건성福建省 건녕부建寧府 사람이다.

26　고응상(1483~1565) : 명明나라 절강浙江 장흥長興 사람으로 자는 유현唯賢이고, 호는 약계箬溪다. 왕수인王守仁의 문하에서 공부하였으며 구류백가九流百家의 학설을 두루 꿰고 있었다. 특히 산학算學에 정통해 많은 저서를 남겼다. 저서로 《상서찬언尙書纂言》 등이 있다.

자공子貢의 아첨하거나 교만하지 않는 것[27]을 지극한 경지로 여기고, 증자曾子의 일마다 정밀히 살핀 것을 힘써 행하고[28], 안자顔子의 박문약례博文約禮를 쫓아 그만두고 싶어도 그러지 못할 때[29]를 눈앞에 펼쳐진 드넓은 물과 같은 극지처인 줄 알았다가, 가난하면서도 도를 즐기며 부유하면서도 예를 좋아했던 안자와 일이관지一以貫之의 종지를 엿본 증자와, 우뚝하게 서 있는 공자의 도를 보았던 안자의 말을 듣고는 모두 별유천에 이르렀다는 뜻입니다. 그러나 이러한 뜻은 바로 옛사람이 시를 인용하는 데 자신의 필요한 부분만을 취하는 예에 따라 이렇게 본 것인데 시의 본뜻은 정말로 이를 말한 것이 아닙니다. 이러한 사실을 안다면 제가 말한 "선 것이 우뚝하다."는 말은 굳이 설명하지 않아도 분명해질 것입니다.

김성보金成甫의 별지別紙에 답하는 편지 答

---

27 자공의……것 : 《논어論語》〈학이學而〉에 자공子貢이 공자孔子에게 "가난하면서도 아첨하지 않고, 부유하면서도 교만하지 않는 사람은 어떠합니까?[貧而無諂 富而無驕 何如]"라고 묻자, 공자는 "좋기는 하지만 가난해도 즐기며 부유해져도 예를 좋아하는 것만 못하다.[可也 未若貧而樂 富而好禮者也]"라고 대답한 구절을 이른다.

28 증자의……행하고 : 《논어論語》〈이인里仁〉의 '나의 도는 하나로 관철되어 있다.[吾道一以貫之]'에 관해 주희의 집주集註에 '진적력구眞積力久'라는 말이 나온다. "증자는 그 쓰임에 대해 일마다 정밀히 살피고 힘써 행하였지만 그 본체가 하나임은 모르고 있었다. 부자께서는 참을 쌓고 힘을 쓴지 오래되면 장차 얻는 것이 있을 것임을 알기에 증자를 불러 고했던 것이다.[曾子於其用處 蓋已隨事精察而力行之 但未知其體之一爾 夫子知其眞積力久 將有所得 是以 呼而告之]"라는 구절을 이른다.

29 안자의……때 : 《논어論語》〈자한子罕〉에 안연顔淵이 공자의 도에 대해서 크게 탄식하며 "우러러볼수록 더욱 높고 뚫을수록 더욱 견고하며, 바라볼 때 앞에 있더니 홀연히 뒤에 있도다. 부자께서는 차근차근히 사람을 잘 이끄시어 문文으로써 나의 지식을 넓혀 주시고 예禮로써 나의 행동을 요약해 주시므로 공부를 그만두고자 해도 그만둘 수 없어 나의 재주를 다하니, 부자의 도가 내 앞에 우뚝 서 있는 듯하니라, 그를 따라가고자 하나 어디로부터 시작해야 할지 모르겠다.[仰之彌高 鑽之彌堅 瞻之在前 忽焉在後 夫子循循然善誘人 博我以文 約我以禮 欲罷不能 旣竭吾才 如有所立卓爾 雖欲從之 末由也已]"라는 구절을 이른다.

- **해설** : 이 편지는 김덕곤金德鵾(1525~?)이 편지와 함께 보낸 별지를 받고, 계해년(1563년, 63세)에 보낸 답장이다. 주자의 〈무이도가구곡武夷櫂歌九曲〉에 담긴 철학적 의미를 설명하고 있다.

- **김성보** : '성보成甫'는 김덕곤의 자다. 조선 명종 때 문신으로, 대사헌大司憲을 지낸 김덕룡金德龍의 아우다.

〈무이도가구곡〉

[1]
무이산 산속에 신선이 살고　　　　　　武夷山上有仙靈
산 아래 찬 냇물 굽이굽이 맑네.　　　　山下寒流曲曲淸
그 속의 기이한 경치 알려면　　　　　　欲識箇中奇絶處
뱃노래 두어 가락 조용히 들어 보게.　　棹歌閑聽兩三聲

[2]
첫째 굽이 냇가에서 낚싯배에 올라타니　　一曲溪邊上釣船
만정봉 그림자가 맑은 시내에 잠겼네.　　　幔亭峰影蘸晴川
무지개다리 한번 끊어져 소식 없더니　　　虹橋一斷無消息
만학천봉을 푸른 안개가 잡아 가두었네.　　萬壑千巖鎖翠烟

[3]
둘째 굽이에 우뚝 서 있는 옥녀봉이여!　　　二曲亭亭玉女峯
꽃 꽂고 물 굽어보며 누굴 위해 화장했나?　挿花臨水爲誰容
도인은 다시 황대몽을 꾸지 아니하니　　　道人不復荒臺夢
흥에 겨워 앞산으로 들어가니 첩첩의 푸른 산이네.　興入前山翠幾重

[4]
셋째 굽이에서 그대 보았던 가학선은　　　三曲君看架壑船
노 젓지 않은 지 몇 해인지 모르겠네.　　　不知停棹幾何年
바다가 지금 이처럼 뽕밭이 되었으니　　　桑田海水今如許
물거품과 풍등 같은 인생 절로 가련하네.　泡沫風燈敢自憐

[5]
넷째 굽이 동서로 마주선 두 바위산에　　　四曲東西兩石巖
바위 꽃은 이슬 드리워 푸른 모포라네.　　　巖花垂露碧䰐䰐
새벽닭 울어도 인적은 보이지 않고　　　　金鷄叫罷無人見
빈산에 뜬 둥근달이 못에 그득하네.　　　　月滿空山水滿潭

[6]
다섯째 굽이 산 높고 운무 두터워　　　　　　　五曲山高雲氣深
언제나 안개비가 평림에 자욱하네.　　　　　　　長時烟雨暗平林
숲속의 나그네 알아보는 사람 없고　　　　　　　林間有客無人識
뱃노래 소리는 만고의 마음을 담았네.　　　　　欸乃聲中萬古心

[7]
여섯째 굽이에는 파란 병풍이 푸른 물굽이를 둘러쳤고　六曲蒼屏繞碧灣
초가집은 하루 종일 사립문이 닫혀있네.　　　　　茅茨終日掩柴關
나그네 와서 배 띄우니 산꽃만 떨어질 뿐　　　　客來倚棹巖花落
원숭이와 새는 놀라지 않고 봄기운은 고요하네.　　猿鳥不驚春意閑

[8]
일곱째 굽이에서 배 몰아 벽탄을 올라가서　　　　七曲移船上碧灘
대은병과 선장봉을 다시 돌아보네.　　　　　　　隱屏仙掌更回看
어여뻐라. 지난밤 산꼭대기에 뿌린 비에　　　　却憐昨夜峯頭雨
불어난 비천의 물은 얼마나 차가울까?　　　　　添得飛泉幾度寒

[9]
여덟째 굽이에 바람 불어 연무가 걷히려는데　　　八曲風烟勢欲開
고루암 아래로 물이 소용돌이치네.　　　　　　　鼓樓巖下水縈迴
이곳에 아름다운 경치 없다고 말하지 마오.　　　莫言此處無佳景
유람객이 올라오지 못해서라네.　　　　　　　　自是遊人不上來

[10]
구곡이 다할 즈음에 눈앞이 탁 트이고　　　　　九曲將窮眼豁然
우로에 젖은 뽕과 삼 너머 평평한 시내 보이네.　桑麻雨露見平川
어부들이 다시 무릉도원 가는 길을 찾지만　　　漁郎更覓桃源路
이곳 말고 인간세상 별천지가 있을까?　　　　　除是人間別有天

03.
늘그막은
책보기 좋은 때

새로 간행한 주자의 여러 시를 보내주시니 저를 사랑하는 후의를 잊을 수가 없습니다. 〈감흥시感興詩[30]〉의 채주蔡註[31]를 아직 보지 못했지만 〈도가棹歌[32]〉의 주석을 가지고 있다는 말을 최근에 듣고는 보고 싶은 마음이 마치 갈증이 나는 듯하였습니다. 지금 이 둘을 합쳐 한 권의 책으로 만들어 돌연 먼지가 앉은 책상에 보내주시니 마치 옛 사람을 만나 천 년 전의 이야기를 나누는듯하여 감사하고 다행스러운 마음이 더욱 깊습니다.

제가 전에 〈운곡雲谷[33]〉과 〈성남城南[34]〉의 여러 잡영雜詠들을 보태려고 하다가 〈운곡〉에서는 12수만 취하고, 〈성남〉 26편의 잡영은 빠뜨리고 아직 갖추지 못하였습니다. 또 〈탁청濁淸〉 시는 〈성남〉 잡영시 중 1수인데, 그 1수만 취하고 19수는 빠뜨렸으니 또한 애석합니다. 그래서 감히 말씀드리는 것이니 일이 생각대로 되지 못한 것이 한탄스럽습니다. 아마도 그대가

---

30 감흥시 : 주자가 진자앙陳子昂의 〈감우시感寓詩〉를 본받아 지은 〈재거감흥20수齋居感興二十首〉를 말한다.

31 채주 : 채침蔡沈의 아들 채모蔡模의 주석을 이른다. 채모는 남송 사람으로 자는 중각仲覺이고, 호는 각헌覺軒이다. 건양서원建陽書院 석장席長을 지냈다. 일찍이 주자가 그의 저서를 편집하여 《속근사록續近思錄》을 만들었다. 저서로 《역전집해易傳集解》 등이 있다.

32 도가 : 주자의 〈무이도가武夷棹歌〉로, 주자가 무이산武夷山에 정사精舍를 짓고 학문을 강론하면서 무이산 구곡의 경치를 읊은 것이다. 서곡을 포함하여 모두 10수의 칠언절구이다.

33 운곡 : 〈운곡雲谷〉 26절구를 이른다.

34 성남 : 〈봉동장경부성남잡영奉同張敬夫城南雜詠〉 20수를 이른다.

그 시를 보려고 할 것 같아 베껴 보내 드리니 받아 보시는 것이 어떻겠습니까?

저는 요사이 의의가 없이 오직 보지 못했던 책을 많이 보려고 이를 안고 산으로 돌아가면 늘그막을 보내기에 충분하다고 생각하니, 어찌 고루한 늙은 사람의 큰 다행이 아니겠습니까? 다만 그대와 같은 깊이 마음이 맞는 사람을 얻어서 날마다 종유하며 시를 읊조리고 학문을 갈고 닦지 못하는 것이 한스러울 뿐입니다. 오직 시대를 위해 더욱 조심하시기 바라며 이만 줄입니다.

이강이李剛而에게 답하는 편지 答

• **해설** : 이 편지는 이정李楨(1512~1571)의 편지를 받고, 갑인년(1554년, 54세) 3월에 보낸 답장이다. 새로 간행된 주자의 시 여러 편을 두 권의 책으로 엮어 보내준 이정에게 고마워하며, 늘그막에 책들을 가지고 산으로 들어가 읽기에 매우 좋다고 칭찬하였다.

• **이강이** : '강이剛而'는 이정의 자다. 호는 구암龜巖이다. 홍문관부제학에 임명되었으나 취임하지 않고 고향에 구암정사龜巖精舍를 짓고 후진을 양성하였다. 어릴 때 송인수宋麟壽로부터 배우고 성장한 뒤에는 퇴계와 교유하였다. 저서로 《구암문집龜巖文集》 등이 있다.

04.
매화를
감상하며

제 손에 들어온 새로 지은 시는 여러분들이 갓 핀 매화를 두고 아취雅趣 있게 감상하신 아름다운 정경이 보이는 듯합니다. 귀하고 귀한 일입니다.

언우彦遇[35]의 시에 "매화 위에 '홍紅'자가 없다.[梅上無紅字]"는 구절은 끝내 뜻에 흡족하지는 않지만, 아래 '홍紅'자는 좋습니다. 가행可行[36]의 시에 "양치는 황초평黃初平[37]에게 감사하고 싶다.[欲謝初平牧]"는 구절은 매우 좋지만, 말로 실천하지 못할까 걱정입니다. 신중愼仲[38]의 시에 "꽃피는 시절[花時]"이라는 글자는 온당치 않으니 "그윽한 향기[幽芳]" 등의 말로 고치는 것이 어떻습니까? 협지夾之[39]의 시는 옛 사람들에게 칭찬을 받

---

35 언우 : 김부필金富弼(1516~1577)의 자다. 호는 후조당後彫堂이고, 시호는 문순文純이다. 퇴계의 문인으로, 이조판서吏曹判書에 추증되었다. 저서로《후조당문집後彫堂文集》이 있다.

36 가행 : 김부신金富信(1523~1566)의 자다. 호는 양정당養正堂으로 김부필의 아우다. 퇴계의 문인이다.

37 양치는 황초평 : 갈홍葛洪의《신선전神仙傳》에 "황초평(?~?)이 양을 기르고 있었는데, 어떤 도사에게 이끌려서 금화산金華山 석실石室 안으로 들어가 40여 년이 되었다. 그의 형 황초기黃初起가 수년을 찾았지만 찾지 못하다가 뒤이어 도사를 따라 초평과 만나 양이 어디 있느냐고 물으니 '산 동쪽에 있다.'고 하였다. 형이 가서 보니, 단지 흰 돌만 보일 뿐이었다. 그러자 황초평이 꾸짖자 흰 돌이 모두 일어나 몇만 마리의 양으로 변하였다.[黃初平年十五 牧羊 有道士將至金華山石室中四十餘年 其兄初起 索累年不得 後隨一道士 與初平相見 問羊何在 曰在山東 兄往 但見白石 初平叱之 白石皆起成羊數萬頭]"는 구절이 있다.

38 신중 : 김부의金富儀(1522~1582)의 자다. 호는 읍청정挹淸亭이다. 형 김부필金富弼과 함께 퇴계 문하에서 수학하였다. 사섬시낭관司贍寺郎官 등을 지냈다. 저서로《읍청정유고挹淸亭遺稿》가 있다.

39 협지 : 금응협琴應夾(1526~1596)의 자다. 호는 일휴당日休堂이다. 퇴계의 문인이다.

지 못한 것을 애석해 하였는데, 《양화록養花錄[40]》에서 말한 것도 그렇습니다. 그러나 당나라 사람들의 시에 "골짜기에는 삼천三川의 눈 녹은 물이 넘쳐나고, 동산에는 월계화가 피었네[41]."라는 구절이 있고, 또 진간재陳簡齋[42] 시의 "간재노인은 인간세상 질탕하게 노닐었고, 월계화는 천하의 풍류라네[43]."라는 구절에는 이 꽃이 옛사람들에게 칭찬받지 않은 것은 아니지만 매우 드물었으니 이것이 이상할 뿐입니다. 돈서惇敍[44]의 시에 "붉은 노을에서 왔다.[來自紫霞]"는 구절은 매우 두드러지고 신선합니다. 언우彦遇의 〈별운別韻〉에 시인들이 한때 이처럼 억누르기도 하고 부추기면서 조소하는 것이 마치 지나치게 방해되는 것 같은데 다만 계군季君[45]이 감당하지 못할까 걱정입니다. 우습습니다. 제 생각을 시로 화답하고 싶지만 글자를 물으러 자후子厚[46]가 와서 시간이 없었으니 부끄러울 뿐입니다.

외내[烏川] 제군들[47]에게 답하는 편지 答

저서로 《일휴집日休集》이 있다.

40 양화록 : 인재仁齋 강희언姜希諺(1417~1464)언이 지은 책이름이다.

41 골짜기에는……피었네 : 원문은 '峽漲三川雪 園開四季花'. 당나라 시인 주요周繇의 〈송인위검중送人尉黔中〉의 구절이다.

42 진간재 : '간재簡齋'는 송宋나라 시인 진여의陳與義(1090~1138)의 호다. 자는 거비去非다. 참지정사參知政事를 지냈고, 소동파蘇東坡·황정견黃庭堅·진사도陣師道와 함께 강서시파江西詩派에 속한다. 저서로 《간재집簡齋集》이 있다.

43 간재노인은……풍류라네 : 당나라 시인 진여의陳與義의 〈미우중상월계독작微雨中賞月桂獨酌〉의 구절이다.

44 돈서 : 김부륜金富倫(1531~1598)의 자다. 호는 설월당雪月堂으로, 퇴계의 문인이다. 동복현감同福縣監을 지냈다. 저서로 《설월당집雪月堂集》이 있다.

45 계군 : 김부필金富弼의 아우 김부의金富儀(1522~1582)를 이른다.

46 자후 : 김전金墺(1538~1575)의 자다. 호는 구봉九峰으로 퇴계의 문인이다.

47 외내[烏川]의 제군들 : 김부필金富弼·김부신金富信·김부의金富儀·김부륜金富倫·

● **해설** : 이 편지는 외내[烏川]의 김부필金富弼·김부신金富信·김부의金富儀·김부륜金富
倫·금응협琴應夾에게 을축년(1565년, 65세) 3월에 보낸 편지다. 외내에 사는 여러 사람들
이 매화를 소재로 시를 지어 퇴계에게 보내주었다. 이를 꼼꼼히 읽고 검토하여 해당 시
에 시평을 달아 보냈다.

─────────────

　　금응협琴應夾을 이른다. 외내[烏川]는 오늘날 안동시安東市 와룡면臥龍面 오천리烏
川里를 이르는데, 원래 예안현禮安縣 지역이다. 이곳에는 약 600여 년 전에 광산 김
씨 예안파의 입향조인 김효로金孝盧가 들어와서 터전을 잡은 후에 7군자를 배출한
곳이라고 하여, 군자리君子里로 알려져 있다.

05.
매화를
기르는 방법

두 사람이 지은 네 편의 시가 날듯이 제 손에 들어와 감상하고 음미하니 마치 성근 그림자와 그윽한 향기가 가벼이 옷소매로 스며드는 듯하였습니다. 다만 신중愼仲[48]이 7언 율시를 사양하고 5언 절구로 대신 한 것은 미진한 듯합니다. 그렇다고 7언과 5언으로 굳이 따질 것은 못됩니다.

올해의 매화시는 마땅히 여기에 그칠 뿐입니다. 지난해 서울에서 감상하던 화분에 담긴 매화는 호사가[49]가 저의 손자 안도安道에게 부탁하여 보내온 것입니다. 겨울이 되면 신중의 뛰어난 솜씨를 본받아 동짓달에도 피어있는 매화를 보고 싶은데 그때가 되면 다시 재배방법을 물어보겠습니다.

〈읍청정십이영挹淸亭十二詠[50]〉은 어디에 원고를 두었는지 기억나지 않는데 찾는 대로 베껴 보내 드리겠습니다. 다만 후조옹後彫翁[51]도 시를 요구하니 정말 이 병든 늙은이를 편안히 쉬게 하는 방법[52]이 아닙니다. 일일이

---

48   신중 : 김부의金富儀(1522~1582)의 자다.

49   호사가 : 《퇴계집退溪集》〈속내집續內集〉에 "서울에 있던 화분에 심어진 매화를 호가사인 김이정金而精이 나의 손자 안도安道에게 부탁하여 배로 실어 보내오니 기뻐서 절구 한 수를 짓다.[都下盆梅 好事金而精付安道孫兒 船載寄來 喜題一絶云]"라고 하였다.

50   읍청정십이영 : 김부의金富儀가 노닐던 읍청정挹淸亭 주위의 배경으로 지은 12수의 시를 이른다. 읍청정은 경상북도 안동시 와룡면 오천리에 있으며, 김부의는 이 정자를 자신의 호로 삼았다.

51   후조옹 : 김부필金富弼(1516~1577)의 호다.

52   편안히……방법 : 원문은 '安樂法'. 황정견黃庭堅의 〈사휴거사시서四休居士詩序〉에 "태의太醫 손군 방孫君昉이……사휴거사라고 스스로 호를 지으니, 산곡山谷이 이

다 응하지 못해 꾸지람을 들을까 걱정입니다.

어제는 사경士敬[53]을 만났는데 그가 술에 취해 물에 빠졌다가 누워 하늘의 별을 바라보았다는 말을 들었습니다. 의아하게도 여강驪江의 배 위에서 벌어졌다니 그 일이 우습습니다. 고顧·륙陸[54]과 같은 화가가 이 모습을 그리지 않은 것이 한스럽습니다.

김신중金愼仲과 김돈서金惇敍의 서문에 답하는 편지 答

- **해설** : 이 편지는 김부의金富儀(1522~1582)와 김부륜金富倫(1531~1598)이 편지와 함께 동봉한 시를 받고, 경오년(1570년, 70세) 3월 27~30일 사이에 보낸 답장이다. 두 사람이 지어 보낸 매화에 관한 시를 논평하였다. 특히 매화를 아꼈던 퇴계는 손자 안도安道에게 부탁하여 서울에 있는 매화를 옮겨올 정도였다.

- **김신중** : '신중愼仲'은 김부의金富儀(1522~1582)의 자다. 호는 읍청정挹淸亭이고, 형 김부필金富弼과 함께 퇴계의 문하에서 수학하였다. 집경전참봉集慶殿參奉에 제수되었으나 병으로 부임하지 못하였다. 저서로 《읍청정유고挹淸亭遺稿》가 있다.

- **김돈서** : '돈서惇敍'는 김부륜金富倫(1531~1598)의 자다. 호는 설월당雪月堂이고, 김부의金富儀의 아우로, 퇴계의 문인이다. 동복현감同福縣監을 지냈고, 저서로 《설월당집雪月堂集》이 있다.

유를 묻자, 사휴가 '거친 차와 싱거운 밥에 배부르면 곧 쉬고, 해진 옷 기워서 추위 가려 따스우면 곧 쉬고, 평평하고 온온하게 지낼 만하면 곧 쉬고, 탐하지 않고 시기하지 않으면서 늙으면 곧 쉬는 것이다.[麤茶淡飯飽卽休 補破遮寒暖卽休 三平二滿過卽休 不貪不妬老卽休]'라고 하니, 산곡이 '이것이 바로 안락법이다.[此安樂法也]'라고 하였다."라고 한 데서 유래한다.

53 사경 : 조목趙穆(1524~1606)의 자다. 호는 월천月川으로, 퇴계의 문인이다. 집경전참봉集慶殿參奉 등에 제수되었으나 나아가지 않았다. 저서로 《월천집月川集》이 있다.

54 고·륙 : 동진東晉 화가인 고개지顧愷之(344?~405?)와 육탐미陸探微(?~485?)를 아울러 이른다.

06.
김굉필의
시를 읽고는

지난번 함께 지낸 이틀은 행운이었지만 시간이 부족하여 회포를 다 풀지도 못한 채 마침내 남쪽 고을로 여름을 보내는 이별을 하게 되어 쓸쓸히 지내면서 그리운 마음만 간절합니다. 그런데 뜻밖에 떠날 때를 임박해서 편지를 보내주시고 아울러 김 선생의 두 절구시[55]를 베껴 보내주시어 편지를 펼치고 시를 읊으니 마치 책상을 마주하고 이야기를 나누듯 저의 어리석음을 다 일깨워주시는 것 같아 매우 감사합니다.

《도설圖說[56]》은 제가 2, 30년을 읽어왔지만 얻은 것이라곤 조금도 없습니다. 아무리 고명한 사람이라도 어찌 단번에 그 오묘한 경지에 나아가기를 바랄 수 있겠습니까? 더구나 일처리에 옳고 그름의 판단이 명확치 않으면 뒤따르는 후회가 많은데, 이러한 점이 바로 제가 평소에 괴롭게 느끼고 병통으로 생각해 왔던 것이지만 치료할 방법조차 없으니 어찌하겠습니까? 그런데 이렇게 저에게 질문을 하시니 눈 먼 장님에게 길을 묻는 것과 무엇이 다르겠습니까?

저 같은 사람은 참으로 도가 부족합니다. 비록 옛 사람들도 이를 병통

---

55 김 선생의 두 절구시 : 《퇴계집고증退溪集攷證 6》에 "한훤당寒暄堂 김굉필金宏弼 〈노방송시路傍松詩〉의 '한 늙은이 푸른 수염 길 티끌에 맡겨두고, 고생하여 오가는 손 보내고 맞이했소. 이해가 차가울다 너와 심사 같게 하리, 지나치는 사람 중에 몇 몇이나 보았더냐.[一老蒼髥任路塵 勞勞迎送往來賓 歲寒與汝同心事 經過人中見幾人]' 와 〈서회書懷〉의 '홀로 한가히 지내며 왕래를 끊고, 다만 명월 불러 고적한 신세 비추게 할 뿐, 그대는 살아가는 일 묻지 마오, 몇 이랑 이내 낀 물결과 몇 겹의 산 충분하네.[處獨居閒絶往還 只呼明月照孤寒 煩君莫問生涯事 數頃烟波數疊山]'"의 시로 추정된다고 하였다.

56 도설 : 주돈이周敦頤의 《태극도설太極圖說》을 이른다.

으로 여겼지만 마음에서 벗어나지 못했기 때문에 학문에 골똘하여 책에서 구하기도 하고 스승과 벗들에 도움을 받기도 하였습니다. 의리가 마음속에서 밝으면 일을 대처하는 데 무슨 의혹이 있겠습니까마는 저는 어리석게도 오직 책에서도 구하지 못하면서 스승과 벗들의 도움을 바라면 사람들이 다투어 이상하다고 여기고 비웃으며 끝내는 제 자신의 곤궁함과 병통인 상태를 만족해 할 수밖에 없을 뿐입니다. 그런데 그대는 저를 괴이하게 여기거나 비웃지 않으시니 그것으로 충분했었는데, 어찌하여 다시 묻지 말아야 될 질문을 해서 함께 남들의 괴이함과 비웃음을 받으려하십니까?

《심경心經》은 그대가 이미 보았으니 그 책은 어땠습니까? 그대가 만약 뜻이 있다면 남에게 물을 필요 없이 이 책에서 뜻을 구하면서 묵묵히 공부하고 발전하여 오랜 시간 몸에 익힌다면 반드시 끝없는 기쁜 경지가 있을 것인데 이러한 경지를 저 같은 사람은 감히 함께 엿볼 수도 없습니다.

김 선생이 지은 시는 '지나가는 수많은 사람들 중에 세한歲寒의 마음을 함께할 사람 몇이나 될까?' 하는 뜻에 불과하지만, 이 말이 참으로 맛이 있고 참으로 속임이 없습니다. 덕을 갖춘 사람과 성품이 바른 사람의 말은 많지 않은 말 가운데서도 사람을 끝없이 감격하게 합니다.

이 편지도 다른 사람에게 보여주지 마십시오. 저는 어쩌다가 매화를 얻어 심었는데 품질이 모두 좋지 않습니다. 남쪽 고을에서 품질이 좋은 것을 얻으면, 그 중 어린 것을 골라 흙으로 뿌리를 싸서 보내주시는 것이 어떻습니까? 남쪽은 일찍 꽃이 피었을 테니 지금은 어쩔 수 없지만, 매실이 익을 때 열매를 따서 부쳐주면 이를 심을 것이니, 〈열매가 도착할〉 10월을 기대하는 것도 좋을 듯합니다.

김돈서金惇敍에게 답하는 편지 答

- **해설** : 이 편지는 김부륜金富倫(1531~1598)의 편지를 받고, 기유년(1549년, 49세)에 보낸 답장이다. 김부륜이 김굉필金宏弼의 시를 베껴 보내주었다. 퇴계는 2, 30년 동안 《태극도설太極圖說》을 읽어보았지만 별 소득이 없다고 토로하며 도가 부족한 자신을 반성하였다.

- **김돈서** : '돈서惇敍'는 김부륜의 자다. 호는 설월당雪月堂이고, 김부의金富儀의 아우로, 퇴계의 문인이다. 동복현감同福縣監을 지냈고, 저서로 《설월당집雪月堂集》이 있다.

07.
시 짓는
방법

어제 저의 집[57]에 찾아와주시어 감사하였습니다. 다만 병으로 생각이 맑
지도 않고 또 곁에 사람이 많은듯하여 하고 싶었던 많은 말 가운데 한두
가지도 다하지 못해, 미루어 생각하면 한스럽기만 합니다. 두고 가신 시
집 3책과 여러 증행시贈行詩 한 묶음을 돌려보내니, 보기에 매우 좋았습
니다. 그 중에서도 훌륭하게 지으신 〈행록行錄[58]〉은 참으로 좋았습니다.
유군柳君[59]과 주고받은 여러 작품들은 글의 변화가 심하고 뜻이 넓고 커
서 매우 좋았습니다.

  그렇지만 제 생각에 염려스러웠던 것은, 시詩가 아무리 지엽에 속하는
보잘것없는 재주일지라도 성性과 정情에 근본하고 있어서 체재가 있으니
진실로 쉽게 할 수 없는 것입니다. 그런데 그대는 오직 아는 것을 뽐내고
화려함을 다투며 기운을 자랑하고 다투는 것을 숭상하여 말이 지나치게
허황되기도 하고, 뜻이 정리가 되지 않아 어수선하기도 합니다. 모든 것들
을 차치하고라도 입에서 나오거나 붓 가는 대로 내맡겨두어 어지럽게 써
내려간다면 비록 한 때의 마음이 시원할 수는 있겠지만 아마도 만세에 전
해지기는 어려울듯합니다. 더구나 이런 것을 재능이라고 여기다가 습관으
로 몸에 배어 그치지 않는다면, 더욱이 말과 행동을 삼가고 방심放心을 수

---

57 저의 집 : 원문은 '羅門'. '雀羅門'의 준말이다. 문밖에 새그물을 칠 만하다는 의미
    로, 권세 잃은 집안의 썰렁한 문을 이르는 말이다.

58 행록 : 퇴계가 약포藥圃에게 준 시에 따르면, 약포의 〈방장산유록方丈山遊錄〉을 이
    른다.

59 유군 : 어떤 사람인지 자세하지 않다.

습하는 도에 방해가 있을 것이니 마땅히 경계를 해야 할 것입니다. 곧바로 고금의 유명한 시인들의 시를 골라 착실히 공부하고 본보기로 삼는다면 아마도 낭떠러지로 떨어지는 상황에까지는 이르지 않을 것입니다.

객사客使⁶⁰에게 이렇게 문목問目하였는데, 그가 어떻게 대답하였는지 모르겠습니다. 대답이 기억나신다면 간략하게라도 볼 수 있겠습니까? 그러나 어제 공을 만났을 때, '객사客使는 시를 잘 짓지 못한다.'고 하셨으니, 제 생각에는 그들의 질문에는 그리 해박하거나 문자에 뛰어난 사람이 아니더라도 조목조목 대답하는 데 그리 어렵지 않았을 듯합니다. 저들에게 실력도 미치지 못하면서 이렇게 질문했다면, 다만 부끄러운 마음이 들어 결국에는 실수로 물은 것으로 결론지어질 것이니, 어떻게 생각하십니까?

정자정鄭子精에게 보내는 편지 與

• **해설** : 이 편지는 병인년(1566년, 66세) 4월 22일에 정탁鄭琢(1526~1605)에게 보낸 것이다. 시가 아무리 지엽적인 것이라고는 하지만 성性과 정情을 근본으로 하고 체재가 있어서 쉽게 지을 수 있는 것이 아님을 설명하고 있다

• **정자정** : '자정子精'은 정탁의 자다. 호는 약포藥圃·백곡栢谷이고, 시호는 정간貞簡이다. 퇴계와 조식曺植의 문인으로, 대사헌大司憲 등을 지냈다. 저서로 《약포집藥圃集》 등이 있다.

60　객사 : 1564년 약포藥圃는 39세로, 호송관護送官의 신분으로 왜관倭館 객사에 머물고 있었는데, 퇴계가 편지를 썼던 1566년은 약포가 이미 예조정랑禮曹正郎으로 조정에 올라와 있었다. 객사는 당시의 왜사倭使를 이른다.

8

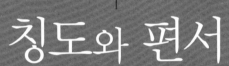

칭도와 편서

세상의 뜬소문을 멀리하며

조식을 배척한다는 세상의 오해를 풀며

어찌 학문과 도가 어두운 저에게

編 稱

書 道

이.
세상의 뜬소문을
멀리하며

병인년丙寅年 9월 28일 병든 저 이황李滉은 삼가 두 번 절하고 인중仁仲 문계文契[1] 족하께 답장을 올립니다. 보내주신 편지를 받고 거처를 옮기고 잘 지내신다는 소식에 병이 나을 듯한 기쁨을 말로 표현할 수 없습니다. 저는 예전에 다행스럽게도 홍문관弘文館과 세자시강원世子侍講院에서 함께 지내다가 한꺼번에 구름처럼 흩어져 만사가 아득히 멀어지고 온갖 일들이 벌어져[2] 남북으로 서로 헤어져 소식이 끊긴지 20년 가까이 되었습니다. 그런데 성조聖朝에서 다시 교화를 펴서 공이 가까운 도道로 이배移配[3]되었고, 저의 손자 안도安道[4]가 관북에서 돌아와, 이배지로 옮겨가는 도중에 잠깐 뵜다고 말하였습니다. 제가 이 말을 듣고 친히 만난듯하니 경사스럽고 다행함을 이기지 못하겠습니다.

돌이켜보면 편지 한 장으로나마 축하드릴 인연조차 없다가 뜻밖에 지금 먼저 보내신 문안편지가 멀리 궁벽한 시골에까지 이르니 감사하고 부끄러

---

1 문계 : 문학으로 사귀는 벗이란 뜻으로, 손아랫사람에 대한 호칭이다.

2 온갖……벌어져 : 두보杜甫의 〈가탄可歎〉의 "하늘 위의 뜬구름 흰옷 같더니, 잠깐 사이에 변하여 푸른 개 같구나. 옛날이 가고 지금이 오는 게 모두 일시이니, 인생의 온갖 일들이 벌어졌네.[天上浮雲似白衣 斯須改變如蒼狗 古往今來共一時 人生萬事無不有]"라는 구절에서 온 말이다.

3 공이……이배 : 당시 유희춘柳希春은 1547년 양재역良才驛의 벽서사건에 연루되어 제주도에 유배되었다가 곧 함경도 종성에 안치되었다. 그곳에서 19년간을 보내면서 독서와 저술에 몰두하였다. 이후 1565년 충청도 은진으로 이배移配되었다가, 1567년 선조가 즉위하자 삼정승의 상소로 석방되었다.

4 안도(1541~1584) : 자는 봉원逢原이고, 호는 몽재蒙齋다. 퇴계의 장손으로, 군기시첨정軍器寺僉正 이준李寯의 아들이다. 저서로《몽재문집蒙齋文集》이 있다.

운 마음을 어떻게 다 말로 하겠습니까? 다만 저를 칭찬하고 일을 맡기는 것이 너무 실정에 지나쳐 사람으로 하여금 놀라 땀이 나게 하고 부끄러워 눈을 가리고 감히 읽지도 못하게 하니 공께서는 친구를 대하는 것이 한결같이 어찌 이렇게 남처럼 여기십니까?

저는 시골의 한 어리석은 사람일 뿐입니다. 어려서 병을 앓아 책을 읽고 학문에 전념하지 못했는데 우연히 벼슬길에 나아가 여러 해 동안 여러 선비들의 뒤를 따랐는데 스스로 생각하기에 잘한 일이라고는 한 가지도 없이 병만 더욱 심해졌습니다. 이 때문에 어쩔 수 없이 벼슬에서 물러나 숨어서 분수껏 살려고 생각했지만 일이 생각대로 되지 않아 나아가고 물러나는 사이의 종적이 자못 도리에 어그러졌습니다. 다행히 한가한 날을 얻어 다른 번요한 일들이 없다면 조금이나마 옛 사람의 심사心事를 헤아려 제 자신의 미혹된 허물을 고쳐보려고 하지만 소략하고 엉성하여 깊이 있게 공부하는 방법을 모르겠습니다.

진리에 대해 소략하게라도 한 부분을 엿보거나[5] 한 점의 고기를 맛보지도[6] 못했는데 뜬 명성만 세상에 퍼지고 헛소문만 세상에 넘쳐나게 되었습니다. 이리하여 점차 크게 어진 사람들을 속이고 위로는 임금님까지 속여 지금에 이르러서는 사정이 절박하여 몸 둘 곳조차 없고, 사방에서는 눈을 흘기며 의심하고 헐뜯는 사람들이 많아졌습니다. 그 중에는 저를 아끼는 사람도 있어 저를 걱정하여 잘못을 알려주시고 일깨워주시거나 꾸짖고 책망해 주고는 있지만 아무리 수없이 생각해보아도 어떻게 하는 것이 좋을지 모르겠습니다. 모든 일들이 제 자신으로 인한 것이니 누구를 붙잡고

---

5 한……엿보거나 : 원문은 '窺一斑'. 대롱구멍으로 표범 무늬의 한 점만을 본다는 고사에서 온 말로, 견해가 좁은 것을 비유하여 이르는 말이다.

6 한……맛보지도 : 《회남자淮南子》〈설림훈說林訓〉의 "한 점의 고기를 맛보면 솥 안의 고기 전부의 맛을 알 수 있다.[嘗一臠肉而知一鑊之味]"라고 한 구절에서 온 말로, 솥 안의 고기를 한 점도 먹지 못해 그 맛을 알 수 없는 것처럼 진리를 전혀 모른다는 겸손의 말이다.

호소하겠습니까? 오직 집에서 짚자리를 깔고서 엄한 꾸지람이 내려오기를 기다릴 뿐입니다.

　공께서 보내신 편지에는 선을 꾸짖고 미혹을 깨우쳐 주시는 말은 한 마디도 없고 다만 크게 드러내어 외람스럽게도 추중推重하는 말씀만 하시니 이것이 어찌 친구사이에 바라는 충고이고 선을 권해 서로 도움이 되는 길이겠습니까? 이른바 '사단칠정변四端七情辯'이라는 것은 질의를 통해 서로 강구한 것이고, 《논어석論語釋》은 비망록備忘錄이어서 빠진 것이 많습니다. 이강이李剛而[7]와 주자 시와 짧은 편지의 발간에 대해서 한 때 편지를 주고받기는 했지만 모두 말할만한 것이 못 되는데 공이 여기에서 무엇을 취하여 말씀하시는 것인지 모르겠습니다. "군자는 한마디 말로 지혜로운 사람이 되기도 하고, 한마디 말로 지혜롭지 못한 사람이 되기도 한다[8]."고 하였으니 공께서 사람을 인정하심이 이다지도 신중하지 않으시니 저로서는 감당치 못할 뿐만 아니라 남들이 공을 웃음거리로 여길까 두렵습니다.

　말씀하신 《속몽구續蒙求[9]》를 통해 공께서 박학하고 두루 정통하신 지 오래되었음을 알았습니다. 하늘이 오랜 세월 변방에서 귀양살이하는 곤액을 준 것은 공으로 하여금 이처럼 기이한 일을 할 수 있게 하려고 한 것 같으니, 놀라운 일입니다. 다만 이제 겨우 손에 넣어 아직 조용히 읽어볼 겨를이 없었습니다. 게다가 저는 본래 어리석고 노둔해서 기억력도 없는데다가 젊어서는 공부하지 못하고 늙어서는 병이 들고 정신이 흐려 책을

7　이강이 : '강이剛而'는 이정李楨(1512~1571)의 자다. 호는 구암龜巖이다. 형조참의刑曹參議 등을 지냈으며 어릴 때 송인수宋麟壽로부터 배우고 성장한 뒤에는 퇴계와 교유하였다. 저서로 《구암문집龜巖文集》 등이 있다.

8　군자는……한다 : 《논어論語》 〈자장子張〉에 나오는 내용이다.

9　속몽구 : 유희춘柳希春(1513~1577)의 저작물로, 당나라 이한李翰(?~?)이 지은 《몽구蒙求》를 본떠 지었다.

멀리하니 고금 사람들의 자취를 하나도 기억하지 못하고 있습니다. 이제 다행히 이것을 얻어 읽고 싶지만, 마치 이른 아침 나선 길은 큰 안개 속으로 들어가는 것 같아 동서도 구분하지 못하겠고, 동쪽으로 내려가 큰 바다를 바라보듯 끝을 모르겠으니 참으로 가련합니다.

이러한데도 공께서는 글을 바로잡고 발문을 지어달라고 말씀하시니 이는 서로 아는 사이에 깊이 사랑하고 서로 처신하는 의도가 아닙니다. 또 예로부터 자신도 어리석으면서 남을 발양시키는 사람이 어디에 있었습니까? 저는 간혹 제 자신을 헤아리지 못하고 한두 가지 망령스럽게 글을 짓기는 했지만 나중에 그것을 보니 제 마음에 차지 않았는데, 더군다나 안목을 갖춘 남들의 눈에 들기나 하겠습니까? 그런데 원근에 퍼져나가 사람들의 구설수에 오른 것이 적지 않습니다. 친구들 가운데 조금이나마 가깝고 착실한 사람들이 대부분 이를 꾸짖고 경계해서 스스로 혀를 깨물고 뉘우치고 부끄러워하지만 이미 벌어진 일이라 거두어들이기가 쉽지 않습니다. 이제 어찌 근심과 두려움 없이 뻔뻔스레 얼굴을 들고 다시 지난날의 잘못된 전철을 밟겠습니까?

다만 글을 사랑하고 완미하려는 욕심이 나서 급히 돌려드리지 못하고 책상 위에 두고 좀 더 유념해서 읽어보려고 하니 다 보고나면 부탁하신 대로 윤안동尹安東[10] 어른 편에 전해 드릴 것이니 중간에 없어지지는 않을 것이라 생각됩니다. 찾으시는 《주자전서朱子全書》의 논석論釋은 남들이 의심스럽게 여기는 대목에 대강 답한 수십 조목이 있었는데 아이들이 돌려보다가 잃어버려 지금 어디에 있는지를 몰라 요구에 응할 수 없고, 연보를 더 보충했다는 말은 잘못 전해진 것입니다. 다만 이강이가 양산梁山에서

---

10 윤안동 : 윤복尹復(1512~1577)을 이른다. 자는 원례元禮이고, 호는 석문石門 또는 행당杏堂이다. '안동'이라는 호칭은 그가 살고 있는 지명을 근거로 이른 말이다. 광주목사光州牧使 등을 지냈고, 퇴계와 교유하였다. 저서로 《행당선생유고杏堂先生遺稿》가 있다.

이 책을 발간하겠다고 저에게 교정을 한두 번 요구했을 뿐 따로 한 것은 없습니다. 《주자실기朱子實記》는 지난번 이중구李仲久가 한 권 부쳐 주어서 대략 보고 돌려주었는데 지금 광주에서 발간한 것이 바로 그 책이 아닙니까? 이 책을 널리 전하는 것은 후학들에게는 다행스러운 일입니다. 제 생각을 말씀드리고 싶은 것이 한두 가지가 아니지만 마침 손님이 와서 자세히 말씀드릴 수 없습니다. 몸을 더욱 보중하시어 때때로 복 받으시기를 빌겠습니다.

유인중柳仁仲에게 답하는 편지 答

• 해설 : 이 편지는 유희춘柳希春(1513~1577)의 편지를 받고, 병인년(1566년, 66세) 9월 28일에 쓴 것이다. 보낸 편지에 선을 꾸짖거나 미혹을 깨우쳐 주시는 말은 한 마디도 없이 외람스럽게도 추중하는 말만 보내주어 아쉽다고 하였다. 또한 유희춘이 지은 《속몽구續蒙求》를 읽고는 박학한 학문적 깊이에 감탄하였다.

• 유인중 : '인중仁仲'은 유희춘의 자다. 호는 미암眉巖이고 시호는 문절文節이다. 정언正言 등을 지냈고, 저서로 《미암일기眉巖日記》·《속몽구續蒙求》 등이 있다.

02.
조식을 배척한다는
세상의 오해를 풀며

지난해 반궁泮宮[11]에 있을 때 그대의 훌륭한 책문策問을 한 통 얻어 보고는 거저 명성을 얻은 것이 아니라는 것을 알았습니다. 도중에 인연으로 다행히 만나기도 했고, 또 저의 산속 집도 방문해주시어 매우 감사하였습니다. 이후로는 다시 인편이 없어 편지를 보내지는 못했지만 풍모와 의리를 생각하면 마음에서 떨쳐버릴 수가 없었습니다. 그러다가 이렇게 편지를 받아 이치와 아름다운 글이 환하게 사람을 감동시키니 감복하는 마음을 이길 수 없었습니다. 다만 남의 말을 빌려서 저를 일컫는 것은 너무도 사실과 달라 모두 변변치 못한 이 사람이 감당할 수 있는 것이 아니니, 어찌 억지로 권장하고 교화해서 힘써 나아가도록 하십니까?

그러나 말은 진실과 믿음을 귀하게 여기며 벗은 마땅히 간절하고 자상히 권면해야[12] 합니다. 저는 늙고 병들고, 비루하고 소견이 좁아 몸가짐이 올바르지 못해 바야흐로 여러 의심과 수많은 비방에 곤욕을 당하고 있는데, 잘못을 바로잡고 경계하는 약과 침을 베풀어주지 아니하고 도리어 이런저런 말씀을 하시니 결코 착한 일로 이끌어 주고 인仁으로 돕는 처지에서 바랄 것이 아니며 덕으로 사람을 사랑하는 뜻도 아닙니다. 오직 더더욱

---

11 반궁 : 성균관을 이르는 말로, 학교를 두르고 있는 연못이 반원을 이루고 있기 때문이다. 반泮은 반원을 이룬 연못을 상징하고, 궁宮은 학생들이 기거하면서 교육을 받는 학궁을 의미한다.

12 간절하고……권면해야 : 원문은 '切偲'. 《논어論語》〈자로子路〉의 "자로가 '어떠하여야 선비라 이를 만합니까?' 하고 묻자, 공자가 대답하기를 '붕우 간에는 간절하고 자상히 권면하며, 형제간에는 화락하여야 한다.[朋友 切切偲偲 兄弟 怡怡]' 하였다." 라는 구절에서 유래한다.

땀이 나고 부끄러울 뿐입니다. 말씀하신 저에 대한 유언비어는 저와는 하등 관계없는 일인데 반드시 이렇게 기력을 허비하면서까지 변명을 하여야겠습니까?

보통의 사람이 남에게 감히 오만한 말을 하는 것을 비록 행실이 흉악하다고 하겠지만 그 사람도 반드시 믿는 것이 있어서 그렇게 한 것일 것입니다. 저 같은 사람은 소활하고 재주가 없어 온 세상 모든 사람들보다 가장 못났다는 것을 남들은 모르지만 제 스스로는 명확히 알고 있습니다. 그래서 평생 남을 억누르고 자신을 드러내어 세상에 오만한 일을 하거나 남을 능멸하는 마음을 감히 품지 않았습니다. 그런데 더더구나 성인의 말씀을 훔쳐 제 자신을 방어하고 남을 배척하는 짓을 할 수 있겠습니까? 다른 사람에게도 오히려 감히 그렇게 하지 못하는데, 하물며 조남명曹南冥[13]을 배척할 수 있겠습니까

저도 이미 이러한 말을 한 적이 없었는데, 당신 같이 높은 의리를 가지신 분이 또 어찌 없는 말을 지어 남에게 할 리가 있겠습니까? 예전 말에 "구르는 탄환이 움푹한 곳에서 멈추듯이 유언비어는 지혜로운 사람에 의해 멈춘다[14]."고 하였으니, 예컨대 의심스러운 유언비어는 지혜로운 사람에 의해 멈추는데, 지금 이런 말에 의심스러운 점이 있으니 어찌 지혜로운 사람을 기다리고서야 멈추겠습니까?

지난번 그대의 아들이 왔을 때 이미 그 말을 듣고는 웃고 말았습니다. 생각해보면 남명南冥이 그곳을 지나다가 그와 이야기를 나누는 도중에 이 말을 들었던 것이 틀림없을 것이니 마음에 개의치 않습니다. 그런데 그대

---

13 조남명 : '남명南冥'은 조식曹植(1501~1572)의 호다. 자는 건중樓中이다. 저서로 《남명집南冥集》등이 있다.

14 구르는……멈춘다 : 《순자荀子》〈대략大略〉의 "구르는 탄환이 움푹한 곳에서 멈추듯이 유언비어는 지혜로운 사람에 의해 멈추게 된다.[流丸止於甌臾 流言止於智者]"라는 구절에서 온 말이다.

가 어찌 그 사이에 이렇게 염려하셨는지 모르겠습니다.

　입장이 다른 논의는 보내신 편지에 다 말씀드려 다시 평하지 않겠습니다. 돌아보면 저는 남명과 같은 시대에 태어나서[15] 아직 만나보지 못했지만 늘 간절히 사모하였습니다. 이제 임금의 부름을 받고 또 군자가 때에 맞게 나아가고 물러나는 합당함을 보았습니다. 그것을 저 같이 늙고 병들어서 한 쪽 구석에 교착되어 장차 죄를 얻게 될 사람과 비교하면 서로간의 거리가 어찌 이다지도 멀단 말입니까?

　보내신 편지로 그분을 언급하니 한탄스러움을 이길 수 없습니다. 마음이 급하고 어지러워 자세히 다 말씀드릴 수 없으니, 때에 맞게 진중하시기를 빕니다.

김경부金敬夫에게 답하는 편지　答

- **해설** : 이 편지는 김우굉金宇宏(1524~1590)의 편지를 받고, 병인년(1566년, 66세) 9월 하순에 보낸 답장이다. 자신이 평생 남을 능멸하거나 자신을 드러내는 일을 마음에 품은 적이 없어서 조식曺植을 배척하는 짓은 한 적이 없다고 하였다.

- **김경부** : '경부敬夫'는 김우굉의 자다. 호는 개암開巖이다. 남명에게서 배우다가 퇴계의 문인이 되었다. 병조참의兵曹參議 등을 지냈고, 저서로 《개암집開巖集》이 있다.

15　남명과……태어나서 : 실제로 퇴계退溪(1501~1570)와 남명南冥(1501~1572)은 같은 해 태어났다.

03.
어찌 학문과 도가
어두운 저에게

저 황滉은 절합니다. 봄이 돌아와 편안히 지내시고 도를 음미하며 멀리서나마 더욱 복 받으실 것이라 생각하니 날로 그리움만 간절합니다. 저는 몸을 휘감고 있던 쇠약함과 병이 겨울에 더욱 심했었는데 봄이 되니 조금 덜합니다. 평소 분수껏 지내면서 감히 학문을 내팽개치지는 않고 있지만, 옆에서 도와주는 친구가 없어 혼자 힘으로 애쓰자니 얼마 못가이내 지치고 맙니다. 이 때문에 더욱 그리는 마음이 간절합니다.

지난번에 보내주신 글 4편[16]은 책상 위에 놓아두고 간간이 한두 가지를 훑어보았습니다. 비록 병으로 아직은 그 깊은 의미까지 다 이해하지는 못하였지만 어리석고 게으른 사람을 깨우쳐 주신 것이 헤아릴 수조차 없을 정도였습니다. '익자삼우益者三友'란 것이, 어찌 서로 만나야 할 수 있는 말이겠습니까? 다만 서문序文과 발문跋文을 이 우매하고 고루한 저 같은 사람에게 부탁하고 싶어 하시는데, 이는 당신께서 저를 잘 알지 못한 것이어서 제가 승낙하기 어렵습니다.

예로부터 책을 저술한 사람이 몇 천만 명인지는 모르지만 전해진 책은 얼마 되지 않습니다. 전하는 것도 그 책이 전할 만한 가치가 있는지의 여부에 달린 것이지 실로 서문과 발문에 무게가 있는 것은 아닙니다. 그러나 이미 짓기로 하였다면 반드시 적임자에게 부탁을 해야지 어찌 경솔하게 할 수 있겠습니까? 4편의 글을 살펴보면 훌륭한 의미와 간절한 뜻이 후세에 충분히 전할 만한 것임에는 틀림없지만, 그런데도 의심스러운 점이 있

---

16 4편 : 박운朴雲의 《격몽편擊蒙編》·《경행록景行錄》·《삼후전三侯傳》·《위생방衛生方》을 퇴계가 산정刪定하였다.

는 것은 어째서이겠습니까? 도가 넓은데도 학자들이 그 문으로 들어가기
가 쉽지 않은데, 정자程子와 주자朱子가 세상에 나와 '거경居敬'과 '궁리窮
理'[17]라는 두 마디로 만세萬世를 위한 큰 가르침을 확립시켰습니다. 《격몽
편擊蒙編》은 실로 이것을 게시하는 것을 주지로 삼아 여러 격언을 모아서
종류별로 편집한 것입니다. 학자들이 이로 말미암아 성인의 도에 들어간
다면 탄탄대로를 밟아 대도大都로 향하는 것과 같아서 풀밭이나 사잇길로
빠질 걱정이 없으니 도학에 얼마나 유익하겠습니까?

넓은 천하와 고금의 긴 세월 속에 훌륭한 사람과 군자들은 이처럼 많았
지만 사적史籍에 흩어져 있고 전기傳記 속 여기저기에 뒤섞여 나와 두루
다 살펴보기가 어렵습니다. 《경행록景行錄》은 이것을 염려해서 수사洙泗[18]
에서 고정考亭[19]까지 수천 년 동안의 명신名臣과 석학碩學의 훌륭한 행동
과 아름다운 공렬 가운데 스승으로 삼고 본받을 만한 것을 수집하고 망라
하여 눈앞에 모두 모아 놓았습니다. 충효와 절의에는 특히 더 정성을 쏟아
읽는 사람으로 하여금 사모하고 흥기하지 않는 자가 없도록 하였으니, 명
교名敎에 공이 있다 하겠습니다. 그러고도 오히려 부족하게 여겨 한漢나

17 거경과 궁리 : 정주학程朱學의 학문 수양 방법으로, '거경居敬'은 내적 수양 방법을
가리키는 말로 《논어論語》〈옹야雍也〉에 처음 보인다. 경敬이란 인간에게 품부稟賦
된 천명天命으로서의 선성善性이 순수하고 곧게 발할 수 있도록 성性에 영향을 주
는 의식 작용을 미연에 없애버리는 수양법을 말한다. '궁리窮理'는 외적 수양 방법
을 가리키는 말로 《주역周易》〈설괘전說卦傳〉에 처음 보이는데, 인간에게 품부된 천
명으로서의 선성이 이미 욕심의 영향을 받아 굴절되려고 하는 것을 의식적으로 순
수하고 곧게 발할 수 있도록 끊임없이 적극 노력하는 수양법으로, 격물格物을 통해
사물의 이치를 궁구하는 것을 말한다.

18 수사 : 수수洙水와 사수泗水를 아울러 이르는 말이다. 이 두 강의 사이에서 공자가
제자를 데리고 학문을 강론했기 때문에 후세에 수사를 공자와 유가儒家를 가리키
는 말로도 쓰인다. 《예기禮記》〈단궁 상檀弓上〉에 "나와 그대가 수사에서 부자를 섬
기었다가, 은퇴하여 서하 강가에서 늙어갔다.[吾與女事夫子於洙泗之間 退而老於西河
之上]"라고 하였다.

19 고정 : 주자朱子의 호다.

라에서는 제갈공명諸葛孔明[20]을 취하고, 당唐나라에서는 장중승張中丞[21]을 취하고, 송宋나라에서는 문문산文文山[22]을 취하여, 따로 《삼후전三侯傳》을 만들어 그들의 순수한 충정과 대의가 천지를 움직이고 해와 달을 관통할 만한 것임을 드러내어 밝혔으니, 세도世道를 위하여 염려한 것이 더욱 심원합니다.

《위생방衛生方》의 경우는 비록 학자들이 서두를 것은 아니지만 옛날 사람들도 이따금 저술하였으니 어찌 시도하지 않겠습니까? 이것이 제가 말씀드린 후세에 전할 만하다는 것입니다. 다만 그 사이에 제 생각에 의심스러운 부분이 있습니다. 무릇 이미 도의道義로 서로 기대하고 인정하였다면 의심나는 부분이 있을 때는 마땅히 직언하여 바로잡아야지 결코 아부하여 속여서는 안 될 것이고 의심스러운 부분을 빼놓고 허물을 덮어주어서는 안 됩니다. 또한 학자가 성현의 말씀에 진실로 공을 들인다면 한마디 말로도 충분하지만, 진실로 공을 들이지 않는다면 아무리 많은 말을 한들 아무런 보탬이 되지 않을 것입니다. 그러나 지금 이미 찬술하여 책을 만든다면 진실로 완비되도록 해야 할 것입니다.

---

20 제갈공명 : '공명孔明'은 제갈량諸葛亮(181~234)의 자다. 중국 삼국시대 촉한蜀漢의 정치가 겸 전략가다. 명성이 높아 '와룡선생臥龍先生'이라 일컬어졌다. 유비劉備를 도와 오吳나라의 손권孫權과 연합하여 남하하는 조조曹操의 대군을 적벽대전赤壁大戰에서 대파하고, 형주荊州와 익주益州를 점령하였다. 221년 한나라의 멸망을 계기로 유비가 제위에 오르자 승상이 되었다.

21 장중승 : '중승中丞'은 장순張巡(709~757)의 벼슬이다. 당唐나라 현종玄宗 때 안녹산安祿山의 반란이 일어나자 허원許遠과 함께 군사를 일으켜 수양성睢陽城을 지켰는데, 포위된 지 수개월이 지나 양식이 떨어져 참새와 쥐 등을 먹고 견디다가 결국 함락되어 피살되었다.

22 문문산 : '문산文山'은 문천상文天祥(1236~1282)의 호다. 자가 이선履善 또는 송서宋瑞다. 20세에 진사가 되어 우승상右丞相에까지 이르렀다. 원군元軍과의 협상을 위해 파견되었으나 구류를 당하였다. 얼마 뒤 도망쳐 돌아와 복건福建에서 군대를 조직하여 원군에 대항해서 싸웠지만, 전투 중에 포로가 되어 대도에 4년 동안 갇혀 있다가 끝내 굴복하지 않아 피살되었다.

《격몽편》에 수록한 정자와 주자의 말에는 간혹 누락된 것이 있으니, 아직은 완비되지 못한 듯합니다. 이는 수록하면서 요점만 추리는 데 중점을 두어 더러 소략해진 실수가 있는 듯합니다. 발췌할 때 이따금 글자의 뜻으로 글자를 넣기도 하였는데 이것은 더욱 온당치 않습니다. 그리고 한 글자 두 글자가 빠지거나 잘못 쓴 곳이 한두 군데가 아니니, 아마도 한 차례 베끼고 나서 다시 세밀히 교정을 하지 않아 이런 착오가 생긴 듯합니다.

저는 참람스럽게 제 자신을 헤아리지도 못하고 이미 편내編內의 의심스러운 곳마다 쪽지를 붙여서 바로잡기를 요구하였습니다. 나머지 3편은 제가 병중에 정력이 모자라 하나하나 교감하지 못했지만《격몽편》한 책을 통해 미루어 생각해 보고 또 한번 훑어본 데서 얻은 것으로 참고해 보면 간혹 탈자나 오자가 있다는 것을 알 수 있습니다. 또한 성인은 만세의 표준이니, 그의 일을 책의 첫머리에 둔 것에 무슨 의심이 있겠습니까? 다만 저는 사서四書 외에 공자의 언행을 기록한 것은 전국시대 간사한 사람들 중에 거리낌 없는 자가 가탁假託하여 제멋대로 지은 것과 진한秦漢시대의 바르지 못한 선비들 가운데 의리에 어두운 자가 전해들은 것을 토대로 과장한 데서 나온 것이 많기 때문에 그 말이 대부분 믿을 수 없다고 생각합니다. 비록《좌전左傳》과《사기史記》와《예기禮記》에 기재된 것이라도 오히려 그러한데, 더구나《공자가어孔子家語》나《설원說苑》과 같은 잡서에 실린 것이야 더 말할 것이 있겠습니까?

이제 공자와 그 문인들에 관한 기록을 취한 것은 너무 잡박하여 전혀 성현의 기상 같지 않은 것이 많으니 이에 대해 더 줄일 수 없겠습니까? 성현을 귀히 여기는 것은 바로 이와 같은 데 있지 않으니 재량하여 줄인들 무슨 해가 있겠습니까? 역대 여러 사람들의 시대순서는 바뀌어도 관계없을 듯하지만 편찬하는 체제는 차례가 가지런해야 볼 만하니, 어찌 고쳐서 바로잡지 않을 수 있겠습니까? 그리고 악무목岳

武穆[23]을 삼후三侯의 반열에서 빠뜨린 것도 하나의 결점이 아니겠습니까?

　사람의 한 몸에는 이理와 기氣가 겸비되어 있는데 이는 귀하고 기는 천합니다. 그러나 이는 무위無爲하고 기는 유욕有欲이기 때문에 이를 실천하는 것을 위주로 하는 자는 기를 기르는 것이 그 가운데 있으니, 성현이 이런 사람입니다. 기를 기르는 데 치우친 사람은 반드시 성性을 해치는 데 이르니, 노자老子와 장자莊子가 이런 사람입니다. 위생衛生의 도를 진실로 그 극단까지 충족시키려면 비해匪懈와 비궁匪躬[24]의 직분을 다 그만두고 나서야 가능할 것입니다. 그 도리를 무너뜨리고 올바름을 해치는 것이 이와 같으니, 본래 교훈으로 삼을 수 없는 것입니다. 만일 양기養氣하는 것을 전혀 없앨 수 없어 우선은 그 글을 두는 것이 옳다고 한다면 그 가운데 더욱 괴이하고 황당무계한 것은 마땅히 버려야 합니다. 이른바 안마법按摩法[25]이란 것은 몸을 당기고 비틀고 날개를 치고 밀며 꺾거나 끌어당기는 형세가 도인법導引法[26]

23　악무목 : '무목武穆'은 악비岳飛(1103~1141)의 시호다. 중국 남송 초기의 무장武將이자 학자이며 서예가로, 북송이 멸망할 무렵 의용군에 참전하여 전공을 쌓았으며, 남송 때 호북湖北 일대를 영유하는 대군벌大軍閥이 되었지만 무능한 고종과 재상 진회에 의해 살해되었다. 저서로《악충무왕집岳忠武王集》이 있다.

24　비해와 비궁 : '비해匪懈'는《시경詩經》〈대아大雅 증민烝民〉에 "일찍 일어나고, 늦게 잠자서 두 사람[父母]을 섬긴다.[夙夜匪懈以事二人]"고 하고, '비궁匪躬'은《주역周易》건괘蹇卦 육이六二의 효사爻辭에 "왕의 신하가 부지런함은 몸을 위한 때문이 아니다.[王臣蹇蹇 匪躬之故也]"고 하였는데, 이는 자신을 돌보지 않고 부모와 임금을 섬기는 것을 이른다.

25　안마법 : 의술의 일종으로, 신체를 안마하여 근육의 완급을 조절하여 혈액의 순환을 돕는다. 황제黃帝 때 기백歧伯이《안마법按摩法》을 저술하였다고 한다.

26　도인법 : '교인撟引'이라고도 하는데, 몸을 튼튼하게 하고 병을 치료하는 방법 중 하나이다. 정신을 집중하는 법, 침을 삼키는 법, 숨을 조절하는 법, 힘을 쓰는 법, 운동하는 법, 손으로 만지고 비비는 법 등 여러 가지가 있다. 기와 혈액 순환을 촉진하고 근육과 뼈를 튼튼하게 하며 피로를 풀고 장수하게 하는 작용이 있다.

에 비해 훨씬 힘이 드니, 아마 위백양魏伯陽[27]이 비난하였던 '모든 맥脈이 끊고 뛰게 한다.'는 피해가 바로 이를 두고 한 말인 듯합니다. 이른바 부녀자를 거느리는 방법이란 것도 도가道家에서 통렬히 나무라는 것이니, 버려야 할 것이 아니겠습니까?

무릇 이러한 종류는 저의 얕은 견해로 생각하기에 이와 같지만 생각지 못한 것이 어찌 없겠습니까? 이것이 제가 후세에 전하기에 의심스럽게 여기는 것이니 책이 좋지 않다는 것이 아니라 좋은 가운데에도 미진한 부분이 있어 반드시 고쳐야 모든 것이 훌륭하여 후세에 전하기에 의심이 없겠다는 것입니다.

옛날에 정자程子가 《역전易傳》을 지을 때, 남들에게 가볍게 보이지 않으며, "아직 더 발전되기를 바란다."고 하였으며, 주자朱子가 《집주集註》와 《장구章句》를 지을 적에도 완성하고 나서 스스로 잘못된 것을 알고 고친 부분도 있으며 문인의 질문과 논란으로 말미암아 고친 부분도 있고 당시 현명한 사대부에게 질정하여 고친 부분도 있습니다. 고치고 고치고 또 고치기를 종신토록 하였습니다. 그래서 그 책이 나오자 천지에 세워도 어긋나지 않고, 귀신에게 질정해도 의심이 없으며, 백세百世 뒤의 성인도 의혹하지 않게 되었습니다. 이것이 어찌 하루아침에 갑자기 이를 수 있는 일이었겠습니까?

우리 동방에는 문헌이 드물고 비록 간혹 문장의 대가가 나와서 세상에 이름을 떨친 이도 있지만, 시문詩文이나 부賦·영詠·소설小說·담학談謔 이외에 사문斯文에 대한 저술은 전혀 없다시피 아주 드뭅니다. 다행히 있는

---

27 위백양(147?~167?) : 중국 후한後漢 때의 철학자로, 학설은 《주역周易》과 유사하여 《주역》에 나오는 효상爻象의 원리를 그대로 빌려와 신단神丹을 만드는 방법과 과정을 논하였다. 신비주의 색채가 강하면서도 당시로서는 과학적인 방식을 도입하였다는 점에서 중국 과학기술사의 한 부분을 차지한다. 저서로 《참동계參同契》·《오행상류五行相類》등이 있다.

것도 얻어서 읽어 보면 혹 마음에 의심이 없을 수 없으니, 모두 이러한 이유로 말미암아 병통이 생긴 것이 아니겠습니까? 왕년에 상산商山 주경유周景遊[28]가 풍기읍豊基邑에서 《죽계지竹溪志》를 찬술하여 완성되자 곧바로 출판하였습니다. 제가 사우士友 몇 사람과 함께 자못 그 잘못된 부분을 지적하여 고치기를 청하자 주경유가 스스로 옳다고 고집하며 듣지 않았는데, 지금 그 책을 보는 사람들은 병통이 있다고 생각지 않는 사람이 없습니다. 대개 공정한 시비는 누구나 똑같이 생각하는 것이니, 어찌 개인의 사적인 견해로 배척할 수 있겠습니까?

저 같은 사람은 도에 몽매하고 학문에 어두워 진실로 이것을 함께 의논할 만하지 않습니다. 그러나 또한 일찍이 망령되이 한두 가지 설을 지어 여러분들이 스스로 옳다고 고집하는 병통을 경계하고 벗들의 충고를 받고 싶어 시험 삼아 동지들에게 그 글을 보여주었더니, 뜻밖에 그 사람들이 꼼꼼히 병통은 지적하지 않고 사람들에게 돌려가며 보여 주었습니다. 뒷날 계속 수정하고 나니 전날 남들에게 보여주었던 것과 차이가 있게 되었으니, 지난번 것이 미진하였을 뿐 아니라 뒤에 한 것과도 모순이 되어 이미 스스로 후회됨을 이길 길이 없었습니다.

우리 형께서는 가학이 있고 일찍이 과거 공부를 버리고 산 속에 숨어 고요한 가운데 수양한 것이 다른 사람보다 월등할 것입니다. 제가 잘못 든 벼슬길에서 막 돌아온 앞 못 보는 사람과 같은 견해로 이치에 닿지 않는 말을 함부로 말씀 드린 것은 다른 이유가 아닙니다. 하나는 형에게 모든 것이 훌륭하기를 바라는 것이요, 하나는 저의 병통을 드러

---

28 주경유 : '경유景遊'는 주세붕周世鵬(1495~1554)의 자다. 호는 신재愼齋·손옹巽翁·남고南皐고, 시호는 문민文敏이다. 1541년 풍기군수豊基郡守로 나가 이듬해 백운동白雲洞에 안향安珦의 사당 회헌사晦軒祠를 세우고, 1543년 주자朱子의 〈백록동학규白鹿洞學規〉를 본받아 사림자제들의 교육기관으로 백운동서원白雲洞書院을 세워 서원의 시초를 이루었다. 저서로 《무릉잡고武陵雜稿》 등이 있다.

내서 형께서 고쳐 주시기를 바라서입니다. 뒷날 고친 책이 완성되면 아낌없이 다시 보여 주십시오.

저의 어두운 견해를 혹 하늘이 도와서 조금이라도 열린다면 졸렬한 저의 글이 그다지 비중이 없다는 것을 알고 있지만 행여라도 책 뒤에 이름을 올려 영구히 전해진다면 매우 다행이겠습니다. 어찌 끝끝내 사양하겠습니까? 형께서 양해해 주시기 바라며 이만 줄입니다.

박택지朴澤之에게 보내는 편지 奧

- **해설** : 이 편지는 무오년(1558년, 58세) 1월에 박운朴雲(1493~1562)에게 보낸 것이다. 박운은 서신을 통해 퇴계와 학문을 교류하였다. 박운은 《격몽편擊蒙編》·《경행록景行錄》·《삼후전三侯傳》·《위생방衛生方》을 보내 퇴계에게 서문과 발문을 부탁하였다. 그러나 퇴계는 책의 무게는 서문과 발문으로 정해지는 것이 아니며 전할 만한 가치에서 정해지는 것이라고 하였다.

- **박택지** : '택지澤之'는 박운의 자다. 호는 용암龍巖·운암雲巖·지암止庵 등이며 박영朴英의 문인이다. 퇴계와 서신을 통해 학문적 교류를 하였다. 저서로 《용암선생문집龍巖先生文集》이 있다.

9

유람

遊覽

이.
홀로 물가에서
늙어가며

저는 홀로 장빈漳濱¹ 가에서 지내면서 날로 쇠약하고 쓸쓸한 근심을 느끼겠으니, 옛 사람의 심정이 내 마음에 와 닿는 것을 알겠습니다. 만약 자연과 함께 지내는 즐거움이 아니면 날을 보내기 어려울 것 같습니다. 그대들은 서울에서 생활하고 있어서 이러한 즐거움이 있는 줄도 모르고 어떻게 지내는지요?

지난번 해군海郡으로 가는 행차를 경계했던 것은 오랫동안 관아에서 지내면서 지나치게 술을 마셔 덕을 상할까 여겨서입니다. 이어서 들으니 천마산天磨山² 등지로 간다고 하니 그렇게 되면 아주 좋은 일일 것입니다³. 이번 편지에서 행동에 낭패스러운 일이 있었다는 말을 보았고, 자중子中⁴에게 물어 자못 한두 가지 부질없는 의논을 들었습니다. 굳이 개의할 일은 아니지만 일이란 발생하기 전에 잘 처리하는 것이 좋으니 빨리 산 속으로 가서 자취를 숨기는 것이 좋을 것입니다. 비록 어쩔 수없이 간간히 서울

---

1 장빈 : 《문선文選》〈증오관중랑장贈五官中郞將〉에 삼국시대 위魏나라 건안 칠자建安七子의 한 사람인 유정劉楨이 조조曹操의 아들인 조비曹조와 절친하였는데, 그가 조비에게 빨리 찾아와 주기를 간청하면서 보낸 시의 내용 중에 "내가 고질병에 심하게 걸려서, 맑은 장수漳水 가에 몸져 누웠다.[余嬰沈痼疾 竄身清漳濱]"라는 구절이 있다. 1560년(60세)에 도산서원을 짓고 아호를 '도옹陶翁'이라 하고, 이로부터 7년 동안 서원에 기거하면서 독서·수양·저술에 전념하는 한편, 많은 제자들을 훈도하였다.

2 천마산 : 경기도 개풍군 영북면嶺北面과 영남면嶺南面 사이에 있는 산 이름이다.

3 지난번의……것입니다 : 1561년 정지운鄭之雲이 제자인 풍덕군수 안홍安鴻의 주선으로 천마산天磨山으로 유람 갔다가 병이 들어, 승평부昇平府의 강구江口에서 죽었다.

4 자중 : 정유일鄭惟一(1533~1576)의 자다. 호는 문봉文峯이고, 퇴계의 문인으로 예안현감禮安縣監 등을 지냈다. 저서로 《문봉집文峯集》이 있다.

로 들어갈 수야 있겠지만, 한동안 다시 나오지 말고 이렇게 몇 년을 지낸다면 그 말은 저절로 잠잠해질 것입니다. 다만 그대가 술을 좋아하고 독서에 뜻이 게을러 오랫동안 문을 닫고 조용히 있지 못할까 이것이 큰 걱정입니다.

〈숙흥야매잠해凤興夜寐箴解[5]〉에서 선학禪學에 관해 논한 부분은 매우 좋아 함께 적어 보냅니다. 그 나머지 곡절은 자중이 반드시 이야기해 줄 것이니 여기에 자세히 말씀드리지 않겠습니다. 명언明彦이 보낸 두 통의 편지에서 한 말은 모두 잘 알았습니다. 최근에 또 심부름꾼을 통해 편지를 보내왔는데 그 편지에서 논란한 수천 마디 말은 넓고 끝이 없으니 매우 감탄할 일입니다. 그가 우리의 잘못을 공격하되 전적으로 잘못되었다거나 전적으로 옳다는 것도 아닙니다. 제가 말한 것 가운데 "선과 악은 정해져 있지 않다."고 한 말은 제가 명언의 편지를 보기 전에 이미 온당치 못하다는 것을 느꼈었는데, 이제 명언의 논박을 보고 온당치 못한 부분이 한두 곳이 아닌 줄 알았습니다. 이를 통해 벗들과 탐구하고 토론하는 것이 크게 도움 된다는 것을 알았으니 참으로 다행한 일입니다.

그의 지적에 따라 수정한 것을 훗날 보내 드리겠습니다. 다만 제 주장이 온당치 못한 부분은 문자의 잘못이나 어세의 병통에 불과할 뿐 큰 뜻은 잘못된 것이 아닙니다. 명언이 반드시 전편全篇의 뜻을 모두 들어서 배척하고 공격하지만 한 구절도 완전한 것이 없다고 하니 이것이 한 가지 결함입니다. 또 명언이 전날에 자신이 말한 것은 애초에 소략하고 잘못되었고 후에 고친 것은 처음 것보다는 다소 낫기야 하겠지만 크게 잘못된 부분이 여전히 많은데도 편지에서는 이를 전혀 모르고 자신을 보호하고 오로지 남을 공격하려고만 하니 이것이 두 번째 잘못입니다. 그러나 저 사람의 언

변은 폭포수가 쏟아지듯[6]한데 우리들의 언변은 이처럼 어눌하니 어떻게 하나하나 그와 논쟁하여 이기기를 바라겠습니까? 다만 옳은 것은 따르고 잘못된 곳은 스스로 고쳐야 할 것이니 대강이나마 그의 잘못을 거론해서 그가 따를지 말지를 기다리고는 있지만 여가가 없어 손도 대지 못하고 있습니다. 나머지는 자중에게 듣도록 하시고 모쪼록 더욱 힘써 공부하기를 바랍니다.

정정이鄭靜而에게 답하는 편지 答

- **해설** : 이 편지는 정지운鄭之雲(1509~1561)의 편지를 받고, 경신년(1569년, 60세) 2월 5일에 보낸 답장이다. 그가 지은 《천명도설天命圖說》이 화제가 되면서 한양에서 퇴계와 여러 차례 토론하며 수정을 받았다. 노수신盧守愼이 해석을 단 〈숙흥야매잠해夙興夜寐箴解〉에서 선학禪學에 관하여 매우 좋다고 평가하며 적어 보냈다.

- **정정이** : '정이靜而'는 정지운의 자다. 호는 추만秋巒이다. 김종직의 제자인 김안국金安國과 김정국金正國 형제의 문하에서 수학하였다. 그가 지은 《천명도설天命圖說》이 화제가되면서 한양에서 퇴계를 만나 여러 차례 토론하며 수정을 받았다. 이것이 뒤에 사단칠정논쟁의 발단이 되었다.

---

6 폭포수가 쏟아지듯 : 원문은 '懸河'. 막힘없이 쏟아내는 언변이 마치 폭포수가 쏟아지는 듯함을 비유하여 이르는 말이다. 《세설신어世說新語》〈상예賞譽〉에 진晉나라 곽상郭象이 도도하게 담론을 전개하자 태위太尉 왕연王衍이 "폭포수처럼 쏟아져 마를 줄을 모른다.[如懸河瀉水 注而不竭]"고 칭찬한 고사가 있다.

02.
아름다운 경치를
구경하며

제가 한 번 나갔다가 일곱 달을 지내고 돌아오니, 접하는 것들이 모두 나를 잃어버리고 남을 따르는 일이지만 유독 돌아오는 길에 구담龜潭[7]을 지나다가 신선에게 오리신발[8]을 얻어 신고 왼쪽으로는 소매를 당기고, 오른쪽으로는 어깨를 치면서[9] 바위와 냇물의 아름다운 경치를 자세히 감상하고 세속의 근심을 통쾌하게 씻었던 일이 있었습니다. 이 한 가지 일로 묵은 빚에 조금이나마 보상이 되었습니다. 자나 깨나 그립던 끝에 계상溪上으로 사람을 보내 편지를 부치고 뒤따라 안부를 물으시니 사람으로 하여금 또한 기쁨을 견딜 수 없게 합니다.

병든 사람이 남은 목숨을 보존한 채 돌아와 집을 보니 다행스럽지 않다고 말할 수 없습니다. 다만 사장辭狀의 한 구절을 아직 마무리 짓지 못하고 있으니 마음속 근심이 오히려 깊습니다. 또 죽령을 넘어온 뒤로 날로 사람을 응접하는 번거로움에 시달려 피곤해서 지금은 누워서 몸을 조리하고 있을 뿐입니다.

---

7 구담 : 경북 단양에 있는 못 이름이다.

8 오리신발 : 원문은 '鳧舃'. 일반적으로 지방 현령을 이르는 말로 쓰인다. 후한 때 하동河東 사람 왕교王喬가 섭현葉縣의 수령으로 있으면서 자주 도성을 드나들었는데, 올 때에 수레나 말도 보이지 않고 오직 두 마리의 집오리만 날아오는 것을 이상하게 여겨 그물로 잡은 결과 그물 속에 신발 한 켤레만 있더라는 고사에서 나온 말이다.

9 왼쪽으로……치면서 : 《문선文選》〈유선遊仙〉 시의 "왼쪽으로는 부구의 소매를 당기고, 오른쪽으로는 홍애의 어깨를 친다.[左挹浮邱袖 右拍洪厓肩]"라는 구절에서 유래한다.

《도학록道學錄[10]》두 권을 보냅니다. 보시고 나서 임기를 마치고 떠나실 때 저에게 돌려주십시오. 이것은 서울로 보낼 것이 아니기 때문입니다. 임기가 끝나거나 휴가를 얻거나 간에 모두 멀리 있지 아니하니 꼭 한 번 분천汾川으로 오시기를 간절하게 기다리겠습니다.

황중거黃仲擧에게 답하는 편지 答

- **해설** : 이 편지는 황준량黃俊良(1517~1563)의 편지를 받고 기미년(1559년, 59세)에 보낸 답장이다. 퇴계가 안동을 벗어나 일곱 달을 지내는 동안 오직 구담에서 아름다운 경치를 구경하고 세속의 근심을 씻어버린 것을 보상으로 여겼다.

- **황중거** : '중거仲擧'는 황준량의 자다. 호는 금계錦溪고, 퇴계의 문인이다. 단양군수丹陽郡守 등을 지냈다. 저서로 《금계집錦溪集》이 있다.

---

10   도학록 : 이사영李士英이 지은 《도학명신언행록道學名臣言行錄》을 이른다.

03.
술병을
보내며

그림 속에 자리한 병암屏庵[11]은 경치가 빼어나 상상하고 음미하는 마음을 감당할 수 없습니다. 오늘 안개가 걷히면 저녁 날씨는 마땅히 좋을 것이니, 지난번 약속을 실천할까 하는데 모두 갈 수 있을는지요? 돌아올 때 분천 汾川[12]에 도착해서 배 위에서 대성大成[13]을 맞이해서 잠시 이야기를 나누어 보는 것도 하나의 아름다운 일일 것입니다. 술병을 지고 가도록 하였으니 암자의 승려에게 술을 가지고 배에서 기다리도록 하는 것도 좋겠습니다.

조사경趙士敬과 금문원琴聞遠에게 보내는 편지 　與

- **해설** : 이 편지는 무오년(1558년, 58세) 4월 8일에 조목趙穆(1524~1606)·금난수琴蘭秀(1530~1604)에게 보낸 편지다. 함께 병암屏庵을 갔다가 돌아올 때 분천汾川에 들러 이문량을 만나자고 하였다.

- **조사경** : '사경士敬'은 조목의 자다. 호는 월천月川·동고東皐다. 퇴계의 문인으로, 봉화현감奉化縣監 등을 지냈다. 저서로 《월천집月川集》 등이 있다.

- **금문원** : '문원聞遠'은 금난수의 자다. 호는 성재惺齋·고산주인孤山主人이다. 장흥고봉사長興庫奉事 등을 지냈다. 저서로 《성재집惺齋集》이 있다.

11　병암 : 안동 청량산淸凉山 줄기인 서취병西翠屏 절벽 가운데 있는 암자로, 상사上舍 이대용李大用이 짓고 승려들에게 지키도록 했다.

12　분천 : 경상북도 안동시 도산면陶山面 부내마을[汾川里] 앞을 흐르는 강이다.

13　대성 : '대성大成'은 이문량李文樑(1498~1581)의 자다. 호는 벽오碧梧·녹균綠筠이다. 평릉도찰방平陵道察訪 등을 지냈고, 퇴계와 이웃에 살면서 절친하였다. 이후 퇴계의 고제高弟가 된 이덕홍李德弘·황준량黃俊良 등을 초년에 가르친 적도 있다. 저서로 《벽오문집碧梧文集》이 있다.

04.
아름다운 곳의
이름 짓는 방법

어제의 유람은 매우 다행이었습니다. 사람들이 많아 비록 회포를 다 풀지는 못했지만 강산의 아름다움은 일찍이 보지 못했던 것이라 자축합니다. 못의 이름이 오랫동안 사람들에게 황당무계하게 불리어져 듣는 사람들의 마음을 쓸쓸하게 하여 좋은 이름으로 바꾸어 보려고 주제넘게 생각했는데, 마침 그대는 '어찌 다시 분수에 맞지 않게 차지하려 하십니까?'라고 하였지요. 무릇 강산과 풍월은 천지간의 공적인 물건인데 그러한 경치를 만나고도 감상할 줄 모르는 자가 넘쳐나고, 그 중에 어떤 사람은 아름다운 경치를 차지하여 자기 개인의 사유물로 인식하는 사람도 바보입니다.

낙동강이 우리 고을을 지나는데 경치 좋은 곳이 한두 곳이 아닌데, 그대가 평가한다면 마땅히 월천月川이 첫째이고, 의인宜仁[14]이 그 다음일 것입니다. '풍월風月'이라는 아름다운 이름을 월천에다 돌리는 것에 무슨 의문이 있겠습니까? 다만 뛰어난 경치의 아름다운 이름을 사람들이 마땅히 저버리지 않는 것이 중요한 것입니다.

어제 배에서 경계했던 말로 그대의 생각을 살펴보니 조금도 이해하지 못하고 있는듯한데 어째서입니까? 사람 기질의 병통은 '강유剛柔' 두 글자에서 주로 나타납니다. 주렴계周濂溪[15]는 "강剛에도 선악이 있으며 유柔도 그

---

14 의인 : 안동시 도산면 의촌동宜村洞을 이른다.

15 주렴계 : '염계濂溪'는 주돈이周敦頤(1017~1073)의 호다. 중국 북송시대의 유교 사상가로, 성리학의 기초를 닦아 그를 높여 '주자周子'라고도 한다. 송나라 유학의 형이상학적 사유는 주돈이에 의해 시작되었다고 한다.

와 같으니, 중中에 그쳐야 한다."라고 하였습니다. 배우는 사람이 강유의 치우친 부분을 바로잡아 중도로 나아가는 것이 귀한 것임을 알았습니다.

저의 소견으로는 두 사람 모두 학문을 하여 자기의 치우친 부분은 바로잡지 않고, 다만 객기로 서로 다투니 제나라와 초나라의 득실[16]에서 어느 것 하나 옳은 것을 보지 못하겠습니다. 또 궁극적으로 말하자면 금琴 군[17]은 '유柔'에 가까워 비록 유연함에 미진하지만 간혹 정도에서 나오기는 합니다. 그대는 비록 '강剛'에 자부하지만 강의 선함에 미진하면서도 도리어 사납고 억센 병통에서 나오는 것이 많아, 겸손하고 공손하고 손순한 마음으로 나 자신을 텅 비우고 남의 생각을 받아들일 생각이 조금도 없으니 그것이 덕을 해치고 사물을 방해하는 것이 금琴 군의 행위보다 더 심합니다.

저는 그대가 평생토록 이를 고집하며 도에 이를 줄 모른다면 덕에 더 이상 발전이 없고 사물과는 끊어져 외로이 우산牛山이 벌거숭이가 되는 근심[18]이 있을까 걱정입니다. 그것을 광풍제월光風霽月과 청명고원淸明高遠

---

16 제나라와……득실 : 양측 모두 잘못이 있다는 말이다. 이 말은 사마상여司馬相如의 〈상림부上林賦〉에서 유래한 말이다. 《사기史記》〈사마상여열전司馬相如列傳〉에 초나라의 자허子虛가 제나라에 사신으로 갔을 때에 제나라 임금이 사냥 대회를 열어 자허를 접대하였는데, 자허가 초나라의 화려하고 사치스러운 사냥에 대해 자랑하여 제나라 왕의 기를 꺾었다. 이에 대해 오유烏有 선생이 제나라 왕의 선의善意를 무시한 언사言辭라고 자허를 꾸짖고, 제나라도 훌륭한 사냥터와 물산物産이 있다는 것을 아울러 말하였다. 그러자 무시공無是公이 "초나라는 실수한 것입니다. 그러나 제나라도 옳다고 할 수 없습니다."라고 말하여 자허와 오유 선생 두 사람이 모두 잘못이라고 꾸짖었다.

17 금 군 : 금난수琴蘭秀(1530~1604)를 이른다. 자는 문원聞遠이고, 호는 성재惺齋·고산주인孤山主人이다. 장흥고봉사長興庫奉事 등을 지냈다. 저서로 《성재집惺齋集》이 있다.

18 우산이……근심 : 사람의 성품이 본래 선하지만 물욕에 침해당하는 것을 비유한 말이다. 《맹자孟子》〈고자 상告子上〉의 "우산牛山의 나무가 일찍이 아름다웠는데, 대국大國의 교외郊外이기 때문에 도끼와 자귀로 매일 나무를 베어 가니, 아름답게 될 수 있겠는가. 그 밤낮으로 자라나는 바와 우로雨露가 적셔 주는 바에 싹이 나오는 것이 없지 않건마는, 소와 양이 또 따라서 방목되므로 이 때문에 저와 같이 탁

에 털끝만큼도 막힘이 없는 기상과 견주어 어떠합니까? 이때 연못의 아름다운 이름도 세속 사람들이 편안히 부르는 것만 못하지 않겠습니까? 우습습니다.

조사경趙士敬에게 보내는 편지 與

● **해설** : 이 편지는 경신년(1560년, 60세) 3월 24일에 조목趙穆(1524~1606)에게 보낸 편지다. 낙동강이 지나는 마을 중에 아름다운 곳으로 월천月川과 의인宜仁을 차례대로 손꼽았다. 이러한 뛰어난 경치의 아름다운 이름을 사람들이 마땅히 저버리지 않는 것이 중요하다고 하였다.

● **조사경** : '사경士敬'은 조목의 자다. 호는 월천月川·동고東皐다. 퇴계의 문인으로, 봉화현감奉化縣監 등을 지냈다. 저서로 《월천집月川集》 등이 있다.

───────────

탁하게 되었다. 사람들은 그 탁탁한 것만을 보고는 일찍이 훌륭한 재목이 있은 적이 없다고 여기니, 이것이 어찌 산의 본성이겠는가.[牛山之木 嘗美矣 以其郊於大國也 斧斤伐之 可以爲美乎 是其日夜之所息 雨露之所潤 非無萌蘗之生焉 牛羊又從而牧之 是以若彼濯濯也 人見其濯濯也 以爲未嘗有材焉 此豈山之性也哉]"라는 구절에서 온 말이다.

05.
산이 좋고
물이 좋아

고산孤山에서 온 승려 편에 편지와 시를 받아보고 산에서 책을 읽고 경
치를 감상하며 즐겁게 지내신다니 저의 병들고 적막한 마음에 위안이 되
어 기쁘고 다행스러웠습니다.

　보내신 시는 몇 군데 치밀하지 못한 부분이 있었지만 옛날에 비해 크게
진보하였습니다. 이제부터 더욱 힘을 쏟아 연마한다면 아마 옛사람들의
경지에 이르는 지름길을 얻을 수 있을 것입니다. 또 편지에서 스스로 서술
하신 말을 통해 지향하는 것이 범상치 않다는 것을 볼 수 있었습니다. 전
부터 그대가 이야기를 좋아하고 문사를 숭상하는 줄이야 알았지만 과거
공부에 몰두하는 사람들이나 박학에 힘쓰는 문인에 불과하다고 생각했었
는데, 지금에야 비로소 학업에 뜻을 둔 공부와 도를 구하는 정성이 이렇
게 지극한 줄 알았습니다.

　보내신 편지를 몇 번이고 거듭 읽으며 가상한 마음에 감탄하기를 마지
않았지만, 또 이상하다는 생각이 없지 않았습니다. 길을 알면서도 경유하
지 않고 뜻은 부지런하면서도 일은 어긋났으니 어째서입니까? 이백李白[19]
과 원결元結[20]은 유학자들의 표준이 아니고 장구章句나 풍월風月 역시 학
자가 힘쓸 것도 아니니, 이것은 진실로 잘못된 것입니다. 그러한 뒤에 집을

19　이백(701~762) : 당唐나라 시인으로 자는 태백太白이고, 호는 청련거사靑蓮居士다.
　　두보杜甫와 함께 '이두李杜'로 병칭되는 중국의 대표 시인이며, 시선詩仙이라 불린
　　다. 작품으로 〈청평조사淸平調詞〉 등이 있다.

20　원결(723~772) : 당唐나라 시인으로 자는 차산次山이고, 호는 만수漫叟·원자元子
　　다. 저서로 《원차산집元次山集》이 있다.

짓고 숨어서 수양하고 산에 파묻혀 독실하게 연마하여 자신이 생각하기
에 진실로 깨달은 곳이 있다면 마땅히 얻은 것이 있다고 할 것인데, 어찌
지금 오히려 정확하게 보지 못했다는 탄식을 하십니까? 대체로 정곡은 쉽
게 볼 수 있는 것이 아닙니다. 사람들이 애써 보지도 않는데 그대 혼자만
보지 못하였다고 탄식하니 이것이 제가 기뻐하는 이유입니다.

　질문한 것을 가지고 논변해 보자면, "산을 좋아하고 물을 좋아한다[21]."
는 것은 성인의 말씀으로 산이 어질고 물이 지혜롭다고 여긴 것은 아닙
니다. 또한 사람이 산수와 더불어 본래 같은 성품이라고 말하는 것도 아
닙니다. 다만 어진 사람은 산과 비슷하여 산을 좋아하고 지혜로운 사람
은 물과 비슷하여 물을 좋아한다고 한 것입니다. 이른바 비슷하다[類]는
것은 다만 어질고 지혜로운 사람의 기상과 생각만을 가리켜 이야기한 것
일 따름입니다.

　주자의 《논어집주論語集註》를 보자면, 이 두 구절의 아래에 '비슷하다
[似]'는 글자로 해석하였으니 그 뜻은 볼 수 있습니다. 그러므로 그 아래 문
장에 '움직이다[動]'와 '고요하다[靜]'로 뜻을 풀이한 것도 본질[體]로써 말
한 것이고, 지혜로운 사람은 즐겁게 살고 어진 사람은 장수한다는 의미는
효험으로써 말한 것이지[22] 모두 인과 지의 진정한 본연의 이치를 논한 것은
아닙니다. 그러므로 제 생각에는 아마도 성인의 뜻은, 어찌 인과 지의 오

21　산을……좋아한다 : 《논어論語》〈옹야雍也〉에 공자께서 "지혜로운 자는 물을 좋아
　　하고, 인한 자는 산을 좋아한다.[智者樂水 仁者樂山]"라고 한 구절이 있다.

22　비슷하다[似]는……것이지 : 《논어論語》〈옹야雍也〉의 주자 집주集註에 "지혜로운
　　사람은 사리에 통달하여 두루 흘러 막힘이 없는 것이 물과 비슷하고 어진 사람은
　　의리에 편안하여 두텁고 무거워 변하지 않는 것이 산과 비슷하다. 그러므로 산을
　　좋아한다. 움직임[動]과 고요함[靜]은 체體로 말한 것이고 즐거워함[樂]과 장수함
　　[壽]는 효과로써 말한 것이다. 두루 흘러 막히지 않기 때문에 즐거워하고 안정하여
　　항상함이 있기 때문에 장수한다.[知者 達於事理而周流無滯 有似於水 故樂水 仁者 安
　　於義理而厚重不遷 有似於山 故樂山 動靜 以體 樂壽 以效言也 動而不括 故樂 靜而有常
　　故壽]"라고 한 구절이 있다.

묘한 이치를 사람들이 쉽게 알지 못한다고 여겨서가 아니겠습니까? 그래서 때로는 그 기상과 생각을 가리키기도 하고 때로는 본질과 효험을 가리키기도 하면서 반복하고 형용해서 사람들로 하여금 상상하면서 그 실체를 구해 지극한 모범의 기준으로 삼게 하려고 한 것일 뿐, 산과 물로 인과 지의 의미를 구하려는 것은 아닙니다. 그러므로 제 생각에는 두 가지 좋아하는 뜻을 알려면 마땅히 어질고 지혜로운 사람의 기상과 생각을 찾아야 하며 어질고 지혜로운 사람의 기상과 생각을 찾고자 한다면 어찌 다른 데서 찾겠습니까? 내 마음을 돌이켜보아 실질을 얻는 데 달려 있을 뿐입니다. 만약 내 마음 속에 인과 지의 실질을 가지고 있어서 내면에 가득 차서 외면으로 드러나게 되면 산을 좋아하고 물을 좋아하는 절실함을 추구하지 않더라도 저절로 그 좋아함이 있게 될 것입니다.

지금 여기에 힘쓸 줄 모르고 다만 높고 푸른 산의 일부만 보고, "나는 이로써 어진 사람의 좋아함을 구하였다."라고 말하고, 넘쳐나고 도도한 물의 일부만 보고, "나는 이로써 지혜로운 사람의 좋아함을 구하였다."라고 한다면 저는 거칠고 아득하여 구하면 구할수록 더욱 멀어질까 걱정입니다. 그러므로 인仁이 산과 비슷하다고 하면 옳지만 인이 산의 성품이 된다고 한다면 옳지 않습니다. 이는 인이 인의 전체가 되기 때문입니다. 지를 물과 비슷하다고 하면 옳지만 지가 물의 성품이 된다고 한다면 옳지 않습니다. 이는 지가 이름의 본래 뜻을 얻기 때문입니다.

보내신 편지를 자세히 살펴보니 사람과 산수의 성품이 본래 하나인 것만 알고 그 분수가 다르다는 것을 모르는 것이 첫 번째 실수입니다. 산수의 움직임[動]과 고요함[靜]을 체득하고 인과 지의 도리를 행한다고 한 것은 성인께서 말씀하신 본래의 뜻이 아닌 것이 두 번째 실수입니다. 만약 이 두 실수를 버리고 《논어집주論語集註》의 말대로 거듭 연구하여 소득이 있음을 안다면 내 말이 허황되지 않다는 것을 믿을 수 있을 것입니다.

지금 또 인과 지의 실질에 대해서 강론하여 말하자면 반드시 먼저 평소의 사사로운 의견으로 억지로 파고들어 추측하고 안배하는 습관을 완전히 제거하고 단지 성현께서 말씀하신 인과 지만으로 마음을 비우고 기운을 평정하여 익숙히 읽고 정밀하게 생각하며 반복적으로 체험한다면 두 글자의 의리가 경계 지어지고 하나하나 귀착 지어져 성현의 뜻과 자신의 신심성정身心性情이 일치하여 의심이 없을 것입니다. 또 여러 설을 널리 미루어나가 그 의미를 완전히 규명하여 일상생활에서 익히고 그 실질을 실천해 나간다면 이것이 바로 경敬으로 마음을 보존하고 정靜으로 독서하는 일입니다.

그 사이에 수많은 공부와 수많은 단계가 있어 만약 괴로움과 번거로움을 참아내며 충분히 정력을 기울이지 않는다면 울타리도 엿보지 못할 것인데 하물며 대문 안으로 들어갈 수 있겠습니까? 저는 일생을 헛되이 보내다가 늙어서야 대략 이렇게 듣고 경전에서 징험하면서 이를 믿고 날마다 도달하기를 바라지만 이르지 못하고 있습니다. 그대의 물음에 감히 말씀드리지 않을 수 없고 또한 제가 그대에게 의리상 숨길 수 없어 이렇게 이야기한 것이니 그대가 믿으실지 모르겠습니다.

저는 지난해 산으로 들어가 참으로 즐길 바가 있었지만 병을 스스로 헤아리지도 못해 거의 위태로운 지경을 겪고 병이 재발하여 서둘러 나와 아직도 마음에 잊히지 않습니다. 지금 그대의 유람을 통해 더욱 느낌이 있어 시를 지어 감흥을 드러내고 싶었지만 병으로 다 화답하지 못하였습니다. 화답한 율시 네 수는 별지에 적어 보내니 그대가 살펴본다면 저의 감회를 아실 것입니다.

권장중權章仲에게 답하는 편지 答

- **해설** : 이 편지는 권호문權好文(1532~1587)의 편지를 받고, 병진년(1556년, 56세) 10월에 보낸 답장이다. 권문호의 질문에 '산을 좋아하고 물을 좋아한다.'는 것은 '산이 어질고 물이 지혜롭다'는 것이 아니라, 어진 사람은 산과 비슷하여 산을 좋아하고 지혜로운 사람은 물과 비슷하여 물을 좋아한다는 뜻이라고 답변하였다.

- **권장중** : '장중章仲'은 권호문의 자다. 호는 송암松巖이고, 퇴계의 문인이다. 유성룡柳成龍·김성일金誠一 등과 수학하였고, 집경전참봉集慶殿參奉 등을 지냈다. 저서로 《송암집松巖集》이 있다.

10

심유선악과 논인

論善心
人惡有

01.
선한 인간의
존재

근래 존장尊丈 선생께서는 안녕하시고 부모님 모시는 외에 공부에 날로 발전이 있으신지요? 다름이 아니라, 《유록遊錄[1]》 뒤의 발문跋文은 굳이 사양할 일이 아니지만 제가 잘 쓸 능력도 없어서 다만 원고를 더럽혀서 보내드리니 매우 부끄럽습니다.

제가 이 기행문이 상세하고 풍부한 것을 아껴 한 부를 베껴두어 뒷날 참고할 자료로 삼고 싶습니다. 마침 아이들이 모두 외출하여 교정할 사람도 없어서 함께 보내드리니 두 분이 한번 읽고 잘못되거나 빠진 부분을 바로잡아 돌려주시는 것이 어떻습니까? 그동안 자세히 살펴보고 온당치 못한 부분이 있으면 곧바로 제 생각대로 고쳤는데, 수긍을 하실 지는 오직 아량에 맡길 뿐이니 다만 저의 경솔한 짓을 너그럽게 용서해 주십시오.

지난번 시보時甫[2]에게 말했던 '마음에 선악이 있다.'는 주장은 크게 잘못되었습니다. 성性이 곧 이理이니 본래 선만 있고 악이 없는 것이지만 마음은 이理와 기氣를 합한 것이기 때문에 악의 존재에서 벗어날 수 없는 것과 같습니다. 그 이유는 마음이 발동하기 이전에는 기氣가 아직 작용하지 않아 오직 이理 뿐이니 어찌 악이 있다고 하겠습니까? 오직 드러나는 곳에서 이가 기에 가려져 악으로 달려 나아가는 것이니, 이것이 이른바 '기선

---

1 유록 : 《유금강산록遊金剛山錄》을 이른다. 당시 홍인우洪仁祐가 퇴계에게 《유금강산록》의 서문을 부탁하였다.

2 시보 : 남언경南彦經(1528~1594)의 자다. 호는 정재靜齋·동강東岡이며, 서경덕徐敬德의 문인이다. 공조참의가 되어 이요李瑤와 함께 퇴계를 비판하다가 양명학을 숭상한다 하여 탄핵을 받고 사직하였다. 퇴계가 1556년 이후 그에게 보낸 9통의 답장이 있다.

악기선악惡幾善惡[3]입니다. 그래서 옛 선비들이 두 가지가 서로 마주하여 생기는 것이 아니라는 것[4]을 힘써 변론했던 것입니다. 조치도趙致道[5]의 《성기도誠幾圖[6]》와 왕노재王魯齋[7]의 《위미도危微圖[8]》에 이미 다 설명되었는데도 지난날 제가 자세히 살피지 않고 경솔하게 이야기했던 것을 생각하면 이마에서 땀이 납니다.

요사이 제가 정정이鄭精而[9]의 《천명도天命圖[10]》를 얻어 보기란 쉽지 않았습니다. 다만 그 잘못이 여기에 있고, 또 성性은 선악이라는 이름으로

3　기선악 : 주돈이周敦頤의 《통서通書》〈성기덕誠幾德〉에 "성誠은 무위無爲이고 기幾에서 선과 악이 나뉜다.[誠無爲 幾善惡]"고 하였는데, 성誠은 '진실하고 망령됨이 없는 것[眞實無妄]'으로, 미발의 상태이기 때문에 '무위'라 한 것이며, 기幾는 기미로 정情이 이미 드러나서 선과 악의 기미가 있음을 이른다.

4　서로……것 : 원문은 '非有兩物相對而生'. 《근사록近思錄》〈도체道體〉에 "낳는 것을 성性이라고 이르니, 성性은 바로 기氣이고 기氣는 바로 성性이라는 것은 생생生生을 이른다. 사람이 태어날 때에 받은 기품氣稟은 이치상 선악이 있기 마련이나 성性 가운데에 원래 이 두 물건이 상대하여 나온 것은 아니다.[生之謂性 性卽氣氣卽性 生之謂也 人生氣稟 理有善惡 然不是性中元有此兩物相對而生也]"라고 하였다.

5　조치도 : '치도致道'는 송宋나라 학자인 조사하趙師夏(?~?)의 자다. 호는 원암遠菴이다. 주자의 손자사위다.

6　성기도 : 송宋나라 학자인 조사하趙師夏가 지은 성誠을 도식화하여 해설한 것으로, 무위無爲의 개념인 성이 움직일 때 선기善幾와 악기惡幾의 기幾로 갈라지는 형상을 설명하였다.

7　왕노재 : '노재魯齋'는 왕백王柏(1197~1274)의 호다. 또 다른 호는 장소長嘯고, 자는 회지會之·백회伯會며, 시호는 문헌文憲이다. 이택서원사麗澤書院師와 상채서원사上蔡書院師를 지냈다. 하기何基와 김이상金履祥·허겸許謙과 함께 '금화사선생金華四先生' 또는 '북산사선생北山四先生'으로 일컬어졌다. 저서로 《독역기讀易記》 등이 있다.

8　위미도 : 《서경書經》〈대우모大禹謨〉의 "인심은 위태롭고 도심은 은미하니, 오직 정밀하게 살피고 오직 전일하게 지켜야 진실로 중도를 잡을 수 있다.[人心惟危 道心惟微 惟精惟一 允執厥中]"는 내용을 도식화하여 설명한 〈인심도심위미도人心道心危微圖〉의 일종으로 추정된다.

9　정정이 : '정이靜而'는 정지운鄭之雲(1509~1561)의 자다.

10　천명도 : 정지운鄭之雲이 지은 《천명도설天命圖說》을 이른다.

규정할 수 없다고 했는데 이것은 잘못입니다. 의리는 정미한데 어떻게 쉽게 말할 수 있겠습니까? 부탁한 정靜에 대한 설명은 그대의 견해가 명확하니 제가 여기에서 더 보탤 것이 없습니다. 다만 그대의 편지는 글이 간명하면서도 뜻이 절실해서 마음에 들어 애당초 사양하지 않고 받았지만 다시 보니 그 가운데 저를 칭찬하신 것이 너무 지나쳐 한 구절도 가당한 것이 없습니다. 이 편지를 받고 누구에게도 보이지는 않았지만 하늘도 비난할 것입니다. 그래서 마음이 편치 않아 다시 돌려 드리니 모쪼록 그 편지 가운데 2, 3행을 삭제하시고 다른 종이로 메워 간략하게나마 '도를 추구하고 옛 것을 사모하면서 졸렬하나마 부지런히 노력한다.'는 뜻을 말하기에는 불과 몇 줄에 지나지 않을 것이니 그렇게 하고 다시 보내주시기 바랍니다.

사람이 공부한다고 이름이 나면 남들이 반드시 온갖 책임을 그에게 돌릴 것이니 이것이 위태로운 도입니다. 더구나 사실도 아닌 말로 서로 칭찬하고 추켜세워서 남들의 비웃음과 노여움을 사야하겠습니까?

홍응길洪應吉에게 보내는 편지 與

• **해설** : 이 편지는 홍인우洪仁祐(1515~1554)의 편지를 받고, 계축년(1553년, 53세) 9월 7일에 보낸 편지다. 홍인우가 《금강산유록金剛山遊錄》의 발문跋文을 부탁하였지만 사양하고 되돌려 보냈다. 사람이 공부한다고 이름이 나기라도 하면 사람들이 온갖 책임을 그에게 돌릴 것이니 이는 매우 위태한 도라고 하였다.

• **홍응길** : '응길應吉'은 홍인우의 자다. 호는 치재恥齋다. 서경덕徐敬德과 퇴계의 문인이다. 저서로 《치재집恥齋集》 등이 있다.

02.
뜻의 다른
두 글자

지志와 의意의 분변은 회암晦菴[11]과 여러 선생의 설명에 이미 자세하고 보내신 말씀도 옳습니다. 다만 지志는 '공公'이고 의意는 '사私'라고 하였는데, 여기서의 '공'자와 '사'자는 선과 악으로 나누어 말한 것이 아니고, 단지 오늘날 사람들이 말하는 공사公事·사사私事와 같은 것입니다. '공사'라고 해서 반드시 모두 선한 것도 아니고, '사사'라고 해서 반드시 모두 악한 것도 아닙니다. 다만 관청의 일이 공공에 속하기 때문에 '공사'라 하는 것이고, 민간의 일이 개인에 속하기 때문에 '사사'라고 하는 것입니다. 또 인심은 형기形氣의 사私[12]에서 발생한다는 것과도 같은데, '형기'라고 하여 모두가 사사私邪는 아닙니다. 다만 한 개인에게 속한 것을 말한 것뿐입니다.

정情이 선하고 악함이 없다는 것은 사단四端을 말하는 것이며, 칠정七情에는 악이 없다고 말할 수 없으니, 그 기氣가 반드시 순수한 선善만은 아니기 때문입니다. 측은한 마음이 드러날 때에 교제를 하려 하고 명예를 얻으려 하는 결함이 있을 수 있는 것은 의意 때문이라고 한 것은 편지에서 보내신 말씀이 옳습니다.

---

11 회암 : 주희朱熹(1130~1200)의 호다.

12 형기의 사 : 원문은 '形氣之私'. 《중용장구中庸章句》의 서문序文에 "어떤 것은 형기의 사사로움에서 생겨나고, 어떤 것은 성명의 바름에서 근원하기도 한다.[或生於形氣之私 或原於性命之正]"라고 하여, 인심은 형기가 있은 뒤에 생겨나고 도심은 고유한 성명에 근원한다고 보았다.

인仁·의義·예禮·지智는 성性이고, 의義는 마음을 절제하는 것이라 하였는데, 두 조목에서 논한 것이 매우 좋습니다. 그중에서도 의를 논한 부분은 더욱 정밀합니다.

분을 참고 욕심을 막는 것은 '정심正心'과 비슷하고 잘못을 고쳐 선하게 되는 것은 '수신修身'과 비슷합니다. 그러나 통틀어 말할 수도 있습니다. 그러므로 《주역周易》 익괘益卦의 〈상전象傳〉에서 정자程子와 주자朱子가 모두 '수신'이라 하였으니, 손괘損卦 〈상전象傳〉은 '정심正心'이라 할 수 있음을 알 수 있습니다.

허虛와 기氣를 합하여 '성性'이란 명칭이 있게 되었다는 것은 논의가 옳습니다.

"오성五性이 감응한다[13]."고 말한 것은 대개 옳은 말입니다. 그런데 이理와 기氣를 합하고 성性과 정情을 통섭하는 것이 심心이기 때문에 감응하는 것이 오성이지만, 그것이 발할 때에 이理가 드러나서 기氣가 따르면 선이 되고, 기氣가 가려지고 이理가 숨으면 악이 됩니다.

'지각이 없다.'는 것과 '양陽은 발산을 위주로 한다.'는 두 조목도 옳습니다.

《주역周易》 둔괘屯卦의 초효初爻는, 3획괘畫卦(☳)에 있어서는 하나의 양陽이 두 개의 음陰 아래에서 움직이니 진실로 양이 주체가 되어야 마땅합

---

13 오성이 감응한다 : 원문은 '五性感動'. 주돈이周敦頤의 《태극도설太極圖說》에 "오직 사람만이 그중에 빼어난 것을 얻어 가장 영묘하다. 형체가 생기고 나면 정신이 지각을 일으킨다. 오성이 감응하여 움직이면 선과 악이 나누어지고 온갖 일이 생겨나게 된다.[惟人也 得其秀而最靈 形旣生矣 神發知矣 五性感動 而善惡分 萬事出矣]"라는 구절이 있다.

니다. 그리고 6획괘(䷗)에 있어서는 어려운 시기에 양강陽剛이 초효에 있으니, 이것은 귀한 신분으로 천한 사람에게 낮추는 것으로, 때를 만나 형통할 사람의 형상이기 때문에 괘를 이루는 주체가 되는 것입니다.

주자가 시詩를 논하면서 서진西晉 이전 것을 취하였고, 두보의 시를 논하면서 기주夔州 이전의 것[14]을 취하였는데, 지금 살펴보면 강좌江左[15] 시인들의 시는 정말 서진 이전의 시만 못하고, 기주 이후의 시는 지나치게 거리낌이 없고 사리에 맞지 않으니, 대체로 그렇습니다. 그러나 건안建安[16] 시인들의 시도 좋은 것은 매우 좋지만 좋지 않은 것도 많습니다. 자미子美[17]가 만년에 지은 시도 거리낌 없는 것은 지나치게 거리낌이 없지만 간혹 정연하고 온건한 것도 있습니다. 그런데 주자가 그렇게 말하였으니, 이런 부분은 우리들의 소견이 아직 미치지 못하니 억측으로 판단해서는 안됩니다. 우선 자신의 견해를 세우고 이론을 정립하여 우리의 의리가 성숙되고 안목이 높아진 뒤에야 천천히 의논할 일입니다.

---

14 기주……것 : 두보杜甫가 55세 때부터 기주에서 생활하였는데, 그전에 지은 시를 이른다.

15 강좌 : 양자강 하류 동남방 지역을 이르는데, 주로 위진남북조시대의 동진東晉을 가리키는 말로 쓰인다.

16 건안 : 한漢나라 헌제獻帝의 연호로, 전체적으로 후한시대를 이른다. 이 시기에 건안칠자建安七子로 불리던 공융孔融·진림陳琳·왕찬王粲·서간徐幹·완우阮瑀·응양應瑒·유정劉楨과 조조曹操·조비曹丕 등이 문장을 과시하였는데, 이들은 백성들의 고달픈 삶에 대해 비분강개하는 강건한 시풍을 가지고 있었다. 후대에는 특별히 이들의 문장을 '건안체建安體'라고 이른다.

17 자미 : 두보杜甫(712~770)의 자다. 호는 소릉少陵이다. 중국 최고의 시인으로 '시성詩聖'이라 불렸고, 이백李白과 함께 이두李杜라고 일컫는다. 장편의 고체시는 주로 사회성을 발휘하였으므로 시로 표현된 역사라는 뜻으로 '시사詩史'라 불린다. 주요 작품으로 〈북정北征〉, 〈추흥秋興〉 등이 있다.

화담花潭[18]의 소견은 꽤나 정밀하지 못하여 그가 저술한 여러 논설을 보면 한 편도 병통이 없는 것이 없으니, 보내신 편지에서 거론한 것만 그럴 뿐이 아닙니다. 그리고 그의 문인들이 그를 추존한 것은 너무도 실정과 동떨어집니다. 지난해 남시보南時甫[19]의 편지를 받아 보았는데, "허태휘許太輝[20]가 화담을 진백사陳白沙[21]와 비교할 만하다고 하는데, 이 말이 어떠합니까?"라고 하셨습니다. 제가 했던 대답은 지금 자세히 기억은 못하지만, 대개 "백사는 선도禪道에 빠졌다고는 하지만 그 인품이 참으로 높은데, 화담의 학문은 허탄하고 잡스러워 백사에게 미치지 못할 듯하다."고 말하였습니다. 시보가 그 편지를 받고 태휘에게 보여주자 태휘가 한 차례 편지를 보내와 따지고 들면서 도리어 이전에 백사와 비교했던 말은 숨긴 채 그의 학문을 늘어놓고는 끝에 가서는 "횡거橫渠[22]와 다른 점이 무엇이 있느냐?"고 하였습니다. 또 태휘가 아는 종실 사람 가운데 종성령鍾城令[23]이라는 분도 일찍이 서경덕에게 배웠는데, 역시 스승의 만년의 높은 조예를

---

18 화담 : 서경덕徐敬德(1489~1546)의 호다. 자는 가구可久다. 송대의 주돈이周敦頤·소옹邵雍 및 장재張載의 철학사상을 조화시켜 독자적인 기일원론氣一元論의 학설을 제창하였다. 저서로《화담집花潭集》이 있다.

19 남시보 : '시보時甫'는 남언경南彦經(1528~1594)의 자다. 호는 동강東岡이다. 공조참의工曹參議를 지냈다. 서경덕徐敬德의 문인으로, 이요李瑤와 함께 퇴계를 비판하다가 양명학을 숭상한다는 빌미로 탄핵을 받고 사직하였다.

20 허태휘 : '태휘太輝'는 허엽許曄(1517~1580)의 자다. 호는 초당草堂이다. 서경덕徐敬德의 문인으로, 동지중추부사同知中樞府事를 지냈다. 저서로《초당집草堂集》등이 있다.

21 진백사 : '백사白沙'는 진헌장陳獻章(1428~1500)의 호다. 자는 공보公甫고, 또 다른 호는 석재石齋다. 저서로《백사자전집白沙子全集》이 있다.

22 횡거 : 장재張載(1020~1077)의 호다. 자는 자후子厚다. 우주의 만유萬有는 기氣가 모이고 흩어짐에 따라 생멸하고 변화하는 것이며, 이 기의 본체는 태허太虛하며 태허가 바로 기라고 설파하였다. 저서로《숭문집崇文集》·《횡거역설橫渠易說》등이 있다.

23 종성령 : 이구李球(?~1573)를 이른다. 자는 숙옥叔玉이고, 호는 연방蓮坊이다. 서경덕徐敬德의 문인으로 그의 주기설主氣說을 계승 발전시켰으며,〈심무체용설心無體用說〉을 지어 퇴계와 논변을 벌이기도 했다.

매우 추존하면서 저의 말을 배척하였습니다.

제 생각에는, 이 두 사람과 말로 다툴 수 없어 우선 "화담은 공이 친히 배운 사람이고, 저는 전해 들었을 뿐이니, 전해들은 사람의 말을 잘못이라 여겨야 할 듯합니다. 그렇지만 화담의 저술을 제가 모두 보았는데, 〈서명西銘²⁴〉에 견줄 만한 글이 어느 글이며, 〈정몽正蒙²⁵〉에 비할 만한 글이 어떤 글인지 모르겠소."라고 대답하였습니다. 그리고 그 후에 무슨 말로 답변하여 왔었는지는 기억나지 않습니다.

말세에 학문하는 사람들이 드물어 간혹 겨우 한두 사람 있기는 하지만 그들의 식견과 의논이 이처럼 성글고 참되지 않으니, 어찌 세속에서 괴이하게 여겨 비웃고 꾸짖지 않겠습니까? 태휘는 좋은 사람이기는 하지만 원래 결점이 많아, 화숙和叔²⁶의 의논 역시 이러할 것이라 생각지 못했습니다. 뒷날 혹시라도 화숙과 이야기를 나누다가 이점에 관해 의논하게 된다면 제가 태휘에게 물었던 것을 물어 그가 말한 것을 뽑아서 알려 주시면 매우 고맙겠습니다.

공이 변론한 여러 조목의 경우, 저의 견해를 말한다면 제법 많은 이치를 터득하고 또 더러는 창을 가지고 집으로 들어온 곳²⁷도 있으니 기뻐할 만

---

24 서명 : 장재張載가 학당 서쪽 창에 걸어놓은 글로, 인의仁義에 입각한 유가의 윤리설을 요약해서 서술하였다. 이후 주희朱熹가 별도로 주석하여 해설하면서부터 세상에 크게 유행하였다. 원래의 이름은 〈정완訂頑〉이었는데 정이程頤의 조언으로 〈서명西銘〉으로 바꾸었다.

25 정몽 : 장재張載가 유가의 학설을 이용하여 불교와 도교의 사상을 비판하기 위해 지은 것으로, 그가 정립한 기일원론氣一元論의 철학 체계를 담고 있다.

26 화숙 : 박순朴淳(1523~1589)의 자다. 호는 청하자靑霞子·사암思菴이고, 시호는 문충文忠이다. 서경덕의 문인으로, 영의정領議政 등을 지냈다. 율곡과 퇴계를 변론하여 서인으로 지목받고 탄핵당하였다. 저서로 《사암집思菴集》이 있다.

27 창을……곳 : 한漢나라 하휴何休가 《춘추春秋》를 전공하여 《공양묵수公羊墨守》·《좌씨고황左氏膏肓》·《곡량폐질穀梁廢疾》의 세 책을 저술했다. 정현鄭玄이 그것을 반박하여 《발묵수發墨守》·《침고황鍼膏肓》을 저술하자, 하휴가 "자네가 내 창을 가지고

한 일입니다. 다만 서화담의 이른바 취취聚와 산散은 있지만 유有와 무無는 없다는 말은 매우 정밀합니다. 또 스스로 "그 기가 흩어져서는 천지의 기와 빈틈없이 뒤섞인다."고 한 몇 군데는 의심스럽습니다. 대개 이理란 원래가 유·무가 없는 것인데도 유·무로 말한 부분이 있습니다. 예컨대 기氣가 이르면 펴지고, 모이면 모양을 이루는 것은 유가 되고, 되돌아서면 돌아가고 흩으면 없어지는 것은 무가 되는 것이니, 어찌 유·무가 없다고 하겠습니까? 【혹시라도 따로 근거가 있는데 제가 기억하지 못하는 것입니까?】 기氣가 흩어지는 것은 자연히 소진되어 사라지는 것이지 반드시 천지의 기와 빈틈없이 뒤섞인 뒤에 사라지는 것은 아닙니다.

보내신 편지에서 저에게 "그 시비를 변론하게 하고 싶다."고 말씀하셨는데, 지금 제 자신도 당하의 사람들 속에 섞여 있는데 어찌 다른 사람의 잘잘못을 분간할 수 있겠습니까? 더구나 전에 황중거黃仲擧[28]와 학문을 논하다가 우연히 송당松堂[29]의 《백록동규해白鹿洞規解》를 언급하다가 잘못된 부분을 지적하지 않을 수 없었는데, 그의 문인들 가운데 이를 본다면 틀림없이 불평이 많을 것입니다. 그런데 지금 또 이 일에 관해서 말을 한다면 적이 더욱 많아질 것이니 어찌하겠습니까? 이미 일을 저지른 뒤에 숨기려 해도 그것이 소동파蘇東坡가 말한 '진흙탕 속에서 싸우는 짐승 같아서[30] 끝내 그 자취를 가릴 수 없을 듯합니다. 그러니 다시 1, 2년 정도 기

내 집에 들어와서 나를 공격하는가?"라고 하였다.

28 황중거 : '중거仲擧'는 황준량黃俊良(1517~1563)의 자다. 호는 금계錦溪다. 병조좌랑兵曹佐郎 등을 지냈다. 저서로 《금계집錦溪集》이 있다.

29 송당 : 박영朴英(1471~1540)의 호다. 자는 자실子實이고, 시호는 문목文穆이다. 내의원제조內醫院提調 등을 지냈다. 저서로 《송당집松堂集》 등이 있다.

30 진흙탕……같아서 : 소식蘇軾의 〈상신종황제서上神宗皇帝書〉에 "지금 도모하는 것은 만분의 일도 얻지 못했는데, 그 흔적은 온 천하에 퍼져 있어서 이미 진흙탕 속에서 싸우는 짐승과 같으니, 이는 또한 졸렬한 계책이라고 이를 만합니다.[今所圖者 萬分 未獲其一也 而迹之布於天下 已若泥中之鬪獸 亦可謂拙謀矣]"라는 구절이 있다.

다렸다가 조금이라도 그러한 폐단이 없어진 다음에 다시 의논하여야겠습니다. "태극太極에 동動·정靜이 있다."는 의논도 매우 좋고, "직直·대大·방方[31]"의 뜻도 좋습니다. 다만 '직直'자의 뜻은 곤후함장坤厚含藏의 기운이 모두 이르러야만 반드시 조화와 생성의 오묘함을 이루어 흔들리고 막힘이 없다는 것이지 털끝만큼의 거짓도 없다는 것이 아닙니다.

정자중鄭子中의 강목講目에 답하는 편지 答

• **해설** : 이 편지는 정유일鄭惟一(1533~1576)의 강목에 대해 신유년(1561년, 61세) 1월에 보낸 답장이다. 지志와 의意에 있어서 지志는 '공公'이고 의意는 '사私'인데, 여기서 말하는 '공'과 '사'는 선과 악으로 나누어 말한 것이 아니고, 단지 오늘날 사람들이 말하는 공사公事·사사私事와 같은 것이라고 설명하였다.

• **정자중** : '자중子中'은 정유일의 자다. 호는 문봉文峯이다. 이理를 중심으로 하는 이론에 따라 서경덕의 기론氣論을 비판하면서 전반적으로 퇴계의 이론을 계승하였다. 저서로 《문봉집文峯集》이 있다.

---

31 직·방·대 : 《주역周易》 곤괘坤卦 육이六二의 효사爻辭에 "군자는 경으로써 내면을 바르게 하고 의로써 외연을 방정하게 하여, 경과 의가 확립되면 덕이 외롭지 않다. 정직하고 방정하며 광대한 덕을 가져서, 배우지 않아도 모든 일이 순리대로 되지 않음이 없는 것은 자신이 행하는 바를 의심하지 않는다는 것이다.[君子 敬以直內 義以方外 敬義立而德不孤 直方大 不習無不利 則不疑其所行也]"라는 구절이 있다.

03.
황준량의
부고를 듣고

심부름꾼이 와서 편지를 받아보니 말씀하신 뜻이 매우 정신을 일깨워 다시 보게 하였습니다. 옛사람이 "아마 이인異人을 만나지 않았다면 분명히 이서異書를 얻었기 때문일 것이다[32]."라고 한 것은 진실로 빈말이 아니었습니다.

저는 다행히 다른 일은 없지만 날로 쇠약해져가는 것을 느낍니다. 성주星州【황준량黃俊良】의 부고[33]를 듣고 슬퍼한 나머지 병이 심해져 근근이 날을 보내고 있습니다. 이 사람이 뒤늦게 학문을 좋아하여 매우 가상하더니 갑자기 이렇게 죽고 말았으니 벗들의 슬픔도 저와 마찬가지일 것이라 생각합니다.

편지에서 "지난번의 잘못을 지금에 와서야 깨달았다[34]."고 하셨는데, 불행이 이미 지나갔으니 지극한 행복이 올 것입니다. 오직 뜻을 기울여야 할 일은 작은 소득에 만족하지 말고 또 중단하는 것을 깊이 경계해서 세속에 물들거나 끌려 다니지 말아야 할 것입니다. 만약 오랫동안 이러한 것이 축

---

32 아마……것이다 : 왕랑王朗이 회계태수會稽太守로 있으면서 왕충王充이 지은《논형論衡》을 숙독하였다. 다른 사람들이 왕충의 실력이 향상된 것을 칭찬하면서 "아마 이인異人을 만나지 않았다면 분명히 이서異書를 얻었기 때문일 것이다."라는 구절에서 유래한 말이다.

33 성주【황준량】의 부고 : 성주목사 4년째인 1563년 봄, 황준량黃俊良(1517~1563)이 병을 얻어 사직한 뒤 고향으로 돌아와 사망하였다.

34 지난번의……깨달았다 : 주자가 사위인 황직경黃直卿에게 보낸 편지〈답황직경서答黃直卿書〉에 "지난번 잘못을 지금 다행히 알게 되었네.[向來之誤 今幸見得者]"라는 구절이 있다.

적된다면 어찌 끝내 아무것도 얻은 것이 없을까 근심하겠습니까? 진실로 그렇게 하지 않으면 지난날 남들이 자신의 말을 실천하지 않는 것을 보고 매우 나쁘게 생각하던 것이 도리어 저에게 있게 될 것이니 참으로 두려운 일입니다.

저는 늙고 병들어 죽음에 다다른 나이에 이제 비로소 한 부분만이라도 엿보는[35] 바람만 간절할 뿐 실제로는 아무런 소득도 없어 친구들의 편지를 받을 때마다 언제나 두려운 마음을 말로 할 수가 없습니다.

김백순金伯純에게 답하는 편지 **答**

- **해설** : 이 편지는 김극일金克一(1522~1585)의 편지를 받고, 계해년(1563년, 63세)에 보낸 답장이다. 김극일은 퇴계의 문하에서 수학했다. 김극일에게서 황준량이 죽었다는 부고를 듣고 매우 슬퍼하며 안타까워하였다.

- **김백순** : '백순伯純'은 김극일의 자다. 호는 약봉藥峯이다. 20세 무렵 아우 김명일金明一, 김성일金誠一과 함께 퇴계의 문하에 들어가 수학하였다. 사헌부감찰司憲府監察 등을 지냈다. 저서로 《약봉집藥峯集》이 있다.

---

35 한……엿보는 : 원문은 '窺斑'. 표범 가죽의 무늬 하나만을 보았다는 '규표일반窺豹一斑'의 준말로, 전체를 보지 못하고 일부분만을 보았다는 의미이다.

04.
충신을 역적으로
만드는 술수

지난번 반나절의 만남은 부질없이 이별의 그리움만 더하였습니다. 승려
가 오는 편에 편지를 받고 위안되는 마음을 이길 길이 없습니다. 혹독한
가뭄에 어제는 원님의 기우제로 겨우나마 가랑비가 조금 뿌리는가 싶더
니 곧바로 다시 햇빛이 내리쬐어 사람을 시름 짓게 하여 몸 둘 곳을 모르
겠으니 어찌하겠습니까? 산의 샘물이 마를 것은 일찍이 짐작은 했었지
만 과연 그렇게 되고 말았습니다.

주자의 《언행록言行錄[36]》에는 왕차옹王次翁[37]이 무목武穆[38]을 무고했던
말을 기록하였는데 보내온 편지의 견해도 괜찮습니다. 그러나 무목의 사
람됨은 비단 타고난 충성과 의리가 천고에 빼어났을 뿐만 아니라 심지를
세우고 행동을 바르게 했던 것은 모두 글을 읽어 의리를 깨달은 데서 나
온 것인데, 어찌 예로써 임금을 섬기는 도리를 몰랐다고 하겠습니까? 예
로부터 소인이 충성스럽고 어진 사람을 모함에 빠뜨리고 없는 사실을 있
는 것처럼 꾸며대고 충신을 역적으로 만들어 버리니 그 술수가 모두 왕차
옹의 계략에서 나온 것입니다.

---

36 언행록 : 《송명신언행록宋名臣言行錄》을 이른다.

37 왕차옹(1079~1149) : 송宋나라 사람으로 자는 경증慶曾이고, 호는 양하兩河다. 진
회秦檜와 함께 한세충韓世忠과 장준張俊을 파직시키고 악비岳飛의 병권을 빼앗을
계획을 모의했다. 저서로 《양하집兩河集》이 있다.

38 무목 : 송宋나라 장군 악비岳飛(1103~1141)의 시호다. 자는 붕거鵬擧다. 당시 남송
조정에서는 재상인 진회秦檜가 금나라와 화평론和平論을 주장하였으며 연일 승전
보를 알려오는 악비를 못마땅하게 여겨 무고한 누명을 씌워 살해하였다. 당시 악비
의 나이는 39세였다. 저서로 《악충무왕집岳忠武王集》이 있다.

　　주자께서 그 말을 남겨두었고, 또 심지어는 왕차옹이 적에게 아부하고
착한 사람을 무고하였다고 하였습니다. 하늘을 속이고 나라를 망친 죄는
무목이 너무나 원통하게 이처럼 간신배들에게 교묘하게 얽혀들어 벗어날
방법조차 없었던 것을 보이려고 한 것일 뿐입니다. 저의 견해는 이러한데
고명의 견해는 어떠하신지 모르겠습니다.

유희범柳希范에게 답하는 편지 答

● **해설** : 이 편지는 유중엄柳仲淹(1538~1571)의 편지를 받고, 갑자년(1564년, 64세) 여름에 보
　낸 답장이다. 주자의 《언행록言行錄》에는 왕차옹王次翁이 송末나라의 명장 악비岳飛을
　무고했던 내용에 관하여 의견을 주고받았다.

● **유희범** : '희범希范'은 유중엄의 자다. 또 다른 자는 경문景文이고, 호는 파산巴山이다. 퇴
　계의 문인으로 학문에 독실하여 퇴계 문하의 안자顔子로 불렸다.

11

성정과 이기

- 이와 기를 설명하며
- 사림에 묻혀 죽음을 생각으로
- 사단과 칠정을 논하며, 첫 번째
- 사단과 칠정을 논하며, 두 번째
- 사단과 칠정을 논하며, 세 번째
- 성性을 정情만으로 설명하는 것은

性
理
氣
情

이.
이와 기를
설명하며

논의하신 "환히 트여 크게 공평하여 사물이 오면 순응한다[1]."는 뜻은 그렇지 않은 것 같습니다. 넓게 말하면 천하 사물이 어느 것인들 외물이 아니겠습니까? 《정성서定性書》에서 외물을 밖의 것으로 여기는 것은 그르다고 힘써 말하면서 반드시 안과 밖, 둘 다 잊어야 성性을 안정시킬 수 있다고 하였는데 왜 그렇습니까? 사물이 비록 모두 다르지만 이치는 하나입니다. 이치가 하나이기 때문에 성性에 안과 밖의 구분이 없는 것입니다. 군자의 마음이 환히 트여 매우 공평할 수 있는 것은 자신의 성을 온전히 하여 안팎의 구분이 없기 때문이며, 외물이 오면 순응할 수 있는 것은 한결같이 그 이치를 좇아 피차의 구분이 없기 때문입니다. 한갓 사물이 밖이라는 것만 알고 이치에 피차의 구분이 없다는 것을 모른다면, 이것은 이치와 사물을 두 가지로 구분하는 것이니 진실로 옳지 않습니다.

만약 사물이 밖이 아니라는 것만 인식하고 이치로 준칙을 삼지 않는다면 이것은 마음에 주장이 없어서 사물이 마침내 그 자리를 빼앗을 것이니 또한 옳지 않습니다. 오직 군자는 성에는 안과 밖이 없다는 것을 알아서 사물에 응하되 한결같이 이치를 따르기 때문에 비록 날마다 외물과 접촉하더라도 외물이 자신에게 해가 되지 않아 깨끗하게 아무런 일없이 성이 안정되는 것입니다. 그러므로 《정성서》의 마지막장에서는 "성날 때 서둘러 노여움을 잊고 이치의 옳고 그름을 살펴라[2]."고 하였으니 '서둘러 노여움을

---

1 환히……순응한다 : 송宋나라 학자 정호程顥가 장횡거張橫渠에게 답한 글을 모아 엮은 《정성서定性書》에 나오는 구절이다.

2 성날……살펴라 : 《정성서定性書》에 "사람의 감정 가운데 가장 쉽게 일어나면서 제

잊으라.'는 것은 외물을 잊으라는 말이고, '이치의 옳고 그름을 살필 줄 알아야 한다.'는 것은 한결같이 이치를 따르라는 말입니다.《정성서》한 편을 모름지기 이런 뜻으로 읽는다면 그 뜻을 알 수 있을 것입니다. 논의하신 것처럼 "굶주릴 때는 먹을 것을 생각하고, 목마를 때는 마실 것을 생각하는" 따위는 바로 사물이 밖이 아니라는 것만 인식하고 이치로 준칙을 삼지 않는 병폐로《정성서》의 본뜻과는 더욱 먼듯한데 어떻게 생각하십니까?

【질문】

"태극太極에 동動과 정靜이 있으니, 이것은 천명天命이 유행流行하는 것입니다."에서 "이치가 주인이 되어서 유행하게 하는 것입니까?"까지.

【답변】

태극에 동과 정이 있는 것은 태극이 스스로 동하고 정하는 것이며, 천명이 유행하는 것은 천명이 스스로 유행하는 것이니, 어찌 시키는 자가 있겠습니까? 다만 무극無極과 음양陰陽과 오행五行이 오묘하게 합하고 엉기어 만물을 화생化生한다는 점에서 본다면, 주재하고 운용하여 이렇게 되도록 하는 존재가 있는 것 같으니,《서경書經》에서 "상제께서 백성에게 충衷을 내리셨다³."라고 한 것이라든가, 정자程子가 "주재하는 입장에서 말할 때는 '제帝'라고 한다⁴."고 말한 것이 바로 이것입니다. 대개 이리理와 기氣가

어하기 어려운 것은 노여워하는 것이라고 해야 할 것이다. 하지만 노여워하는 감정이 일어날 때에 서둘러 그 노여움을 잊어버리고서 그 이치의 옳고 그름을 살필 줄만 알게 된다면, 또한 외물外物이 나를 유인하는 것 역시 미워할 대상이 아니라는 것을 알게 될 것인데, 이쯤 되면 도의 경지에 반절은 넘었다고 할 수 있을 것이다.[夫人之情 易發而難制者 惟怒爲甚 第能於怒時 遽忘其怒而觀理之是非 亦可見外誘之不足惡 而於道亦思過半矣]"라는 구절이 있다.

3　상제께서……내리셨다 :《서경書經》〈탕고湯誥〉에 나오는 구절이다.

4　주재하는……한다 :《주역周易》건괘乾卦 괘사卦辭의 정전程傳에 "주재하는 입장

합하여 사물을 명한 것이니, 신묘한 운용이 저절로 이와 같을 뿐이지, 천명이 유행하는 곳에 따로 그렇게 되도록 하는 존재가 있다고는 말할 수 없습니다. 이 이理는 지극히 높아서 상대가 없으니, 사물을 명할 뿐 사물에게 명을 받지 않기 때문입니다.

【질문】

"이와 기가 서로 감응한다."

【답변】

서로 감응한다는 것은 두 기氣로 말하는 것이 합당하고, '이理'자를 아울러 말하는 것은 합당치 않습니다.

【질문】

"어떤 기가 밝고 강하고 어떤 기가 어둡고 약한가?"

【답변】

타고난 기가 같지 않기 때문이다. 《대학혹문大學或問》에 덕을 밝혀 놓은 곳에 의논이 상세합니다. 지금 이 물음으로 대강 말하면 양기陽氣를 얻은 것은 밝고 강하며, 음기陰氣를 얻은 것은 어둡고 약합니다. 대개는 그렇지만 그 중에 또 제각기 얻은 바의 맑음과 탁함·순수함과 잡박함·분수의 많고 적음에 따라서 선과 악이 다르게 됩니다. 그래서 염계濂溪가 '강선剛善·강악剛惡·유선柔善·유악柔惡은 이 있으니 중에 그쳐야 한다.[5]'는 설을

─────────────

에서 말할 때에는 상제라 하고, 묘용의 시각에서 말할 때에는 신이라 하고, 성정의 측면에서 말할 때에는 건이라 한다.[以主宰謂之帝 以妙用謂之神 以性情謂之乾]"라는 구절이 있다.

5　강선……않는다 : 《통서通書 7》사師에 "'강선은 의義·직直·단斷·엄의嚴毅·간고幹

두었던 것입니다.

【질문】

"이理가 기氣를 이기는가? 기가 이를 이기는가?"

"이가 기를 이긴다면 기가 왜 약하며, 기가 이를 이긴다면 이가 왜 약한가?"

【답변】

이理는 본래 존귀하여 상대할 것이 없으며 물物에게 명령을 내릴 뿐 사물에게 명령을 받지 않으니 기가 마땅히 이길 수 없습니다. 다만 기가 형체를 이루게 되면 이 기가 바탕과 재료가 됩니다. 그렇기 때문에 모든 발용發用과 응접에 대체로 기가 작용을 하는 것입니다. 기가 만약 이에 배치할 때에는 이가 저절로 드러나니 기가 약한 것이 아니라 순종하는 것입니다. 기가 만약 이에 배치할 때는 이는 숨어버리니 이가 약한 것이 아니라 이것은 상황이 그러한 것입니다. 비유하자면 왕은 본래 존귀하여 상대할 것이 없으나 강한 신하가 발호하면 이와 겨루어 혹은 이기기도 하고 지기도 하는데, 이것은 신하의 죄이고 왕으로서는 어찌 할 수가 없는 것입니다. 그러므로 군자가 학문을 하는 것은 편벽된 기질을 바로잡고 물욕을 막고 덕성을 높여서 대중지정大中至正의 도로 돌아가기 위함입니다.

어둠과 밝음에 있어서는 어둠을 먼저 내세우고 밝음을 뒤로하고, 강함과 약함에 있어서는 강함을 먼저 내세우고 약함을 뒤로 하는 것은, 이것은 우연히 그 말의 순서를 따랐을 뿐입니다. 반드시 정자程子가 말한, 길흉

固고, 강악은 맹猛·애隘·강량强梁이며, 유선은 자慈·순順·손巽이고, 유악은 나약懦弱·무단無斷·사영邪佞이다.[剛善爲義 爲直 爲斷 爲嚴毅 爲幹固 惡爲猛 爲隘 爲强梁 柔善爲慈 爲順 爲巽 惡爲懦弱 爲無斷 爲邪佞]"라는 구절이 있다.

시비와 같은 종류로 구할 것은 아닙니다[6].

이달李達과 이천기李天機에게 답하는 편지 答

• **해설** : 이 편지는 이달李達(1539~1612)과 이천기李天機(?~?)의 질문에 답변하는 내용으로, 무진년(1568년, 68세)에 보낸 편지다. 태극太極에 동動과 정靜과 리理와 기氣의 감응 등에 관한 질문에 상세히 답변하였다.

• **이달**(1539~1612) : 자는 익지益之이고, 호는 손곡蓀谷·서담西潭·동리東里다. 저서로 제자 허균이 엮은 《손곡집蓀谷集》이 있다.

• **이천기**(?~?) : 어떤 사람인지 자세하지 않다.

---

6 길흉시비와……아닙니다 : 《근사록近思錄》〈도체道體〉에 "무릇 선악을 말할 때에는 모두 선을 먼저 말하고 악을 뒤에 말하며, 길흉을 말할 때에는 모두 길을 먼저 말하고 흉을 뒤에 말하며, 시비를 말할 때에는 모두 시를 먼저 말하고 비를 뒤에 말한다.[凡言善惡 皆先善而後惡 言吉凶 皆先吉而後凶 言是非 皆先是而後非]"라는 정이程頤의 말이 있다.

02.
산림에 묻혀
죽을 생각으로

이른 봄에 한 통의 편지를 멀리 남쪽 인편에 부치고 나서 얼마 있다가 동쪽으로 돌아와 방 안에 들어앉아 있으니 서울 소식도 제때 들을 수가 없었습니다. 더구나 천리 밖에 있는 호남 소식이야 더 말할 나위가 있겠습니까? 중간에 공이 서울로 올라왔다는 소식을 사람들에게 물어 알고 한 통의 편지로 제 뜻을 전하고 싶다가도 다시 생각해보니 공이 면신례免新禮[7]로 곤란을 당하고 있을 것이고, 저 역시 묵은 병에 지쳐 인사를 닦을 겨를조차 없었습니다. 다만 매번 자중子中[8]이 오는 편에 공의 소식을 듣고 싶었지만 자중도 자주 오지 않더니, 급기야 지난달 열흘 경에 자중의 심부름꾼이 와서 공이 지난 8월 보름 무렵에 보낸 두 통의 편지와 추후에 부친 3월 5일의 답장과 지으신 한 편의 글을 이제야 받으니 말할 수 없이 위안되고 근심이 풀렸습니다. 인하여 세 통의 편지를 여러 번 읽어보고 공이 저에게 마음을 쏟고 계시다는 것을 알 수 있어 저를 감탄해 마지않게 하였습니다.

"거취와 출처는 마땅히 스스로의 마음에서 결단하는 것이지, 다른 사람과 도모할 수 있는 일이 아니며 다른 사람이 도모할 수 있는 것도 아니다."라고 했던 호강후胡康侯[9]의 견해는 탁월하여 본받을 만합니다. 다만 걱정

---

7 면신례 : 조선시대 벼슬을 처음 시작하는 관원이 선배관원들에게 성의를 표시하는 의식을 이르는 말이다. 이 편지를 쓰기 한 해 전인 1558년 10월, 기대승奇大升은 32세로 문과에 합격하여 승문원권지정자承文院權知正字가 되었다.

8 자중 : 정유일鄭惟一(1533~1576)의 자다.

9 호강후 : '강후康侯'는 호안국胡安國(1074~1138)의 자다. 호는 청산靑山·무이선생武夷先生이고, 시호는 문정文定이다. 중서사인中書舍人을 지냈고, 저서로《춘추전

스러운 것은, 평소 이치가 정미롭지 못하고 뜻이 굳건하지 못하면 스스로의 결단이 혹시 시의時義를 분간하지 못하거나 자신의 욕구에 뜻이 빼앗겨 마땅함을 잃어버리게 되는 것입니다.

이제 보내신 편지의 뜻을 보니, "학문이 아직 완성되지도 않았는데 너무 서둘러 나왔다가 벼슬에 뜻을 빼앗길까 두려워 고향으로 돌아가서 대업을 탐구하려고 한다."고 하니, 이것은 바로 옛사람들도 얻기 어려웠던 것이었으며 요즘 세상에서는 볼 수 없는 일입니다. 이것이 제가 공에게 특히 옷깃을 여미고 깊은 경의를 표하는 까닭이며, 또한 공을 위하여 근심하고 두려워하지 않을 수 없는 점입니다. 우선 제 자신이 몸소 경험했던 것을 바탕으로 말씀드리겠습니다.

저는 젊어서 학문에 뜻을 두었지만 스승과 벗의 지도가 없어서 얻은 것이라고는 조금도 없이 몸에 병만 깊어졌습니다. 그 당시 곧바로 산림에서 일생을 마칠 생각으로 조용한 곳에 초가를 짓고 글을 읽고 뜻을 길러 여태 이르지 못한 경지를 더욱 탐구하며 2, 30년 공부를 더 했더라면 병도 나았고 학문도 성취될 수 있었을 것인데, 천하 만물이 저의 즐거움을 어찌할 수 있었겠습니까? 그런데 이러한 계획을 세우지 않고 과거시험을 통해 벼슬을 찾는 데 종사하여 "내가 우선 시험해보고 불가능하다면 물러가고 싶을 때 물러가면 되지 다시 누가 나를 붙잡아두겠는가?"라고만 생각했습니다. 처음에는 지금 세상이 옛날과 매우 다르고 우리나라와 중국이 서로 다르다는 것을 몰랐습니다. 선비는 물러나고 나아가는 의리를 잊어버리고 벼슬에서 물러나는 예는 사라졌으며 헛된 명예의 폐단은 갈수록 더욱 심해지고 물러날 길은 갈수록 더욱 험난하여 오늘에 이르러서는 나아가지도 물러나지도 못하는 진퇴양난에 빠져 비방이 산처럼 쌓여만 가니 매우 위태롭고 걱정입니다.

春秋傳》이 있다.

일찍이 스스로 생각해보니 저는 산수를 좋아하는 본성으로, 벼슬과 녹봉을 사모하는 것에 기인한 것은 아니지만 학문은 이치에 밝지 못하고 시의에 어두워서 처음에 한번 잘못했던 것을 뒤에 비록 깨닫기는 하였지만 수습하기 어려워 이 지경에 이르고 말았습니다. 그럼에도 옛사람의 의리에 질정할 수 있는 것은, 이러한 저의 병을 온 나라 사람들이 다 알고 천지 귀신도 다 알아 핑계 대는 것이 아닙니다.

그런데 공의 경우는 저보다 훨씬 처신하기 어려운 점이 있을 것입니다. 이미 공의 질문을 받고 저의 생각을 대략이나마 진술하지 않을 수 없습니다. 공은 영특하고 빼어난 기상과 기둥이 될 만한 자질을 갖추어 벼슬에 나아가기 전에도 명망이 벌써 원근에 파다하게 퍼져있었고 벼슬에 나아가자마자 온 나라가 다 공에게 쏠렸습니다. 긴 노정을 이제 막 출발하고 저처럼 몸에 병도 없으면서 벼슬을 버리고 물러나 숨으려고 한다면 세상 사람들이 선뜻 공을 놓아 주겠습니까? 세상 사람들이 버리지 않는데 자신이 버리려고 한다면 버리려고 할수록 더욱 벗어나지 못할 것이니, 비록 저 같은 병든 신하가 사퇴를 여러 번 빌었던 것처럼 하려고 해도 어렵지 않겠으며, 사람들의 책망이 병든 저를 책망하는 것보다 더 심하지 않겠습니까? 바로 이것이 제가 공을 위하여 근심하고 두려워하는 것입니다. 따라서 공을 위한 계책으로는, 벼슬에 나아가기 전에 일찍이 뜻을 결정하였더라면 학문에 전념할 수 있고 도를 얻을 수도 있었을 것이니, 이로 말미암아 한 세상에 도학의 깃발[10]을 세워 우리나라의 끊어진 학통을 창도하는 자가 될 수도 있었을 것입니다.

그러나 지금 그렇게 하지 않고서 과거에 응시하여 벼슬을 구하였으며, 또 머리를 숙이고 곤욕을 참으며 면신례免新禮를 행하고 나서 비로소 남

---

10 도학의 깃발 : 원문은 '赤幟'. '소단적치騷壇赤幟'의 준말로, 소단騷壇은 '문단'을 이른다. 문단을 주도하는 문사文士를 군대의 장수가 세우는 붉은 기에 견주어, 영수領袖 또는 종장宗匠을 일컫는다.

에게 계책을 물어 물러나서 자신이 원하던 것을 마치려하니, 너무 늦어버린 일이 아닙니까? 이른바 세속을 어기고 자기를 이루겠다는 소원을 본래 마음에 정했다는 것 역시 꼭 이룰 수 있다고는 못할 것입니다.

공이 보내온 편지에 "처세가 어렵기는 하지만 저의 학문이 지극하지 못한 것이 걱정일 뿐입니다. 저의 학문이 지극해지면 처세에 결코 어려움이 없을 것입니다."라고 하였는데, 이것은 참으로 간절하고 지극한 말입니다. 그리고 저에게 보여 주신 사단칠정설四端七情說은 그 조예가 깊다고 말할 만합니다. 그러나 어리석은 저의 견해로 헤아려 보니, 공의 학문은 정대하고 광박한 경지에 대해서는 본 것이 있지만 오히려 세밀하고 정미한 깊은 뜻에는 통달하지 못하였으며, 공의 마음가짐과 행실이 소탈하고 광대한 뜻에는 얻은 것이 많지만 오히려 수렴하고 응집하는 공부는 부족합니다. 그러므로 언론으로 드러내는 것이 매우 조예가 깊기는 하지만 간혹 일정하지 않고 들쭉날쭉하여 서로 모순되는 병폐에서 벗어나지 못하였으며, 스스로 도모하는 것이 비록 보통 사람이 따라갈 수 없지만 아직도 의식 속에서 안배하고 조정하는 데서 벗어나지 못하였으니, 큰일을 담당하고 큰 이름을 짊어지고서 바람이 휘몰아치는 파도가 격동하는 사이에서 처신하는 데 어찌 어려움이 없겠습니까?

대개 선비가 세상을 살면서 벼슬을 하기도 하고 물러나기도 하며, 혹은 때를 만나기도 하고 못 만나기도 하지만 그 귀결은 몸을 깨끗이 하고 의를 행하는 것일뿐, 화와 복은 논할 것은 못 됩니다. 그러나 저는 일찍이 우리나라의 선비 중에 어느 정도 도의를 사모하는 뜻을 지닌 사람들 대부분이 세상의 환란에 빠진 것을 괴이하게 생각했습니다. 비록 땅이 좁고 사람이 많은 까닭이기는 하지만, 그들 스스로 처신하는 데 미진한 점이 있어서 그런 것입니다. 그들이 미진했다는 것은 다름이 아니라 학문이 지극하지도 못하면서 너무 고상한 체하고 시의도 헤아리지 못하면서 세상을 경륜하는 데 용감하였으니, 이것이 바로 실패의 원인입니다. 이것이 큰 이름을 짊어지고 큰일을 담당하는 사람이 절실히 삼가야 할 일입니다. 그러므로 공을 위한 오늘의 방도는 스스로 처신하는 데 너무 고상한 체하거나 세상을 경륜하는 데 너무 용감하게 하지도 말며 모든 일에 너무 지나치게 자신의 주장을 내세우지 마십시오. 그리고 이미 벼슬에 나아가서 몸을 나라에 바치기로 기약하였으면 어찌 물러갈 뜻만을 고수할 수 있으며, 도의로 준칙을 삼기로 뜻을 정하였다면 또 어찌 나아감만 있고 물러감이 없을 수 있겠습니까?

바로 공자께서 말씀하신 "학문을 하면서 여가가 있으면 벼슬하고 벼슬을 하면서 여가가 있으면 학문한다[11]."는 가르침을 처신하는 절도로 삼아 의리의 타당한 점을 정밀히 살펴서, 세상에 나아가 벼슬할 때에는 오로지 나라를 걱정하는 것 이외에 항상 한 걸음 물러서고 한 단계 낮추어 학문에 전념하여 "나의 학문이 아직 지극하지 못한데 어떻게 선뜻 경국제세經國濟世의 책임을 맡을 수 있겠는가?"라고 할 것이며, 시대와 어긋났을 때는 외부의 일에는 조금도 관여하지 말고 반드시 한가한 직책을 청하거나 물러나길 도모하고서 학문에 전념하면서 "나의 학문이 지극하지 못하니 몸을 닦고 학문을 발전시킬 때가 바로 지금이다."라고 하십시오. 이렇게 오래도록 할 것을 기약해서 한 번 나아가고 한 번 물러나는 데 모두 학문을 기준으로 삼고 의리의 무궁함을 깊이 알아서 항상 겸손하게 스스로 부족하다는 생각을 가짐과 동시에 허물 듣기를 좋아하고 선을 취하기를 즐기면서 참이 쌓이고 노력이 오래되면 도가 이루어지고 덕이 확립되어 공은 저절로 높아지고 학업은 저절로 넓어지게 될 것이니, 이때에야 비로소 앞에서 말한 세상을 경륜하고 도를 행하는 책임을 맡을 수 있을 것입니다.

공의 편지를 살펴보니 물러나려는 뜻이 있어, 제가 출出과 처處 양면을 가지고 말하였으니, 세속의 일반적인 감정이라고 여겨 정지운鄭之雲이 공

---

11 학문을……학문한다 : 《논어論語》〈자장子張〉에 "벼슬을 하면서 여가가 있으면 학문을 하고 학문을 하고서 여가가 있으면 벼슬을 한다.[仕而優則學 學而優則仕]"라는 자장子張의 말이 있다.

을 위한 도모와 같다고 배척이나 당하지 않을는지요? 정지운의 견해는 진실로 지극하지 못한 부분이 있지만 그 말이 구체적으로 어떠한지는 모르겠습니다. 그러나 저의 견해로는 공에게 높이 날아 멀리 떠나서 다시는 돌아오지 말고, 옛사람이 은거하여 뜻을 구하던 의의에 부응함으로써 일반적인 감정의 한계에서 벗어나는 것이 대단한 즐거움이 된다는 것을 어떻게 모르겠습니까? 그러나 일찍이 주자가 문인과 함께 정자程子가 녹봉을 청구하지 않은 일[12]에 대하여 논한 것을 들었습니다. 그 뜻은 대개 '오늘날 사람으로서 과거를 통하여 벼슬길에 나간 사람이라면 상조常調[13]로 처신하지 않으면 안 된다.'는 것인 듯하였습니다.

그런데 지금 공은 이미 처음부터 은거하려는 뜻을 굳게 지키지 못하였고, 또 이후에 병든 폐인도 아니며 과거를 통해 벼슬하게 되었으니 어찌 모두 벼슬하는 일을 권하지 않겠으며, 정지운의 의견도 혹시 이런 데서 나온 것이 아니겠습니까? 그러나 저의 이 말이 한 번 잘못되면 습관대로 하는 것을 편안하게 여기고 세속에 따라 비루함에 빠지게 될 것이니, 반드시 항상 빼앗을 수 없는 뜻과 굴복시킬 수 없는 기개와 속일 수 없는 식견을 지녀 학문의 힘으로 나날이 단련한 뒤에야 거의 두 다리가 단단히 땅에 붙어서 세속의 명성이나 이익, 위풍이 흔들어 넘어뜨리지 못할 것입니다.

그렇게 하지 않으면 맛없는 맛을 음미하며 얻는 것도 없고 뚫을수록 더욱 견고하여 경지에 들어가지 못하며 조금만 쉬면 마음이 나태해지고 뜻이 막혀 생각이 도로 흔들릴 것입니다. 게다가 또 세속의 이해화복의 설[利害禍福之說]이 유혹하고 위협하면서 본심의 덕을 점점 사그라뜨린다면, 처음 먹었던 마음을 바꾸어 세속에 영합하여 용납되기를 구하며 도리를 배반하고 이익을 따르는 것을 좋은 계책이라 여기지 않을 자가 드물 것이

---

12 정자가……일 : 이천伊川이 강연講筵에 있을 적에 봉급을 청하지 않자 제공諸公이 호부戶部에 정첩呈牒하여 봉전俸餞을 청했던 일을 말한다.

13 상조 : 평상의 관리로 선발되었다는 말로, 곧 평범한 관리를 이른다.

니 이것이 더더욱 두려운 점입니다. 공은 어떻게 생각하십니까?

이른바 근본이 되는 공부를 저도 지금 강구하고는 있지만 아직 그 가부에 대해서는 모르겠습니다. 그러나 지금 공의 물음을 받았으니 감히 거론하여 시정을 받고자 합니다. 들으니 '심心'은 만사의 근본이 되고 '성性'은 만선萬善의 근본이 된다고 하였습니다. 그러므로 선유들이 학문을 논하면서 반드시 방심放心을 거두고 덕성을 기르는 것을 가장 먼저 착수해야 할 곳으로 삼은 까닭은 바로 본원의 자리를 성취시켜 도를 응집하고 업을 넓게 하는 기초가 되기 때문입니다. 따라서 공부에 착수하는 요체를 어떻게 다른 데서 구하겠습니까? 역시 주일무적主一無適[14]과 계신공구戒愼恐懼[15]일 뿐입니다. 주일主一의 공부는 동정動靜에 통용되고 계구戒懼의 경지는 오로지 미발未發에 있는 것이니, 두 가지 중에 하나라도 빠져서는 안 됩니다. 그러나 밖에서 제재하여 마음을 기르는 것이 더욱 긴절하기 때문에 삼성三省[16]·삼귀三貴[17]·사물四勿[18] 같은 것이 모두 응접하는 데 나아가 말하는

---

14 주일무적 : 정주학파程朱學派에서 '경敬'을 설명하는 철학용어로, 곧 마음에 잡념이 없음을 이른다.

15 계신공구 : 늘 삼가고 두려워함을 이르는 말로, 《중용中庸》에 "도라는 것은 잠시도 떠날 수 없는 것이니, 보이지 않고 들리지 않더라도 조심하고 두려워해야 한다.[道不可須臾離 戒愼恐懼]"라는 구절이 있다.

16 삼성 : 《논어論語》〈학이學而〉의 "증자가 '나는 날마다 내 몸을 살피니, 남을 위해 일을 도모해줌에 충성스럽지 못한가? 붕우와 더불어 사귐에 성실하지 못한가? 전수받은 것을 익히지 않았는가?'라고 하였다.[曾子曰 吾日三省吾身 爲人謀而不忠乎 與朋友交而不信乎 傳不習乎]"는 구절에서 유래한다.

17 삼귀 : 《논어論語》〈태백泰伯〉에 증자가 "군자가 귀중히 여기는 도가 세 가지 있으니, 용모를 움직일 때에는 사나움과 태만함을 멀리하며, 얼굴빛을 바르게 할 때에는 성실함에 가깝게 하며, 말과 소리를 낼 때에는 비루함과 도리에 어긋나는 것을 멀리하여야 한다.[君子所貴乎道者三 動容貌 斯遠暴慢矣 正顔色 斯近信矣 出辭氣 斯遠鄙倍矣]"라고 한 구절에서 유래한다.

18 사물 : 《논어論語》〈안연顔淵〉의 "예가 아니면 보지 말고 예가 아니면 듣지 말며 예가 아니면 말하지 말고 예가 아니면 움직이지 말라.[非禮勿視 非禮勿聽 非禮勿言 非禮勿動]"라는 구절에서 유래한다.

것이니, 이 또한 본원을 함양하는 뜻이라 하겠습니다. 만약 이렇게 하지 않고 오직 마음자리에 대한 공부만 바탕으로 삼는다면, 부처의 견해에 빠지지 않을 자가 드물 것이니 어떻게 생각하십니까?

사단칠정의 변론에 대해서는 이미 그대의 인도와 가르침을 받았으니 삼우지반三隅之反[19]이 없어서는 안 되겠기에 저의 주장을 별지에 적어 보냅니다. 참람하고 경솔하여 부끄럽지만 절충하여 주시기 바랍니다. 그리고 허령虛靈한 심心을 이理와 기氣에 분속한 것과, "이理는 허虛하여 상대가 없다."는 등의 말에 대해서는 타당하지 않다고만 말하였을 뿐 그렇지 않은 이유를 언급하지 않았기 때문에 어떤 뜻으로 회답을 해야 될지 모르겠습니다. 그러므로 조목조목 회답하지 않으니, 아울러 알려 주시어 저의 어리석음을 깨우쳐 주기 바랍니다.

자중이 호송의 명을 받고 예기치 않게 서울로 가서 미처·편지를 전하지 못해 추후에 이 편지를 써서 인편으로 자중에게 보내어 공에게 전하도록 부탁하였습니다. 그러나 공이 이미 호남으로 내려갔는지 아니면 아직도 서울에 계신지 모르겠고, 이 편지가 잘 전달될지도 모르겠습니다. 편지를 마주하고 보니 그리운 마음이 들어 하고 싶은 말을 다 쓰지 못합니다.

기명언奇明彦에게 답하는 편지 　答

- **해설** : 이 편지는 기대승奇大升(1527~1572)의 편지를 받고, 기미년(1559년, 59세) 10월 24일에 쓴 편지다. 선비는 벼슬하기도 하고 물러나기도 하지만 이와 무관하게 귀결은 몸을 깨끗이 하고 의를 행하는 데 달려 있을 뿐이라고 하였다.

- **기명언** : '명언明彦'은 기대승의 자다. 호는 고봉高峯·존재存齋다. 성균관대사성成均館大司成 등을 지냈고, 퇴계와 서신교환을 통하여 조선유학사에 지대한 영향을 미친 사칠논변四七論辨을 전개하였다. 저서로 《고봉집高峯集》 등이 있다.

19　삼우지반 : 《논어論語》〈술이述而〉에 "한 모서리를 들어 보였는데도 나머지 세 모서리를 유추하지 못하면 다시 일러 주지 않았다.[擧一隅 不以三隅反 則不復也]"라는 구절이 있다.

03.
사단과 칠정을
논하며, 첫 번째

성性과 정情에 대한 변론은 선유들이 상세하게 밝혔습니다. 다만 사단四端과 칠정七情을 말할 때는 그것을 모두 '정情'이라고만 하였지, 이理와 기氣로 나누어 말한 것은 보지 못하였습니다. 그런데 지난해 정지운鄭之雲이 〈천명도天命圖〉를 만들면서 사단四端은 이理에서 드러나고 칠정七情은 기氣에서 드러난다는 설을 두었는데, 제 생각에도 역시 분별이 너무 심하여 분쟁의 실마리라도 되지 않을까 염려하였습니다. 그래서 '순선純善'과 '겸기兼氣' 등으로 말을 바꾸었습니다. 이는 서로 도와서 연구하고 밝히려는 것이지 그 말에 흠결이 없다고 여겨서 그런 것은 아니었습니다. 이제 그대의 변설을 받아보니 잘못을 지적하여 상세히 밝혀주시니 깨우침이 더욱 깊습니다. 그러나 아직 의심스러운 부분이 있어 말씀드리니 바로잡아 주십시오.

무릇 사단도 '정'이고 칠정도 '정'으로 똑같이 '정'인데 어찌하여 사단과 칠정이라는 다른 이름이 있겠습니까? 보내신 편지에서 "자사와 맹자가 각각 나아가서 말하는 근거가 같지 않기 때문이다."라는 것이 이것입니다. 대개 이와 기는 본래가 서로 기다려서 체體가 되고 용用이 되어 진실로 이理 없는 기氣가 없고 기 없는 이가 없습니다. 그러나 나아가서 말하는 것이 다르면 구별이 없을 수 없습니다.

예로부터 성현들이 두 가지를 논한 것을 따르자면 반드시 혼합하여 한 가지 설만 주장하고 분별하여 말하지 않은 적이 어찌 있었습니까? 우선 '성性'이라는 한 글자를 가지고 말하더라도 자사子思가 말한 '천명의 성[天命之性]'과 맹자孟子가 말한 '성선의 성[性善之性]'에서 이 두 '성性'자가 가리켜서 말하는 뜻이 어디에 있습니까? 아마도 이와 기가 부여된 속에서 이理의 원두본연처源頭本然處를 가리켜 말한 것이 아니겠습니까? 그 가리키는 것이 이에 있고 기에 있지 않기 때문에 순선純善하고 악이 없다고 말할 수 있는 것입니다. 만일 이와 기가 서로 떨어지지 않기 때문에 기를 아울렀다고 말하려 한다면 이미 성의 본연이 아닌 것입니다.

자사와 맹자가 도체道體의 온전한 것을 통찰하고도 이렇게 말한 것은 하나만 알고 둘을 몰라서가 아닙니다. 진실로 기를 섞어서 성을 말하면 성이 본래 선함을 나타낼 수 없다고 생각하였기 때문입니다. 후세에 정자程子와 장자張子 등 여러 선생이 나온 뒤에 부득이 '기질의 성[氣質之性]'이라는 이론이 생겼는데, 이 또한 자사나 맹자보다 뛰어난 이론을 세운 것이 아닙니다. 가리켜 말한 곳이 성을 부여받아 태어난 이후의 시점에 있었기 때문에 '순수하게 본연의 성[純以本然之性]'으로 혼동해서 말할 수 없었던 것입니다. 그러므로 저는 일찍이 망령되이 정情이 사단과 칠정의 구분이 있는 것은 마치 성性이 본연과 기품의 차이가 있는 것과 같다고 생각했던 것입니다. 그렇다면 성에 있어서 이미 이와 기로 나누어 말할 수 있는데, 정의 경우에만 유독 이와 기로 나누어 말할 수 없단 말입니까?

측은惻隱·수오羞惡·사양辭讓·시비是非는 어디에서 드러납니까? 인仁·의義·예禮·지智의 성性에서 드러납니다. 희喜·노怒·애哀·구懼·애愛·오惡·욕欲은 어디에서 발합니까? 외물이 사람의 형기形氣에 접촉하여 사람의 마음이 움직여 환경에 따라 나타납니다. 사단이 드러나는 것을 맹자가 이미 '심心'이라 했으니, 그렇다면 심은 실로 이와 기가 합쳐진 것입니다. 그러나 가리켜서 말하는 것이 이理를 위주로 하는 것은 어째서입니까? 인·의·예·지의 성이 순수하게 마음 가운데 있고, 이 네 가지는 그것의 단서가 되기 때문입니다. 칠정이 드러나는 것을 주자는 "제각기 마땅한 바가 있다."라고 말하였으니, 그렇다면 이가 없지 않습니다. 그런데 가리켜 말하는 것이 기氣에 있는 것은 어째서입니까?

외물이 올 때 쉽게 감응하여 먼저 작동하는 것이 형기形氣만 한 것이 없는데, 이 일곱 가지가 그 실마리이기 때문입니다. 어찌 마음속에 있을 때는 순리純理이던 것이 밖으로 드러나자마자 기氣와 뒤섞일 수 있으며, 외물에 감응되었다면 형기인데 드러나는 것이 도리어 이가 되고 기가 되지 않을 수 있겠습니까? 사단은 모두 선하기 때문에 "이 네 가지 마음이 없으면 사람이 아니다[20]."라고 하였으며, 또 "그 정으로 말하면 선하다고 할 수 있다[21]."고 하였습니다. 칠정은 본래 선하지만 악으로 흐르기 쉬워 드러나서 절도에 맞는 것을 '화和'라 하는데, 한 가지라도 가지고 있지만 잘 살피지 못하면 마음이 이미 바름을 얻지 못하는 것입니다. 이를 통해 보자면 두 가지가 모두 이와 기에서 벗어난 것은 아니지만 그 소종래所從來로 인하여 각각 주로 하는 것을 가리켜 말한다면 무엇을 '이'라고 하고 무엇을 '기'라 한들 불가능하겠습니까?

보내온 편지의 뜻을 자세히 살펴보니, 공은 이와 기가 서로 따르며 떨어지지 않는다는 것을 깊이 깨닫고 그 설을 적극 주장하기 때문에 이 없는 기가 없고 기 없는 이가 없다 하여 사단과 칠정이 다른 뜻이 있지 않다고 하였는데, 이 말이 비록 옳은 것 같지만 성현의 뜻으로 헤아려 보면 합당하지 못한 점이 있는 듯합니다.

무릇 의리義理의 학學과 정미한 이치는 반드시 마음에 크게 새겨두고 높이 안목에 새겨두며 절대로 먼저 한 가지 설을 주장하지 말고 마음을 비우고 기운을 평온하게 하여 천천히 그 의취義趣를 살펴서 같은 것 가운데 다

---

20 이……아니다 : 《맹자孟子》〈공손추 상公孫丑上〉에 "측은해하는 마음이 없으면 사람이 아니며, 부끄러워하는 마음이 없으면 사람이 아니며, 사양하는 마음이 없으면 사람이 아니며, 시비를 가리는 마음이 없으면 사람이 아닌 것이다.[無惻隱之心 非人也 無羞惡之心 非人也 無辭讓之心 非人也 無是非之心 非人也]"라는 구절이 있다.

21 그……있다 : 《맹자孟子》〈고자 상告子上〉에 "그 정으로 말하면 선하다고 할 수 있다.[乃若其情 則可以爲善矣]"라는 구절이 있다.

름이 있음을 알고 다른 것 가운데 같음이 있음을 알아서, 나누어 둘이 되어도 서로 떨어진 적이 없다는 데 문제가 없고 합하여 하나가 되어도 실제로는 서로 섞이지 않는 데로 귀결되어야 치밀하고 치우침이 없게 되는 것입니다. 다시 성현의 말씀을 근거로 반드시 그렇다는 것을 밝혀 보겠습니다.

옛날 공자는 계선성성繼善成性의 논論[22]이 있었고, 주자周子는 무극태극無極太極의 설說[23]이 있었는데, 이것은 모두 이와 기가 서로 따르는 가운데서 떼어 내어 이만을 말한 것입니다. 공자가 말한 상근상원相近相遠의 성性[24]과 맹자가 말한 이목구비耳目口鼻의 성性[25]은 모두 이와 기가 서로 이루어지는 가운데서 한쪽만을 가리켜 기만을 말한 것입니다. 이 네 가지가 어찌 같은 가운데 다름이 있음을 안 것이 아니겠습니까? 자사子思가

---

22 계선성성의 논 : '계선繼善'은 음양의 도를 계승하고 발휘하여 만물을 낳아 기르는 것을 말하고, '성성成性'은 도에 의해서 태어난 사물은 도의 본성을 갖추고 있음을 말한다. 《주역周易》〈계사전 상繫辭傳上〉에 "한 번 양陽하고 한 번 음陰하는 것이 도이니, 이것을 계승하는 것이 선善이고 이것을 이루는 것이 성性이다.[一陰一陽之謂道 繼之者善也 成之者性也]"라고 한 데서 유래한다.

23 무극태극의 설 : 주돈이周敦頤의 《태극도설太極圖說》에 나오는 무극無極과 태극太極의 관계에 대한 논변으로, 중국에서는 주희朱熹와 육구연陸九淵 사이의 논변이 있었고 우리나라에서는 이언적李彦迪과 조한보曺漢輔 사이의 논변이 알려져 있다.

24 상근상원의 성 : 《논어論語》〈양화陽貨〉에 공자는 "사람의 성性은 서로 가까우나 습관으로 인해 서로 멀어진다.[性相近 習相遠]"고 하였다. 정자程子나 주자의 주장에 의하면, 공자가 사람의 성이 똑같다고 하지 않고 서로 가깝다고만 한 것은 '본연의 성[本然之性]'이 아니라 '기질의 성[氣質之性]'을 가리켜 말한 것이라고 한다.

25 이목구비의 성 : 《맹자孟子》〈고자 상告子上〉에 맹자가 "입이 좋아하는 맛이 똑같으며 귀가 좋아하는 소리가 똑같으며 눈이 좋아하는 색이 똑같다. 마음만 어찌 유독 똑같이 그렇게 여기는 것이 없겠는가? 마음에 똑같이 그렇게 여긴다는 것은 어떤 것인가? 이理와 의義를 말한다. 성인은 우리 마음에 똑같이 옳게 여기는 바를 먼저 아셨다. 그러므로 이와 의가 우리 마음을 기쁘게 함은 추환芻豢이 우리 입을 기쁘게 하는 것과 같은 것이다.[口之於味也 有同耆焉 耳之於聲也 有同聽焉 目之於色也 有同美焉 至於心 獨無所同然乎 心之所同然者何也 謂理也義也 聖人先得我心之所同然耳 故理義之悅我心 猶芻豢之悅我口]"라는 구절에서 유래한다.

중화론中和論[26]에서 희로애락을 말하면서 사단을 언급하지 않았고, 정자程子가 〈호학론好學論〉[27]에서 희희·노怒·애哀·구懼·애愛·오惡·욕欲을 말하면서 또한 사단을 말하지 않았습니다. 이는 이와 기가 서로 기다린 가운데서 혼합하여 말한 것이니, 이 두 가지가 어찌 다른 가운데 같음이 있다는 것을 알았던 것이 아니겠습니까?

이제 공의 변론은 이와 달라서 하나로 합치하는 것을 좋아하고 나누는 것을 싫어하며 하나로 뒤섞기를 좋아하고 쪼개기를 싫어하여, 사단과 칠정의 소종래를 따져 보지도 않고 일괄적으로 이와 기를 아우르고 선과 악이 있다고 여겨 분별하여 말하는 것을 매우 옳지 않다고 하였습니다. 중간에 비록 "이는 약하고 기는 강하며, 이는 조짐이 없고 기는 자취가 없다."는 말이 있기는 하지만 끝에 가서는 곧 기가 자연히 발현되는 것을 이의 본체가 그러한 것이라고 하였으니, 이것은 마침내 이와 기를 하나의 물건으로 여겨 구분한 것이 없는 듯합니다. 또 보내신 글에서 이미 자사와 맹자가 나아가서 말한 것이 다르다고 하였고, 또 사단을 선한 쪽만을 떼어 놓은 것이라고 하고 도리어 사단과 칠정에는 다른 뜻이 없다고 하는 것 자체가 서로 모순되는 것이 아닙니까?

학문을 강론하면서 분석을 싫어하고 합하여 하나의 설로 만드는 데 힘쓰는 것을 옛사람이 '골륜탄조鶻圇吞棗'[28]라 하였으니, 그 병통이 적지 않

---

26 자사가 중화론 : 자사子思가 《중용中庸》에서 "희로애락의 정이 드러나기 전의 상태를 중이라고 하고, 드러나서 모두 절도에 맞는 것을 화라고 하니, 중이라는 것은 천하의 대본이고, 화라는 것은 천하의 달도이다. 중과 화를 지극히 하면 천지가 제자리를 잡고 만물이 길러진다.[喜怒哀樂之未發 謂之中 發而皆中節 謂之和 中也者 天下之大本也 和也者 天下之達道也 致中和 天地位焉 萬物育焉]"라고 하였다.

27 정자가 〈호학론〉 : 이천伊川 정이程頤가 18세 때 태학太學에 있을 적에 당시 학관學官이던 호원胡瑗이 "안자가 좋아한 학문이 무슨 학문이었는지를 논하라.[顔子好學何學論]"는 글제를 내어 학생들을 시험하였는데, 그때 정이가 지은 글을 〈호학론好學論〉 또는 〈안자소호하학론顔子所好何學論〉이라 이른다.

28 골륜탄조 : '골륜鶻圇'은 홀륜囫圇·혼륜渾淪으로도 쓰는데, 물건의 온전한 상태

습니다. 이렇게 계속해 나간다면 자신도 모르는 사이에 점점 기氣로 성性을 논하는 폐단을 범하게 되고 인욕을 천리로 인식하는 병폐에 빠지게 될 것이니, 어찌 옳다 하겠습니까?

보내신 글을 받고서 곧바로 어리석은 견해를 전하고 싶었지만 감히 저의 견해가 반드시 옳아서 의심이 없다고 할 수 없어 한동안 두고 말하지 않다가, 근래 《주자어류朱子語類》를 보는데 맹자의 사단을 논한 마지막 조목에서 바로 이 문제를 논한 부분을 발견하였습니다. 그 설에 "사단은 이의 발현이요 칠정은 기의 발현이다."라고 하였습니다. 옛사람이 "감히 자신을 믿지 말고 그 스승을 믿으라."고 하지 않았습니까? 주자는 저의 스승이요, 또한 천하고금이 종사宗師로 모시는 분입니다. 이 설을 얻은 뒤에야 드디어 제 견해가 크게 그릇되지 않았음을 믿게 되었으며 당초 정지운의 설도 병통이 없어 고칠 필요가 없을 듯합니다. 이에 변변치 못한 의견이지만 감히 간략하게 기술하여 가르침을 청하니, 어떻게 생각할지 모르겠습니다. 만약 이치는 이렇다 해도 명명하여 말할 때 분명하지 못하여 오류가 있게 되니 선유들의 구설을 쓰는 편이 낫다고 한다면, 주자의 본설로 대신하고 우리들의 설은 버리는 것이 온당하리라 생각하니 어떻게 생각하십니까?

【기명언이 사단과 칠정을 이와 기로 분속시켜서는 안 된다고 한 변론에 부침】
자사子思는 "희로애락喜怒哀樂이 드러나지 않은 것을 '중中'이라 하고, 드러

를 말한다. 대추를 씹지 않고 통째로 삼키면 그 맛이 단지 쓴지 알 수 없듯이, 어떤 학설이나 학문을 받아들임에 있어 그 내용이 어떤 것인지를 분석 또는 파악하지 않고 막연한 상태로 받아들이는 것을 말한다. 《주자어류朱子語類》에 "지금 학자 가운데 장구를 이해하는 사람이 몇이나 있는가? 또한 다만 홀륜탄조하여 끝내 이루지 못하고 또 다른 것을 배운다.[今學者有幾個理會得章句 也只是渾淪吞棗 終不成又學他]"라는 구절이 있다.

나서 모두 절도에 맞는 것을 '화和'라 한다[29]."고 하였고, 맹자는 "측은惻隱하게 여기는 마음은 인仁의 단서이고, 수오羞惡하는 마음은 의義의 단서이며, 사양辭讓하는 마음은 예禮의 단서이고, 시비是非하는 마음은 지智의 단서이다[30]."라고 하였으니, 이것이 바로 성정性情의 설로 선유들이 극진하게 설명해 놓았습니다. 그러나 일찍이 살펴보니, 자사의 말은 이른바 전체를 말했다는 것이고, 맹자의 논은 이른바 선별해 내었다는 것입니다.

대개 사람의 마음이 아직 드러나기 전에는 그것을 '성'이라 하고, 이미 드러난 뒤에는 '정'이라 하는데, '성'은 선하지 않은 것이 없지만 '정'에는 선과 악이 있으니, 이것은 이치가 원래 그러한 것입니다. 다만 자사와 맹자가 입각하여 말한 것이 서로 다르기 때문에 사단과 칠정의 구별이 있을 뿐, 칠정 밖에 다시 사단이 있는 것은 아닙니다.

이제 만일 "사단은 이理에서 드러나기 때문에 선하지 않음이 없고, 칠정은 기氣에서 드러나기 때문에 선과 악이 있다."고 한다면, 이것은 이와 기가 뚜렷이 두 가지가 되어, 칠정은 성性에서 나오지 않고 사단은 기氣를 타지 않는 것이 됩니다. 이것은 말뜻에 병통이 없지 않아 후학들의 의심이 없을 수 없습니다. 만일 "사단이 드러나는 것은 순리純理이므로 선이 아님이 없고, 칠정이 드러나는 것은 기를 아우르고 있어 선과 악이 있다."고 이를 고친다면, 비록 전의 말보다는 조금 나은 것 같지만 제 생각에는 이 또한 온당치 못한 듯합니다.

대개 성性이 드러나는 순간에는 기氣가 용사用事하지 않으므로 본연의 선이 곧장 이루어질 수 있는 것이니, 이것이 바로 맹자의 이른바 '사단四端'이라는 것입니다. 이는 본래 순수한 천리天理가 드러나는 것이지만 그렇다고 칠정 밖에서 나오는 것이 아니라, 바로 칠정 가운데서 드러나서 절도에

---

29 희노애락이……한다 : 《중용中庸》에 나오는 구절이다.

30 측은하게……단서이다 : 《맹자孟子》〈공손추 상公孫丑上〉에 나오는 구절이다.

맞는 단서입니다. 그렇다면 사단과 칠정을 상대로 들어서 같이 말하여 순리純理라느니 기를 겸했다느니 해서야 되겠습니까? 인심과 도심을 논하면 혹 이렇게 말할 수야 있겠지만 사단과 칠정에 대하여는 이렇게 말할 수 없을 듯하니, 칠정을 오로지 인심으로만 볼 수 없기 때문입니다. 이는 기의 주재이고 기는 이의 재료이기 때문에 두 가지가 본래 분별되어 있기는 하지만 사물에 있어서는 한 데 뒤섞여 나눌 수 없습니다.

　다만 이는 약하고 기는 강하며, 이는 조짐이 없고 기는 자취가 있기 때문에 유행하고 발현할 때에 과불급의 차이가 없을 수 없으니, 이것이 칠정이 드러남에 선하기도 하고 악하기도 하여 성의 본체가 혹 온전하지 못하게 되는 이유인 것입니다. 그러나 선함은 바로 천명의 본연이고 악함은 바로 기품의 과불급이니, 이른바 사단과 칠정이란 애초부터 두 가지 뜻이 있는 것이 아닙니다. 근래 학자들은 맹자가 선한 한쪽만을 갈라내어 가리키는 뜻을 살피지 않고 으레 사단과 칠정을 구별하여 논하니, 저는 그것을 병통으로 여깁니다.

　주자가 "희로애락은 정이고, 그것이 아직 드러나기 전에는 성이다."라고 하고, 성과 정을 논할 때에는 늘 사덕四德과 사단으로 말한 것은 대체로 사람들이 깨닫지 못하고서 기를 가지고 '성'이라고 말할까 염려해서입니다. 그러나 학자들은 모름지기 이가 기에서 벗어나지 않고 기가 과불급이 없이 자연히 발현되는 것은 곧 이의 본체가 그러한 것임을 알아서 공부에 힘쓰게 되면 거의 어긋남이 없을 것입니다.

기명언奇明彦이 사단과 칠정에 답하는 첫 번째 편지 　答

● **해설** : 이 편지는 기대승奇大升(1527~1572)의 편지를 받고, 기미년(1559년, 59세)에 보낸 답장이다. 이 편지가 조선유학사에 지대한 영향을 미친 사단四端과 칠정七情에 대한 오랜 논쟁의 단초가 되는 첫 번째 편지다.

04.
사단과 칠정을
논하며, 두 번째

얼마 전 가르쳐 주신 두 번째 편지를 받고, 제가 앞서 보낸 편지에서 말이 성글고 잘못된 부분을 고쳐 이제 개정본을 전면에 써서 가부를 묻고, 그 뒤에 바로 두 번째 편지를 이어 보내니 분명하게 회답하여 주시기를 바랍니다.

【개정본】

성性과 정情에 대한 변론은 선유들이 상세하게 밝혔습니다. 다만 사단四端과 칠정七情을 말할 때는 그것을 모두 '정情'이라고만 하였지, 이理와 기氣로 나누어 말한 것은 보질 못하였습니다. 그런데 지난해 정지운鄭之雲이 〈천명도天命圖〉를 만들면서 사단四端은 이理에서 드러나고 칠정七情은 기氣에서 드러난다는 설을 두었는데, 제 생각에도 역시 분별이 너무 심하여 분쟁의 실마리가 되지 않을까 염려하였습니다. 그래서 '순선純善'과 '겸기兼氣' 등의 말로 고쳤습니다. 이는 서로 도와서 연구하고 밝히려는 것이지 그 말에 흠결이 없다고 여긴 것은 아니었습니다. 이제 그대의 변설을 받아 보니, 잘못을 지적하여 상세히 밝혀주시니 깨우침이 더욱 깊습니다. 그러나 아직 의심스러운 부분이 있어 말씀드리니 바로잡아 주십시오.

무릇 사단도 '정'이고 칠정도 '정'으로 똑같이 '정'인데 어찌하여 사단과 칠정이라는 다른 이름이 있겠습니까? 보내신 편지에서 "자사와 맹자가 각각 나아가서 말하는 근거가 같지 않기 때문이다."라는 것이 이것입니다. 대개 이와 기는 본래가 서로 따르면서 체體가 되고 용用이 되어 진실로 이理 없는 기氣가 없고 기 없는 이가 없습니다. 그러나 나아가서 말하는 것이

다르면 구별이 없을 수 없습니다.

예로부터 성현들이 두 가지를 논한 것을 따르자면 반드시 혼합하여 한 가지 설만 주장하고 분별하여 말하지 않은 적이 어찌 있었습니까? 우선 '성性'이라는 한 글자를 가지고 말하더라도 자사子思가 말한 '천명의 성[天命之性]'과 맹자孟子가 말한 '성선의 성[性善之性]'에서 이 두 '성性'자가 가리켜서 말하는 뜻이 어디에 있습니까? 아마도 이와 기가 부여된 속에서 이理의 원두본연처源頭本然處를 가리켜 말한 것이 아니겠습니까? 그 가리키는 것이 이에 있고 기에 있지 않기 때문에 순선純善하고 악이 없다고 말할 수 있는 것입니다. 만일 이와 기가 서로 떨어지지 않기 때문에 기를 아울렀다고 말하려 한다면 이미 성의 본연이 아닌 것입니다.

자사와 맹자가 도체道體의 온전한 것을 통찰하고도 이렇게 말한 것은 하나만 알고 둘을 몰라서가 아닙니다. 진실로 기를 섞어서 성을 말하면 성이 본래 선함을 나타낼 수 없다고 생각하였기 때문입니다. 후세에 정자程子와 장자張子 등 여러 선생이 나온 뒤에 부득이 '기질의 성[氣質之性]'이라는 이론이 생겼는데, 이 또한 자사나 맹자보다 뛰어난 이론을 세운 것이 아닙니다. 가리켜 말한 곳이 성을 부여받아 태어난 이후의 시점에 있었기 때문에 '순수하게 본연의 성[純以本然之性]'으로【'순이純以' 이하를 구본舊本에서는 "본연지성으로 혼동되어[以本然之性混]"라고 했는데, 이번에 고쳤습니다.】혼동해서 말할 수 없었던 것입니다. 그러므로 저는 일찍이 망령되이 정情이 사단과 칠정의 구분이 있는 것은 마치 성性이 본연과 기품의 차이가 있는 것과 같다고 생각했던 것입니다. 그렇다면 성에 있어서 이미 이와 기로 나누어 말할 수 있는데, 정의 경우에만 유독 이와 기로 나누어 말할 수 없단 말입니까?

측은惻隱·수오羞惡·사양辭讓·시비是非는 어디에서 드러납니까? 인仁·의義·예禮·지智의 성性에서 드러납니다. 희喜·노怒·애哀·구懼·애愛·오惡·욕欲은 어디에서 드러납니까? 외물이 사람의 형기形氣에 접촉하고 사람의 마음이 움직여 환경에 따라 나타납니다. 사단이 드러나는 것을 맹자가 이미 '심心'이라고 했으니, 그렇다면 심은 실로 이와 기가 합쳐진 것입니다. 그러나 가리켜서 말하는 것이 이理를 위주로 하는 것은 어째서입니까? 인·의·예·지의 성이 순수하게 마음 가운데 있고, 이 네 가지는 그것의 단서가 되기 때문입니다. 칠정이 드러나는 것을 주자는 "제각기 마땅한 바가 있다."라고 말하였으니, 그렇다면 이가 없지 않습니다. 그런데 가리켜 말하는 것이 기氣에 있는 것은 어째서입니까?

외물이 올 때 쉽게 감응하여 먼저 작동하는 것이 형기形氣만 한 것이 없는데, 이 일곱 가지가 그 실마리이기 때문입니다. 어찌 마음속에 있을 때는 순리純理이던 것이 밖으로 드러나자마자 기氣와 뒤섞일 수 있으며, 외물에 감응되었다면 형기인데 드러나는 것이 도리어 이가 되고 기가 되지 않을 수 있겠습니까?【도리어 이가 되고[顧爲理]' 이하를 구본에서는 "이의 본체가 되고[爲理之本體]"라고 했는데, 이번에 고쳤습니다.】사단은 모두 선하기 때문에 "이 네 가지 마음이 없으면 사람이 아니다."라고 하였으며, 또 "그 정으로 말하면 선하다고 할 수 있다."고 하였습니다. 칠정은 본래 선하지만 악으로 흐르기 쉬워 드러나서 절도에 맞는 것을 '화和'라 하는데, 한 가지라도 가지고 있지만 잘 살피지 못하면 마음이 이미 바름을 얻지 못한 것입니다.【'본래 선하지만[本善]' 이하를 구본에서는 "선악이 정해지지 않았기 때문에 하나라도 있는데 잘 살피지 못하면 마음이 바름을 얻지 못하니, 반드시 드러나서 절도에 맞은 뒤에야 화和라고 한다.[善惡未定也 故一有之而不能察 則心不得其正 而必發而中節 然後乃謂之和]"라고 했는데, 이번에 고쳤습니다.】이를 통해 보자면 두 가지가 모두 이와 기에서 벗어난 것은 아니지만 그 소종래所從來로 인하여 각각 주로 하는 것을【이 사이에 구본에는 '여소중與所重'이란 세 자가 있었는데, 이번에 뺐습니다.】가리켜 말한다면 무엇을 '이'라고 하고 무엇을 '기'라 한들 불가능하겠습니까?

보내신 편지의 뜻을 자세히 살펴보니, 공은 이와 기가 서로 따르며 떨어지지 않는다는 것을 깊이 깨닫고 그 설을 적극 주장하기 때문에 이 없는 기가 없고 기 없는 이가 없다 하여 사단과 칠정이 다른 뜻이 있지 않다고 하였는데, 이 말이 비록 옳은 것 같지만 성현의 뜻으로 헤아려 보면 합당하지 못한 점이 있는 듯합니다.

무릇 의리義理의 학學과 정미한 이치는 반드시 마음에 크게 새겨두고 높이 안목에 새겨두며, 절대로 먼저 한 가지 설을 주장하지 말고 마음을 비우고 기운을 평온하게 하여 천천히 그 의취義趣를 살펴서 같은 것 가운데 다름이 있고 다른 것 가운데 같음이 있음을 알아서, 나누어 둘이 되어도 서로 떨어진 적이 없다는 데 문제가 없고 합하여 하나가 되어도 실제로는 서로 섞이지 않는 데로 귀결되어야 치밀하고 치우침이 없게 되는 것입니다. 다시 성현의 말씀을 근거로 반드시 그렇다는 것을 밝혀 보겠습니다.

옛날 공자는 계선성성繼善成性의 논론이 있었고, 주자周子는 무극태극無極太極의 설說이 있었는데, 이것은 모두 이와 기가 서로 따르는 가운데서 떼어 내어 이만을 말한 것입니다. 공자가 말한 상근상원相近相遠의 성性과 맹자가 말한 이목구비耳目口鼻의 성性은 모두 이와 기가 서로 이루어지는 가운데서 한쪽만을 가리켜 기만을【"아울러 가리키되[兼指]" 이하를 구본에서는 "한쪽만을 가리켜 하나만 말한 것이다.[偏指而獨言]"라고 하였는데, 이번에 고쳤습니다.】말한 것입니다. 이 네 가지가 어찌 같은 가운데 다름이 있음을 안 것이 아니겠습니까? 자사子思가 중화론中和論에서 희로애락을 말하면서 사단을 언급하지 않았고, 정자程子가 〈호학론好學論〉에서 희喜·노怒·애哀·구懼·애愛·오惡·욕欲을 말하면서 또한 사단을 말하지 않았습니다. 이는 이와 기가 서로 기다린 가운데서 혼합하여 말한 것이니, 이 두 가지가 어찌 다른 가운데 같음이 있다는 것을 알았던 것이 아니겠습니까?

이제 공의 변론은 이와 달라서 하나로 합치하는 것을 좋아하고 나누는 것을 싫어하며 하나로 뒤섞기를 좋아하고 쪼개기를 싫어하여, 사단과 칠정의 소종래를 따져 보지도 않고 일괄적으로 이와 기를 아우르고 선과 악이 있다고 여겨 분별하여 말하는 것을 매우 옳지 않다고 하였습니다. 【'마침내[遂以]' 이하를 구본에서는 "마침내 이와 기를 일물로 여겨 구별한 바가 없는 것입니다. 근세 나정암羅整菴이 이와 기가 다른 것이 아니라는 설을 주창하여 심지어 주자朱子의 설을 그르다고까지 하였습니다. 저는 평소 그 뜻을 이해하지 못했는데, 보내온 편지에서 말한 것이 그와 유사하리라고는 생각지도 못했습니다.[遂以理氣爲一物而無所別矣 近世羅整菴倡爲理氣非異物之說 至以朱子說爲非是 滉尋常未達其指 不謂來喩之云亦似之也]"라고 하였는데, 이번에 고쳤습니다.】중간에 비록 "이는 약하고 기는 강하며, 이는 조짐이 없고 기는 자취가 없다."는 말이 있기는 하지만 끝에 가서는 곧 기가 자연히 발현되는 것을 이의 본체가 그러한 것이라고 하였으니, 이것은 마침내 이와 기를 하나의 물건으로 여겨 구분하지 않은 듯합니다. 또 보내신 글에서 이미 자사와 맹자가 나아가서 말한 것이 다르다고 하였고, 또 사단을 선한 쪽만을 떼어 놓은 것이라고 하고 도리어 사단과 칠정에는 다른 뜻이 없다고 하는 것은 자체가 서로 모순되는 것이 아닙니까?

학문을 강론하면서 분석을 싫어하고 합하여 하나의 설로 만드는 데 힘쓰는 것을 옛사람이 '골륜탄조鶻圇吞棗'라 하였으니, 그 병통이 적지 않습니다. 이렇게 계속해 나간다면 자신도 모르는 사이에 점점 기氣로 성性을 논하는 폐단을 범하게 되고 인욕을 천리로 인식하는 병폐에 빠지게 될 것이니, 어찌 옳다 하겠습니까?

보내주신 글을 받고서 곧바로 어리석은 견해를 전하고 싶었지만 감히 저의 견해가 반드시 옳아서 의심이 없다고는 할 수 없어 한동안 두고 말하지 않다가, 근래《주자어류朱子語類》를 보다가 맹자의 사단을 논한 마지막 조목에 바로 이 문제를 논한 부분을 발견하였습니다. 그 설에 "사단은 이의 발현이요 칠정은 기의 발현이다."라고 하였습니다. 옛사람이 "감히 자신을 믿지 말고 그 스승을 믿으라."고 하지 않았습니까? 주자는 저의 스승이요, 또한 천하고금이 종사宗師로 모시는 분입니다. 이 설을 얻은 뒤에야 드디어 제 견해가 크게 그릇되지 않았음을 믿게 되었으며 당초 정지운의 설도 병통이 없어 고칠 필요가 없을 듯합니다. 이에 변변치 못한 의견이지만 감히 간략하게 기술하여 가르침을 청하니, 어떻게 생각할지 모르겠습니다. 만약 이치는 이렇다 해도 명명하여 말할 때 분명하지 못하여 오류가 있게 되니 선유들의 구설을 쓰는 편이 낫다고 한다면, 주자의 본설로 대신하고 우리들의 설은 버리는 것이 온당하리라 생각하니 어떻게 생각하십니까?

지난번에 멀리서 편지를 보내 주시고, 논변한 《사단칠정서四端七情書》1책까지 보내 주시니, 어리석고 망령된 이 사람을 버리지 않고 자세히 일깨워 주신 뜻이 지극히 깊고 절실하였습니다. 때마침 조금 바쁜 일을 만나 그 문제에 관해 마음을 다하여 연구하지 못하고 있다가, 곧 편의대로 우선 간략하게 답장을 써서 돌아가는 심부름꾼에게 보냈습니다. 이후 비로소 병이 조금 나아 자세히 읽고 연구하여 실마리를 엿보고 싶었지만 글의 의미가 못처럼 깊고 널리 다양한 책들을 인용하여 변설이 끝이 없고 헤아릴 수 없어서, 이 늙은 사람의 쇠약한 정력으로는 수많은 의리를 다 포괄할 수 없어, 마치 용문龍門에 물길을 터놓고[31] 한 조각배로 물길의 근원을 찾으려는 것과 같아 참으로 어려웠습니다. 그러나 여러 날 물길을 거슬러 올라간 끝에 작은 물줄기 같은 단서라도 찾게 된다면 제가 전에 말한 것이 틀리지 않았다는 것을 알 수 있을 것입니다. 따라서 새로 알게 되는 유익

---

31 용문에……터놓고 : 《주자대전朱子大全》〈기휼수집이사記濟水集二事〉의 "구설에 우가 용문을 굴착했다는 말이 있는데 굴착한 방법을 자세히 말하지는 않고 입에서 입으로 전하여, 다만 옛 물길을 따라 수리해서 어긋난 곳을 제거하여 물길을 텄다고 했을 뿐이다. 지금 이 말을 자세히 살펴보니, 수항에서 동쪽으로 용문에 이르기까지 모두 우가 새로 굴착한 것이라고 하였다. 만일 정말 이와 같다면 우가 굴착하기 전에는 황하의 옛 물길이 오히려 어느 곳에 있었는지 모르겠다.[舊說禹鑿龍門而不詳言其所以鑿 誦說相傳 但謂因舊修關 去其齟齬 以決水勢而已 今詳此說 則謂受降以東至於龍門 皆是禹所新鑿 若果如此 則禹未鑿時 河之故道 不知却在何處]"라는 구절에서 유래한다.

함도 있을 것이니 학문이 강론을 바탕으로 하는 것이 어찌 적다하겠습니까? 대단히 다행스러운 일입니다.

이른바 논설의 잘못된 부분을 이미 고쳐 전면에 써놓고 가부를 물었고, 보내온 논변은 처음부터 끝까지 하나씩 조목마다 답하여 저의 의견을 밝히고 싶었습니다. 그러나 앞뒤의 여러 가지 설이 서로 뒤엉겨 정리하기가 쉽지 않았습니다. 하나하나 본문의 순서를 따라서 설명하면 산만하고 중복되어 도리어 불분명하고 막히게 될 것 같아 전편을 큰 요체만 추려 같은 것끼리 모아서 대략 차례대로 서술하였습니다. 이어 다시 저의 견해로 살펴보니 의견에 차이가 있어 같이하기 어려운 점이 있습니다.

대개 공의 말은 본래 병통이 없는데 제가 잘못 이해하고 제 마음대로 논한 부분도 있고, 가르침을 받고 저의 말이 합당치 않다는 것을 깨달은 부분도 있으며, 보내온 말이 제가 들은 것과 본질적으로 차이가 없는 것도 있고, 근본은 같지만 지향하는 방향이 다른 점도 있으며, 견해가 달라 끝내 수긍하기 어려운 부분도 있습니다. 이제 이 다섯 가지를 다음과 같이 구분하여 조목별로 나열하겠습니다.

제10절 : "기가 자연히 발현하는 것이 바로 이의 본체가 그러한 것이다."라고 하신 말씀.【보내주신 논변에 지난번 저의 편지를 12절로 나누었습니다.】

이상 한 조목은 공의 말에 병통이 없는데, 제가 잘못 이해하고 함부로 논한 부분이어서 지금 고쳤습니다.

제6절 : "칠정은 오로지 기만이 아니다."라고 하신 말씀. 두 번째 '변왈辨曰' 조목 중에서 "정이 비록 환경에 따라서 나오는 것이지만 사실은 속에서부터 나온다."는 말씀. 일곱 번째 '변왈' 항목 중에서 "선악이 정해지지 않았다."는 말씀.

제9절 : "한쪽만을 가리켜 기만을 말한다."라고 하신 말씀.

이상 네 조목은 공의 편지를 받고 저의 말이 합당치 않다는 것을 깨닫고 또 이미 고쳤습니다.

제1절 : 《주자어류朱子語類》에서 심心·성性·정情을 논한 것을 인용한 세 조목.

제4절 : 주자가 진잠실陳潛室[32]에게 답한 편지를 인용하여 다른 관점에서 말하는 것을 밝힌 것.

제5절 : 주자의 설을 인용하여 제1조에서 기氣와 성性이 섞이지 않는다는 것을 밝힌 것. 제2조에서 기품이 다르기 때문에 천명도 다르지만, 역시 성이라 하지 않을 수 없다는 것을 밝힌 것.

제3조에서 천명의 성이 본원의 궁극의 성이라고 한 것.

제5조에서 정자程子와 장자張子가 비로소 기질을 말했다는 것.

제6절 : 《중용장구中庸章句》,《중용혹문中庸或問》, 연평延平[33]의 설, 정자程

---

32 진잠실 : '잠실潛室'은 진식陳埴(?~?)의 호다. 자는 기지器之고, 명도서원明道書院의 간관幹官 및 산장山長을 지냈다. 젊어서 영가永嘉 사공파事功派의 대표적 인물인 섭적葉適에게 배웠고, 나중에 주희에게 수학하였다. 저서로 《우공변禹貢辨》 등이 있다.

33 연평 : 주희의 스승 이통李侗(1093~1163)의 호다. 자는 원중願中이고, 시호는 문정文靖이다. 나종언羅從彦에게 정자程子의 이학理學을 배워 이정二程의 삼전제자三傳弟子가 되었다. 양시楊時·나종언과 함께 '남검삼선생南劍三先生'으로 불리었다. 그의 문하에서 주희朱熹·나박문羅博文·유가劉嘉 등이 배출됨으로써 이정二程의 학문이 주희에게 이어지는 교량적 역할을 했다. 저서로 《이연평집李延平集》이 있다.

子의 〈호학론好學論〉[34], 주자의 동정설動靜說을 인용하여 모두 칠정이 이와 기를 아울렀다는 것을 밝힌 것.

이상 13개의 조목은 저의 보고들은 것과 근본이 같아 더이상 재론하지 않겠습니다.

제1절 : "천지의 성性은 오로지 이理만을 가리켜 말하고, 기질氣質의 성은 이와 기를 한 데 섞어서 말하며, '이의 드러남'이라고 한 것은 진실로 그러하지만 '기의 드러남'이라고 한 말은 오로지 기만을 가리킨 것이 아니다."라고 한 것.

제5절 : "천지와 인물人物을 이와 기로 분별한다고 해로울 것은 없지만, 만약 성性을 가지고 논하면 이가 기 속에 떨어져 있는 것이며, 만약 정을 가지고 논하면 성이 기질 속으로 떨어져서 이와 기를 아우르고 선과 악이 있는 것이니, 분속하는 것은 마땅치 않습니다."라고 한 것.

제6절 : 첫 번째, "'변왈' 항목 중 칠정도 역시 인·의·예·지에서 드러난다."고 한 것.
세 번째, "'변왈' 항목 중 따로 하나의 정이 이에서만 나오고 기에서 나오지 않는 것이 아니다."라고 한 것.
네 번째, "'변왈' 항목 중 속에 이가 없는데 외물이 와서 우연히 서로 감동되는 것이 아니며 외물에 감동하는 것은 사단도 같다."고 한 것.
다섯 번째, "'변왈' 항목 중 이미 드러나면 바로 기를 타고서 행해진다 하고

---

34 정자의 〈호학론〉 : 원제목은 〈안자소호하학론顔子所好何學論〉이다. 정이程頤가 태학太學에서 공부할 때 호안정胡安定이 낸 시험 문제에 대해 제출한 답안으로 사람의 칠정七情에 대해 논한 글이다.

사단도 역시 기다."라고 한 것.

제7절 : "그 근원을 미루어 보면 원래 두 가지 뜻이 있는 것이 아니다."라는 것.

제9절 : "무릇 성이라 말한 것은 편벽되이 기만을 가리킨 것이 아니다."라 하고, "칠정 역시 이와 기를 겸했다."고 한 것.

이상 8개 조항은 근본은 같지만 지향하는 방향이 다릅니다.

제1절 : "실상은 같지만 이름이 다르며, 칠정 밖에 다시 사단이 있는 것이 아니니 사단과 칠정에 다른 뜻이 있는 것이 아니다."라는 것.

제2절 : "일반적으로 논하면 불가능할 것이 없지만 그림으로 만들어 분석한 것이 너무 심하여 사람들을 그르칠까 두렵다."는 것.
"혹 선하지 않음이 없다 하기도 하고 혹 선과 악이 있다고 하기도 한다면 사람들이 두 개의 정이 있고 두 가지의 선이 있다고 의심할까 두렵다."는 것.

제4절[35] : "보내 주신 변론에서 사단과 칠정이 각각 소종래所從來가 있으니, 말한 것이 같지 않을 뿐만이 아니다."라고 한 것.

제5절 : "주자의 설을 인용한 제4조에서 맹자는 한쪽만을 떼어 내어 말하고 이천伊川은 아울러 말하였으나, 요점은 서로 떨어질 수 없다."라고 한 것.

제6절 : 다섯 번째 '변왈' 조목 중 보내 주신 변론에서 "칠정은 밖으로 형기

---

35 제4절 : 원문은 '第三節'인데, 앞의 고봉 편지를 근거로 '三'을 '四'로 바로잡았다.

形氣에 감동된 것이어서 이의 본체가 아니라고 한 것은 매우 불가하다. 만약 이 말대로라면 칠정은 성性 밖의 물物이다.……맹자가 기뻐서 잠을 이루지 못했다.……어찌 이理의 본체가 아니겠는가?"라고 한 것.

일곱 번째 변왈 조목 중 "하나라도 두어 잘 살피지 않는다."는 것.

그 끝에 논한 "소종래와 주로 삼은 설을 그르게 여긴 것."

제12절 : "주자도 오인하고 '심心은 이발已發'이라고 말하였다가 한참 뒤에야 깨달았다고 하고서, 이어 주자가 말한 이발理發·기발氣發의 말은 우연히 발언한 것으로 편벽되게 가리킨 것이다."라고 한 것.

이상의 9개 조목은 의견이 서로 달라서 끝내 따를 수 없습니다. 이상의 여러 조목에 대하여 모두 변론하여 뒤에 기록하였습니다.

보내신 편지의 내용이 비록 종횡으로 변화하고 수많은 논리를 전개하였지만, 요약해보면 제가 잘못 본 한 조목을 제외하면 대체로 네 부분으로 나눌 수 있고, 또 네 부분을 요약하면 두 부분에 불과합니다. 어째서인가 하면 공의 편지를 받고 저의 타당치 못했던 부분이라고 깨달은 곳은 진실로 모두 근본이 같은 종류이고, 근본은 같지만 지향하는 방향이 다른 것들은 끝내 따를 수 없는 곳으로 귀결되었습니다. 시험 삼아 자세히 말씀드려 보겠습니다.

이와 기가 서로 떨어지지 않고 칠정이 이와 기를 아울렀다는 것은 저도 일찍이 선유들의 설에서 보았습니다. 그러므로 이전의 변론에서 누차 말하여, 성과 정을 통론한 부분에서는 이가 없는 기가 없고 또한 기가 없는 이도 없다고 하였고, 사단을 논한 부분에서는 심心은 진실로 이와 기의 혼합이라고 하였으며, 칠정을 논한 부분에서는 이가 없는 것이 아니라고 하

였습니다. 이렇게 말한 종류가 한두 곳이 아니었으니, 제 견해가 제2절 13
조에서 말한 공의 변론과 무엇이 다르겠습니까? 그런데도 제1절 4조에 잘
못된 설이 있는 것은 연구하여 마음에 터득하지도 못한 채 구이지학口耳
之學[36]으로 마음대로 헤아려 말하였기 때문에 타당함을 상실하여 병통
이 있게 된 것이니, 매우 두렵습니다. 그러나 공이 다시 고친 저의 말을 자
세히 보면 공의 가르침을 통해 깨달은 것이 있어 이내 근본이 같은 뜻으로
돌아온 것을 알 수 있을 것입니다.

　주자朱子가 "공영달孔穎達[37]이 설법揲法[38]을 이해하지 못하는 것은 아니
지만 익숙하게 익히지 못했기 때문에 그 말이 틀리기가 쉬웠다."고 하였으
니, 이것은 군자가 남을 너그러이 용서하는 말입니다. 그러나 제가 학문을
논하는 데 이렇게 쉽게 틀리는 것은 이 심心을 참으로 몰랐기 때문에 응당
자처할 줄도 몰랐으니 입을 다물고 말을 하지 않는 것이 좋겠습니다. 그렇
지만 이미 이견이 있는데도 그 설을 말하지 않는다면 또 학문을 강론하고
연마하면서 진보하려는 도리가 아닐 것입니다. 그러므로 의견이 같은 앞
두 절은 논하지 않고, 뒤 두 절에 대해서만 감히 구차히 의견을 함께할 수
없다는 뜻을 논하기로 하겠습니다.

　사단이 기가 없는 것이 아니고 칠정이 이가 없는 것이 아니라는 것은 공
만 말하였을 뿐 아니라 저 역시 그렇게 말하였으며, 우리 두 사람만 그렇

36　구이지학 : 배운 것을 그대로 남에게 옮길 뿐 자신에게 아무런 도움이 되지 않는
　　천박한 학문을 이른다. 《순자荀子》〈권학勸學〉에 "소인이 배우는 것을 보면, 귀로
　　들어왔다가 금방 입으로 나가 버리고 만다. 입과 귀의 사이는 4치밖에는 안 되니,
　　어떻게 7척의 몸뚱이를 아름답게 할 수가 있겠는가?〔小人之學也 入乎耳 出乎口 口
　　耳之間則四寸耳 曷足以美七尺之軀哉〕"라는 구절에서 유래한다.

37　공영달(574~648) : 자는 중달仲達·충원沖遠이고, 시호는 헌憲이다. 국자박사國子
　　博士 등을 지냈다. 《수서隋書》의 편찬에 참여하였다. 여러 경전에 정통하였고, 저
　　서로 《오경정의五經正義》가 있다.

38　설법 : 점을 칠 때 시초蓍草를 세어 괘卦를 얻는 법을 이른다.

게 말했을 뿐 아니라 선유들도 이미 그렇게 말하였습니다. 그리고 선유들께서 억지로 그렇게 말한 것이 아니라 하늘이 부여한 것과 사람이 받은 것의 원류와 맥락이 원래 그러한 것입니다. 그러나 공과 제 의견이 처음에는 같다가도 끝에 가서 다른 것은 다른 이유가 아닙니다. 공의 생각에는 사단과 칠정이 모두 이와 기를 아울렀기 때문에 실상은 같으면서 이름만 다른 것이니, 이와 기에 분속해서는 안 된다고 여긴 것입니다. 제 생각에는 다른 가운데 같은 것이 존재한다는 것을 알 수 있기 때문에 두 가지를 진실로 혼합하여 말한 것이 많고, 같은 가운데 다른 것이 존재한다는 사실을 알 수 있기 때문에 두 가지를 가리켜 말한 것에는 자연 주리主理와 주기主氣의 같지 않음이 있는 것이니, 사단과 칠정을 이와 기에 분속시키는 것은 불가능하겠습니까?

이 이치에 대한 지난날의 말이 비록 하자가 있기는 하였으나, 그 종지는 실로 소종래가 있었던 것입니다. 그런데 공의 변론에서는 한결같이 모두 배척하여 구절 하나 글자 하나도 그대로 지나간 것이 없으니, 지금 다시 논설하여 그러한 까닭을 밝힌다 하더라도 공에게 저의 말을 믿게 하는 데는 아무런 도움이 되지 않고 다만 시끄럽게 떠들어댄다는 허물만 얻게 될까 두렵습니다.

변론에 "천지의 성[天地之性]은 오로지 이理만을 가리킨 것이고, 기질의 성[氣質之性]은 이와 기를 섞어서 말한 것이니, 사단이 이가 드러나는 것이라는 것은 진실로 그러하지만 칠정이 기가 드러나는 것이라는 것은 오로지 기만을 가리킨 것이 아니다."라고 하셨습니다.

그런데 제 생각에는 천지의 성은 오로지 이만을 가리켰다고 하니 여기에는 이만 있고 기는 없는 것입니까? 천하에 기가 없는 이는 없고, 또 이만 있는 것도 아닙니다. 그런데도 이만을 가리켜서 말할 수 있다면 기질의 성이 비록 이와 기가 섞여 있다 하더라도 어찌 기를 가리켜 말하지 못하겠습니까? 하나는 이가 주가 되기 때문에 이에 나아가 말한 것이고, 하나는 기가 주가 되기 때문에 기에 나아가서 말한 것뿐입니다. 사단에 기가 없는 것이 아닌데도 '이의 드러남'이라고만 하고, 칠정에 이가 없는 것은 아닌데도 '기의 드러남'이라고만 하는 것도 이런 뜻에서입니다. 공은 이가 드러난다는 것에 관해서는 바꿀 수 없는 것이라고 하고, 기가 드러난다는 것에 관해서는 기만 가리키는 것이 아니라고 하였으니, 같은 양식의 말을 두 가지로 나누려는 것은 무엇 때문입니까? 만약 참으로 기만 가리킨 것이 아니고 이를 아울러 가리켰다면, 주자朱子가 이 문제에 있어서 '이의 드러남'이란 문구와 대치시켜 거듭 중첩하여 말하지 않았을 것입니다.

변론에 "천지와 인물로 이와 기로 나눈다면 해로울 것이 없지만, 성性으로 논하면 이가 기 속에 떨어져 있는 것이며, 정情을 논하면 성이 기질 속에 떨어져 있어 이와 기를 아우르고 선과 악이 있으니, 이와 기에 분속하는 것은 마땅치 않다."라고 하셨습니다.

그런데 제 생각에는 천지와 인물로 보면 또한 이가 기 밖에 있는 것이 아닌데도 오히려 분별하여 말하였으니, 그렇다면 성과 정을 논함에 있어 비록 이가 기 속에 있고 성이 기질 속에 있다 하더라도 어찌 분별하여 말할 수 없겠습니까?

대개 사람의 몸은 이와 기가 합하여 생겨난 것이기 때문에 이와 기 두 가지가 서로 드러나서 쓰임이 되고, 또 그 드러날 때는 서로 따르는 것입니다. 서로 드러나면 각각 주가 되는 것이 있다는 것을 알 수 있고, 서로 따른다면 함께 그 속에 있다는 것을 알 수 있습니다. 서로 그 속에 있기 때문에 진실로 혼합하여 말할 수도 있고, 각각 주가 되는 것이 있기 때문에 분별하여 말해도 불가능하지 않습니다.

성을 논하면 이가 기 속에 떨어져 있는 것인데도 자사子思와 맹자孟子는 본연의 성[本然之性]을 지적하였고 정자程子와 장자張子는 기질의 성[氣質之性]을 논하였는데, 어찌 정을 논하는 데에서만 성이 기질 속에 떨어져 있는 것이라 하여 각각 드러나는 것에 따라 사단과 칠정의 소종래를 분별할 수 없겠습니까? 이와 기를 아우르고 선과 악이 있는 것은 정뿐만이 아니라 성도 그러한데, 어찌 이것으로써 분별할 수 없다는 증거를 삼을 수 있겠습니까?【이理가 기 속에 떨어져 있다는 부분의 말을 따랐기 때문에 성도 그러하다고 하였습니다.】

변론에 "칠정七情도 인·의·예·지에서 드러난다."고 하셨습니다.

그런데 제 생각에는 이것은 이른바 다른 데서 같은 점을 본다는 것이니, 사단과 칠정을 진실로 혼합하여 말할 수 있습니다. 그러나 같은 것만 있고 다른 것이 없다고 말할 수만은 없습니다.

변론에 "따로 하나의 정이 있어서 이에서만 나오고 기에서는 나오지 않는 것이 아니다."라고 하셨습니다.

그런데 제 생각에는 사단이 드러나는데 진실로 기가 없지 않다고 말할 수 있습니다. 그러나 맹자가 가리킨 바는 진실로 기에서 드러난다는 부분이 있지 않았으니, 만약 기까지 아울러 가리킨 것이라고 한다면 이미 다시 맹자가 말한 사단을 이르는 것이 아닙니다. 그런데 변론에서는 어찌하여 사단이 이가 드러난 것이라는 것으로 바꿀 수 없는 정론이라 하였습니까?

변론에 "속에 이 이理가 없이 외물이 우연히 서로 감동되는 것이 아니니, 물에 감응되어 움직이는 것은 사단도 그러하다."라고 하셨습니다.

그런데 제 생각에는 이 설은 진실로 그렇습니다. 그러나 이 문단에 인용한 〈악기樂記〉에 대한 주자의 설은 모두 이른바 뒤섞어 말한 것이니, 이 말씀을 가지고서 분별하여 말하는 것을 공박한다면 할 말이 없지 않습니다.

그러나 이른바 분별하여 말했다는 것도 제가 있지도 않은 말을 터무니없이 만들어 낸 것이 아니라 천지 사이에는 원래 이러한 이치가 있고, 옛사람들도 원래 이런 말을 하였습니다. 그런데 지금 공은 군이 하나만을 고집하여 다른 하나는 폐하고자 하니 편벽된 것이 아닙니까?

대개 혼합하여 말할 경우 칠정이 이와 기를 아울렀다는 것은 많은 말을 기다리지 않아도 분명하지만, 칠정을 사단과 상대적으로 거론하여 각각 말하면 칠정과 기의 관계가 마치 사단과 이의 관계와 같아 드러나는데 각각 혈맥이 있고, 그 이름에 모두 가리키는 것이 있기 때문에 그 주된 것에 따라 이와 기에 분속할 수 있습니다. 저도 칠정이 이理와 관계없이 외물이 우연히 서로 모여 감동하는 것이라고는 생각지 않습니다. 그리고 사단이 외물에 감응하여 움직이는 것은 진실로 칠정과 다르지 않지만, 사단은 이가 드러나서 기가 따르고 칠정은 기가 드러나서 이가 타는 것입니다.

변론에 "이미 드러나면 이가 기를 타고 운행되는 것이니……사단도 기이다."라고 하셨습니다.

그런데 제 생각에는 사단이 기라는 것을 전후로 누차 말씀하셨는데 이번에 또 제자의 물음에 답한 주자의 말씀을 인용하여 거론한 것이 더욱 분명합니다. 그렇다면 공은 맹자가 말한 사단을 기가 드러난 것으로 보는 것입니까? 가령 기가 드러난 것으로 본다면, 이른바 '인지단仁之端'·'의지단義之端'이라 한 인·의·예·지 네 글자를 어떻게 보아야 하겠습니까? 가령 약간의 기가 섞인 것으로 본다면 순수한 천리의 본연이 아니며, 순수한 천리로 본다면 드러나는 단서는 정녕 진흙을 물에 탄 것처럼 혼잡한 물사物事가 아닐 것입니다. 공은 인·의·예·지를 드러나기 전의 이름으로 생각했기 때문에 순리純理라 하고, 사단은 이미 드러난 이후의 이름이므로 기가 아니면 행해질 수 없다고 생각했기 때문에 사단 역시 기라고 한 것입니다. 제 생각에는 사단도 비록 기를 탄다고는 하겠지만, 맹자가 가리킨 것은 기를 타는 데 있는 것이 아니라 오직 순수한 이가 드러나는 데에만 있었기 때문에 '인지단仁之端'·'의지단義之端'이라고 한 것입니다. 그리고 후대의 어진 사람들도 맹자의 말씀을 가리켜 이와 기가 혼잡한 가운데서 이만 떼어 내어 선善한 한쪽만을 말한 것뿐이라고 하였습니다. 만약 기를 아울러 말하였다면 이미 흙탕물에 가까우니 이런 말을 모두 붙일 수 없었을 것입니다.

옛사람이 사람이 말을 타고 출입하는 것으로 이理가 기氣를 타고 행하는 것에 비유한 것은 참으로 좋은 비유입니다. 대체로 사람은 말[馬]이 아니면 출입하지 못하고 말은 사람이 아니면 길을 잃게 되니, 사람과 말이 서로 따르고 떨어질 수 없는 것입니다. 이것을 가리켜 말하는 자가 간혹 대수롭지 않게 가는 것만 가리켜 말한다면 사람과 말이 모두 그 가운데 있는 것이니 사단과 칠정을 혼합하여 말하는 것이 이것이고, 혹 사람이 가는 것만을 가리켜 말한다면 말까지 아울러 말하지 않더라도 말이 가는 것도 그 가운데 있으니 사단이 이것이고, 혹 말이 가는 것만을 가리켜 말하면 사람까지 아울러 말하지 않더라도 사람이 가는 것도 그 가운데 있으니 칠정이 이것입니다. 그런데 지금 공은 제가 분별하여 사단과 칠정을 말하는 것을 보고는 늘 혼합하여 말해야 한다는 말을 끌어대어 공박하니, 이는 어떤 사람이 "사람이 가고 말[馬]이 간다."고 말하는 것을 보고서 사람과 말은 하나이니 나누어 말할 수 없다고 역설하는 것입니다. 또 제가 칠정을 기가 드러난 것이라고 말한 것을 보고는 이가 드러난 것이라고 역설하니, 이는 어떤 사람이 "말이 간다."고 하는 말을 듣고는 반드시 사람도 간다고 하는 것이며, 제가 사단을 이가 드러난 것이라고 말한 것을 보고는 또 기가 드러난 것이라고 역설하니, 이는 어떤 사람이 "사람이 간다."고 말하는 것을 듣고는 반드시 말도 간다고 하는 것입니다. 이것은 바로 주자가 이른바 '숨바꼭질[迷藏之戲]'이란 것과 흡사합니다. 어떻게 생각하십니까?

변론에 "그 근원을 미루어 보면 원래 두 가지 뜻이 있는 것이 아니다."라고 하셨습니다.

그런데 제 생각에는 같은 곳[同處]으로 논하면 두 가지 뜻이 존재하지 않는다는 말이 그럴 듯합니다. 그렇지만 만약 두 가지를 상대하여 거론해서 근원을 미루어 본다면 실로 이와 기의 구분이 있는데, 어찌 다른 점이 없다고 하겠습니까?

변론에 "많은 곳에서 말한 성은 기 한쪽만을 가리킨 것이 아닌데, 지금 선생께서는 한쪽만을 가리켜 기만을 말한 것이라고 하였으니 아마도 옳지 않은 듯하다. 또 선생의 변론에 '자사子思가 중화中和를 논한 것은 이와 기를 혼합하여 말한 것이다.'라고 하였으니, 그렇다면 칠정이 어찌 이와 기를 겸한 것이 아니겠는가?"라고 하셨습니다.

그런데 제 생각에는 성을 말하는데 기를 가리켜 말한 것이 없지 않다고 여기지만, 다만 저의 설에 '편偏'과 '독獨' 두 글자가 과연 병통이 있는 듯하니 공의 가르침에 따라 이미 고쳤습니다. 그러나 칠정이 이와 기를 아울렀다 하여 혼합해서 말한 것과는 가리킨 점이 본래 다릅니다. 그런데 지금 공은 이것을 가지고서 저의 설이 출입이 없지 않다고 하였지만, 사실은 출입한 것이 아니라 가리킨 점이 다르기 때문에 말도 달랐을 뿐입니다.

변론에 "내용은 같으면서 이름이 다른 것이지 칠정 밖에 다시 사단이 있는 것이 아니니, 사단과 칠정에 다른 뜻이 있지 않다."고 하셨습니다.

그런데 제 생각에는 같은 가운데서 진실로 이가 드러난 것과 기가 드러난 것의 구분이 있음을 알 수 있으므로 이름을 달리한 것일 뿐입니다. 만약 본래 다른 점이 없다면 어찌 다른 이름이 있겠습니까? 그러므로 비록 칠정 밖에 다시 사단이 있다고 할 수는 없지만 드디어 사단과 칠정에 다른 뜻이 없다고 한다면 아마도 불가할 듯합니다.

변론에 "범론하여 사단은 이에서 드러나고 칠정은 기에서 드러난다고 하는 것은 진실로 불가능할 것이 없지만, 그림으로 만들어 사단을 이理의 권역에 놓고 칠정을 기氣의 권역에 놓아 너무 심히 분석한 것은 사람들을 그르침이 심하다."고 하셨습니다.

그런데 제 생각에는 가능하다면 다 가능하고 불가능하다면 다 불가능하니, 어찌 범론하면 이가 드러난 것과 기가 드러난 것으로 나누는 것이 불가능하지 않지만 그림으로 만들면 이의 권역과 기의 권역으로 나누어 놓는 것이 유독 불가능하겠습니까? 더구나 그림에 사단과 칠정이 실제로 같은 권역 안에 있지만 안팎의 차이가 약간 있으므로 그 옆에 구분하여 주석을 달았을 뿐, 애당초에 이의 권역과 기의 권역으로 나눈 것은 아닙니다.

변론에 "혹 선하지 않음이 없다고도 하고 혹 선과 악이 있다고도 한다면 사람들이 마치 두 가지의 정情이 있고 두 가지의 선善이 있는 것처럼 의심할까 두렵다."고 하셨습니다.

그런데 제 생각에는 순리純理이기 때문에 선하지 않음이 없고 겸기兼氣이기 때문에 선과 악이 있다는 이 말은 본래 이치에 틀린 말이 아닙니다. 아는 자[知者]는 같은 것 가운데 다른 것이 있다는 것을 알고 또한 다른 것 가운데 같은 것이 있다는 것을 아는 것이니, 어찌 알지 못하는 자[不知者]가 잘못 인식할 것을 걱정하여 이치에 맞는 말을 그만두어서야 되겠습니까? 그러나 지금 그림에는 다만 주자의 말씀만을 채용하여 썼기 때문에 이 말은 이미 제거하였습니다.

변론에 "보내 주신 변론대로라면 사단과 칠정이 각기 소종래가 있는 것이니, 비단 말한 것만 다를 뿐이 아니다."라고 하셨습니다.

그런데 제 생각에는 사단과 칠정이 비록 같은 정情이기는 하지만 소종래의 다름이 없지 않기 때문에 옛날 성현들이 사단과 칠정을 말씀하신 것에 같지 않음이 있다고 여겨집니다. 만약 사단과 칠정의 소종래가 본래 다른 점이 없다면 사단과 칠정을 말하는 데 있어 무엇 때문에 다름이 있겠습니까? 공자 문하에서는 이 사단과 칠정을 갖추어 말씀하지 않았고 자사는 그 전체를 말씀하셨으니 이때에는 진실로 소종래의 설이 필요 없었지만, 맹자가 한편을 떼어 내어 사단을 설명할 때에 어찌 이가 드러난 것이라는 한편만을 가리켜 말하지 않을 수 있었겠습니까? 사단의 소종래가 이미 이理라면 칠정의 소종래가 기氣가 아니고 무엇이겠습니까?

　변론에 맹자는 이理만을 떼어 내어 말하였고 정자程子는 기질을 아울러 말하였으나 요점은 서로 떨어질 수 없는 것이라고 한 주자의 설을 인용하셨습니다.

　그런데 제 생각에는 공이 이 말을 인용한 것은 대개 성性이 떨어질 수 없다는 것을 말하여 정情을 구분할 수 없다는 것을 밝힌 것뿐인 듯합니다. 그러나 위 문장에서 인용한 주자의 말에 "성이 비록 기 속에 있지만, 기는 기이고 성은 성이어서 서로 섞이지 않는다."고 하지 않았습니까? 제 생각에는 주자가 맹자께서 한쪽만을 떼어 내어 말한 것과 이천伊川이 기질을 아울러 말한 것을 가지고 말하면서 "요점은 서로 떨어질 수 없다."라고 한 것은 바로 제가 이른바 다른 속에서 같은 점이 있음을 본다는 것이고, 성이 기 가운데 있는 것을 가지고 말하면서 "기는 기이고 성은 성이어서 서로 섞이지 않는다."고 한 것은 바로 제가 이른바 같은 속에서 다름이 있음을 안다는 것입니다.

　변론에 "보낸 변론에 '칠정은 밖으로 형기形氣에 감동된 것이니 이理의 본체가 아니다.'라고 한 것은 매우 불가하다. 만약 이 말대로라면 칠정은 바로 성性 밖의 물건이 될 것이다.……맹자가 기뻐서 잠을 이루지 못하였다.……어찌 이理의 본체가 아니겠는가?"라고 하셨습니다.

그런데 제 생각에는 당초에 이치에 어긋난 말로써 "외물에 감응되었다면 형기인데 드러나는 것이 어찌 이의 본체가 되겠는가?"라고 한 것은, 감응할 때에는 바로 기이던 것이 드러날 때는 바로 이가 되는 이런 이치가 어디에 있느냐를 말한 것이었습니다. 그러나 그 말이 분명하지 않음을 깨달았기 때문에 이미 고쳤습니다.

그런데 지금 보내온 공의 편지에서는 저의 글을 변경하여 바로 "밖으로 형기에 감응된 것이니 이의 본체가 아니다."라고 하였으니, 이미 저의 본뜻과는 거리가 멉니다. 그리고 그 밑에서 꾸짖어 "만약 그 말대로라면 칠정은 바로 성 밖의 물건이다."라고 하셨는데, 그렇다면 주자가 "칠정은 바로 기가 드러난 것이다."라고 한 것 역시 칠정은 성 밖의 물건이라고 여긴 것이란 말입니까?

대개 이가 드러나고 기가 따른다는 것은 이를 주로 하여 말한 것일 뿐 이가 기에서 벗어난다는 것을 말하는 것은 아니니 사단이 바로 그것이고, 기가 드러나고 이가 탄다는 것은 기를 주로 하여 말한 것일 뿐 기가 이에서 벗어난다는 것을 말하는 것은 아니니 칠정이 바로 그것입니다. 맹자孟子의 기쁨[39]과 순舜의 노여움[40]과 공자孔子께서 슬퍼하신 일[41]과 즐거워하신 일[42]은 기가 이를 따라 드러나서 한 터럭의 구애도 없기 때문에 이의 본

---

39 맹자의 기쁨 : 《맹자孟子》〈고자 하告子下〉에 "노나라가 악정자樂正子로 하여금 정사를 맡게 하고자 하였다. 맹자가 '내가 그 소문을 듣고 기뻐서 잠을 이루지 못했다.'라고 하였다.[魯欲使樂正子爲政 孟子曰 吾聞之 喜而不寐]"는 구절에서 유래한다.

40 순의 노여움 : 《논어論語》〈옹야雍也〉에 안회顏回의 불천노不遷怒에 대한 정자의 주석에 "순임금이 사흉을 처벌하였을 적에 노여움의 원인이 저들에게 있었으니 자신과 무슨 상관이 있었겠는가.[若舜之誅四凶也 可怒在彼 己何與焉]"라는 구절에서 유래한다.

41 슬퍼하신 일 : 《논어論語》〈선진先進〉에 "안연顏淵이 죽자 공자께서 말씀하기를 '아, 하늘이 나를 망치는구나. 하늘이 나를 망치는구나.[天喪予天喪予]'라고 하였다."는 구절에서 유래한다.

42 즐거워하신 일 : 《논어論語》〈선진先進〉에 "민자가 옆에서 모실 때에는 온화하고

체가 혼전하고, 보통 사람들이 친한 이를 보면 기뻐하고 상喪을 당하면 슬퍼하는 것 역시 기가 이를 따라 드러나는 것이지만 그 기가 가지런할 수 없으므로 이의 본체 역시 순전純全할 수 없는 것입니다. 이것으로 논하면 비록 칠정을 기가 드러난 것이라 하더라도 이의 본체에 무엇이 해가 되며, 또 어찌 형기와 성정性情이 서로 관계되지 않을 염려가 있겠습니까?

변론에 "보내온 변론에는 '하나라도 두어 잘 살피지 않으면 마음이 바르게 되지 못하니 반드시 드러나서 절도에 맞은 뒤에야 '화和'라고 할 수 있다.'고 하였으니, 그렇다면 이 칠정은 매우 번잡하여 쓸데없는 것이 되어 도리어 마음의 해가 된다."고 하셨습니다.

그런데 제 생각에는 이 부분에 대해 이전에 설한 말뜻이 앞뒤의 차례를 잃어 병통이 있었던 것인데 지금 고쳤으니, 공의 가르침이 매우 큽니다. 다만 공의 편지에서는 또 "하나라도 있는데 살피지 못한다[43]."는 말을 배척하여, 이 말을 바로 정심正心의 일이라고 하면서 인용하여 칠정을 증명하니 이것은 매우 타당치 않다고 했습니다. 공의 이 말이 그럴 듯하지만 실제로는 그렇지 않습니다.

대개 이 말이 비록 《대학大學》 정심장正心章의 말이기는 하지만, 이 한 구절은 희喜·노怒·우憂·구懼를 마음속에 두어서는 안 된다는 것으로 마음의 병통을 설명한 것일 뿐 정심正心의 경지를 설명한 것은 아닙니다. 저 네 가지가 마음의 해가 되기 쉬운 이유는 바로 기가 드러나는 것이 본래

자로는 굳세고 염유와 자공은 강직하니, 공자께서 즐거워하셨다.[閔子侍側 誾誾如也 子路 行行如也 冉有子貢 侃侃如也 子樂]"라는 구절에서 유래한다.

43 하나라도……못한다 : 《대학大學》 주석에 "이 네 가지는 모두 마음의 용이니 사람에게 없을 수 없는 것이다. 그러나 하나라도 있는데 살피지 못한다면 욕이 움직이고 정이 우세하여 그 용이 행하는 것이 어쩔 수 없이 바름을 잃기도 한다.[蓋是四者 皆心之用 而人所不能無者 然一有之而不能察 則欲動情勝 而其用之所行 或不能不失其正矣]"라는 구절이 있다.

선하다고 하더라도 악으로 흐르기 쉽기 때문입니다. 그러나 이理에서 드러나는 사단四端이라면 어떻게 이런 병통이 있겠습니까? 그러니 또 어찌 마음에 측은惻隱한 것이 있으면 마음이 바름을 얻지 못하고, 마음에 수오羞惡하는 것이 있으면 마음이 바름을 얻지 못한다고 할 수 있겠습니까?

〈정성서定性書[44]〉에 "사람의 마음이 쉽게 드러나고 억제하기 어려운 것으로는 오직 노怒가 가장 심하니, 일단 노여울 때에 서둘러 그 노여움을 잊어버리고 이理의 시비를 보면 역시 외물의 유혹도 싫어할 것은 아니라는 것을 알게 될 것이다."라고 하였으니, 이상에서 이른바 쉽게 드러나고 억제하기 어렵다는 것이 이입니까, 아니면 기입니까? 이理라면 어떻게 억제하기 어렵겠습니까? 오직 기이기 때문에 급히 내달아 길들이기 어려운 것입니다. 또 더구나 노여움이 이에서 드러난 것이라면 어찌 노여움을 잊어버리고 이를 본다고 하였겠습니까? 오직 기에서 드러나기 때문에 노여움을 잊어버리고 이를 보라고 한 것이니, 이것은 바로 이로써 기를 길들이는 것을 말하는 것입니다. 그렇다면 제가 이 말을 인용하여 칠정이 기에 속한다는 것을 증명한 것이 어째서 타당치 않겠습니까?

동일한 위 절節의 끝 단락에 "그 소종래所從來에 따라 각각 주가 되는 것을 가리켰다는 설을 잘못되었다고 논한 것, 또 저의 변론이 말하는 사이에 옳지 못한 것이 있을 뿐만 아니라 성性과 정情의 실상과 존양存養과 성찰省察의 공부에도 모두 옳지 않은 것이 있다."고 하셨습니다.

그런데 제 생각에는 소종래와 주가 되는 것에 대한 설은 전후의 변론을 통해 분명해졌으니 다시 여기에서 논할 필요가 없다고 생각합니다. 그렇지만 말하는 사이에 성과 정의 실상에 대하여 조금이라도 온당치 못한 부분

---

44 정성서 : 송宋나라 때의 학자 명도明道 정호程顥가 횡거橫渠 장재張載의 질문에 답한 편지인 〈답횡거선생정성서答橫渠先生定性書〉를 이른다.

은, 공의 가르침을 받기도 하고 스스로 깨닫기도 하면서 이미 고쳤습니다. 온당치 못한 곳의 말을 빼 버리고 고쳐 놓고 보니, 의리가 밝게 통하고 배열된 말들이 분명하며 영롱하게 눈에 들어와서 거의 분명치 않은 병통이 없으니, 저 존양과 성찰 공부에 대하여 감히 참람하게 말할 수는 없으나 아마도 크게 잘못되는 데는 이르지 않은 듯합니다.

변론에 "주자가 잘못 인식하고서 심心을 이발已發이라고 하였다가 오랜 뒤에 깨달았다고 하고, 이어 주자가 사단四端은 이가 드러난 것이고 칠정은 기가 드러난 것이라 한 말씀은 우연히 발언하여 한쪽만을 가리킨 것이다."라고 하셨습니다.

그런데 제 생각에는 공의 이 문단의 말의 의미를 보면 마치 주자의 이 설을 불만족스럽게 여기는 듯한데 이것이 더욱 온당치 못합니다. 정자와 주자의 어록도 진실로 때로 착오가 있지만 이는 곧 말을 하고 부연하여 의리의 중요한 곳을 밝힌 곳에 대하여 기록한 자의 식견이 거기에 미치지 못하여 간혹 본뜻을 잃어버린 곳이 있어서일 것입니다. 그러나 지금 이 일단으로 말하면 몇 구절의 간략한 말씀과 홀로 은밀하게 뜻을 전달하기 위해 기록한 사람이 바로 보한경輔漢卿[45]입니다. 그는 실로 주자 문하에서 첫째가는 사람인데, 그가 이것을 잘못 기록하였다면 어찌 보한경이라 할 수 있겠습니까?

가령 공께서 평소 《주자어류朱子語類》를 보다가 이 말을 보았다면 반드시 이곳에 의심을 두지 않았을 것입니다. 지금 저의 설이 잘못되었다고 여겨 극력 논박하자니 제가 높이는 주자의 이 말까지 함께 지탄하고 배척

---

45 보한경 : '한경漢卿'은 보광輔廣(?~?)의 자다. 호는 잠암潛庵이다. 주희朱熹의 문인으로, 정주程朱가 주장한 지경持敬을 덕에 나아가는 바탕으로 여겨 강조했다. 귀향하여 전이서원傳貽書院을 지어 사람들에게 '전이선생傳貽先生'으로 불리었다. 저서로 《어맹학용답문語孟學庸答問》 등이 있다.

하고서야 제 말의 잘못을 판단하고 다른 사람들에게 믿음을 줄 수 있기 때문에 주자까지 연루시키게 되는 것입니다. 이는 진실로 제가 참람하게 주자의 설을 인용한 죄입니다. 그러나 저는 공의 이런 점에서 도를 임무로 여겨 담당하려는 용기에는 탄복하지만, 어찌 마음을 비우고 뜻을 겸손하게 하지 못하는 병통이 없다 하겠습니까? 계속 이렇게 한다면 혹시 성현의 말씀을 끌어다가 자기의 생각에 맞추는 폐단에 이르지 않겠습니까? 안자顔子는 있어도 없는 것같이 하고[有若無] 찼어도 빈 것같이 하여 [實若虛] 오직 의리의 무궁함만을 알고 사물과 나 사이에 간격이 있다는 것을 보지 못했으니, 잘은 모르겠지만 안자에게도 공 같은 기상이 있었겠습니까?

주朱 선생의 강직하고 용감함은 백세의 일인자이십니다. 그런데도 조금이라도 자기 의견에 잘못이 있거나 자신의 말에 온당치 못한 부분은 즐거운 마음으로 남의 말을 받아들여 곧바로 고쳤습니다. 비록 말년에 도가 높아지고 덕이 성대해진 뒤에도 여전히 그러하셨는데, 어찌 겨우 성현의 도를 배우는 길에 첫발을 내디뎠을 적에 이미 '나에게는 아무런 잘못을 따질 수 없다.'는 윗자리에 앉아 계셨겠습니까? 참다운 강직함과 용감함은 기운을 떨치며 억지를 부리는 데 있는 것이 아니라 허물을 고치는 데 인색하지 않고 의를 들으면 곧바로 따르는 데 있다는 것을 알겠습니다.

【후론】

변론의 글을 보니 깊은 말과 큰 논의가 거듭 나타나서 넓고 높은 식견이 보통 사람보다 크게 뛰어나 저는 망양향약望洋向若의 탄식[46]을 이길 수 없

46 　망양향약의 탄식 : 자기의 좁은 견해로는 높은 식견을 따라갈 수 없어 탄식하는 것을 이르는 말이다. 《장자莊子》〈추수秋水〉에 "하백은 비로소 얼굴을 돌려 북해의 신인 약을 올려다보며 한숨지었다.[河伯始旋其面目 望洋向若而歎]"라는 구절에서 유래한다.

습니다. 그러나 저의 좁은 소견에 의심스러운 부분이 있어 이미 앞서 말씀
드렸습니다. 그런데 공의 후론後論의 변회辯誨에는 더욱 간절히 잘못을 바
로잡았으니, 공에게 사람을 사랑하는 끝없는 고마움을 입었습니다.

〈천명도天命圖〉속에 '이理'와 '기氣' 두 글자를 나누어 '허虛'와 '영靈' 두 글
자 밑에 나누어 주석한 것은 저도 정지운鄭之雲의 본래의 설을 그대로 두기
는 했지만, 또한 진실로 분석한 것이 너무 세밀하다는 의심이 들어 이 구절
을 볼 때마다 붓에 먹물을 찍어 지워버리고 싶었던 적이 한두 번이 아니었
습니다. 그렇지만 그래도 새로운 설을 만든 것을 기뻐하며 그대로 두었습니
다. 그런데 지금 공의 변론을 받고서 의심스러운 마음이 풀어졌으니, 응당
정지운에게 말하고 지워 버리겠습니다. 그리고 기타 여러 설은 의견이 일치
하는 부분도 있고 그렇지 않은 부분도 있어 다 따를 수는 없습니다.

공께서 인용하신 주朱 선생이 호광중胡廣仲[47]과 호백봉胡伯逢[48]에게 답
한 편지와 성性에 관한 그림 등 세 조목은 모두 사단과 칠정이 두 가지 뜻
이 있는 것이 아니라는 것을 밝힌 데 불과하니, 이것이 바로 지난번에 말
씀드린 뒤섞어 말했다는 것입니다. 저도 이것을 모르지는 않지만 칠정으
로써 사단에 대비시키자면 나누어 말하지 않을 수 없었는데, 이는 이전 설
명에서 이미 다 말씀드려 번거롭게 다시 논할 필요가 없을 것입니다.

허虛와 영靈을 논한 곳에서 허虛를 이理라고 한 말은 역시 본보기로 삼
을 곳이 있으니, 이와 기 두 글자를 허와 영에 나누어 주석한 잘못 때문에
이것까지 아울러 잘못으로 여겨서는 안 될 것 같습니다. 지금 또 공의 변
론에서 인용한 몇 가지 설을 가지고 논해보자면, 주자는 "지극히 허虛한

47 호광중 : '광중廣仲'은 호식胡寔(1136~1173)의 자다. 송나라 문신으로 호원胡瑗의
아들이고, 호굉胡宏의 사촌동생이다. 주희朱熹·장식張栻과 논쟁하였으며, 장사
랑將仕郎 등을 역임하였다.

48 호백봉 : '백봉伯逢'은 호대원胡大原(?~?)의 자다. 송나라 학자로, 호인胡寅의 아
들이며, 호굉胡宏의 조카로, 호굉의 학설을 계승하여 주희朱熹·장식張栻과 논쟁
하였다. 저서로《백봉문답伯逢問答》이 있다.

가운데 지극히 실實한 것이 있다."고 하였으니 이것은 허하면서 실하다는 것을 말한 것일 뿐 허가 없다는 것을 말하는 것이 아니며, "지극히 무無한 가운데 지극히 유有한 것이 있다."고 하였는데 이것은 무하면서 유하다는 것을 말한 것일 뿐 무가 없다는 것을 말하는 것은 아닙니다.

정자程子가 어떤 사람에게 "역시 태허太虛는 없다."라고 대답하고서 드디어 허를 가리켜 이라고 하였으니, 이것은 정자 역시 허를 가지고 실을 인식하게 하려고 한 것일 뿐 본래 허는 없고 실만 있다는 것을 말한 것은 아닙니다. 그러므로 정자와 장자張子 이후로 허를 이라고 말한 경우가 자연히 적지 않았으니, 이를테면 정자가 "도道는 태허이고 형이상이다."라 하고, 장자가 "허와 기를 합하여 성性이라는 이름이 있다."고 하고, 주자가 "형이상의 허虛가 혼연한 도리이다."라 하고, 또 "태허는 바로 〈태극도太極圖〉 그림의 한 동그라미다."라고 한 것과 같은 것으로, 이와 같은 종류를 하나하나 다 예를 들어 말할 수도 없을 정도입니다.

주자가 '무극이태극無極而太極'임을 논한 부분 또한 "무극을 말하지 않으면 태극이 하나의 물건이 되어 만 가지 변화의 근본이 될 수 없고, 태극을 말하지 않으면 무극이 텅 비고 고요한 데 빠져 만 가지 변화의 근본이 될 수 없다."고 하였습니다. 아! 이와 같은 말들은 사방팔면四方八面에 두루 유행하여 치우치지 않고 두들겨도 깨지지 않는다고 할 수 있습니다.

그런데 지금 공은 한갓 이의 실상만을 밝히려고 하면서 마침내 이를 허가 아니라고 하니, 그렇다면 주자周子·정자程子·장자張子·주자朱子 등 여러 유학자들의 논설은 모두 폐해야 하겠습니까? 그리고 《주역周易》의 '형이상形而上'과 《중용中庸》의 '무성무취無聲無臭'를 노장老莊의 허무의 설과 함께 도를 어지럽히는 것으로 돌리려 합니까? 공은 '허虛'자의 폐단이 장차 학자들로 하여금 모두 허무의 논을 하도록 하여 노老·불佛에 빠지게 하지나 않을까 염려하지만, 저 역시 '허'자를 쓰지 않고 '실實'자만을 고집하면 장차 학자들로 하여금 제멋대로 상상하고 헤아려 진실로 무위진인無位眞

人[49]의 번쩍이는 것이 허무에 있다고 여기게 하지나 않을까 염려됩니다.

또 사단도 절도에 맞지 않는 것이 있다는 공의 변론이 비록 매우 새로운 것 같지만 역시 맹자의 본뜻이 아닙니다. 맹자의 뜻은 다만 순수하게 인·의·예·지로부터 드러나서 나오는 것만을 가리켜 말해서 성性이 본래 선하기 때문에 정情 역시 선하다는 뜻일 뿐입니다. 지금 공은 반드시 이 정당한 본뜻은 버리고 끌어내려 보통 사람의 인정이 드러나서 절도에 맞지 않는 것으로 한 데 묶어서 말하였습니다. 사람들이 수오羞惡해서는 안 될 것을 수오하고 시비是非해서는 안 될 것을 시비하는 것은 모두 어두운 기질이 그렇게 하는 것이라고 하니, 어찌 이것을 참람한 설을 가리켜 사단이 순수하게 천리가 드러나는 것을 어지럽힌다 하겠습니까?고 이러한 의논은 유학을 드러내어 밝히는 데 아무런 보탬도 되지 않을 뿐 아니라 도리어 후학들에게 보여주시는 데에도 해가 될까 염려스럽습니다.

제가 전에 공의 견해가 이와 기가 두 가지 사물이 아니라고 한 나정암羅整庵[50]의 설과 흡사하다고 하였는데, 이것은 저의 망령된 말이었습니다. 지금 공의 뜻을 보니 나정암의 오류와는 같지 않지만 사단과 칠정의 구분에 있어서는 그 위치가 떨어져서 장차 모르는 사람들로 하여금 두 가지의 정으로 인식하게 하지나 않을까 근심하는 데 불과하고, 이理가 허虛에 속한다는 논의에 대해서는 말이 공무空無에 가까워서 장차 모르는 사람들로 하여금 다른 곳을 향하여 달리게 하지나 않을까 근심하는 데 불과하니

---

49 무위진인 : 《전등록傳燈錄》에 "어떤 승려僧侶가 임제 선사臨濟禪師에게 묻기를 '어느 것이 곧 무위진인입니까?[如何是無位眞人]'라고 하자, 임제 선사가 문득 후려치면서 '무위진인이란게 이 무슨 똥 씻는 막대기더냐?[無位眞人 是甚麼乾屎橛]'라고 하였다."고 한 말에서 유래하는 말로, 본래의 뜻은 불교 선종禪宗에서 학인學人들의 망상을 흔적도 없이 소멸시키는 것을 비유한 것이다.

50 나정암 : '정암整庵'은 나흠순羅欽順(1465~1547)의 호다. 명나라의 학자로, 자는 윤승允升이며, 시호는 문장文莊이다. 이부상서吏部尙書 등을 지냈다. 처음에는 불학佛學에 독실했다가 뒤에는 성리학에 전념했으며, 저서로 《곤지기困知記》·《정암존고整庵存稿》등이 있다.

다. 이런 뜻이 나쁜 것은 아니지만, 저의 견해로는 그림으로 그려 논리를 세우는 데는 진실로 아는 사람들을 위하여 만들어야지, 모르는 사람들을 위하여 폐해서는 부당하다고 생각합니다.

만약 모르는 자들을 위하여 그 분석의 폐단을 염려하였다면 염계濂溪의 〈태극도太極圖〉에서 태극의 테두리를 끄집어내어 음양 위에 두지 않았을 것이고, 이미 위에 태극이 있는데 다시 중앙에 태극을 두지 않았을 것이며, 오행의 테두리도 음양의 밑에 두지 않았을 것입니다. 그 허무의 폐단을 염려하였다면 태극의 진실하고 망령됨이 없음을 염계는 '무극無極'이라고 하지 않았을 것이며, 도道·성性과 태극의 실질을 정자程子와 주자朱子는 모두 '허'로 말하지 않았을 것입니다.

후세에 와서 과연 염계의 도설을 비방하는 여러 유학자들이 어지럽게 일어났으니, 가령 그때 주자가 논저하여 발명한 힘이 아니었다면 《태극도설太極圖說》은 예전에 이미 폐해져서 세상에 행해지지도 않았을 것입니다. 시험 삼아 주자가 도해圖解 뒤에 여러 사람들이 변론하고 힐난했던 것을 의논하여 결정해 놓은 부분을 살펴보면 분석하는 것이 해롭지 않다는 뜻을 볼 수 있는데, 무엇 때문에 지나치게 세속의 흐르는 폐단을 걱정하겠습니까? 또 제가 말하는 허虛는 허하면서 실實한 것으로 저 노불老佛의 허가 아니고, 제가 말하는 무無는 무하면서 유有한 것이니 저 노불의 무가 아닌데, 무엇 때문에 지나치게 이단으로 돌아갈까 걱정합니까?

그러므로 제가 독서하는 법은 무릇 성현이 의리를 말씀한 곳이 드러나면 드러난 것을 좇아서 의리를 찾고 감히 멋대로 은미한 데서 찾지 않으며, 은미하면 그 은미한 것을 좇아서 연구하고 감히 경솔히 드러난 데서 추리하지 않으며, 얕으면 그 얕은 것으로 인하고 감히 천착하여 심오하게 하지도 않으며, 심오하면 그 심오한 데로 나아가고 얕은 데서 머무르지 않으며, 분석하여 말한 곳은 분석하되 뒤섞임에 해가 되지 않게 하며, 뒤섞어 말한 곳은 뒤섞되 분석에 해가 되지 않게 하여, 사사로운 생각으로 좌우로 끌어당기고 분석하고 뒤섞고 뒤섞은 것을 나누어 분석하여 나누지 않았습니다.

이렇게 오래도록 해나가면 자연히 점점 조리가 정연하여 문란하게 할 수 없고, 이리저리 복잡하게 논설한 성현의 말씀은 제각각 마땅한 곳이 있어 서로 장애가 되는 곳이 없다는 것을 알게 될 것입니다. 그러고 나서 혹 이 것으로 설을 짓더라도 본래 정해진 의리의 본분에 거의 어긋나지 않으며, 가령 잘못 본 곳과 잘못 말한 곳이 있어 남의 지적이나 혹은 스스로의 깨 달음으로 인하여 즉시 고친다 하더라도 역시 스스로 통쾌한 일입니다. 그 러하니 어찌 하나의 견해로 대번에 자기의 생각만을 고집하여 다른 사람 의 말을 한마디도 받아들이지 않을 수 있겠습니까? 또 어찌 성현의 말씀 가운데 저의 의견과 일치한 것은 취하고 다른 것은 억지로 같게 하거나 혹 은 배척하여 그르다고 하겠습니까? 만약 이렇게 한다면 비록 당시에는 온 천하 사람들로 하여금 나와 시비하여 대항할 수 없게 할 수야 있겠지만, 천만세 뒤에 성현이 나와서 자신의 흠을 지적하고 자신의 숨은 병통을 간 파하지 않으리라고 어찌 보장하겠습니까? 이것이 군자가 서둘러 뜻을 겸 손히 하고 말을 살피며 의를 행하고 선을 따라서 감히 한때 한 사람을 이 기려고 하지 않는 이유입니다.

공이 이른바 근세의 이름난 벼슬아치와 큰 인물들 중 학문을 하는 이들 대부분이 세속에서 전하는 말을 답습하지 않을 수 없다고 하니 이는 그렇 지 않다고 할 수 없습니다. 그러나 저는 시골에 사는 촌스러운 학자라서 서로 답습하는 설을 전혀 듣지 못했는데, 지난해 성균관의 책임을 맡고 있 을 적에 여러 생도들이 학습하는 것을 보니 대부분 그 설을 따르고 있기에 시험 삼아 그 설을 널리 구해 여러 학설을 합쳐 보았습니다. 진실로 이해 할 수 없는 곳이 있는가 하면 사람의 뜻을 민망하게 하는 곳도 많아, 잘못 보고 잘못 인식하며 말에 얽매여 잘못 해설하는 등의 폐단을 이루 다 구 제할 수조차 없었습니다. 그러나 이른바 사단과 칠정을 이와 기에 분속한 설은 보지 못하였습니다.

지금 〈천명도天命圖〉 가운데 사단과 칠정을 이와 기에 분속한 것은 본래 정지운에게서 나온 것인데, 저 역시 그가 어디에서 이 설을 전수받았는지 몰라 처음에는 매우 의심스러워 깊이 사색한 지 수년 뒤에야 정설로 단정하였지만 아직도 선유의 설을 얻지 못하여 미덥지 못하였습니다. 그런데 뒤에 주자의 설을 얻어 증명한 뒤에야 더욱 자신한 것일 뿐 서로 답습하는 설에서 얻은 것이 아닙니다. 더구나 호운봉胡雲峯[51]의 설은 다만 성性·정情·심心·의意만 논하였을 뿐 이와 기의 구분을 둔 것이 아니므로 사단과 칠정을 이와 기로 나눈 것과는 가리킨 부분이 각각 다르니, 결코 저의 설이 여기에서 나온 것이 아닙니다. 이로 말한다면 사단과 칠정을 나눈 것은 곧 제가 주자의 설을 과신한 때문일 뿐입니다. 공의 변론에는 곧 세속에서 나온 것이라 하여 운봉에게 죄를 돌렸으니, 운봉 선생만이 허물을 달게 받아들이지 않을 뿐 아니라, 근세의 여러분들도 반드시 이 말에 대해서는 원통하다고 하지 않을지 두렵습니다.

보내온 변론에 또 이는 허虛하기 때문에 상대가 없고 상대가 없기 때문에 손익이 없다는 말을 통렬히 나무랐는데, 이제 이 말을 자세히 생각해 보니 이 말의 병통은 다만 "상대가 없기 때문[無對故]"이라는 세 글자에 있을 뿐이므로 이제 "이는 허하기 때문에 상대가 없고 손익도 없다."라고 고 쳤으니, 이렇게 하면 거의 병통이 없을 듯합니다. 그러나 공이 나무라는 것은 말의 병통에 있는 것이 아니라 오로지 그 말이 그릇된 견해에서 나 온 것이라고 하니, 제 생각에는 이것이 바로 이치를 보아 깨달은 것이고 이치를 설명하면서 궁극적이고 지극한 곳에 이르는 곳이라고 생각합니다.

저의 경우 10년의 공부를 쌓아서 겨우 그 비슷한 것을 얻었지만 아직은

---

51 호운봉 : '운봉雲峯'은 호병문胡炳文(1250~1333)의 호다. 원나라 휘주徽州 무원婺源 사람으로 자는 중호仲虎다. 주희朱熹의 종손宗孫에게 《주역周易》과 《서경書經》을 배워 주자학에 잠심하였다. 저서로 《주역본의통석周易本義通釋》 등이 있다.

제대로 알지 못하기 때문에 말에 이러한 병통이 있었는데, 공의 경우는 일 필로 잠깐 만에 결단해 버리니, 사람의 유지有知·무지無知가 어찌 30리 거리[52]일뿐이겠습니까? 그러니 이것을 어찌 다시 구설로 다툴 수 있는 것이 겠습니까? 다만 공도 날로 진보하고 저도 날로 진보하여 다시 10여 년의 공부를 쌓은 뒤 각자의 조예로 어째서 그런 것인지를 보아야 서로의 득실이 비로소 판정될 수 있는 것입니다. 만약 이때에도 판정될 수 없다면 반드시 후세에 주문공朱文公 같은 분이 나기를 기다린 뒤에야 그 옳고 그름이 판정될 수 있을 것이니 어떻게 생각하십니까?

또 저는 "도道가 같으면 한마디의 말로도 서로 부합할 수 있지만, 같지 않으면 많은 말은 도리어 도를 해치기 십상이다."라고 들었습니다. 우리 두 사람의 배운 것이 같지 않다고 할 수 없는데도 한마디의 말로 서로 부합하지 못하고 이렇게까지 많은 말이 필요하니, 진실로 도를 드러내 밝히지 못하고 도리어 도를 어지럽히고 해치는 것이 있을까 두렵습니다. 비록 그렇지만 이 또한 두 가지 길이 있습니다. 마음이 남을 이기기를 좋아하고 도를 헤아리지 않는 자는 끝내 부합할 리가 없으니 다만 천하의 공론을 기다릴 뿐입니다. 뜻이 도를 밝히는 데 있고 두 사람 모두 사적인 의도가 없다면 반드시 뜻이 일치할 날이 있을 것입니다. 그러나 이것은 이치에 통달하고 학문을 좋아하는 군자가 아니면 불가능합니다.

저는 늙어서 이렇게 정신이 흐려 학문이 퇴보하고 사적인 욕심이 지나쳐

---

52 30리 거리 : 재주가 현격한 차이가 나는 것을 이르는 말이다. 《세설신어世說新語》〈첩어捷悟〉에 동한東漢의 채옹蔡邕이 유명한 조아비曹娥碑에 '황견유부외손제구黃絹幼婦外孫虀臼'라고 써 두었는데, 삼국시대 조조曹操의 주부主簿 양수楊脩가 이를 보고 파자破字하여 "황견은 '색이 있는 실[色絲]'이므로 '절絶'자가 되고 유부는 소녀少女이므로 '묘妙'자가 되고 외손은 '딸의 아들[女子]'이므로 '호好'자가 되고 절구[虀臼]는 '매운 것을 받아들이는[受辛]' 것이므로 '사辭'자가 된다. 따라서 '절묘호사絶妙好辭' 즉 절묘한 좋은 글이란 뜻이다."라고 풀이하였다. 양수는 그 자리에서 파자를 해독했는데, 조조는 30리를 말을 타고 가서야 그 뜻을 해독하였다.

서 망령되이 아무런 보탬도 되지 않는 말을 하여 간절하고 자상하게 권면하는 공의 후의를 저버린 것은 아닌지 매우 두렵습니다. 저의 참람함을 용서하고 어진 마음을 드리워 주신다면 끝내 다행일 것입니다.

【별지】

편지 끝에 적어 보내신, 이항李恒[53]과 김인후金麟厚[54] 두 사람과 태극에 관해 5, 6차례 주고받으며 토론했던 글은, 사람의 의사를 깨우치고 사람의 안목을 열어주기에 충분하였습니다.

제가 사는 이곳에는 함께 강론할 사람도 없고 간혹 한두 동지가 있기는 하지만 벼슬에 매여 바빠서 늙고 병든 저는 벗들을 잃고 쓸쓸히 지내면서 늘 정체되어 있다는 근심을 품은 채 살고 있습니다. 그런데 이제 이 토론을 보고서 곧 호남에도 이를 논할 수 있는 인물이 있다는 것을 알았으니, 실로 우리나라에서 보기 드문 일이어서 매우 감탄하고 흠모하는 마음 금할 수 없었습니다.

그 논의의 시비득실이야 옛날 여러 현인들의 일정한 설이 다 있어서 오늘날 논쟁거리도 아닙니다. 그러나 공이 일재一齋[55]에게 은미한 뜻을 변론하여 분명히 알려준 것은 모두 옳습니다. 담옹湛翁[56]은 다만 쓸쓸한 몇 마디 말뿐이었지만 그래도 대략적인 뜻은 볼 수 있었습니다. 제가 어찌 감히

---

53 이항(1499~1576) : 자는 항지恒之이고, 호는 일재一齋이며, 시호는 문경文敬이다. 선공부정繕工副正 등을 지냈고, 이기일물설理氣一物說을 주장하였다. 저서로 《일재집一齋集》이 있다.

54 김인후(1510~1560) : 자는 후지厚之이고, 호는 하서河西·담재澹齋·담옹湛翁이며, 시호는 문정文正이다. 성경誠敬의 실천을 학문의 목표로 하고, 이항李恒의 이기일물설理氣一物說에 반론하여, 이기理氣는 혼합해 있는 것이라고 주장하였다. 저서로 《하서집河西集》 등이 있다.

55 일재 : 이항李恒(1499~1576)의 호다.

56 담옹 : 김인후金麟厚(1510~1560)의 호다.

다시 그 시비의 가운데로 들어가겠습니까마는 일재공이 은거하며 자신의 뜻을 즐기며 이렇게 자신을 독실하게 믿는 것은 진실로 가상합니다. 그러나 그 식견과 의논을 보면 병통이 없지 않은데, 이 역시 너무 지나치게 자신하고 자기주장이 확고한 탓입니다.

태극太極·음양陰陽·도기道器의 구별은 성현들께서 발명해 놓으신 것이 뭇별들이 하늘에 빛나는 것과 같을 뿐만이 아닌데, 이 사람은 애당초 번거로움을 참고 은미한 뜻을 정미하게 연구하지 못하고 있습니다. 다만《태극도설太極圖說》에서 하나의 그림자만 대강 보고서 몇 구절의 서론을 주워 모아 서둘러 고집하여 자신의 정해진 견해로 삼아 "천하의 도리가 이와 같은 데 불과하다."고 하였으니, 이미 학문을 하는 사람의 태도가 아닙니다. 그런데 지금 또 다른 사람들이 자기를 공격하면 두려운 마음이 들어 스스로 반성하여 덕을 키우고 공부의 폭을 넓히기를 꾀하거나, 여러 설의 차이를 고찰하고 서로간의 득실을 헤아려보고 이전 철인의 말씀으로 질정하고 사리의 실상으로 참작해서 지난날의 잘못된 견해를 씻어버리고 새로운 지식을 개발하려고 하지 않고 있습니다. 그리고는 도리어 이전 자신의 학설을 강력하게 주장하면서 스스로의 견해가 옳다고 강변하고, 옛사람들의 말씀을 다시 생각해 보지도 않고 다른 사람의 말을 한결같이 배척하면서 남에게 조금도 양보하지 않아 마음을 비우고 겸손한 뜻으로 선을 택하고 유익함을 구하는 것이 무슨 일인지조차 모릅니다.

대체로 자신을 돈독하게 믿는 것을 귀하게 여기는 것은 정도를 듣고 굳게 지킬 때나 해당되는 말입니다. 그런데 지금 견해가 이렇게 어긋났는데도 자신의 견해만 집착하면서 이렇게 고집불통을 부리니 어찌 애석하지 않겠습니까? 예로부터 이른바 "현명하고 지혜로움이 지나쳐서 학문을 좋아하지 않는 자는 논할 것도 없지만, 혹은 학문에 종사하는 자들도 대부분 자신에게 도취되고 서둘러 이루려는 폐단이 있다. 자신에게 도취되면 남의 말을 듣지 않고, 빨리 이루고자 하면 많은 이치를 궁구하지 못할 것이니, 이렇게 하고서 도에 들어가고 덕을 쌓아 성현의 문과 담장에 가까이 가기를 바라는 것은 어찌 뒷걸음질 치면서 앞으로 나아가기를 구하는 것과 같지 않겠는가?"라는 말이 있습니다.

대개 옛사람과 지금 사람의 학문이나 도술이 차이 나는 이유를 깊이 생각해 보면, 다만 '이理'자를 알기 어렵기 때문입니다. '이理'자가 알기 어렵다고 하는 것은 대체로 알기가 어렵다는 것이 아니라 참으로 알고 신묘하게 깨달아 궁극에까지 이르기가 어렵다는 것입니다. 만약 여러 가지 이치를 잘 탐구하여 궁극에까지 도달하면 이 물사物事가 지극히 허虛하면서도 지극히 실實하고 지극히 무無하면서도 지극히 유有하며 동動하면서도 동함이 없고 정靜하면서도 정함이 없는 정결한 것으로서 털끝만큼도 더하거나 덜어낼 수도 없습니다. 그래서 음양·오행과 만물·만사의 근본이 되면서도 음양·오행과 만물·만사의 범주 안에 있는 것도 아니라는 것을 통찰할 수 있을 것이니, 어찌 기를 섞어서 하나로 인식하여 하나의 물건으로 간주할 수 있겠습니까? 도의로 다만 무궁함만을 보기만 한다면 남에게 있건 나에게 있건 무슨 한계가 있겠습니까? 남의 말을 들을 때 오직 옳은 것만을 따르면 마치 화창한 봄날 얼음이 녹는 것처럼 될 것이니 어찌 사사로운 의견을 고집할 수 있겠으며, 짐은 무겁고 갈 길은 먼 것을 도道로 나아가는 종신 사업으로 여긴다면 어찌 서둘러 이루려는 염려가 있겠습니까?

가령 처음에 길을 잘못 들었다 하더라도 다른 사람이 경계하는 말을 듣고 곧바로 자신의 잘못을 바로잡고 새롭게 되기를 도모한다면 어찌 지난날의 주장만을 옹호하고 생각을 돌릴 의사가 없겠습니까? 진실로 두려운 것은 지난날의 견해를 고집하며 자신을 변화시키지 않는다면 은거하여 도를 논해도 후생들을 미혹시키고, 세상에 나가 벼슬을 해도 정사에 해를 끼칠 것이니, 이는 작은 일이 아닙니다.

일재一齋가 여러 책을 두루 보는 것을 잘못이라고 하여 사람들로 하여금 묵묵히 생각하여 스스로 터득하게 하고자 한다니 그의 생각이 한쪽으로 떨어져 있다는 것을 알겠습니다. 공의 답장에서 그의 편벽된 곳을 바로 잡고 그의 병통을 치료한 방법은 매우 훌륭했습니다. 그런데 그는 다시 답장에서 "성인의 학문은 다만 사서四書에 있고, 특히 《대학》에 주력해야 한다."고 하였으니, 이 말이 참으로 지극히 옳은 말이지만 그의 생각이 한쪽으로 떨어져 있다는 병통을 여기에서 볼 수 있습니다. 그렇다면 공이 이른바 "서로 닦아 나가는 처지가 되자."란 말도 끝내 일재의 귀에는 들리지 않았을 것입니다. 이 점이 매우 한탄스럽습니다. 비록 그렇지만 남에게 있는 것은 알고 나에게 있는 것은 모르는 것이 보통 사람의 일반적인 마음입니다. 그러나 명색이 도를 배운다는 우리가 이런 병통에서 벗어나지 못한다면 어찌 학문의 힘에 얻은 것이 있다고 하겠습니까?

저의 견해로 볼 때에 일재가 빠르고 간략한 한쪽에만 의거하여 널리 배우기를 힘쓰는 것을 나무라는 것은 진실로 큰 병통입니다. 그러나 공의 학문하는 방법은 해박한 데로만 주력하고 단속하고 수렴하는 데는 소홀히 하는 듯하니 어떻게 생각합니까? 제가 아직 공의 학문적 한계를 엿보지도 못했으면서 경솔하게 이런 말을 하니 혹시라도 꾸지람이나 듣지 않을는지 모르겠습니다. 그러나 다만 지금 보내온 논변의 문자를 보니, 참으로 장자莊子가 이른바 은하銀河처럼 그 뜻이 넓고 깊지만 지극히 친절하고 지극히 정밀하여 요약한 곳에 마치 한 겹의 막이 걷히지 않은 곳이 있는 것 같습니다.

바라건대 두 분은 각기 자신의 장점을 자랑으로 여겨 남의 단점을 공격하지 말고, 모두 자신에게 힘껏 돌이켜 살펴 치우친 것을 바로잡아 '서로 닦아 나가자.'는 말이 땅에 떨어지지 않도록 하십시오.

저같이 졸렬한 사람은 젊어서는 글을 읽지 못했고 늙어서는 마음을 보존하는 데 밝지 못해 두루 배우려고 하니 총명이 미치지 못하고 요약하려고 하니 정력이 이미 소진하여 한갓 남의 병통만 알 뿐 저 자신의 병통은 알지 못합니다. 이 두 가지 널리[博] 배우고 요약[約]하는 사이에서 갈팡질

팡하면서 학문을 수양하는 말석에도 참여하지 못해 부끄럽고 두렵습니다.

바라건대 우리 벗께서는 저를 비루하게 여겨 도외시하지 마시고 때때로 채찍질하고 격려하는 글을 보내 주시어, 서로 도와 학문을 닦고 수양에 힘쓰는 의리를 다해 주십시오. 지극히 간절한 마음을 말로 이루다할 수 없습니다.

회암晦庵[57]의 〈숙매계관시宿梅溪館詩[58]〉는 공의 부탁한 대로 써서 보냅니다. 다만 보내 주신 글을 읽어 보니 그 시에 나오는 두 가지 욕심[59]이 해로움을 깊이 징계하여 그 해로움을 없애고 막아서 구덩이에 빠지는 치욕을 면하려고 한다는 것을 알겠습니다. 이 생각은 매우 좋습니다.

돌아보면 저 역시 10여 년 전에는 구덩이 속에 빠져 있던 사람이었지만 늙고 병들어 기가 꺾이고 쇠약해져서야 비로소 구덩이에서 빠져 나올 수 있었습니다. 그럼에도 오히려 때때로 모귀희렵暮歸喜獵[60]의 병통이 있어 늘 두려워하고 조심하며 다시 구덩이에 추락하지나 않을까 경계하고 있으니, 어느 겨를에 그대를 위하여 도모할 수 있겠습니까? 더구나 남에게 알려주는 방도는 반드시 자신에게 많이 쌓인 뒤라야 말에 힘이 실리고 사람

---

57 회암 : 주자朱子의 호다.

58 숙매계관시 : 주자朱子가 담암澹菴 호전胡銓을 위해 지었다는 2절絶의 시를 이른다.

59 두 가지 욕심 : 원문은 '兩斧'. 주색酒色을 이른다. 술[酒]은 창자를 가르는 도끼이고, 여색[色]은 심성心性을 가르는 도끼이다.

60 모귀희렵 : 《심경心經》 본장本章에 "나는 나이 16, 17세 때에 사냥을 좋아하였다. 그러다가 얼마 뒤에 자신 있게 '이제는 이 버릇이 없어졌다.'라고 하였더니, 주무숙周茂叔이 '어찌 말을 그렇게 쉽게 하는가. 단지 그 마음이 밑에 숨어서 발하지 않을 뿐이니, 어느 날 싹터서 일어나면 다시 처음처럼 될 것이다.'라고 하였다. 그로부터 12년이 지난 뒤에 저녁에 돌아오다가 전야 사이에서 사냥하는 자를 보고는 나도 모르게 기뻐하는 마음이 일어났으니, 과연 아직도 그렇지 않다는 것을 그때 비로소 알았다.[予年十六七時 好田獵 旣而自謂已無此好 周茂叔曰 何言之易也 但此心潛隱未發 一日萌動 復如初矣 後十二年暮歸 在田野間 見田獵者 不覺有喜心 方知果未也]"라는 정호程顥의 고사를 이른다. 무숙茂叔은 주돈이周敦頤의 자다.

을 감동시킬 수 있는 것이니, 어찌 자신도 남과 크게 다르지 않으면서 그 말이 사람을 감동시킬 수 있겠습니까? 그러나 이미 서로 도의로 기대하고 본받는 사이에 아무 말도 하지 않을 수 없어 감히 저의 정성을 드리고 싶지만 굳이 따로 말씀 드리지 않고 다만 지금 써서 보내는 명시銘詩를 법으로 삼는다면 충분할 것입니다.

대개 덕성을 높일 줄 알면 반드시 차마 천명과 사람의 기강을 무시하여 하류의 일을 하지 않을 것이고, 내친 마음을 수습할 줄 알면 반드시 지경持敬·존성存誠·방미防微·신독愼獨에 힘써 자신의 욕심을 막고 몸을 지킬 수 있을 것입니다. 그러나 인욕은 매우 위태로운 것입니다. 천지를 떠받치고 해와 달을 꿰뚫을 만한 기상과 절조를 가지고 있으면서도 하루아침에 한 요물의 뺨에 있는 예쁜 보조개에 빠져서 그 기절이 꺾이어 천하의 웃음거리가 되어 버린 호담암胡澹庵[61]처럼 이렇게까지 치욕을 불러들이는 것이 이처럼 두렵기 때문에 주부자朱夫子께서도 오히려 일생 동안 몸을 호미춘빙虎尾春氷[62]에 두시고, 항상 눈이 아직 녹기도 전에 풀이 이미 돋아난다는 경계를 마음에 가지셨는데, 우리들은 어떻게 해야 하겠습니까?

말로는 다 설명할 수 없어 전쟁으로 비유해보겠습니다. 저는 욕심을 억

---

61 호담암 : '담암澹庵'은 호전胡銓(1102~1180)의 호다. 자는 방형邦衡이고, 시호는 충간忠簡이다. 추밀원편수관樞密院編修官으로 금나라와의 강화를 반대하여, 간신 진회秦檜·왕륜王倫 등을 처단해야 한다는 상소를 올렸다가 유배되었다. 저서로 《역습유易拾遺》 등이 있다.

62 호미춘빙 : 《서경書經》 〈군아君牙〉에 "나 소자가 문왕·무왕·성왕·강왕이 남기신 전통을 이어 지킴은 또한 선왕의 신하들이 능히 보좌하여 사방을 다스리기 때문이니, 마음에 근심하고 위태롭게 여김이 범의 꼬리를 밟는 듯하며 봄에 살얼음을 건너는 듯하다.[惟予小子 嗣守文武成康遺緒 亦惟先王之臣 克左右 亂四方 心之憂危 若蹈虎尾 涉于春氷]" 하였는데, 주희가 〈택지가 화답한 생生 자 운의 시 내용이 몹시도 경책이 되기에 차운하여 사례하고, 아울러 백숭에게도 올린다[擇之所和生字韻 語極警切 次韻謝之 兼呈伯崇]〉라는 시에 "범 꼬리를 밟는 듯 봄의 살얼음을 건너는 듯[虎尾春冰]"이란 구절을 인용하였다.

제함에 있어서 군사가 패배한 장군처럼[63] 회계回溪의 패배[64]를 분하게 여겨서 성벽을 굳게 쌓고 들판의 곡식을 치우고[65] 창을 베고 자고 쓸개를 핥으며[66] 무기를 가다듬고 맹세하면 적은 저절로 이르지 아니할 것이며, 간혹 적을 만난다고 하더라도 많은 꾀를 세워서 함께 싸우지 않고 앉아서 서쪽 오랑캐의 변란을 진압하고[67] 혹 부득이해서 병사들을 쓰게 된다면 마땅히 성을 뚫고 성난 소를 놓아서 단번에 연나라의 도적을 소탕하거나[68]

63　군사가……장군처럼 :《오월춘추吳越春秋》에, 범려范蠡가 월왕越王 구천勾踐에게 "망국의 신하는 감히 정치를 말하지 않고, 전쟁에 패한 장수는 감히 무용을 말하지 않는다.[亡國之臣 不敢語政 敗軍之將 不敢語勇]"라고 한 구절이 있다.

64　회계의 패배 : 한 번 실패했다가 뒤에 다시 분발하여 성공을 거두는 데에 비유하여 이르는 말이다.《후한서後漢書》〈풍이열전馮異列傳〉에 후한後漢 때 장군 풍이馮異가 적미병赤眉兵과 싸워서 회계의 판상坂上으로 패주했다가, 그 후 군사들을 독려하여 효산崤山 밑에서 다시 적미병을 크게 격파하자, 광무제光武帝가 새서璽書를 내려 풍이를 위로하기를 "처음에는 비록 회계에서 날개를 드리웠지만, 끝내는 능히 민지에서 날개를 떨쳤도다.[始雖垂翅回溪 終能奮翼澠池]"라고 한 구절에서 유래한다.

65　성벽을……치우고 :《주자어류朱子語類》의 "적이 쳐들어 올 적에 안자에게는 바로 앞으로 나아가서 적과 싸워 죽이라고 가르친 것이다. 중궁仲弓에게는 경敬과 서恕로써 가르쳤으니, 이는 중궁으로 하여금 굳게 성벽을 굳게 쌓고 들판의 곡식을 치우고 적들이 쳐들어오는 길을 끊어서, 적들로 하여금 오지 못하게 하도록 가르친 것이다.[賊來 顔子是進步 與之廝殺 教仲弓以敬恕 是教他堅壁淸野 截斷路頭 不敎賊來]"라는 구절에서 유래한다.

66　창을……핥으며 : 원문은 '枕戈嘗膽'. '침과枕戈'는《세설신어世說新語》〈상예賞譽〉의 "내가 창을 머리에 베고 아침을 기다리면서 항상 오랑캐를 섬멸할 날만 기다려 왔다.[吾枕戈待旦 志梟逆虜]"라고 한 구절에서 유래한다. '상담嘗膽'은《사기史記》〈월왕세가越王世家〉에 월이 오吳에 패하여 회계會稽의 수치를 당하였다. 그후 월왕 구천句踐은 그 회계의 수치를 씻기 위하여 쓸개를 핥았다. 이때 이 두 사람이 구천을 도와 끝내 그 수치를 씻게 하였다.

67　서쪽……진압하고 :《한서漢書》〈조충국열전趙充國列傳〉에 조충국趙充國이 무제武帝 때 가사마假司馬를 따라 이사장군貳師將軍을 따라 흉노를 격퇴한 고사가 있다.

68　성을……소탕하거나 :《사기史記》〈전단열전田單列傳〉에 전국시대 제나라 전단田單이 외로이 즉묵성을 지키고 있다가, 천여 마리의 소에 붉은 옷을 입히고 뿔에

나무를 깎아 쇠뇌를 쏘아 순식간에 궁지에 몰린 방연龐涓을 죽게[69] 하는 것이 가능하다 하겠습니다.

그러나 공 같은 사람은 1만 명을 당해 낼만한 기운과 많을수록 좋다[70]는 지략을 자부하고서 사방으로 흩어져 사면으로 싸워야할 곳에[71] 머무르며 날마다 강한 적과 마주하는데, 장수는 도리어 교만하고 졸개는 도리어 게을러지며 군율마저 엄하지 않아 혹 병사들과 방탕하게 친압하기도 하니, 비록 다행히 싸움에서 이겨 하룻저녁 편안하게 잠을 잤더라도 일어나서 사방을 둘러보면 진秦나라 군사가 또 이를 것입니다[72]. 이처럼 적이 끊임없이 바뀌니 병졸들이 어찌 지치거나 사기가 떨어지지 않겠습니까?

이렇게 되면 도모하는 일은 반드시 서투른 책략에서 나와 강화와 전쟁

칼날을 매단 뒤, 소꼬리에 갈대를 묶어 불을 붙여서 성 밖으로 내몰아 연나라 군사를 크게 격파한 고사가 있다.

69 나무를……죽게 : 《사기史記》〈손자열전孫子列傳〉에, 손빈孫臏이 방연龐涓이 이끄는 위나라 군사를 마릉馬陵의 협곡으로 유인한 다음 군사들을 매복시키고 큰 나무를 쪼개어 "방연이 이 나무 아래에서 죽는다."는 글씨를 써놓았는데, 과연 방연이 밤중에 그곳에 이르러 불을 켜서 글씨를 보려다가 제나라 군사들의 집중 공격을 받고 대패한 고사를 이른다.

70 많을수록 좋다 : 《한서漢書》〈한신열전韓信列傳〉에 "한 고조漢高祖 유방劉邦이 한신韓信에게 얼마의 군사를 거느릴 능력이 있느냐고 묻자, 많으면 많을수록 좋다.[多多益辦]"라고 대답한 고사가 있다.

71 사방으로……곳에 : 원문은 '四散四戰之地'. 산하山河 등의 요새가 없어 사방으로 적을 맞아 싸워야 하는 곳.

72 싸움에서……것입니다 : 소순蘇洵의 《가우집嘉祐集》〈권서 하權書下 육국六國〉에 "오늘 다섯 곳의 성을 떼어 주고 내일 열 곳의 성을 떼어 준 뒤에 하룻저녁의 편안한 잠자리를 얻지만, 일어나 사방의 경계를 바라보면 진나라 병사가 또 이를 것이다. 그렇다면 제후의 땅은 유한하고 포악한 진나라의 욕심은 만족할 줄 모르니 바치는 것이 번다하면 할수록 침입은 더욱 급해진다.[今日割五城 明日割十城 然後得一夕安寢 起視四境 而秦兵又至矣 然則諸侯之地有限 暴秦之欲無厭 奉之彌繁 侵之愈急]"라는 구절이 있다.

을 병용해야 한다는 말을 견지하면서, 때로는 유왕幽王의 수도에서 군사를 뽑아 신후申侯의 나라에 가서 방어를 하는 임무에 달려가며[73] 때로 방두枋頭로 쌀을 옮겨[74] 부비符丕의 굶주림을 구제한다면[75] 수레에 뛰어 올라 타는 용기도[76] 믿을 수 없고 초나라로 갔던 병사가 이미 초나라 수도인 영郢에 들어올까[77] 저는 두렵습니다. 이 때문에 그대를 위하여 계책을 말한다면 차라리 다음과 같이 하는 것이 더 좋겠습니다. 강을 건넌 뒤 배를

---

73 유왕의⋯⋯달려가며 : 《시경詩經》〈국풍國風 왕풍王風〉에 신申나라로 피난 갔던 의구宜曰는 견융을 끌어들여 유왕幽王을 시해한 신후申侯의 덕으로 뒤에 주나라 평왕平王이 되었는데, 평왕은 모친만 생각하고 부친을 시해한 신후를 위해 군사를 동원하여 보내니, 이때 신나라 방어를 위해 동원된 병사들이 국가를 원망하고 고향을 그리워하며 부른 노래이다.

74 방두로⋯⋯옮겨 : 《한서晉書》〈항온전桓溫傳〉에 동진東晉의 권신인 환온桓溫이 3차 북벌에 나서 황하의 북쪽인 방두에 진군했다가 보급로가 끊겨 연나라에 크게 패한 고사를 이른다.

75 부비의⋯⋯구제한다면 : 《진서晉書》〈부비재기符丕載記〉에 부비符丕는 전진왕前秦王 부견符堅의 장서자長庶子로 문무를 겸비하고 군사들의 마음을 얻어 업鄴에 출진出鎭하여 동하東夏를 안정시켰다. 그 뒤 부견이 진晉나라를 대거 침입하여 사현謝玄과 비수肥水에서 싸우다가 대패하고 돌아왔는데, 이즈음 부비도 모용수慕容垂에게 핍박을 당한 나머지 업에서 방두로 도망하여 군량의 결핍 등 갖은 고초를 겪은 고사를 이른다.

76 수레에⋯⋯용기도 : 《춘추좌씨전春秋左氏傳》희공僖公 13년에 "좌우에 투구를 벗고 전차에서 내렸다가 도약해서 전차에 타는 자가 300승이 있다.[左右免冑而下 超乘者三百乘]"라는 고사를 이른다.

77 초나라로⋯⋯들어올까 : 《춘추좌씨전春秋左氏傳》소공昭公 30년에 오吳나라 합려闔廬가 서徐나라를 멸망시키자 공자公子 2인이 초나라로 도망가니, 초나라가 암암리에 오나라를 칠 것을 계획하였다. 이에 합려가 초나라를 공격하려 하자 오원伍員이 "우리의 삼사三師로 그들을 괴롭혀야 한다. 일사一師가 이르면 그들이 반드시 전 병력을 출동시킬 텐데, 그들이 나오면 우리는 돌아가고 그들이 돌아가면 우리는 출동시킬 경우 초나라 군대는 반드시 길에서 지칠 것이다. 이렇게 자주 괴롭혀 지치게 하고 다방면으로 잘못되게 한 뒤에 삼군이 쳐들어가면 반드시 대승할 것이다.[若爲三師以肄焉 一師至 彼必皆出 彼出則歸 彼歸則出 楚必道敝 亟肄以罷 之 多方以誤之 旣罷 而後 以三軍繼之 必大克之]"라고 하였다. 그 뒤 마침내 초나라의 수도 영郢에 입성하였다.

태워버리고[78] 솥과 가마를 부수어 버리며 집에 불을 지르고 사흘간의 양식만을 갖고 군사들에게 다시 돌아갈 마음이 없음을 보여주어야[79] 반드시 성공할 수 있을 것입니다.

기명언이 사단과 칠정에 관하여 답하는 두 번째 편지 答

- **해설** : 이 편지는 기대승奇大升(1527~1572)의 편지를 받고, 경신년(1560년, 60세) 11월 5일에 보낸 답장이다. 퇴계는 자신이 보낸 사단四端과 칠정七情에 대한 두 번째 편지로, 첫 번째 논의했던 말이 성글어서 고쳐 다시 보냈다.

---

78 강을……태워버리고 : 《춘추좌씨전春秋左氏傳》〈노문공 상魯文公上〉에 "진백秦伯 (진 목공秦繆公)이 진晉나라를 칠 때 분주제하焚舟濟河하였다."라고 하였고, 두예 杜預의 주석에는 "죽음을 각오한 것이다."라고 하였다.

79 솥과……보여주어야 : 《사기史記》〈항우본기項羽本紀〉에 항우가 진秦나라와 싸울 적에 모든 군사를 이끌고 황하를 건너면서 배를 침몰시키고 솥을 깨버리며 여사 廬舍를 불태운 다음, 단지 3일 치의 식량만을 가지고 가서 결사적으로 싸워 다시 돌아올 마음이 없음을 군사들에게 보이고 진격하였는데, 마침내 진나라의 군사 들을 격파하였다.

05.
사단과 칠정을
논하며, 세 번째

퇴계 선생이 이미 두 번째 편지에 답을 하자, 명언이 또 편지를 보내와 변론하였지만 선생이 다시 답변하지 않고, 다만 편지 가운데의 몇 단락만을 비평해서 보내와 지금 그 편지를 간략하게 요약하고 비평하는 말을 적는다.

【질문】

맹자가 꼬집어서 이理 한쪽만을 주로 말할 때는 진실로 이를 주로 하였다고 말할 수 있지만, 만약 자사子思가 이와 기를 뒤섞어서 말한 때에도 기를 주로 하여 말했다고 할 수 있습니까? 이 점은 실로 제가 아직 깨닫지 못한 것이니 다시 가르쳐 주시는 것이 어떻습니까?

【답변】

이미 "뒤섞어서 말한다."라고 하였으니, 어찌 이를 주로 하고 기를 주로 하는 구분이 있겠습니까? 상대적으로 분별하여 말할 때는 이러한 구분이 있을 뿐이니, 주자가 "성性은 가장 말하기 어려우니, 같다고 말해도 되고 다르다고 말해도 된다[80]."라고 하였고, 또 "온전하다고 해도 되고 치우쳤다고 해도 된다."고 말한 것과 같습니다.

---

80 성은……된다 : 《주자어류朱子語類》〈인물지성기질지성人物之性氣質之性〉에 나오는 구절이다.

【질문】

주자가 "천지의 성[天地之性]은 태극 본연의 오묘함이니, 만 가지로 다른 것의 유일한 근본[萬殊之一本]이고, 기질의 성[氣質之性]은 음과 양이 서로 어울려 운행하여 생긴 것이니 하나의 근본이지만 만 가지로 다르고[一本而 萬殊], 기질의 성은 바로 이가 기 속에 떨어져 있을 뿐 따로 하나의 성이 있는 것은 아닙니다."라고 하였습니다.

【답변】

이전 편지에서 성性을 인용하여 한 말은 다만 성도 오히려 이와 기를 겸해서 말할 수 있다고 하였기 때문에 정이라고 어찌 이와 기를 나누지 못하겠느냐는 뜻을 밝힌 것이지 성을 논하기 위해 했던 말은 아닙니다. '이가 기속에 떨어진 이후의 일' 이하는 진실로 그러하니, 여기에 나아가서 논해야 합니다.

【질문】

천지의 성은 비유하면 하늘 위에 떠 있는 달이고, 기의 성은 비유하면 물속에 잠겨 있는 달입니다. 달이 비록 하늘에 떠 있거나 물속에 잠겨 있는 차이가 있는 것 같지만 달이라는 점에서는 동일할 뿐입니다. 그런데 이제 하늘 위에 달은 달이고 물속의 달은 물이라고 한다면 어찌 이른바 장애가 없다고 하겠습니까? 더구나 이른바 사단과 칠정이라는 것은 바로 이가 기에 떨어진 이후의 일이니 마치 물속의 달빛과 같으며 그 빛이 칠정에는 밝기도 하고 어둡기도 합니다. 사단은 특히 그 밝은 것이나 칠정의 어두움은 진실로 물의 청탁 때문이기는 하지만 사단으로 절도에 맞지 않는 것은, 빛은 밝지만 물결의 흔들림이 있기 때문입니다. 이 도리를 가지고 다시 생각해 보시는 것이 어떻습니까?

【답변】

'온 천지의 물에 비친 달이 곳곳마다 모두 다 둥글다[81].'는 설에 대해 선유들이 그 설의 잘못을 논한 것을 본 적이 있는데 지금 기억이 나지 않습니다. 다만 보내신 편지에 입각해서 논하겠습니다. 하늘이나 물속에 있는 것이 비록 다 같은 달이기는 하지만 하늘에 떠 있는 것은 진짜 달이고 물속의 것은 다만 빛과 그림자일 뿐입니다. 그렇기 때문에 하늘의 달을 가리키면 실상을 얻지만 물속의 달을 건지려 하면 얻을 수 없는 것입니다. 진실로 성이 기 속에 있는 것이 물속의 달그림자와 같아서 잡으려 해도 잡을 수 없다면 어떻게 선을 밝히고 몸을 성실히 하여 성의 처음 상태를 회복할 수 있겠습니까? 그러나 이것은 성으로 비유한다면 그래도 비슷하겠지만 만약 정으로 비유한다면 더욱 그렇지 않습니다.

대체로 달이 물에 비칠 때 물이 고요하면 달도 고요하고 물이 일렁이면 달도 따라 움직입니다. 그 움직임이 잔잔하게 흐르고 맑은 달그림자가 투명하게 비치는 경우에는 물이 일렁이든 달이 움직이든 아무런 문제가 없습니다. 그런데 혹시라도 물이 아래로 세차게 흐르다가 바람에 흔들려 물결이 일고 바위에 부딪쳐 튀어 오르면 달은 이로 인해 부서져서 빛이 일렁거리며 어지럽게 부서지고 심지어는 마침내 달이 사라지고 맙니다. 이렇다면 어찌 물속의 달이 밝고 어두운 때가 있는 것이 모두 달이 주관하는 것이지 물은 아무런 관계가 없다고 하겠습니까? 따라서 저는 이렇게 생각합니다.

달그림자가 고요하고 맑게 흐르는 물에 드러날 경우는 달을 가리켜 움직인다고 말하더라도 물의 움직임은 그 가운데 있습니다. 만약 물이 바람에 흔들리거나 바위에 부딪쳐서 달이 일렁거리거나 없어지는 경우에는 단

---

81 온……둥글다 : 진기도陳幾道의 〈존성재명存誠齋銘〉에 "마치 달그림자가 온 천지의 물에 비치어 안정된 상이 나누어지지 않아 곳곳마다 다 둥근 것과 같다.[如月影散落萬川 定相不分 處處皆圓]"는 구절이 있다.

지 물만 가리켜 움직임을 말하되, 달의 유무와 밝고 어두움은 물의 움직임의 정도가 어떠하냐에 달려 있을 뿐입니다.

【질문】
감히 여쭙니다. 희喜·로怒·애哀·락樂이 드러나서 절도에 맞는 것은 이에서 발한 것입니까? 기에서 발한 것입니까? 드러나서 절도에 맞아 어디서든 선하지 않음이 없는 선과 사단의 선은 같습니까? 다릅니까?

【답변】
비록 기에서 드러났지만 이가 타서 주가 되기 때문에 선함은 같습니다.

【질문】
또 "사단은 이가 드러나서 기가 따르고, 칠정은 기가 드러나 이가 탄다."는 두 구절은 매우 정밀합니다. 그러나 어리석은 제 생각으로는 이 두 가지 의미는 칠정은 이기를 겸해 있는 반면 사단은 이가 드러나는 측면만 가지고 있다고 여겨집니다. 그러므로 저는 이를 고쳐 "정이 드러날 때는 혹 이가 발동하여 기가 함께 하기도 하고, 기가 감응하여 이가 올라타기도 한다."라고 말하고 싶은데, 이렇게 말하는 것이 선생의 생각에는 어떠실는지 모르겠습니다. 기가 이를 따라 드러나 조금의 장애도 없는 것이 바로 이가 드러나는 것입니다. 만약 이것을 제외하고 달리 이가 드러나는 것을 구하려 한다면 저로서는 헤아림과 모색이 깊어질수록 더더욱 해답을 얻지 못할 듯합니다. 이것은 바로 너무 지나치게 이와 기를 나누어 말하는 폐단입니다. 지난번 편지에서도 말씀드렸는데도 오히려 다시 이렇게 말씀하시니, 만약에 그렇지 않다면 주자가 이른바 "음양과 오행이 서로 뒤섞어 두어도 단서를 잃어버리지 않는 것이 곧 이理다."라고 한 것도 역시 따를 수 없습니다.

【답변】

"도道가 곧 기器이고 기가 곧 도다."라고 한 것은 아득한 가운데에 온갖 모습들이 이미 갖추어졌다고 하는 것이지 실제로 도를 기라고 하는 것이 아니며, 물物에 나아가면 이가 이것을 벗어나지 않는다는 것이 실제로 물을 이라고 하는 것은 아닙니다.

【질문】

제가 생각하기에 "일반적으로 논한다면 옳지 않은 것이 없다."는 것은 소종래所從來를 말한 것이고, "그림으로 나타내기에는 온전치 못한 것이 있다."고 한 것은 대립시켜 말한 것입니다. 만약 반드시 대립시켜 말해야 한다면 비록 주자의 본래 말을 인용하더라도 잘못 인식하는 병통에서 벗어나지 못할 듯합니다.

【답변】

기가 이를 따라 드러나는 것을 이가 드러나는 것이라고 한다면 이는 기를 이로 인식하는 병통에서 벗어나지 못하는 것입니다. 만약 그렇지 않다면 위에서 어찌하여 그렇게 말한 것입니까?

기명언이 사단과 칠정에 관하여 답하는 세 번째 편지   答

• **해설** : 이 편지는 기대승奇大升(1527~1572)의 편지를 받고, 임술년(1562년, 62세) 겨울에 보낸 답장이다. 퇴계는 자신이 보낸 사단四端과 칠정七情에 대한 세 번째 편지다. 보내온 문목問目의 전체에 답변을 하지 않고 몇 단락만을 가려 답변하였다.

06.
성性을 정情만으로
설명하는 것은

첫 조목에서 '덕德·성性·이理'에 관한 설명은 대강 이해하였지만, 성性을 정情과 상대적 관점에서 말해서는 안됩니다. 다만 마음의 전체가 갖추어 야할 이치로 말한 것입니다. '지지知止'의 문단은 역시 맞습니다. 그러나 '유 정有定[82]'을 통설로 삼아 심신心神에서 분석해보면 조금은 억지스러운 잘 못이 있는 듯합니다.

'의意란 심心의 발로다.'라는 문단에선 본 것이 지루하게 늘어지고 억지스 러워 모두가 원래 본연의 도리가 아닙니다. 따지고 파고들어 억측으로 지어 내는 데만 힘쓰니, 이것이 바로 학문하는 데 생기는 깊은 병폐입니다. 무릇 '정情'과 '의意' 두 글자에 대해 선유先儒들이 '성발性發'과 '심발心發'로 구별 하여 말한 것이 이미 너무도 분명하여 의심할 여지가 없습니다. 주자도 이 두 가지가 서로 용用이 되는 곳에 나아가 설명한 것은 더욱 분명합니다.

'발출임지發出恁地'란 '이렇게 드러난다.'는 말입니다. 예를 들어 어린아이 가 우물에 빠지려는 것을 보면 측은한 마음이 저절로 드러나고, 기쁜 일을 보면 기쁨이 자연히 이렇게 드러나는 것이 이런 경우입니다. '주장요임지主 張要恁地'란 '이렇게 하도록 주장한다.'는 말입니다. 예를 들어 측은한 마음 이 생기면 이렇게 일을 처리해서 건지도록 주장하고, 기쁜 마음이 들면 이 기쁜 일을 처리하도록 주장하는 것이 이러한 경우입니다. 그러므로 배와 수

---

82 지지의……유정 : 《대학大學》에 "그칠 데를 안 뒤에야 정함이 있으니, 정한 뒤에
   고요할 수 있고 고요한 뒤에 편안할 수 있고 편안한 뒤에 생각할 수 있고 생각한
   뒤에 얻을 수 있다.[知止而后有定 定而后能靜 靜而后能安 安而后能慮 慮而后能得]"
   라는 구절이 있다.

레를 정情에 비유하고 사람이 배와 수레를 부리는 것을 의意에 비유한 것입니다. 이제 마땅히 이와 같이 명확하고 정당한 곳에 나아가 분명하게 깨닫고 몰두하여 젖어들기를 오래 한다면 자연히 관통하는 곳이 있을 것입니다.

대개 심心은 이理와 기氣를 합하고 성性과 정情을 통섭하는 것입니다. 따라서 비단 의意만 심心이 드러난 것이 아니고 정情이 드러난 것도 심心이 드러난 것입니다. 이理는 형체나 그림자도 없어서 심心에 담기고 실려 있는 것이 성性입니다. 성性도 형체나 그림자도 없어서 심心에 기인하여 베풀어지고 드러나 작용하는 것이 정情입니다. 정情이 발함으로 인하여 처리하고 헤아려 이렇게 저렇게 하도록 주장하는 것은 의意입니다. 선유들은 정情이 자연히 발현된다고 여겨 '성발性發'이라 하고, 의意는 이렇게 하도록 주장하는 것이므로 '심발心發'이라 하였으니, 각기 그 중요한 지점에 나아가 말한 것입니다. 오직 맹자孟子만이 이러한 뜻을 알았기 때문에 '측은지심惻隱之心은 인仁의 단서'라고 하였으니, 측은은 정情임에도 불구하고 심心이라고 한 것은 정情이 심心으로 인하여 드러나기 때문입니다.

보내신 편지에서는 이러한 이치를 생각지 않고 정情이 의意를 타고 의意는 정情을 싣는다고 잘못 생각하였으니 여기에서 이미 오류를 범하였기 때문에 그 아래 불[火]과 섶[薪]에 비유한 것과 이발理發·기발氣發의 설과 인심人心·도심道心의 이론이 모두 따지고 파고들어 억측으로 지어내어 끌어다 붙인 것이라 하나도 옳은 것이 없게 된 것입니다. 정情·의意·사思·지志·염念·려慮에 대해서는, 주자와 여러 유학자들의 설이 《성리대전性理大全》에 상세히 나와 있습니다.

'렴斂'은 '거두어들이다'는 뜻으로, 마음 속[心裏]을 가지고 말한 것이니 흩어진 마음을 거두는 공부를 말하는 것은 아닙니다. '산散'은 '흩다'는 뜻으로【발음은 '살殺'이고, '흩다'는 뜻입니다.】 모든 일과 사물의 관점에서 본 것이지 확충하는 공부를 말하는 것은 아닙니다.【이상은 《대학大學》을 논한 것입니다.】

'역자시亦自是[83]'는 '자自'자 뿐 아니라 '역亦'자 역시 함축된 뜻이 있습니다. 대개 자정子靜[84]의 다른 학설 가운데 옳지 않은 부분이 많은데 이 학설은 옳습니다. 인심人心이 이치에 맞고 절도에 맞으면 좋지만 이와 반대가 되면 좋지 않습니다. 유정유일惟精惟一[85]할 수 있으면 도심道心에 어긋나지 않고 인욕人欲에 흐르지 않습니다. 정자程子가 "인심人心이 인욕人欲이다."라고 하였는데, 주자가 만년에 그의 학설도 오히려 미진한 부분이 있다고 여겨 부득이 지금의 학설을 따른 것입니다.

왕로재王魯齋[86]의 학설에 의미가 불분명한 데가 많아 사경士敬[87]이 이를

83　역자시 :《심경心經》〈인심도심人心道心〉에 주자가 "도심은 인심의 사이에 섞여 나와서 미묘하여 보기가 어려우므로 반드시 모름지기 정精하게 살피고 한결같이 지킨 뒤에야 중中을 잡을 수 있다. 그러나 이는 또 두 마음이 있다는 것이 아니다. 육자정陸子靜이 '순임금이 만약 인심을 완전히 좋지 않은 것으로만 여겼다면 모름지기 사람들에게 버리라고 말씀하였을 터인데, 지금 다만 위태롭다고만 말씀하신 것은 의거하여 편안한 것으로 삼을 수 없어서일 뿐이다. 정精이란 정精하게 살펴서 섞여지지 않게 하려는 것이다.' 하였으니, 이 말 또한 진실로 옳다.[道心 雜出於人心之間 微而難見 故必須精之一之而後 中可執 然此又非有兩心也 陸子靜云 舜若以人心爲全不好 則須設使人去之 今止說危者 不可據以爲安耳 精者 欲其精察而不爲所雜也 此言 亦自是]"라고 말한 구절이 있다.

84　자정 : 육구연陸九淵(1139~1192)의 자다. 호는 존재存齋·상산象山이다. 주자와 이름을 나란히 했지만 대립된 주장을 하여 학계를 양분하는 학문 세력을 형성하였다. 사상적 계보로는 모두 정호程顥와 정이程頤의 학문을 계승했다. 저서로《상산선생전집象山先生全集》이 있다.

85　유정유일 :《서경書經》〈대우모大禹謨〉에 "인심은 위태롭고 도심은 은미하니 정밀하고 전일하게 하여 참으로 그 중도를 잡아야 한다.[人心惟危 道心惟微 惟精惟一 允執厥中]"라는 구절이 있다.

86　왕로재 : '노재魯齋'는 왕백王柏(1197~1274)의 호다. 남송사람으로 자는 회지會之·백회伯會다. 호는 노재魯齋·장소長嘯이며, 시호는 문헌文憲이다. 황간黃幹의 문인 하기何基를 따라 공부하였다. 하기·김이상金履祥·허겸許謙과 함께 '금화사선생金華四先生' 또는 '북산사선생北山四先生'으로 불리었다. 저서로《독역기讀易記》등이 있다.

87　사경 : 조목趙穆(1524~1606)의 자다. 호는 월천月川이다. 퇴계의 문인으로 집경전참봉集慶殿參奉 등에 제수되었으나 나아가지 않았다. 퇴계의 문하생으로 평생 가

제거했습니다. 그렇지만 제거하는 것도 온당치 못한 듯합니다.

'부도불문不睹不聞[88]'은 본래 자신이 보지 못하고 듣지 못하기 때문에 이곳에 또 하나의 '기其'자를 넣어야 하는데, '기其'자는 '자기[己]'를 이릅니다. 그러나 '옥루屋漏'는 바로 사람이 보지 못하는 곳이니, '사람이 보지도 듣지도 못한다.'는 뜻과 함께 보아도 괜찮습니다. 대개 '근독謹篤'과 대립하여 말하면 남과 자신으로 구분되고 단독으로 말하면 아울러 볼 수 있습니다.

《중용中庸》의 "계구근독戒懼謹獨"으로 학문을 삼으므로, 바로 도를 닦는 가르침에 몰두하여 공부하기 때문에 주자의 말이 이와 같은 것입니다.

"오통묘五通廟를 억지로 끌어다 대지 마라[89]!"는 것은 오통五通의 신이 탈이 되는 것이 아닙니다. 제 생각으로는 오통五通이 탈이 되는 것이 아니라 오통신五通神이 있지도 않은 비난을 받기 때문에 이를 금지하여 '막왕료오통莫枉了五通'이라고 한 것입니다.

"배를 저을 때 노를 사용하지 않고 밥을 먹을 때 수저를 사용하지 않는

장 가까이서 모신 팔고제八高弟 중의 한 사람이다. 저서로 《월천집月川集》이 있다.

88 부도불문 : 《심경心經》〈시이우군자視爾友君子〉에 "단지 밖에서 닦을 뿐만 아니라 또 보지 않고 듣지 않는 부분도 경계하고 삼가하며 두려워해야 함을 말한 것이다.[言不但修之於外 又當戒謹恐懼乎其所不睹不聞]"라는 주자의 주석이 있다.

89 오통묘를……마라 : 《심경心經》〈대학大學 정심正心〉에 "풍속이 귀신을 숭상하니, 신안지방과 같은 곳은 아침저녁으로 귀신의 굴속에 있는 듯하다. 향리에 이른바 오통묘五通廟라는 것이 있는데, 가장 영험하고 괴이하다고 소문이 났다. 내가 처음 고향으로 돌아오자 일가친족들이 핍박하여 이곳에 가게 하였으나 나는 가지 않았다. 이날 밤에 집안사람들이 모여 관사에 가서 술을 받아다가 마셨는데, 술에 재가 들어 있어 조금 마시자 마침내 오장육부가 뒤틀려 밤새도록 배앓이를 하였으며, 다음 날 또 우연히 뱀 한 마리가 나와 계단 옆에 있으니, 사람들은 시끄럽게 떠들며 오통묘를 배알하지 않은 탓이라고 하였다. 이에 내가 '오장육부가 뒤틀린 것은 음식이 맞지 않아서이니, 저것과 무슨 상관이 있겠는가. 오통묘를 억지로 끌어다 대지 말라!'라고 하였다.[風俗尙鬼 如新安等處 朝夕如在鬼窟 鄕里 有所謂五通廟 最靈怪 某初還 被宗人煎迫令去 不住 是夜 會族人 往官司打酒 有灰 乍飮 遂動臟腑 終夜 次日 又偶有一蛇在階旁 衆人閧然 以爲不謁廟之故 某告以臟腑 是食物不著 關他甚事 莫枉了五通]"라는 구절이 있다.

것은 바로 마음을 이해하지 못하는 것이다[90]."라고 한 것은 옳은 것 같지만
틀린 것입니다. 【이상은《심경心經》을 논한 것입니다.】

이굉중李宏仲의 문목에 답하는 편지 [答]

• **해설** : 이 편지는 이덕홍李德弘(1541∼1596)의 문목問目을 받고, 정묘년(1567년, 67세) 12월
에 보낸 답장이다. 이덕홍은 어려서부터 퇴계의 문하에서 공부하였다. '덕德·성性·이理'에
관한 설명은 대강 이해하고는 있지만 성性을 정情과 상대적 개념으로 말해서는 안된다
고 지적하면서 마음의 전체가 갖추어야할 이치라고 설명하고 있다.

• **이굉중** : '굉중宏仲'은 이덕홍의 자다. 호는 간재艮齋다. 어려서부터 퇴계의 문하에서 수
학하였고, 세자익위사부솔世子翊衛司副率 등을 지냈다. 저서로《주역질의周易質疑》등
이 있다.

---

90 배를……것이다 :《심경心經》〈대학大學 정심正心〉에 "배를 부리려면 모름지기
   상앗대를 사용하여야 하고 밥을 먹으려면 모름지기 수저를 사용하여야 하니, 마
   음을 이해하지 못한다면 이는 배를 저을 때 노를 사용하지 않고 밥을 먹을 때 수
   저를 사용하지 않는 것이라고 말할 수 있다.[撐船 須用篙 喫飯 須使匙 不理會心 是
   不用篙 不使匙之謂也]"라는 구절이 있다.

12

예

- 제사를 지내는 방법
- 상복을 바꿔 입는 절차
- 죽은 사람을 위하는 상례는
- 정지운의 부고를 듣고
- 상례를 치르는 방법
- 내 생각에 제사는
- 나도 두 번이나 장가를 들어보니
- 제사를 대신 지내는 예법
- 일상이 도인 것을
- 상복을 입는 방법

禮

01.
제사를 지내는
방법

저 황滉은 고개 숙여 말씀드립니다. 저는 멀리 자취를 감추고 병으로 인사도 제대로 차리지 못하였습니다. 상을 당하였다는 소식을 들었지만 오랫동안 위문장조차 드리지 못해 부끄럽고 죄스러워 몸 둘 곳을 모르겠습니다. 갑자기 보내신 편지를 받고 이미 졸곡도 지냈고 상주의 건강이 그만하시다니 더할 수 없이 마음이 놓입니다. 저는 관직에서 물러날 것을 청하였지만 아직 임금의 허락을 받지 못해 몸 둘 곳이 없고 죄를 피할 길이 없습니다. 몸은 늙고 병은 심해져서 아마도 끝내 맑게 의논하는 말석에도 참여하지 못할 듯하여 아침저녁으로 근심하고 있지만 아무리 생각해도 벗어날 방도를 모르겠으니 어떻게 하면 좋겠습니까?

다름 아니라 편지에서 말씀하신 여러 가지 조목은 모두 저처럼 어리석은 사람이 미칠 수 있는 것이 아닌데 갑자기 방문하시니 대처할 바를 모르겠습니다. 비록 그렇지만 이미 찾아주셨으니 시험 삼아 한두 가지를 말씀드리니 분명한 것을 선택하십시오. "장자에게 아들이 없으면 차자의 아들이 승중承重[1]한다는 말은 분명 적자손嫡子孫을 가리키는 말입니다. 비록 첩의 자식이 있더라도 아마 대신 계승하지는 못할 듯합니다." 맏며느리가 제사를 받드는데 해당 대수代數에서 제사를 받아 지낼 사람이 없으면 제사를 주관하는 사람이 없어서 일마다 처리하기가 어려워 제사를 지낼 수가 없습니다. 그런데 국법에 송사를 처결할 때는 대체로 '맏며느리가 제사를 받드는 법[家婦奉祀法]'을 사용하였습니다. 그 사이에

---

1 승중 : 아버지와 할아버지를 모두 여읜 사람이 조부와 증조부를 잇는 제도를 이른다.

윤언구尹彦久²가 대사헌이 되어 이 법을 고치려고 하여, 제가 그에게 "이 법은 마땅히 고쳐야 하지만 풍속이 각박하고 의리가 없어 맏아들이 죽어 시신이 채 식기도 전에 맏며느리를 쫓아내어 갈 곳 없는 사람이 생기게 되면 어떻게 합니까? 그러니 이 법을 고치려면 반드시 맏며느리가 돌아갈 곳이 있도록 하는 법도 함께 정한 뒤에 고치는 것이 좋겠습니다."라고 하였습니다. 윤언구가 정말 그렇다고 여기긴 했는데 뒤에 고쳤는지는 모르겠습니다.

할머니와 어머니가 살아계신데 손자가 제사를 받들게 되면 묘주廟主도 체천遞遷³한다고 많은 세상 사람들이 의심을 가지게 될 것입니다. 그러나 진실로 이와 같이 고치지 못한다면 《가례家禮》에는 대상大祥 하루 전날 무엇 때문에 조모나 어머니의 생존여부를 따지지 않고 곧바로 신주를 바꾸어 쓰고 체천하는 예를 행하도록 했겠습니까?

소목昭穆⁴의 순서를 계승하는 것은 더할 수 없이 중대한 일입니다. 아들이나 손자가 이미 제사를 주관하였다면 세대의 변천은 이미 어찌할 수 없습니다. 아무리 슬프다고 하더라도 따라서 고치지 않을 수 없습니다. 사대부가 3대를 제사지내는 것은 당시 임금의 제도이니 마땅히 지켜야 하지만, 4대를 제사지내는 것도 대현大賢인 주자가 새롭게 제정한 예이니 행하지 않을 수 없습니다. 지금 세상에 부모를 공경하고 예를 좋아하는 집에서 왕왕 행하고 있고 나라에서도 금지하지 않고 있으니 어찌 아름다운 일이 아

---

2 윤언구 : '언구彦久'는 윤춘년尹春年(1514~1567)의 자다. 호는 학음學音·창주滄洲
   다. 소윤小尹과 대윤大尹에 번갈아 붙어 출세하였으며, 청백리로 뽑히기도 하였다.

3 체천 : 봉사손奉祀孫의 대수가 다한 신주를 4대 안의 자손들 가운데 항렬이 가장
   높은 연장자[最長房]의 집으로 옮겨 제사를 받들게 하고 그 최장방이 죽었을 때에
   는 그 다음의 최장방의 집으로 옮기는 것을 말한다.

4 소목 : 종묘나 사당에 조상의 신주를 모시는 차례를 이르는데, 왼쪽 줄을 소昭라 하
   고, 오른쪽 줄을 목穆이라 하여 1세를 가운데에 모시고 2세·4세·6세는 소에 모시
   고, 3세·5세·7세는 목에 모신다.

니겠습니까? 다만 소삭疏數⁵이 같지 않다는 설은 옛날에는 한 분마다 사당을 따로 하나씩 세웠기 때문에 이렇게 할 수 없었지만 지금은 하나의 사당에 모두 한꺼번에 받들고 있는데 오직 고조高祖 한 분만 따로 내세우는 것은 여러모로 사리에 어긋나는 점이 있으니 어찌합니까? 제사의식에서 음식의 종류는 예문에 따르는 것이 마땅하니 옛날과 오늘의 사정이 달라서 하나하나 그 예문을 따를 수 없는 것은 조상들이 행하던 대로 따르는 것이 아마도 좋을 듯합니다.

부녀자가 제사에 참여하는 것은 말씀하신 대로 하는 것이 좋겠습니다. 신주의 방제旁題⁶를 오른쪽에 쓰는지 왼쪽에 쓰는지에 대해서는 예전부터 두 가지 설이 있었지만 제 생각에는 《가례家禮》에서 주자가 제정한 것과 《대명회전大明會典⁷》·《오례의五禮儀⁸》, 그리고 당시 임금의 제도에 모두 방제는 사람의 왼쪽에 있으니 지금 마땅히 이를 기준으로 써야 할 것입니다. 요사이 《염락풍아濂洛風雅⁹》에 장남헌張南軒¹⁰이 무후武侯 제갈량諸葛亮을 찬미하면서 주자의 발문을 적어, '왼쪽에 쓴다.'라고 하였으니, 이 역시 사람의 왼쪽을 가리켜 말한 것으로 분명한 증거가 되지 않겠

---

5 소삭 : 제사를 지내는 횟수의 성글고 잦은 것을 이르는 말로, 옛날 제법祭法에 대수 代數가 멀면 시제時祭를 지내고 가까우면 월제月祭를 지내는 차이가 있었다.

6 방제 : 신주의 아래 왼쪽에 쓴 제사를 받드는 사람의 이름을 이른다.

7 대명회전 : 중국 명明나라의 행정법전으로, 모두 180권으로 구성되어 있다.

8 오례의 : 나라에서 지내던 다섯 가지 의례인, 길례吉禮·흉례凶禮·군례軍禮·빈례 賓禮·가례嘉禮를 이른다.

9 염락풍아 : 중국 원元나라 김이상金履祥이 《모시풍아毛詩風雅》를 본떠서 만든 책으로, 염계濂溪의 주돈이周敦頤와 낙양洛陽의 정호程顥와 정이程頤를 비롯하여 송나라 성리학자 48명의 시를 모았다.

10 장남헌 : '남헌南軒'은 장식張栻(1133~1180)의 호다. 자는 경부敬夫·흠부欽夫·낙재樂齋고, 시호는 선宣이다. 호굉胡宏에게 이정二程의 학문을 배웠는데, 학문이 정호程顥에 가깝다는 평을 받았다. 주희朱熹·여조겸呂祖謙과 함께 '동남삼현東南三賢'으로 불리었다. 저서로 《논어해論語解》 등이 있다.

습니까?

'친구를 얻으려다 욕을 먹는다.'는 말은 무슨 생각에서 이런 말을 하신 것인지 모르겠습니다. 제 생각으로는 자신이 진실로 저 사람에게 이익을 구한다면 마땅히 제가 할 수 있는 도리를 다해서 그와 함께할 뿐 어찌 예로 사귀는 사이에 후함과 박함, 공경함과 홀대함을 미리 계산하여 발끈하며 치욕스런 생각을 할 것입니까? 또 주장한 것을 자세히 살펴보면 상대와 나의 경계를 정해놓고 우열을 따지는 말이니 이런 마음으로 상대의 나쁜 점을 바로잡으려 한다면 자신에게는 아무런 도움도 되지 못하고 상대에게 곤란만 당하는 것은 당연한 일입니다. 자신이 아무리 상대에게 충고하고 싶어도 상대가 자신을 의심하고 거부하지 않습니까? 맹자께서 "행하여 얻지 못한 것이 있거든 모두 반성하여 자신에게서 원인을 찾아야 한다[11]."고 말씀하셨는데 이 마음을 깊이 음미해 볼 필요가 있습니다.

"벼슬은 굳이 과거시험을 거칠 필요는 없다."는 점에 대해서는 옛 사람들이 이미 말하였고, 집이 가난하거나 부모님이 늙어 벼슬하는 것은 성현께서도 달갑게 여겼습니다. 그런데 지금 과거가 아닌 다른 길을 통해 벼슬길로 나아가는 사람들을 나라에서 크게 남다르게 대우하고 그 사람들 스스로도 잡되게 처신하여 끝내는 명예와 절개가 흔적도 없이 사라진 사람들이 넘쳐나니 애석할 따름입니다. 이러한 일은 자신들이 명예가 떨어지는지의 여부를 헤아리지 않고 처신하니 남들이 어떻게 권하거나 말린다고 해서 가능하겠습니까? 호강후胡康侯[12]가 "벼슬에 나가느냐 마느냐는 남과 의논

---

11 맹자께서……한다 :《맹자孟子》〈이루 상離婁上〉에 "행하여 얻지 못한 것이 있거든 모두 반성하여 자신에게서 원인을 찾아야 하니, 제 몸이 올바르면 천하 사람이 귀의할 것이다.[行有不得者 皆反求諸己 其身正而天下歸之]"라는 구절의 일부다.

12 호강후 : '강후康侯'는 호안국胡安國(1074~1138)의 자다. 중국 송宋나라의 유학자로, 왕안석王安石이 《춘추春秋》를 폐지하여 학관學官의 대열에 끼지 못한 데서 《춘추》의 학문이 쇠퇴한 것을 탄식했다. 저서로 《춘추호씨전春秋胡氏傳》 등이 있다.

할 것이 못된다."고 한 것은 바로 이를 두고 한 말입니다. 일을 좋아하여 고요히 지내지 못하는 습성과 남다른 의견을 내세워 명예를 구하는 병폐로 세상 사람들이 매번 공부하는 사람들을 나무라니 세상이 진실로 험합니다. 그렇지만 오늘날 학문에 뜻을 두었다는 사람들을 자세히 살펴보면 학문에 있어서 체득한 것도 없이 먼저 이러한 습관과 병폐에 빠진 사람들이 너무도 많으니 후생들은 깊이 경계해야 할 것입니다. 그렇게 한다면 어찌 이를 거울삼아 더러운 세속과 영합하여 나쁜 짓을 하려 하겠습니까?

강절康節[13]은 법을 깨뜨려 스승으로 본받기는 어렵고, 연평延平[14]의 세상과 인연을 끊고 고요히 앉아 있는 것을 오로지 표준으로 삼는다면 이 또한 한쪽으로 치우치는 폐단이 있는 것이니, 오직 온갖 잡스러운 것들을 다 제거하고 한결같은 뜻으로 박문약례博文約禮[15]의 가르침과 충신독경忠信篤敬[16]의 교훈을 오로지 일삼고 법도로 삼아 스스로 다스린다면 경敬이 태만함을 이길 것이니, 어찌 게으름이 이길 것을 걱정하겠습니까[17]? 여기

---

13 강절 : 소옹邵雍(1011~1077)의 시호다. 자는 요부堯夫이고, 호는 안락선생安樂先生 · 이천옹伊川翁이다. 이정지李挺之를 스승으로 모시며 하도낙서河圖洛書와 복희伏羲씨의 8괘, 천문, 역법 등을 배워 크게 깨쳤다. 저서로《황극경세서皇極經世書》등이 있다.

14 연평 : 이통李侗(1093~1163)의 호다. 자는 원중願中이고, 시호는 문정文靖이다. 나종언羅從彦에게 정자程子의 이학理學을 배워 이정二程의 삼전제자三傳弟子가 되었다. 양시楊時 · 나종언과 함께 '남검삼선생南劍三先生'으로 불렸다. 그의 문하에서 주희朱熹 · 나박문羅博文 · 유가劉嘉 등이 배출하여 이정二程의 학문이 주희에게 이어지는 교량 역할을 했다. 저서로《이연평집李延平集》이 있다.

15 박문약례 :《논어論語》〈옹야雍也〉에 "군자가 문에 대하여 널리 배우고 예로써 요약한다면 또한 도에 크게 어긋나지 않을 것이다.[君子博學於文 約之以禮 亦可以弗畔矣夫]"는 구절이 있다.

16 충신독경 :《논어論語》〈위령공衛靈公〉에 "말이 충성스럽고 미더우며 행동이 독실하고 공경스러우면 오랑캐의 나라에서도 행할 수 있다.[言忠信 行篤敬 雖蠻貊之邦 行矣]"는 구절이 있다.

17 경이……걱정하겠습니까 :《대대례기大戴禮記》의〈무왕천조武王踐阼〉에 "공경이 태만함을 이기는 자는 길하고 태만함이 공경을 이기는 자는 멸망하며, 의리가 욕

에 대해서 익숙하게 되면 바로 덕德에 들어갈 수 있을 것이니 어찌 덕을 어지럽히는 데로 돌아간다고 말할 수 있겠습니까? 오직 노력할 뿐입니다. 그렇게 하면 자신의 처신과 세상에 대응하는 것이 안배와 계산을 하지 않더라도 저절로 중도를 얻어 어느 한쪽으로도 기울지 않을 것입니다.

명도明道[18]가 "젊은 사람들의 여러 가지 취미가 뜻을 모두 빼앗는다[19]."고 하여 글씨조차 쓰기를 좋아하지 않았으니 잡된 재주에 관심을 가지는 것은 옳지 않다는 것을 알 수 있습니다. 그러나 "예에 노닐어야 한다.[20][游於藝]"는 것이 성현의 가르침에도 있으니 또한 전적으로 완전히 끊어버릴 것은 아니고 그것에 탐닉하는 해로움을 염려했을 따름입니다.

회암晦庵 주자께서 진부중陳膚仲[21]에게 "집안일로 바쁜 속에서도 실제적인 공부를 하라."고 일러주셨고, 범백숭范伯崇[22]에게도 "관청일로 소란스런 가운데서도 여가를 보아 마음을 거둬들이고 자세히 잘 살펴보라."고

심을 이기는 자는 사람들이 순종하고 욕심이 의리를 이기는 자는 흉하다.[敬勝怠者吉 怠勝敬者滅 義勝欲者從 欲勝義者凶]"라는 구절에서 온 말이다.

18 명도 : 정호程顥(1032~1085)의 호다. 자는 백순伯淳이고 시호는 순純이다. '이기일원론理氣一元論'과 '성즉이설性則理說'을 주창하였다. 그의 사상은 동생 정이를 거쳐 주자朱子에게 큰 영향을 주어 송나라 새 유학의 기초가 되었고, 정주학程朱學의 중핵을 이루었다. 저서로 《정성서定性書》 등이 있다.

19 젊은……빼앗는다 : 《근사록近思錄》 〈교학教學〉에 "자제들의 여러 가지 취미가 뜻을 모두 빼앗으니, 글씨와 편지에 이르러서는 학자의 일에 가장 가깝지만 한결같이 이것을 좋아하면 또한 스스로 뜻을 잃는다.[子弟凡百玩好 皆奪志 至於書札 於儒者事最近 然一向好著 亦自喪志]"라는 구절에서 유래한다.

20 예에……한다 : 《논어論語》 〈술이述而〉에 "도에 뜻을 두고, 덕에 의거하고, 인에 의지하고, 예에 노닐어야 한다.[志於道 據於德 依於仁 游於藝]"는 공자의 말에서 유래한다.

21 진부중 : '부중膚仲'은 진공석陳孔碩(?~?)의 자다. 호는 북산北山이다. 장식張栻과 여조겸呂祖謙에게 배우다가 형 진공숙陳孔夙과 함께 주자의 문하에 나아가 배웠다. 저서로 《북산집北山集》이 있다.

22 범백숭 : '백숭伯崇'은 범염덕范念德(?~?)의 자다. 주자朱子의 문인이면서 처남이다.

말씀하셨으니 큰 근본이 이미 확립되었다면 인사나 자질구레한 일조차도 싫어할 만한 것이 아님을 알 수 있습니다. 진실로 시기나 상황을 기준으로 학문을 그만두지 않는다면 일이 아무리 많아도 학문의 바탕이 되지 않는 것이 없습니다. 독서는 진실로 돌이켜 요약해야 합니다[23]. 보내온 편지에서 말한 것이 모두 이미 그 핵심을 얻었으니, 돌아보면 아마도 말을 실천하기란 쉽지 않을 것입니다. 글은 반드시 외워야 된다고 하는 것은 장자張子[24]의 격언으로 지난번에 제가 그대에게 비슷한 것을 거론 한 적이 있습니다. 그러나 세상의 모든 책을 다 외우도록 한 것은 아닙니다. 성현의 책들 가운데 우리들의 학문에 절실한 것을 외우되 외우는 것도 오늘날 과거 시험을 준비하는 사람처럼 입술이 부르트고 이가 빠지도록 하라는 것이 아닙니다.

한천정사寒泉精舍[25]의 규칙과 제도는 어떠한지 자세히 알 수는 없습니다. 그러나 주자께서 늘 '분암墳庵[26]'이라고 하였으니 창주정사滄州精舍[27]를 오로지 도를 강론하기 위해 지은 것과는 분명 다릅니다. 더구나 창주정사

---

23 돌이켜⋯⋯합니다 : 원문은 '反說約'. 《맹자孟子》〈이루 하離婁下〉에 "널리 배우고 상세히 말함은 장차 돌이켜 요약함을 말하려는 것이다.[博學而詳說之 將以反說約 也]"는 구절이 있다.

24 장자 : 장재張載(1020~1077)를 이른다. 자는 자후子厚다. 그의 호에 의해서 장횡거張橫渠라는 이름으로 알려져 있다. 범중엄范仲淹에게 《중용中庸》을 수학하였다. 저서로 《정몽正蒙》이 있다.

25 한천정사 : 주희朱熹는 40세 되던 1169년에 자기 어머니 축부인祝夫人이 세상을 떠나자 복건성 건양현建陽縣 마복馬伏 천호天湖 북쪽에 장례를 지내고 천호天湖를 '한천寒泉'으로 이름 짓고 그 곁에 정사精舍를 지어 '한천정사寒泉精舍'라고 하였다.

26 분암 : 무덤을 수호하기 위하여 그 근처에 지어 놓은 집을 이른다. 주희는 축 부인의 묘소에서 가까운 한천정사寒泉精舍에 머물고 있었으므로, 여기서는 한천정사를 가리킨다.

27 창주정사 : 주희는 1194년에 죽림정사竹林精舍, 혹은 창주정사滄州精舍를 지어 장주지사漳州知事를 역임한 뒤 이곳에서 여생을 보냈다.

에서 석전釋奠[28]의 예를 행하는 것은 선생께서 만년에 도통을 전하는 것을 자신의 임무로 삼지 않을 수 없어 이 예를 행하면서 의심이 없었던 것입니다. 만약 보통사람으로서 이를 흉내내려 한다면 크게 어리석은 사람이거나 크게 망령된 사람일 것입니다. 매일 성현께 배례하는 것은 비록 석전에 비유할 것은 못되지만 이 또한 경솔히 해서는 안 될 것입니다. 저도 늘이 일에 관심을 가지고 있지만 지금까지 함부로 할 수도 없고, 이를 사람들에게 가벼이 말할 수 없었습니다.

늙은이가 갖가지 병을 앓고 있고 눈도 어둡고 정신은 흐려 글을 오래 보지 못합니다. 편지를 가지고 온 사람이 오래 머무르기 어렵고 보내온 편지는 많은데 혼자서 하룻저녁 사이에 답장을 쓰려니 비루하고 소략한 말이 많고 글자도 단정치 못합니다. 이해하시고 보아주십시오.

송과우宋寡尤에게 답하는 편지 答

- **해설** : 이 편지는 송언신宋言愼(1542~1612)의 편지를 받고, 경오년(1570년, 70세)에 보낸 답장이다. 당시 송언신이 상喪을 당해 제사에 관하여 대답하면서 '맏며느리가 제사를 받드는 법[冢婦奉祀法]'을 고치려던 대사헌 윤언구尹彦久의 의견에 동조하여 "이 법은 고쳐야 한다."고 하였는데, 지금은 고쳐졌는지 모르겠다고 하였다.

- **송과우** : '과우寡尤'는 송언신의 자다. 초명은 송승회宋承誨이고, 호는 호봉壺峰이다. 퇴계의 문인으로 유희춘柳希春과 노수신盧守愼의 문하에도 출입하였다. 함경도순찰사咸鏡道巡察使를 지냈다. 저서로 《성학지남聖學指南》이 있다.

---

28 석전 : '석전제釋奠祭'의 준말로, 음력 2월과 8월의 상정일上丁日에 문묘文廟에서 공자에게 지내는 제사를 이른다.

02.
상복을
바꿔 입는 절차

찾아와서 저에게 물었던 담제禪祭[29]날 변복變服[30]하는 절차에 의문점이 있을 듯합니다. 그렇지만 변복하는 예는 큰 절목이니 만약 제사를 지낸 뒤에 비로소 길복吉服[31]으로 갈아입는다면 《주자가례朱子家禮》에 마땅히 분명한 말로 사람들을 깨우쳐 주었을 것인데, 어찌 데면데면하게 "모두 대상大祥의 의례와 같이 한다[32]."라고만 하고 담제禪祭에는 상복을 시행한다는 글은 없습니까? 그리고 어찌 상복을 차츰 바꾸어 입는 절차를 마땅히 시행하지 않고 길복인 상태로 평상으로 나아가는 절차를 마땅치 않게 시행하십니까? 또 제사를 지내고 나서 옷을 바꾸어 입는 절차는 어떻게 하는 것이 옳은지, 신주를 사당에 모신 뒤에 변복하면 이는 신주에 아뢰지 않고 상례를 마치는 것이고, 신주를 사당에 모셔 넣지 않고 길복으로 갈아입는다면, 길복으로 갈아입은 이후로는 도무지 신주에 아뢰는 절차 중에 아무것도 하는 것이 없으니, 아마도 양쪽 모두 마음이 편치 않을 것입니다.

일찍이 《예기禮記》를 보니 담제로부터 길복을 입기까지 그 사이에 변복

---

29 담제 : 대상大祥을 치른 다음다음 달 하순의 정일丁日이나 해일亥日에 지내는 제사를 이른다. 초상을 치르고 27개월 만에 지내는데, 아버지가 계실 때의 어머니 초상이나 처妻의 초상일 때는 초상이 나고 15개월 만에 지낸다.

30 변복 : 일정한 상기喪期가 지나 상복을 갈아입는 것을 이른다.

31 길복 : 상喪을 끝내고 다시 갈아입는 평상복을 말한다. 1년 후 소상小祥에 대상복을 입고, 2년 후 대상大祥에 담복禪服을 입으며, 27개월 뒤에 길복吉服을 입는다.

32 대상의……한다 : 원문은 '皆如大祥之儀'. 《주자가례朱子家禮》〈상례喪禮 담제禪祭〉에 "다음날 일을 행하되 모두 대상의 의례와 같이 한다.[厥明行事 皆如大祥之儀]"라는 구절이 있다.

하는 절차는 자못 대여섯 번이고, 《주례周禮》의 조문도 이렇게 번잡하니 후세에 일일이 다 따를 수 없습니다. 그래서 《주자가례》에서 다만 이렇게만 말한 것일 뿐, 이제 만약 '아직도 소리 내어 운다는 조문'이 있어서, 순길복純吉服을 입는 것이 미안스럽다면 단지 구준丘濬[33]이 소복으로 제사를 지낸 것을 따를 수 있을 뿐이니 어떻게 생각하십니까?

상정일上丁日[34]이 국기일國忌日이면 담사 지내는 날을 피해야 하는지 그러지 않아도 되는지에 관한 문제는 상고하여 근거로 삼을 만한 것이 없으니 더욱 섣불리 말할 수 없습니다. 다만 이 문제는 그대들이 더 생각해보고 적절하게 처리하십시오. 담사는 옛날에 날을 받아서 제사를 지냈으니 언제나 날을 정해두고 지내지 않았다는 것을 알 수 있습니다. 날짜를 물려서 해일亥日에 지내는 것이 혹시 옳지 않겠습니까?

저는 배우지 못해서 예에 어둡지만 매번 잘못 알고 저에게 물을 때마다 망령되이 말씀을 드리니 매우 어리석고 참람한 줄은 알지만 저를 물리치거나 내치지 않고 다시 이렇게 물으시니 황송하여 몸이 더욱 깊이 수그려집니다.

《예기禮記》〈잡기편雜記篇〉에 "부모의 상喪 중에 제사를 지내려고 하는데 형제가 또 죽으면 빈소를 차린 뒤 제사를 지낸다. 한집에 살고 있으면 장사를 지낸 뒤 제사를 지낸다[35]."고 하였는데, 이때 제사는 대소상大小祥

---

33 구준(1420~1495) : 명明나라 유학자로, 자는 중심仲深이고, 호는 심암深菴·경산瓊山이며, 시호는 문장文莊이다. 예부상서禮部尙書로 문연각태학사文淵閣大學士를 아울러 정무에 참여하였다. 저서로 《대학연의보大學衍義補》·《가례의절家禮儀節》 등이 있다.

34 상정일 : 음력 상순上旬에 드는 첫째 정일丁日을 말한다. 《예기禮記》〈월령月令〉에 "중춘의 달 상정일에 악정에게 명해서 춤을 익히게 하여 석채를 드린다.[仲春之月上丁 命樂正習舞 釋菜]"라는 구절이 있다.

35 부모의……지낸다 : 《예기禮記》〈잡기편雜記篇〉에 "부모의 상喪 중에 장차 제사 지내려고 하는데 형제가 또 죽으면 빈소를 차린 뒤 제사를 지낸다. 한집에서 살 경우에는 비록 신첩이 죽었더라도 장례를 치르고 나서 제사를 지낸다.[父母之喪

의 제사를 말합니다. 《의례儀禮》〈상복喪服 자하전子夏傳〉에 "궁중에서 사람이 죽으면 3개월은 제사를 지내지 않는다[36]."고 하였습니다. 지금 그대의 누님이 시집간 지 여러 해가 되었는데, 부모님의 초상을 치르기 위해 이곳에 와서 죽어 빈소가 차려졌다면 이것은 같은 집에 사는 것이나 마찬가지입니다.

그대 어머니의 담제禪祭를 이 때문에 마땅히 3개월 동안 지내지 않을 것입니까? 또한 졸곡제卒哭祭[37] 이전에 네 계절에 따라 지내는 길제吉祭[38]는 지낼 수 없을 듯하니 만약 매달 초하루와 보름에 묘소를 참배할 때 그 계절에 먹는 음식으로 제사를 지내는 것처럼 그렇게 제사를 지내는 것이 애로가 없겠습니까?

위에서 말한 예는 더욱 처신하기 어려우니 옛날의 예를 따른다면 장사지내기 전에 제사를 지내지 않았던 것을 알 수 있습니다. 다만 이러한 일은 사람들의 가정에 비일비재하니 연제사練祭祀[39]와 대소상 등의 제사는 반

將祭而昆弟死 旣殯而祭 如同宮 則雖臣妾 葬而後祭]"라는 구절이 있다.

36 궁중에서……않는다 : 《의례儀禮》〈상복喪服 자하전子夏傳〉에 "궁중에서 죽은 자가 비록 신복臣僕이라도 궁중에서 죽었으면 또한 3개월간은 다른 제사를 지내지 않는다. 이 때문에 서자가 이것으로 말미암아 친어머니를 위하여 시마복을 입는 것이다. 죽은 자가 있으면 제사를 지내지 않는다는 것은 흉인이 있다는 것을 알리지 않고자 하기 때문이다.[有死於宮中者 則爲之三月不擧祭 因是以服緦也者 云有死宮中者 縱是臣僕 死於宮中 亦三月不擧祭 故此庶子 因是爲母服緦也 有死卽廢祭者 不欲聞凶人故也]"라는 구절이 있다.

37 졸곡제 : 삼우제를 지낸 뒤에 곡을 끝낸다는 뜻으로 지내는 제사다. 죽은 지 석 달 만에 오는 첫 정일丁日이나 해일亥日을 택하여 지낸다.

38 길제 : 담제禪祭를 지낸 다음 달에 지내는 제사를 이른다. 정일丁日이나 해일亥日로 날을 잡아 지내는데, 만약 담제를 음력으로 2·5·8·11월에 지냈으면 반드시 그 달 안으로 지내야 한다. 상주는 길제를 지낸 다음날부터 상복喪服을 벗고 평상복을 입을 수 있다.

39 연제사 : 아버지가 살아 있을 때 먼저 돌아가신 어머니의 소상小祥을 한 달 앞당겨 열한 달 만에 지내는 제사를 이른다.

드시 옛날의 예를 따라 장사를 지낸 뒤에 지내거나, 혹 장사를 제때에 지내지 못한다면 이 때문에 큰 제사를 지내지 못하는 것은 매우 곤란한 일이니 끝내 어떻게 해야 할지는 모르겠습니다. 이 또한 여러분들께서 논의해서 잘 처리하시기 바랍니다.

김경부金敬夫와 숙부肅夫에게 답하는 편지 答

- **해설** : 이 편지는 김우굉金宇宏(1524〜1590)의 편지를 받고, 경오년(1570년, 70세) 6월에 보낸 답장이다. 상례喪禮와 제례祭禮의 절차에 관하여 답하면서 대답을 하면서 사람이 논의해서 처리하도록 하였다.

- **김경부** : '경부敬夫'는 김우굉金宇宏(1524〜1590)의 자다. 호는 개암開巖이다. 조식曺植에게서 배우다가 후에 퇴계의 문인이 되었다. 병조참의兵曹參議 등을 지냈고, 저서로 《개암집開巖集》이 있다.

- **숙부** : 김우옹金宇顒(1540〜1603)의 자다. 호는 동강東岡·직봉포의直峰布衣로, 남명조식의 문인이다. 이조참판吏曹參判 등을 지냈고, 저서로 《동강집東岡集》이 있다.

03.
죽은 사람을
위하는 상례는

이춘년李春年[40]이 와서 여막에서 친히 그대를 만나 받은 편지를 전해주니 마치 직접 만난 것 같아 위안되는 마음을 이길 길이 없었습니다. 다만 춘년이, 공이 너무 야위었다고 하던데 계응季應[41]의 편지에서도 이를 매우 걱정하고 있었습니다. 공께서는 어찌하여 성인의 가르침을 돌아보지 않고 한결같이 이렇게까지 지나치게 슬퍼하시는지 모르겠습니다.

성인께서는 "효자가 초상을 이기지 못하고 죽으면 자식이 없게 된다[42]."고 말씀하셨으니 이 어찌 사람들을 효도를 다하지 못하도록 인도하기 위해서 한 말이겠습니까? 지나친 것은 미치지 못한 것이나 다름없습니다. 시골의 자제들 가운데 성품은 지극하지만 이치를 모르는 사람이 죽은 사람을 위한답시고 산 사람을 다치게 하는 일을 구제하려고 이러한 큰 가르침을 내리신 것입니다.

공께서는 평소의 학문이 무엇이기에 이를 생각지 않으시고 몸소 그런 일

40　이춘년 : '춘년春年'은 이인숙李寅叔(?~?)의 자다. 이정李楨의 《구암집龜巖集》에 그의 연갑硯匣 보자기에 써준 시가 실려 있다.

41　계응 : 김난상金鸞祥(1507~1570)의 자다. 호는 병산缾山이다. 1528년 퇴계와 함께 사마시에 합격하였다. 저서로 《병산유집缾山遺集》이 있다.

42　효자가……된다 : 《예기禮記》〈곡례 상曲禮上〉에 "거상하는 예는 머리에 부스럼이 있으면 머리를 감고, 몸에 종기가 있으면 몸을 씻고, 병들면 술을 마시고 고기를 먹지만, 병이 그치면 처음으로 돌아간다. 상을 견디지 못하여 죽음을, 자식을 사랑하지 않고 부모에게 효도하지 않음에 견주는 것이다.[居喪之禮 頭有創則沐 身有瘍則浴 有疾則飮酒食肉 疾止 復初 不勝喪 乃比於不慈不孝]"라고 하였고, 진호陳澔의 주석에 "〈곡례〉에 '상을 견디지 못하여 죽음을, 자식을 사랑하지 않고 부모에게 효도하지 않음에 견준다.'라고 하였으니, 이는 자식이 있으나 자식이 없는 것과 같은 것이다.[曲禮曰 不勝喪 比於不慈不孝 是有子與無子同也]"라고 하였다.

을 하려 하십니까? 더구나 공은 몸이 평소 허약한데다가 부모님의 상[43]을 당한 처지에 이렇게 특별히 유념해서 몸을 보존하지 않으시니 극심한 피로를 느낀들 무엇이 이상하겠습니까? 다시 바라건대 저의 어리석은 간절한 마음을 망령되다 여기지 마시기를 간절히 바랍니다.

이강이李剛而에게 답하는 편지 答

• **해설** : 이 편지는 이정李楨(1512~1571)의 편지를 받고, 정묘년(1567년, 67세) 5월 초순에 보낸 답장이다. 이인숙李寅叔을 통하여 부모의 상喪을 당한 이정의 편지를 전해주니, 퇴계가 답장하여 지나친 슬픔을 경계할 것을 당부하였다.

• **이강이** : '강이剛而'는 이정의 자다. 호는 구암龜巖이다. 홍문관부제학에 임명되었으나 취임하지 않고 고향에 구암정사龜巖精舍를 짓고 후진을 양성하였다. 어릴 때 송인수宋麟壽로부터 배우고 성장한 뒤에는 퇴계와 교유하였다. 저서로 《구암문집龜巖文集》 등이 있다.

---

43 부모님의 상 : 원문은 '茶毒'. 부모님의 상을 당하여 고통스러워함을 이르는 말로, 《서경書經》〈탕고湯誥〉의 "흉해에 걸려 도독을 참지 못한다.[罹其凶害 不忍茶毒]" 라는 말에서 유래한다.

04.
정지운의
부고를 듣고

알려주신 추만秋巒[44]의 부고는 정말인지요? 이 사람이 갑자기 이 지경에 이르렀단 말입니까? 인생은 본래 견고하지 않아 이 늙은이가 거듭 술을 마셔 병을 얻은 지 오래여서 늘 몸을 보존하기 어려울까 걱정이라고 자주 충고했었는데도 스스로 듣지 않더니 지금 끝이 나고 말았으니 애통함을 말로 할 수가 없습니다. 그 사람은 너무 소탈한 부분은 너무 소탈하여 세상 사람들에게 비웃음을 당하기도 하였지만, 좋은 부분은 또 너무 좋아 우리들 중에 그 같은 사람을 얻기 어려울 정도였습니다. 아직 늙은 나이[45]도 아니었는데 갑자기 죽게 되니 교유하던 친구들의 애통함을 어찌 이길 수 있겠습니까?

지난 해, 그 집안에 조금도 수입이 없었다고 하던데 어떻게 장례를 치를지 모르겠습니다. 그래도 자점子漸[46]의 처소에 그의 주검을 맡기고 있으니, 자점은 반드시 힘을 다해 그를 잘 매장할 것이고 또 장례와 제사도 치를 것입니다.

저는 병들어 멀리 떨어져 있어 가서 그의 관을 어루만지며 곡을 하지도

---

44 · 추만 : 정지운鄭之雲(1509~1561)의 호다. 자는 정이靜而다. 퇴계의 문인이다. 《천명도설天命圖說》을 지어 조화의 이理를 구명하고, 그 뒤 퇴계의 의견을 따라 다시 정정하였다. 먼저 지은 것을 〈천명구도天命舊圖〉라 하고, 뒤에 정정한 것을 〈천명신도天命新圖〉라 하여 현재까지 전해 온다. 저서로 《천명도설》이 있다.

45 · 늙은 나이 : 일반적으로 노인을 이르는 말로, 《예기禮記》 〈곡례 상曲禮上〉에 "50세를 애艾라 하니 관복을 입고 정사에 참여할 수 있으며, 60세를 기耈라 하니 사람들을 부릴 수 있다.[五十曰艾 服官政 六十曰耈 指使]"라는 구절이 있다.

46 · 자점 : 안홍安鴻(1517~1582)의 자다. 청주목사淸州牧使를 지냈다. 저서로 《을사록乙巳錄》이 있다.

못하고 있으니 이승과 저승의 사이에서 부끄러움만 더욱 심합니다. 백지세 묶음을 보내드리니 모쪼록 곧바로 그의 집에 전해 주시고 아울러 병든 벗이 부조하는 물건이라고 말씀해주시기를 간청합니다. 그의 사위에게 위문장을 보내고 싶었지만, 그 사람의 이름을 잊어버려 편지를 보내지 못하였으니 제 스스로 매우 서운합니다. 이후 편지에 그의 이름을 알려주기 바랍니다. 또 그의 장지는 어디이며 언제 장례를 치르는지요? 지금도 그의 집은 서울에 그대로 있는지, 아니면 고양高陽에 있는지 알려주시는 것이 어떻습니까?

정자중鄭子中에게 답하는 편지 答

- **해설** : 이 편지는 정유일鄭惟—(1533~1576)의 편지를 받고, 신유년(1561년, 61세) 4월 3일에 보낸 답장이다. 정지운鄭之雲의 부고를 듣고 건강하고 소탈하던 사람의 죽음을 애통해 하였다.

- **정자중** : '자중子中'은 정유일의 자다. 호는 문봉文峯이다. 이理를 중심으로 하는 이론에 따라 서경덕의 기론氣論을 비판하면서 전반적으로 퇴계의 이론을 계승하였다. 저서로 《문봉집文峯集》이 있다.

05.
상례를
치르는 방법

저 황혼滉은 머리를 조아려 절합니다. 서울에 있을 때 두 분이 함께 돌아가시는 참혹한 일을 당하여 급작스럽고 경황이 없는 상황임을 알았지만 제가 병으로 달려가서 조문도 하지 못하고 돌아와 부끄럽고 한스러운 마음만 가슴에 품고 있습니다.

보내신 편지를 받고 상중에 버티며 잘 지내신다니 이길 수 없이 위안이 되고 마음이 놓입니다. 저는 임금의 은혜를 입고 얼마 남지 않은 목숨을 보존하고 있어, 달리 드릴 말씀이 없습니다. 물으신 몇 가지 일은 모든 것이 매우 중대한 예인데 어찌 저같이 정신도 흐리고 보잘것없는 사람의 억측으로 결정하겠습니까? 모쪼록 오늘날 예를 잘 아는 군자에게 묻거나, 예관禮官에게 물어 여러 의논을 취합하여 결정해서 영원한 법식으로 삼는 것이 더욱 지당합니다.

점필재佔畢齋[47] 선생의 말씀은 무슨 근거로 말씀하셨는지는 모르지만, 아무리 그의 말씀대로 일을 처리한다고 하더라도, 기년복朞年服[48]을 따르고 심상心喪[49]의 제도로 장례를 치러서는 안됩니다. 아무리 옛날의 예에 조금은 보태더라도 지나치게 인정에 이끌려서는 안되니 어떻게 생각하십니까? 만약 이렇게 하지 않고 정情을 빼앗는 쪽으로[50] 따른다면 제

---

47   점필재 : '필재畢齋'는 김종직金宗直(1431~1492)의 호다.

48   기년복 : 1년 동안 입는 상복을 이른다.

49   심상 : 상복을 입지는 않지만 상제와 같은 마음으로 처신하는 것을 이른다.

50   정을……쪽으로 : 원문은 '탈정지거奪情之擧'. 사람의 본연적 정을 빼앗는 조치라는 뜻으로, 일반적으로 상을 당한 사람을 강제로 조정에서 불러 공무에 종사하게 함을 이르는 말로 쓴다.

복제복服[51]하는 날짜는 아마도 마땅히 편지에서 말씀하신 것처럼 다음 달 초하루일 것이니, 예에 관한 규정도 이와 같습니다.

저의 견해로는 아무리 중복重服[52]을 입고 있더라도 이미 '상복을 벗는다.[除服]'고 했으니, 잠시 참복黲服[53]을 입고 일을 행하고, 이윽고 상복을 다시 입는 것은 부득이해서입니다. 말씀하신 자최기년복齊衰期年服[54]의 상복을 벗는 것도 이와 마찬가지입니다. 그러나 모두 저의 망령된 생각에서 나온 것이지 경전에 근거한 것은 아닙니다. 부디 장례를 치르는 큰일을 경솔히 하여 뒷날의 후회를 남기지 않도록 하십시오. 경솔하여 죄스럽고 황공하여 이만 줄입니다.

정여인鄭汝仁에게 답하는 편지 答

- **해설** : 이 편지는 정곤수鄭崑壽(1538~1602)의 편지를 받고, 기사년(1569년, 69세) 9월 10일에 보낸 답장이다. 1568년 겨울에 정곤수는 양부養父인 청원공淸原公과 생모인 정부인貞夫人 이씨의 상을 당하여 퇴계에게 상복을 입는 예법에 관하여 묻자, 양부의 성복례成服禮를 마치고 나서 어머니의 신위를 설치하고 성복成服한 뒤 양부의 상에서 하루를 머물다가, 생모의 상사에 달려가 곡을 하게 하였다.

- **정여인** : '여인汝仁'은 정곤수의 자다. 초명은 규달逵이고, 호는 백곡栢谷·경음慶陰·조은朝隱이다. 시호는 충민忠愍이었다가 이후 충익忠翼으로 바뀌었다. 퇴계의 문인으로, 판돈녕부사判敦寧府使 등을 지냈다. 저서로 《백곡집栢谷集》 등이 있다.

---

51 제복 : 상제喪制를 마치고 상복을 벗는 것을 이르는 말로, '탈복脫服'이라고도 한다.

52 중복 : 사촌이나 고모, 고종사촌 등 대공친의 상례 때 아홉 달 동안 입던 복제를 이른다.

53 참복 : 옅은 청색이나 검푸른 빛깔의 상복으로, 아버지가 살아계실 때 어머니가 돌아가셨을 경우 소상小祥을, 기년期年 11개월 만에 지내는 연제練祭부터 3년 상을 마친 후 둘째 달에 지내는 담제禫祭 전까지 입는 상복을 이른다.

54 자최기년복 : 자최齊衰는 오복五服의 하나로, 거친 베로 만들고 아랫단을 좁게 접어서 꿰맨 상복이다. 아들이 계모繼母나 자모慈母의 초상에는 3년을 입고, 조부모 상과 아내상에는 1년을 입는 것을 이르는 말이다.

06.
내 생각에
제사는

편지가 와서 위안이 되었습니다. 세자世子의 재앙이[55] 뜻밖에 생겨 만백성이 바랄 곳을 잃었습니다. 이것은 예부터 크나큰 걱정이었으니 어찌하겠습니까? 그러나 상복의 법제는 내직과 외직의 벼슬아치들은 4일째 되는 날 상복을 입고 7일째 되는 날 벗으며, 나머지 사족士族들과 서민들은 상복을 입지 않습니다. 이는 아직 왕위에 오르지 않아 은혜가 백성에게 미치지 않은 까닭입니다.

예조에서 보고한 단자單子에 '한 달 동안 도살을 금한다.'는 조항이 있었습니다. 그러나 이는 도성 안을 지정하여 말한 것이지, 지방까지 지정하여 말한 것은 아닙니다. 그렇다면 지방의 사족집안은 6, 7일 뒤에는 사당의 제사를 지내는 것도 안될 것은 없을 듯합니다. 연회와 같은 일들은 장례 전에는 절대로 치러서는 안됩니다.

《예기禮記》에 "중월仲月[56]을 지나면 시제時祭를 거행하지 않는다."고 하였지만 살림이 궁색한 집안은 중월에 지내지 못하는 경우가 많으니 언제나 그 때문에 시제를 지내지 못한다면 도리어 마음이 편치 못합니다. 그래서 준아寯兒가 이러한 때에 금하지 않고 거행하였으니[57] 어찌 그대에게 다

55　세자의 재앙이 : 명종明宗과 인순왕후仁順王后 사이에 태어난 순회세자順懷世子가 13세 되던 해인 1563년에 9월 20일에 사망한 변고를 이른다.

56　중월 : '중삭仲朔'이라고도 하며, 네 계절 가운데 각 계절의 가운데 달인 2월·5월·8월·11월을 이른다.

57　준아가⋯⋯거행하였으니 : '준아寯兒'는 퇴계의 둘째 아들 이준李寯(1523~1583)을 이른다. 퇴계에게 첫째 아들 이채李寀(1527~1548)가 있었지만 일찍 죽어 둘째 아들 이준이 제사를 거행하였다.

르게 말하겠습니까?

부모보다 먼저 죽은 자의 제삿날에 부모의 초상이 있을 경우 그 제사에 고기를 쓰느냐 마느냐에 관해서는 《예기》에 기록이 없으니 억측으로 결정하기 어렵습니다. 뒷날을 기다려 다시 헤아려 보는 것이 좋겠습니다.

금문원琴聞遠에게 보내는 편지 與

- **해설** : 이 편지는 계해년(1563년, 63세) 9월 24~27일에, 금난수琴蘭秀(1530~1604)에게 보낸 편지다. 당시 명종明宗과 인순왕후仁順王后 사이에서 태어난 순회세자順懷世子가 13세 되던 해인 1563년에 9월 20일에 사망한 일에 관하여 논의하였다.

- **금문원** : '문원聞遠'은 금난수의 자다. 호는 성재惺齋·고산주인孤山主人이다. 장흥고봉사長興庫奉事 등을 지냈다. 저서로 《성재집惺齋集》이 있다.

07.
나도 두 번이나
장가를 들어보니

공자께서는, "하늘과 땅이 있은 뒤에 만물이 있고, 만물이 있은 뒤에 부부가 있고, 부부가 있은 뒤에 군신이 있고, 군신이 있은 뒤에 예의를 둘【錯의 발음은 조措이니, '조措(두다)'와 같다.】 곳이 있다[58]."라고 하였고, 자사子思는 "군자의 도는 부부로부터 시작되니, 지극한 데 이르러서는 하늘과 땅에 밝게 드러난다[59]."라고 하였으며, 또 《시경詩經》에 '처자가 서로 좋아하여 화목하게 지내는 것이 거문고와 비파를 타는 것과 같다[60].'고 하였는데, 공자께서는, '부모가 편안하실 것이다[61].'라고 하셨다."고 하였습니다. 부부의 인륜이 이토록 소중한데 어찌 내 마음에 흡족하지 못하다고 해서 소박할 수가 있겠습니까? 《대학大學》에는 "그 근본이 어지러우면서 지엽이 다스려지는 자는 없으며, 후하게 해야 할 것에 박하게 하고서 박하게 할 것에 후하게 하는 자는 없다."라고 하였고, 《맹자孟子》에서는 그 말을 거듭하여 "후하게 대할 자에게 박하게 하면 박하게 하지 않는 곳이 없을 것이다[62]."

---

58 하늘과……있다 : 《주역周易》〈서괘전序卦傳〉에 나오는 구절이다.

59 군자의……드러난다 : 《중용中庸》에 나오는 구절이다.

60 처자가……같다 : 《시경詩經》〈소아小雅 상체常棣〉에 나오는 구절이다.

61 부모가……것이다 : 《중용中庸》에서 《시경詩經》〈소아小雅 상체常棣〉의 구절을 인용하고, 이에 대해 공자가 "이렇게 되면 부모가 편안하실 것이다.[父母其順矣乎]"라고 한 구절이 있다.

62 후하게……것이다 : 《맹자孟子》〈진심 상盡心上〉에 "맹자가 '그만두지 말아야 할 경우에 그만두는 자는 그만두지 못하는 것이 없을 것이요, 후하게 할 것에 박하게 한다면 박하게 하지 않는 곳이 없을 것이다. 나아가기를 빨리하는 자는 물러나는 것도 빠르다.'라고 하였다.[孟子曰 於不可已而已者 無所不已 於所厚者薄 無所不薄也 其進銳者 其退速]"라는 구절이 있다.

라고 하였습니다.

아! 사람됨이 박절하면 어떻게 부모를 섬길 수 있겠으며, 어떻게 형제와 종족과 마을에서 처신할 수 있을 것이며, 어떻게 임금을 섬기고 대중을 다스리는 근본을 삼을 수 있겠습니까? 공이 금슬이 좋지 않아 탄식한다는 말을 들었는데, 무엇 때문에 이러한 불행이 있게 되었습니까? 가만히 살펴보면 세상에 이런 걱정을 가진 사람이 적지 않습니다. 아내의 성질이 악독하여 교화가 어려운 경우도 있고, 못생기고 슬기롭지 못한 경우도 있고, 남편이 미치광이처럼 방탕하고 방종하여 행실이 없는 경우도 있고, 좋아하고 싫어하는 것이 정상에서 벗어난 경우도 있는 등 다양한 유형을 다 열거하기조차 어렵습니다.

그러나 대의로 말해 보면, 그중에 성질이 나빠 교화하기 어려운 사람은 실제로 소박의 잘못을 자초한 경우이니 이를 제외하고, 그 나머지는 모두 남편에게 달려 있으니 스스로 반성하고 자책하며 힘써 올바르게 처신하여 부부의 도리를 잃지 않는다면 대륜大倫이 무너지지는 않을 것이며 자신도 박절하게 굴지 않는 데가 없는 처지에는 빠지지 않을 것입니다. 이른바 성질이 나빠 교화하기 어려운 사람도 대단히 천륜을 어기는 짓을 저질러 유교에 죄를 지은 사람이 아니면 마땅히 합당하게 선처하여 성급하게 헤어지지 않도록 하는 것이 옳습니다.

대개 옛날에 소박을 당한 아내들은 그래도 달리 시집갈 길이 있어 칠거지악七去之惡을 범한 아내를 쉽게 처리할 수 있었지만, 지금의 아내들은 대체로 일생을 한 남편만을 섬기니, 어찌 자신의 마음에 합당하지 않다고 해서 길가는 남처럼 대하거나 원수처럼 여겨 한몸이던 부부가 반목하고 한자리에 들던 부부가 천 리나 떨어져서, 집안의 도리는 출발점을 잃고 만복의 경사에서 자손을 끊어버리는 짓을 해서야 되겠습니까?

《대학大學》전문傳文에 "자신에게 허물이 없어야 남을 비난할 수 있는 법이다⁶³."라고 하였으니, 여기에 대하여 제가 경험했던 것을 말씀드리겠습니다.

저는 두 번이나 장가들었지만 줄곧 불행이 심했습니다. 그렇지만 이 부분에 대해 마음을 박하게 하지 않고 노력하여 잘 처신한 것이 거의 수십 년이나 되었습니다. 그동안 몹시 괴롭고 심란하여 번민을 견디지 못할 경우도 있었지만, 어찌 감정대로 대륜을 소홀히 해서 홀어머니께 근심을 끼칠 수 있겠습니까? 질운邾惲⁶⁴이 말한 "아비도 자식에게 간여할 수가 없다⁶⁵." 는 것은 참으로 이 도리를 문란하게 하는 간사한 말이니, 이 말을 핑계로 공에게 충고하지 않을 수는 없습니다. 공은 마땅히 여러 번 깊이 생각하여 징계하고 고치도록 하십시오. 이 문제를 끝내 고치지 않는다면 어찌 학문한다 하며, 어찌 실천한다 하겠습니까?

이평숙李平叔에게 보내는 편지 與

---

63 자신에게……법이다 :《대학大學》에 "요 임금과 순 임금이 천하를 인仁으로써 인도하자 백성들이 따랐고, 걸주가 포악함으로써 천하를 거느리자 백성들이 따랐다. 그 명령의 내용이 자신이 좋아하는 것과 반대가 되면 백성들이 따르지 않는다. 이 때문에 군자는 자기에게 선이 있고 난 뒤에 남에게 선을 요구하며 자신에게 허물이 없어야 남을 비난할 수 있는 법이니, 자신의 몸에 간직하고 있는 것이 자신을 미루어 남에게 미치는 서恕가 아니면서 남을 깨우칠 수 있는 경우는 없다.[堯舜帥天下以仁 而民從之 桀紂帥天下以暴 而民從之 其所令 反其所好 而民不從 是故君子有諸己而后求諸人 無諸己而后非諸人 所藏乎身不恕 而能喩諸人者 未之有也]"라는 구절이 있다.

64 질운(?~?) : 후한後漢 광무제光武帝 때의 문신으로, 광무제가 곽황후郭皇后를 폐출하려고 그에게 의견을 묻자 제대로 직간하지 않아 주자로부터 비난을 받았던 인물이다.

65 아비도……없다 :《후한서後漢書》〈질운열전邾惲列傳〉에 후한後漢 광무제光武帝가 곽황후郭皇后를 폐출하려고 그에게 의견을 묻자, 질운이 "부부의 금슬에 대해서는 아비도 자식에게 간여할 수가 없는데, 하물며 신하가 임금에게 간여할 수 있겠습니까? 이것이 신이 감히 말씀드리지 못하는 것입니다.[郭皇后廢 惲乃言於王曰 臣聞夫婦之好 父不能得之於子 況臣能得之於君乎 是臣所不敢言]"라는 구절이 있다.

- **해설** : 이 편지는 기사년(1569년, 69세) 9월 15~16일에, 이함형李咸亨(1550~?)에게 보낸
  편지다. 이함형이 부부사이에 불화가 있다는 말을 듣고, 소박을 초래하는 경우를 제외하
  고는 모두 남편의 처신에 달린 것이니 자신의 행동을 잘 헤아려 보도록 달랬다.

- **이평숙** : '평숙平叔'은 이함형의 자다. 호는 산천재山天齋다. 퇴계의 문인으로 이덕홍李德
  弘과 함께 퇴계의 《심경석의心經釋疑》를 정리하였다.

08.
제사를 대신
지내는 예법

【질문】

노모가 살아 계신데 큰 형님이 돌아가시고, 과부로 홀로 계신 형수님은 두 딸만 두고 있습니다. 또 둘째 형님은 대종가大宗家의 양자로 가시고 저는 어머님 곁에 있습니다. 가묘는 조부를 잇는 종자宗子로 둘째 형님과 함께 시사時事를 드릴 경우 누가 제주가 되어야 할지 모르겠습니다. 축문에 이름을 쓰는 것과 초헌례初獻禮를 행하는 것도 어떻게 하는 것이 합당한지 모르겠습니다. 어머니는 둘째와 막내가 아들 낳기를 기다려 형의 후사를 세우려고 생각하시는 듯합니다. 이렇게 하면 어려울 일이 없고 인정과 예법에도 모두 적합합니다. 그런데 만약 혹 그렇게 되지 않을 경우 큰 형님의 제사는 풍속에 따라 외손에게 지내도록 해야 합니까? 아니면 옛날의 예법에 따라 가묘에 반부班祔[66]해야 합니까?

【답변】

종자宗子가 성인이 되어서 죽으면 이 사람을 위해 후사를 세우는 것이 마땅하니, 이는 주자가 이계선李繼善에게 대답한 편지[67]에서도 살펴볼 수 있습

66　반부 : 자식이 없이 죽은 사람의 신주를 조상의 사당에 차례대로 합사祔祀하는 것을 말한다. 《가례家禮》〈통례通禮 반부조班祔條〉에 "방친 중에 후사가 없는 자는 그 차례대로 합부한다.[旁親之無後者 以其班祔]"라 하고, "백숙조부모는 고조에게 합부하고 백숙부모는 증조에게 합부하며, 처와 형제 및 형제의 처는 조부에게 합부하고 자식과 조카는 부친에게 합부한다.[伯叔祖父母 祔于高祖 伯叔父母 祔于曾祖 妻若兄弟若兄弟之妻 祔于祖 子姪祔于父]"라는 구절이 있다.

67　이계선에게……편지 : 《주자대전朱子大全》〈답이계선答李繼善〉에 "종자宗子가 성

니다. 지금 어머니께서 큰아들을 위해 후사를 세우려고 하시는 것은 예법과 의리에 매우 합당합니다. 그대들 두 사람이 도와서 일이 성사되면 한꺼번에 모든 일들이 순조롭게 될 것입니다. 또 종자가 이미 성인이 되어 아내를 두었다면 방계의 친척과는 비교할 수도 없는데 데면데면 반부하는 것은 거듭 생각해 보아도 마땅치 않으니 반드시 후사를 세우는 것이 좋겠습니다.

가묘의 제사축문에 이름을 쓰는 것이 마땅하다는 것도 이계선의 문답이 있어 《주자대전속집朱子大全續集》에 보입니다. 지금 이를 따라 처리한다면 후사를 이은 아들이 비록 강보에 있다고 하더라도 마땅히 그의 이름을 쓰고 막내인 그대가 섭주攝主[68]가 되어 제사를 올리는 것이 옳습니다. 그렇다면 후사를 세우기 전에는 부득이 권도權道로 막내인 그대가 섭주가 되어 '효孝' 자를 말하지 않고[69] 다만 이름만 쓰고 대신 제사를 지내는 것이 옳습니다.

둘째 형님은 이미 양자로 나가 다른 사람의 뒤를 이었기 때문에 비록 섭주라고 하더라도 온당치 못할 듯합니다. 다만 지금 사람들 가운데 아들이 없고 딸만 있는 경우, 사사로운 인정에 이끌리다 보니 대의로 판단하여 후사를 세우는 경우가 드문 것입니다. 외손이 제사를 받든다면 한 사당에 두 성씨를 함께 제사지내는 경우입니다. 하늘이 사물을 낼 때 뿌리가 하나이게 하였는데 이러한 경우 뿌리가 두 개가 되는 것이니 매우 옳지 않습니다. 오늘날 혹 불행히도 외가 조상이 후사가 없어 처할 곳도 없고 그 신주가 돌아갈 곳이 없는 것을 차마 보지 못한다면 임시로 별도의 장소에 모

인이 되어서도 자식이 없으면 후사를 세우는 것이 당연한 것이지, 존압尊壓할 것을 주장하는 것은 옳지 않습니다.[宗子成人而無子 當爲之立後 尊厭之說非是]"라는 구절이 있다.

68 섭주 : 종손이 만약 연고가 있어 제사를 주관할 수 없을 때 다른 사람이 대행하는 것을 이른다.

69 '효'자를……않고 : 《예기禮記》〈증자문曾子問〉에 "종자가 죽은 뒤에 지자支子가 제사를 지낼 때는 자신의 이름만 일컫고, '효'자를 말하지 않는다.[宗子死 稱名不言孝]"라는 구절이 있다.

셔 두고 오가면서 제사를 모시는 것도 안 될 것은 없습니다. 그러나 공공연히 친가의 조상들과 함께 한 사당에서 봉향한다면 도리어 매우 이치에 어긋납니다. 이른바 "귀신은 예가 아니면 흠향하지 않는다."는 것이 이러한 경우를 말합니다. 그러므로 지금 외손이 제사를 지내는 것에 관한 질문에 잠시 구차하게 영합하여 할 수 있다고는 할 수 없습니다.

【질문】
주인이 이미 죽고 후사가 없어 장차 후사를 잇고 싶어도 아직 그러지 못하고 있을 경우 섭주가 된 사람이 새벽에 사당의 대문에 알현하는 예는 어찌해야 합니까?

【답변】
이미 섭주를 행한다고 하였으니 마땅히 이 예를 섭행해야 합니다.

【질문】
오직 주인만이 동쪽계단으로 다닌다면 섭주는 동쪽 계단으로 다니지 말아야 합니까?

【답변】
피하는 것이 마땅할 듯합니다.

【질문】
이미 섭주가 되었으면 축문에 섭행한다는 뜻은 어디에 써야 합니까?

【답변】
종자가 아직 후사를 세우기 전에 이미 섭주할 뜻을 섭행하는 첫 제사에서

고하여야 합니다. 이후로는 연월일의 아래에 "섭행하여 제사를 드리는 아무개가 감히 고합니다."라고만 쓰면 됩니다.

【질문】

맏며느리가 있으면 섭주의 아내는 감히 아헌亞獻을 할 수 없습니까? 섭주가 이미 초헌初獻을 하였다면 맏며느리가 아헌亞獻을 하는 것은 매우 마음이 편치 않으니 어떻습니까?

【답변】

예서禮書에 증손이 증조를 위하여 승중복承重服[70]을 입을 경우에는 자기의 조모나 어머니가 살아 계시면 그 조모나 어머니가 승중복을 입고, 자기의 아내는 승중복을 입지 못한다고 하였습니다. 그렇다면 섭주의 아내는 맏며느리를 대신하여 아헌亞獻을 할 수 없을 듯합니다. 그러나 형수와 시동생간의 혐의를 피해야 합당한지는 다시 자세히 살펴봐야겠습니다.

정도가鄭道可의 문목에 답하는 편지 答

- **해설** : 이 편지는 정구鄭逑(1543~1620)가 보낸 문목問目을 받고, 무진년(1568년. 68세) 6월 이전에 보낸 답장이다. 주인이 후사가 없이 죽어 후사를 잇고 싶어도 아직은 그러지 못하고 있을 경우 섭주가 된 사람이 제사를 드리는 등의 제례祭禮에 관한 질문에 묻고 답하였다.

- **정도가** : '도가道可'는 정구의 자다. 호는 한강寒岡이고, 시호는 문목文穆이다. 대사헌大司憲 등을 지냈고, 오건吳健·조식曺植·퇴계의 문하에서 수학했다. 저서로 《심경발휘心經發揮》등이 있다.

---

70 승중복 : 아버지를 여읜 맏아들이 조부모의 상을 당했을 때 아버지를 대신하여 입는 상복을 이른다.

09.
일상이
도인 것을

몽아蒙兒[71]가 내년이면 15살이니 매번 어릴 때 이름을 부를 수 없어 별지에 적어 보내니 이대로 이름을 짓도록 해라. 아울러 시[72]의 뜻을 해석하여 가르치고 또 잘 보관하여 잃어버리지 않도록 해라.

대체로 이 도는 인륜과 일상생활에 있어서 마시고 먹고 여름옷과 겨울옷과 같아서 잠시도 없을 수 없으니 또한 평범한 이치가 아닌 것이 없다. 지금 사람들은 '도道'자를 말하기만 하면 특별한 일이라서 학문에 힘쓰고 나서야 이 뜻을 알 수 있다고 생각하기 때문에 내가 시에서 언급했다. 아이는 아순阿淳[73]이라고 이름을 짓거라.

지난번 편지 끝에 자세히 써 두었으나 분명치 않은 듯하여 다시 이야기한다. 네가 올 때 단양丹陽에 도착하거든 뱃사공을 불러서 내년 봄, 언제쯤 서울에 도착하는지 물어보고, 또 돌아오는 배편에 타고 갈 뜻을 약속하여 분명히 잊지 말도록 일러 두거라. 만약 불러볼 상황이 아니면 믿을 만한 사람을 시켜 이 뜻을 전해도 괜찮을 것이다. 나는 2월 보름에서 20일

---

71 몽아 : 이안도李安道(1541~1584)를 이른다. 자는 봉원逢原이고, 호는 몽재蒙齋다. 퇴계의 맏손자로, 사온직장司醞直長 등을 지냈다. 저서로 《몽재문집蒙齋文集》이 있다.

72 시 : 퇴계가 안도安道라고 이름을 지어주고, 1554년 12월 8일 한양에서 7언 율시 2수를 지어서 보냈다. "공부도 하지 않고 대학 갈 나이가 되어, '도道'라고 지으니 속이는 듯하네. 뒷날 이를 구갈裘葛처럼 여긴다면 어진사람 되라는 기대 지나치지 않았음을 믿겠네.[失敎今當大學年 命名爲道若欺然 他時見此如裘葛 始信吾非濫託賢]", "외우는 공부는 어릴 때 하는 것이니 지금부터는 격물치지 공부가 마땅하네. 다만 학문은 전심전력에 달렸으니 옛 성현 따르기 어렵다고 말하지 마라.[記誦工夫在幼年 從今格致政宜然 但知學問由專力 莫道難攀古聖賢]"

73 아순 : 이안도李安道의 아우인 이순도李純道(1554~1584)의 아명으로, 자는 순보醇甫다.

사이에 출발하려고 하는데 서로 만날 수 있겠느냐?

아들 준寯에게 부치는 편지 與

- **해설** : 이 편지는 갑인년(1554년, 54세) 12월 8일에, 맏아들 이준李寯(1523~1583)에게 보낸
  편지다. 이준의 아들, 즉 퇴계의 맏손자는 당시까지 아명兒名인 '몽아蒙兒'라고 불리었는
  데, 퇴계가 안도安道라고 이름을 지어 보냈다.

- **아들 준** : 퇴계의 맏아들인 이준을 이른다. 자는 정수廷秀다. 집경전참봉集慶殿參奉을
  지냈다.

10.
상복을
입는 방법

김상사金上舍[74]가 상복을 대신 입는 것[75]은 결국 어떻게 결정하였느냐? 지난
달 결정하기 어려운 너의 물음에 대해 옛날에도 이미 상고하였으나 증거
로 삼을 만한 것이 없었다. 또 옛날에 때가 지나서 초상이 났다는 소식을
듣고 초상집으로 달려가든 말든 간에 상복을 입는 경우에 있어서 반드시
막 죽고 나서부터의 절차를 거행한 후 상복을 입었다. 또 아직 어려서 부
모의 초상을 치르지 못했던 사람이 간혹 이미 장성해서 추복追服[76]을 하니
이는 선대 현인들이 예법에 어긋난다고 여겼다. 지금 아버지가 상복을 입
는 도중에 죽어, 자식으로 상례를 대신하여야 할 사람이 만약 때가 지나
서 상복을 입는 사례에 따라 막 죽고나서부터의 절차를 거행한 후에 상복
을 입는다면 추복이 예법에 어긋나는 것과 비슷하다. 나는 이것이 의심스
러워 단지 모른다고만 너에게 대답하였던 것이다.

　　요사이 권기문權起文[77]의 아들이 또 이런 경우를 만나 사람을 보내 나에
게 물었는데, 내 생각에 매번 모른다고만 대답한다면 이 또한 사람을 위하
여 진심으로 도모하는 도리가 아니어서 다시 자세히 생각해보고서야 지난

74　김상사 : 누구인지 자세하지 않다. 상사上舍는 생원이나 진사를 이른다.
75　상복을……것 : 원문은 '代喪之服'. '대상代喪'은 예컨대 조부가 별세하여 아직 장
　　사 지내지 못한 상태에서 부친상을 당한 경우, 승중承重한 손자가 아버지를 대신
　　해서 조부상의 상복을 입는 것을 이른다.
76　추복 : 상례의 하나로, 부모가 돌아갔을 때 나이가 어렸거나 또는 어떤 사고로 인
　　하여 상복을 입지 못하다가 뒤에 상복을 입는 것을 이른다.
77　권기문(?~?) : 송암松巖 권호문權好文의 사촌으로, 퇴계의 문인이다.

날 나의 견해가 충분하지 못했음을 알았다.

대개 이 일은 때가 지나서 초상 소식을 듣고 상복을 입는 것과 어려서 행하지 못하다가 장성하여 추복하는 경우와는 다르다. 저러한 경우, 반드시 막 죽고 나서의 절차를 거행하는 것은 모두 이미 마땅히 행해야 할 예를 행하지 못했기 때문에 미루어 행하는 것이고, 지금 이 상주를 대신하는 일은 막 죽고 나서의 여러 가지 절차는 아버지가 모두 이미 행하였고 다만 장례를 마치지 못하고 죽었을 뿐이니, 그 아들은 마땅히 아버지를 대신하여 마무리 짓지 못한 예절만 행하면 될 뿐 아버지가 이미 행했던 예절을 다시 행할 필요가 없는 것은 필연적인 이치이다. 그렇다면 상복을 입는 절차도 다만 삭망朔望[78] 때나 조전朝奠[79] 때, 두 빈소에 상주를 대신한다는 뜻을 고하고 이어서 상복을 입고 삭망과 조전을 행하는 것이 마땅할 듯하여 권기문의 질문에 이렇게 대답하였다. 김상사의 경우는 반드시 이미 결정해서 예법을 시행하였겠지만, 다만 일은 같은데 대답이 달라 네가 의심스러운 마음이 들까 싶어 이렇게나마 알려 너의 의심을 풀려고 하는 것이다.

종도宗道에게 보내는 편지 **與**

• **해설** : 이 편지는 기미년(1559년, 59세)에 조카인 이완李完의 아들 이종도李宗道 (1535~1602)에게 보낸 편지다. 어려서 부모의 초상을 치르지 못했던 사람이 간혹 이미 장성해서 추복追服을 하는 예법 등에 관하여 설명하였다.

• **종도** : 퇴계 조카인 이완의 아들 이종도를 이른다. 자는 사원士元이고, 호는 지간芝澗이다. 권호문權好文에게는 외6촌 아우다.

---

78 삭망 : 음력 초하룻날과 보름날을 아울러 이르는 말이다.

79 조전 : 장례에 앞서 이른 아침마다 영전에 지내는 제사 의식을 이른다.

13

심기지환

• 공부하는 방법
• 학문, 단번에 이룰 수 없는 것

之心
患氣

이.
공부하는
방법

지난봄에 한번 편지를 보내고 나서 연이어 안부를 묻고 싶었지만, 이곳에서 서울로 오가는 사람들 대부분 김천金遷[1]을 거쳐 가기 때문에 인편을 만나지 못해 뜻을 이루지 못하였습니다. 심부름꾼이 와서 편지와 두 편의 시를 받고 근황을 자세히 알았습니다. 전날의 마음병은 바로 근심과 걱정 때문에 생긴 것이었는데, 지금은 벌써 시일도 오래되고 환경도 새롭게 바뀌었는데, 어찌하여 아직까지 쾌활하지 못하십니까?

저는 늙은 나이에 병마저 심해 날로 쇠약해지는 것은 당연한 이치지만 전날 우리가 서로 만나던 때와 비교하면 갑절이나 심해졌을 뿐 아니라, 수염과 머리가 듬성듬성해지고 정신은 피로하며 눈은 침침해지는 등의 여러 증세가 번갈아 침범해 옵니다. 지난번 두 번이나 왕께서 부르시는 은혜를 입었지만 때마침 더위를 먹고 몸져누워 꼼짝할 수도 없어 어쩔 수 없이 두 번이나 사양하는 소장을 올려 간절히 파면해 주기만을 빌었지만 비난하는 논의와 여론이 비등하니 장차 큰 견책을 받게 될 것입니다. 다행히 왕께서 긍휼히 살피시고 교지를 내려 따뜻하게 타일러 주시어 이미 옥당玉堂[2]에서는 체직되었고 첨지중추부사僉知中樞府事[3]는 그대로 맡고 있습니다. 조정의 직함을 띤 채 초야에 있는 것은 명분과 도리에 올바르지는

---

1 김천 : 충주忠州에 있는 강 이름이다.

2 옥당 : 홍문관弘文館의 다른 이름으로, 1556년(56세) 5월에, 홍문관부제학弘文館副提學에 임명되었다.

3 첨지중추부사 : 1556년(56세) 6월에, 첨지중추부사僉知中樞府事에 임명되었다. 또한 안심하고 병을 조리하라는 임금의 명이 내려졌다.

않지만 이는 어쩔 수 없습니다. 왕께서 보잘것없는 사람을 감싸 주시어 물러날 수 있게 해 주시니, 감격하고 부끄럽기 한량이 없습니다.

보내주신 편지를 자세히 읽고, 앓고 계신 병이 우연히 얻은 것이 아님을 알았습니다. 섭생과 치료를 참으로 소홀히 해서는 안됩니다. 이런 병은 다 제가 평소 직접 겪었던 것이기에 그 내용은 대강이나마 별지에 적어 보냅니다. 응길應吉[4] 일가의 일은 듣고서 깜짝 놀라 눈물을 간신히 참았습니다. 여러 벗들이 모두 별고 없다는 소식을 알려주어 감사하며 멀리서 그리운 마음에 위안이 되었습니다. 그러나 저의 자취가 이러하여 죽은 사람을 조문하지도 못하고, 살아 있는 사람과도 만날 때가 없으니 한스러울 뿐입니다.

【별폭】

심기心氣의 병은 바로 투철히 이치를 살피지 못하고 쓸데없는 공론空論에 천착하여 억지로 파고들고 마음을 지키는 방법이 어두워 싹이 자라도록 조장하며[5] 마음을 괴롭히고 지나치게 힘을 써서 이 지경에 이른 것을 깨닫지 못한 데서 연유합니다. 이것은 또 처음 학문하는 사람들의 공통된 병통이니, 회옹晦翁 선생께서도 처음에는 이러한 병통이 없지는 않았습니다. 만약 이미 이러한 것을 알고 곧바로 고칠 수 있다면 더 이상의 근심은 없겠지만 일찍 알면서도 서둘러 고치지 못하면 그 병이 드디어 생깁니다.

---

4 응길 : 홍인우洪仁祐(1515~1554)의 자다. 호는 치재耻齋다. 저서로 《치재유고耻齋遺稿》가 있다.

5 싹이……조장하며 : 원문은 '揠苗助長'. 《맹자孟子》〈공손추 상公孫丑上〉의 "옛날 송나라 사람이 자기 논에 곡식 싹이 자라지 않는 것을 걱정하여 싹을 억지로 뽑아 올린 자가 있었더니, 그는 일을 마치고 멍청하게 집으로 돌아와서는 식구를 보고 '오늘 피곤하다. 내가 곡식 싹이 자라도록 도와주고 왔노라.'라고 하자, 그의 아들이 급히 논으로 달려가서 보니, 싹이 이미 말라 죽었더라.[宋人有閔其苗之不長而揠之者 芒芒然歸 謂其人曰 今日病矣 予助苗長矣 其子趨而往視之 苗則槁矣]"라는 구절에서 유래한다.

저의 평생 동안 모든 병의 근원이 다 여기에 있었습니다. 지금은 마음의 병이 전날과는 다르지만 다른 병이 몹시 심한 것은 늙었기 때문입니다. 공公과 같은 청년이야 혈기가 왕성하니 진실로 급히 그 초기에 증세를 고치고 섭생과 요양을 잘 조절하면 어찌 끝까지 시달릴 일이 있겠으며, 또 다른 증상들이 끼어들겠습니까?

대체로 공이 전날 학문을 할 때 이치를 궁구하는 것이 너무 의미가 깊고 현묘한 데에 치우치며, 힘써 행할 때는 지나치게 자신을 믿고 서두르며 무리하게 탐구하고 조장하여 병의 뿌리가 이미 생긴 데다가 다시 환난의 근심마저 더해져 병을 깊고 중하게 만들었으니, 어찌 염려스럽지 않겠습니까? 그것을 치료하는 방법은 공이 스스로 깨달았을 것이니, 제일 먼저 반드시 세상의 궁窮함과 통通함 얻음과 잃음, 영광과 굴욕, 이利와 해害 등의 모든 것들을 생각 밖에 두어 마음에 누를 끼치지 말아야 합니다.

이미 이런 마음이 갖추어졌다면 앓고 있는 병은 이미 10에 5, 7할은 나은 것입니다. 이렇게 하여 모든 일상생활에서 사람들과 응대를 줄이고 기호와 욕망을 절제하며 마음을 비우고 한가롭고 즐겁게 지내야 합니다. 책이나 화초를 감상하거나 시내의 물고기나 산속의 새를 보는 즐거움이 그런대로 뜻을 즐겁게 하고 흥취에 맞는다면 항상 접하는 것을 싫어하지 마십시오. 그리하여 심기를 항상 편안한 경지에 있게 할 것이며, 마음을 거슬리고 어지럽게 하여 분노와 원망을 일으키는 일이 없도록 하는 것이 가장 요긴한 치료법입니다.

책을 보는데 마음을 피곤하게 해서는 안되니 많이 보는 것은 매우 꺼려야 합니다. 다만 뜻에 따라 그 맛을 즐겨야 합니다. 이치를 궁구하는 것은 반드시 일상생활의 평이하고 명백한 곳으로 나아가 간파하고 익히며, 이미 알았던 것은 편안하고 여유 있는 마음으로 음미해야 합니다. 오직 착심着心한 것도 아니고 착심하지 않은 상태도 아닌 그 중간에서 살피고 잊지 말아야 합니다. 오랫동안 이렇게 한다면 저절로 이해되어 얻는

것이 있을 것이니 너무 집착하거나 얽매여서 빨리 효과를 보려 해서는
더욱 안 됩니다.

보내 주신 편지에 '함양하고 몸소 살피는 것은 우리 유가의 근본사상이
며, 하늘의 이치와 사람의 일이 본래 둘이 아니다'라고 한 것은 좋습니다.
다만 '깨닫는다[悟]'는 한마디를 힘써 주장하였는데 이것은 총령葱嶺[6]에서
가져온 돈오頓悟[7]·초월超越을 말하는 불교의 방법이지, 우리 유가의 근
본사상에 이런 것이 있다는 말은 들어본 적도 없습니다. 그러니 지난번에
말한 '억지로 파고들고 조장하는 병[强探助長之患]'이 아마도 여전히 남아
있는 것 같습니다.

저는 이런 병을 몸소 겪어 알고 있기에 의심 없이 말씀드리고는 있지만,
'섭생과 요양의 방도[攝養之道]'에 대해서 저도 아직 효험을 보지 못했으면
서도 외람되게 말씀드리니 매우 부끄럽습니다. 다만 같은 병을 앓는 사람
끼리 서로 아껴 주고 같은 근심을 지닌 사람끼리 구해 주는 마음에서 부
득이 드리는 말씀입니다. 사람이 좋지 않다고 하여 말까지 버리지 않으신
다면 공에게 도움이 없지 않을 것입니다.

회암서晦菴書[8]는 이제 7권이 완성되었습니다. 무궁한 사업이 모두 그
속에 있지만 항상 힘이 따라가지 못하고 세월은 멈추지 않으니 수십 년 전
부터 이 공부를 하지 않은 것이 한스럽습니다. 공은 저를 경계삼아 병 때
문에 중년에 스스로 공부를 그만두고 만년에 후회를 남기는 일이 없도록
하십시오. 공의 시는, 고풍古風은 의미가 심장하지만 절구는 의심스러운
점이 없지 않습니다. 저도 흉내 내어 차운하여 보내니 천리 먼 곳에서 한

---

6 총령 : 천산天山과 곤륜崑崙 등 산맥이 일어나는 돈황敦煌 서쪽 8천리 지점의 준령
   이름으로, 파미르고원 지역을 두루 일컫는다.

7 돈오 : 점진적인 과정을 거치지 않고 단번에 깨달음을 일컫는 불교의 용어로, 점진
   적인 깨달음을 가리키는 점오漸悟와 반대개념이다.

8 회암서 : 1556년(56세) 6월에 《주자서절요朱子書節要》를 완성하였다.

번 웃어주십시오.

사형士炯[9]은 이미 묘향산妙香山으로 들어갔는데, 공도 그를 따라 장대하게 유람하려고 하신다니 매우 부럽습니다. 이곳과는 더더욱 멀어지겠습니다. 내년 봄 돌아온 뒤에 찾아주실 것은 미리 헤아릴 수 없는 일이니, 서신이나마 끊이지 않게 보내주시면 고맙겠습니다.

남시보南時甫에게 답하는 편지 答

- **해설** : 이 편지는 남언경南彦經(1528~1594)의 편지를 받고, 병진년(1556년, 56세) 7월에 보낸 답장이다. 퇴계는 심기心氣의 병은 이치를 살피지 못하고 공론空論에 천착하는 데서 생기니 이것이 처음 학문하는 사람들의 병통이라고 설명하였다.

- **남시보** : '시보時甫'는 남언경의 자다. 호는 동강東岡이다. 서경덕徐敬德의 문인이며, 조선 시대 최초의 양명학자이다.

---

9 사형 : 한윤명韓胤明(1537~1567)의 자다. 호는 형암炯菴이다. 선조宣祖가 세자일 때 왕손사부王孫師傅를 지냈고, 율곡 이이와 교의를 맺었다.

02.
학문,
단번에 이룰 수 없는 것

저는 용렬함이 날로 심해 비록 옛 학업을 잊지는 않고 있지만 피로하고 쇠약하여 공부에 힘쓰지 못하고 있어 밤낮으로 두려울 뿐입니다. 권호문權好文[10]과 조카 교喬[11]는 지금 청량산에 있고 고산암孤山菴에는 안동 권춘란權春蘭[12]과 저의 종손 종도宗道[13]가 와서 거처하고 있습니다. 다만 고산암은 이곳과 멀고 산길이 눈과 얼음으로 막혀 왕래하기가 꽤나 어렵습니다. 공이 이곳에 와도 본래 공에게는 아무런 보탬도 되지 않고 암자에 우거하는 것도 애로가 있어 더욱 온당치 않습니다.

학문은 단번에 도달할 수 있는 것이 아니라는 말은 참으로 옳습니다. 또 "지난번에 한두 해 동안 공부에 효과를 기대하였다."고 말씀하셨는데 만약 의도한 것이 이러하였다면 이는 참으로 소탈한 일입니다. 학문하는 일은 평생의 사업이니 비록 안자顔子[14]나 증자曾子[15]와 같은 경지에 이르렀더

---

10 권호문(1532~1587) : 자는 장중章仲이고, 호는 송암松巖이다. 퇴계의 문인으로, 유성룡柳成龍·김성일金誠一 등과 수학하였다. 집경전참봉集慶殿參奉 등을 지냈다. 저서로《송암집松巖集》이 있다.

11 교 : 퇴계 형인 이해李瀣의 셋째 아들인 이교李喬(1531~1595)를 이른다. 자는 군미君美이고, 호는 원암遠巖이다. 권호문權好文에게는 5촌 외숙이다.

12 권춘란(1539~1617) : 자는 언회彦晦고, 호는 회곡晦谷이다. 구봉령具鳳齡과 퇴계의 문인이다. 사헌부지평司憲府持平 등을 지냈다. 저서로《회곡집晦谷集》등이 있다.

13 종도 : 퇴계 조카인 이완李完의 아들 이종도李宗道(1535~1602)를 이른다. 자는 사원士元이고, 호는 지간芝澗이다. 권호문에게는 외6촌 아우다.

14 안자 : 안회顔回(B.C. 521~B.C. 490)를 이른다. 춘추시대 노나라 현인으로, 공자孔子가 가장 신임했던 수제자였다. 가난한 생활 속에서도 도를 즐기고 학문과 덕행으로 이름이 높다.

15 증자 : 증삼曾參(B.C. 506~B.C. 436)을 이른다. 중국 춘추시대 노나라 학자로, 증

라도 말할 수 없는 일인데 더구나 그들보다 못한 사람은 어떠하겠습니까?

심기心氣의 병에 관해서 저는 일찍이 범에게 물렸던 적이 있어[16] 전에 이미 여러 번 약이 될 만한 말을 하였지만 효험을 보지 못하고 다시 "심기의 병을 어떻게 하면 되겠습니까?"라고 물으니 이는 무엇 때문입니까? 심기의 병이 생긴 원인을 공께서도 알고 있습니다. 지금 만약 마음만으로 이 병을 제거하려고 한다면 갈수록 더욱 고질이 되어 수고롭고 번요함을 이기지 못해 큰 병을 이루고야 말 것입니다. 또 공은 이 공부에 관해 이미 맥락과 단서를 대략 알고 있으니, 더 이상 허다하게 억지로 탐색하거나 쓸데없이 안배할 필요가 없습니다. 이른바 마음을 단속하고 내면을 성찰하는[17] 공부는 우선 염두에 두지 말고, 그저 일상의 평이하고 명백한 곳을 살피면서 너그러운 생각과 여유로운 자세로 한가하고 편안하게 자신을 수양하기를 주자의 〈조식잠調息箴[18]〉처럼 해 나가야 합니다. 이렇게 오랜 세월이 쌓이면 마음의 병이 저절로 치료될 뿐 아니라 마음을 단속하고 내면을 성찰하는 효과도 여기에서 얻을 수 있을 것입니다.

마음을 단속하고 내면을 성찰하는 공부는 우선 염두에 두지 말라는 말

점曾點의 아들이며 공자의 제자다.

16 범에게……있어 : 원문은 '傷於虎'. 범에게 물려 본 사람만이 범의 무서움을 알듯 같은 경험을 사람만이 그 고통을 공감한다는 의미이다. 《근사록近思錄》의 "옛날에 범에게 부상당한 적이 있는 사람이 있었다. 다른 사람은 범을 말하면 삼척동자라도 모두 범이 무서운 줄 알지만, 끝내 범에게 부상당한 적이 있는 사람처럼 정신과 얼굴빛이 겁에 질리면서 진심으로 두려워하지는 않는다.[昔曾經傷於虎者 他人語虎 則雖三尺童子 皆知虎之可畏 終不似曾經傷者 神色懾懼 至誠畏之]"라는 구절에서 유래한다.

17 마음을……성찰하고 : 원문은 '操存省察'. 《논어論語》〈태백泰伯〉 삼귀장三貴章 주석에 "학문하는 사람은 마음을 단속하고 내면을 성찰하며 아무리 경황이 없거나 다급한 상황이라도 여기에서 벗어나서는 안 된다.[學者 所當操存省察 而不可有 造次顚沛之違者也]"라는 구절이 있다.

18 조식잠 : 주자가 지은 잠명箴名으로, 숨을 고르게 하여 몸에 화기和氣가 충만해지도록 하는 양생법을 서술하였다.

은 학문하는 사람의 일반적인 방법이 그렇다는 것이 아니라 단지 마음의
병은 반드시 이렇게 해야 안정될 수 있다는 것입니다. 더구나 이 도리는 안
팎의 구분이 없습니다. 무릇 밖을 삼가는 것은 안을 함양하려는 데 있습
니다. 그러므로 공자 문하에서는 심학心學을 말한 적이 없지만 심학은 그
속에 내포되어 있습니다.

　저도 당시에는 이끌어 주는 사람이 없어 이런 이치를 몰라 한갓 마음의
병만 두려워하여 마침내 완전히 손을 놓고 가만히 앉아서 수 십 년 세월
을 보내고 말았으니 이것이 통탄스럽습니다. 공은 마땅히 저를 경계삼아
야 할 것입니다. 기질을 바로 잡는 일은 나에게 달린 것으로 남에게 달린
것이 아니라는 말은 참으로 바뀔 수 없는 논리입니다. 그러나 날마다 엄한
스승과 경외할 만한 벗과 함께 한다면 교화와 학문연구에 유익함이 어찌
적겠습니까?

　경소景昭[19]는 훌륭한 사람이지만 아직 학문을 하지 않고 있는 것이 참
으로 애석합니다. 우리 고을에 학문하는 선비들이 꽤나 많지만 모두 과
거공부에 얽매여 독서는 대체로 바쁘게 쫓아가기만 할 뿐 머리를 돌리
고 발길을 멈추어 이 일을 헤아려 보려는 생각조차 없습니다. 비록 조사
경趙士敬[20] 같은 사람은 뜻은 있지만 그 역시 여기서 벗어나지 못하고 있
어 만나서 크게 강론하지 못하니 서로 유익한 큰 도움이 없습니다. 오직
이대용李大用[21]이 《주자서절요朱子書節要》에 크게 힘을 쏟아 이제 모두
베껴 한번 교정을 거치고 나니 사색이 철저해졌습니다. 또 김돈서金惇

19　경소 : 이문규李文奎(1513~?)의 자다. 퇴계의 족질族姪로 참봉參奉을 지냈다.

20　조사경 : ‘사경士敬’은 조목趙穆(1524~1606)의 자다. 호는 월천月川으로 퇴계의 문
　　인이다. 여러 차례 관직에 제수되었으나 나아가지 않고, 평생 퇴계를 모신 제자
　　중 한 사람이다. 저서로 《월천집月川集》이 있다.

21　이대용 : ‘대용大用’은 이숙량李叔樑(1519~1592)의 자다. 호는 매암梅巖으로, 농암
　　聾巖 이현보李賢輔의 아들이다. 퇴계의 문인이다.

敍²²도 학문에 매우 힘을 기울이고 있고, 매사에 반드시 옳은 선택을 하려고 하고 또《주자서절요》에도 뜻을 두고 있습니다. 그러나 그 사람이 곤액을 만나 오랫동안 우환 가운데 있어서 이 일에 전념하지 못하니 한탄스럽습니다.

살림이 궁핍해서 밭을 구입하는 것은 본래 이치에 크게 해가 되지는 않습니다. 값을 흥정할 때 무리하게 가격을 조정하는 것도 벗어날 수 없는 이치입니다. 다만 자신에게만 이롭게 하고 남을 손해 입히려는 생각이 조금이라도 있다면, 이것이 바로 순舜과 도척盜跖²³이 구분되는 기준입니다. 이점에 서둘러 긴절히 아름답게 마음을 쓰고 의義와 이利 두 글자만으로 판단해야 비로소 소인을 면할 수 있습니다. 이것이 바로 군자다운 행동이니 굳이 사지 않는 것을 고상하게 여길 것은 아닙니다. 그러나 이러한 일에 오랫동안 마음을 두게 되면 더럽고 천한 지경에 빠지기 쉬우니 언제나 스스로 격앙하여야 타락하지 않을 것입니다.

체體와 용用에 대한 설명은 매우 좋습니다. 측은惻隱이 정情이고 그것이 아직 드러나지 않은[未發] 것이 성性이니, 이른바 '성性의 유행이 바로 정情이다.'라고 한 것이 이것입니다. 어찌 정情 밖에 따로 성性의 유행이 있겠습니까? '놓아서 잃어버리다.[放失亡]'는 세 글자는 진실로 이미 드러난[已發] 이후를 가리켜 말한 것입니다. 그러나 반복하여 짓밟아 야기夜氣가 사라지

22　김돈서 : '돈서惇敍'는 김부륜金富倫(1531~1598)의 자다. 호는 설월당雪月堂이다. 퇴계의 문인으로 동복현감同福縣監 등을 지냈다. 저서로《설월당집雪月堂集》이 있다.

23　순(?~?)과 도척(?~?) : 순舜은 성이 우虞·유우有虞고, 이름이 중화重華다.《사기史記》에 의하면, 순은 전욱顓頊의 6세손으로, 계모와 이복동생의 미움을 사 여러 가지 방법으로 살해당할 뻔한 사건들을 슬기롭게 극복하며 효행의 도를 다하였다. 도척盜跖은 노나라 대부인 유하혜柳下惠의 동생이다. 전하는 말로 일찍이 무리 9천 명을 모아 천하를 횡행하고 다니면서 제후를 공격하고 약탈하였다.

면²⁴ 청명하고 순일한 본체가 완전히 혼탁해져 버리니 '없어지지 않는다.[不亡]'고 할 수 있습니까?

이연평李延平²⁵의 무주설無主說²⁶이 있고, 주자 또한 《악기樂記》의 말을 풍자하여 "하늘의 이치는 좋아하고 미워함이 절도가 없어지면 사라진다²⁷."고 한 것은 모두 이러한 뜻입니다. 오직 천리는 밤낮으로 끝임 없이 쉬지 않기 때문에 비록 없어졌다가도 있게 되고, 쉼이 없는 것이 존재하여 느낌에 따라 드러나 마치 사라진 적이 없는 것 같습니다. '마음을 놓쳐버렸다는 것을 깨닫는다면 곧 마음이 여기에 있다.'는 말 역시 선유들이 이미 논했던 것이었는데, 그대가 보낸 말도 모두 그러하였습니다. 다만 '굽으면 펴고 지나가면 오는 것이 이어진다.'는 말로 비유한다면 이는 군더더기입니다.

유정부游定夫가 스승을 배반하고 이적夷狄의 유혹에 빠져²⁸ 이 지경에 이

---

24 반복하여……사라지면 : 《맹자孟子》〈고자 상告子上〉에 "낮 동안 저지르는 이욕에 가득 찬 행위가 양심을 짓밟으니, 반복하여 짓밟으면 야기夜氣가 보존될 수 없다. 야기가 보존될 수 없으면 금수와 거리가 멀지 않게 된다.[旦晝之所爲 有梏亡之矣 梏之反覆 則其夜氣不足以存 夜氣不足以存 則其違禽獸 不遠矣]"라는 구절이 있다.

25 이연평 : '연평延平'은 이통李侗(1093~1163)의 호다. 자는 원중願中이고, 시호는 문정文靖이다. 나종언羅從彦에게 정자程子의 이학理學을 배워 이정二程의 삼전제자三傳弟子가 되었다. 양시楊時·나종언과 함께 '검남삼선생南劍三先生'으로 불리었다. 그의 문하에서 주희朱熹와 나박문羅博文·유가劉嘉 등이 배출됨으로써 이정二程의 학문이 주희에게 이어지는 교량 역할을 했다. 저서로 《이연평집李延平集》이 있다.

26 무주설 : 《주자언론동이고朱子言論同異考》〈중용中庸〉에 "희로애락이라는 감정이 없을 때가 있지만 이를 '미발未發'이라고 하려면 주재함이 없다고 말해서는 안된다.[有無所喜怒哀樂之時 然謂之未發 則不可言無主也]"라는 구절이 있다.

27 하늘의……사라진다 : 《악기樂記》에는 "그런 뒤에 좋아하고 미워하는 마음이 나타나니, 좋아하고 미워하는 마음이 안에서 절도가 없고 지知가 밖에서 유인하니 몸에 돌이키지 못하면 하늘의 이치가 없어지게 된다.[然後好惡形焉 好惡無節於內 知誘於外 不能反躬 天理滅矣]"라는 구절로 실려 있다.

28 유정부가……빠져 : 불교에 귀의하여 '선배들은 불교의 서적을 보지 못해 견문이 고루하다.'고 비방했던 일을 이른다. '정부定夫'는 유초游酢(1053~1123)의 자다. 또 다른 자는 자통子通이고, 호는 녹산선생鹿山先生·광평선생廣平先生이며, 시

르렀습니다. 만약 맹자를 만났다면 아마도 증자曾子와 다르다는 탄식[29]을 진상陳相[30]에게만 하지는 않았을 것이니 이상하고 탄식할 일입니다. 주자가 처음 진안경陳安卿[31]을 만나고 매우 기뻐 여러 번 친구들에게 칭찬을 하였습니다. 그의 학문은 변설에 뛰어나 문인들 중 그와 견줄만한 사람이 드물었습니다. 아까운 것은 잘하는 것에 얽매어 실천하는 공부에 힘쓰지 않았으니, 이것이 바로 "지혜로운 사람은 지나치다[32]."는 것입니다.

일찍이 강론하는 자리에서 주자께서 그의 잘못을 알고는 힘껏 일깨워주려고 하자 그는 곧바로 자신의 말을 숨기고 말았습니다. 이를 근거로 보자면 심술의 은미한 사이에 병통 역시 많으니 그 말에 넉넉한 맛이 적을 뿐만이 아닙니다. 그러나 주자께서 "행하는 것과 아는 것이 상반된다."고 하신 말은 안경安卿만을 두고 하신 말씀이 아니라 아마도 널리 문인들을 타일러 경계하신 말씀 같습니다.

제가 일찍이 이상하게 여기는 것은, 주자는 정자程子가 밝히지 못했던 것을 밝혔는데도 그의 문인들이 정자의 문인들보다 유능하지 못하다는 것입니다. 이는 또한 맹자가 이전 성인들이 밝히지 못한 것을 밝혔는데, 그의 제자인 만장萬章과 공손추公孫丑 같은 무리들이 공자의 제자인 자유子

호는 문숙文肅이다. 정호程顥와 정이程頤를 사사했고, 사량좌謝良佐·양시楊時·여대림呂大臨과 함께 '정문사선생程門四先生'으로 불리었다. 저서로《역설易說》·《녹산문집鷹山文集》이 있다.

29 증자와……탄식:《맹자孟子》〈등문공 상滕文公上〉에, 맹자가 진상을 꾸짖으며 "그대는 그대의 스승을 배반하고 허행을 찾아가 배웠으니 역시 증자와 다르다.[子倍子之師而學之 亦異於曾子矣]"라는 구절이 있다.

30 진상(?~?) : 전국시대 송宋나라 학자다. 진량陳良의 제자로 등滕나라에 갔다가 허행許行을 만나 전에 배웠던 학문을 버리고 허행을 따른 인물이다.

31 진안경 : '안경安卿'은 진순陳淳(1159~1223)의 자다.

32 지혜로운……지나치다 :《중용中庸》에 "나는 도가 행해지지 않는 이유를 아노니, 지혜로운 사람은 지나치고 어리석은 사람은 미치지 못하기 때문이다.[道之不行也 我知之矣 智者過之 愚者不及也]"라는 구절이 있다.

游나 자하子夏만 못한 이유를 모르겠습니다. 그러나 이것은 비록 도를 전한다는 큰일을 두고 한 말일 뿐입니다. 서로 도와서 유학을 밝히려고 애쓰신 성대함이 어찌 주자 한 사람만의 힘이겠습니까?

한때 문하에 있던 선비들이 제각기 자신의 재주대로 성취하여 우뚝하게 학문을 수립한 자들을 이루 헤아릴 수도 없었습니다. 서로 도통을 전수하여 원元나라와 명明나라에 이르기까지 유학을 일으켜 세운 사람들이 저렇게 끊이지 않았으니 이 또한 몰라서는 안됩니다.

호치당胡致堂의 사건[33]은 인륜의 큰 변고로 그의 처사는 매우 온당하지 않습니다. 그러나 문정文定을 아버지로 하고[34] 한 때의 사우들 모두 대현大賢들이었고 치당의 사람됨됨이 역시 매우 강직하고 정직하여 올곧은 도리로 행동하였으니, 어찌 예의 없이 망령되게 행동하였겠습니까? 아마도 그는 적모嫡母에게 입양되어 생모에 대한 압존壓尊[35]은 마치 임금이 되어 대통을 이으면 친가의 부모를 돌보지 않는 의리와 같기 때문에 어쩔 수 없이 그렇게 하였을 것입니다.

정경석丁景錫[36]에게는 답장이 없는지요? 지난번에 준寫[37]을 통해 편지

33　호치당의 사건 : 장복章復이란 관리가 호인胡寅(1098~1156)이 생모의 복을 입지 않는 불효를 저질렀다고 탄핵했던 사건을 이른다. '치당致堂'은 호인의 호다. 자는 명중明仲이고, 시호는 문충文忠이다. 저서로《독사관견讀史管見》·《비연집斐然集》등이 있다.

34　문정을……하고 : 호안국胡安國(1074~1138)의 조카였다가 이후 그의 양자가 되었다. 문정文定은 호안국의 시호다. 자는 강후康侯고, 호는 청산青山·무이선생武夷先生이다. 태학박사太學博士를 지냈다. 저서로《춘추전春秋傳》·《자치통감거요보유資治通鑑舉要補遺》등이 있다.

35　압존 : 어른에 대한 존대심이 더 높은 어른 앞에서는 줄어짐을 이른다.

36　정경석 : '경석景錫'은 정윤희丁胤禧(1531~1589)의 자다. 호는 고암顧庵·순암順庵·해월헌海月軒이다. 퇴계의 문인이다. 이조정랑吏曹正郎 등을 지냈다. 저서로《고암집顧庵集》이 있다.

37　준 : 퇴계의 맏아들인 이준李寯(1523~1583)을 이른다. 자는 정수廷秀이다. 집경전참봉集慶殿參奉을 지냈다.

한 통을 보내왔는데 "요사이 큰 병으로 공부도 손을 놓고 있었는데 뜻밖에 벼슬을 하니 더욱 장애가 됩니다. 이제 병이 조금 나아져서 조금씩 옛 경전을 다시 익히고 있습니다."라고 하였는데, 그 편지를 부쳐드리고 싶지만 찾지를 못해 그러지 못하였습니다.

정자중鄭子中에게 답하는 편지   答

• **해설** : 이 편지는 정유일鄭惟一(1533~1576)의 편지를 받고, 병진년(1556년, 56세) 12월 7일에 보낸 답장이다. 학문은 단번에 도달할 수 있는 것이 아니라는 정유일의 말에 공감을 하며, 학문은 평생의 사업으로 목표를 삼아야 할 일임을 강조하였다.

• **정자중** : '자중子中'은 정유일의 자다. 호는 문봉文峯이다. 이理를 중심으로 하는 이론에 따라 서경덕의 기론氣論을 비판하면서 전반적으로 퇴계의 이론을 계승하였다. 저서로 《문봉집文峯集》이 있다.

14

위학

- 그릇된 배움을 반성하며
- 문장의 뜻을 파악하고 뜻을 갈무하며
- 조식의 글을 읽고
- 찬 시냇가에 밤은 고요한데
- 여생을 한가히 지내며
- 《근사록》에 관하여
- 나 같은 범든 나그네는
- 곤궁해도 뜻을 견고하게 가져야
- 허송세월을 경계하며
- 세 말의 식초를 크게 들이키며
- 공부의 순서는
- 학문에 뜻을두고
- 《주자대전》을 검토하다가
- 인의 실천은 나에게
- 무너진 선비의 기풍
- 닭이 알을 품는다는 의문에 대하여
- 문자에 대한 적당한 거리
- 해가 지면 들어와 쉬다
- 발전 없는 학문을 반성하며

爲
學

01.
그릇된 배움을
반성하며

지난달 김자후金子厚[1]의 하인이 돌아오는 편에 편지를 받고 북평北坪[2]에 잘 도착했고 학문에 발전이 있다고 하니 답답하던 회포가 시원스레 풀렸습니다. 그러나 돌아가는 인편을 만나지 못해 제때 답장을 드리지 못했는데, 돌아오는 자후 편에 또 편지와 시를 보내 주시고, 아울러 꼴 베고 나무하는 아무것도 모르는 저 같은 사람[3]에게 물으시는 말씀까지 보내시니 감사하고 부끄럽기 그지없습니다.

저는 궁벽한 시골에서 지내다 보니 벗이 적어 함께 학문할 사람도 없습니다. 병중에 책을 보다보면 때때로 제 생각과 일치하는 곳이 있지만 몸소 실천하는 데 이르면 더러 모순되는 곳이 많았습니다. 나이는 많고 힘은 부족하며 또 사방의 벗에게서 도움도 받지 못해 항상 그대를 의지하고 있는데, 두 통의 편지에서 약석藥石[4]을 주지 않고 도리어 귀머거리에게 청력을 빌리려 하는 것[5]은 무슨 까닭입니까? 두렵고 조심스러워서 감히 뜻을

---

1 김자후 : '자후子厚'는 김전金㙉(1538~1575)의 자다. 호는 구봉九峰으로 퇴계의 문인이다.

2 북평 : 강원도 삼척시 북동쪽에 있던 고을로, 율곡 이이가 살던 강릉을 이른다.

3 꼴……사람 : 원문은 '詢蕘'. 《시경詩經》〈대아大雅 판판〉의 "선민께서 말씀하시기를, 꼴 베고 나무하는 사람에게도 물으라 하셨네.[先民有言 詢于芻蕘]"라고 한 데서 유래한다.

4 약석 : 병을 고치는 약과 돌로 만든 침을 이른다.

5 귀머거리에게……것 : 아무것도 모르는 사람에게 가르침을 요구하는 것을 이르는 말로, 한유韓愈의 〈답진생서答陳生書〉의 "족하께서는 빨리 교화하는 방법을 알맞은 사람에게서 구하지 않고, 바로 저를 찾아오시니, 이것은 이른바 '귀머거리에게 청력을 빌리고 장님에게 길을 묻는다.'는 것입니다.[足下求速化之術 不於其人 乃以

받들 수 없지만, 아무런 말씀을 드리지 않는 것도 사귀는 도리가 아니기에 끝내 감히 마음속에 감추어 두지 못하겠습니다.

지난번 편지에서 과거에 배움을 잃은 것이 한스럽다고 하셨는데 그대는 지금 약관의 나이에 이렇게 남들보다 뛰어나 배움을 잃었다고 할 수도 없는데 그렇게 말한 것은, 어찌 배운 것이 유학에서 어긋나 배우지 않은 것이나 마찬가지라고 여겨서가 아니겠습니까? 과거의 잘못을 깨닫고 고칠 것을 생각하며, 또 궁리窮理와 거경居敬하는 실제에 종사할 줄 알고, 용감하게 허물을 고치고 급히 도에 나아가니 그 방향을 제대로 잡았다고 할 수 있습니다. 성인의 시대는 멀고 성인의 말씀은 사라져, 이단이 진리를 어지럽혀 옛날 총명하고 재주 있고 걸출하던 선비들 가운데 시종 이단에 미혹되어 빠진 자들은 거론할 가치도 처음에는 바른 도를 지키다가 끝에는 사도邪道에 빠진 자도 있고, 중립을 지켜 양쪽 모두를 옳게 여기는 자도 있으며, 겉으로는 배척하는 척하면서 속으로는 돕는 자도 있습니다. 그들이 이단에 빠진 정도의 차이는 있지만 하늘을 속이고 성인을 무시하며 인의를 가로막은 죄는 매한가지입니다. 오직 정백자程伯子[6]·장횡거張橫渠[7]·주회암朱晦菴[8] 같은 선생들만이, 처음에는 조금 드나든 것 같았지만 곧바로 잘못을 깨달았습니다.

아! 천하의 큰 지혜와 큰 용기가 아니면 그 누가 홍수 같은 물줄기에서 벗어나 참된 근원으로 돌아갈 수 있단 말입니까? 지난날 남을 통해 그대

訪愈 是所謂借聽於聾 求道於盲"라고 한 데서 유래한다.

6 장횡거 : '횡거橫渠'는 장재張載(1020~1077)의 호다. 자는 자후子厚다. 저서로《정몽正蒙》이 있다.

7 정백자 : 송宋나라 유학자인 정호程顥(1032~1085)를 가리킨다. 정호와 정이程頤 형제를 모두 정자程子라 일컫기 때문에 형인 정호를 '백자伯子'라 한다.

8 주회암 : '회암晦菴'은 주희朱熹(1130~1200)의 호다. 또 다른 호로는 회옹晦翁·운곡산인雲谷山人·창주병수滄洲病叟·둔옹遯翁 등이 있다. 자는 원회元晦·중회仲晦다. 저서로《논어요의論語要義》등이 있다.

가 불교서적을 읽고 꽤나 중독되었다는 말을 듣고 한동안 애석하게 여겼
는데 일전에 저를 찾아와 그러한 사실을 숨기지 않고 자신의 잘못을 말하
였고, 이제 두 통이나 보내온 편지의 취지가 이와 같다는 것을 알고는, 저
는 그대가 함께 도에 나아갈 수 있는 사람임을 알았습니다. 그렇지만 제가
두려운 것은 새로 맛을 들이는 것은 달콤하지가 않고 익숙한 것은 잊어버
리기 어려운 법[9]이라서, 오곡의 열매가 채 영글기도 전에 가라지와 피가
먼저 익지나 않을까 하는 것입니다. 이러한 일을 모면하려면 역시 다른 방
법을 찾을 것 없이 오직 궁리窮理와 거경居敬 공부에 충분히 힘을 기울이
시면 될 것입니다. 이 두 가지를 공부하는 방법에 대해서는 《대학大學》에
나와 있고 주자가 장구章句에서 밝혔으며, 《대학혹문大學或問》에서 자세히
말해 놓았습니다.

그대가 방금 이 책들을 읽고도 오히려 얻은 것이 없다고 근심하는 것은
글의 뜻을 모르는 것이 아니라 자신의 심신과 성정의 사이에서 깨닫지 못
해서가 아니겠습니까? 아무리 심신과 성정 사이에서 깨달았다고 하더라
도 어쩌면 참되고 절실하게 체험하여 실제로 기름진 것을 맛보지 못해서
가 아니겠습니까? 궁리와 거경, 이 두 가지는 서로 머리가 되고 꼬리가 되
기는 하지만 실제로는 독립된 두 가지 공부이니, 절대로 단계가 나누어지
는 것을 근심하지 말아야 할 것이며 오직 반드시 서로 병행해서 발전하는
것을 방법으로 삼아서 때를 지체하지 말고 지금 당장 공부를 시작하여야
하며 의심하여 머뭇거리지 말고 처해진 곳에 따라 마땅히 힘쓰고 마음을
비우고 이치를 살펴야 합니다. 먼저 자신의 견해에 집착하지 않고 점차 쌓
아 가면 완전히 성숙하게 될 것이니 시간을 계산해서 효과를 보려고 해서
는 안됩니다. 터득하지 못하면 그만두지 말고 평생의 사업으로 삼아야 합

---

9 새로……법 : 원문은 '新嗜靡甘 熟處難忘'. '새로 맛을 들이는 것[新嗜]'은 유학儒學
을 가리키고, '익숙한 것[熟處]'은 불교를 가리킨다.

니다. 이치가 자세히 이해되고 경敬이 전일한 경지에 이르는 것은 모두 깊이 나아간 뒤에 저절로 터득할 수 있을 뿐입니다. 한순간 깨달아 그 자리에서 부처가 된 사람이 황홀하고 어두운 사이에서 어렴풋이 그림자만 보고 문득 큰일이 이미 마무리 되었다고 말하는 것과 어찌 같겠습니까?

따라서 이치를 궁구하여 실천하는 데서 그것을 체험해야 비로소 참된 앎이 되고, 경을 위주로 하되 마음을 여러 갈래로 분산됨이 없어야 비로소 참된 얻음이 되는 것입니다. 지금 비록 이치를 알지만 얄팍하고 묽으며 비록 경을 견지하더라도 혹 잠깐 사이에 놓쳐버린다면 일상생활에서 응접하는 사이에 잇따라 무너져 내리는 것이 끝없이 닥쳐올 것이니, 어찌 쓸데 없는 생각이나 식색食色과 같은 한가로운 이야기를 나누는 것만이 해가 될 뿐이겠습니까? 그러나 처음 학문할 때는 이치를 보는 것이 참되지 못하고 경을 견지하다가 자주 놓쳐버리는 것도 사람들의 공통된 근심입니다. 저 같은 사람은 처음뿐만 아니라 백발노인이 되어서도 더 심해 늘 한평생을 헛되이 보낼까 두려워 동시대에 사는 군자들에게 기대하는 것이 굶주림과 목마름이 몸에 있는 것과 같을 뿐만이 아닙니다.

일찍이 이런 마음으로 한 시대의 사람들을 살펴보니, 영특한 자질과 뛰어난 식견을 가진 이가 한둘이 아니건만 영달하지 못하면 과거시험에 마음을 빼앗기고 영달하고 나면 이해에 골몰하여 비록 간혹 뜻이 있어도 궁리와 거경 공부를 과감하게 실행하지 못하는 자가 넘쳐났습니다. 그러나 그대가 마음속에 간직하고 있는 것은 이와는 다르니, 일찍이 과거시험을 어렵지 않게 끊어버리는 것을 보고 알았습니다. 그대가 진실로 어렵지 않게 끊어 버리는 마음을 옮겨 세상에 실행한다면 비록 과거와 이해가 눈앞에 있다고 하더라도 여러 사람들처럼 이익에 유혹되거나 빈천을 두려워하지 않으리란 것은 의심의 여지가 없으니, 이 점이 제가 그대에게 감사하는 까닭입니다.

다만 뛰어난 자질로 해설하기 쉬워 언론으로 드러난 것에는 간절함에서 기인하지 않은 것이 있고 미루어 실행하는 데 나타나는 것에는 간절하고 독실한 점이 모자란 것 같습니다. 그치지 않고 이렇게 한다면 마침내 세속의 풍습에 영향을 받아 변화하지 않는다고 보장할 수 없을 것이니 이것이 참으로 두렵습니다. 저 자신에게도 이런 점이 있는지 없는지 따져 보지도 않고 곧바로 말하였습니다. 이후의 편지에서 물어온 것은 별지에 대강 적어 보냈으니 모두 양해하여 살펴주시기 바라며 이만 줄입니다.

이숙헌李叔獻에게 답하는 편지 答

• **해설** : 이 편지는 이이李珥(1536∼1584)의 편지를 받고, 무오년(1558년, 58세) 5월에 보낸 답장이다. 퇴계는 공부하는 방식에 관하여 자신의 견해에 집착하지 말고 끊임없이 노력하며 시간으로 계산하여 효과를 보려고 하면 안된다고 하였다.

• **이숙헌** : '숙헌叔獻'은 이이의 자다. 호는 율곡栗谷·석담石潭·우재愚齋다. 대사헌大司憲 등을 지냈고, 우리나라의 18대 명현 가운데 한 명으로 문묘에 배향되어 있다. 저서로 《율곡집栗谷集》이 있다.

02.
문장의 뜻을 파악하고
뜻을 강구하며

겸손하게 물어주신 뜻은 매우 훌륭하십니다. 저는 제 자신도 구원할 겨를이 없는데 어떻게 감히 함부로 대답하겠습니까? 다만 보잘것없는 정성만 간직하고 있을 뿐입니다.

풍문을 통해 전해 들으니, 스승께서 논하신 경서의 뜻이라고 해도 의심스러운 점이 많으면 고치지 않을 수 없다고 하니 이렇게 해야 후학들을 오도하지 않을 것입니다. 무릇 문장의 뜻을 파악하는 것과 도리를 강구하는 것은 반드시 먼저 마음을 비우고 한 걸음 물러서서 자신의 견해를 고집하지 말아야 할 것입니다. 고금의 사람을 따질 것 없이 오직 옳은 점만 좇아야 진실하고 틀림없는 것을 얻을 수 있습니다. 진실로 혹시라도 이와 반대로 한 스스로 잘못을 저지를 뿐만 아니라 남들까지도 그르치는 일이 틀림없이 많을 것이니 이것이 매우 두렵습니다. 이점을 유념하시고 대수롭게 여기지 마십시오.

허태휘許太輝에게 답하는 편지 答

• **해설** : 이 편지는 허엽許曄(1517~1580)의 편지를 받고, 병인년(1566년, 66세) 윤 10월 22일에 보낸 답장이다. 아무리 선생의 뜻이라고 해도 옳지 않은 것이 있다면 수정하고, 마음을 비운 채 자신의 견해를 고집하지 말고 객관적인 입장에서 접근해야 한다고 하였다.

• **허태휘** : '태휘太輝'는 허엽의 자다. 호는 초당草堂으로, 허균許筠과·허난설헌許蘭雪軒의 아버지로, 서경덕徐敬德의 문인이다. 동지중추부사同知中樞府事를 지냈고 상주尙州에서 객사하였다.

03.
조식의
글을 읽고

얼마 전 저희 잔치에 찾아와 주시어 매우 감사하였습니다. 그러나 다만 너무 떠들썩하여 종일 서로 바라만 보고 다정히 이야기도 나누지 못하고 헤어져 그윽한 회포는 평소보다 배나 더하였습니다. 임지로 돌아가신 뒤로 근황은 어떠하신지요? 지난달에 보내신 편지에 "허물을 듣는 것이 즐겁다."고 하신 뜻이 있었는데, 날은 어둡고 인편은 바빠 서둘러 답장을 드려 자못 남은 부끄러움이 있습니다.

사람이 배우지 않기 때문에 자신의 부족함을 모르고 부족함을 모르기 때문에 자신의 허물을 들으면 화를 내는 것입니다. 그런데 그대는 지금 이와 반대로 이처럼 넉넉히 학문에 소득이 있으니 매우 훌륭합니다. 그러나 저의 망령된 생각으로는 "의리는 무궁하기 때문에 학문하는 것 또한 무궁하고 인심은 쉽게 물들기 때문에 반성하여 고치기를 더욱 서둘러야 한다."는 말을 아마도 전적으로 믿어서는 안 될 것 같습니다. 시험 삼아 잠깐 얻은 견해를 지금 새로 터득한 공부에다가 이어서 보태서는 안됩니다. 지금 무슨 책을 읽고 계신지, 어떻게 공부하시는지요? 온갖 일들을 수응하는 사이에 깨닫는 것이 과거와 비교하면 어떻습니까? 자못 견해가 이르고 믿음이 미치는 부분이 있었습니까?

저는 몇 달 동안 병든 중에 회암서晦菴書[10]를 한번 훑어보았습니다. 매번 그 말씀 가운데 간절하여 통쾌하며 긴절하게 사람을 위하는 부분을 만날 때면 서너 번씩 되풀이하여 반성하지 않은 적이 없었습니다. 이는 마치 침

---

10 회암서 : '회암晦菴'은 주자의 호로, 그의 편지를 묶은 책이다.

이 몸을 찌르는 듯하고 잠에서 깬듯하여 더더욱 지난날의 공부가 착실하지 않았음을 알겠습니다. 이는 마치 정자程子의 문하에서 말했던 '신을 신은 채 가려운 곳을 긁는 잘못[11]'과 같다고 하겠습니다. 이러한데 어떻게 터럭만큼이라도 힘을 얻을 수 있겠습니까?

마침 남명南冥 조건중曹楗仲[12]의 편지에 "요즈음 학자들을 보면 손수 물 뿌리고 청소하는 예절조차 모르면서 입으로 천리天理를 말하는데, 이는 명성을 훔쳐 남을 속이려다가 도리어 남에게 중상을 당하고 다른 사람에게 피해를 입히는 것이니, 아마도 선생이나 노장들이 그들을 꾸짖고 말리지 않아서 그렇게 된 것이 아니겠습니까?"라고 하니, 그 아래 구절들은 자신을 낮추어 하는 말이었지만 저를 매우 억누르고 경계시키려는 말이었습니다. 이는 비록 어떤 사람을 가리키는 것인지는 모르겠지만 그의 말이 타락하여 한쪽으로 치우친 폐단에서 벗어날 수 없기는 하지만 우리들의 입장에서 말하자면 참으로 남을 꾸짖는 데 겨를을 낼 것이 아니라 마땅히 자신을 꾸짖어야 할 것입니다.

우리들 중에 마음속으로 학문을 원하면서 애초에 어찌 명성을 훔쳐 남을 속일 생각을 품고 있었겠습니까? 뜻을 세운 것이 돈독하지 않으면 도를 따르다가도 중도에 그만두게 됩니다. 때때로 입으로 천리를 말하는 사이에 헛된 명성이 이미 금할 수 없이 사방으로 치닫곤 합니다. 그러니 저에게 일상에서 실천하는 실상 가운데 조금이라도 믿을 수 없는 부분이 있다면 비록 명성을 훔쳐 남을 속인다는 책망에서 벗어나려고 해도 어찌 가능

---

11 신을……잘못 : 원문은 '隔靴搔痒'. 무슨 일을 하느라고 애는 쓰지만 정곡을 찌르지 못해 답답해함을 이르는 말이다.

12 남명 조건중 : '남명南冥'은 조식曹植(1501~1572)의 호고, '건중楗仲'은 그의 자다. 철저한 절제로 일관하여 불의와 타협하지 않았으며, 당시의 사회현실과 정치적 모순에 대해서는 적극적인 비판의 자세를 견지하였다. 단계적이고 실천적인 학문 방법을 주장하였으며 제자들에게도 그대로 이어져 경상우도의 특징적인 학풍을 이루었다. 저서로《남명집南冥集》이 있다.

이나 하겠습니까? 그러니 남명의 말은 참으로 우리들을 위하여 약석藥石
이 되는 말[13]이라 하겠습니다.

지금부터라도 각자 더욱 힘써 스스로 반성하고 실천해서 입으로는 천리
의 근본을 말하고 날마다 연구하고 체험하는 것을 일삼는다면 지식과 행
실이 함께 발전하고 말과 행동이 일치되어 성인의 문하에 죄를 짓지 않을
것이며 세상의 큰 선비들에게는 꾸지람을 당하지 않을 것입니다.

저는 한창 나이에 학문에 힘쓰지 않다가 이제 지력이 쇠약해지는 때가
되어 비로소 조금 소견이 트였지만 쓸쓸히 산골에 묻혀 살아, 함께 학문
을 갈고닦을 사람조차 없습니다. 그래도 지난번에는 서울에 사는 몇몇 벗
들과 편지를 주고받으며 서로 계발하였었는데, 지금은 서로 경계하여 소
식이 끊겼습니다. 황중거黃仲擧[14]의 견해가 비록 깊고 치밀하지는 않지만
그래도 부지런하고 성실하여 보탬이 적지가 않았는데 이제 죽고 말았습
니다.

지금에서 바랄 수 있는 사람은 오직 그대뿐인데 만나서 강론할 수도 없
고 서로 헤어져 편지조차 없으니 이것은 다른 까닭이 아니라, 제 자신의
게으름으로 그렇게 된 것입니다. 또한 그대의 학문이 혹시라도 지난날의
성실함과 간절함을 이어가지 못할까 걱정이니, 어떻습니까?

전에 말씀하신 청송부사靑松府使[15]가 요구했던 저의 글씨는 종의 집을
통해 전해드리도록 하겠습니다. 저의 의도는 실제로는 청송부사에게 글
을 전하는 데 있지 않고, 이를 통해 그대에게 이 편지를 전해 경각의 글을

---

13 약석이 되는 말 : 원문은 '藥石之言'. 약과 침으로 환자를 살리듯, 상대의 잘못을
지적하여 이를 바로잡음을 이르는 말로, 여기서 석石은 환자를 치료하는 '돌침[石
針]'을 이른다.

14 황중거 : '중거仲擧'는 황준량黃俊良(1517~1563)의 자다.

15 청송부사 : 이중량李仲樑(1504~1582)을 이른다. 그는 1550년 청송부사에 임명되
었다가 1554년 통훈대부通訓大夫에 임명되었다.

전해오기를 구하는 것입니다. 작은 별지도 함께 보시기 바라며 이만 줄입
니다.

정자중鄭子中에게 보내는 편지 　與

- **해설** : 이 편지는 갑자년(1564년, 64세) 10월 12일에, 정유일鄭惟一(1533~1576)에게 보낸 편
  지다. '청소하는 예절조차 모르면서 입으로 천리天理를 말하는데, 이는 명성을 훔쳐 남
  을 속이려 한다.'라고 당시 지식인을 비판한 조식曺植의 편지에 대해, 퇴계는 '한쪽으로
  치우친 폐단이 있지만, 우리들은 자신을 꾸짖어야 한다.'고 하였다.

- **정자중** : '자중子中'은 정유일의 자다. 호는 문봉文峯이다. 이理를 중심으로 하는 이론에
  따라 서경덕의 기론氣論을 비판하면서 전반적으로 퇴계의 이론을 계승하였다. 저서로
  《문봉집文峯集》이 있다.

04.
찬 시냇가에
밤은 고요한데

찬 시냇가 고요한 밤에 눈 내리고 달빛이 밝아 그대를 찾아 가고픈 마음이 간절한데, 병든 거북처럼 추위에 움츠리고 문밖을 나서지 못한 채 그리워만 할 뿐입니다. 아침에 편지를 받고 밤사이 골똘히 생각하다 의문이 생겨 묻는다는 것을 알았습니다. 이런 것이 바로 학문을 하는 데 실제 공부로, 장차 진덕수업進德修業[16]에 보탬이 되리라는 것을 알았으니 매우 위안이 됩니다.

　공자는 안자顔子에 대해 즐거움을 고치지 않는다고 칭찬하였으니[17], 그 뜻이 깊습니다. 그런데 주렴계周濂溪[18]는 두 정자程子[19]에게 안자가 즐거워한 그 즐거움이 무엇이었는지 찾도록 하였으니[20], 이는 진실로 허황되고 가

16　진덕수업:《주역周易》건괘乾卦〈문언전文言傳〉에 공자가 "군자는 덕을 진취시키고 학업을 닦나니, 충신은 덕을 진취시키는 방도이고, 말을 함에 있어서 그 성실함을 세움이 학업을 보유하는 길이다.[君子進德修業 忠信 所以進德也 修辭立其誠 所以居業也]"라고 한 구절이 있다.

17　공자는……칭찬하였으니:《논어論語》〈옹야雍也〉에 "어질다, 안회顔回여. 한 그릇 밥과 한 표주박 물을 마시며 누항에 사는 것을 사람들은 근심하며 견뎌 내지 못하는데, 안회는 그 낙을 바꾸지 않으니, 어질도다, 안회여.[賢哉 回也 一簞食 一瓢飮 在陋巷 人不堪其憂 回也 不改其樂 賢哉 回也]"라는 구절이 있다.

18　주렴계 : '염계濂溪'는 주돈이周敦頤(1017~1073)의 호다. 중국 북송시대의 유교 사상가로, 성리학의 기초를 닦아 그를 높여 '주자周子'라고 하기도 한다. 송나라 유학의 형이상학적 사유는 주돈이에 의해 시작되었다고 한다.

19　두 정자 : 정호程顥(1032~1085)와 정이程頤(1033~1107) 형제를 이른다.

20　주렴계는……하였으니 : 정호程顥가 스승 주돈이周敦頤에게 배울 때를 회상하면서 "예전에 주무숙에게 배울 때 늘 중니와 안자가 즐거워한 그 즐거움이 무엇인지 찾게 하였다.[昔受學於周茂叔 每令尋仲尼顔子樂處所樂何事]"라고 한 구절이 있다.

만히 앉아서 깨닫는 것을 말하는 것은 아닙니다. 또한 두 정자의 학문이 거의 안자가 즐겼던 경지에 이르렀기 때문에 주렴계가 그들에게 그것을 찾도록 한 것임을 알 수 있습니다. 만약 다른 사람의 경우라면 어찌 하루아침에 억지로 찾아내어 얻을 수 있겠습니까? 그렇기 때문에 정자는 이를 드러내지 않았고, 주자는 다만 '박문약례博文約禮[21]'라는 말로 공부하는 실마리를 약간 드러냈을 뿐입니다. 그러나 안자가 이런 지위에 이르게 된 방법을 찾아보면 역시 이 두 가지에 종사한 데 불과하지만, 그만두려 해도 그렇게 할 수 없는 경지에 이르러서는 자신과 분리되지 않아 자연히 마음속에 즐거움이 있게 된 것뿐입니다. 그런데 지금 만일 여기서 박문약례는 내가 바라는 것이 아니라고 하면서 따로 병을 치료할 약을 구하려 한다면 잘못입니다.

안자는 가난한 골목에서 살아 부모를 봉양할 맛있는 음식을 마련하지 못하였으니, 어찌 서글픈 근심이 없었겠습니까? 그러나 특별히 자신의 몸을 굽혀 벼슬을 구하는 것이 효도가 될 리가 없었기 때문에 다만 어쩔 수 없는 일로 놓아두고 오직 날마다 박문약례하는 일에 부지런히 매진했던 것입니다. 아무리 아성亞聖[22]의 자질을 갖추었다고 하더라도 도를 얻지 못하게 되면 어찌 의심이 없었겠으며, 어찌 괴로움 속에서 고생하는 때가 없었겠습니까? 오직 의심이 있으면 내버려 두지 않고 괴로움을 참고 중도에서 그만두지 않으며 참되게 쌓아가고 오랫동안 노력하면서[23] 자신의 재주를 다하였기 때문에 즐거움이 저절로 생겨 부모를 봉양하는 근심과 병행하여도 마찰이 없었던 것입니다.

21　박문약례 : 《논어論語》〈자한子罕〉에 안자顔子가 "부자夫子께서 나를 문으로 넓혀 주시고 예로써 요약하여 주신다.[博我以文 約我以禮]"라고 한 구절이 있다.

22　아성 : 안자顔子를 성인聖人인 공자孔子의 다음이라 하여 이르는 말이다.

23　참되게……노력하면서 : 원문은 '眞積力久'. 《순자荀子》〈권학勸學〉에 "참되게 쌓아 가며 오래도록 노력하면 학문의 길에 들어서게 되는데, 학문이란 죽음에 이른 뒤에야 그만두는 것이다.[眞積力久則入 學至乎沒而後止也]"라는 구절이 있다.

맹자가 "군자가 도로써 깊이 나아가는 것은 스스로 터득하려 하는 것이다. 스스로 터득하면 지내는 것이 편안하고, 지내는 것이 편안하면 도움 받는 것이 깊어지고, 도움 받는 것이 깊어지면 좌우의 어느 곳에서 취하더라도 그 근원을 만날 것이다[24]."라고 하였고, 또 "지知의 실질은 부모를 섬기고 형에게 순종함을 알고 버리지 않는 것이며, 즐거움[樂]의 실질은 이 두 가지의 실천을 즐거워하는 것이다. 즐거워하면 생기가 나고, 생기가 나면 어찌 그만둘 수 있겠으며, 그만둘 수 없게 되면 저절로 손발이 움직여져 춤을 추게 된다[25]."라고 하였습니다.

무릇 안자의 즐거움[樂] 역시 좌우 어느 곳에서 취하여도 그 근원을 만나 자신도 모르는 사이에 손발이 춤을 추게 된 것이니, 이것이 어찌 가난이 한 터럭인들 동요시킬 수 있었겠습니까? 지나친 생각으로 인한 폐해는 예나 지금이나 학자들에게는 공통된 병인데, 공의 자질을 보니 이 병폐가 너무 깊습니다.

대개 마음속이 시끄러워 안정되지 않는 것을 공 스스로 알 수 있을 것입니다. 제가 예전에 선현들의 격언을 써 보냈는데, 거기에 정양靜養하는 공부를 많이 골라 넣었던 것은 모두가 그대의 이러한 병폐를 해결하기 위해서였습니다.

지금 공이 서실의 이름을 '정암靜菴'이라고 짓고 거기에 힘을 쓰려 하니 매우 좋은 일입니다. 정靜을 위주로 하는 뜻[26]은 공자·맹자·주자周子·정자가 모두 말하였으며, 구산龜山[27]의 문하에서 지결旨訣을 전하여 회암晦

---

24 군자가……것이다 : 《맹자孟子》 〈이루 하離婁下〉에 나오는 구절이다.

25 지의……됩니다 : 《맹자孟子》 〈이루 하離婁下〉에 나오는 구절이다.

26 정을……뜻 : 송宋나라의 학자 주돈이周敦頤의 《태극도설太極圖說》에 "성인은 중·정·인·의로써 정하되 정을 위주로 하여 사람의 법도를 세웠다.[聖人定之以中正仁義而主靜 立人極焉]"라는 구절이 있다.

27 구산 : 양시楊時(1053~1135)의 호다. 자는 중립中立이며, 시호는 문정文靖이다.

菴에게까지 미친 것 역시 이 정靜에 있는 것입니다. 더구나 공에게 있어서는 더욱이 병에 맞는 약이 될 것입니다. 다만 이 일에 한번 잘못 발을 디디면 선禪으로 들어가게 되기 때문에 정자와 주자가 또 경敬을 쓰고 정靜을 쓰지 않는다고 하였는데, 이것은 사람들이 선禪으로 잘못 들어갈까 염려했기 때문에 이 말로 구제하려고 했던 것이지, 정靜을 위주로 한다는 것이 잘못되어서가 아닙니다. 그러나 역시 박문약례의 번거로움을 싫어하여 가만히 앉아서 정을 위주로 하여서는 안 될 것입니다.

연평延平[28]은 "이 도리는 오로지 일상생활에서 익숙하게 하는 데 달려있으니, 만일 정靜한 곳만 있고 동動한 곳이 없다면 이것은 잘못이다."라고 하였습니다. 대개 정한 곳만 있고 동한 곳이 없는 것은 다름이 아니라 박문약례를 싫어하고 정만을 위주로 하기 때문입니다. 모름지기 이것은 동·정 두 곳 모두 공부하여 익히고 또 익혀서 동과 정이 하나가 되고, 체體와 용用이 합해져야 궁극의 경지가 될 것입니다.

김이정金而精에게 보내는 편지 與

- **해설** : 이 편지는 경신년(1560년, 60세) 12월에, 김취려金就礪(1526~?)에게 보낸 편지다. 주렴계周濂溪가 두 정자程子에게 안자顏子가 즐거워했던 즐거움이 무엇이었는지 찾도록 하였는데 이는 가만히 앉아서 깨달을 수 있는 것이 아님을 말하였다.

- **김이정** : '이정而精'은 김취려의 자다. 호는 잠재潛齋·정암整庵이다.

왕안석王安石의 학문을 극력 배척하였고 정호程顥·정이程頤 형제의 문하에서 수학하였다. 문하에서 주자朱子와 장식張栻, 여조겸呂祖謙 등 뛰어난 학자가 많이 배출되었다. 유초游酢·여대림呂大臨·사량좌謝良佐와 함께 '정문사선생程門四先生'으로 불리었다. 저서로《구산집龜山集》등이 있다.

28 연평 : 이통李侗(1093~1163)의 호다. 자는 원중願中이고, 시호는 문정文靖이다. 나종언羅從彥에게 정자程子의 이학理學을 배워 이정二程의 삼전제자三傳弟子가 되었다. 양시楊時·나종언과 함께 '남검삼선생南劍三先生'으로 불리었다. 그의 문하에서 주희朱熹와 나박문羅博文·유가劉嘉 등이 배출됨으로써 이정二程의 학문이 주자에게 이어지는 교량적 역할을 했다. 저서로《이연평집李延平集》이 있다.

05.
여생을
한가히 지내며

저는 올해 다행히 오랜 병도 도지지 않고, 또 세상의 속박에서 벗어났으니 한가로이 여생을 마칠 듯합니다. 다만 날로 쇠약해져서 자잘한 병들이 늘 몸에서 떠나지 않으니 몇 해 전과 비교하면 또 다른 정신 흐린 늙은이가 되었습니다. 평생에 학문을 돌이켜 보면 마치 바람을 붙잡거나 그림자를 묶으려 해도 될 수 없는 것과 같아 때때로 서글픈 마음이 듭니다. 저는 본래 용렬함을 타고 났고 학문에도 이렇게 힘을 쏟지 못하고 있으니, 장차 세속의 보잘 것 없는 사람들 틈에도 끼지 못할 것 같습니다.

지금 보내신 편지를 받아보니 말씀이 매우 사리에 맞지도 않게 지나치게 칭찬을 하시니 다 읽기도 전에 부끄럽고 두려운 마음이 번갈아 모여들어 몸 둘 바를 몰랐습니다. 《예기禮記》에 "어떤 사람을 비교할 때는 반드시 비슷한 사람과 해야 한다[29]."고 하였는데, 공께서는 어쩌면 이리도 비슷하지도 않은 사람과 비교하시는지요? 저의 잘못된 시문을 제대로 알지도 못하는 사람들이 함부로 퍼뜨려 번번이 안목을 갖춘 사람들에게 간파되어 작게는 세상에 조롱이 넘쳐나고 크게는 재앙이 몸에 미치기에 이르렀습니다.

공께서 만약 조금이라도 저를 아끼는 마음이 있어 보시게 되면 반드시 그 사람을 타이르고 시문을 거두어 없애주십시오. 또 마땅히 일찍이 저를 가르치고 꾸짖어주셔야 말로에서 벗어날 수 있을 것입니다. 그런데도 지금 그러지 않으시고 또 저를 높이는 말씀도 부족하여 또 다시 이렇게 말씀하시니 이는 성대한 덕을 가지신 분으로 가당치 않습니다. 마땅히 저는 귀를 막고

29　어떤……한다 : 《예기禮記》〈곡례 하曲禮下〉에 나오는 구절이다.

멀리 달아나 듣고 싶지 않습니다. 이 한 가지 일을 통해 공의 학문이 아직은 치밀하지 못하고 의리에는 아직도 어둡다는 사실을 알 수 있습니다. 마음이 중정中正하지 않으면 자신의 몸단속에 많은 잘못을 범하게 되니 이러한 점은 저에게만 있는 병통이 아니라 공도 가지고 있으니 매우 걱정입니다.

편지에서 '여막에 지내면서 다른 일에는 관심이 없고, 주자서朱子書를 읽는 것을 일삼는다.'고 말씀하시니 매우 좋은 일입니다. 그렇지만 그 책을 이미 읽었으면 마땅히 그 도를 배워야 하는데, 어디에서 주자께서 남을 대하고 자신을 단속하는 사이에 털끝만큼도 사실에 부합되지 않은 지나친 말이나 일이 있었는지 본적이 있으십니까?

주자께서는 일찍이 병산屛山의 회목晦木의 가르침30을 이어받아 언제나 가슴에 간직하였습니다. 주자의 《화상찬畫像贊》에 "드러나지 않는 가운데 날마다 닦는 것은 어쩌면 거의 할 수가 있으리라31."라는 것이 이것입니다. 그렇기 때문에 학문을 하는 일은, 모두 평이하고 실제에 가까운 공부로 뜻을 낮추고 마음을 비워 앞날까지 쉼 없이 노력한다면 도는 높아지고 덕은 성대해져 지극히 고원하고 심대해질 것이니, 이른바 평이하고 실제에 가까운 공부와 뜻을 낮추고 마음을 비우는 뜻을 의연히 가지고 있기 때문입니다. 그러므로 스스로의 사명이 무거워 비록 "천지를 위하여 마음을 정립하고 생민을 위하여 도를 정립하며, 옛 성인을 위하여 끊어진 학문을 잇고

30　병산의……가르침 : 병산屛山은 주자의 스승인 유자휘劉子翬(1101~1147)의 호다. 회목晦木은 뿌리를 잘 감춘 나무로, 자신의 재능을 안으로 숨겨 남에게 드러나지 않게 하는 것을 비유한다. 병산 유자휘가 주자에게 내린 가르침으로, 《병산집屛山集》〈자주희축사字朱熹祝詞〉에 "나무는 뿌리를 잘 감추어야 봄에 잎이 무성하게 피고, 사람은 몸을 잘 감추어야 정신이 안에서 살찌는 것이다.[木晦於根 春容燁敷 人晦於身 神明內腴]"라는 구절이 있다.

31　드러나지……있으리라 : 《주자대전朱子大全》〈서화상자경書畫象自警〉에 "선사의 가르침을 명심하고 이전 현인의 법규를 받들어, 드러나지 않는 가운데 날마다 닦는 것은 거의 할 수가 있으리라.[佩先師之格言 奉前烈之餘矩 惟闇然而日修 或庶幾乎斯語]"라는 구절이 있다.

만세를 위하여 태평시대를 열어야 한다[32]."고 하였지만 여기에는 허황되거나 과장된 자취는 보이지 않으니, 이는 먼저 말을 실천하고 뒤에 말하였기[33] 때문입니다.

지금 공께서는 비록 학문에 나아갈 뜻은 지녔으나 학문하는 방도를 모르고 성현의 울타리를 살피지 않고 다만 선善만을 사모하며 인품의 고하를 모르고 너무 지나치게 옛것을 좋아하며 자신을 수양하는 학문의 허실을 생각지도 않고 비슷하지도 않은 사람끼리 비교할 뿐만이 아닙니다. 이 또한 너무 높이 자처하는 것입니다. 성인께서도 이르지 않았습니까? "없으면서 있는 척하고, 텅 비었으면서도 꽉 찬 척하며, 적으면서 많은 척하면 항심을 가지기가 어려울 것이다[34]."라고 말입니다. 또 "사람이 변함없는 마음이 없으면 무당이나 의원도 될 수 없다[35]."라고 하셨습니다. 허황되고 과장된 폐단은 반드시 이러한 결과를 가져옵니다. 더구나 스스로 몸을 닦고 말을 실천하며 덕을 쌓아 도에 들어가기를 바라는 성현의 뜰에 가까이 가려고 하는 사람은 어떠하겠습니까?

저는 공과 여러 해를 함께 사귀면서 이러한 병통이 있다는 것을 모르지 않아, 일찍이 거듭 바로잡아 준 것이 깊고 절실하지 않다고 말할 수 없습니다. 이 몇 해 동안 공께서는 부모님께서 돌아가시어 깊은 산속에서 시묘하시는 나머지에 생각을 바꾸고 고요히 묵상하면서 도를 사색한다면 반드

---

32 천지를……한다 : 《근사록近思錄》〈위학爲學〉에 실린 장재張載가 한 말이다.

33 말을……말하였기 : 《논어論語》〈위정爲政〉에 "먼저 말을 실천하고 뒤에 말한다.[先行其言而後從之]"라는 구절이 있다.

34 없으면서……것이다 : 《논어論語》〈술이述而〉에 공자가 "선인을 내가 만나 볼 수 없다면 항심이 있는 사람이라도 만나면 괜찮겠다. 없으면서 있는 척하고, 텅 비었으면서도 꽉 찬 척하며, 적으면서 많은 척하면 항심을 가지기가 어려울 것이다.[善人 吾不得而見之矣 得見有恒者 斯可矣 亡而爲有 虛而爲盈 約而爲泰 難乎有恒矣]"라고 한 구절이 있다.

35 사람이……없다 : 《논어論語》〈자로子路〉에 나오는 구절이다.

시 잘못을 바로잡은 실제 효과가 있을 것입니다.

보내주신 편지를 받고 크게 실망하였습니다. 아! 공은 세운 뜻이 굳고 돈독하니 진실로 이러한 병통을 없애고 공손히 머리를 숙이고 마음을 낮출 수 있을 것입니다. 가깝고 낮은 곳에서부터 학문에 종사하면서도 자신의 능력을 감추어 드러내지 않고 실천이 따르지 못할까 부끄러워하면서 한결같이 주자서에 몰두하여 익숙히 읽고 깊이 생각하며 흠뻑 젖어들어 이를 실천해야 합니다. 의심이 많다고 번거롭게 여기지 말고 오랫동안 익숙하고 깊이 연구하면 저절로 통하게 됩니다. 효과가 더디다고 그만두지 말고 지극히 익숙히 그리고 깊이 연구하면 장차 스스로 터득하게 됩니다. 이같은 소박한 공부가 가장 좋습니다.

일상에서 응접할 때마다 모든 일들을 하나하나 자신의 행동이 이치에 맞는지 점검하고 이치에 맞으면 더욱 힘쓰고 그렇지 않으면 곧바로 고치십시오. 진실로 힘써 실천하고 마음에 터득하는 것에 대하여 언제나 삼가고 두려워하며 소홀히 하여 지나치지 않는다면 마음을 낮추려 하지 않아도 저절로 낮추어지고 실천하지 않으려고 해도 저절로 실천이 될 것이며, 말은 어눌해지려고 하지 않아도 저절로 어눌해질 것입니다. 그리하여 지난번 허황되고 과장된 일을 했던 것들을 돌아보면 미친 짓이나 망령된 짓이었다는 것을 깨닫게 되어 깜짝 놀라면서 스스로를 후회하고 얼굴을 붉히며 부끄러워 할 것입니다. 그런데 저는 비록 남에게는 하도록 권하면서도 막상 저 자신은 그렇게 못하고 있습니다.

저의 견해가 옳다고 할 수는 없지만 이러한 병통을 없애지 않고 이러한 습관을 고치지 않으면 공이나 저나 비록 명색이 학문을 한다지만 도리어 학문을 하지 않는 사람이 분수를 지키고 딴 짓을 하지 않는 것만 못합니다. 비단 학문을 하지 않는 사람보다 못할 뿐 아니라 성인의 문하에 죄를 얻고 세상에 근심을 끼치는 것이 적지 않기 때문입니다. 저는 성정이 좁아 다른 것을 억지로 같다고 할 수 없어 장차 절교의 편지를 써서 대하는 지경에 이를 것이니 공은 어떻게 생각하십니까?

저는 공이 저에게는 매우 후하고 저에게 바라는 것이 매우 간절하다는 것을 압니다. 그렇지만 공의 잘못된 점과 병통이 바로 저에게 지나치게 후하고 저에 대한 기대가 지나치게 간절하여 허다한 잘못이 있는데도 제가 바른 말로 공을 나무라지 않으면 누가 쓴소리로 그대의 잘못을 구할 수 있단 말입니까?

주자서에 "작은 인은 큰 인의 적이며, 면목을 무시하는 것이 인정을 오래하는 것입니다[36]."라고 하였는데 이 말은 매우 의미가 깊으니 공은 반복해서 깊이 생각하시기 바랍니다.

보내신 편지에 "《주자서절요朱子書節要》에 나오는 여러 사람들은 벗이 누구인지, 제자가 누구인지, 학문에 뛰어난 사람은 누구인지, 도를 전한 사람은 누구인지요?"라고 하였는데, 이는 마땅히 알아야 할 것입니다.

제가 여러 편지를 두루 살펴본 적이 있는데, 이 과정에서 상고한 사람은 겨우 열 사람 가운데 너덧 밖에 되지 않아서 자세히 갖추지 못하였습니다. 상고한 사람들 가운데 간혹 주朱 선생께서 하신, 가르치고 부각시키고 비판하며 칭찬하고 혹평한 내용들 사이에서 대강의 윤곽을 얻을 수 있을 뿐입니다. 예에 관해 질문한 것은 별지에 적어 두었습니다. 나머지 사연들은 돌아가는 인편에 전하기로 하고 이만 줄입니다.

김이정金而精에게 답하는 편지 答

- **해설** : 이 편지는 김취려金就礪(1526~?)의 편지를 받고, 을축년(1565년, 65세) 12월 1일에 보낸 답장이다. 학문에 나아갈 마음이 있지만 학문하는 방도를 몰라 선善만 사모하고 지나치게 옛것을 좋아하며 자신을 수양하는 학문의 허실을 생각지 않아서는 안 된다고 지적하였다.

- **김이정** : '이정而精'은 김취려의 자다. 호는 잠재潛齋·정암整庵이다.

---

36 작은……것입니다 : 《주자대전朱子大全》〈답왕자합答王子合〉에 나오는 구절이다.

06.
《근사록》에
관하여

【질문】

"타고 난 것을 성性이라고 한다[37]."라는 구절에 대해 제가 살펴보기에는, 주자는 3절節로 나누어[38] 섭씨葉氏[39]가 나눈 것과는 다른 것 같습니다.

【답변】

비단 섭씨와 다를 뿐 아니라 주자의 문인들이 분절한 것 가운데 《주자어류朱子語類》에 나타나있는 것들도 서로 차이가 있습니다[40]. 문단에 따라

---

37 타고……한다 : 원문은 '生之謂性'. 《근사록近思錄》〈도체道體〉에 정호程顥가 "타고 난 것을 성性이라고 하니, 성性은 바로 기氣이고 기氣는 바로 성性이라는 것은 생生을 이른다. 사람이 태어날 때에 받은 기품氣稟은 이치상 선악이 있기 마련이지만 성性 가운데에 원래 이 두 물건이 상대하여 나온 것은 아니다. 어릴 때부터 선한 사람이 있고 어릴 때부터 악한 사람이 있으니, 이는 기품에 그러함이 있어서이다. 선善은 진실로 성性이지만, 악惡도 성性이라고 하지 않을 수 없다.[生之謂性 性卽氣氣卽性 生之謂也 人生氣稟 理有善惡 然不是性中元有此兩物相對而生也 有自幼而善 自幼而惡 是氣稟有然也 善固性也 然惡亦不可不謂之性也]"라는 구절이 있다.

38 주자는……나누어 : 《주자어류朱子語類》〈정자지서程子之書〉에 "생지위성生之謂性 한 단락은 마땅히 세 구절로 보아야 한다. 그 사이에 천명天命을 말한 부분도 있고 기질氣質을 말한 부분도 있어, '생지위성'이 한 구절, '수류취하水流就下'가 한 구절, '청탁淸濁'이 또 한 구 절이다.[生之謂性一段 當作三節看 其間有言天命者 有言氣質者 生之謂性是一節 水流就下是一節 淸濁又是一節]"라는 구절이 있다.

39 섭씨 : 섭채葉采(?~?)를 이른다. 자는 중규仲圭이고, 호는 평암平巖이다. 주자朱子와 여조겸呂祖謙이 함께 지은 《근사록近思錄》에 최초의 주석을 달았다. 저서로 《근사록집해近思錄集解》가 있다.

40 주자의……있습니다 : 《주자어류朱子語類》〈호영록胡泳錄〉에 "생지위성生之謂性에서 수류이취하水流而就下까지가 한 절節이고, 개수皆水에서 불위수不爲水까지가 한 절이며, 여차如此에서 치재일우置在一隅까지가 한 절이고, 수지청水之淸에

보기도 어렵기 때문에 보는 것과 나눈 것이 서로 다르니, 마땅히 제각기 그 뜻에 따라 해석하여야 합니다.

【질문】

손으로 덩실덩실 춤을 추고 발을 구른다는 것은 어떤 곳에 기록된 노소재盧蘇齋[41]의 일화가 있는데 "그가 젊었을 때 성균관에서 유학하면서 어느 날 저녁 명륜당明倫堂에 올라 갑자기 춤을 덩실덩실 추었다."고 하였습니다. 저는 그가 그럴리 없다고 의심하여 허초당許草堂[42]에게 물었더니 초당은 곧바로 정자程子의 설명[43]을 들어 "그대는 책을 보거나 의리를 보게 되면 때로 고동 될 때가 없습니까?"라고 하였습니다. 저는 "그럴 때가 있기는 하지만 그렇다고 어찌 일어나서 춤을 출 정도이겠습니까?"라고 하였습니다. 초당이 "조금 즐거운 사람은 고동만 할 뿐이지만 심하게 즐거운 사람

서 유천하이불여有天下而不與까지가 한 절로 모두 네 절로 나뉜다.[自生之謂性至水流而就下爲一節 自皆水至不爲水爲一節 自如此至置在一隅爲一節 自水之淸至有天下而不與爲一節 凡分四節]"라는 구절이 있다.

41 노소재: '소재蘇齋'는 노수신盧守愼(1515~1590)의 호다. 자는 과회寡悔고, 호는 소재蘇齋 외에도 이재伊齋·암실暗室·여봉노인茹峰老人 등이 있다. 시호는 문의 文懿이며, 뒤에 문간文簡으로 고쳤다. 양재역벽서사건良才驛壁書事件에 연루되어 죄가 가중됨으로써 진도로 이배되어 19년간 귀양살이를 하였다. 유배기간 동안 퇴계·김인후金麟厚 등과 서신으로 학문을 토론했고, 진백陳柏의 〈숙흥야매잠夙興夜寐箴〉을 주석하였다. 유배 당시 나흠순羅欽順의 《곤지기困知記》를 보고 이전의 학설을 변경하여 도심道心은 미발未發, 인심人心은 이발已發이라고 해석하였다. 저서로 《소재집蘇齋集》이 있다.

42 허초당: '초당草堂'은 허엽許曄(1517~1580)의 호다. 자는 태휘太輝다. 서경덕徐敬德의 문인이다. 장령掌令 등을 지냈다.

43 정자의 설명 : 《근사록近思錄》〈도체道體〉에 "명도 선생이 천지만물의 이치는 홀로가 아니라 반드시 대對가 있다. 이 모든 것들은 저절로 그러한 것이지 억지로 안배해 놓은 것이 아니다. 매일 밤 이러한 생각을 하면 저절로 손으로 덩실덩실 춤을 추고 발을 구른다.[明道先生曰 天地萬物之理 無獨必有對 皆自然而然 非有安排也 每中夜以思 不知手之舞之足之蹈之也]"라고 한 구절이 있다.

은 반드시 일어나 춤을 추게 됩니다."라고 하면서 '화담花潭은 아름다운 경
치를 만나면 반드시 춤을 추었다.'라고 하였습니다.

요사이 연방蓮坊[44]이 화담의 언행을 기록한 한 조목에 "내가 벗과 함께
화담 선생을 찾아갔지만 만나지 못해 만월대滿月臺[45]까지 쫓아가 율무죽
을 드렸더니, 선생께서는 '나는 평생 마른 밥은 잘 먹지 않았는데, 이것은
나의 본문에 맞다.'라고 하고는 마침내 일어나서 춤을 추면서 나에게 노래
하게 하였다. 나는 당시 춤을 추는 의미를 몰랐는데 늘그막에 이르러서야
그 의미를 알게 되었다."라고 하였는데, 정자程子의 이 말은 과연 초당의
논의와 화담의 행동과 같다고 할 수 있습니까?

【답변】

애써 구해 얻은 것이 있다면 그 즐거움은 이루 다 말할 수 없습니다. 공자
께서는 "학문에 분발하면 먹는 것도 잊고 학문이 즐거워서 근심도 잊은
채 늙어 가는 줄도 모른다[46]."라고 하였으며, 정백자程伯子[47]가 공자를 두
고 "음풍농월하며 돌아온 뒤로 '나는 증점을 허여하겠다.'라는 뜻을 가지
게 되었다[48]."라고 하였습니다. 이러한 종류의 말은 매우 많지만, 실제로
일어나 춤을 추었다는 말은 아직 들어보지 못하였습니다.

---

44 연방 : 이구李球(?~1573)의 호다. 자는 숙옥叔玉이다. 서경덕徐敬德의 문인이다.
    심무체용설心無體用說을 주장하며 퇴계와 논쟁하였다.

45 만월대 : 경기도 개성시 송악산에 있는 고려궁궐 정전正殿의 앞 계단을 이른다.

46 학문에……모른다 : 《논어論語》〈술이術而〉에 나오는 구절이다.

47 정백자 : 아우 이천伊川 정이程頤는 정숙자程叔子라 하고, 형 명도明道 정호程顥
    는 정백자程伯子라 한다.

48 음풍농월하며……되었다 : 《이락연원록伊洛淵源錄》〈염계선생조濂溪先生條〉에
    "내가 주무숙을 재차 뵙고 나서 음풍농월하며 돌아온 뒤로 '나는 증점을 허여하겠
    다.'라는 뜻을 가지게 되었다.[自再見周茂叔後 吟風弄月以歸 有吾與點也之意]"라는
    구절이 있다.

　맹자孟子와 정자程子가 손으로 덩실덩실 춤을 추고 발을 구른다고 말한
것도 그 즐거움을 가눌 수 없다는 의미로 말한 것일 뿐이다. 그런데 소강
절의 시를 보면 "즐거움이 극에 달하면 일어나 춤을 춘다[49]."라고 하였고,
또 "참 즐거움이 내 마음을 공격하니 어쩌지 못하겠네[50]."라고 하였는데,
회암이 일찍이 비난하기를 "참 즐거움이라면 어찌 마음을 공격할 리가 있
겠는가?"라고 하였습니다. 그런데 제 생각에는 바로 이점이 강절이 강절이
된 까닭으로, 정자와 주자와 다른 점이라고 생각합니다.

　　　　　　　우경선禹景善의 문목에 답하는 편지　答

• **해설** : 이 편지는 우성전禹性傳(1542~1593)의 편지와 문목을 받고, 경오년(1570년, 70세)
11월 6일에 보낸 답장이다. 당시 우성전은 《근사록近思錄》을 읽고 이에 대한 궁금한 내
용을 퇴계에 질문하고, 퇴계는 이를 대답하였다.

• **우경선** : '경선景善'은 우성전의 자다. 호는 추연秋淵·연암淵庵이며, 시호는 문강文康이
다. 퇴계의 문인으로, 장령掌令 등을 지냈다. 저서로 《계갑록癸甲錄》 등이 있다.

49　즐거움이……춘다 : 〈임하오음林下五吟〉의 한 구절이다.

50　참……못하겠네 : 〈임하오음林下五吟〉의 한 구절이다.

07.
나 같은 병든
나그네는

심부름꾼을 통해 위문편지를 보내주시니 감사합니다. 부인께서 병을 앓고 계시다니 염려스럽습니다. 저는 겨울과 봄 이래로 몸이 쇠약해질수록 병은 더욱 심해지니 객지에서 갑자기 죽지나 않을까 늘 걱정입니다. 이달 안으로 남쪽으로 내려갈 계획이지만 뱃사람이 아직 정해지지 않아, 정해지는 대로 곧바로 출발할 것입니다.

족하는 취향과 지조에 학문을 즐기는 마음을 더하면 진실로 세속의 습관들이 족하의 뜻을 빼앗지 못할 것이니, 이렇게 참으로 오래도록 힘을 쌓아간다면 어찌 옛사람의 경지에 이르지 않겠습니까?

저처럼 병들어 방구석에 엎드려있는 사람을 돌아보면 성취하는 아름다움을 볼 수가 없으니 이것이 한탄스럽습니다. 그런 중에도 모름지기 우선 재주를 감추고 덕을 길러 세상에 보답할 방법을 강구해야 하지만 그러지 못하고 있습니다. 저는 학문이 아직 완성되지도 않았는데 먼저 세상 사람들에게 알려져 낭패를 당하고 있으니 이른바 이익은 없고 손해만 있는 것입니다.

정경석丁景錫에게 답하는 편지 答

• 해설 : 이 편지는 정윤희丁胤禧(1531~1589)의 편지를 받고, 을묘년(1555년, 55세) 2월 초순에 보낸 답장이다. 퇴계의 문인이었던 정윤희가 아내의 아픈 소식을 전하자 퇴계는 이를 위문하였다.

• 정경석 : '경석景錫'은 정윤희의 자다. 호는 고암顧庵·순암順庵으로 퇴계의 문인이다. 호조참의戶曹參議 등을 지냈다. 저서로 《고암집顧庵集》이 있다.

08.
곤궁해도 뜻을
견고하게 가져야

김가행金可行[51]이 전해준 편지를 받고 친구 정랑正郎이 죽은 줄 알고는 놀라운 마음 감당할 수 없었습니다. 무슨 증세로 갑자기 이렇게 되었단 말입니까? 몇 해 전에 제가 서울에서 병으로 누워 있을 때 그가 문병을 왔었는데, 비록 자신이 병은 많지만 아직은 그래도 건강한 것 같다고 하더니, 병든 사람은 이렇게 살아 있고 건강했던 사람은 도리어 불행하게 될 줄이야 어떻게 알았겠습니까? 너무나 참혹하여 눈물이 납니다. 공께서 이보다 앞서 이곳에서 물자를 보낼 것으로 알았는데 갑자기 일이 어긋나버렸으니 공께서 스스로 생계를 도모하는데 어렵지는 않으신지요? 과연 말씀하신 대로이신지요? 그러나 옛 선비들은 가난할수록 뜻은 더욱 굳건해지고 절개는 더욱 기이했음을 알 수 있습니다. 만약 한때 곤궁하다고 갑자기 평소 지키던 것들을 잃어버린다면 선비라고 할 수 없습니다.

저는 언제나 공의 타고난 인품이 아름답고 문예가 크게 발전하는 것을 사랑하여 왔지만 지조는 굳지 않은 듯합니다. 중간에 비록 뉘우치고 깨닫는 뜻은 있지만 격앙하여 용감하게 몸을 뽑아내는 증거가 없으니 의심하지 않을 수가 없습니다. 지금 보내신 편지를 보니 이와 같아 매우 한탄스럽습니다.

세상에 어리석고 못난 사람을 다 헤아릴 수조차 없지만, 하늘이 공에게처럼 재주를 내린 경우는 많지 않습니다. 그런데 가난[窮]이라는 한 글자

---

51 김가행 : '가행可行'은 김부신金富信(1523~1566)의 자다. 호는 양정당養正堂이다. 퇴계의 문인으로, 김부륜金富倫의 아우다.

때문에 도도한 세상에서 자신을 포기하려 하십니까? 늙고 병들어 정신이 혼미하고 힘도 부치는데도 감히 참람스럽고 경솔한 말이 죄가 되는 것을 알면서도 공께서 이미 늙은 저를 멀리하지 않아, 제 마음속 거짓 없는 말을 다하였으니 늙은 제가 어찌 감히 스스로 공을 멀리하고 숨기는 것이 있겠습니까? 아직은 만날 기약조차 없지만 오직 힘써 뜻을 기울이고 힘쓰시는 것이 사우들의 바람입니다. 이만 줄입니다.

【추신】

지난번 올렸던 일에 관해서는 우선 말하지 않았습니다. 한漢나라·진晉나라 이후 선비들 가운데 조금이라도 뜻을 세운 사람이라면 어느 누가 도도한 세속의 혼탁한 물결 속에 의지와 절개를 굳건히 하지 않고 세상에 이름을 남긴 사람이 있었습니까?

김응순金應順에게 답하는 편지 答

- **해설** : 이 편지는 김명원金命元(1534~1602)의 편지를 받고, 경신년(1560년, 60세)에 보낸 답장이다. 김명원이 뛰어난 재주를 가졌지만 가난으로 학문에 몰두하지 못하는 상황을 안타까워하였다.

- **김응순** : '응순應順'은 김명원 자다. 호는 주은酒隱이고, 시호는 충익忠翼이다. 퇴계의 문인으로, 형조참의刑曹參議 등을 지냈다.

09.
허송세월을
경계하며

헤어지고 나면 언제나 만났을 때 회포를 다 풀지 못한 아쉬움이 남았는데 오늘, 보내신 편지를 받으니 다시 책상을 마주하고 이야기를 나누는 듯하여 매우 위안이 되었습니다.

대체로 발전하는 공부란 매일 매달 힘써 나아가 완숙한 지경에 이르는 것뿐입니다. 다만 늘그막의 희망은 오직 젊고 굳센 벗들에게 달려있습니다. 그런데 공이 요즈음 몸이 건강치 못하다니 매우 걱정입니다. 모쪼록 이 일을 위해서 더욱 몸을 아끼시기 바랍니다.

김사순金士純에게 답하는 편지 答

• **해설**: 이 편지는 김성일金誠一(1538~1593)의 편지를 받고, 임술년(1562년, 62세) 봄에 보낸 답장이다. 만나지 못하는 아쉬움과 학문에 정진할 것을 독려하였다.

• **김사순**: '사순士純'은 김성일의 자다. 호는 학봉鶴峯으로 퇴계의 문인이다. 이조좌랑吏曹佐郞 등을 지냈다. 저서로《해사록海槎錄》등이 있다.

IО.
세 말의 식초를
코로 들이키며

얼마 전에 보내신 편지를 받고 오랫동안 그리던 마음이 문득 풀렸습니다. 그대 홀로 애쓰는 수고로움[52]은 틀림없이 그럴 것이라고 멀리서 생각합니다. 허기진 머슴과 여윈 말로 밤낮을 가리지 않고 일하기란 참으로 견디기 어렵습니다. 그러나 주자께서는 유평보劉平父[53]에게 다른 사람들에게 업신여김을 당하는 자리로 파견해 달라고 하였습니다[54]. 오랫동안 편안한 것이 사람에게 복이 아니니, 시련을 통해 옥같은 아름다운 자질을 이루려는[55] 하늘의 뜻임을 어찌 알겠습니까? 모쪼록 어려움을 참고 고생을 견디며 코로 세 말[斗]의 식초를 마실[56] 작심을 한다면 마음을 격동시키고 인내하는

---

52 그대……수고로움 : 원문은 '獨賢之勞'. 훌륭한 재주를 지닌 사람이 홀로 어려운 일을 감당하여 고생함을 이른다. 《시경詩經》〈소아小雅 북산北山〉의 "온 천하가 왕의 땅 아닌 곳이 없고, 이 넓은 땅에 사는 사람이 왕의 신하 아닌 자가 없거늘, 대부가 공평하지 못한지라, 나만 현능하다 하여 나에게만 일을 시키네.[溥天之下 莫非王土 率土之濱 莫非王臣 大夫不均 我從事獨賢]"라고 한 데서 유래한다.

53 유평보 : '평보平父'는 유평劉玶(1138~1185)의 자다. 그의 서실을 '칠자지료七者之寮'라고 한 적이 있어서 '칠자七者'라고도 불린다.

54 다른……하였습니다 : 《주자대전朱子大全》〈여경국탁부인與慶國卓夫人〉에 "다른 사람에게 업신여김을 당하는 자리로 파견해 달라고 하였다.[喫人打罵差遣]"라는 구절이 있다.

55 시련을……이루려는 : 원문은 '玉汝於成'. 시련을 통해서 훌륭한 인격을 이루게 함을 비유하여 이르는 말이다. 장재張載의 《서명西銘》에 "부귀와 복택은 하늘이 장차 나의 삶을 풍부하게 해 주려는 것이고, 빈천과 걱정은 너를 옥玉처럼 갈고 연마하여 완성시키려는 것이다.[富貴福澤 將厚吾之生也 貧賤憂戚 庸玉汝於成也]"라는 구절이 있다.

56 코로……마실 : 宋나라 진여의陳與義의 〈송왕주사부발운사속관送王周士赴發運司屬官〉 시에 "차라리 세 말의 먼지를 먹을지언정 시 없는 사람에겐 손으로 읍도

기질로 만드는 데[57] 어찌 도움이 되지 않겠습니까? 정자程子가 "만약 원숙하려면 모름지기 이러한 시련을 겪어야한다[58]."라고 한 것은 참으로 의미가 있습니다.

　요즘 벼슬하는 사람들은 한번 조정에 들어가기만 하면 벗어날 기약조차 없습니다. 만약 번잡하다는 핑계로 사양하고 뒷날 공부하려고 한다면 선善으로 나아가려는 마음이 아무리 간절하다 하더라도 끝내는 학문의 길은 찾지 못할 것입니다. 그런데도 이러한 병에 한번도 좋을 약을 복용하지 않아 이미 고질이 되어버렸는데, 다만 보내신 편지에 "내면을 향하여 공부하고 나날이 스스로 새롭게 되려고 힘쓴다.[向裏用功振勵自新]"는 여덟 글자는 나름대로 좋지만, 다만 '공부한다[用功]'라고 할 때의 공부는 무슨 공부이며, '스스로 힘쓴다[自勵]'라고 할 때는 무엇을 힘쓴다는 말인지 모르겠습니다.

　제 생각에는 경敬과 의義가 양쪽에서 잡아주고[59] 생각과 배움이[60] 병행하는 것보다 중요한 것이 없습니다. 그러나 이 일에 공부하고 스스로 힘쓰고자 하는 사람이라면 흙덩이처럼 이것만 지키고 있다고 해서 이루어질

안 하고, 차라리 세 말의 식초를 마실지언정 재미없는 시구는 귀로 듣지도 않는다.[寧食三斗塵 有手不揖無詩人 寧飮三斗醋 有耳不聽無味句]"라는 구절이 있다.

57　마음을……만드는 데 :《맹자孟子》〈고자 하告子下〉에 맹자가 "하늘이 큰 소임을 맡길 사람에게 혹독한 시련과 좌절을 겪게 하는 것은 "마음을 격동시키고 인내하는 기질로 만들어 그가 해내지 못했던 일을 더욱 많이 할 수 있도록 하기 위해서이다.[所以動心忍性 曾益其所不能]"라고 한 구절이 있다.

58　만약……겪어야한다 :《근사록近思錄》〈도체道體〉에 나오는 구절이다.

59　경과……잡아주고 :《근사록近思錄》〈위학爲學〉에 "경과 의가 양쪽에서 잡아주면 곧바로 위로 올라가니, 천덕 즉 성인의 덕에 도달하는 것이 바로 이 경과 의로부터 시작된다.[敬義夾持 直上 達天德 自此]"라는 구절이 있다.

60　생각과 배움이 : 원문은 '思學'. '사思'는 지知를, '학學'은 행行을 가리키는데, 두 가지의 공부를 병행해야 함을 이른다.《논어論語》〈위정爲政〉에 "배우기만 하고 생각하지 않으면 소득이 없고, 생각하기만 하고 배우지 않으면 위태롭다.[學而不思則罔 思而不學則殆]"라는 구절이 있다.

리는 없습니다. 더구나 한갓 사모하는 마음만 가지고 있으면서 앞으로 나
아가지는 않고, 몇 걸음 걷기만 하면서 매번 기다릴 생각만 가지고 있다면
그 자리에서 한 시각도 체득할 수 없을 것입니다. 다만 이처럼 때때로 자신
을 돌아보면 개연히 탄식만 나올 뿐입니다. 비록 전혀 도道를 향할 뜻이 없
는 사람과 차이는 있겠지만 아마도 서로의 거리가 그다지 멀지는 않을 것
입니다. 고명高明께서도 이러한 모든 일들을 스스로 알고 계시니, 오직 십
분 힘써 노력하시는 것이 좋을 듯합니다.

　말씀하신 일이, 그 사람이 틈 사이로 새어나오는 빛을 빌리고 한 잔의 물
을 훔친다[61]는 말이 없지 않는데도 오히려 이러하다면 다른 것들은 알만합
니다. 그러나 지금만 그런 것이 아니라 옛날부터 늘 이래왔으니 이상하게 여
길 것은 없습니다. 오직 두려운 것은 우리들이 이러한 시의時義에 대처하는
것은 《시경詩經》에서 "내가 옛사람들을 생각하여, 나의 허물이 없게 하노
라[62]."라고 한 것처럼 못할까 걱정입니다. 정영천鄭榮川이 끝내 초상을 당하
였으니[63] 애통함을 말로 할 수 없습니다. 편지지가 다하여 이만 줄입니다.

김사순金士純에게 답하는 편지 　答

61　틈……훔친다 : 《통감절요通鑑節要》〈한기漢紀　태조고황제太祖高皇帝〉에 "작은
　　지아비와 가난한 사람들이 틈 사이로 새어나오는 빛을 빌려 스스로 꾸미고, 한 잔
　　의 물을 훔쳐서 스스로 많은 척하지만 천지와 일월의 범위 안을 벗어나지 못한
　　다.[小夫寠人 借隙光以自飾 竊勺水以自多 要不出範圍之內]"라는 구절이 있다.

62　내가……하노라 : 《시경詩經》〈패풍邶風　녹의綠衣〉에 나오는 구절이다.

63　정영천이……당하였으니 : '영천榮川'은 정유일鄭惟一(1533~1576)로, 당시 그가 영
　　천군수榮川郡守로 있어 이르는 말이다. 당시 그는 아버지 정목번鄭穆蕃의 초상을
　　만났다.

- **해설** : 이 편지는 김성일金誠一(1538~1593)의 편지를 받고, 기사년(1569년, 69세) 6월 10~29일에 보낸 답장이다. 편안한 것이 사람에게 복이 아니며 세 말[斗]의 식초를 코로 마실 정도의 작심을 하여야 옥 같은 아름다운 자질을 완성할 수 있다고 하였다.

- **김사순** : '사순士純'은 김성일 자다. 호는 학봉鶴峯으로 퇴계의 문인이다. 이조좌랑吏曹 佐郎 등을 지냈다. 저서로 《해사록海槎錄》 등이 있다.

"사람이 학문하는 데 지향이 올바르고 입지가 굳은 것을 귀하게 여깁니다."라고 하신 말씀을 살펴보면, 지향점이 이미 바른데다가 모름지기 지기志氣가 굳건하면 천박한 세속에 뜻을 빼앗기지 않고, 각고의 노력으로 공부하기를 지속한다면 어떻게 이루지 못할까 걱정하겠습니까? 다만 두려운 것은 한때나마 한갓 지난날 공부하지 못했던 것만 후회하고 뒷날 이어서 공부를 하지 않는다면 결국에는 아무런 보탬이 없는 데로 돌아가고 말것입니다.

질문하신 '공부하는 순서와 과정을 세우는 규모'는 먼저 모름지기《소학小學》을 공부하고 나서《대학大學》을 공부하되, 규모와 절목은 그 책에 각기 갖추어져 있으니 자신이 마음과 힘을 다해 구하는 데 달려 있을 뿐입니다. 만약 이것을 대수롭지 않게 보거나 번거롭게 여겨서 다른 빠르고 새로운 방법에 매달려 애쓴다면 이런 일에 대해서는 저는 도저히 모르겠습니다.

호문정胡文定[64]은 자신의 아들[65]을 가르치면서, "정명도程明道[66]와 범희문范希文[67]을 스스로 목표로 삼아야 한다."고 했던 내용이 본 주석에 자세

---

64 호문정 : '문정文定'은 북송北宋 때 호안국胡安國(1074~1138)의 시호다. 자는 강후康侯다. 사량좌謝良佐·양시楊時 등에게서 학문을 배웠고, 정명도程明道·정이천程伊川 문하의 학문을 전수하였다. 저서로《춘추호씨전春秋胡氏傳》등이 있다.

65 아들 : 호굉胡宏(1105~1161)과 양아들인 호인胡寅(1098~1156)이 있다.

66 정명도 : '명도明道'는 정호程顥(1032~1085)의 호다.

67 범희문 : '희문希文'은 범중엄范仲淹(989~1052)의 자다. 시호는 문정文正이다. 저서로《범문정공집范文正公集》이 있다.

히 나와 있습니다.

대개 명도明道는 성인을 배울 수 있다고 여겼던 분이고, 희문希文은 천하로 자신의 임무로 삼았던 분들이었습니다. 비록 범문정范文正을 본받고 싶은 것이 한 둘이 아니지만 큰 단서는 더더욱 여기에 있습니다. 충忠과 신信을 속이지 않는 것을 주된 근본으로 삼고 모름지기《논어論語》의 주 충신장主忠信章과《대학大學》의 성의장誠意章을 익숙하게 읽고 이를 마음 속 깊이 완미하고 몰입하여 몸소 오랫동안 경험한다면 저절로 알게 될 것입니다. "구용九容[68]과 구사九思[69] 공부가 바로 흩어지는 마음을 수습하는 방법이다."라고 한 것은 매우 좋지만, 이비언李棐彦[70]의 말대로라면 참으로 공부의 절차를 무시하고 뛰어 넘는 것입니다.

정자程子가 "문을 나서서는 큰 손님을 뵙는 듯이 해야 하니 모름지기 마음이 넓어지고 몸이 편안해져 몸가짐과 처사가 예禮에 맞는 것을 비로소 터득하였다[71]."라고 하였습니다. 장차 다른 사람에게 화풀이를 하거나 거

---

68 구용 :《예기禮記》〈옥조玉藻〉에 "걸음걸이의 모양은 무게가 있어야 하고, 손놀림의 모양은 공손해야 하고, 눈의 모양은 단정해야 하고, 입의 모양은 조용해야 하고, 목소리의 모양은 고요해야 하고, 머리 모양은 곧아야 하고, 기상의 모양은 엄숙해야 하고, 서 있는 모양은 덕스러워야 하고, 얼굴빛은 장엄해야 한다.[足容重 手容恭 目容端 口容止 聲容靜 頭容直 氣容肅 立容德 色容莊]"라고 하였다.

69 구사 :《논어論語》〈계씨季氏〉에 "볼 때는 밝게 볼 것을 생각하고, 들을 때는 밝게 들을 것을 생각하고, 얼굴빛은 온화할 것을 생각하고, 용모는 공손할 것을 생각하고, 말은 진실할 것을 생각하고, 일은 경건할 것을 생각하고, 의심나는 것은 묻기를 생각하고, 분할 때에는 어려움 당할 것을 생각하고, 얻는 것을 보면 의를 생각한다.[視思明 聽思聰 色思溫 貌思恭 言思忠 事思敬 疑思問 忿思難 見得思義]"라고 하였다.

70 이비언 : '비언棐彦'은 이국필李國弼(?~?)의 자다. 퇴계의 문인이다.

71 문을……터득하였다 :《논어論語》〈안연顏淵〉의 소주小註에《이정유서二程遺書 6》의 구절을 인용하여, 중궁이 공자에게 인仁에 대해 묻자, 공자가 "문을 나서서는 큰 손님을 뵙는 듯이 하며, 백성에게 일을 시킬 때에는 큰 제사를 받들 듯이 하고, 자신이 하고자 하지 않는 것을 남에게 베풀지 말아야 하니, 이렇게 하면 나라에 있어서도 원망함이 없으며, 집안에 있어서도 원망함이 없을 것이다.[出門如見大

듭 잘못을 저지르지 않는 것은 그 경지가 매우 높아서 막 학문에 입문한 사람들이 섣불리 착수하기는 어렵습니다. 그러니 이를 공부하기보다는 예禮가 아니면 보지도, 듣지도, 말하지도, 행동하지도 말라는 데 힘을 쏟는 것이 나을 것입니다.

"음식을 향한 식욕과 남녀의 성욕으로 절실하고 긴요함을 삼아야 한다[72]."고 하였으니 식욕과 색욕은 지극한 이치가 머무르는 곳으로 큰 욕심이 있는 곳입니다. 군자가 이를 통해 인욕을 이기고 하늘의 이치를 회복하고, 소인도 이를 통해 하늘의 이치를 없애고 절정에까지 인욕을 탐합니다. 그래서 마음을 다스리고 몸을 수양할 때 이로써 절실하고 긴요함으로 삼아야 합니다.

편지 끝에[73], 《중용中庸》의 "박학지博學之"에서부터 "인십기천人十己千"까지는 바로 기질을 변화시키는 방법입니다. 그래서 "과연 이 방법대로 잘 해 나간다면 아무리 어리석은 사람이라도 반드시 밝아지고, 아무리 유약한 사람이라도 반드시 의지가 굳건해질 것이다[74]."라고 한 것일 뿐입니다. 공

賓 使民如承大祭 己所不欲勿施於人 在邦無怨 在家無怨]"라고 대답하였다. 이에 대해 이천은 "공자의 이 말씀에서 그 기상을 볼 수 있으니, 모름지기 마음이 넓어지고 몸이 편안해져 몸가짐과 처사가 예에 맞아서 절로 '자연히'라는 말이 없어져야 한다. 신독은 이것을 지키는 법이다.[看其氣象 便須心廣體胖 動容周旋中禮 自然一無自然字 惟愼獨便是守之之法]"라고 하였다.

72 음식을……한다 : 호안국胡安國이 아들에게 준 글의 끝에 "너는 힘쓸지어다! 마음을 다스리고 몸을 수양할 때 음식을 향한 식욕과 남녀의 성욕으로 절실하고 긴요함을 삼아야 한다. 예로부터 성현이 여기에서부터 공부를 하였으니, 어찌 소홀히 할 수 있겠는가.[汝勉之哉 治心修身 以飮食男女爲切要 從古聖賢自這裏做工夫 其可忽乎]"라는 구절이 있다.

73 편지 끝에 : 《간재집艮齋集》〈문목問目 상퇴계선생上退溪先生〉에 "아이들은 비록 학문에 뜻을 두었다고 하더라도 해이한 생각이 생기기 쉬우니 어떻게 해야 기질을 변화시킬 수 있습니까?[小子 雖志于學 懈意易生 何如可以變化氣質乎]"라는 구절을 이른다.

74 과연……것이다 : 《중용中庸》에 "남이 한번에 잘 하면 나는 그것을 백 번이라도

자가 안연顔淵에게 "인仁을 하는 것은 자기에게 달린 것이지, 남에게 달린 것이겠는가[75]?"라고 하였습니다.

이굉중李宏仲에게 답하는 편지 答

● **해설** : 이 편지는 이덕홍李德弘(1541~1596)의 편지를 받고, 신유년(1561년, 61세) 1월에 보낸 편지다. 이덕홍이 '공부의 순서와 과정을 세우는 규모'에 관한 질문에, '《소학小學》을 공부하고 나서 《대학大學》을 공부하며, 규모와 절목은 책 속에 모두 갖추어져 있어 자신의 마음과 힘을 다해 구하는 데 달려 있다.'고 대답하였다.

● **이굉중李宏仲** : '굉중宏仲'은 이덕홍의 자다. 호는 간재艮齋다. 어려서부터 퇴계의 문하에서 수학하였고, 세자익위사부솔世子翊衛司副率 등을 지냈다. 저서로 《주역질의周易質疑》 등이 있다.

하고, 남이 열 번에 잘 하면 나는 그것을 천 번이라도 할 것이다. 과연 이 방법대로 잘 해나간다면 아무리 어리석은 사람이라도 반드시 밝아지고, 아무리 유약한 사람이라도 반드시 의지가 굳건해질 것이다.[人一能之 己百之 人十能之 己千之 果能此道矣 雖愚必明 雖柔必强]"라는 구절이 있다.

75 인을……것이겠는가 : 《논어論語》〈안연顔淵〉에 "안연이 인에 대해 묻자, 공자가 '극기복례는 인을 하는 것이니, 하루 동안이라도 극기복례하면 천하가 인을 허여하는 것이다. 인을 하는 것은 자기에게 달린 것이지, 남에게 달린 것이겠는가?'라고 하였다.[顔淵問仁 子曰克己復禮爲仁 一日克己復禮 天下歸仁焉 爲仁由己 而由人乎哉]"라는 구절이 있다.

12.
학문에
뜻을 두고

보내신 편지에 "심신을 수렴할 때 기운이 모자라고 정신이 피곤하여 밤낮으로 더 공부해도 어느 한 가지도 손을 댈 곳이 없다."고 힘써 말씀하셨는데, 이는 다른 이유가 아니라 지난번에 '학문에 뜻을 두었다.'고 하셨지만 실제로는 공부를 하지 않던 것입니다. 이제 비로소 실제로 공부를 하려고 하기 때문에 손발이 서툴고 기초가 고르지 못하고 흔들려 심心과 리理가 서로 맞지 않으며 타고난 기氣와 습習이 서로를 따르지 않으니 근심스럽다고 하신 말씀에 어찌 이상할 것이 있겠습니까?

대체로 보통 사람들의 학문이 성취되지 못하는 까닭은 다만 문득 어려움을 느끼면 마침내 중도에 그만 두고 하지 않기 때문입니다. 만약 의심하지 않고 끊임없이 정진하되 서두르는 마음이 절박함을 넘지 않도록 하고 많은 후회가 뜻이 흔들리지 않도록 해서 궁리와 실천이 오랜 시간 점점 몸에 익숙해지면 저절로 의미를 충분히 파악하게 되고 안목은 분명해질 것입니다.

무릇 책을 읽고 이치를 완미하면 어느 때나 어느 곳이나 할 것 없이 모두 공부할 수 있으니 어찌 밤낮을 벗어나 달리 공부할 상황을 찾겠습니까? 주자께서 일찍이 "극도로 고생스럽고 즐겁지 않은 곳에 이르러야 좋은 소식이 온다."라고 하였으니, 참으로 이를 두고 한 말입니다. 《중용中庸》에서 의심되는 뜻은 별지에 기록하였으니 자세히 살펴보시기 바랍니다.

김이정金而精[76]과 신계숙申啓叔[77]이 편지를 보내왔는데 모두 잘 있다고

---

76 김이정 : '이정而精'은 김취려金就礪(1526~?)의 자다.

77 신계숙 : '계숙啓叔'은 신옥申沃(?~?)의 자다. 퇴계의 문인으로, 곡성현감谷城縣監을 지냈다.

합니다. 이정이 내려오고 싶다고는 하지만 어떻게 기필할 수야 있겠습니까? 한영숙韓永叔[78]이 병이 들어 오랫동안 차도가 없다고 하니 매우 걱정입니다. 저는 청량산淸凉山에 가지 못한지가 벌써 7, 8년이나 되었습니다. 골짜기에 피어오르는 안개와 노을이 꿈 속에서도 나타나 늘 한번 가보고 싶다가도 위험할까 겁이나 그러지 못하고 있습니다. 고상하게 은거하는 그대를 부러워하니 서글픈 생각뿐입니다.

이굉중李宏仲에게 답하는 편지 答

• **해설** : 이 편지는 이덕홍李德弘(1541~1596)의 편지를 받고, 임술년(1562년, 62세) 12월에 보낸 편지다. 학문의 어려움을 토로하며 '심신을 수렴할 때 기운이 부족하여 밤낮으로 공부해보아도 어느 한 가지도 손을 댈 곳이 없다.'고 한 이덕홍에게 입으로만 학문에 뜻을 두었다고 하였을 뿐 실제로는 공부하지 않은 원인이라고 대답하였다.

• **이굉중** : '굉중宏仲'은 이덕홍의 자다. 호는 간재艮齋다. 어려서부터 퇴계의 문하에서 수학하였고, 세자익위사부솔世子翊衛司副率 등을 지냈다. 저서로 《주역질의周易質疑》 등이 있다.

13.
《주자대전》을
검토하다가

헤어지고 나서 근황이 좋으리라 생각합니다. 전에 두고 가신《근사록近思錄[79]》과《사서혹문四書或問[80]》두 권은 보냈는데 받으셨는지요? 일전에 조사경趙士敬[81]의 편지에 "유응현이 찾아와 선생님의 견해는, '일유지一有之'의 '일一'은 위 문장 '사자四者'의 '사四'와 대응합니다. 대개 네[四] 가지 가운데 하나[一]를 말하는 것이지 '한쪽으로 치우쳤다.[一偏]'는 의미인 '일一'로 보시지 않고 이전의 주장을 고수하시고 변함이 없었습니다.[82]'라고 전해주기에 며칠을 두고 깊이 생각하고 고심하며 반복하여 생각해보아도 그 말씀을 납득할 수 없었습니다."라고 하고는 이에 저의 설이 잘못되었다고 힘껏 논하더군요.

---

79 근사록 : 송宋나라 유학자 주희와 여조겸呂祖謙이 주돈이周敦頤의《태극도설太極圖說》과 장재張載의《서명西銘》·《정몽正蒙》등에서 중요한 장구만을 골라 편찬한 성리학 해설서다.

80 사서혹문 : 송나라 유학자 주희가 사서四書에 대한 여러 학자들의 학설을 모아 문답체로 서술한 책이다.

81 조사경 : '사경士敬'은 조목趙穆(1524~1606)의 자다.

82 일유지의……없었습니다 :《대학大學》정심장正心章에 "몸을 닦음이 그 마음을 바룸에 있다.'는 것은 마음에 분치하는 바가 있으면 그 바름을 얻지 못하며, 공구하는 바가 있으면 그 바름을 얻지 못하며, 호요하는 바가 있으면 그 바름을 얻지 못하며, 우환하는 바가 있으면 그 바름을 얻지 못한다.[所謂修身在正其心者 心有所忿懥則不得其正 有所恐懼則不得其正 有所好樂則不得其正 有所憂患則不得其正]"라고 하였다. 주희朱熹의 주석에 "대개 분노·두려움·좋아함·걱정, 이 네 가지 감정은 모두 마음의 용用이니, 사람에게 없을 수 없다. 그러나 한번 이것이 있는데도 살피지 못하면 욕欲이 동動하고 정情이 승勝하여 그 용의 행하는 바가 혹 바름을 잃지 않을 수 없다.[蓋是四者 皆心之用而人所不能無者 然一有之而不能察 則欲動情勝 而其用之所行 或不能不失其正矣]"라는 구절이 있다.

제가 아무리 제 설에 대하여 잘잘못을 모른다고는 하지만, 사경士敬의 설은 사경만 그렇게 말하는 것이 아니라 남시보南時甫[83] 역시 그렇게 여기고 있습니다. 오늘날 세상 사람들은 모두 그의 설을 따르고 있으니 전들 또한 어찌 감히 모두를 물리치고 저의 설만을 고집하겠습니까? 그대도 여러 사람들의 설이 마땅하다고 생각되지만, 옛 사람들도 혹설或說까지 양쪽 모두 보존하는 사례가 있었으니 저의 견해가 아무리 우활하다고 하더라도 혹설或說로 갖추어 두고 버리지 않으시겠지요? 나머지는 이만 줄입니다.

최근 《주자대전朱子大全》 원본을 검토하다가 황자경黃子耕[84]에게 답한 편지에서, 《대학혹문大學或問》 정심장正心章을 수정한 부분에 관하여 논하면서, "어떤 사람이 묻기를, 기쁨·화남·근심·두려움이란 감정은 사람의 마음에 없을 수 없는 것인데, 이중 하나라도 가지고 있다면 마음이 바르게 되지 않고 몸도 닦여질 수 없다고 하는 것은 어째서입니까?"라고 하였고, 또 "하나라도 성실하지 않으면 사물이 아직 감응하지 않았을 때 네 가지의 사사로움은 이미 내면에 주인이 된다."라고 말하였습니다. 또 주순필周舜弼[85]이 묻기를, "성내는 감정 등은 사람에게 없을 수 없는데, 이 가운데 하나라도 있게 되면 마음이 바를 수 없는 것은 무엇 때문입니까?"라 하고, "기쁨·노여움·근심·두려움이란 감정이 하나라도 마음에 싹트게 되면 마음은 얽매임이 있게 됩니다."라고 하였습니다.

이를 통해 살펴보면 사경의 설은 본의를 잃어버린 듯합니다. 일찍이 이

---

83 남시보 : '시보時甫'는 남언경南彦經(1528~1594)의 자다. 호는 동강東岡이다. 서경덕徐敬德의 문인으로, 조선시대 최초의 양명학자이다. 지평현감砥平縣監을 지냈다. 이요李瑤와 함께 퇴계를 비판하다가 양명학을 숭상한다는 빌미로 탄핵을 받고 사직하였다.

84 황자경 : '자경子耕'은 황엽黃曄(1150~1212)의 자다. 호는 복재復齋로, 주자의 문인이다. 저서로 《복재집復齋集》이 있다.

85 주순필 : '순필舜弼'은 주모周謨(1141~1202)의 자다. 주자의 문인이다.

말을 적어 보내 알려주었지만 사경이 아직 답장을 하지 않고 있습니다. 앞서의 주장에 얽매여 마음을 비우고 이치를 살펴보지 못하고 아직도 자기의 견해가 옳다는 데서 벗어나지 못하여 답장을 하지 않는 듯합니다.

유응현柳應見에게 보내는 편지　與

● **해설** : 이 편지는 을축년(1565년, 65세) 11월 16일에 유운룡柳雲龍(1539~1601)에게 보낸 편지다. 퇴계가 주장하는 학설은 주관적인 학설이 아니라 다수 사람들의 객관적인 주장임을 일깨워주었다.

● **유응현** : '응현應見'은 유운룡의 자다. 호는 겸암謙庵이다. 퇴계의 문인으로, 인동현감仁同縣監 등을 지냈다. 저서로 《겸암집謙菴集》이 있다.

14.
인의 실천은
나에게

편지를 보내와 묵은 병이 아직 낫지 않았다는 것을 알았으니 매우 걱정입니다. 그대는 젊고 기력이 왕성하며 약을 조제하는 데도 소홀하지 않았는데 무슨 까닭으로 이렇게 병에 걸렸는지 매우 한스럽고 의아스럽습니다. 그대는 늘 몸에 병이 있으니 멀리 찾아오는 것을 어떻게 맘대로 하겠습니까? 공부하는 데 힘을 다 쏟지 못하는 것 역시 참으로 상황이 그렇습니다. 다만 시간과 처지에 따라 힘을 헤아려 노력하고 언제나 의리로 물을 주고 배양한다면 연평延平 선생께서 말씀하신 것처럼 이 도리가 언제나 마음속에 있어 아마도 자신의 몸에서 직접 살펴볼 수 있을 것입니다.

대체로 인을 실천하는 것은 자신에게 달린 것이지 다른 사람과는 아무런 관계가 없습니다. 만약 이러한 근본터전이 없다면 아무리 매일 스승이나 벗들과 어울린다고 하더라도 결국에는 아무런 도움도 되지 못하고 말 것이니 어찌하겠습니까? 저는 추위가 겁나 산사山舍 밖으로는 나가지 못하고 있습니다. 게다가 정초라서 손님을 접대하느라 바빠 좋은 경황이라고는 없으니, 또 어떻게 학문을 연마하는 즐거움이 있겠습니까?

유이현柳而見에게 답하는 편지 <u>答</u>

- **해설** : 이 편지는 유성룡柳成龍(1542~1607)의 편지를 받고, 계해년(1563년, 63세) 1월에 보낸 답장이다. 인仁의 실천은 자신에게 달린 것으로 근본이 갖추어지지 않았다면 스승이나 벗들과 매일 어울려도 아무런 도움이 되지 못한다고 하였다.

- **유이현** : '이현而見'은 유성룡의 자다. 호는 서애西厓다. 퇴계의 문인으로 영의정領議政 등을 지냈다. 저서로 《서애집西厓集》 등이 있다.

15.
무너진 선비의
기풍

선비의 기풍이 무너져 큰 변고가 생기게까지[86] 되었습니다. 세자世子[87]가 갑자기 재앙[88]을 당하였고, 또 이러한 때를 만나 세상일이 결국 어떻게 될지 모르겠습니다. 보잘것없는 저의 근심[89]을 이길 길 없습니다.

오자강吳子强[90]의 행차가 약속한 날짜보다 늦어 만나지 못할까 걱정했었는데, 지금 만났다니 매우 좋습니다. 오자강은 자질이 질박하고 유학에 힘쓰는 것이 또한 매우 간절하며 독실하니 유익한 벗이라 할 만합니다. 그가 멀리서 찾아올 마음먹기가 쉽지 않았을 텐데, 제 스스로 힘을 얻지 못해 그의 뜻에 부응할 수 없었습니다. 또한 보름 만에《주자서절요朱子書節要》를 다 읽고 나머지 날에는《심경心經》과《근사록近思錄》에 대해 질문하며 바쁘게 공부해나가는 바람에 정밀하게 연구하고 끝까지 추구하여 체험

---

86 선비의……생기게까지 : 1563년에 태학생들이 요승 보우普雨의 죄를 청하는 글을 올린 사건을 이른다.

87 세자 : 원문은 '前星'.《한서漢書》〈오행지五行志 7〉에 "심성心星은 큰 별이므로 천왕天王이고, 그 앞의 별은 태자이고 뒤의 별은 중자衆子이다.[心 大星 天王也 其前星 太子 後星 庶子也]"라는 구절이 있다.

88 세자가……재앙 : 명종과 인순왕후仁順王后 심씨沈氏의 외아들인 순회세자順懷世子가 13세에(1563년) 사망한 것을 이른다.

89 보잘것없는……근심 : 원문은 '婺緯之憂'. 집안일도 잊고 나랏일 걱정함을 이른다.《좌전左傳》소공昭公 24년에 "과부가 베 짜는 북 실이 끊어질 것은 걱정하지 않고서 천자의 나라인 주나라가 망할 것을 걱정한다.[婺不恤其緯 而憂宗周之隕 爲將及焉]"라는 구절이 있다.

90 오자강 : '자강子强'은 오건吳健(1521~1574)의 자다. 호는 덕계德溪다. 퇴계의 문인으로, 이조좌랑吏曹佐郎 등을 지냈다. 저서로《덕계집德溪集》등이 있다.

하고 실천할 겨를도 없었습니다. 이것이 바로 주자께서 크게 금지했던 독서법을 범한 것이니 좋지 않을 뿐입니다.

귀하게 여길 것은, 전에 금계錦溪[91]와 의논하면서 먼저 배웠던 학설에 얽매이지 않고 곧 앞의 잘못을 깨달아 이러한 경지에 이를 것이라 믿게 되었으니, 이 역시 남들에게는 어려운 일입니다. 그러나 저 학설에 틀린 부분이 있으면 또한 구차하게 동조하지 않았기 때문에 이로운 점이 적지 않았습니다. 그 뒤 또 정구鄭逑[92]라는 자가 머물고 갔는데 또한 대단히 영민하였습니다. 다만 그의 영민함이 도리어 병통이 될까 걱정입니다.

요즈음 혼자 산사山舍에서 지내며 《심경心經》을 다시 익히고 지난날의 공부가 치밀하지 못했던 것을 깊이 인식할 수 있었습니다. 참으로 방자하게 공부한다는 이름만 얻었지 실제로는 참된 공부를 해 본적이 없으니 이러면서도 성현의 경지에 가까워지기를 바란다면 어찌 뒤로 물러나면서 앞으로 나아가기를 바라는 것이 아니겠습니까?

지금 비록 다행히 조금 깨우치기는 했지만 이렇게 늙고 병들어가니 지난날의 부족함을 메울 수 없을까 매우 걱정스럽고 두렵습니다. 늘 생각하면 우리 무리들 중에 성품이 도에 가깝고 뜻이 독실하기가 그대만한 자는 하나 둘도 헤아리기 쉽지 않습니다. 그러나 그마저도 과거공부에 얽매여 유학에 전력할 수 없습니다. 이미 전력하지 않으면 보내신 편지에서 말씀하신 것처럼 "자기도 모르는 사이에 예전처럼 보잘것없게 되는 것"이 또한 무엇이 이상하겠습니까?

지금 만약 병통이 생기는 곳을 알고 싶으면 오직 이른바 "밖으로 향하

---

91 금계 : 황준량黃俊良(1517~1563)의 호다. 자는 중거仲擧다. 병조좌랑兵曹佐郎 등을 지냈다. 저서로 《금계집錦溪集》이 있다. 이때 황중량이 사망하였다.

92 정구(1543~1620) : 자는 도가道可이고, 호는 한강寒岡이며, 시호는 문목文穆이다. 퇴계의 문인으로 대사헌大司憲 등을 지냈고, 오건吳健이 종이모부다. 저서로 《한강집寒岡集》이 있다.

는 생각은 많고 잡아서 보존하려는 생각은 적은 데 있습니다." 그러므로 그 잘못을 모르는 것을 걱정하지 말고 잘못을 치료하기를 걱정해야 할 것이니 바깥일에 정신이 빼앗겨 정밀하게 집중하지 못할 뿐입니다. 금계의 장례가 여러 가지 장애로 오래 지체하고 있으니 벗의 부끄러움입니다. 모쪼록 힘써 도모하여 때를 놓치지 않아야 하는 것도 하나의 일입니다.

유희범柳希范에게 답하는 편지 答

• **해설** : 이 편지는 유중엄柳仲淹(1538~1571)의 편지를 받고, 계해년(1563년, 63세) 10월에 보낸 답장이다. 문정왕후文定王后의 비호 아래 수많은 비행을 저지른 보우普雨의 죄를 탄핵하기 위해 태학생들이 상소한 일이 있었다. 퇴계는 이러한 사건을 불교가 성행하고 선비의 기풍이 무너진 것으로 판단하였다.

• **유희범** : '희범希范'은 유중엄의 자다. 또 다른 자는 경문景文이고 호는 파산巴山이다. 퇴계의 문인으로 학문에 독실하여 퇴계 문하의 안자顔子로 불리었다.

16.
닭이 알을 품는다는
의문에 대하여

7월 21일에 말씀하신 다섯 가지 조목은 모두 예로부터 학자들이 의심해왔
던 것이지만 명확하게 밝히기 어려운 것들로 생각이 여기에 미치기는 무척
이나 쉽지 않았을 것입니다. 다만 "닭이 알을 품는다[93]."는 조목을 보여주
시며 잘못을 심하게 지적하였는데 그럴 듯합니다. 그렇지만 주자께서 일찍
이 서자융徐子融[94]에게 답한 편지에 그의 견해를 논변하면서 "재경才卿[95]
이 다만 승려의 말을 가져와 저 승려들이 일삼는 것과 우리들이 일삼는
것을 따져보지 않았으니 정말로 성글고 대충 말했다고 말합니다."라 하였
고, 또 "자융이 다만 닭이 알을 품어서는 안 된다고만 하면서 품고 있는
것이 알이 아니라는 것을 점검할 줄 몰랐기 때문입니다."라고 하면서 지엽
적으로 바깥으로만 치달리기 때문에 이렇게 말하였을 뿐 선가禪家의 말

---

93 닭이 알을 품는다 : 원문은 '鷄抱卵'. 《주자어류朱子語類》에 "만약 들어가는 통로
   를 알지 못할 경우에는 비록 긴장을 해도 안 되고 이완을 해도 안된다.……닭이
   알을 품는 것을 예로 들어 보니, 알을 품어 준다고 해서 무슨 따뜻한 기운이 전해
   지겠느냐고 여길지 모르겠지만, 닭이 언제나 그렇게 품어 주기 때문에 알을 깨고
   나오게 되는 것이다. 만약 끓는 물을 가져다가 붓는다면 뜨거워서 바로 죽을 것이
   요, 품어 주는 일을 조금이라도 멈추면 바로 차갑게 식어 버릴 것이다. 그런데 실
   제로 들어가는 통로를 알았을 경우에는 스스로 그만두려고 해도 그만둘 수가 없
   이 자발적으로 계속해 나가려고 할 것이니, 이는 그 자신이 이제는 이에 관한 자
   미가 어떤 것인지를 알았기 때문이다.[若不見得入頭處 緊也不可 慢也不得……如鷄
   抱卵 看來抱得有甚暖氣 只被他常常恁地抱得成 若把湯去湯 便死了 若抱纔住 便冷了
   然而實是見得入頭處 也自不解住了 自要做去 他自得些滋味了]"라는 구절이 있다.

94 서자융 : '자융子融'은 서소연徐昭然(?~?)의 자다. 주자의 문인이다.

95 재경 : 송宋나라 성리학자인 진문울陳文蔚(1158~1247)의 자다. 호는 극재克齋로,
   주자의 문인이다. 저서로 《상서류편尙書類編》이 있다.

로 그 잘못을 공격한 적이 없다는 것은 보내온 편지에서 말씀하신 것과
같습니다.

이를 통해 선생의 뜻을 자세히 생각해보면, 어찌 이것으로써 경敬을
간직하고 성誠을 보존하여 인의仁義의 올바른 마음을 기른다면 그 알을
품는 것이니 비록 저들의 것을 가져다가 우리 마음을 잡아두고 보존하
는 방법으로 삼는다고 하더라도 해로울 것이 없고, 이것으로 좌선입정坐
禪入定[96]하여 적멸의 헛된 도리를 함양한다면 그 알을 품는 것이 아닐
것이니 실로 이단이 도를 해치는 주장에 귀결됨으로 따를 수 없다고 말
하지 않겠습니까?

말씀하신 조목에 또 "마음을 잡아 두는 것을 닭이 알을 품는 것에 비유
한다면 이것은 따로 하나의 마음을 두어 이 마음을 잡아 두는 것이니, 이
것은 '마음으로서 마음을 관찰한다는 주장'과 같은 병통으로 의심이 됩니
다."라고 하였는데 이 역시 이렇게 확정적으로 말할 수 없을 듯합니다.

옛날 황상백黃商伯[97]이 묻기를 "여씨呂氏[98]가 아직 발현하기 전에 중中
을 구하여 지키려 한 것은 참으로 이치에 맞지 않습니다. 그러나 이미 발
현한 정은 마음의 작용이니 여기서 자세히 살펴보면 마음으로 마음을 보
는 것에서 벗어날 수 없습니다."라고 하고, 이를 근거로 "배우는 사람이 경
에 의거하여 마음을 보존하여 기르지 않고 오직 마음에서 돌이켜 구하는
데만 힘써 급박하고 위태롭다."고 하였습니다. 이에 대하여 주자는 "이미
발현된 곳에서 마음의 본체와 법칙으로 그 마음의 발현된 것을 살펴서 가

96　좌선입정 : 앉아서 참선을 통해 선정禪定에 드는 것을 이른다.

97　황상백 : '상백商伯'은 남송南宋 학자 황호黃灝(?~?)의 자다. 시호는 문간文簡이
　　다. 광동제형廣東提刑을 지냈다. 저서로《서파집西坡集》이 있다.

98　여씨 : 북송北宋 때 학자인 여대림呂大臨(1040~1092)을 이른다. 자는 여숙與叔이
　　고, 호는 남전藍田이다. 사량좌謝良佐·유초游酢·양시楊時와 함께 '정문사선생程
　　門四先生'으로 불리었다. 저서로《고고도考古圖》등이 있다.

볍고 무거우며, 길고 짧음의 차이가 있을까 걱정할 뿐입니다. 이른바 '모든 사물이 다 그러하고 마음은 더욱 심하다.'고 한 것이 이것입니다. 만약 발현한 마음으로 따로 마음의 본체를 구하려 한다면 이러한 이치는 없습니다."라고 말하였습니다.

　지금 닭이 알을 품는다는 주장으로, 이 문답을 살펴본다면 본체와 법칙으로 발현된 것을 살피는 것과 비슷할 따름이니【저것은 정지된[靜] 상태를 말하였고 이것은 발현된 상태를 말하였기 때문에 곧바로 '같다[同]'라고 말하지 않고 '비슷하다[類]'라고 말하였습니다.】어떻게 마음으로 마음을 관찰하는 병통에까지 이르겠습니까? 또 '마치 죽은 것처럼 움직이지 않는 계란을 살아있는 마음과 비교할 수 없다.'고 하셨는데 이 또한 그렇지 않습니다. 곡식의 씨앗은 움직이는 물건은 아니지만 살려는 뜻을 품고 있기 때문에 마음에 비유할 수 있고, 깨끗한 거울이 움직이는 물건은 아니지만 사물의 아름답고 추한대로 반응하기 때문에 마음에 비유하는 것입니다. 더구나 계란에도 이러한 살려는 뜻으로 기르고 감싸기를 잠시도 쉬지 않기 때문에 품어서 변화할 수 있는 것인데 '죽은 물건과 같아서 마음에 비유할 수 없다.'고 할 수 있겠습니까?

　대체로 성현께서 마음 다스리는 법을 논하면서, 마음으로 마음을 부리는 듯이 보이는 경우는 비일비재합니다. '마음을 잡아두다[操心]'라고 할 때의 '조操', '마음을 보존하다[存心]'라고 할 때의 '존存', '잃어버린 마음을 구하다[放求心]'라고 할 때의 '구求', '마음을 바르게 하다[正其心]'라고 할 때의 '정正' 등은 참으로 이해할 수 없는데, 이른바 '잡아 두는 것[操]', '보존하는 것[存]', '구하는 것[求]', '바로잡는 것[正]'은 누가 그렇게 만든 것입니까? 어미 닭이 알을 품는 것과 혐의가 비슷하지 않습니까? 오직 옛날의 성현들은 분별과 인식에 착오가 없었고 행동과 마음가짐에 잘못이 없었기 때문에 폐해가 되지 않은 것입니다. 한 번이라도 착오가 있었더라면 병통이 되었을 것입니다. 이것이 바로 주자가 〈관심설觀心說[99]〉을 지은 이유입니다.

제가 그래서, "만약 우리의 마음 다스리는 법이 충분하여 저들의 주장에서 취할 부분이 없다면 괜찮겠지만 굳이 저들이 주장하는 잘못까지 고치려 한다면, 바로 '닭이 알을 품는다.'고 주장한 자용과 같은 꼴이 되어 은미한 것을 밝혀 사람을 깨우친 주자의 본래의 취지를 잃어버리게 된다." 고 말했던 것입니다. 《운서韻書》에는 '망亡'자를 '있지 않다'라고 풀이하였습니다. 대체로 마음이 제멋대로 놀아 천리 밖으로 달아나 여기에 있지 않기 때문에 '망亡'이라고 한 것입니다. 그러나 한번 마음을 잡아두면 곧 여기에 있게 되니 어찌 참으로 없어질 수 있겠습니다. 이 점을 말하면 주자朱子와 범씨范氏[100]의 주장도 일치하지 않은 적이 없었습니다. 논변한 것에

---

99 관심설 : 《주자대전朱子大全》〈관심설觀心說〉에 "어떤 사람이 불교에는 '마음을 관찰한다는 이론이 있는데 옳습니까?'라고 묻자, '마음이란 사람이 자신의 몸을 주재하는 것으로, 하나일 뿐 둘이 아니다. 주인이지 손님이 아니다. 사물을 명하는 것이지 사물에게서 명을 받는 것이 아니다. 그러므로 마음으로 사물을 관찰하면 사물의 이치를 얻게 된다. 이제 다시 어떤 것이 있어서, 이것이 오히려 마음을 관찰한다고 한다면 이 마음 밖에 또 다른 한 마음이 있어서 이 마음을 주관한다는 것이다. 그렇다면 과연 마음이란 하나인가? 둘인가? 주인인가? 손님인가? 사물을 명하는 것인가? 사물에게서 명을 받는 것인가? 이것은 비교할 것도 없이 틀렸다는 것을 알 수 있다. 마음이란 사람에게 있어 자신의 몸을 주재하는 것이니, 하나이지 둘이 아니며, 주인이지 객이 아니며, 사물을 명하는 것이지 사물에게서 명을 받는 것이 아니다. 그러므로 마음으로 사물을 살피면 사물의 이치를 얻게 된다. 지금 또 다른 어떤 것이 도리어 마음을 살핀다면, 이것은 이 마음 이외에 또 다른 하나의 마음이 있어서 이 마음을 주관한다는 것이다. 그렇다면 이른바 마음이라는 것은 하나인가, 둘인가? 주인인가, 객인가? 사물을 명하는 것인가, 사물에게서 명을 받는 것인가? 이것은 따져 볼 필요도 없이 그 말이 틀렸음을 알 수 있다.'라고 대답하였다.[或問 佛者有觀心之說 然乎? 曰心者 人之所以主乎身者也 一而不二者也 爲主而不爲客者也 命物而不命於物者也 故以心觀物 則物之理得 今復有物以反觀乎心 則是此心之外復有一心而能管乎此心也 然則所謂心者 爲一耶 爲二耶 爲主耶 爲客耶 爲命物者 爲命於物者耶 此亦不待校而審其言之謬矣]"라는 구절이 있다.

100 범씨 : 남송南宋의 학자 범준范浚(1102~1151)을 이른다. 자는 무명茂明이고, 호는 향계香溪다. 양시楊時의 문인 반묵성潘默成과 교유하면서 심학心學을 중시하였다. 저서로 《향계집香溪集》이 있다.

이미 취지를 얻었으니 모쪼록 더욱 깊이 완색하십시오.

조치도趙致道[101]가 "악惡도 성誠이 움직인 것이다."라고 주장한 것은 그 근거가 아득합니다. 하숙경何叔京[102]이 일찍이 편지에서 이것을 논하여, "인욕이 어디서 오는지 모르겠습니다?"라고 하자, 주자가 "매우 중요한 질문입니다. 제가 가만히 생각해니, 인욕이란 천리天理와 정반대이니, 천리로 인하여 인욕이 있게 된다고 말하면 맞지만 인욕도 천리라고 말하는 것은 맞지 않습니다. 대개 천리 안에는 본래 인욕이 없지만 운행하면서 어긋나 마침내 인욕이 생겨나는 것입니다."라고 대답하였습니다. 인용하였던 "악도 성이라고 하지 않을 수 없다[103]."는 뜻도 이와 같으니 이것이 조씨가 주장한 근거입니다.【지금 정자程子의 주장을 살펴보면《근사록近思錄》에 "악도 성이라고 하지 않을 수 없다."라고 말한 것도 정자의 주장인데 숙경이 인용하였기 때문에 주자가 모두 거론하여 대답한 것입니다.】 이른바 "사단四端이라는 글자의 뜻을 체득하고 인식할 때 허다한 병통이 있다."라고 한 것 역시 고금의 학자들과 공통된 걱정거리입니다. 안자顔子[104]와 같은 총명과 예지로도 처음에 오히려 "뚫을수록 더욱 단단하다[105]."는 탄식을 하였는데, 더군다나

---

101 조치도 : '치도致道'는 송宋나라 학자 조사하趙師夏(?~?)의 자다. 호는 원암遠庵이다. 주자의 문인이고 손자사위로, 주자의 예서禮書 작업에 참여하였다.

102 하숙경 : '숙경叔京'은 하호何鎬(1128~1175)의 자다. 호는 대계臺溪다. 주자와 교유하였고, 그가 죽은 뒤 주희가 그의 묘갈명을 지었다. 저서로《역설易說》등이 있다.

103 악도⋯⋯없다 :《근사록近思錄》〈도체道體〉에 정호程顥가 "어려서부터 선한 사람도 있고, 어려서부터 악한 사람도 있다. 이것은 타고난 기질이 그러하기 때문이다. 선은 물론 성이다. 그러나 악도 성이라고 하지 않을 수 없다.[有自幼而善 有自幼而惡 是氣稟有然也 善固性也 然惡亦不可不謂之性也]"라는 구절이 있다.

104 안자 : 춘추시대 노魯나라 현인인 안회顔回(B.C. 521~B.C. 490)를 이른다. 공자의 수제자로, 가난한 생활 속에서도 도道를 즐기고 학문과 덕행으로 이름이 높다.

105 뚫을수록⋯⋯단단하다 :《논어論語》〈자한子罕〉에 안연顔淵이 일찍이 공자의 도가 한량없이 광대함을 감탄하며 "쳐다볼수록 더욱 높고 뚫을수록 더욱 단단하며, 바라보면 앞에 있다가 문득 뒤에 있도다.[仰之彌高 鑽之彌堅 瞻之在前 忽焉在

나머지 사람들이야 어찌 이를 면할 수 있겠습니까?

　오직 안자는 박문약례博文約禮[106] 공부에 차근차근 종사하여 오랫동안 자신의 재능을 다 쏟기 때문에 지극한 경지에 도달할 수 있었으니 우리들이야 마땅히 어떻게 해야 하겠습니까?

　장횡거張橫渠[107]는 "의리에 의심스러운 것이 있으면 옛 견해를 깨끗이 씻어 버려 새로운 생각이 나오게 해야 한다[108]."라고 하였습니다. 주자께서 일찍이 채서산蔡西山[109]에게 보낸 편지에서 "대저 의리를 사색함에 있어서 어지럽고 막힌 곳에 이르러서는 모름지기 일체를 쓸어내어 가슴속을 완전히 텅 비게 한 뒤에 한번 보면 곧 결말이 지어지는 곳을 스스로 깨닫게 됩니다."라고 하였습니다.

　또 문인들을 훈계하기를 "모름지기 괴롭고 쓰라림을 참아내며 고생스럽게 공부한다는 것은 좋은 소식이니 오래도록 하면 힘을 얻을 수 있다."고 하였습니다. 이것은 모두 지금 말한 병통에 대한 처방입니다. 여기에 또 서두르지 않으며 어려움을 꺼려하지 말고, 하나를 얻지 못했다고 그만두

　　　後]"라는 구절이 있다.

106　박문약례 : 글을 널리 배우고 예로 행실을 요약함을 말한다. 《논어論語》〈안연顏淵〉에 안연이 "부자께서 차근차근히 사람을 잘 이끄시어 문文으로써 나의 지식을 넓혀주시고 예禮로써 나의 행실을 요약하게 해주셨다.[夫子循循然善誘人 博我以文 約我以禮]"라고 한 구절이 있다.

107　장횡거 : '횡거橫渠'는 송宋나라 학자 장재張載(1020~1077)의 호다. 자는 자후子厚다. 그의 기일원론氣一元論은 왕부지王夫之·대진戴震 등에 의해 계승 발전되었고, 인성론人性論은 주자에 의해 계승 발전되었다. 저서로 《숭문집崇文集》 등이 있다.

108　의리에……한다 : 장재張載가 한 말로, 《근사록近思錄》〈치지致知〉에 나온다.

109　채서산 : '서산西山'은 남송南宋의 학자인 채원정蔡元定(1135~1198)의 호다. 부친 채발蔡發에게 정자의 학문을 배웠고, 후에 주자에게 수학하여 이학理學 사상을 계승 발전시켰다. 그의 학문은 아들 채연蔡淵·채항蔡沆·채침蔡沈에게 가학으로 계승되었다. 저서로 《홍범해洪範解》 등이 있다.

지 말고 의지[110]를 굳게 세워 이 방법대로 실천하면서 어설피 섣부른 효험을 따지지 말아야 되니 공자께서 말한 "어려운 일을 남보다 먼저 하고, 얻는 것은 나중에 한다[111]."는 것이 바로 이를 두고 한 말일 것입니다. 그렇다고 또 계속 이렇게 고생만 해서도 안되며 때때로 한가한 때를 가져 생각을 편안히 하는 것도 필요합니다. 곧 앞서 말한 괴롭고 쓰라림을 참아내는 고생스러운 공부와 서로 보완하여 하나라도 빠뜨릴 수 없는 것입니다. 그러므로 〈학기學記〉에 '쉴 때는 기예를 즐긴다[112].'는 말이 있고 〈숙흥야매잠夙興夜寐箴[113]〉에도 "글을 읽는 여가에는 자유롭게 노닐며 정신을 편안하게 하고 성정을 쉬게 한다."고 하였으니 모두 이 뜻입니다. 그렇지만 이는 공부하는 사람을 게으르고 무절제한 폐단으로 흐르게 하려고 한 말이 아니며 다만 마음을 비우고 뜻을 즐겨 성정을 안정시키고 갑갑하던 것을 소통시켜 기질과 체질을 조화롭게 하려고 한 것일 뿐입니다. 주자의 〈백록시白鹿詩〉에 "그윽한 근원은 한가로운 가운데 얻고 오묘한 작용은 즐거운 곳에서 생겨난다."라고 한 것이 바로 이것입니다.

---

110 의지 : 원문은 '脊梁'. 전신을 지탱하는 등골뼈처럼 굳건하고 튼튼한 의지나 절조를 비유하여 이르는 말이다. 《주자어류朱子語類》에 "더구나 세상이 쇠퇴하고 도가 약해 진 때를 당하여 더욱 꿋꿋한 척량을 써서 굽히거나 흔들림이 없어야 옳다.[況當世衰道微之時 尤用硬著脊梁 無所屈撓方得]"라는 구절이 있다.

111 어려움을……한다 : 원문은 '先難後獲'. 《논어論語》〈옹야雍也〉에 공자가 말한 "어진 사람은 어려운 일을 남보다 먼저 하고 얻는 것은 나중에 한다. 그렇게 하면 인이라고 말할 수 있을 것이다.[仁者 先難而後獲 可謂仁矣]"라는 구절이 있다.

112 쉴 때는……즐긴다 : 《예기禮記》〈학기學記〉에 "군자는 학문에 대해서 학교에 들어가서는 학업을 닦고, 학교에서 물러나 쉴 때는 기예를 즐긴다.[君子之於學也 藏焉修焉息焉游焉]"라고 한 데서 유래한다. '장藏'은 늘 학문에 대한 생각을 품고 있는 것이요, '수修'는 방치하지 않고 늘 익히는 것이다. '식息'은 피곤하여 쉬며 함양하는 것이고, '유遊'는 한가하게 노닐며 함양하는 것을 이른다.

113 숙흥야매잠 : 송宋나라 남당南塘의 진백陳柏이 지은 것으로, 일찍 일어나 마음을 정돈하고 성현의 말씀으로 성정性情을 기르는 일을 말하였다. 퇴계가 이 글을 바탕으로 《성학십도聖學十圖》의 하나인 〈숙흥야매잠도夙興夜寐箴圖〉를 만들었다.

한가로운 가운데 얻은 그윽한 근원과 즐거운 곳에서 생겨난 오묘한 작용이 어찌 고생하며 쌓아온 공부도 없이 하루아침에 저절로 얻어지며 저절로 생겨났겠습니까? 그 유래와 원인이 오래되고 두터워졌기 때문에, 얻어지고 생겨난 것이 깊고 아득하여 끝이 없는 것입니다.

지금 보내온 뜻을 자세히 살펴보니, 이제 겨우 공부를 시작하면서 희열과 안정된 효과를 서둘러 바라기만하고 심한 정신의 소모와 막힘, 참기 어려운 고통을 괴롭게 여겨 자질이 아름답지 못한 탓으로 돌리니, 이는 빠르게 나아갔다가 너무 급히 물러나는 조짐이 있는 듯합니다. 비유하자면 백 길 우물을 파면서 이제 겨우 너 댓 번 삽질하고서 맑은 샘물이 솟아 나오기를 바라니, 물은 얻지 못하면 또 벌써 몸이 피곤하고 힘이 다했다고 탄식을 하는 것이나 마찬가지입니다.

만약 열심히 힘을 써서 구십 길을 파고도 샘에 이르지 못했더라도 일을 그만두지 않고 끝내 백 길까지 이르겠다고 단단히 결심한다면 샘물을 얻고 우물을 완성하는 것이 어찌 어렵겠습니까? 모름지기 이러한 병통을 제거한 뒤에라야 학문을 할 수 있으니 더욱 잘못을 바로잡고 공부에 힘을 기울이시기 바랍니다.

"이치가 사물에 있음을 살핀다."는 조목은 대체로 그러합니다. 그렇지만 단지 이렇게 간단하게 살피고서, 곧 이치의 극치가 이것에 지나지 않는다고 여기는 것은, 《대학大學》보망장補亡章에서 "이미 알고 있는 이치를 바탕으로 더욱 궁구해서 그 극치에 이름을 구하지 않음이 없게 하는 것이다."라고 하였으니 이러한 곳은 힘을 쓰면 쓸수록 더욱 끝이 없는 것입니다. "전염병으로 부모님을 잃은 변고를 당한 사람이 전염병을 피해 살려고 하는 것은 마땅치 않다."고 한 견해는 매우 좋습니다. 제가 전날 주자의 말을 거론하며 의리상 피할 수 없는 것으로 사람들을 깨우쳐야 한다고 했던 것이 바로 이 뜻과 다르지 않습니다.

그러나 이것은 병으로 돌아가시고 나서 입관하고 시체를 빈소에 안치하는 것으로 말하자면 진실로 마땅히 이렇게 해야 합니다. 만약 이미 입관하고 시체를 빈소에 안치한 이후라면 의논해 볼만 한 것이 있으니 무엇 때문이겠습니까? 대체로 피한다고 해서 다 사는 것은 아니지만 피하는 것이 사는 길이고, 피하지 않는다고 해서 반드시 다 죽는 것은 아니지만 피하지 않는 것은 죽는 길입니다. 그렇다면 어떤 사람에게 장례와 제사를 맡기고 기어이 자신을 사지에 두어야 하겠으며 잠시 피하여 뒷일을 계획하지 않겠습니까? 그러나 이것은 인사의 큰 변고이고 극단의 경우인데 제가 책임 있는 자리에 있지도 않으면서 하나의 법도를 세워 세상 사람들을 가르치는 것은 어려울 듯합니다.

비유하면 어떤 사람이 부모나 형제와 같은 지친至親과 함께 수재水災나 화재火災와 같은 급박한 경우를 만났을 경우 불에 타거나 물에 빠지는 것도 피하지 말고 서로 구제하는 것이 마땅합니다. 그러나 만약 불에 타거나 물에 빠지는 경우를 벗어나지 못했는데 우연히 살아남은 한 사람이 입관하고 시체를 빈소에 안치하는 것을 마치고 나서는 도리어 스스로 물이나 불이 난 곳으로 뛰어든다면 그의 처신의 득실이 어떠하겠습니까? 이것이 제가 판단할 수 없는 부분입니다.

"천연두의 발생은 어머니의 태속에서부터 이미 조짐이 있다."고 한 것은 의서醫書에 있지만 신빙성에 대해서는 알 수가 없습니다. 귀신에 관한 이론에 대해 근본을 논하자면 진실로 총명하고 정직하여 사람을 속이지 않지만 그렇다고 모두 그런 것은 아닙니다. 또한 간사하고 악독하여 몹쓸 짓을 하지 않는 귀신도 있으니 학자들의 견해나 공부의 깊이가 철저하지 못해 억측으로 그 이치를 논할 수는 없습니다. 공자께서도 "사람도 섬기지 못하는데 어떻게 귀신을 섬길 수 있겠는가?"라고 하였습니다. 장차 마땅히 이러한 가르침에 따라 우리들의 학문이 수준에 도달하기를 기다렸다가 의논하는 것이 옳을 것입니다.

남편이 살아 있고 아내가 죽었을 경우에는 신주에 '현비顯妣'라고 쓰지 않고, 아마도 '망실亡室'이라고 써야 할 듯합니다. 아내는 살아있고 자식이 없이 남편이 죽었을 경우에는 어떻게 써야 할지는 자세하지 않습니다. 서울의 어떤 집안에서 '현벽顯辟'이라고 썼다고 하는데 아마 《예기禮記》에 "남편을 '황벽皇辟'이라고 한다[114]."고 한 말을 따른 듯한데 아직은 가부를 결정하지 못하겠습니다.

이理와 기氣를 성性과 정情에 비유한 것은 채절재蔡節齋[115]의 주장이지만 의심스러운 점이 없지 않습니다. 대체로 이와 기는 서로 다른 두 물건으로 만약 선후가 있다고 하더라도 선후를 분간하기 어렵고 성과 정이라는 하나의 이치로 고요함[靜]과 움직임[動]이 있습니다. 그리고 정과 동은 서로 머리와 꼬리가 되어 본래 서로 비슷하지 않습니다. 지금 비유하여 논한 것에 온당하지 못한 부분이 많습니다. 보내신 편지에서 말씀하신 것 중에 앞의 주장은 괜찮지만 뒤의 주장은 억지로 끌어대었다는 병통을 면치 못할 듯합니다.

실없는 농담이 해를 끼치고 사람의 마음이 확고하게 주체를 정하지 않은 병통을 깨닫고 오랜 습관을 먹줄에 맞추어 끊어 버리려고 하는 생각은 대단히 좋습니다. 그러나 이 또한 한때 뜻을 세웠다가 쉽사리 그만 두어 버리고 뒷날 여전히 게으르고 데면데면하기를 다시 지난번처럼 되어버린다면 경敬을 간직하고 인仁을 익숙하게 하는 실제적인 일에 보탬이 없을까 걱정입니다.

이평숙李平叔에게 답하는 편지 答

---

114 남편을……한다 : 《예기禮記》〈곡례曲禮〉에 "할아버지는 '황조고'라 하고, 할머니는 '황조비'라 하고, 아버지는 '황고'라 하고, 어머니는 '황비'라 하고, 남편은 '황벽'이라고 한다.[王父曰皇祖考 王母曰皇祖妣 父曰皇考 母曰皇妣 夫曰皇辟]"라는 구절이 있다.

115 채절재 : '절재節齋'는 남송南宋의 학자인 채연蔡淵(1156~1236)의 호다. 자는 백정伯靜이다. 주자의 문인이다. 저서로《역상의언易象意言》등이 있다.

- **해설** : 이 편지는 이함형李咸亨(1550~1577)의 편지를 받고, 기사년(1569년, 69세) 7월 하순
  에 보낸 답장이다. '죽은 것처럼 움직이지 않는 계란을 마음과 비교할 수 없다.'고 판단한
  이함형의 질문에, 움직이는 물건이 아닌 씨앗도 생동하는 뜻을 품고 있다고 이함형의
  잘못을 지적하였다

- **이평숙** : '평숙平叔'은 이함형의 자다. 호는 산천재山天齋다. 퇴계의 문인으로 서울에 거
  주하면서 이덕홍李德弘과 함께 퇴계의《심경석의心經釋疑》를 정리하였다.

17.
문자에 대한
적당한 거리

독서의 흥취가 날로 더하리라 생각합니다. 지난번에 보내신 강목講目은 간략하나마 저의 견해에 따라 각 조항마다 주석을 달았는데 잘 되었는지 모르겠습니다.

다름 아니라, 그대가 문자를 살피는 세밀함은 무리들 가운데서도 비길 자가 드뭅니다. 제가 일찍이 잘못된 부분들도 그대 덕분에 많이 계발되었습니다. 그러나 만약 스스로의 장점에 빠져 줄곧 이렇게만 한다면 해로움도 적지 않습니다.

회옹晦翁[116] 선생께서는 일찍이 "문자를 살피는 데 있어서 지나치게 소홀해서도 안되고, 지나치게 세밀해서도 안된다. 진덕본陳德本[117]은 지나치게 소홀한 병통이 있고, 양지인楊志仁[118]은 지나치게 세밀한 병통이 있다. 대개 너무 세밀하다 보면 도리를 살피는 데 다소 틈이 생겨 궁극의 경지로 더 파고 들어갈 수 없으니 차라리 풀어놓아 자유롭게 살피는 것만 못하다[119]."고 하였고, 그 밖에도 지나치게 세밀함으로 인한 병통에 관해서 논한 부분이 하나 둘이 아니지만 지금 일일이 다 열거할 겨를이 없습니다. 회옹은 반드시 사람을 속이지 않았을 것이니 모쪼록 유의하시기 바랍니다.

---

116 회옹 : 주자의 호다.

117 진덕본(?~?) : 어떤 사람인지 자세하지 않다.

118 양지인 : '지인志仁'은 남송 때 사람으로 양복楊復(?~?)의 자다. 또 다른 자는 무재茂才다. 호는 신재선생信齋先生이다. 주자의 문인으로 동문 황간黃幹과 절친하게 지냈다. 고찰이 정확한 것으로 유명했다. 저서로《의례도儀禮圖》등이 있다.

119 문자를……못한다 :《주자어류朱子語類》에 나오는 구절이다.

그대의 계산법[120]이 다른 방법에 비하여 간단한 듯합니다. 다만 이곳에 있는 사람들은 모두 그 계산법을 몰라 그대가 있을 때 이 방법을 배워 연구하지 못한 것이 안타깝습니다. 만나서 형편에 따라 다시 가르침을 청하겠습니다. 《서명고증西銘考證》에 세 조항을 보충하여 별지에 적어 보내니 함께 살펴주십시오.

김도성金道盛에게 보내는 편지 與

- **해설** : 이 편지는 경오년(1570년, 70세) 6월 1~3일에 김융金隆(1525~1594)에게 보낸 편지다. 1년의 날수와 윤달을 계산하는 '기삼백朞三百'에 관한 방법을, 김융에게 배우기를 청하였다.

- **김도성** : '도성道盛'은 김융의 자다. 호는 물암勿巖이다. 퇴계의 문인으로 산법算法에 뛰어났다.

---

120   계산법 : 《서경書經》〈우서虞書 요전堯典〉 기삼백주朞三百注에 있는 1년의 날수와 윤달을 계산하는 방법을 이른다. 퇴계 65세 때, 제생諸生들과 함께 기삼백朞三百에 관한 계산법과 율려律呂의 법에 대하여 연구하였다.

18.
해가 지면
들어와 쉬다

"날이 어두워지면 들어와 편히 쉰다[121]."는 구절에 관해 보내신 뜻은 진실로 남헌南軒[122]의 견해를 고수하였는데 대단히 좋습니다. 그러나 제 생각에는 당시 남헌에게 질문한 사람이 '연식宴息'을 '안일安逸'의 의미로 잘못 인식하여 "끊임없이 노력하며 쉬지 않는다[123]."는 말과 판이한 두 가지의 일로 간주하였던 것입니다. 그러므로 남헌이 그 잘못을 바로잡고 그 말을 반박하였으니 "날이 어두워지면 들어와 편히 쉰다는 것은 나태함으로 편안함을 삼은 것이 아니라 경敬함을 평안하게 여긴다."고 한 것입니다. 그 아래에 또 "날이 어두워지면 편히 쉰다는 것이 나태함이 아님을 알아야 경敬의 이치를 논할 수 있다."고 하였으니 자신이 해석한 경敬의 뜻이 이러하였습니다.

대개 나태하면 욕망과 감정이 날뛰어 편안하게 쉴 수도 없으니 오직 경

121　날이……쉰다 : 《주역周易》수괘隨卦에 "못 속에 우레가 있는 것이 수隨이니, 군자가 그것을 관찰하여 날이 어두워지면 들어와 편히 쉰다.[澤中有雷隨 君子以 嚮晦入宴息]"라는 구절이 있다.

122　남헌 : 장식張栻(1133~1180)의 호다. 자는 경부敬夫·흠부欽夫·낙재樂齋고, 시호는 선宣이다. 호굉胡宏에게 이정二程의 학문을 배웠는데, 정호程顥에 가깝다는 평을 받았다. 주희朱熹·여조겸呂祖謙과 함께 '동남삼현東南三賢'으로 불리었다. 저서로《논어해論語解》등이 있다.

123　끊임없이……않는다 : 하늘이 쉬지 않고 운행하는 것처럼 사람도 각자 자신의 발전을 위해서 근신하며 끊임없이 노력하는 것을 말한다.《주역周易》건괘乾卦 구삼九三 효사爻辭에 "군자가 종일토록 부지런히 힘쓰고 저녁까지도 두려워하면 위태로우나 허물이 없다.[君子 終日乾乾 夕惕若 厲無咎]"라는 말이 나오고, 또 상사象辭에 "하늘의 건실한 운행을 본받아서 군자는 스스로 힘쓰면서 쉬지 않는다.[天行健 君子以 自彊不息]"라는 구절이 나온다.

敬을 한다면 마음이 맑아지고 기운이 안정되어 편안히 양생하며 호흡을 조절할 수 있습니다. 그러므로 '편히 쉰다[宴息]'는 것은 경敬으로 쉬는 것이지 나태하게 쉬는 것이 아니라는 것을 사람들이 안다면 함께 경敬의 이치를 논할 수 있을 것입니다. 이것이 바로 남헌이 말한 뜻입니다.

군자가 낮에는 밖에서 지내면서 하루 종일 부지런히 끊임없이 노력하며 쉬지 않다가 밤이면 안으로 들어와 거처하면서 몸가짐을 두려운 듯이 하며, 속이지 않고 잠잘 때도 법도를 어기지 않아 경을 하지 않는 때가 없습니다. 그러나 '속이지 않고 법도를 어기지 않는 것[不欺不尸]'을 '끊임없이 노력하며 그치지 않는 것[乾乾不息]'과 비교한다면 편안히 쉬는 것이기 때문에, 공자가《주역周易》을 찬술하면서 '우레가 연못 속에 잠겨 있는 형상[124]을 통해 수시의 뜻을 밝힌 것이지, 이때 경을 하지 않고 오직 편안함만 추구하면 된다고 말한 것은 아닙니다. 계수季修[125]가 이 이치를 모르고 낮에는 마땅히 경에 힘을 쏟다가 어두워지면 경을 놓아두고 편안히 쉰다고 생각하였기 때문에 남헌이 그의 잘못을 힘써 바로잡았던 것입니다.

지난번에 저는 어두운 밤에도 경하지 않을 수 없다고만 말하였지,《주역》과 남헌이 했던 말의 곡절을 자세히 헤아리지 못해 진실로 꼼꼼하지

---

124 우레가……형상 :《주역周易》수괘隨卦에 "우레가 못[澤] 아래 진동하여 못이 진동을 따라 움직이는 것이 수괘隨卦(䷐)의 상이니, 군자가 이 상을 보고서 때를 따라 움직인다. 때를 따르는 마땅함은 모든 일이 다 그렇지만, 가장 분명하고 또 가까운 것을 취하여 말하였다. '군자가 그것을 본받아 날이 어둠을 향하면 안에 들어가 편안하게 쉰다.'라는 것은 군자가 낮에는 스스로 힘쓰고 쉬지 않다가 날이 어둠을 향하면 안에 들어가 거처하여 편안하게 쉬어서 몸을 편안하게 하니, 일어나고 거처하는 것을 때에 따라 마땅함에 알맞게 하는 것이다.[雷震於澤中 澤隨震而動 爲隨之象 君子觀象 以隨時而動 隨時之宜 萬事皆然 取其最明且近者言之 君子以嚮晦入宴息 君子晝則自强不息 及嚮昏晦 則入居於內 宴息以安其身 起居隨時適其宜也]"라는 구절이 있다.

125 계수 : 송宋나라 학자인 이숙李塾(1148~1180)의 자다. 남헌南軒 장식張栻의 문인으로, 승무랑承務郎을 지냈다.

못하고 거칠었습니다. 지금 그대는 다만 남헌이 말한 의미 가운데 드러난 부분만으로 '편안히 쉼[宴息]'과 '경敬'을 두 가지 일로 여겨 호언互言[126]하며 그 이치의 정밀함을 알지 못하는 듯한데, 실로 경敬은 '편안히 쉼[宴息]'과 합치되어 하나가 된 것입니다. 만약 보내온 주장처럼, 어두워진 뒤에는 다만 몸을 편안히 하여 낮에 경을 간직하는 바탕이 된다는 것만 알고, 다시 경을 간직하는 공부에 종사하지 않는다면 서산西山[127]의 〈야기잠夜氣箴〉이나 남당南塘[128]의 〈숙흥야매잠夙興夜寐箴〉은 버려야 하며, 주자가 "그윽한 방에서도 상제上帝가 환히 임한 듯하다[129]."고 한 말들을 모두 어디에 쓰겠습니까? 아마도 그대의 병통이 계수季修와 다르지 않은 듯합니다. 해질녘이나 어두운 밤이라도 경敬을 하지 않을 때가 없음을 그대는 어찌 모르십니까?

그대 생각으로는 "날이 어두워지면 들어와 편히 쉰다."는 것은 오로지 잠잘 때 만이라고 간주하여 "아무리 군자라도 잠잘 때도 경을 간직할 리 있겠는가?"라고 여겼기 때문에 저의 말이 귀에 들리지 않고 한갓 이것의 편안함을 저것의 바탕으로만 여기고 있습니다. 그렇다면 밤에 몸을 편안히 함이 경을 간직하는 데 아무런 도움도 되지 않고 낮에 경을 간직하는 것이 도리어 몸을 평안히 하는 데 도움을 준단 말입니까?

〈야기잠〉에 "반드시 마음을 가지런히 하고 몸을 엄숙하게 하라."고 하였으니, 감히 평상 위에 느긋하게 방일하지 말고 게으름과 안이함이 습관이

---

126 호언 : 같은 말을 되풀이하지 않기 위해 일부만 번갈아 쓰는 것을 말한다.

127 서산 : 남송南宋의 학자인 채원정蔡元定(1135~1198)의 호다. 아버지 채발蔡發에게 정자의 학문을 배웠고, 후에 주자에게 수학하여 이학理學 사상을 계승 발전시켰다. 그의 학문은 아들 채연蔡淵·채항蔡沆·채침蔡沈에게 가학으로 계승되었다. 저서로《홍범해洪範解》등이 있다.

128 남당 : 송宋나라 학자인 진백陳柏(?~?)의 호다. 자는 무경茂卿으로, 주자의 학문을 계승하였다.

129 그윽한……듯하다 :《심경心經》〈존덕성재명尊德性齋銘〉에 나오는 구절이다.

되어 감히 스스로의 참된 마음을 해치지 않아야 비로소 몸이 편안한 것
은 아침에는 국정을 처리하고, 낮에는 자문을 구하기 때문이다[130]."고 하
였습니다.

　〈숙흥야매잠〉에는 먼저 "정신을 맑게 하고, 손발을 가지런히 하라[131]."고
하고 나서, 이에 "밤기운으로 마음과 정신을 잘 기르면, 정貞이 다시 원元으
로 돌아올 것이다."라고 하였습니다. "어떤 사람이 문을 나가거나 백성을 다
스리지 않을 때는 어떻게 해야 합니까?"라고 묻자, 정자가 "이는 엄숙하게
생각할 때처럼 할 때이다. 대문을 나가거나 백성을 다스릴 때는 공경함이
이와 같음을 보면 이에 앞서 공경하였음을 알 수 있고 문을 나서거나 백성
을 다스림으로 인한 뒤에 이 경이 있는 것은 아니다[132]."라고 말하였습니다.
두 잠箴은 잠잘 때의 경이며 정자의 말은 잠 깬 뒤의 경입니다. 지금 이 말
들을 가지고 그대와 저의 견해를 헤아려 본다면 누가 같고 누가 다르며 누

130　아침에는……구한다 :《춘추좌씨전春秋左氏傳》소공昭公 원년의 "군자는 사시의
　　일이 있어, 아침에는 국정을 처리하고, 낮에는 자문을 구하고, 저녁에는 정령을
　　닦고, 밤에는 몸을 편히 쉰다고 한다. 이에 몸 안의 기운을 절제하기도 하고 발산
　　하기도 하여, 기운이 막히거나 적체되어 몸을 여위게 하지 말아야 한다.[君子有
　　四時 朝以聽政 晝以訪問 夕以修令 夜以安身 於是乎節宣其氣 不使有所壅閉湫底 以露
　　其體]"라는 구절에서 유래한다.

131　정신을……하라 :〈숙흥야매잠夙興夜寐箴〉에 "날이 저물면 피곤해져서 흐린 기
　　운이 쉽게 타고 들어오니, 재계齋戒하고 정제하여 정신을 맑게 하라. 밤이 깊어
　　잠자리에 들면 손발을 가지런히 하고 사유思惟를 하지 말아서 심신心神을 잠들
　　게 하라.[日暮人倦 昏氣易乘 齋莊整齊 振拔精明 夜久斯寢 齊手斂足 不作思惟 心神歸
　　宿]"라는 구절이 있다.

132　어떤……아니다 :《논어論語》〈안연顏淵〉주석에 "어떤 사람이 '문을 나가거나 백
　　성을 다스릴 때야 이렇게 하는 것이 옳겠지만 문을 나가거나 백성을 다스리지 않
　　을 때는 어떻게 해야 합니까?'라고 묻자, '이는 엄숙하게 생각할 때처럼 할 때이
　　다. 속에 있고 나서 겉으로 드러나는 것이니 대문을 나가거나 백성을 다스릴 때
　　는 공경함이 이런 것을 보면 이에 앞서 공경하였음을 알 수 있고 문을 나서거나
　　백성을 다스리는 것을 통해 경이 있는 것은 아니다.'[或問 出門使民之時 如此可也
　　未出門使民之時 如之何 曰 此 儼若思時也 有諸中而後 見於外 觀其出門使民之時 其敬
　　如此 則前乎此者敬 可知矣 非因出門使民然後 有此敬也]"라는 구절이 있다.

가 얻고 누가 잃었는지 모르겠습니다.

어두워진 뒤에는 마땅히 다시 경으로써 할 수 없습니까? 남헌의 뜻이 과연 경에 의지하지 않고 한갓 편안함만을 추구한 것입니까? 아마도 여기에 대해서 반복하여 집중하고 마음을 비우고 이치를 관찰해 문장의 결론을 정하되 자신의 선입견을 으뜸으로 삼지 않을 수 없을 것입니다. 그러나 마음에 계합되지도 않으면서 구차하게 서로를 인정하는 것은 또 학문을 갈고 닦는 데 있어서 크게 꺼리는 것입니다. 그러니 그대는 이와 반대로 반드시 곧바로 철저하게 파고들어야 할 것입니다. 이렇게 한다면 늙고 졸렬한 저에게 보탬이 클 것입니다. 모쪼록 번거롭게 오가는 편지를 꺼리지 마시고 견해를 마무리하여 종결짓도록 해주십시오.

신계숙申啓叔에게 답하는 편지 [答]

• **해설** : 이 편지는 계해년(1563년, 63세) 7월에 신옥申沃(?~?)에게 보낸 편지다. 군자는 낮엔 밖에서 하루 종일 끊임없이 노력하고 밤이면 집안으로 들어와 쉬면서 잘 때도 법도를 지켜 언제나 경敬에 몰수하여야 한다고 하였다.

• **신계숙** : '계숙啓叔'은 신옥의 자다. 퇴계의 문인으로, 곡성현감谷城縣監을 지냈다.

19.
발전 없는 학문을
반성하며

편지에서 학문에 발전이 없다고 하셨는데 이는 옛사람도 걱정하던 것이었습니다. 발전이 없다는 것을 알고 나아갈 것을 생각한다면 진보에 진보를 거듭할 것인데 어찌 끝내 발전하지 않을 리가 있겠습니까? 저의 경우는 늙고 혼미하여 죽을 날이 가까웠는데 이러한 낭패를 당하게 되니[133] 참으로 진보가 없을 따름입니다.

　서원의 이름에 관한 일[134]은 이미 대략 결정되었으므로 그 사이의 세세한 곡절이 있었지만 그래도 다수 의견에 따라 처리되었습니다. 그런데 지금 도리어 번거롭게 여러분들이 일일이 물어오니 송구한 마음 이길 수 없습니다. 더구나 객지에서 병중에 있는 몸으로 어찌 그대들에게 함부로 입을 열겠습니까?

정도가鄭道可에게 답하는 편지 答

133　낭패한……되니 : 1568년 1월~6월까지 벼슬을 내리고 사양하는 일들이 지속되었다. 6월에는 왕명을 받들고 서울로 가서 벼슬을 사양하였지만 왕이 윤허하지 않았다.

134　서원의……일 : 영봉서원迎鳳書院을 천곡서원川谷書院으로 개명한 일을 이른다. 경상북도 성주군 벽진면 해평리에 있던 서원으로, 1558년 이조년李兆年·이인복李仁復·김굉필金宏弼의 학문과 덕행을 추모하기 위해 영봉서원을 창건하였다. 이후 정구鄭逑 등이 천곡서원으로 개명하였다. 대원군의 서원철폐령으로 1868년 훼철된 뒤 복원되지 않고 있다.

• **해설** : 이 편지는 정구鄭逑(1543~1620)의 편지를 받고, 무진년(1568년, 68세) 6월 28일에
보낸 답장이다. 학문에 진보가 없다는 정구의 편지에, 이는 옛사람도 걱정하던 것으로
끊임없이 노력한다면 발전할 것이라며 격려하였다.

• **정도가** : '도가道可'는 정구의 자다. 호는 한강寒岡이고, 시호는 문목文穆이다. 대사헌大
司憲 등을 지냈고, 오건吳健·조식曺植·퇴계의 문하에서 수학했다. 저서로 《심경발휘心
經發揮》 등이 있다.

15

꽃 감상

- 정원의 꽃을 바라보며
- 매화가 꽃망울을 틔울 것이니
- 연뿌리를 옮겨 심으며

花

이.
정원의 꽃을
바라보며

길을 떠난 뒤 마침 여러 날 비를 만나 물길과 육로가 모두 어려움이 많은 것 같습니다. 벼슬길을 잃고 고향으로 돌아가시니, 본래 정치情致와 흥치가 없는데 거듭 이런 괴로움까지 당하시니 행색이 어떠신지 모르겠습니다. 형께서 이곳에 오신지 오래되어서 저의 일을 자세히 보았을 테니 저의 서울벼슬살이가 즐겁겠습니까? 형께서 시골로 내려간 뒤로 쓸쓸함이 더욱 심합니다. 책을 보려고 하면 병이 들고 회포를 펴려고 하면 함께 이야기를 나눌 사람이 없어 때때로 정원의 꽃이나 감상하며 날을 보낼 밑천으로 삼고 있습니다.

　형께서 고향으로 돌아가시어 술 익는 향기가 항아리에 가득하고 미나리가 상에 가득하며 산고사리는 비에 흠뻑 젖는데, 거안제미擧案齊眉[1]하는 밥을 배부르게 드시고는 지팡이를 짚고 문밖을 나가 냇가를 거닐면 푸른 그늘이 땅에 가득하고 새들이 조화롭게 재잘대며 동서쪽 이웃도 뜻에 맞을 것이라 생각하니 이러한 즐거움이 얼마나 지극하겠습니까? 옛 사람들이 "부족함이 없을 테니 무엇을 바라겠는가[2]?"라고 한 것은 바로 이를 두

1　거안제미 : 후한 때의 은사隱士 양홍梁鴻의 아내 맹광孟光이 남편을 매우 존경하여 밥상을 항상 눈썹 높이로 들어 올린 데서 온 말이다. 《후한서後漢書》〈일민열전逸民列傳 양홍梁鴻〉의 "아내가 늘 식사를 준비하되, 양홍의 앞에서는 감히 얼굴을 쳐들어 보지 않았고, 밥상을 눈썹 높이까지 들어 올렸다.[妻爲具食 不敢於鴻前仰視 擧案齊眉]"라는 구절에서 유래한다.

2　부족함이……바라겠는가 : 한유韓愈의 〈송이원귀반곡서送李愿歸盤谷序〉에 "여기서 먹고 마시면 건강하게 오래 살면서 부족함이 없으실 테니 무엇을 바라겠는가?[飮且食兮 壽而康 無不足兮 奚所望]"라는 구절이 있다.

고 한 말일 것입니다. 지난번 형의 뜻을 살펴보니 아직도 벼슬을 얻고 잃는 탄식에서 벗어나지 못하니 어째서입니까?

저 같은 사람은 평생토록 일과 마음이 어긋나고 조정의 녹봉에 얽매여 마치 낚시에 걸린 물고기처럼 스스로 벗어나지 못하니 저같이 보잘것없는 사람이 하는 일을 어떻게 말씀드리겠습니까? 부끄럽고 한탄스럽습니다. 날씨가 더워지는데 더욱 몸을 보중하시기를 간절히 바랍니다.

오인원吳仁遠에게 답하는 편지 答

- **해설** : 이 편지는 오언의吳彦毅(1494~1566)의 편지를 받고, 경자년(1540년, 40세) 4월에 보낸 답장이다. 오언의가 시골로 내려가고 나서 매우 쓸쓸하여 병이 들어 책을 보지도 못하고 함께 회포를 나눌 사람도 없어 정원의 꽃을 감상하며 날을 보낸다고 하였다.

- **오인원** : '인원仁遠'은 오언의의 자다. 호는 죽오竹塢다. 전의현감全義縣監 등을 지냈다.

02.
매화가
꽃망울을 틔울 것이니

요사이 서로 차례로 왕림해주시니 매우 쓸쓸히 지내는 사람에게 위안이 되었습니다. 며칠 안으로 뜰에 있는 매화가 꽃망울을 틔울 것이니, 그 고고한 자태는 사랑할 만합니다. 비록 추위를 겪은 터라 모습은 초췌하지만 이는 상황이 그러한 것일 뿐 그의 일과는 무관합니다. 밤낮으로 그 아래를 서성대며 그대들이 제 마음속을 떠난 적이 없습니다.

　회암晦菴의 편지《별집別集》세 책, 공책 사십여 폭, 백지 한 묶음, 붓 한 자루, 먹 한 자루를 보내 두 사람의 손을 번거롭게 하려고 합니다. 이 세 책은 베껴놓은 것이 많지 않으니 여러분들이 베껴놓은 사례와 비교해보면 비록 모두 합쳐 한 권으로 만든다고 해도 폭 수가 많지 않을 듯합니다. 이어 생각해 보니 대술大述³이 쓴《속집續集》세 책도 그리 많지 않으니, 이《속집續集》과《별집別集》두 집集을 각각 한 권으로 만들고 나서 처음부터 끝까지 권과 단락을 나누지 말고 잇달아 써내려가는 것이 좋겠습니다. 이렇게 하면 그대들 두 사람이 동시에 나누어서 베낄 수 없으니 사경이 반정도 베끼고 문원과 교대로 베끼는 것이 좋겠습니다. 굳이 두 사람에게 다 쓰도록 하는 까닭은 우리 고을의 한때 성대한 문예를 살피는 데 조금이라도 흠결이 있어서는 안되기 때문입니다. 이를 한데 묶어 한 책으로 만들면⁴ 어떻습니까?

2집은 바로 《주자대전朱子大全》에서 빠진 것이었는데, 뒤에 추가로 얻은 것으로 대개 일에 따라 답을 한 것이며 학문을 논한 부분은 매우 적기 때문에 초록한 것이 드뭅니다. 그러나 얻은 말은 절실히 경계하고 격려한 것으로 《주자대전》과 다름이 없어서 사람으로 하여금 나약함을 북돋우어 떨쳐 일어서게 하지 않은 것이 없습니다. 매번 스승과 벗들 사이에 이처럼 서로 나무라고 기약하는 중대함을 통해 이러한 것이 벗의 의리라는 것을 알 수 있습니다.

늙고 병들어 정신이 흐려 이 일에 항상 힘을 다 쏟지 못하지만 이 일을 사랑하고 사모하니 어찌 사람들이 비웃는다고 그만 둘 수 있겠습니까? 두 분이 책을 베끼는 일을 도와주시려고 하니, 이는 다만 저의 오랜 소원을 이루어주기 위한 것일 뿐만 아니라 이 일에 느끼고 분발함이 있어서일 것입니다. 종이 묶음은 폭지幅紙가 모자랄까 준비한 것입니다. 나머지는 만나서 말씀드리겠습니다.

조사경趙士敬과 금문원琴聞遠에게 보내는 편지 與

- **해설** : 이 편지는 조목趙穆(1524~1606)과 금난수琴蘭秀(1530~1604)에게 병진년(1556년, 56세) 3월 3일에 보낸 편지다. 주자의 《별집別集》 가운데 편지를 정리하면서 조목과 금난수에게 공책과 백지 등을 보내 베껴 쓰도록 하였다.

- **조사경** : '사경士敬'은 조목의 자다. 호는 월천月川·동고東皐다. 퇴계의 문인으로 봉화현 감奉化縣監 등을 지냈다. 저서로 《월천집月川集》 등이 있다.

- **금문원** : '문원聞遠'은 금난수의 자다. 호는 성재惺齋·고산주인孤山主人이다. 장흥고봉사 長興庫奉事 등을 지냈다. 저서로 《성재집惺齋集》이 있다.

03.
연뿌리를
옮겨 심으며

요사이 연蓮을 구해 심으려고 짧은 편지를 보냈었는데, 문득 편지를 보내
와 문안하시고 아울러 약간의 연뿌리도 부쳐주시니 새로 만든 연못에 심
을 만해서 감사하고 또 다행한 일이었습니다.

　10월은 실제로 연을 심을 때는 아니지만 시속에서 이때 꽃나무를 옮겨
심어 살린 일이 모두 있으니 어찌 화중군자花中君子⁵라고 다르겠습니까?
제 생각에도 연을 옮겨 와서 겨울을 지내고 나면 뿌리를 내려 연꽃이 잘
필듯합니다.

　서악문회西岳文會⁶는 얼마 안 되어 그만두었다고 하는데 이전부터 좋은
일에는 공교롭게 마가 끼는 법입니다. 그러나 이전에 읽었던 것도 아득히
잊어버리는 저 같은 사람이야 그렇다지만 나이가 한창인 그대들 같은 사
람들이 어찌 그렇단 말입니까? 저처럼 보잘것없고 정신 흐린 사람에게 이
말이 어울릴 뿐입니다.

　시문을 저에게 보이고 싶다면 다시 좀 더 생각하시고 우선은 멈추어 두
십시오. 굳이 급히 서두를 필요가 없습니다.

우경선禹景善에게 답하는 편지 答

5　화중군자 : 연꽃을 이르는 말로, 송나라 주돈이周敦頤의 〈애련설愛蓮說〉에 "국화는
　　꽃 중의 은자이고 모란은 꽃 중의 부귀한 자이고, 연꽃은 꽃 중의 군자이다.[菊 花
　　之隱逸者也 牡丹 花之富貴者也 蓮 花之君子者也]"라는 구절이 있다.

6　서악문회 : 경북 경주시 서악동西岳洞에 있는 서악서원西岳書院의 문회文會로 추
　　정된다. 퇴계는 이곳을 '서악정사西岳精舍'로 이름 짓고 현판을 써 주었다.

- **해설** : 이 편지는 우성전禹性傳(1542~1593)의 편지를 받고, 을축년(1565년, 65세) 10월에 보낸 답장이다. 지금은 연[蓮]을 심을 때는 아니지만, 다른 꽃나무도 옮겨 심을 수 있을 때이니 연꽃이라고 다르지 않아 옮겨 심을 수 있다고 하였다.

- **우경선** : '경선景善'은 우성전의 자다. 호는 추연秋淵·연암淵庵이며, 시호는 문강文康이다. 퇴계의 문인으로, 장령掌令 등을 지냈다. 저서로 《계갑록癸甲錄》 등이 있다.

16

도설과 의리

- 《심무봉성정의도》와 《태극도》
- 《심학도》의 글자를 바로잡으며
- 《인심도심설》을 논하며
- 《천명도》를 논하며
- 《백록동규집해》에 관하여
- 의를 버리고 정을 따르니

圖
說
義
理

이.
〈심통성정도〉와
〈태극도〉

보내신 편지에 〈심통성정도心統性情圖〉는 하도河圖와 낙서洛書의 위치에 따라 도형과 도형을 보는 사람이 모두 남쪽을 향하는 순서로 되어 있는 데, 이는 진실로 저의 옛 도형[1]의 위치와 방향이 일치합니다. 그러나 이렇게 하면 환히 드러나는 예禮가 도형 위쪽 쓰이지 않는 자리에 자리하게 되고, 지智는 은밀히 감추어져 도형 아래 쓰이는 쪽으로 자리하게 되는 것이니, 이는 예禮와 지智, 둘 다 제자리를 잃게 됩니다. 만약 이를 피하기 위하여 아래위로 자리를 바꾸면 예의 본래 위치가 남쪽 앞인데 지금 북쪽 뒤에 있게 되고, 지의 본래 위치는 북쪽 뒤인데 지금 도리어 남쪽 앞에 놓이게 되니, 이 또한 둘 다 제자리를 잃게 되는 것입니다.

대개 하도와 낙서의 위치가 저러한 이유는 무릇 음양의 소멸과 성장이 아래로부터 생겨나와 동쪽 왼쪽으로 점차 자라고 남쪽 위에서 가장 왕성하며, 위로부터 약해져서 서쪽 오른편에서 점점 소멸되고 북쪽 아래에서 가장 쇠퇴하기 때문에 하도와 낙서의 방위도 이것만으로 기준 삼았을 뿐이라고 생각한 적이 있습니다. 그래서 북쪽 뒤의 아래에 다시 관계된 일이나 맞붙이는 것이 옳고 그름이 없다면 이 도형과는 다릅니다.

〈태극도太極圖〉는 다만 왼쪽은 양이고 오른쪽은 음으로만 나누었을 뿐 남쪽 앞이나 북쪽 뒤라고 정해진 위치가 없기 때문에 오행 이하는 비록 도형의 아래 매어 있지만 또한 맞붙여 어떻게 어우러지게 처리할지에 대한

---

1 저의 옛 도형 : 1568년 11월에 선조에게《성학십도聖學十圖》를 지어 올렸는데, 여섯 번째 그림인 〈심통성정도心統性情圖〉상·중·하 세 도형이 포함되어 있었으니, 이 도형을 이른다.

어려움은 없습니다. 지금 이 〈심통성정도〉는 하도와 낙서를 모방해서 만든 옛 도형으로 다른 것은 괜찮지만, 예禮와 지智 두 가지를 처리하기 어려운 것은 위에서 말한 것과 같았습니다. 그래서 어쩔 수 없이 지금의 도형을 고치고 위치를 바꾸었는데, 또 그대가 그림은 북쪽에, 그림을 보는 사람은 남쪽에 기준을 두자고 말씀하셨습니다. 그러나 저는 오직 이렇게 하여야 예禮와 지智 두 가지가 모두 제자리를 얻고 정情이 연결되어 맞붙는 것도 마땅하게 되어 그 차례에 맞게 된다고 생각하니, 아마도 공이 보내신 편지와 같은 염려에는 이르지 않을 것입니다.

보내신 편지에서 "실상에 맞는 이름인가 하는 것과 체험한 공부가 모두 크게 어긋난다."고 하셨지만, 제 생각에는 도형이 남쪽에 있으면 사람이 남쪽을 향하여 도형을 보고, 도형이 북쪽에 있으면 사람이 북쪽을 향하여 도형을 보게 되어 사람이 어느 방향으로 향해 보느냐는 도형의 위치에 따라 달라질 뿐이니 어찌 이름을 붙인 것이 크게 어긋나겠습니까? 도형은 본래 마음이 성과 정을 통솔하는 명분과 이치가 이와 같다는 것을 밝힌 것일 뿐 애당초 사람이 공부하는 부분에 대해서는 언급하지 않았으니 어찌 이른바 체험한 공부를 지적하여 타당한지의 여부를 논할 수 있겠습니까?

주인과 손님, 남과 나의 구분에 대해서는 제가 도형을 고치면서 붙인 짧은 글에 이렇게 말하였습니다. 그러나 지금 생각해보니 진실로 지나치게 이것과 저것을 구분한 점이 있는 것 같으니, "도형이 주인이 되고 보는 사람이 손님이 된다."는 말과 "도형을 가지고 다른 사람의 마음으로 삼는다."는 등의 말은 진실로 고치거나 지우는 것이 마땅하겠습니다. 그러니 만약 보내신 편지에서 이 말을 잘못된 말로 삭제하라고 하시면 가능하겠지만, 주자의 "마음을 스스로 잡는다.[心而自操]"는 설을 인용하여 〈심통성정도〉를 통해 자신을 반성할 줄 모르고 제멋대로 하는 병통이 있다고 여기신다면, 아마도 그대는 남의 말을 자세히 살피지 못하고 한결같이 배척한다는 비난에서 벗어나지 못할 듯합니다. 왜냐하면 도형을 만들면서 본래 공부를 하는 곳에 대해서는 언급하지 않았는데, 지금 갑자기 이런 말씀으로 공격을 받으니 어찌 남의 말뜻을 극진히 살피는 도리라고 하겠습니까? 더구나 보내신 편지에서 하신 말씀처럼 비록 남쪽으로 향해 앉아 도형의 마음을 나의 마음으로 여긴다고 하더라도 도형은 저쪽에 펼쳐놓고 나는 여기에 앉아 내 마음으로 도형의 마음을 본다면 그 병통이 주자가, 불자佛者들의 '관심설觀心說'을 "자기 입으로 입을 깨물고 자기 눈으로 눈을 보는 것이다."라고 나무란 것과 무엇이 다르겠습니까? 그 실상은 그렇지 않으니, 그 까닭을 말해 주어 명철한 사람들이 판단하게 하십시오.

사람이 태어날 때는 함께 천지의 기氣를 받아 형체를 이루고, 함께 천지의 이理를 얻어 성性으로 삼으며, 이와 기가 합쳐져 마음이 됩니다. 그래서 한 사람의 마음이 바로 천지의 마음이고 한 몸의 마음이 바로 천만 사람의 마음이니 애당초 안과 밖, 상대와 내가 다르지 않습니다. 그러므로 예로부터 성현이 마음에 관한 학문을 논할 때는 반드시 모든 것들을 다 끌어와서 자기 몸에 붙여 자신의 마음이라고 말씀하지 않았습니다. 대부분 일반적으로 사람의 마음이라고 지칭하고 그 이름과 이치가 어떠하며 본체와 작용이 어떠한지, 어떤 것을 취하고 버릴지를 논하였습니다. 그래야 견해가 이미 투철해지고 학설이 이미 분명해집니다.

이것을 가지고 자신을 다스리면 내 마음의 이치가 이와 같아지고, 이것을 가지고 남을 가르치면 다른 사람 마음의 이치도 이와 같아집니다. 이것은 마치 많은 사람이 황하의 물을 마시는데도 각각 그 양이 충분하여 모자람이 없는 것과 같습니다. 그런데 어찌 까탈스럽게 남과 나를 구분하여 굳이 자신의 견해만을 주장하면서 조금이라도 남의 마음에 관계될까 두려워하겠습니까? 만약 굳이 '사람의 마음'이라고 하는 것을 옳지 않다고 생각하신다면, 이는 공자께서 "오직 마음을 말하는 것이다².[惟心之謂歟]"라고 할 때의 '심心'자 위에 반드시 '오吾'자를 더해야 옳다고 여기십니까?

맹자가 "사람에게는 모두 남에게 차마 못하는 마음이 있다³.[人皆有不忍人之心]"고 말한 부분과 "인은 사람의 마음이고, 의는 사람의 길이다⁴.[仁人心義人路]"라고 한 부분의 '인人' 자들을 모두 '오吾'자로 고쳐야 옳다고 생각하십니까? 주자의 〈인설도仁說圖⁵〉에 "사람이 얻어서 마음이 된 것이다.[人之所得以爲心]"라고 한 이 '인人'자도 '오吾'자로 고친 뒤에야 옳다고 여기십니까?

예로부터 마음을 말한 곳을 하나하나 뽑아 보면 이러한 종류가 매우 많은데 반드시 모두 나의 마음[己心]으로 고친 다음에야 "마음을 스스로 잡는다.[心而自操]"는 뜻에 부합하여 제멋대로 한다는 걱정이 없겠습니까? 그렇지만 그럴 리가 없을 것이 분명합니다. 그렇다면 고치면서 설명을 붙인 글 가운데 잘못된 부분을 삭제하고 지금의 도형을 쓰라고 하니 아마도 크게 어긋나는 정도에는 이르지 않겠는지요?

또 한마디 드릴 말씀이 있습니다. 만약 그대는 옛 도형 가운데 예禮와 지智 두 글자가 온당한 자리를 잡게 된다면 옛 도형을 그대로 쓰는 것도 제가 깊이 바라던 것이었습니다. 그대는 허심탄회하게 살피고 깊이 생각하시고 가르쳐 주기 바랍니다. 머리를 조아리고 간절히 빕니다.

---

2 오직……것이다 :《맹자孟子》〈고자 상告子上〉에 맹자가 "공자는 '잡으면 보존되고 놓으면 잃어서, 나가고 들어옴이 일정한 때가 없으며 그 방향을 알 수 없는 것은 오직 마음을 말한 것이다.'라고 하였다.[子曰 操則存 舍則亡 出入無時 莫知其鄕 惟心之謂歟]"는 구절이 있다.

3 사람에게는……있다 :《맹자孟子》〈공손추 상公孫丑上〉에 나오는 구절이다.

4 인은……길이다 :《맹자孟子》〈고자 상告子上〉에 맹자가 "인仁은 사람의 마음이요, 의義는 사람의 길이다.[仁 人心也 義 人路也]"라고 한 구절이 있다.

5 인설도 :《성학십도聖學十圖》 가운데 일곱 번째에 해당하는 도형이다.

기명언이 〈심통성정도心統性情圖〉를
수정하여 논의한 것에 답하는 편지 答

* **해설** : 이 편지는 기대승奇大升(1527~1572)의 편지를 받고, 경오년(1570년, 70세) 11월 6일에
보낸 답장이다. 당시 기대승이 〈심통성정도心統性情圖〉를 수정하여 논의한 것에 대하여
답하였다.

* **기명언** : '명언明彦'은 기대승의 자다. 호는 고봉高峰·존재存齋이다. 대사간大司諫을 지냈
고, 저서로 《고봉집高峰集》이 있다.

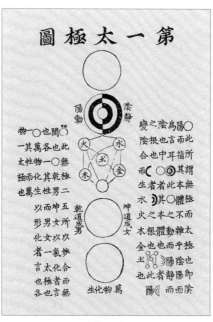

〈태극도〉

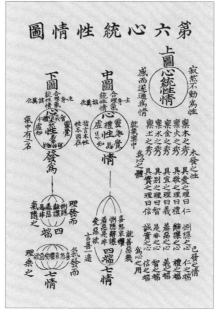

〈심통성정도〉

02.
〈심학도〉의 글자를
바로잡으며

정임은程林隱[6]의 〈심학도心學圖〉를 논한 것에서 그대의 생각을 자세히 알았습니다. 그러나 제가 의심했던 것은 오직 '구방심求放心'이라는 한 구절이 어긋나게 놓인 것 같아서 일찍이 곰곰이 생각해 보니, 다만 그 위의 '심재心在'와 바꾸어 놓고 싶었습니다. 그렇게 하면 '구방심求放心'과 '심사心思'가 상대되고 '심재心在'와 '양심養心'이 상대되어, '방심放心'을 구할 수 있다면 마음은 제자리를 찾을 것입니다. 마음이 존재하지 않는 곳이 없다면 마음이 길러질 것입니다. 그 나머지 항목은 다만 공경하고 본받을 만한 것은 보았지만 오류가 있어 반드시 고쳐야 할 곳은 보지 못했습니다. 지금 보내준 편지에서 잘못된 부분을 차례로 지적하여 비난하니, 정치한 생각이 이러한 지경에 이른 것은 비록 기뻐해야 하지만 생각이 지나쳐 혹시라도 도에 나아가는 데 방해가 될까 두렵습니다.

정임은이 〈심학도〉 테두리 윗머리에 '양심良心'과 '본심本心'을 대치하여 두고 두 곁에 '적자심赤子心'과 '대인심大人心'을 대치시킨 것은, 이것으로 '인심人心'과 '도심道心'을 분류하여 똑같이 정밀하게 가려 취사하려고 한 것이 아닙니다. 이것으로 마음이란 것이 혼연한 전체 가운데서 드러나고 나아가는 곳에 따라 나누어 이러한 이름을 두었다는 것을 알아서, 배우는 사람들로 하여금 그 이름에 따라 그 뜻을 탐구하여 이를 완미하고 체득하도록 한 것입니다. 이것이 오래되면 여러 가지 이치가 자연히 이해되어 마음의 전체가 여기에 있게 됩니다. 이에 그 아래에 비로소 '인

---

6 정임은 : '임은林隱'은 정복심程復心(1257~1341)의 호다. 자는 자견子見이다.

심'과 '도심'을 대치하여 거론하고 정일精一·계구戒懼·극복克復·조존操
存과 같은 것들을 이었으니, 그 사이에는 무한히 요긴하고 오묘한 공부
와 뜻이 있습니다. 이것은 정은程隱 옹翁이 4, 5년을 자연에서 깊이 생각
하여 얻은 것으로 하루아침에 경솔히 논리를 세워 공격한다고 해서 쉽
게 무너뜨릴 수 있을 것으로 생각지 않습니다. 또 그대는 '양심養心'을 공
부하는 처음이라고 여겨, 임은林隱의 그림에서는 '양심養心'을 '심사心思'
의 뒤에 이어져 있는 것이 잘못이라고 깊이 배척하였지만, 이것 역시 제
생각으로는 알지 못하겠습니다.

맹자께서는 "대체大體를 기르면 대인大人이 된다."라고 하였는데, 대체는
'마음[心]'을 말합니다. 저는 여기서 '기른다[養]'는 것이 다만 공부하는 처
음에만 길러서 이를 믿고 평생의 바탕으로 삼을 수 있다는 것인지, 아니면
학문을 하는 시종始終과 본말本末에 두루 걸쳐서 말하는 것인지 모르겠
습니다. 주렴계周濂溪는 〈양심정설養心亭說[7]〉에서 "내 생각으로는 인심人
心을 적게 하여 도심道心을 보존하는 데만 그칠 뿐만이 아니다. 인심을 적
게 하여 없어지는 데까지 이르게 하며, 없어지면 '진실[誠]'이 확립되고 '밝
음[明]'이 통하게 된다. '진실'이 확립되면 현인이 되고 '밝음'이 통하게 되면
성인이 된다. 이는 성현도 본성에서 나온 것이 아니라 반드시 마음을 길러
서 이르게 되는 것이다."라고 했습니다.

정옹程翁[8]이 말한 '양심養心'도 이와 같아서 공부하는 시초로만 여길 수
없는 것이 분명하니 어찌 가볍게 의논할 수 있겠습니까? 만약 또 이런 뜻
으로 유추한다면 지난번 의심했던 '구방심求放心'이란 것도 도리어 의심할
필요가 없을 것 같습니다. 왜 그렇겠습니까? 전체를 들어 대충 논한다면

---

7 양심정설 : 주렴계周濂溪(1017~1073)가 장종범張宗範의 정자를 양심정養心亭이라
   이름을 짓고 이에 대한 설說을 지었다.

8 정옹 : 송나라의 정명도程明道(1032~1085)를 이른다. 주렴계周濂溪에게서 배우고
   '리理'를 최고의 범주로 삼아 도학道學을 체계화하고 발전시켰다.

'구방심'은 참으로 처음 학문하는 일이 될 것 같지만, 만약 지극한 데까지 미루어서 상세히 논한다면 크게 그렇지 않은 점이 있습니다.

'방심放心'이라는 것은 외물을 좇아 분주히 내달리는 마음을 말하는 데 그쳐지는 것이 아니라, 잠깐 사이에 한 생각이 달아나거나 잃어버리는 것도 모두 '방放'입니다. '구求'라고 하는 것도 하루 한 끼 밥 먹는 동안 잠시 찾아 붙잡아 두는 것을 말하는 것이 아니라 평생을 학문하는 기본으로 삼는 것을 말하는 것입니다.

대개 날마다, 생각마다, 있는 곳마다, 처한 곳마다 조금이라도 빠져나간다고 느껴지면 곧바로 수습하고 정돈하여 항상 맑게 깨어 있는 것을 '구求'라고 합니다. 그래서 정자程子께서는 "성현의 수많은 말이 다만 사람들이 이미 놓친 마음을 단속하여 다시 몸 안으로 들어오게 하고, 그리하여 스스로 그 마음을 찾아서 위로 나아간다면 아래로 인간의 일을 배우면서 위로 하늘의 이치를 체득하는 일이 될 것이다[9]."라고 하였습니다.

정자의 이 말을 살펴보면, 다만 성현의 수많은 말씀이 모두 마치 '놓친 마음을 구하는 것[求放心]'을 위해 한 것 같습니다. 참으로 이와 같다면 이 한 가지 일이 차지하고 있는 자리가 넓고도 멀지 않겠습니까? 제 생각으로는 대현大賢 이하로는 모두 이 일이 없다고 말할 수 없을 것입니다. 안자顏子는 "석 달을 인仁에서 어긋나지 않았다[10]."고 하는데도, 인에서 어긋났음을 깨닫고, 인을 회복할 때는 이런 생각이 조금은 있었던 것 같습니다. 그 나머지는 하루, 또는 한 달에 한 번 정도 인仁에 이르니, 이르지 않았을 때는 얼마나 놓치고 얼마나 구했는지 모르겠습니다. 그러나 이르는 것이 혹은 하루나 혹은 한 달이라면, 또 어찌 '구방심'의 절도를 면했겠습니까? 다만 놓치고 구함은 제각기 본인의 재능과 학력에 따라 크고 작음, 정밀하고

---

9   성현의……것이다 : 《근사록近思錄》〈존양存養〉에 나오는 구절이다.

10   안자는……않았다 : 《논어論語》〈옹야雍也〉에 나오는 구절이다.

거침, 멀고 가까움, 어렵고 쉬움의 차이가 있을 뿐입니다.

《대학大學》에서 성의誠意의 공과 효과를 설명하면서 '마음이 넓어지고 몸이 펴지는 데[11][心廣體胖]' 이르러야 흩어짐이 없을 것이다.'라고 했고, 정심正心을 설명한 곳에 '네 가지 바르지 않은 것과 세 가지 있지 않음[12][四不正三不在]'이 있으니, 이는 모두 방심放心의 병통으로, 구하지 않고도 저절로 바르게 될 수 있겠습니까? 이미 뜻이 정성스러워졌고 마음이 바르다고 했으니 놓치거나 편벽된 근심이 없을 것 같지만, 수신修身·제가齊家를 설명하는 데 이르러서는, 또 '다섯 가지 편벽됨과 두 가지 알지 못함[13][五辟二莫知]'의 경계가 있으니, 이를 근거로 보자면 '구방심求放心'을 가볍게 말할 수 없습니다. 진실로 놓친 마음을 구하는 것이 다만 처음에만 있고 끝과는 아무 상관이 없다면, 맹자는 "학문의 시작은 반드시 놓친 마음을 구하는 데 있다."라고 말했어야 옳을 것입니다. 지금 '학문의 도는 다른 것이 없다.[學問之道無他]'라는 여섯 글자로 포괄해서 말하였으니, 이것이 진실로

---

11 마음이……펴지는데 :《대학大學》에 "부는 집을 윤택하게 하고, 덕은 몸을 윤택하게 해서 마음이 넓어지고 몸이 펴지게 한다. 그러므로 군자는 반드시 자기의 뜻을 참되게 하는 것이다.[富潤屋 德潤身 心廣體胖 故君子必誠其意]"라는 구절에서 온 말이다.

12 네……않음 :《대학大學》에 "마음에 성내는 바가 있으면 바름을 얻지 못하고, 두려워하는 바가 있으면 바름을 얻지 못하며, 좋아하는 바가 있으면 바름을 얻지 못하고, 근심하는 바가 있으면 바름을 얻지 못한다.[心有所忿懥 則不得其正 有所恐懼 則不得其正 有所好樂 則不得其正 有所憂患 則不得其正]"라는 구절이 있고, '삼부재三不在' 역시 《대학》에 "마음이 있지 않으면, 보아도 보이지 않고, 들어도 들리지 않고, 먹어도 그 맛을 알지 못한다.[心不在焉 視而不見 聽而不聞 食而不知其味]"라는 구절에서 온 말이다.

13 다섯……못함 :《대학大學》에 "이른바 그 집안을 가지런히 함이 몸을 닦음에 있다는 것은 사람들이 친애하는 바에 편벽되며, 천히 여기고 미워하는 바에 편벽되며, 두려워하고 존경하는 바에 편벽되며, 가엾게 여기고 불쌍히 여기는 바에 편벽되며, 거만하고 태만히 하는 바에 편벽된다.[所謂齊其家在修其身者 人之其所親愛而辟焉 之其所賤惡而辟焉 之其所畏敬而辟焉 之其所哀矜而辟焉 之其所敖惰而辟焉]"는 구절이 있고, '이막지二莫知' 역시 《대학》의 "그 자식이 악한 것을 모르고 그 싹이 큰 것을 모른다.[人莫知其子之惡 莫知其苗之碩]"는 구절에서 온 말이다.

정자의 생각이었습니다. 그렇다면 '구방심'이 놓여 있는 곳 역시 굳이 의심하여 옮기려고 할 필요가 없습니다. 그대는 결국 어떻게 생각하십니까?

《심경》에 관한 여러 설을 매우 세밀하게 보았더군요. 그 속에 인용한 사서四書의 여러 장章에 인용한 옛 주석[14]은 성글고 빠진 부분이 많아 옛 주석을 버리고 한결같이 주자의 집주集註와 장구章句의 설명을 사용하려고 하였는데, 이 생각은 진실로 훌륭합니다. 저도 지난번에 여기에 의존하여 취하고 버리려고 했었는데, 버릴 것은 혹인或人의 주석이고, 취할 것은 주자의 설명이어서 해로움이 없을 것으로 생각하였습니다. 다만 《심경》이 지금에 유행하여 거의 사서四書와 《근사록近思錄》처럼 높이 행해지다가 하루아침에 문득 개인의 생각을 근거로 고치고 바꾸어 버린다면, 단지 사람들이 놀라고 이상하게 여길 뿐 아니라 마음도 매우 불편해서 오랫동안 그렇게 하지 못한 것입니다. 이제 보내 준 편지를 받고도 그대를 위하여 도모하기 어려웠던 것은 감히 부끄럼 없이 말할 수 없었기 때문입니다.

보내신 편지에서 본주本註와 부주附註 가운데 설명이 좋지 않거나 군더더기 글자를 만나면 모두 삭제해 버리려고 한다고 하였는데, 그대가 이렇게 찾아내는 것은 쉽지 않았다고 말하겠습니다. 그렇지만 다시 자세히 생각해보니 사람들의 의심을 없게 하지는 못할 것입니다.

옛 경전 가운데 잘못된 글자나 군더더기 문장은 한漢나라·당唐나라의 여러 선비들부터 송宋나라 여러 노선생老先生들까지 모두 삼가 그대로 두고 함부로 대번에 고치지 않았습니다. 다만 그 아래에 주석을 달아서 '어떤 것은 마땅히 어떤 것으로 해야 한다.'거나 '어떤 글자는 당연히 군더더기다.'라고 했을 뿐, 어찌 잘못된 글자와 군더더기 글귀와 뜻이 옳지 않은 것이 있음을 단번에 깨달았다고 하여 글귀를 지워서 삭제하려고 했겠습니까?

---

14 옛 주석 : 《심경心經》에 진덕수眞德秀가 사서四書에서 인용한 주석이 있었는데 이를 '옛 주석'이라고 하였다. 정민정程敏政이 진덕수의 기존 주석에다 사서 이외에 다른 책에서 인용한 주석을 더 달았는데 이를 '부주附註'라고 하였다.

왕노재王魯齋의 학술은 참으로 병통이 많고, 〈인심도심도人心道心圖〉도 정말로 의심할 만한 곳이 있으며, 자신의 서설敍說도 매우 분명하지 않습니다. 그러나 지금은 다만 마땅히 시비를 강론하여 밝히고, 혹 별도로 그림을 만들어서 잘못된 부분을 고쳐야 할 것이니, 나 자신이 그의 설명 때문에 잘못되지 않으면 되었지, 경經 속에 들어가 삭제하려는 데 이른다면 옳지 않습니다.

모형毛亨[15]과 정현鄭玄[16] 두 사람의 설이 진실로 적절하지는 않지만, 명확한 몇 구절은 그대로 둔들 무슨 방해가 되겠습니까?《부주附註》가운데 정자程子와 주자朱子의 여러 설이 장章을 잇달아 여러 번 인용된 곳에 간혹 '정자'·'주자'란 글자가 두 번 나오는 경우가 있는데, 다른 예로 헤아려본다면 참으로 군더더기에 가깝습니다. 그렇지만《논어》에서 한 장章 안에 두 번 '자왈子曰'이라는 글자가 있는 곳에 선유先儒들이 군더더기 글자라거나, 혹은 같은 날 말씀이 아니라고 간주하는 것을 제외하고는, 그 밖에 매 장章 첫 머리에 '자왈子曰'·'공자왈孔子曰'이라는 글자를 중복의 병통이 있다고 보지는 않았습니다. 지금 이 책에서 비록 우연히 두 번 나오는 곳이 있다 한들 무슨 큰 방해가 있다고 일일이 삭제하려하십니까?

범준范浚[17] 씨의 〈심잠心箴〉을 주자는 매번 칭찬했지만, 여동래呂東萊[18]는

---

15 모형(?~?) : 전한 노魯 사람이다. 일설에는 하간河間 사람이라고도 한다. 고문경학인 모시학毛詩學의 개창자이다.

16 정현(127~200) : 자는 강성康成이고, 북해北海 고밀高密 사람이다. 시종 재야의 학자로 지냈고, 제자들에게는 물론 일반인들에게서도 훈고학과 경학의 시조로 깊은 존경을 받았다.

17 범준(1102~1151) : 남송南宋 무주婺州 난계蘭溪 사람으로, 자는 무명茂明이고, 호는 향계香溪다. 저로서《향계집香溪集》이 있는데, 주자가 그 중에 실린 〈심잠心箴〉을 대단히 존중했다.

18 여동래 : '동래東萊'는 여조겸呂祖謙(1137~1181)의 호다. 자는 백공伯恭이다. 남송南宋의 학자로, 주자朱子·장남헌張南軒·육상산陸象山 등과 더불어 강학에 힘써 대성하였다. 주자와 함께 북송北宋 도학자道學者의 어록을 편집하여《근사록近思錄》을 편찬하였다.

도리어 경시하였습니다. 후학들은 여기에서 마땅히 동래가 가볍게 본 득실이 무엇이며, 주자가 칭찬한 뜻은 어디에 있는지를 생각해 보아야만 바로 내 몸이 그를 통해 반성하고 계발하며 힘을 얻을 곳이 있게 될 것입니다. 그대는 이미 이를 생각지 못하고 이에 그 문자가 조금 깨닫기 어려운 곳이 있다고 해서 곧바로 이를 삭제해 버리려고 하니, 아마도 옳지 않은 것 중에서도 더욱 심한 것이 아니겠습니까? 그대는 여러 번 생각보시기 바랍니다.

상제임여장上帝臨女章[19]의 옛 주석인 '우위愚謂[20]'의 한 조목條目은 제가 그 말을 깊이 사랑하여 늘 외우고 음미하면서 그것이 마음을 감동시키고 나약함을 격려해 줌을 이기지 못하여, 주자가 아니면 이런 말을 할 수 없다고 생각했었습니다. 더구나 옛 주석은 비록 소략하고 거칠기는 하지만, 모두 여러 설들을 인용하고 주를 단 사람의 설을 쓰지 않는 것이 이미 정해진 원칙이 되었으니 어떻게 이 한 조목만으로 유독 서산西山의 설이라고 말할 수 있겠습니까?

지금《시집전詩集傳》에는 비록 이 문장이 없다지만 혹시라도 다른 책에 나오는 것을 옛 주석에서 인용했는지 어떻게 알겠습니까? 무명지장無名指章 부주附註의 끝에 있는 '정자程子·정씨鄭氏[21]' 한 조목은 과연 의심할 만합니다. 그렇지만 혹시라도 서산西山이 다른 곳에서 한 이 말을 황돈篁墩

---

19 상제임여장 :《심경心經》상제임여장上帝臨女章에 "의심하지 말고 염려하지 말 지어다. 상제가 너를 굽어보신다.[無貳無虞 上帝臨女]"라고 하였는데,《시경詩經》〈노송老頌 비궁閟宮〉에서 유래한다.

20 우위 :《심경心經》상제임여장上帝臨女章의 주석에 "내 생각에는 시詩의 뜻은 비록 주왕紂王을 정벌함을 위주로 하여 말하였으나……이해와 득실로 두 마음을 품는 자도 이 말을 음미하여 스스로 결단하여야 할 것이다.[愚謂 詩意雖主伐紂而言……或以利害得喪 二其心者 亦宜味此言 以自決也]"라는 구절이 있다.

21 무명지장……정씨 :《심경心經》무명지지장無名之指章에 "서산진씨西山眞氏가 말하였다. '정자程子와 정씨鄭氏의 말씀은 모두 배우는 자들이 경계할 만하다. 그러므로 덧붙여서 드러내었다.[西山眞氏曰 程子鄭氏之言 皆足以警學者 故附見焉]"라고 하였는데, 이 구절에서 온 말이다.

이 여기에다 인용해 놓은 것인지도 모르겠습니다. 다만 상채上蔡[22]가 명도明道를 '한 덩어리 따사로운 봄기운이다.[23][一團和氣]'라고 칭찬한 곳에 섭씨가 주석한 말을 잘못 연달아 썼다고 그대가 고찰해 낸 것은 매우 좋습니다. 그러나 이것 역시 급히 삭제하지 말고 그 아래 주를 달아 '운운云云'이라고 하는 것이 마땅하고 옳을 것입니다.

사람의 견해는 매우 다르고 좋아하거나 싫어하는 것도 서로 다릅니다. 만약 사람들마다 자신들의 생각대로 고치고 바꾸고 삭제해 버린다면 지금까지 전해지는 고경古經이 다시는 완전할 수 없을 것이니 그 해로움이 어찌 적겠습니까? 회옹晦翁 주자朱子는 장원간張元簡[24]·유공劉珙[25] 두 사람이 힘써 호본胡本 정집程集을 주장하는 것을 책망하면서,[26] 정부자程夫子의 말을 인용하여 "사람이 학문을 하는데 있어서 그 과실이 너무 지나치게 자기 주장을 펼치는 데 있다."고 하였고, 횡거橫渠[27]도 오히려 "자신의 처신에 너무 무게를 싣는다면 다시는 천하의 선善이 오지 않는다."고 경계하였습니다. 지금 이 《심경》에 대해서 만약 한결같이 보낸 편지에서 말한 것과 같다면 자신의 처신에 너무 무게를 싣는 것이고, 자신의 주장이 너무

---

22 상채 : 북송北宋 때 성리학자 사량좌射良佐의 호다. 하남성河南省 상채 지역 출신인 까닭에 이와 같이 호를 지었으며, 정호程顥의 제자였다.

23 상채가……봄기운이다 : 《근사록近思錄》 본장本章에 "명도 선생은 앉아 있을 때에는 흙으로 빚은 소상처럼 근엄하지만 다른 사람을 접할 때에는 혼연히 한 덩어리 따사로운 봄기운이다.[明道先生 坐如泥塑 接人則渾是一團和氣]"라는 구절에서 온 말이다.

24 장원간(?~?) : 자는 경부敬夫고, 황간黃幹의 제자이다.

25 유공(1122~1178) : 송宋나라 사람으로 자는 공부共夫고, 시호는 충숙忠肅이다. 예부낭중禮部郎中 등을 지냈다.

26 호본……책망하면서 : 호안국胡安國(1074~1138)이 정명도·정이천 선생의 문집에서 잘못된 글자를 수정하여 편집하자, 장원간과 유공은 호안국의 손을 거친 것이라 더 이상 고칠 수 없다고 주장하였다.

27 횡거 : 장재張載(1020~1077)의 호이다. 자는 자후子厚이다. 횡거진橫渠鎭 출신으로 횡거선생橫渠先生으로 불리었다.

지나침에 가깝지 않겠습니까?

저는 비루하고 우둔하여 아는 것이 없지만, 그래도 이 경전이 주석 가운데에서 대강 길의 맥락을 찾는 듯하여, 몇 년 전부터 분수에 따라 여기에 많이 골몰하여 공부하였습니다. 다만 경문經文을 묵묵히 생각하고 소리내어 외우는 것만도 이미 평생 다 알 수도 없고, 다 할 수도 없음을 깨달았습니다. 더구나 《부주》는 실로 염락관민濂洛關閩²⁸의 깊은 바다이니, 매번 그 속으로 들어갈 때마다 소견이 좁은 저 자신의 한탄²⁹을 이길 길 없습니다. 그대는 장차 문자에 나타난 흠을 힘써 찾지 말고 모쪼록 마음을 비우고 뜻을 겸손히 하여 한결같이 그 책을 높이 숭상하기를 마치 허노재許魯齋³⁰가 《소학小學》에서 한 것같이 하면 그 속에 한마디 말과 한 구절을 스승으로 삼고 본받아 받들 겨를조차 없을 것인데, 다시 어찌 그 나머지를 공부하고 점검할 수가 있겠습니까? 저를 보잘것없다 생각지 않고 물어주시니 부득이 제 생각을 다 말하지 않을 수 없습니다. 미안하고 송구합니다.

조사경趙士敬에게 답하는 편지 答

- **해설** : 이 편지는 조목趙穆(1524~1606)의 편지를 받고, 을축년(1565년, 65세) 9월 1일에 보낸 편지다. 정임은程林隱의 〈심학도心學圖〉를 이해하는 조목의 편지를 받고 이에 대하여 답변하였다.

- **조사경** : '사경士敬'은 조목의 자다. 호는 월천月川·동고東皐다. 퇴계의 문인으로, 봉화현감奉化縣監 등을 지냈다. 저서로 《월천집月川集》 등이 있다.

---

28 염락관민 : 염계濂溪의 주돈이周敦頤, 낙양洛陽의 정호程顥와 정이程頤, 관중關中의 장재張載, 민중閩中의 주희朱熹를 통칭한 것으로, 곧 송대의 성리학을 이른다.

29 소견이……한탄 : 원문은 '望洋向若之歎'. 큰 바다를 바라보며 하는 한탄이란 뜻으로, 어떤 일에 자기 자신의 힘이 미치지 못할 때에 하는 탄식을 이르는 말이다. 《장자莊子》 〈추수秋水〉의 "하백은 비로소 얼굴을 돌려 북해의 신神인 약若을 올려다보며 한숨지었다.[河伯始旋其面目 望洋向若而歎]"라는 구절에서 온 말이다.

30 허노재 : '노재魯齋'는 원나라 허형許衡(1209~1281)의 호다. 주자가 편찬한 《소학小學》을 특히 중시하였다.

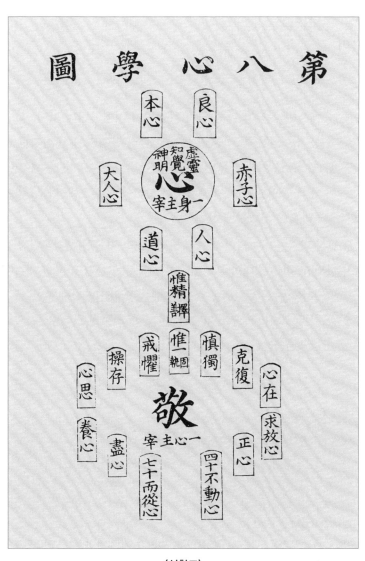

〈심학도〉

03.
〈인심도심설〉을
논하며

계상溪上[31]에서 헤어지고 나서 전과 다름없이 지내고 있습니다. 산속에서 풍문을 통해 소식을 듣고 있고, 때때로 승려 편에 보내신 편지를 받아 만월암滿月菴[32]으로 거처를 옮겼음을 알았습니다. 눈 덮인 산 깨끗한 의자에 앉아 계신 끝없는 흥치에 사람으로 하여금 학수고대하면서 멀리서 그리워하는 마음만 치달리게 합니다.

늙고 보잘것없는 저는 감기에 걸려 고생하느라 아둔한 생각마저 전보다 더욱 심합니다. 비록 그대의 두 아우[33]와 제군들이 가끔 찾아와 적적함을 풀어주기는 하지만 뜻을 드러낼 수 없어 매우 우습고 탄식할 뿐입니다. 이덕홍李德弘[34]과 홍반洪胖[35] 두 사람이 접接[36]을 이루어 다정히 토론을 하고 있다니 다행입니다. 두 사람의 지향이 매우 훌륭할 뿐 아니라 간혹 도

---

31 계상 : 퇴계가 살던 안동 도산면 토계리兎溪里를 가리키는데, 그는 이곳에 계상서당溪上書堂을 짓고 후학을 가르쳤다.

32 만월암 : 경북 봉화군 명호면에 있는 청량산淸凉山에 있던 암자로, 지금은 전해지지 않는다.

33 두 아우 : 김수일金守一의 아우인 김명일金明一(1533~1569)·김복일金復一(1541~1591)을 이른다.

34 이덕홍(1541~1596) : 자는 굉중宏仲이고, 호는 간재艮齋다. 어려서부터 퇴계의 문하에서 수학하였고, 세자익위사부솔世子翊衛司副率 등을 지냈다. 저서로《주역질의周易質疑》등이 있다.

35 홍반(?~?) : 청량산에서 퇴계의 문하에서 수학했던 제자 중 하나다.

36 접 : 예전 글방 학생들이나 과거에 응시하는 유생들이 모여 이룬 학습동아리로, 이 접의 우두머리를 '접장接長', 또는 '접두接頭'라고 한다.

체道體의 큰 근원의 일부분을 엿보기도 합니다[37]. 그렇지만 독서가 충분하지 않으면 문자를 읽어도 막히는 곳이 많고 의리를 보아도 투철하지 않아 함께 학문을 논해도 계합되지 않는 부분들이 있습니다.

보내주신 〈인심도심설人心道心說〉[38]은 매우 좋습니다. 이 글에서 "인심人心과 도심道心의 두 마음이 있는 것 같지만 두 마음이 아니다."라고 한 말과 "사사로이 혼자[獨]하는 것이다."라는 뜻은 '위태로움[危]'과 '미미함[微]' 이 두 글자를 분별한 것으로 모두 선유의 뜻을 터득한 것입니다. 그리고 또 "인심과 도심은 체體와 용用으로 나눌 수 없기 때문에 인심만을 따로 떼어낼 수 없다."고 말한 논의는 모두 맞습니다. 다만 "측은하게 여기는 마음은 도道이기 때문에 눈으로 보아 쉽게 느낄 수 있고, 부끄러워하고 미워하는[羞惡] 마음은 도이기 때문에 귀로 들어 쉽게 나타낼 수 있다."라는 말은 비록 '보는 것은 흩어지는 것이니 목木이고, 듣는 것은 거두어들이는 것이니 금金[39]이라는 비슷한 부류의 말'에 근본을 두어 한 말이기는 하지만 '측은과 목시目視, 수오羞惡와 이청耳聽은 서로 완전히 부합된다고는 할 수 없습니다. 그런데 이렇게 말한다면 억지로 끌어다 붙인 폐단에서 벗어나지 못할 것입니다.

---

37 큰……합니다 : 원문은 '窺得一斑'. 여기의 '규반窺斑'은 견문이 좁음을 이르는 말이다. 《세설신어世說新語》〈방정方正〉의 "왕자경王獻之이 아이 적에 문생들이 저 포놀이 하는 것을 보고는 '초군이 지겠구나.'라고 말했다. 문생들이 어린아이라고 얕보자 '이 자는 대롱으로 표범을 보니, 무늬 한 점만 볼뿐이다.'라고 했다.[王子敬 數歲時 嘗看諸門生樗蒲 見有勝負 因曰 南風不競 門生畢輕其小兒 乃曰 此郎亦管中窺 豹 時見一斑]"라는 구절에서 유래한다.

38 인심도심설 :《서경書經》〈대우모大禹謨〉에 순舜 임금이 우禹에게 왕위를 물려주면서 "인심은 위태하고 도심은 은미隱微하니 정밀하게 살피고 한결같이 지켜서 진실로 그 중정中正을 잡으라.[人心惟危 道心惟微 惟精惟一 允執厥中]"라고 훈계한 구절이 있다. 이 말에 근거하여 정자와 주자는 〈인심도심설人心道心說〉을 제창하였다.

39 보는……금 :《서경書經》〈홍범洪範〉의 주자朱子 주석에 "눈은 간을 주관하기 때문에 오행에서 나무에 속하고, 쇠는 소리가 청량하기 때문에 귀는 금에 속한다.[眼主肝 故屬木 金聲淸亮 故聽屬金]"라는 구절이 있다.

대체로 〈인심도심설人心道心說〉은 옛 성인
이 서로 전한 심법心法으로 그 의리가 정밀하
고 뜻이 깊으며 미묘하여 아무리 하남河南과
같은 심학心學[40]으로도 "도심道心은 천리이고
인심人心은 인욕이다[41]."라고 인정하였습니다.

주자도 처음에는 그의 학설을 좇았지만 만
년에 와서 의義가 정미해지고 인仁이 무르익
고 본성을 다하여 천명에 이른 뒤에 〈중용서
中庸序〉를 짓고, 마침내 형기성명설形氣性命說
로 오랜 세월의 의문을 밝혀냈으니 이것은 마
치 해가 중천에 떠있는 것 같아 눈 있는 사람
이면 모두 볼 수 있게 되었습니다. 후학은 다
만 그의 학설을 마땅히 삼가 지켜 정일精一하
게 착실히 공부한다면 모두가 성현이 될 수 있

〈인심도심설도〉

습니다. 이유는 무엇일까요? 도술은 어긋나기
쉽고 인정은 다른 것을 좋아하기 때문입니다.

근세의 나정암世羅整[42]은 《곤지기困知記[43]》에서 "도심은 성性이고, 인심

40 하남의 심학 : 중국 하남지방의 정호程顥·정이程頤 형제의 심학心學을 이른다.

41 도심이……인욕이다 : 《이정집二程集》〈외서外書〉에 정이程頤가 "인심은 인욕이
고, 도심은 천리이다.[人心人欲 道心天理]"라고 하였고, 《유서遺書 11》에 정호程顥
가 "인심은 위태로우니 인욕이고, 도심은 은미하니 천리이다.[人心惟危人欲 道心
惟微天理也]"라고 한 구절이 있다.

42 나정암 : '정암整菴'은 나순흠羅欽順(1465~1547)의 호다. 자는 윤승允升이다. 이부
상서吏部尙書를 지냈다. 주자학의 입장에서 왕양명王陽明의 신설을 비판하고 논
쟁하였으나, 순수한 주자학자로 볼 수는 없다. 기氣를 떠난 이理는 없다 하여 이
기일체론理氣一體論을 제창하였는데, 이를 '기의 철학'이라고 하며, 주자의 '이理
의 철학'의 수정이었다. 저서로 《곤지기困知記》 등이 있다.

43 곤지기 : 명明나라 나정암羅整菴의 저술로, 그는 양명학陽明學을 비판하였고 그

은 정情이다."라고 하였는데, 이것이 바로 보내신 편지에서 분변했던 '체용
설體用說'입니다. 그런데 이 학설은 매우 잘못되었는데도 노과회盧寡悔[44]가
으뜸으로 높여 그를 신봉하자 여러 사람들이 여기에 빠져들어 따르게 되
었으니 구설로 논쟁하기조차 어렵습니다.

이제 공께서 체와 용을 나눌 수 없다고 밝히셨으니, 저들의 성과 정을
나눈 잘못을 깨뜨릴 수 있게 되었습니다. 그러나 옛사람이 말하지 않았습
니까? "아는 것이 어려운 것이 아니라 실천하는 것이 어렵습니다[45]."라고
말입니다. 보내신 편지 말미에 있는 두 조목을 보니 실로 이렇게 공부한다
면 벗들의 기대를 저버리지 않을 것이고, 저 같이 게을러 내팽개쳐두었던
사람의 공부에도 잘 인도해주시는 도움의 영향이 미치기를 간절히 바라
며 이만 줄입니다.

김경순金景純에게 답하는 편지 答

- **해설** : 이 편지는 김수일金守—(1523~1583)의 편지를 받고, 을축년(1565년, 65세) 12월에 보
  낸 편지다. 김수일이 보내준 《인심도심설人心道心說》은 옛 성인이 서로 전한 심법心法으
  로 그 의리가 정밀하고 뜻이 깊으며 미묘하다고 평가하였다.

- **김경순** : '경순景純'은 김수일의 자다. 호는 구봉龜峯이다. 학봉鶴峰 김성일金誠—의 형으
  로, 벼슬에 나아가지 않고 학문에 힘썼다. 저서로 《구봉선생일고龜峯先生逸稿》가 있다.

의 주기적이기설主氣的理氣說은 우리나라 도학자들에게 많은 영향을 끼쳤다. 노
수신盧守愼은 그의 〈인심도심설人心道心說〉을 받아들여 퇴계·일재一齋 이항李恒
등과 논쟁을 한 적이 있다.

44 노과회 : '과회寡悔'는 노수신盧守愼(1515~1590)의 자다.

45 아는……어렵습니다 : 《서경書經》〈열명 중說命中〉에 나오는 구절이다.

04.
〈천명도〉를
논하며

말씀하신 김공金公[46]의 편지에서 〈천명도天命圖〉의 잘못된 부분[47]을 논의하면서 "하늘이 부여한 조목을 그린 것은 마땅하지만 수련하는 방법에 관해서 언급한 것은 마땅치 않다."라고 하면서 장차 〈태극도太極圖〉를 인용하여 증명하셨는데 이러한 견해를 가지기도 쉽지 않습니다. 그러나 이 그림과 〈태극도〉는 이치에 따라 추론하고 유형에 따라 나열한 것은 같지만 명분이나 의리로 경계를 구분하면 다른 점이 존재한다는 것을 생각지 못한 것이 애석합니다. 대개 저것은 '태극太極'이라고 이름 짓고, 이것은 '천명天命'이라고 이름 지었습니다. '태극'이라고 이름 지은 것은 조화와 자연의 지분地分과 생각을 점친 것이고, '천명'이라고 이름 지은 것은 사람이 부여받은 직분과 도리가 존재하기 때문입니다.

　자연의 지분을 점치는 경우에 수양하는 일을 참여시키는 것은 마땅치 않기 때문에 공자는 태극을 논하면서 "길흉이 큰일을 낸다[48]."라고 하였을

46　김공 : 김근공金謹恭(1526~1568)을 이른다. 자는 경숙敬叔이고, 호는 척암惕菴·척약재惕若齋다. 성제원成悌元과 이중호李仲虎의 문인으로, 동몽훈도童蒙訓導를 지냈다.

47　천명도의……부분 : 《고봉집高峰集》〈답선생문목答先生問目〉에 "퇴계가 〈천명도天命圖〉를 정정할 때에 마음을 둥근 모양으로 그려 넣었는데, 김근공金謹恭은 '그렇지 않다. 옛사람은 마음을 '방촌지지方寸之地'라 하였으니 마땅히 네모난 모양으로 그려야 한다.'라고 하였다.[退溪訂天命圖 心作圓圈 金謹恭字 以爲未然 古人謂心爲方寸地 當作方形云云]"라는 구절이 있다.

48　길흉이……낸다 : 《주역周易》〈계사전 상繫辭傳上〉에 "역易에 태극太極이 있으니, 태극이 양의兩儀를 낳고 양의가 사상四象을 낳고 사상이 팔괘八卦를 낳으니, 팔괘가 길흉을 정하고 길흉이 큰사업을 낳는다.[易有太極 是生兩儀 兩儀生四象 四象生八卦 八卦定吉凶 吉凶生大業]"라는 구절이 있다.

뿐입니다. 이것이 바로 주렴계가 그림을 작성한 의도입니다. 부여받은 직분이 있는 경우에 만약 수양하는 일이 없다면 천명이 행해지지 않습니다. 그렇기 때문에 자사가 천명을 말하되 천성을 따르고[率性] 도를 닦으며[修道] 본심을 보존하고 본성을 기르며[存養] 지난날의 잘못을 반성하여 살피는 것[省察]에서부터 중화中和[49]의 지극한 공부에 이른 이후에야 그만두니 이것이 바로 이 그림이 바탕으로 삼은 뜻입니다. 더욱이 그림에서 하늘로부터 부여받은 치우침과 바름을 통해 사람과 만물의 귀천을 밝혔는데 만약 부여받은 품성만을 보존하고 수양을 빠뜨린다면 이것은 본체[體]만 있고 작용[用]은 없는 것이고 임금이 명령이 있는데도 신하가 직무를 수행하지 않는 경우이니 어디에서 사람이 만물보다 존귀한 점을 보겠습니까?

김 군이 이미 태극이 존재하지 않는 곳이 없다는 것을 알면서 사람과 만물이 살아가는데 일상생활에 가득 차있는 것이 천명의 유행이 아닌 것이 없다는 것을 어찌 모릅니까? 오직 만물은 이것을 넓혀나갈 수 없고 사람만이 넓혀나갈 수 있기 때문에 이윤伊尹[50]은 "하늘의 밝은 명을 돌아보며 살핀다[51]."라고 하였으니 천명을 돌아본 것이고, 맹자는 "일찍 죽고 오래 사는 것에 두 마음을 두지 말고서 자신의 덕을 닦아 천명을 기다려야 하니, 이것이 바로 천명을 지키는 방법이다[52]."라고 하였으니 천명을 확립한 것이며, 공자는 "천명을 앎은 이치를 궁구하고 성을 극진히 하는 것이

---

49 중화 : 《중용中庸》에 "희로애락이 아직 발하지 않은 때를 '중中'이라 이르고, 발하여 모두 절도에 맞음을 '화和'라고 이르니, 중이라는 것은 천하의 큰 근본이고 화라는 것은 천하의 달도이다. 중과 화를 이루면 천지가 제자리를 잡고 만물이 길러진다.[喜怒哀樂之未發 謂之中 發而皆中節 謂之和 中也者 天下之大本也 和也者 天下之達道也 致中和 天地位焉 萬物育焉]"라는 구절이 있다.

50 이윤(?~?) : 은殷나라의 어진 재상으로, 이름은 지摯다. 신야莘野에서 농사를 지었는데 탕湯임금이 세 번 폐백을 갖추어 초빙하자 비로소 탕임금에게 나아갔다.

51 하늘의……살핀다 : 《대학大學》에 나오는 구절이다.

52 일찍……방법이다 : 《맹자孟子》〈진심 상盡心上〉에 나오는 구절이다.

다[53]."라고 하여 천명에 이른 것입니다. 이러고 나서야 비로소 사람이 만물보다 존귀한 이치를 폐하지 않게 되니 어찌 그림 가운데 포함시키는 것이 부당하다고 말할 수 있겠습니까?

김 군이 이미 이 난제를 던져 놓고 곧바로 자신이 이해하고 있는 주장을 두었으니 아마도 제가 주장하는 앞뒤의 의견을 스스로 파악한 듯합니다. 그러나 반드시 '천명天命'이라는 이름을 바꾸려고 하는 것은 오히려 뒷부분에 인용한 성현 말씀의 의미를 명확히 깨닫지 못해서인 듯합니다. 만약 이 부분에 능통해서 식견을 가진다면 처음부터 끝까지 모두가 천명이라는 것을 어찌 의심할 것이 있겠습니까?

마음[心]에 대한 테두리를 네모나게 그려야 한다는 주장[54]은 아마도 그렇지 않은 듯합니다. 대체로 이理와 기氣가 합하여 '마음[心]'이라는 이름을 갖게 되었으니 그림에서 '기의 테두리[氣圈]'는 기이고, 그 가운데 공백은 이입니다. 다만 이 하나의 그림을 합쳐서 '마음의 테두리[心圈]'라고 명명하니 이미 이가 기 속에 있음을 알 수 있습니다. 또 기를 이와 함께 섞이지 않도록 가운데를 비워 둔 것이니 어찌 간결하면서도 분명하지 않습니까?

지금 굳이 이것을 마음이라고 이름 하기에 부족하다고 여기고 기권氣圈 밖에다 사각형으로 만들어 "이렇게 해야 비로소 선유들의 속이 비고 네모나다는 주장에 합치된다."라고 여긴다면 저는 이런 것인지는 모르겠지만 이가 기 속에 있다고 여기십니까? 아니면 기가 이 속에 있다고 여기십니까? 이가 기 속에 있다면 기권의 바깥은 산술가들이 말하는 사막四冪[55]

---

53 천명을……것이다 : 《논어論語》〈위정爲政〉 주석에 나오는 구절이다.

54 네모나게……주장 : 김근공은 마음을 '방촌方寸'이라고 하니, 둥글게 표현한 심심心에 대한 규정을 네모난 모양인 방형方形으로 그려야 한다고 주장하였다.

55 사막 : 《서방원산법도書方圓算法圖》 주석에 "네모의 바깥을 '막冪'이라고 하는데, 네 모퉁이가 우묵하여 채워지지 않은 부분이다.[方寸之外謂之冪 而不足於四角之庶

에 이 부분을 이理에 소속시키겠습니까? 그렇게 되면 이것은 남는 이理이므로 매어 둘 만한 기가 없는데 장차 기에 소속시키겠습니까? 기 밖에 기가 있고 또 남은 물건이 되어 이에 실어 둘 수가 없습니다. 만약 기가 이理 속에 있다면 비단 예부터 이러한 견해가 없었을 뿐만 아니라 마음속에 이한 덩어리 물건이 섞여있게 되니 어찌 가운데가 비었다고 하겠습니까? 또 기의 테두리 안을 '성性'이라고 하고 그 바깥쪽을 '이理'라고 한다면 곧 성이 마음속에 있어 저절로 안과 밖으로 구분됩니다.

김 군은 틀림없이 "마음은 본래 네모나게 테두리를 그려야지 둥글게 한다면 마음의 실체를 표현한 것이 아니다."라고 생각하겠지만, 제 생각에는 가슴속에 가득 찬 것을 모두 마음이라고 생각합니다. 밖은 둥글면서 가운데가 구멍 난 마음이 다만 그 중심입니다. 그렇기 때문에 마음의 테두리를 그릴 때 마땅히 기질로써 둥글게 테두리를 삼고 가운데 빈 곳에 태극을 위치시켜 가슴속에 가득 찬 것이 모두 마음이라는 의미에 대응된다면 저절로 원만하여 병통이 없을 것입니다. 마음이라는 형상에 국한되어 이와 기를 서로 섞이게 하거나 안과 밖을 구분지어 모서리가 남게 되는 병통이 있게 해서는 안됩니다. 만약 선악의 기미를 논변한 부분에는 타당함도 있고 그렇지 못한 점도 있습니다. '의意'자 아래에 '기幾'자를 붙여야 한다는 의견은 매우 좋습니다. 처음에 '기幾'자 한 글자를 빠뜨린 것은 당시 생각이 치밀하지 못했기 때문이니 지금 의견에 따라 보충하겠습니다. 다만 그 나머지 의논은 너무 심하고 지나친 점이 많습니다.

예컨대 "기미[幾]는 발동하였지만 있고 없는 차이를 드러내지 않은 것이니 이미 선악이라고 하였다면 그 아래에 '기幾'자를 둘 수는 없다."라고 하고는 조치도趙致道의 〈성기도誠幾圖〉의 '선기善幾·악기惡幾'라는 명칭과 함께 비판하였습니다. 그러나 《주역周易》에 "기미란 은미하게 발동하는 것이

也]"라는 구절이 있다.

니, 길흉보다 먼저 나타난다[56]."라고 분명히 말하였습니다. 선에서 발동하되 은미한 것을 '선기善幾'라 하고 악에서 발동하되 은미한 것을 '악기惡幾'라고 하니 어찌 안될 것이 있겠습니까? 만약 그 명칭이 타당하지 않다면 회암晦菴이 조치도의 〈성기도〉에 대하여 어찌 잘못을 용납하고 보호하면서 바로잡지 않았겠습니까?【이미 자기의 견해를 주장하려고 또 감히 선유들의 학설에서 바른 것을 보지 못하고 그릇되다고 하니 조치도의 〈성기도〉의 잘못된 인쇄본이 전해져 이렇게 되었다고 하면서 임의로 대의를 파괴하고 거리낌 없이 옛 사람을 비난하니 마음가짐에 해가 될까 매우 두렵다.】

그가 공사정사公私正邪·흥폐존망興廢存亡을 모두 이 기미에서 살핀다면 악을 소멸시키고 천명을 보존할 수 있다고 생각하니, 이것은 진실로 '기幾'자의 매우 긴절한 부분입니다. 그 아래에 "그 기미가 드러나게 되면 비록 지혜로운 사람이라도 잘 할 수 없다."고 하고 그 뒤에 또 "선악이 이미 분명해진 뒤에 또 무슨 기미를 살펴서 성찰하겠는가?"라고 하였습니다. 이 말은 비록 사람이 기미를 살피지 않아서는 안된다고 권면하는 뜻이 간절하지만 한결같이 이 말과 같다면 사람이 반드시 성인이나 신의 경지에 이르러 조금도 악한 생각이 발동하지 않아야 기미를 알아차릴 수 있는 것입니다. 이러한 경지에 이르지 않는다면 안자顔子처럼 선하지 못한 일이 있으면 모르는 경우가 없는 사람도[57] 이미 알아차리지 못하였는데 뭇 사람들은 어떠하겠습니까?

성현들의 '기幾'자에 대한 가르침은 진실로 사람의 악이 싹트기 전에 없애려고 한 것이지만 이미 싹트고 나서도 악을 살펴 제거하기를 허락하지

---

56 기미란……나타난다 : 《주역周易》〈계사전 하繫辭傳下〉에 나오는 구절이다.

57 안자처럼……사람도 : 《주역周易》〈계사전 하繫辭傳下〉에 공자가 "안씨의 아들은 도의 경지에 거의 도달하였다. 선하지 못한 일이 있으면 그것을 모르는 일이 없었고, 그것을 알고 나서는 반복해서 행하는 일이 없었다.[顔氏之子 其殆庶幾乎 有不善 未嘗不知 知之未嘗復行也]"라고 한 구절이 있다.

않은 적이 없었습니다. 만약 반드시 "이미 나누어진 뒤라서 다시 손댈 곳이 없다."고 한다면 안자에 관해 멀리 가지 않고 되돌아오는 것이니[58] 귀하게 여길 것이 없고, 공자의 불선을 고치지 못한다고 굳이 걱정할 필요가 없으며[59], 정이程頤의 〈동잠動箴〉에서 "철인은 기미를 안다."라고만 말하면 되었지 "뜻있는 선비는 행실에 힘쓴다[60]."라고까지 말할 필요는 없을 것입니다. 어찌 이런 이치가 있겠습니까? 이것이 바로 생각이 너무 깊고 지나친 데서 오는 병통입니다.

악기惡幾를 좌우로 나눈 것은 칠정七情으로 방위로 나눈 것도 아니고 또한 양이 하나이고 음이 둘인 것을 보이려고 한 것도 아닙니다. 다만 악기惡幾의 아래에 칠정을 나란히 기록하여 왼쪽에 배치한다면 왼쪽은 차지만 오른쪽이 비게 되고, 오른쪽에 배치한다면 오른쪽은 차지만 왼쪽이 비게 됩니다. 그래서 좌우로 나누어서 악한 생각의 움직임이 좌우에서 함부로 날뛰며 갈래가 많아 두려우니 통렬히 김매고 힘껏 제거하지 않으면 안 된다는 뜻을 보인 것입니다.

그렇기 때문에 원래의 그림에는 이 두 글자를 쪼개어 왼쪽에는 왼쪽의 편방을 두고 오른쪽에는 오른쪽의 편방을 두었습니다. 그런데 김 군의 그림에는 좌우에 모두 완전한 글자를 썼으니 잘못된 것을 전한 것이 아닌지요? 끝에 논변한 땅과 사람과 사물의 형상에 대해 문답한 부분은 저의 견

---

58 안자에……것이니 : 《주역周易》〈계사전 하繫辭傳下〉에, 공자가 안씨를 평가하면서 "멀리 가지 않고 돌아와 뉘우침에 이르지 않을 것이니, 크게 길하리라.[不遠復 无祗悔 元吉]'라고 한 구절이 있다.

59 불선을……없으며 : 《논어論語》〈술이述而〉에 "덕이 닦아지지 못함과 학문이 강습되지 못함과 의를 듣고 옮겨가지 못하며 불선을 고치지 못하는 것이 바로 나의 걱정거리이다.[德之不修 學之不講 聞義不能徙 不善不能改 是吾憂也]"라는 구절이 있다.

60 철인은……힘쓴다 : 정이程頤의 〈동잠動箴〉에 "철인은 기미를 알아서 생각을 성실하게 하고, 뜻있는 선비는 행실에 힘써서 하는 일을 지킨다.[哲人知幾 誠之於思 志士勵行 守之於爲]"라는 구절이 있다.

해에 병통이 있었습니다. 대개 그림에서 땅과 사람, 사물의 형상을 표현한 것은 본래 이치에 해가 될 것은 없지만 도리어 〈태극도〉를 인용하여 이야기하는 바람에 그 말들이 마침내 억지로 끌어다 붙인 꼴이 되고 말았습니다. 오래전부터 고치려고 하다가 지금까지 미루어 왔었는데 김 군이 지적하여 깨우쳐 주니 다행입니다.

대개 김 군의 정밀한 생각과 명확한 분별력은 자못 옛날에 이른바 "창을 쥐고 방에 들어가던 것[61]"입니다. 그대가 이 사람과 교유하며 학문을 연마하고 토론한다니 마땅히 자신에게 유익함이 있을 것이니 훌륭한 벗을 얻은 것은 축하할 만합니다. 그러나 예나 지금을 통해 이러한 사람들을 살펴보면 처음에는 기뻐할 만하다가 왕왕 결국에는 결실을 맺지 못하는 것은 무엇 때문이겠습니까? 자신의 장점을 잘 사용하여 무릇 도리를 살피고 고원하고 심오한 것을 힘써 찾으며 평범하고 분명한 곳에 나아가 자신을 낮추어 절실한 공부를 하려 하지 않고 문득 자신의 식견이 이미 높아졌다고 여겨 다시는 진보하려는 뜻이 없습니다. 또 절실한 공부가 없기 때문에 의미를 두어 기뻐할 만한 것이 없어 스스로 그만둘 뿐입니다. 이른바 "지혜로운 사람은 아는 것이 지나쳐 도를 행할 만한 가치가 없다고 여긴다[62]."라는 것이 이것입니다.

주자가 이효술李孝述[63]을 경계한 말에 "생각이 너무 지나치면 마음이 피로하여 병이 생기고 분석하는 것이 너무 지나치면 기운이 얇아져서 맛이 없어진다."라고 한 것이 바로 이를 두고 하는 말이니 김 군도 이 말을 본적이 있는지 모르겠습니다. 그렇지만 이 그림도 본래는 만들지 말았어야 하는데 처음에 정정이鄭靜而가 그린 그림이 이미 사람들에게 퍼져나가 마음

---

61 창을……것 : 원문은 '操戈入室'. 그 사람의 학설을 가지고서 그 사람을 비판하는 것을 이르는 '입실조과入室操戈'를 달리 이르는 말이다.

62 지혜로운……여긴다 :《중용中庸》에 나오는 구절이다.

63 이효술(?~?) : 송宋나라 학자로, 자는 계선繼善이다. 주자의 문인이다.

〈천명구도〉

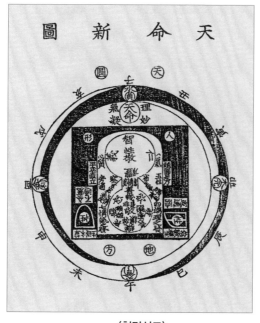

〈천명신도〉

에 불편한 점이 많았지만 정이를 위하여 지적하느라 고치고 바로잡았습니다. 그 뒤 다시 벗들과 주고받은 논변을 두어 마침내 내용이 많아졌습니다. 곧바로 마땅하지 않다는 것을 깨달았기 때문에 끝내 입을 닫고 말도 하지 않았던 것입니다. 지금 김 군의 가르쳐주신 후의를 입어 그대의 훌륭한 뜻을 저버리고 싶지 않아 이렇게나마 간략하게 말씀드립니다. 바라건대 남에게 보여주지 마시기 바랍니다.

신계숙申啓叔에게 답하는 편지 　答

• **해설** : 이 편지는 신옥申沃(?~?)의 편지를 받고, 임술년(1562년, 62세) 12월에 보낸 답장이다. 김근공金謹恭의 편지에서 〈천명도天命圖〉의 잘못된 부분을 논의하였지만 〈태극도太極圖〉와는 유형에 따라 나열한 것은 같지만 명분이나 의리로 경계를 구분하면 다른 점이 있음을 생각지 못한 것이 애석하다고 평가하였다.

• **신계숙** : '계숙啓叔'은 신옥의 자다. 곡성현감谷城縣監을 지냈다.

05.
《백록동규집해》에
관하여

【질문】

〈백록동규白鹿洞規〉에 "의義를 바르게 행하고 이利를 도모하지 않는다[64]."
고 하였습니다. 이것은 의를 이에 대립하여 설명하고, 또 "이는 의의 조화
로움이다[65]."라는 말을 인용하였으니 "도모하지 않는다."는 의미를 어떻게
생각하십니까?

【답변】

이利의 근본에서 말한다면 "이는 의의 조화로움이다."라고 하는 것이 나
쁘지 않습니다. 예컨대 《주역周易》에서는 '이利와 불이不利'를 말하였고[66],

---

64 의를……않는다 : 동중서董仲舒의 《춘추번로春秋繁露》에 실려 있는 말인데, 뒤에
    주자가 〈백록동규白鹿洞規〉에서 인용하였다.

65 이는……조화로움이다 : 《주역周易》 건괘乾卦 〈문언전文言傳〉에 "원은 선의 으
    뜸이요, 형은 아름다움이 모인 것이요, 이는 의의 조화로움이요, 정은 일의 근
    간이다.[元者 善之長也 亨者 嘉之會也 利者 義之和也 貞者 事之幹也]"라는 구절이
    있다.

66 《주역》에서는……말하였고 : 《주역周易》 건괘乾卦에 "대인을 보아야 이롭다.[利見大
    人]"라고 하였고, 예괘豫卦에 "후侯를 세우고 군대를 출동함이 이롭다.[利建侯行師]"
    라고 하였고, 대축괘大畜卦 등에 "대천을 건너는 것이 이롭다.[利涉大川]"라고 하였
    고, 복괘復卦에 "갈 곳이 있는 것이 이롭다.[利有攸往]"라고 하였고, 박괘剝卦에 "가
    는 바가 있는 것이 이롭지 않다.[不利有攸往]"라고 하였고, 곤괘坤卦에 "이롭지 않음
    이 없다.[無不利]"라고 하였고, 몽괘蒙卦에 "이로울 것이 없다.[無攸利]"라고 하였고,
    건괘蹇卦에 "서남쪽으로 가면 이롭고 동북쪽으로 가면 이롭지 않다.[利西南 不利東
    北]"라고 하였다.

《서경書經》에서 '이용利用'을 말한 것[67]이 이러한 종류입니다. 사람이 이利를 추구하는 관점에서 말한다면 군자에게 있어서는 의도를 가지고 하는 것이 해가 되고 보통의 사람들에게 있어서는 개인적인 이기심과 탐욕의 구덩이가 되어 천하의 악이라는 악은 모두 다 여기에서 생겨납니다. 이利라는 말은 처해진 상황에 따라 이처럼 다릅니다.

동자董子[68]의 이 말은 본래 군자의 마음씀씀이가 정미한 것을 말한 것이고 보통사람들이 이익에 빠져 있는 것을 말하는 것은 아닙니다. 이 때문에 주자가 공자의 '의화지설義和之說'을 인용하여 밝힌 것입니다.

이利를 의義의 조화로움이라고 한다면 이는 의의 밖에 있지 않고 의를 바로잡으면 이는 그 안에 있습니다. 이에 다시 '이를 도모하지 않는다.'고 한다면 또 이가 의의 밖에 있어서 별개의 두 사물이 되니 이것을 하고 저것을 하지 않으려는 뜻이 됩니다. 보내신 편지에서 하신 말씀이 이치에 맞지 않은 말인 것 같지만 실제로는 이치에 어긋나지 않습니다.

대개 이利가 아무리 의義의 조화로움에 있지만 끝내 의와 서로 대립하여 소멸되고 성장하며 이기고 지는 것은 이利 때문에 그런 것이 아니고 사람의 마음이 그렇게 하도록 하는 것입니다. 따라서 군자의 마음은 비록 본래 의를 바로잡고자 하지만 일에 닥쳐 간혹 의에 전일하지 못해 조금이라도 이利로 뜻이 기운다면 이것은 의도가 있어 그 마음이 이미 의와 서로

---

67 《서경》에서……것 : 《서경書經》〈대우모大禹謨〉에 "덕은 정사를 선하게 하는 것이 중요하고, 정사는 백성을 기르기 위한 것이니, 수·화·금·목·토와 곡식이 잘 닦여지며, 정덕과 이용과 후생이 화하여, 아홉 가지 공이 펴져서 아홉 가지 펴진 것을 노래한다.[德惟善政 政在養民 水火金木土穀惟修 正德利用厚生惟和 九功惟敍 九敍惟歌]"라는 구절이 있다.

68 동자 : 동중서董仲舒(B.C. 170?~B.C. 120?)를 이른다. 한漢나라 사람으로 일찍부터 《공양전公羊傳》을 익혔으며 경제景帝 때 박사가 되었다. 장막帳幕을 치고 제자를 가르쳤기 때문에 그의 얼굴을 모르는 제자도 있었다. 3년 동안이나 정원에 나가지 않았을 정도로 학문에만 정진하였다. 저서로 《동자문집董子文集》·《춘추번로春秋繁露》 등이 있다.

등지게 되는 것이니, 이른바 '이利'라는 것은 다시 자연스럽게 의리로 조화롭게 하는 이利가 아닙니다.

그래서 주자가 '의의 조화로움[義之和]'이라는 문장의 '이利'자를 풀이하면서 곧바로 '위하는 것이 있다[有所爲]⁶⁹'라는 세 글자로 이利를 도모하는 해로움을 설파한 뒤에 이 '이利'자를 말하는 것이 처음부터 나쁜 것이 아니라, 이利를 도모하는 마음 때문에 나쁘게 된다는 것을 알게 됩니다. 그렇다면 '의의 조화로움'이라는 말과 '도모하지 않는다'는 말뜻이 서로 무슨 장애가 있겠습니까?

더구나 이 부분은 주자께서 이처럼 정밀하게 연구하여 마땅하고 자세하게 설명하지 않았다면 사람들은 아마 데면데면 보아서 이 '이利'자를 탐욕스럽다고 할 때의 '이利'자로 여기고, '모謀'자를 경영하여 추구한다고 할 때의 '모謀'자로 여겨 어진 사람의 마음 쓰는 법을 섬세하게 구분하는 데 있어 크게 잘못되었을 것이니, 동중서董仲舒의 이 말이 어찌 '어려운 일은 남보다 먼저하고 그 보람은 남보다 늦게 거둬들인다.[先難後獲]⁷⁰'는 말과 은미한 뜻이 같겠습니까? 그렇지만 이 문제에 있어서 또 모쪼록 자신이 의도를 가지고 행동을 하는 마음이 여러 사람을 악의 구렁텅이에 빠뜨린다는 사실을 알아야 하고, 또 분수를 많이 다투지 않아야 비로소 바르게 터득하게 되는 것입니다. 만약 "나는 다만 의도를 가지고 행동하는 이익은 있지만 여러 사람과 함께 나쁜짓은 하지 않는다."고 한다면 이미 소인으로 돌아간 것입니다. 주자가 "이것이 맹자가 말한 '하필이면 이利를 말씀

69　위하는……있다[有所爲] : 《근사록近思錄》〈출처류出處類 맹자변순척지분孟子辨舜跖之分〉의 주석에 "의도를 가지지 않고 하는 것이 의이고, 의도를 가지고 하는 것은 이이다.[無所爲而爲之者 義也 有所爲而爲之者 利也]"라는 장식張栻의 말이 있다.

70　어려운……거둬들인다[先難後獲] : 《논어論語》〈옹야雍也〉에 "어진 사람은 어려운 일을 남보다 먼저 하고 얻는 것은 뒤에 한다. 그렇게 하면 어질다고 말할 수 있을 것이다.[仁者 先難而後獲 可謂仁矣]"라는 공자의 말이 있다.

하십니까?[何必曰利]⁷¹라든가 '법도대로 행하고 하늘의 명을 기다린다.[行法俟命]⁷²라는 말과 그 뜻이 같다."고 하였습니다. 《백록동규해설》에는 이 말이 실리지 않았는데 송당松堂⁷³의 의도를 알 수 없습니다.

아무리 착한 생각을 가졌다고 하더라도 부당하게 발동하였다면 극복해 내야 한다.

이 한 조목을 자세히 살펴보면, 이미 '생각하다[思]', '움직이다[動]', '극복하다[克]'라고 말하였다면 하나의 성품이 혼연하여 생각이 싹트지 않는 때를 가리켜 말한 것이 아니고, 바로 마음을 수양하고 살피는 것으로 말하는 것이니 그 생각이 두 세 갈래로 갈라지는 근심을 검속하고 살피는 것을 말하는 것입니다. 이는 그 뜻이 동래東萊⁷⁴가 말한 "아무리 생각이 좋다고 하더라도 불경하다."는 말과 같습니다.

다만 하나의 '극克'자를 쓰는 것은 지나치게 무겁습니다. '극克'자는 적을 이기는 것을 지칭하는 것으로 다만 자신의 사사로움에 대해서 말할 수 있

---

71 하필이면……말씀하십니까?[何必曰利] : 《맹자孟子》〈양혜왕 상梁惠王上〉에 "왕은 또한 인의를 말씀하셔야 할 뿐인데, 하필 이利를 말씀하십니까?[王亦曰仁義而已矣 何必曰利]"라는 구절이 있다.

72 법도대로……기다린다.[行法俟命] : 《맹자孟子》〈진심 하盡心下〉에 "군자는 법도대로 행하고 재앙과 복은 하늘의 명을 기다릴 따름이다.[君子行法以俟命而已矣]"라는 구절이 있다.

73 송당 : 박영朴英(1471~1540)의 호다. 자는 자실子實이고, 시호는 문목文穆이다. 영남좌절도사嶺南左節度使 등을 지냈고, 황간의 송계서원松溪書院, 선산의 금오서원金烏書院에 제향되었다. 저서로 《송당집松堂集》·《백록동규해白鹿洞規解》 등이 있다.

74 동래 : 여조겸呂祖謙(1137~1181)의 호다. 자는 백공伯恭으로 남송의 학자다. 주희朱熹·장남헌張南軒·육상산陸象山 등과 강학에 힘써 대성하였다. 주자와 함께 북송 도학자의 어록을 편집하여 《근사록近思錄》을 편찬하였다. 저서로 《동래좌씨박의東萊左氏博議》 등이 있다.

습니다. 만약 좋은 생각을 가졌지만 행동에 실수하는 사람이라면 다만 마땅히 반성하고 고쳐서 마음을 전일하게 하는 것을 주로 해야 할 뿐이며 '이겨야 한다.'는 뜻은 없을 듯합니다. "보배로운 거울에 남금南金[75]을 부쳤다."는 비유는 어느 책에서 나왔는지는 모르겠지만 그 뜻은 선禪에 가깝습니다. 그러나 우리 유학에서 추구하는 관점에서 잘 살펴본다면 또한 해로움이 없을 듯합니다.

대개 마음이 하나에 전념하지 못하고 두세 가지로 움직이면 아무리 생각이 좋다지만 이미 심체心體의 허명虛明함을 온전히 하지 못하기 때문에 명도明道[76]도 "거울을 뒤집어놓고 비추어지기를 구하는 꼴입니다[77]."라는 말이 있습니다. 지금 송당의 의도 역시 사람들이 못하게 하려고 했던 것이 아니라 다만 마땅히 생각하여야 할 것에 전념하게 한 것이며, 두 가지라서 두 가지를 겸하지 말고 세 가지라서 세 가지를 겸하지 말라는 것일 뿐입니다.[78]

---

75 남금 : 다른 금에 비하여 곱절이나 비싸다는 쌍남금雙南金을 이르는 말로, 《시경詩經》〈노송魯頌 반수泮水〉에 "은혜를 깨달은 오랑캐들이……남방의 좋은 황금을 조공으로 많이 바쳤다.[憬彼淮夷……大賂南金]"라는 구절이 있다.

76 명도 : 정호程顥(1032~1085)의 호다. 송宋나라 유학자로 자는 백순伯淳이다. 아우 정이程頤와 함께 주돈이周敦頤의 문하에서 수학하여 이학理學의 기초를 마련하였다.

77 거울을……꼴입니다 : 정호程顥의 〈정성서定性書〉에 "이제 외물을 미워하는 마음을 가지고 아무런 물物도 없는 지역을 비추기를 구한다면 이는 거울을 뒤집어놓고 비추어지기를 구하는 꼴입니다.[今以惡外物之心 而求照無物之地 是反鑑而索照也]"에서 나오는 말이다.

78 두 가지라서……뿐이니 : 《주자어류朱子語類》에 주희는 문인의 주일主一에 대한 물음에 대하여, "마음은 전일하게 갖는 것을 요할 뿐이요, 두 가지 일을 겸해서는 안 되는 것이다. 예컨대 한 가지 일을 마치고 나서 다시 한 가지 일을 더하는 것이 바로 이貳이고, 한 가지 일을 마치고 나서 다시 두 가지 일을 더하는 것이 바로 삼參이다. 따라서 '두 가지라서 두 가지를 겸하지 말고, 세 가지라서 세 가지를 겸하지 말라.'는 것은 곧 두 가지나 세 가지 일을 겸해서 하지 말라는 것이다.[心只要主一 不可容兩事 一件事了 更加一件 便是貳 一件事了 更加兩件 便是參 勿貳以二 勿參以三 是不要二三]"라고 하였다.

그렇다면 이 조목에는 큰 잘못이 없을 것입니다.

'먼저 덕을 밝히는 것을 연구하고 그 다음으로 몸을 닦는 것을 연구하다.' 이 단락에 관하여 보내주신 논의는 대체로 타당합니다. 대개 사물의 이치를 연구하는 데 이르는 것은 지식을 공고히 하기 위함이니 마땅히 사물의 이치를 연구하지 않음이 없어야 성정性情과 심신心身으로부터 모두 이해되는 것입니다. 그렇지만 '사물의 이치를 연구하다.[格物]'라고 하면 옳겠지만 '덕을 밝히는 것을 연구하다.[格明德]'라고 하거나 '몸을 수양하는 것을 연구하다.[格修身]'라고 한다면 말이 되지 않습니다. 명덕明德의 명명을 수신修身의 수修와 대립시킨다면 명명은 바로 '밝힌다[明之]'라고 할 때의 명명으로 앎[知]과 행동[行]을 아울러 말한 것이니, 격치格致와 수신修身이 함께 거론된 것입니다.

지금 '덕을 밝히는 것을 연구하다.[格明德]'라고 할 때 '격格'자가 '안다'는 의미인지 '명明'자가 '안다'는 의미인지 모르겠습니다. '격'자가 '안다'는 의미로 쓰였다면 '명'자에서의 '안다'는 뜻은 군더더기이고 '명'자가 '안다'는 의미로 쓰였다면 '격'자에서의 '안다'는 뜻은 중첩되게 됩니다.

다시 '몸을 닦는 것을 연구하다.'라고 할 때 덕을 밝히는 데[明德] 필요한 앎과 행동 외에 또 몸을 닦는[修身] 데 필요한 앎과 행동을 연구할 수 있습니까? 이 역시 도리에 맞지 않고 말이 되지 않습니다. '먼저 연구하고 다음에 연구한다.'는 말의 잘못은 보내신 성정誠正과 격치格致를 분변하고 선후로 나눈 말과 같아서 여기서 다시 말씀드리지 않습니다.

저는 일찍이 〈백록동규〉 뒤에 붙인 여러 설명을 반복해서 읽어 보고 참람하게 다음과 같이 논합니다. 〈백록동규〉 해설 뒤에 붙인 글에서 우선 일관된 뜻을 인용하고 그 다음에 나라를 다스리는 도를 말하며 자신의 말을 붙였으니, 그 의도는 마치 동규洞規에 부족한 부분이 있어서 이것으로 부족한 부분을 채우려는듯하니 좋다고 할 만합니다. 그렇지만 제가 들은 것을 근거하자면 자못 의심이 없을 수 없습니다. 옛날 성현이 사람들에게 학문을 가르치면서 한 사람 한 사람에게 도를 알게 하려고 논리를 세울 때 어찌 다 거론하여 전해 주려고 하지 않았겠습니까? 그러나 그렇게 할 수 없었던 것은 도를 전하는 것을 아까워하고 사람을 비근한 데에 한정시키기 위함이 아니었습니다. 그럴 수밖에 없는 상황이었기 때문입니다.

삼천 명 무리들이 날마다 공자의 문하에 노닐었으나 강론했던 것은 오직 '효제충신孝悌忠信'과 《시경詩經》과 《서경書經》, '집례執禮' 뿐이었고 인仁을 논할 때도 다만 인을 행하는 일에만 국한하였을 뿐입니다. 오랜 시간이 지나서 각자의 재목에 따라 성취하여 저마다 얻은 것이 있었지만 일관하는 오묘함은 오직 증자曾子와 자공子貢만이 함께 들을 수가 있었습니다. 이러한 경지에 이른 뒤에야 말씀해주셨으니 이는 부득이한 것이었습니다. 선왕들이 사람을 가르쳤던 방법을 오늘날에도 볼 수 있는 것은 《소학小學》과 《대학大學》입니다.

《소학》의 가르침은 진실로 사람으로 해야 할 자세한 내용까지도 모두 설명하였고, 《대학》의 경우 비록 그 규모의 크기가 지극하지만 지知를 말할 때에는 사물에 대하여 궁격窮格[79]함을 말하고, 행함을 말할 때에는 성의誠意, 정심正心, 수신修身에서부터 시작해서 국가에 이 마음을 미루고 천하에까지 이르니 그 가르침의 순서가 있고 그 학문의 실제에 힘쓰는 것이 이와 같습니다.

다스림을 논할 때에는 오히려 마음을 보존하고 다스리는 근본에 불과하였을 뿐 제도와 문장 등에 관해서는 언급하지 않았습니다. 예를 들면 공자가 안연顏淵에게 알려준 것은 무엇이었습니까? 사대四代의 예禮를 덜고 보태어[80] 백왕百王들을 위한 큰 법을 만들었으며 오직 안자만이 이를 들을

---

79 궁격 : '궁窮'은 거경궁리居敬窮理를 이르고, '격格'은 격물치지格物致知를 이르는데, '거경궁리'는 잠시도 쉬지 않고 마음을 집중하여 원리를 규명함을 이르고, '격물치지'는 실제적인 사물을 통하여 이치를 궁구함으로써 온전한 지식에 도달함을 이른다.

80 안연에게……보태어 : 《논어論語》〈위령공衛靈公〉에 안자가 나라 다스리는 방도를

수 있었습니다. 《대학》의 경우 천하를 위한 공통된 법을 확립하였으니 성인이 어찌 천하의 영재를 속여 처음 학문하는 데 등급을 뛰어넘어 가르쳤겠습니까? 또 주자의 학문에 모든 체體와 용用이 다 갖추어져 있어도 배우는 사람들을 위해 규범을 확립하는 데에는 다만 오륜五倫으로 근본을 삼고, 학문하는 순서로 잇고 행실을 돈독하게 하는 일로 마무리를 지었을 뿐 도체道體의 전체는 말하지 않았으니, 그 또한 공자와 문인들의 유지遺志이고 선왕들께서 가르친 방법이었습니다.

'널리 배운다[博學]'는 말 아래로는 앎을 이루도록[致知] 한 것이고, '행실을 돈독히 한다[篤行]'는 말 아래로는 힘써 행하는 일[力行]이니, 이 두 가지로 천하의 선비를 대우해야 합니다. 이치에는 정밀하고 조잡함이 없어 조잡한 데서 시작하여 정밀해지고 말은 아래위를 통하여 아래로는 사람의 일을 배우고 위로는 하늘의 이치를 터득합니다. 이것은 마치 여럿이 하수河水 물을 마시더라도 제각기 자신의 양만큼 채우는 것과 같아서 높게는 성현도 낮게는 훌륭한 선비도 될 수 있지만 모두가 다 여기에서 얻습니다. 이른바 일관하는 뜻과 나라를 다스리는 도는 인재를 기다려 발탁한 것으로 빠뜨리고서 등용하지 않는 것은 아닙니다.

이제 이점을 살피지 않고 인용해서 보충하려고 하니 그 또한 생각지 않았기 때문입니다. 제가 말씀드린 것은 말이 비록 많기는 하지만 요약하면 성誠과 경敬을 으뜸으로 삼습니다. '불경함이 없다[毋不敬]'는 말 아래로는 경敬을 으뜸으로 삼아 말한 것이고, '도에는 체體와 용用이 있다.[道有體用]'는 말 아래로는 성誠을 으뜸으로 삼아 말씀드린 것입니다.

경敬을 으뜸으로 해서 말씀드린 것은 말씨에 있어서 비록 급히 서두르는 병통과 논리가 서로 어긋난다고 하더라도 그래도 오히려 큰 잘못에는 이

묻자, 공자孔子가 "하나라의 역법曆法을 행하고 은나라의 수레를 타며 주나라의 면류관을 쓰고 음악은 소무를 사용해야 한다.[行夏之時 乘殷之輅 服周之冕 樂則韶舞]"라고 말한 데서 유래한다. 사대四代는 곧 우虞·하夏·은殷·주周를 가리킨다.

르지 않았습니다. 성誠을 으뜸으로 해서 말씀드린 것은 병통이 더욱 많습니다. 가르침을 순서에 따라야 하고 말은 적재적소에 맞는 것을 귀하게 여기니 지금 대개 도의 체體와 용用을 논하면서 성誠에까지 언급하였지만 드러나는 단서가 없는 것이 첫 번째 병통입니다.

《중용中庸》은 도를 논한 책인데 중中은 성性이 드러나지 않은 상태를 말하고, 화和는 이미 드러난 상태를 말하여 성정性情의 덕[81]을 드러내었을 뿐입니다. 지금 학규學規를 논하면서 이를 끌어다 말을 하니 자못 친절하지 않은 것이 두 번째 병통입니다.

《대학》의 명덕明德과 신민親民으로 《중용》의 중화中和에 비교하니 이치로 보아 비록 둘이 아니라지만 이름과 뜻이 서로 다른 것을 가리키는데도 그 둘을 억지로 갖다 붙이고 짝을 지우는 것은 견문이 좁은 선비들의 잘못인데, 지금 그것을 취해서 설說로 삼아 경전의 말씀을 천착하고 후학을 그르치는 것이 세 번째 병통입니다.

지금 "덕을 밝히는 것을 연구하여 밝음을 이루어서 천하의 큰 근본을 확립한다."고 한다면 이는 다만 지식만 이루면 큰 근본이 이미 확립될 수 있게 되는 것입니다. 그 아래 또 "뜻을 정성스럽게 하고 마음을 바르게 한다."라고 말한다면 이것은 큰 근본을 세운 뒤에 뜻이 정성스럽고 마음이 바르게 될 수 있는 것이니, 앞뒤의 순서가 바뀌었고 말에 차례가 없는 것이 네 번째 병통입니다.

---

81 《중용》은……성정의 덕 : 《중용》에 "희로애락이 아직 발하지 않은 것을 '중'이라 이르고, 발하여 모두 절도에 맞는 것을 '화'라 이른다. 중은 천하의 큰 근본이요, 화는 천하의 공통된 도이다.[喜怒哀樂之未發謂之中 發而皆中節謂之和 中也者 天下之大本也 和也者 天下之達道也]"라는 구절에 대한 주희의 주석에 "'대본'은 하늘이 명한 '성'이다. 천하의 이치가 모두 이로 말미암아 나오니 도의 체이다. '달도'는 성을 따름을 이른다. 천하와 고금에 함께 행하는 것이니 도의 용이다. 이것은 성정의 덕을 말하여 도를 떠나서는 안 된다는 뜻을 밝힌 것이다.[大本者 天命之性 天下之理 皆由此出 道之體也 達道者 循性之謂 天下古今之所共由 道之用也 此言性情之德 以明道不可離之意]"라는 내용이 있다.

"천하의 공통된 도[82]에 대해서 행한다"고 한다면 옳겠지만, 지금 "천하의 공통된 도를 정한다."라고 한다면 이미 온당치 못하고 또 《중용》에 의거해서 공통된 도[達道]를 논하면 성의誠意와 정심定心 아래로는 다 말할 수 있지만 지금 단정적으로 수신修身 아래로부터 말하여 분석에 실수를 한 것이 다섯 번째 병통입니다.

대인이면서 변화하여[83] 참되고 신령스러운 오묘함은 성인의 지위이기 때문에 안자도 도달하지 못하였는데, 이제 학규學規에서 이 말을 함으로써 앞에서 인용한 '일관一貫'과 뒤에서 논한 '씩씩하여 쉬지 아니하는 것이 하늘이라는 말[乾乾不息便是天者]'이 모두 빈말이 되어 버린 것이 여섯 번째 병통입니다.

유자儒者의 학문은 마치 높은 데 오르기 위해서는 밑에서부터 시작하는 것과 같고, 멀리 나아가기 위해서는 반드시 가까운 데서 시작하는 것과 같습니다. 아래에서부터 시작하고 가까이서부터 시작하는 것이 진실로 느리고 더딘 것 같지만 이를 버리고 또 어디서부터 높고 먼 데로 나아갈 수 있단 말입니까? 힘써서 차츰차츰 나아간 끝에 이른바 높고 먼 것이, 낮고 또 가까운 것에서 떨어지지 않아야 깨닫게 되니 이것이 불가佛家나 노장老莊의 학문과 다른 점입니다.

---

82 천하에……도 : 《중용》에 "희로애락의 감정이 아직 일어나지 않은 것을 중中이라고 하고, 일단 일어나서 모두 절도에 맞게 되는 것을 화和라고 하니, 중이란 것은 천하의 큰 근본이요, 화라는 것은 천하의 공통된 도이다. 중과 화를 극진하게 하면 천지가 제자리를 잡고, 만물이 제대로 길러질 것이다.[喜怒哀樂之未發謂之中 發而皆中節謂之和 中也者 天下之大本也 和也者 天下之達道也 致中和 天地位焉 萬物育焉]"라는 구절이 있다.

83 대인이면서 변화하여 : 《맹자孟子》〈진심 하盡心下〉에 "사람들이 좋아할 만한 사람을 선인이라 하고, 자기 몸에 선을 소유한 사람을 신인이라 하고, 선을 충실히 보유한 사람을 미인이라 하고, 충실하여 빛남이 있는 사람을 대인이라 하고, 대인이면서 변화한 사람을 성인이라 하고, 성인이어서 측량할 수 없는 사람을 신인이라 한다.[可欲之謂善 有諸己之謂信 充實之謂美 充實而有光輝之謂大 大而化之之謂聖 聖而不可知之之謂神]"라는 구절이 있다.

지금 발도 들지 않았는데 갑자기 꼭대기까지 올라가도록 꾸짖고 아직 수레바퀴의 고임돌도 빼지 않았는데 서둘러 아주 멀리 나아가기를 기약하니 천하에 어떻게 이런 이치가 있습니까? 또 자세하게 탐구하지 못하고 한갓 짧은 말이나 글만 믿고서 얻으려고 하니 이는 사람들로 하여금 마음대로 상상하게 하고 큰소리로 미친 듯이 꾸짖어서 마침내 하늘을 기망하고 성인을 속이는 죄에 빠지도록 하였으니 그 피해가 어찌 소소한 문장의 뜻이 어긋나는 것일 뿐이겠습니까?

아! 오늘날 경서를 공부하는 서생과 학생들 가운데 문자를 통해 자신을 드러내고 이익을 누리는 자들은 '도학道學'이라는 두 글자를 마치 독초와 같이 볼 뿐만 아니라 입 한번 제대로 연 적도 붓 한번 제대로 든 적도 없어 불안한 마음으로 스스로 생각대로 되었다고 여기고 있습니다. 이 사람은 스스로 유행하는 세속에서 몸을 빼내어 창을 버리고 학문을 강론하며 창을 눕혀두고 도를 생각하니[84] 비록 중간에 꺾이고 욕을 당하였지만 스스로 그만두지 않고 전대의 현인들이 사람을 가르쳤던 법을 가져다 주석을 달아 세상에 환히 알렸으니 또한 의연한 대장부라고 할 만합니다. 그러나 애석하게도 소견이 아직은 형식에서 벗어나지 못하였고, 《백록동규집해》[85]가 뜻

---

84 창을……생각하니 : 전쟁터에서도 학문을 멈추지 않음을 이르는 말이다. 《후한서後漢書》〈번준열전樊準列傳〉에 후한의 번준樊準이 군웅이 할거하여 늘 전쟁이 일어나는 상황에서도 "창을 내려놓고 문예를 강론하며, 군마를 쉬게 하고 도를 논하였다.[投戈講藝 息馬論道]"는 구절에서 유래한다.

85 백록동규집해 : 〈백록동규白鹿洞規〉는 원래 주자가 백록동서원白鹿洞書院의 학자들에게 게시하기 위해 지은 글이다. 후에 박영朴英이 경전과 선유들의 학설을 모아 해설을 붙였는데, 이 책이 《백록동규집해》다. 원래 주자가 백록동서원에서 제정한 규칙으로는 부자유친父子有親, 군신유의君臣有義, 부부유별夫婦有別, 장유유서長幼有序, 붕우유신朋友有信의 다섯 가르침과 박학지博學之, 심문지審問之, 신사지愼思之, 명변지明辨之, 독행지篤行之의 학문하는 순서와 언충신言忠信, 행독경行篤敬, 징분질욕懲忿窒慾, 천선개과遷善改過의 수신修身하는 요체와 정기의正其義, 불모기리不謀其利, 명기도明其道, 불계기공不計其功의 처사處事하는 요체와 기소불욕 물시어인己所不欲勿施於人, 행유부득 반구저기行有不得反求諸己의

458 · 퇴계 편지 백 편

을 크게 드러내어 뜻을 밝히기는 했지만 자세히 살펴보니 두어 조목의 합당치 못한 것이 있고 〈후설後說〉은 비록 생각이 좋기는 하지만 끝까지 논한다면 또 앞에서 말한 것과 같은 부분이 있으니 저로 하여금 이러한 점에서 유감으로 생각하게 합니다. 그렇다면 지금 마땅히 어떻게 하는 것이 옳습니까?

선배들의 잘못을 의논하는 것은 진실로 후학이 함부로 가벼이 할 수는 없습니다. 그렇지만 이치를 분석하고 도를 논하는 경우라면 털끝만큼도 구차하게 여겨서는 안됩니다. 따라서 회암晦菴이 동래東萊와 더불어 《지언知言[86]》의 중대한 하자를 고칠 때 남헌南軒[87]이 또한 함께 하였는데 남헌南軒은 오봉五峯[88]의 문인입니다.

제자로서 스승의 책을 의논하면서도 혐의스럽게 여기지 않았던 것은 아마도 의리는 천하에 공평하기 때문이 아니겠습니까? 무엇이 먼저이고 무엇이 뒤인지, 누가 스승이고 누가 제자인지, 어느 것을 저쪽으로 보고 어느 것을 이쪽을 볼 것인지, 어느 것을 취하고 어느 것을 버릴 것인지는 지극히 마땅한 데로 귀일하여 바꿀 수 없을 따름입니다. 따라서 이 해설은 그 문인들 가운데 도리를 알고 시비를 공평하게 가릴 사람을 찾아 득실을

접물接物하는 요체로 구성되어 있다. 《회암집晦庵集》〈잡저雜著〉에 〈백록동규〉가 실려 있다.

86 지언 : 남헌南軒 장식張栻(1133~1180)의 스승인 호굉胡宏(1106~1161)이 《지언知言》을 지었는데, 주자가 잘못된 곳을 지적하여 《지언의의知言疑義》를 지어 남헌과 토론하였다. 이때 남헌도 스승의 설이 다 옳다고는 여기지 않는다고 하면서 주자의 견해를 인정하였다.

87 남헌 : 장식張栻(1133~1180)의 호다. 자는 경부敬夫다. 스승인 호굉胡宏으로부터 학문을 익혔으며 호굉의 학문을 이어받아 송나라 호상학파湖湘學派를 이끄는 영수가 되었다. 저서로 《희안록希顏綠》·《남헌역설南軒易說》 등이 있으며, 주희가 편찬한 《남헌집南軒集》이 있다.

88 오봉 : 호굉胡宏(1106~1161)의 호다. 자는 인중仁仲이며 호안국胡安國의 셋째 아들이다. 저서로 《지언知言》이 있다.

살펴 논해서 제거해야 할 것은 제거하고 두어야 할 것은 두어서 다시 간행하여 세상에 내놓는다면 후학의 다행일 것이며 송당松堂을 위하는 것이 두텁지 않다고 할 수 없으니 그대는 어떻게 생각합니까?

《백록동규집해白鹿洞規集解》에 관해 논한
황중거黃仲擧에게 답하는 편지 **答**

【 송당松堂 박공朴公이 《백록동규집해》를 가지고 있다가,

최근에 와서 비로소 간행하였다. 】

• **해설** : 이 편지는 황준량黃俊良(1517~1563)의 편지를 받고, 기미년(1559년, 59세) 2월 6~25일 사이에 보낸 답장이다. 황준량이 주자가 지은 〈백록동규白鹿洞規〉에 박영朴英이 주석을 단 《백록동규집해白鹿洞規集解》를 읽고 궁금한 내용을 퇴계에게 질문하고여 대답하였다.

• **황중거** : '중거仲擧'는 황준량의 자다. 호는 금계錦溪고, 퇴계의 문인이다. 단양군수丹陽郡守 등을 지냈다. 저서로 《금계집錦溪集》이 있다.

06.
의를 버리고
정을 따르니

한강 나루에서 쓸쓸히 헤어진 한스러움은 편지에서 말씀하신 것과 같습니다. 서울에서는 자주 만나지 못했지만 병든 객지생활이라 애써보아도 학문의 단서를 찾을 수 없어 매번 만날 때도 그저 얼굴만 볼 뿐이었습니다. 이제 와서 생각하면 저의 잘못으로 평소의 뜻을 잃어버렸으니 두렵습니다. 저는 길을 나선지 5, 7일 사이에 병이 심해져 공이 보낸 평위전平胃煎[89]을 먹고 나서 조금 생기가 차려졌습니다. 물길로 절반쯤 와서는 아직도 비록 다른 병이 남아 있기는 하지만 비위脾胃는 조금 튼실해진듯합니다. 이 때부터 회복되어 오늘까지 아직은 버티며 지내고 있으니 이렇게 약의 힘이 사람에게 도움을 주니 공에게 매우 감사드립니다.

보내신 편지에 "너무 서둘러 떠나십니다."라고 하였는데, 공도 저의 이러한 행동에 의심하십니까? 예로부터 신하된 사람으로 저같이 병이 심하고 직무를 제대로 수행하지 못하면서 여전히 자리에 눌러앉아 떠나지 않고서 "나는 장례 때문이다[90]."라고 했던 사람이 어디에 있었습니까?

오늘날 조정에서 밤낮 가리지 않고 일하는 훌륭한 사람들 가운데 장례를 치르는 사람은 의義와 정情을 모두 온전히 갖추어야 합니다. 그런데 저처럼 병으로 직무를 제대로 수행하지 못하면서 장례를 치르는 것은 의를

---

89 평위전 : 위장병을 치료하는 탕약의 일종이다.

90 나는⋯⋯때문이다 : 당시 명明나라 사신을 접반하기 위해 6월 25일 서울로 들어갔으나 28일 명종이 승하하였다. 이에 퇴계는 명종의 행장行狀을 짓고, 예조판서禮曹判書에 제수되었다. 이후 명종의 장례를 보지 않고 안동으로 내려오자, 조정에서는 올바르지 않은 행동이라는 의논이 있어 퇴계는 자신의 입장을 피력하였다.

잃어버리고 정만 따르는 것입니다. 제 생각으로는 불행히도 의와 정을 온전히 갖추지 못할 경우에는 의를 잃고 정을 따르기보다 의를 따르고 정을 굽히는 편이 낫습니다.

저는 종전에 병이 심하여 직무를 제대로 수행하지 못했던 것을 우선은 차치하고라도 다시 예조판서의 왕명을 받았으니, 새 임금께서 정사를 시작하시는데 하루도 직무를 수행하지 못한다면 신하의 의리는 아무것도 남아 있지 않을 것입니다. 그런데 목숨을 바쳐야 할 마당에 이렇게 의를 행하지 못할 바에야 물러나야 하는 것은 당연합니다. 의리가 하늘의 해와 같은데 다시 무엇을 의심하겠습니까?

돌아보면 이제 한쪽 길 밖에 남지 않은, 벼슬에서 물러나야 하는 상황인데 이미 이 길마저 막혀 달리 걸해乞骸[91]하여 은거[92]할 시기가 없게 되었습니다. 이전 직책에는 이미 체직되었고, 다음 벼슬은 아직 제수되지 않아 아무런 관직도 없는 자유로운 날이 되었습니다. 이 틈에 몸을 빼어 떠났으니 비록 조용히 물러나려고 해도 서두르지 않는다면 어떻게 가능이나 하겠습니까?

사람들은 "임금과 어버이는 한 몸이니 마땅히 같은 예禮로 섬겨야 한다."고 합니다. 이 말은 바뀔 수 없는 논리입니다. 그러나 임금과 어버이 사이에는 결코 같을 수 없는 것이 있습니다. 어버이와 아들은 천륜에 속하기

---

91 걸해 : '乞骸骨'의 준말로, 신하가 나이가 들어 퇴직을 청할 때에 "해골을 고향에 가지고 돌아가도록 빈다.[伏乞骸骨歸]"라는 구절에서 유래하는데, 고향으로 돌아가서 해골을 장사지내게 해달라는 의미이다. 당나라 두보杜甫의 〈견흥遣興〉에 "하공은 고상하게 사투리를 쓰고, 벼슬할 땐 늘 거리낌 없이 방종했네. 상소하여 벼슬을 사퇴하고는, 황관 쓰고 고향으로 돌아갔네.[賀公雅吳語 在位常淸狂 上疏乞骸骨 黃冠歸故鄕]"라는 구절이 있다.

92 은거 : 원문의 '遂'는 '遂初'의 준말로, 초심을 이루어 벼슬에서 사직하고 은거하여 지낸다는 의미이다. 진晉나라 때에 손작孫綽이 고양高陽·허순許詢 등과 함께 고상한 뜻을 품고 회계산會稽山에 은거하여 10여 년간을 산수를 유람하며 살면서 〈수초부遂初賦〉를 지은 데서 유래한다.

때문에 정해진 장소가 없이[無方] 곁에서 봉양해야 하지만[93] 임금과 신하는 의로 만났기 때문에 곁에서 섬기되 정해진 장소가 있습니다[有方]. 무방無方은 은혜가 언제나 의를 덮어 떠날 도리가 없고, 유방有方은 의리가 간혹 은혜를 빼앗아 부득이 떠날 때도 있습니다. 임금을 섬기는 사람이 의義가 있다는 것을 모르고 오직 정에만 얽매인다면 성취한 것이라고는 아녀자와 내시들의 충성에 불과하니 은혜를 입은 사람이 어찌 아무런 하는 일 없이 녹만 탐내다가 죽어서야 되겠습니까?

저는 선왕조 때 거듭 돌보아주시는 명을 받고 벼슬에 제수되었지만 죽음을 무릅쓰고 사퇴하고 감히 받지 않았던 것은 다만 여기에 견해를 두어 본래의 뜻을 고치고 싶지 않았기 때문입니다. 그런데 지금은 도리어 거의 죽을병에 걸리고, 새 임금의 은혜를 저버려 비할 데 없이 낭패가 났는데도 오히려 떠나지 않고 있다가 어둠속에서 아침이슬보다도 빠르게 죽게 된다면 십 수 년 이래 죽음으로 사퇴하려고 했던 뜻은 끝내 어떻게 되겠습니까? 제가 이러하니 어찌 죽기 전에 서둘러 고향으로 돌아갈 것을 생각지 않겠습니까? 그런데 여러분께서 제가 잘못한 것이라고 한다는 한다는 말을 듣기는 했지만 어찌 쉽사리 입을 열어 스스로 변명하겠습니까? 오직 공의 의심은 한마디 말로 밝히지 않을 수 없기에 이렇게나마 말씀드리니 공의 생각은 또 어떠한지 모르겠습니다.

우경선禹景善에게 답하는 편지 答

---

93 정해진……하지만 : 《예기禮記》〈단궁 상檀弓上〉에 "어버이를 섬기되 숨김은 있고 범함은 없으며, 곁에서 봉양해야 하며 정해진 장소가 없이 곁에서 봉양해야 하며, 부지런히 일하여 죽음에 이르며, 삼년상에 슬픔을 지극히 한다. 군주를 섬기되 범함은 있고 숨김은 없으며, 좌우에서 봉양함에 정해진 장소가 있으며, 부지런히 일하여 죽음에 이르며, 부모의 삼년상에 비방한다.[事親 有隱而無犯 左右就養無方 服勤至死 致喪三年 事君 有犯而無隱 左右就養有方 服勤至死 方喪三年]"라는 구절이 있다.

- **해설** : 이 편지는 우성전禹性傳(1542~1593)의 편지를 받고, 정묘년(1567년, 67세) 9월 1일에 보낸 답장이다. 사람들은 '임금과 어버이는 같은 예로 섬겨야 한다.'고 하지만 결코 같을 수 없고, 유방有方과 무방無方으로 구분하여 판단하여야 된다고 하였다.

- **우경선** : '경선景善'은 우성전의 자다. 호는 추연秋淵·연암淵庵이며, 시호는 문강文康이다. 퇴계의 문인으로, 장령掌令 등을 지냈다. 저서로 《계갑록癸甲錄》 등이 있다.

17

악, 가사 그리고 술

家酒樂事

이.
한 잔 술
권하지 마오

계곡에서 이별하고 울적하여 도통 잠을 이룰 수가 없어 이튿날 아침 현縣으로 사람을 보내 안부를 전하게 했었는데 벌써 길을 떠나셨더군요. 만나지도 못하고 돌아오니 무엇인가를 잃어버린 듯 더욱 사람을 낙심하게 하였습니다. 그런데 뜻밖에 한통의 편지가 급히 와서 펴서 읽어보고는 미칠 듯 기뻐 늙은이의 심정뿐만 아니라 산 속 꽃이나 새도 기뻐하는 것을 느꼈습니다.

보내주신 술은 마땅히 대성大成[1]과 함께 그대와 이별한 답답한 회포를 풀 것입니다. 발문[2]은 말씀대로 하고 전날의 세 절구는 모두 고칠 글자가 있었고, 또 당나라 사람이 냇가에 이르러 송별할 때 화답한 구[3]는 함께 베껴 보내드리니 웃으면서 보아주십시오.

서로 만났던 날에 이미 마음을 다 쏟아냈다고 생각했었는데 헤어지고 나니 한없이 헤아려봐야 할 일들이 생겨나니 만났을 때 미진했음을 느끼겠습니다. 오직 때마다 도를 위해 자중하시기를 간절히 바라며 이만 줄입니다.

---

1 대성 : 이문량李文樑(1498~1581)의 자다.

2 발문 : 《전도수언傳道粹言》의 발문을 이른다.

3 냇가에⋯⋯구 : 당唐나라 시인 유상劉商의 시 〈송왕영送王永〉 "그대 떠나면 봄 산은 누구와 함께 노닐까? 새 울고 꽃 지니 물은 부질없이 흐르네. 지금 그대를 전송하느라 시냇가에 앉았으니, 뒷날 내가 그립거든 물가로 오게나. 솜옷은 덥고 소매옷은 차가운데, 시절 풍경 화창해도 봄은 벌써 저물었네. 잠깐의 이별임에도 어찌 이리 슬픈가? 내일 등꽃은 나 혼자 감상하겠지.[君去春山誰共游 鳥啼花落水空流 如今送別臨溪水 他日相思來水頭 綿衣似熱夾衣寒 時景雖和春已闌 誠知暫別那惆悵 明日藤花獨自看]"의 3번째 구절이다.

평소 젊은 시절엔	平生少年日
이별할 땐 앞날을 기약하기 쉬웠지.	分手易前期
지금은 함께 늙고 쇠한 처지니	及此同衰暮
다시 이별할 때가 아니라네.	非復別離時
말하지 말게나, 술 한 동이를	勿言一尊酒
내일 다시 가져오기 어렵다고.	明日難重持
꿈속에선 길을 알지 못하니	夢中不識路
어떻게 그리움을 위로하려나[4].	何以慰相思

"사원史院[5]의 동료들과 영지사靈芝寺[6]에서 전별연을 할 때 자리에 있던 어떤 사람이 이 시를 읊자, 자네[李季章][7]가 나에게 '평소 저도 이 시를 대단히 좋아하였는데, 어찌 이 시를 써주지 않으십니까?'라고 했었지. 내가 '나 같이 늙은 사람은 이 시의 맛을 알겠지만 자네같이 젊은 사람은 모를 것인데, 어찌 이 시를 좋아하는가?'라고 했었지. 얼마 있다가 생각해보니, 헤어질 때에 단 한사람이라도 늙음을 탄식하는 사람이 있으면 앉아 있는 모든 사람들의 기분이 나빠지겠기에, 비로소 심은후沈隱侯[8]의 시에 오히려 미진한 점이 있다는 것을 알았네. 그 일로 시를 적어 함께 그대에게 보내니 어떻게 생각하는가?"

---

4 평소……위로하려나 : 남북조시대 심약沈約의 〈별범안성시別范安成詩〉로, 《심약전집沈約全集》에 실려 있다.

5 사원 : 주자는 송宋나라 영종寧宗 1194년에 실록원동수찬實錄院同修撰 벼슬을 겸직한 데서 이르는 말로, 사원은 실록원實錄院을 이른다.

6 영지사 : 주자가 이곳에서 사원史院의 동료들과 전별연을 하였다.

7 자네[李季章] : '계장季章'은 주자의 문인 이벽李璧(1157~1222)의 호다. 자는 미지尾之다.

8 심은후 : '은후隱侯'는 남북조시대 심약沈約(?~?)의 시호다. 자는 휴문休門이다. 저서로 《진서晉書》 등이 있다.

윗글은 회암晦菴⁹ 선생이 이계장에서 보낸 편지로 《주자대전朱子大全 29》에 실려 있으니 이 글을 본 적이 있을 것이라 생각합니다. 저는 평소에 이 시를 읽을 때 일찍이 그 말을 곱씹으며 여러 차례 거듭 읽고 감탄하며 읊지 않은 적이 없었습니다. 제가 요사이 몸소 그러한 경우를 당하고 직접 그러한 일을 만나니 더욱 절실하고 의미가 있는 것 같습니다. 다만 제가 감상하고 맛보는 것은, '한 늙은이가 온 좌중을 우울하게 한다.'는 말들에 국한될 뿐이었습니다. 선생이 도성을 떠날 때가 되니 그 탄식이 어찌 다만 늙음과 이별에만 있겠습니까? 이는 지금 우리들이 헤아려서 말할 수 없습니다. 돌아가는 심부름꾼에게 이 편지를 부치니 이를 통해 이별 후 늙은이의 회포가 어디에 있는지 알 수 있을 것입니다.

이강이李剛而에게 답하는 편지 [答]

• **해설** : 이 편지는 이정李楨(1512~1571)의 편지를 받고, 임술년(1562년, 62세) 3월 20일경에 보낸 답장이다. 퇴계가 심약沈約의 〈별범안성시別范安成詩〉를 읽고 그 뜻에 매우 감탄 하였음을 전하였다.

• **이강이** : '강이剛而'는 이정의 자다. 호는 구암龜巖이다. 홍문관부제학에 임명되었으나 취임하지 않고 고향에 구암정사龜巖精舍를 짓고 후진을 양성하였다. 어릴 때 송인수宋麟壽 로부터 배우고 성장한 뒤에는 퇴계와 교유하였다. 저서로 《구암문집龜巖文集》 등이 있다.

---

9 회암 : 주자朱子의 호다.

02.
도의 생성은
근본이 서는 데서

봄이 다 지나도록 소식을 듣지 못하다가 스님 편에 보낸 편지를 받고 근황을 알았습니다. 편지에서 "집안일[10]을 하면서 이를 통해 반성하고 깨닫고는 과감히 고쳐나가려고 합니다."라고 하신 말씀은 매우 좋습니다. 그러나 제 생각으로는 아직도 미진한 듯합니다.

일찍이 옛 사람들의 학문은 반드시 효제충신孝悌忠信을 기본으로 하고 순차적으로 천하의 모든 일에도 진성지명盡性至命[11]을 지극히 하였습니다. 대체로 포함하지 않은 것은 없지만 최우선으로 시급한 것은 특히나 가정에서 응대할 때입니다. 그래서 "근본이 확립되어야 도가 생긴다[12]."고 했던 것입니다. 이제 집안일로 인해 학문에 방해가 된다는 것은 아마도 옛 사람의 말씀과 다르지 않겠습니까? 그렇다면 그 까닭은 그대가 집안일을 하느라 의

---

10 집안일 : 원문은 '幹蠱'. 《주역周易》고괘蠱卦 초육初六의 "초육은 아버지의 일을 주관함이니, 자식이 있으면 돌아간 아버지가 허물이 없게 되리라.[初六 幹父之蠱 有子 考无咎]"라는 구절에서 온 말로, 자식이 아버지의 뜻을 잘 계승하여 아버지가 미처 다 이루지 못한 사업을 완성하는 것을 이른다.

11 진성지명 :《주역周易》〈설괘전說卦傳〉에 "이치를 궁구하고 본성을 다하여 천명에 이른다.[窮理盡性 以至於命]"라는 구절에서 온 말이다. 또한 정이程頤는 형인 정호程顥의 행장을 지으면서 이 구절을 인용하여 "본성을 다하여 천명에 이르는 것이 반드시 효도하고 공경함에 근본하며, 신명의 이치를 연구하고 조화를 아는 것이 예와 음악에 통함을 알았다.[知盡性至命 必本於孝悌 窮理知化 由通於禮樂]"라고 하였다. 또 "물 뿌리고 청소하고 응대함으로부터 이치를 궁구하고 본성을 다함에 이르렀다.[灑掃應對 至於窮理盡性]"라고 하였다.

12 근본이……생긴다 :《논어論語》〈학이學而〉에 공자의 제자 유약有若이 "군자는 근본을 힘쓰니, 근본이 확립되면 도가 생긴다. 효도와 공경은 아마도 인을 행하는 근본일 것이다.[君子務本 本立而道生 孝弟也者 其爲仁之本與]"라고 말한 구절이 있다.

리는 느슨하고 집안을 꾸려나가는 데 서두르다 이러한 상황에 익숙해진 것입니까?

그 명분을 고치지 말고 실제로 하는 일을 고치십시오. 어버이의 뜻을 잘 받들고 나서 일체의 모든 일을 오직 의리만을 따르십시오. 그렇게 하면 지난번 집안을 꾸려나갔던 것이 반드시 그 속에 있지 않음이 없을 것입니다. 자세한 절목은 책에 다 적혀 있으니 잘 살피고 선택해서 어떻게 힘써 실천하느냐에 달려 있을 뿐입니다. 두려워하는 것은 지금 이른바 "갑자기 줄어든[頓減]" 것을 뒷날까지 보장할 수 없으니, 이는 "들불에도 다 타지 않고 봄바람 불면 다시 자라네[13]."라고 한 선현들의 경계와 같습니다.

저는 여전히 병을 앓고 있어 독서와 실천에 모두 철저히 공부하지 못하고 있습니다. 또 절차탁마할 유익한 벗도 없어서 이따금 생각하면 두려운 마음에 몸 둘 바를 모르겠습니다. 《주자서절요朱子書節要》는 이제 거의 다 베꼈습니다. 한 사람씩 각각 베껴 보내오면 원본과 교정하는 것도 병중이라서 자못 심력을 허비해야 합니다. 그러나 이를 통해 절실한 부분까지 보게 되니 참으로 성현께서 나를 속이지 않는다는 것을 느끼겠습니다. 이는 필설로 남에게 말하기 어렵습니다. 하늘이 저에게 몇 년 만 더 살도록 해서 늘그막에 공부를 할 수 있도록 할런지 모르겠습니다.

'마음이 태극이다[14].'라는 것은 인극人極[15]을 말하는 것입니다. 이 이치는

---

13 들불에도……자라네 : 당唐나라 시인 백거이白居易의 〈부득고원초송별賦得古原草送別〉에 "무성한 저 언덕 위의 풀이여! 한 해에 한번씩 났다가 시드는구나. 들불에도 다 타지 않고 봄바람 불면 다시 자라네.[離離原上草 一歲一枯榮 野火燒不盡 春風吹又生]"라는 구절이 있다.

14 마음이 태극이다 : 원문은 '心爲太極'. 소옹邵雍의 《황극경세서皇極經世書》 〈관물외편하觀物外篇下〉에 "도가 태극이 되고, 심이 태극이 된다.[道爲太極 心爲太極]"라는 구절이 있다.

15 인극 : 주돈이周敦頤의 《태극도설太極圖說》에 "성인은 중·정·인·의로써 정하고 정을 주장하므로써 인극을 세운다.[聖人定之以中正仁義 而主靜立人極]"라고 하였다. 인극의 극極은 태극太極·황극皇極과 같은 용법으로 사용된 말인데, 극치·최

대상과 나를 구별하거나 안과 밖으로 나눔이 없으며 구분이나 형체도 없습니다. 마음이 고요하면 완전하게 갖추어져 하나의 본질이 되어 마음에 있거나 물건에 있는 구분이 없어지게 됩니다. 급기야 마음이 움직여서 자신의 일을 처리하고 상대와 만날 때면 모든 사물마다의 이치는 바로 내 마음에 본래 갖추고 있던 이치입니다. 다만 마음이 주재하여 각각 그 법칙에 따라 대응하면 되지 어찌 내 마음에서 추출해낸 다음에 사물의 이치로 삼겠습니까?

북계北溪[16]는 주자의 문하에서 가장 궁리窮理에 정밀한 분이었는데, 어찌 이를 모르고 말했겠습니까? 다만 여기에 '출出'[17] 한 글자만 써 놓아 그대가 편지에서 한 말[18]에 의심스러워하는 혐의가 있는 듯합니다. 이것은 언어상

고 표준·궁극의 원리 등과 비슷한 뜻을 가진다. 즉 인간의 윤리와 도덕에 있어서 최고 표준 혹은 최고 원리를 이르는 말이다.

16 북계 : 진순陳淳(1159~1223)의 호다. 자는 안경安卿이고, 시호는 문안文安이다. 황간黃幹과 함께 주희의 제자다. 평생 육구연陸九淵의 심학을 배척하고 주자학을 선양하는 데 힘썼으며, 영가학파永嘉學派의 대표 학자인 진량陳亮의 공리학功利 學도 배척했다. 저서로《북계자의北溪字義》·《북계문집北溪文集》등이 있다.

17 출 : 남송南宋 때 진순陳淳의《북계자의北溪字義卜》〈태극太極〉에 "마음이 태극이 라는 것은 다만 만 가지 이치가 내 마음에 다 모여 있어서 이 마음이 뒤섞인 하나의 이치일 뿐입니다. 그리고 이러한 도리가 유행하여 밖으로 나와서 자신의 일을 처리 하고 상대와 만날 때 여러 갈래의 이치가 제 각기 이치의 당연함을 얻으면 이것이 또 한 각각 하나의 태극이 되는 것입니다.[心爲太極者 只是萬理總會於吾心 此心渾淪 是一 簡理而已 只這道理流行 出而應事接物 千條萬緖 各得其理之當然 是又各一太極]"라는 구 절이 있다.

18 그대가……말 :《문봉집文峯集》〈상퇴계선생문목上退溪先生問目〉에 "말의 의미 는 아마도 마음에 있어서는 하나의 본질이지만 일에 있어서는 수 없이 서로 다릅니 다. 대개 '하나의 근본'이라고 하는 것은 다만 이치를 총괄하는 두뇌를 가리켜 말하는 것일 뿐 마음에 있는 것을 가리키는 것은 아닌데, 어찌 사물의 이치가 모 두 절로 마음속에 있는 것들이 따로 분리되어 올 수 있단 말입니까? 만약 이러한 논리라면 이치는 형체가 있는 사물이니 온갖 변화의 근원이 되기에는 부족합니 다. 저의 억측으로 선현의 논의를 헐뜯은 것이 매우 참람하니 자세히 알려주십시 오.[語意似以在心者爲一本 在事者爲萬殊 蓋所謂一本者 但指理之總腦處而言 非指在

의 작은 흠이니 잘 읽는 사람은, 보는 사람의 뜻으로 작자의 뜻을 파악해야[19] 절로 장애가 없을 것입니다. 아마 "절로 마음에 있는 것이 분리되어 나온다."고 하는 것은 온당치 않은 것 같습니다. 또 그대의 편지에 "마음에 있고 사물에 있는 다만 한 가지 이치"라는 말은 옳습니다. 그러나 또 "'하나의 본질'이라고 하는 것은 다만 이치를 총괄하는 두뇌를 가리켜 말하는 것일 뿐 마음에 있는 것을 가리키는 것은 아니다."라고 하였는데, 무릇 이미 "다만 하나의 이치일 뿐이다."라고 하였다면 "이치를 총괄하는 두뇌"가 마음에 있지 않고 어디에 있단 말입니까? 다만 반드시 마음에 있거나 사물에 있거나 본래 서로 다른 이치가 아니라는 사실을 알아야 합니다. 이를 분명하고 투철하게 해야 비로소 참다운 지식이 될 것입니다. 만약 그렇지 않고 막연히 "단지 하나의 이치일 뿐"이라고 한다면 하나의 본질과 수없이 서로 다른 차이에 대하여 아직도 분명하게 꿰뚫지 못하는 것이 아닌가 합니다.

이 점이 제가 전에 늘 "'이理'자를 알기 어렵다[20]."고 말한 것이니 어떻게 생각하십니까? 《통서通書[21]》에 "어두운 사람이 밝게 아는 사람에게 구해야 한다[22].", "실체를 돈독히 하면 재주 있는 사람이 글로 쓴

心者也 豈事物之理 皆自在心者 片片分來乎 如此則理爲有形底物事 而不足爲萬化之原也 妄以臆想 試詈先賢之論 僭踰甚矣 伏望折衷垂誨]"라는 내용을 이른다.

19 보는……파악해야 : 《맹자孟子》〈만장 상萬章上〉에 "시를 설명하는 자는 글자로써 말을 해치지 말며, 말로써 본래의 뜻을 해치지 말고, 보는 자의 뜻으로 작자의 뜻을 파악해야 시의 의미를 알 수 있다.[說詩者 不以文害辭 不以辭害志 以意逆志 是爲得之]"라는 구절에서 유래한다.

20 이자를……어렵다 : 《퇴계집退溪集》〈답기명언答奇明彦 별지別紙〉에 "'이理'자를 알기 어렵다고 하는 것은 대강 알기가 어렵다는 것이 아니라 참으로 알고 신묘하게 깨달아 궁극에까지 이르기가 어렵다는 것입니다.[所謂理字難知者 非略知之爲難 眞知妙解 到十分處爲難耳]"라는 구절이 있다.

21 통서 : 북송北宋 때 주돈이周敦頤의 저서로, 1권 40편으로 구성되어 있다. 원래는 《역통易通》이라 하였다. 《태극도설太極圖說》과 표리관계지만 도설이 우주론을 설명한 데 반해 이 책은 오로지 윤리설을 가리키고 있다.

22 어두운……한다 : 《통서通書》〈사제장師弟章〉에 "먼저 깨달은 사람은 뒤에 깨달

다^{23}."고 하였으며 주자는 "형체에는 치우침과 바른 차이가 있다^{24}.'는 이론은 모두 옳게 본 것입니다. 그렇지만 '저쪽에서 기미가 움직이면 이쪽에서 성이 움직인다^{25}.'에서의 저쪽[彼]과 이쪽[此] 두 글자가 과연 의심스럽습니까?

제 생각에는 '기미[幾]'란 움직임이 은미한 것으로 사물에 감응하여 움직이는 것^{26}이기 때문에 '기미[幾]'에 대해서는 '저쪽[彼]'이라고 하고 '성誠'은 이理의 실체로, 안에서 발현되기 때문에 성誠에 대해서는 '이쪽[此]'라고 한 것입니다. 그리고 "선에 미치지 못하는 것이 있는가^{27}?"라는 말은 설

는 사람을 깨우치고 어두운 사람은 밝게 아는 사람에게 구해야 사도師道가 확립된다.[先覺覺後覺 闇者求於明 而師道立矣]"는 구절이 있다.

23 실체를……쓴다 :《통서通書》〈문사장文辭章〉에 "문사는 재주이고, 도덕은 실체이다. 그 실체를 돈독히 하면 재주 있는 사람이 글로 쓴다. 그것이 아름다우면 사랑받고 사랑받으면 멀리 전해진다.[文辭 藝也 道德 實也 篤其實 而藝者書之 美則愛 愛則傳焉]"라는 구절이 있다.

24 형체에는……있다 :《근사록近思錄》〈위학爲學〉에 "인물이 똑같이 천지의 사이에 태어나서, 자뢰하여 형체로 삼은 것은 모두 천지 사이에 가득한 기이고, 얻어서 성으로 삼은 것은 모두 천지의 장수인 이이다. 그러나 형체에는 치우침과 바른 차이가 있으므로 성에 밝고 어두운 차이가 없지 않다. 오직 사람은 형체와 기운의 바른 것을 얻었다.[人物 並生於天地之間 其所資以爲體者 皆天地之塞 其所得以爲性者 皆天地之帥 然體有偏正之殊 故其性於性也 不無明暗之異 惟人也 得其形氣之正]"라는 구절이 있다.

25 저쪽에서……움직인다 :《통서通書》〈사장思章〉에 "생각이 없는 것이 근본이고 생각하여 통하는 것이 용이다. 저쪽에서 기미가 움직이면 이쪽에서 성이 움직여 생각하지 않아도 통하지 않음이 없는 것이 성인이다.[無思 本也 思通 用也 幾動於彼 誠動於此 無思而無不通 爲聖人]"라는 구절이 있다.

26 사물에……것 :《성리대전性理大全》〈기질지성氣質之性〉에 "사물에 감응하여 움직이는 경우나 혹은 기가 동하고 이가 따르며 혹은 이가 동하고 기가 그 사이에 낀다.[及其感物而動 則或氣動而理隨 或理動而氣挾之]"라는 구절이 있다.

27 선에……있는가 :《통서通書》〈애경장愛敬章〉에 "'선에 미치지 못하는 것이 있는가?'라고 물으면, '미치지 못하면 배워야 한다.'고 대답할 것이다. '착하지 않음이 있는가?'라고 물으면 '착하지 않으면 착하지 않다.'고 알려주고, 또 권해서 '고치기를 바란다. 그러면 군자가 된다.'고 답할 것이다.[有善不及 曰不及則學焉 問曰有

정한 물음으로, 그 아래 마땅히 '어떻게 하여야 합니까?'라는 말이 있어야 되지만 지금 없는 것은 주렴계의 문장이 매우 간결하기 때문입니다. 그러나 이 글은 우리나라 사람들은 토를 달아 읽기 때문에 어렵게 느끼는 것입니다. 중국 사람의 경우 토를 다는 구애가 없어 다만 '유선불급有善不及' 뒤에 곧바로 문장이 이어지더라도 어찌 불가능하겠습니까?

《통서通書》동정장動靜章 장의 첫째 절과 둘째 절[28]은 다만 형이상形而上과 형이하形而下를 기준으로 나누어 말한다면 형체가 있는 것은 정체가 되지만 형체를 뛰어넘는 것은 헤아릴 수도 없다는 뜻입니다. 이제 '분수가 한번 정해진 것'과 '천명의 유행'으로 설명하는 것은 아마도 온당치 않은 것 같습니다. 주석註釋한 글을 익숙히 완미해보면 알 수 있습니다. 저의 이 말들은 모두 억측으로 경솔히 말씀드린 것이니 옳은지 그른지는 모르겠습니다. 만약 이치에 어긋난 점이 있다면 다시 가르쳐 주셔서 강론에 보탬이 되도록 해주십시오.

정자중鄭子中에게 답하는 편지 **答**

不善 曰不善則告之不善 且勸曰庶幾有改乎 斯爲君子]"라는 구절이 있다.

28 첫째 절과 둘째 절 : 첫째 절은 "움직이면 고요함이 없고 고요하면 움직임이 없는 것이 사물이다.[動而無靜 靜而無動 物也]", 둘째 절은 "움직이되 움직임이 없고 고요하되 고요함이 없는 것이 신이다.[動而無動 靜而無靜 神也]"이다. 주자는 첫째 절에는 "형체가 있으면 동과 정 한쪽에 정체된다.[有形 則滯於一偏]"라고 주석하였고, 둘째 절에는 "신은 형체와 분리되지 않고 형체에 제한되지도 않는다.[神則不離於形 而不囿於形矣]"라고 주석하였다.

- **해설** : 이 편지는 정유일鄭惟一(1533~1576)의 편지를 받고, 병진년(1556년, 56세) 4월 11일에 보낸 답장이다. 퇴계는 《주자서절요朱子書節要》를 여러 사람이 나누어 베끼고 원본과 교정하고 있는 근황을 전하였다.

- **정자중** : '자중子中'은 정유일의 자다. 호는 문봉文峯이다. 이理를 중심으로 하는 이론에 따라 서경덕의 기론氣論을 비판하면서 전반적으로 퇴계의 이론을 계승하였다. 저서로 《문봉집文峯集》이 있다.

03.
풍류소리가
맑아

보내신 편지에 "이理가 곧 예禮다. 담박함[淡]이란 예禮가 드러난 것이다.
조화[和]가 곧 정情이다. 조화는 정情이 하는 것이다[29]."라고 한 몇 가지 말들
은 비슷하게 이해한 것 같지만 말이 뜻을 제대로 전달하지 못하였습니다.

　대체로 악樂은 예禮을 통해 생기기 때문에 음악소리가 담박[淡]해야 예
가 드러난다고 말할 수 있습니다. 이理는 '예禮'자를 해석한 것이니, '천리
天理의 절문節文[30]'이라고 할 때의 '이理'자입니다. 그래서 주석에서는 "담
박함[淡]이란 이理가 드러난 것이다."라고 하면 옳지만 지금 보내신 편지에
서처럼 "담박함[淡]이란 예禮가 드러난 것이다."라고 하면 옳지 않습니다.

29　이가……것이다 : 《통서通書》〈악장樂章 상上〉에 주돈이周敦頤가 "옛 성왕이 음
　　악을 만들어 팔풍의 기를 펴서 천하 사람의 마음을 평화롭게 하였다. 그래서 음
　　악 소리는 담박해서 마음이 상하지 않고 음탕하지 않고 화락하여 귀에 들어오면
　　그 마음을 감동시키니 담박하고 화평하지 않음이 없었다. 담박하면 욕심이 평안
　　해지고 화락하면 조급하고 거친 마음이 풀린다.[古者 聖王作樂 以宣八風之氣 以平
　　天下之情 故樂聲淡而不傷 和而不淫 入其耳 感其心 莫不淡且和焉 淡則欲心平 和則躁
　　心釋]"라고 하였고, 주자의 주석에 "담박함[淡]이란 이理가 드러남이고 화和는 조
　　화로움이 하는 일이다. 담박함[淡]을 먼저하고 조화[和]를 나중에 하는 것도 고요
　　함을 주로 한다는 뜻이다. 그러나 옛날 성현은 음악을 논하면서 조화만을 말하였
　　는데 여기서의 조화 대신 담박함을 말하였다. 생각해보니, 금악今樂으로 표현하
　　고 나서 엄숙하고 올바르며 가지런하고 정중한 뜻에 근본하고 있음을 보인 것이
　　다.[淡者 理之發 和者 和之爲 先淡後和 亦主靜之意也 然古聖賢之論樂曰 和而已 此所
　　謂淡 蓋以今樂形之 而後見其本於莊正齊肅之意耳]"라는 구절이 있다.
30　천리의 절문 : 《논어論語》〈학이學而〉에 "예禮는 것은 천리의 절문이요, 인사의 의
　　칙이다.[禮者 天理之節文 人事之儀則]"라는 구절이 있다. 이 구절에 주자는 "절節
　　은 등급이다. 문文은 곧이곧대로 하지 않고 완곡하게 하는 모양이다.[節者 等級也
　　文者 不直截而回互之貌]"라고 주석을 달았다.

【만약 이理를 말하면서 예禮의 이理를 지적해서 말한 것이라면 옳지만, 다만 이理가 곧 예禮라고만 한다면 옳지 않습니다.】

음악소리의 조화[和]는 사람 감정의 화창和暢함을 통하여 이루어집니다. 그래서 주석에서 말한 것처럼 "조화[和]는 화和가 하는 것이다."라고 한다면 옳지만, 지금 편지에서 말한 것처럼 "조화[和]는 정情이 하는 것이다."라고 한다면 옳지 않습니다. 【만약 "조화[和]는 정情의 화창和暢이다."라고 한다면 옳지만, 다만 "조화[和]가 바로 정情이다."라고 한다면 옳지 않습니다.】 "오늘날 음악으로 표현한 것이다. 표현한다는 것은 표현을 통해 서로 견주는 것이다."라고 하였으니 이 말은 맞습니다. 그러나 그 뒤에 이어지는 말이 미진한 부분이 많기 때문에 다음과 같이 고쳤습니다.

"옛 사람의 정은 조화롭되 휩쓸리지 않았으니 음악으로 그것을 표현한다면 다만 '조화[和]'라는 말만으로도 그 뜻을 다하였는데 굳이 다시 담박함[淡]을 말할 필요가 없다. 오늘날 방탕한 데로 흐르고 난잡한 오늘의 음악을 옛 음악과 비교한다면 옛 음악은 엄숙하고 올바르며 가지런하고 정중한 뜻에 근본하고 있다. 비로소 드러내어 볼 수 있도록 하였기 때문에 주자周子[31]는 반드시 이 '담淡'자를 반복해서 말함으로써 뜻을 밝힌 것이다."

"성인께서 중·정·인·의로 정하되 정靜을 주장하셨다."라는 구절은 주자周子의 《태극도설太極圖說》에 나오는 말입니다.

지금 여기 음악을 논하여 말한 것들 역시 《태극도설》에서의 '정을 주장하다[主靜]'는 뜻과 동일하다고 할 수 있으니, 이 또한 '정을 주장하다[主靜]'는 뜻입니다. 【편지에서 말씀하신 "담박함[淡]이란 엄숙하고 올바르며 가지런하고 정중함을 근본으로 하니 이 역시 '정靜'자의 의미입니다."라고 한 말은 맞습니다.】

---

31 주자 : 송宋나라 유학자인 주돈이周敦頤(1017~1073)의 존칭이다.

  대체로 《통서通書》에서 논한 여러 학설은 모두 그의 《태극도설》에서 근원합니다. 따라서 《통서》와 《도설》은 각 조목조목 바뀌며 그 뜻이 드러나고 구절구절 그 뜻이 서로 호응하는 것입니다. 주자의 주석에 명확하고 빠짐없이 지적하였으니, 독자들은 《태극도설》을 통하지 않고서 그 내력을 유추한다면 《통서》를 저술한 까닭을 아득히 알 수 없을 것이다.

정자명鄭子明과 이굉중李宏仲에게 답하는 편지 答

- **해설** : 이 편지는 정사성鄭士誠(1545~1607)과 이덕홍李德弘(1541~1596)의 편지를 받고, 임술년(1562년, 62세) 12월에 쓴 답장이다. 두 사람이 질문한 《통서通書》 〈악장樂章 상上〉의 구절에 대하여 질문해 와 이理와 예禮, 화和와 정情 등에 관하여 설명하였다.

- **정자명** : '자명子明'은 정사성의 자다. 호는 지헌芝軒이다. 퇴계의 문인으로 양구현감楊口縣監 등을 지냈다. 저서로 《지헌문집芝軒文集》 등이 있다

- **이굉중** : '굉중宏仲'은 이덕홍의 자다. 호는 간재艮齋다. 퇴계의 문인으로 세자익위사부솔世子翊衛司副率 등을 지냈다. 저서로 《간재집艮齋集》 등이 있다.

18

과거와 훈계

- 의롭지 못한 습관
- 발꿈치에 단단히 힘을 주어야
- 부부로부터 시작되는 군자의 도
- 올해면 올까 내년이면 올까

訓科
戒擧

01.
의롭지 못한
습관

요사이 소식을 듣지 못해 무척 그리웠는데, 심부름꾼을 통해 편지를 보내주어 근황을 알았으니 보고픔의 갈증에 매우 위안이 되었습니다. 묵은 병증은 아직도 완쾌되지 않아 때때로 도지기도 하지만 이 역시 늘 있던 일입니다. 그대는 한창 나이 때부터 늘 몸을 잘 보호하면 절로 건강에 넉넉함이 있을 것입니다.

편지로 말씀하신 것을 통해 진실로 그대의 지향이 남다르고 학문에 대해 부지런한 뜻이 매우 독실함을 알았는데, 이는 참으로 쉽게 할 수 없는 것입니다. 다만 병이 끊이지 않아 세월만 지체하는 상황에서 벗어나지 못하고 있으니 진실로 편지에서 염려하시는 것처럼 "뜻만 있고 이루지 못한다."는 한탄만 있으니 어찌 매우 애석하지 않겠습니까? 이것이 바로 어버이와 벗들이 꾸짖는 까닭이며, 이것이 바로 존친尊親과 벗들이 꾸짖는 까닭입니다. 그렇지만 언젠가, 옛날 동비경童蜚卿[1]이 과거공부를 일삼지 않고 주자에게 묻자, "이 일은 다른 사람이 상관할 바가 아니고 그대가 어떻게 처신하느냐에 달려있을 뿐이다."라고 대답했다는 말을 들은 적이 있습니다.

그러하니 저라고 어찌 그대를 위해 도모하겠습니까? 그대 스스로 헤아리는 것이 어떠한지에 달려있을 뿐입니다. 더구나 비경의 경우 아직 어버이가 계시다는 말을 들어본 적이 없었는데 그대에게는 부형이 계신데 공

---

1 동비경 : '비경蜚卿'은 송宋나라 학자인 동백우童伯羽(1144~?)의 자다. 주자의 문인이다. 저서로 《효경연의孝經衍義》 등이 있다.

자께서 "어떻게 들었다고 곧바로 시행할 수 있겠는가²?"라고 하신 것을 염두에 두지 않으실까 매우 걱정입니다. 다만 한번 벼슬에 나아가게 되면 종신토록 골몰하는 경우도 있으니 이렇게 되면 처음에 품었던 마음을 돌아본들 어떻게 하겠습니까? 이른바 "의롭지 못한 습관과 쌓아놓은 많은 잘못"이란 어떤 일인지 모르겠습니다. 의롭지 못하고 잘못을 알면 단칼에 결정해서 단연코 하지 말아야 하니 어찌 다른 사람에게 물어볼 필요가 있겠습니까?

그대가 입암立巖에 정사를 세웠다³는 소식을 듣고는 마음이 그 사이를 오가지 않은 적이 없었습니다. 요사이 배여우裴汝友⁴를 만났더니 그 경관의 대강을 말해주어 병든 자취에 얽매인 몸이라 한번 구경하지 못하는 것이 한스러웠지만 어찌하겠습니까?

벼슬에 나아가고 물러가는 것에 관한 말은, 제 생각은 전에 말씀드린 것과 같습니다. 덕은 세상에 용납 받지 못하고 행동은 사람에게 믿음을 얻지 못하였지만 헛된 이름으로 임금을 속이는 것이 갈수록 심해져만 갑니다. 요사이 부르심을 입어 이미 사퇴의 상소를 올렸지만 지금 특별히 교서를 내리시고 관리를 보내어 부르시니 걸맞지 않은 칭찬에 두렵고 정신이 없어 천지사이에 달아날 곳이 없습니다. 마침 엄동설한이라 서울 가는 길에서 얼어 죽을 상황이니 참으로 진퇴양난입니다. 답답한 마음을 어디에

---

2 어떻게……있겠는가 :《논어論語》〈선진先進〉에 "자로子路가 '들으면 실행으로 옮겨야 합니까?' 하고 묻자, 공자가 '부형이 계신데 어떻게 들었다고 곧바로 실행할 수 있겠는가?'라고 대답하였다. 염유冉有가 '들으면 실행으로 옮겨야 합니까?' 하고 묻자, 공자가 '들으면 실행으로 옮겨야 한다.'라고 대답하였다.[子路問聞斯行諸 子曰 有父兄在 如之何其聞斯行之 冉有問聞斯行諸 子曰 聞斯行之]"라는 구절이 있다.

3 정사를 세웠다 : 1564년 유운룡柳雲龍은 하회河回마을 북쪽 입암立巖에 겸암정사 謙庵精舍를 지었다.

4 배여우 : '여우汝友'는 배삼익裵三益(1534~1588)의 자다. 호는 임연재臨淵齋이다. 퇴계의 문인으로 관찰사觀察使 등을 지냈다. 저서로《임연재집臨淵齋集》이 있다.

하소할 곳도 없고 정신만 달아나니 자세히 말씀드릴 수가 없습니다.

유우柳藕[5]의 묘갈문墓碣文은 유념하여 베껴 주셨는데, 그 사람에 관하여 아직은 알지를 못하지만 아마도 성제원成悌元[6]의 견해와 차이가 없지 않을 것이기에 말이 이렇게 이상한지요?

유응현柳應見에게 답하는 편지 答

• **해설** : 이 편지는 유운룡柳雲龍(1539~1601)의 편지를 받고, 정묘년(1567년, 67세) 11월 21일에 보낸 답장이다. 퇴계는 조정으로부터 벼슬을 내리는 교서를 받고 엄동설한에 서울에 올라가야 하는데 한겨울이라 길에서 얼어 죽을 것 같은 상황이라고 매우 안타까워하였다.

• **유응현** : '응현應見'은 유운룡의 자다. 호는 겸암謙庵이다. 퇴계의 문인으로, 인동현감仁同縣監 등을 지냈다. 저서로 《겸암집謙菴集》이 있다.

---

5 유우(1473~1537) : 자는 양청養淸이고, 호는 서봉西峯이다. 김굉필金宏弼의 문인으로 갑자사화甲子士禍로 스승이 죽음을 당하자 벼슬을 단념하고 학문연구와 후학교육에 전념하였다.

6 성제원(1504~1559) : 자는 자경子敬이고, 호는 동주東洲다. 서봉西峯 유우柳藕의 문인으로, 보은현감報恩縣監을 지냈다. 저서로 《동주일고東洲逸稿》가 있다.

02.
발꿈치에 단단히
힘을 주어야

지난 가을에 편지를 받아보고 형제[7]가 돌아가신 슬픔이 있었다는 것을 알고는 매우 놀라고 슬펐습니다. 병으로 인사를 끊고 지내다보니 오랫동안 위문장도 보내지 못해 매우 부끄럽습니다.

지난번에 영광스럽게 천거를 통해 벼슬에 제수되었다고 들었습니다. 그러나 한가로운 곳이 아니라 문아한 풍도에 걸맞지 않을까 걱정했었는데 이어 일이 없는 한직으로 바뀌었다니 이곳으로 나아가는 것은 안될 것이 없지 않겠습니까? 몇 년 사이에 우리들 가운데 이 길로 들어선 사람이 많은데 녹봉 때문에 벼슬하는 경우가 옛 사람들 중에도 있기는 했지만 본래 의리를 해치는 것이 아니라면 감히 할 만하지 않겠습니까? 걱정스러운 점은 명성과 이욕의 바다는 사람이 빠지기 쉬워 만약 자신의 중심을 굳게 세우고 발꿈치에 단단히 힘을 주지 않는다면 구덩이 속으로 떨어지지 않는 사람이 드뭅니다. 만약 여기에서 벗어나고 싶다면 오직 참된 앎과 실천에 더욱 힘을 쏟아야 합니다. 내면이 중후해지면 외면이 가벼워지기를 기약하지 않아도 저절로 가벼워질 것이니 그대는 힘쓰시기 바랍니다. 만약 남시보南時甫[8]와 홍응휴洪應休[9]

7　형제 : 원문은 '鶺原'. 형제를 이르는 말로, 《시경詩經》〈소아小雅 상체常棣〉에 "저 할미새 들판에서 호들갑 떨듯, 급할 때는 형제들이 서로 돕는 법이라오. 항상 좋은 벗이 있다고 해도, 그저 길게 탄식만 늘어놓을 뿐이라오.[脊令在原 兄弟急難 每有良朋 況也永歎]"라는 구절이 있다.

8　남시보 : '시보時甫'는 남언경南彦經(1528~1594)의 자다. 호는 동강東岡이다. 서경덕徐敬德의 문인이며, 조선시대 최초의 양명학자이다. 공조참의工曹參議를 지냈다. 이요李瑤와 함께 퇴계를 비판하다가 양명학을 숭상한다는 빌미로 탄핵을 받고 사직하였다.

9　홍응휴 : '응휴應休'는 홍인지洪仁祉(?~?)의 자다. 퇴계의 문인으로, 진천현감鎭川

를 만나거든 이 말을 전해주십시오. 손자아이가 서울에 간다기에 바쁘게 쓰
느라 많은 말을 하지 못합니다.

【추신】

　벼슬을 하지 말라는 것이 아니라, 벼슬을 하더라도 탐닉하지 말라는 것
입니다.

한영숙韓永叔에게 보내는 편지　與

● **해설** : 이 편지는 임술년(1562년, 62세) 1월 12일에, 한수韓脩(1514~1588)에게 보낸 편지다.
　추신에 '벼슬을 하되 탐닉하지 말라'고 충고하였다.

● **한영숙** : '영숙永叔'은 한수의 자다. 호는 석봉石峰이다. 퇴계의 문인으로 양주목사楊州牧
　使 등을 지냈다. 시문집이 있었으나 불타 없어지고 20여 수의 시詩만 전한다.

縣監 등을 지냈다.

03.
부부로부터 시작되는
군자의 도

어제 모든 예禮는 어떻게 하였느냐? 아버지가 "'공경히 너의 아내를 맞이하여 우리 집안의 제사를 받들도록 해라. 공경하는 태도로 네 아내를 인도하여 선비先妣의 덕행을 계승하도록 해라[10].'라고 하면, 아들은 '예, 그러하겠습니다. 행여 감당하지 못할까 두렵지만 명령을 잊지 않겠습니다.'"라고 대답하니, 이것이 초례사醮禮辭다. 너도 들어서 알겠지만 천만 번 경계하여라.

　무릇 부부란 인륜의 시작이고 만복의 근원이니, 아무리 친하고 가깝더라도 바르고 삼가야 하는 처지다. 그러므로 "군자의 도는 부부로부터 시작된다[11]."고 하는 것이다. 세상 사람들이 예와 공경을 모두 잊어버리고 급하게 흉허물 없이 가깝게 지내 결국에는 서로 업신여기고 능멸하여 못하는 짓이 없게 되니, 모두가 서로 손님처럼 공경하지 않는 데서 나오는 것이다. 이 때문에 집안을 바르게 하려면 마땅히 시작을 삼가야 하는 것이니, 천만 번 경계하여라.

　　　　　　　　　손자 안도安道에게 보내는 편지 與

10　공경히……해라 :《의례儀禮》〈사혼례士昏禮〉에 "아버지가 아들에게 초례醮禮를 하며 명하기를 '가서 너의 아내를 맞이하여 우리 종묘의 제사를 받들도록 해라. 공경하는 태도로 네 아내를 인도하여 선비先妣의 덕행을 계승하도록 해라. 너는 시종일관 변치 말거라.'라고 하면 아들은 '아들은 예, 그러하겠습니다. 행여 감당하지 못할까 두렵지만 명령을 잊지 않겠습니다.'라고 하였다.[父醮子 命之曰 往迎爾相承 我宗事 勖率以敬 先妣之嗣 若則有常 子曰 諾 唯恐不堪 不敢忘命]"라는 구절이 있다.

11　군자의……시작된다 :《중용中庸》에 나오는 구절이다.

- **해설** : 경신년(1560년, 60세) 9월 20일에 손자 이안도李安道(1541~1584)에게 보낸 편지다. 아내를 맞이하고 생활하는 예에 관하여 설명하였다.

- **손자 안도** : 이안도를 이른다. 자는 봉원逢原이고, 호는 몽재蒙齋다. 퇴계의 맏손자로, 사온직장司醞直長 등을 지냈다. 저서로 《몽재문집蒙齋文集》이 있다.

04.
올해면 올까
내년이면 올까

요사이 네가 공공연히 "나는 온계溫溪에서 살 수 없다."고 하였다는 말을 들었는데 사실인지 모르겠다. 우리들이 비록 늙고 혼미하지만 어찌 네가 온계에 살기 어려운 형편이라는 것도 모르고 억지로 살게 하겠느냐? 돌아보면 자손들도 많은데 종가와 사당이 황폐하고 잡초가 우거져 뒤덮이도록 내버려둔다면 사람의 아픈 마음이 이보다 더한 것이 있겠느냐? 그러므로 비록 형편이 어렵다는 것을 알지만 그래도 오히려 만에 하나 네가 와서 보살펴 주기를 바란다. 너도 반드시 그곳에서 늘 마음이 편치 않을 것이어서 매일 그리고 매년마다 부디 와서 살라고 말하려고 생각했었다.

지금 이 말을 듣고 보니, 너는 다시 오지 않고 이미 그곳에 안주하려나 보구나. 그렇다면 우리는 누구에게 바랄 것이며 조상들은 누구를 의지한단 말이냐? 네가 글을 안다면서 이렇게 처신하리라고는 생각지도 못했다. 앞서 내가 비록 너에게 바라던 마음이 간절했으면서도 너를 꾸짖지 않고 올해엔 올까 내년이면 올까 여겼던 것은 너의 형편이 어렵다는 것을 알면서도 너에게 바라는 마음이 그래도 남아 있었기 때문이다. 그런데 지금 이렇게 갑자기 엄한 말로 꾸짖는 것도 어찌 어려움을 생각지 못하고서 하는 말이겠느냐? 네가 스스로 도모하는 데 과감하여 대대로 이어온 가업을 내팽개치는 것을 어렵게 여기지 않고 도리어 부형의 가르침을 부당하다고 여기니 네 마음이 이제는 결국 돌아서지 않을까 두렵구나.

아아! 이것은 다만 너의 잘못만은 아니다. 하늘이 우리 가문을 어찌 이다지도 돌보아주지 않는단 말이냐? 백년의 터전이 물에 쓸려 무너져 먹고 살 땅조차 없게 하였구나. 너의 형편도 참으로 어려우니 어찌 너만의 잘못이겠느냐? 옛 사람이 "내 이럴 줄 알았다면 태어나지 않느니만 못하다[12]."
라고 하였으니 우리들을 두고 말한 것이구나. 네가 궁리를 하며 이처럼 과
감하게 결정하지 못하니 거듭거듭 생각하거라.

네가 종도宗道[13]를 서촌으로 오게 하려던 것은, 어찌 서촌의 삶을 도모
하는 터전이 온계보다는 낫다고 여겨서가 아니겠느냐? 그러나 너는 아이
들도 많으면서 어찌하여 지금 종도에게 넉넉히 살림을 주어 그가 스스로
살림을 꾸려나가도록 기다리지 않느냐? 뒷날 의지할 데가 없는 다른 아이
들이 있다면, 또 각자에게 넉넉히 살림을 주어 그들 스스로 살림을 꾸려
나가도록 기다리지 않으려고 하느냐? 만약 모두에게 그렇게 할 수 없다면
장차 종도에게는 서촌의 논과 집을 주고 다른 자녀에게는 온계의 논과 집
을 줄 것이냐?

만약 전자라면 형편이 주밀하지 못하고 후자라면 대의大義에 심하게 어
긋나니 순리에 따라 처신하는 것만 못하다. 빨리 종도를 온계로 불러 지금
의 논을 주어 살면서 지키게 해라. 도와주기도 하고 스스로 꾸려나가게 해
서 점차 실마리를 이루어가도록 해라. 한편 부서진 집을 수리한다면 목재
와 인부의 일들은 문중에서 모두 도와주기를 바라는 생각이 있으니 어찌
다른 것과는 조금은 다르지 않겠느냐?

무릇 이 모든 것이 모두 너의 결단에 달렸다. 네 뜻이 정해지면 종도가
어찌 감히 오지 않겠느냐? 한번 일을 거행하여 위로는 선조의 혼령을 위
로하고 아래로는 집안의 바람에 부응하며 전날 너의 잘못을 바로잡고 뒷
날 종도의 복을 늘려 주는 것이니 무엇을 고민하며 하지 않느냐?

조카 완完에게 답하는 편지 答

---

12 내……못하다 : 《시경詩經》〈소아小雅 하초불황何草不黃〉에 나오는 구절이다.

13 종도 : 이완李完의 맏아들인 이종도李宗道(1535~1601)를 이른다. 자는 사원士元이
    고, 호는 지간芝澗이다. 임진왜란에 의병부장으로 활동하였다.

• **해설** : 이 편지는 조카 이완李完(1512~1596)의 편지를 받고, 기유년(1549년, 49세)에 보낸 답장이다. 퇴계는 최근 공공연히 온계溫溪에서 살 수 없다는 이완을 나무라며, 자손들도 많은데 종가와 사당이 황폐해진다면 매우 안타까운 일이라며 나무란다.

• **조카 완** : 퇴계의 둘째 형님인 이하李河의 아들 이완을 이른다. 영천교관永川教官을 지냈다. 《학봉속집鶴峯續集》〈잡저雜著 퇴계선생언행록退溪先生言行錄〉에 "선생의 가묘가 온계리溫溪里에 있는데, 종자宗子가 후사가 없었으므로 조카인 진사 이완이 당연히 이어받아서 제사 지내야 했다. 그런데 이완이 이미 다른 곳에 가서 살고 있었다. 이에 선생께서 거듭 깨우쳐 주자, 이완이 아들 이종도로 하여금 다시 온계리로 돌아가 살면서 종가의 제사를 받들게 하였다. 그러자 선생께서는 기뻐하며 재력을 내어서 집안 살림을 돌보아 주었는데, 편안히 살도록 도와주지 않은 것이 없었다. 종가가 세월이 오래 되어 퇴락하였으므로 이종도가 수리하고자 하였으나 집이 가난하여 재목을 마련할 길이 없었다. 그러자 선생께서는 묘소의 나무를 베어다 쓰게 하였다. 어떤 이가 묘소의 나무를 베어서 쓰는 것을 이상하게 여기니, 선생께서 말씀하시기를 "묘소의 나무를 베어서 사사로이 쓴다면 참으로 옳지 않지만, 선산의 나무를 베어서 선조의 묘궁廟宮을 지어 선조의 제사를 모신다면, 이것은 아버지의 사업을 아들이 계승하여 이루는 것 가운데 아주 큰일이다. 그런데 무슨 안 될 것이 있겠는가.[先生家廟在溫溪里 宗子無後 姪子進士完當承祀 而已定居于他處 先生反覆曉諭 完令其子宗道還居以奉宗祀 先生猶以爲喜 出其財力經紀其家 凡所以周恤安集者 靡所不至 宗家歲久頹落 宗道欲修治 而家貧無以爲材 先生令伐墓木以爲用 或以斬丘木爲疑 先生曰 以之爲私用 則固不可 若取墓山之木 治先祖之宮以奉先祖之祀 則是肯構之大者也 有何不可乎]"라는 구절이 있다.

• 부록 1
《퇴서백선》 발문跋文

앞의 《퇴서백선》은 퇴계선생의 숙부이신 송재선생松齋先生(이우李堣)의 후손 소은小隱 이정로李庭魯가 편찬한 것으로,《주서백선朱書百選》의 범례를 따랐다. 선생께서 문인이나 벗들과 널리 주고받은 것이 정미한 뜻과 말씀 아닌 것이 없어, 넓은 땅과 바다는 나루에서는 엿보기 어려운 법인데, 지혜로운 경지에 이른 사람이 아니면 취사를 정하기 어려웠을 것이다. 그런데 선별한 것이 정미하니 경외감이 든다. 그러나 꽃망울과 씨앗이 모두 봄을 만나 피어난다면 비록 취하고 감상하는 것에 서로 차이야 있겠지만, 진실로 하나의 하늘 아래 고루 교화되는데 무슨 방해가 있겠는가?

소은공의 손자인 이종무李鍾武가 나에게 읍을 하고는 "우리 조부께서 이 책을 편찬하시면서 '스스로 반성하고 자손들에게 남겨주기 위함이다.'라고 하셨습니다. 그러나 퇴계선생의 글은 한집안의 사유물이 아니기에 인쇄하여 세상에 반포하려고 하니, 발문을 써주십시오."라고 하였다. 내가 여러 번 사양하였지만 그럴수록 더욱 강권하는 바람에 간략하게나마 책의 말미에 몇 마디 말을 덧붙이기는 하지만 나의 참람한 죄는 달아날 곳이 없다. 또 생각해보면 《주서백선》은 어정御定인데도 지금은 없으니, 다시 그 때문에 책을 덮고 한숨을 내쉰다.

후학이자 후손인 이후익李厚翼은 삼가 쓰다.

•부록 2

퇴계 선생 연보年譜

1501(연산군 7년)	1세	11월 25일 출생함
1502(연산군 8년)	2세	부친 찬성공 별세함
1506(중종 1년)	6세	《천자문》을 비롯하여 《동몽선습》, 《명심보감》, 《소학》 등을 배움
1512(중종 7년)	12세	숙부인 송재공 이우에게서 《논어》를 배움
1515(중종 10년)	15세	〈부석천사자유가負石穿沙自由家〉 등의 시를 지음
1520(중종 15년)	20세	《주역》을 탐독함
1521(중종 16년)	21세	김해 허씨와 결혼함
1523(중종 18년)	23세	6월에 장자 준 출생함
1527(중종 22년)	27세	경상도 향시에 응시하여 2위로 합격함 허씨 부인 사망함
1528(중종 23년)	28세	진사회시에 2등 합격함
1530(중종 25년)	30세	권전의 질녀인 안동 권씨와 재혼함
1532(중종 27년)	32세	문과 별시 합격함
1533(중종 28년)	33세	반궁에 유학 경상도 향시 합격함

1534(중종 29년)	34세	문과에 급제하여 승문원권지부정자 등에 임명됨
1536(중종 31년)	36세	선무랑과 성균관 전적을 거쳐 9월 호조좌랑에 임명됨
1537(중종 32년)	37세	모친 박씨 상을 당하여 관직에서 사임함
1539(중종 34년)	39세	3년상을 마치고 홍문관 부수찬을 거쳐 수찬 지제교로 승진함
1543(중종 38년)	43세	신병을 이유로 관직을 사임함
1544(중종 39년)	44세	10월 상경한 후 중종이 승하하자 부고와 시장을 집필함
1546(명종 1년)	46세	7월에 권씨 부인 사망함
1547(명종 2년)	47세	7월 안동부사로 제수되었으나 사임함
1548(명종 3년)	48세	외직을 자청하여 단양군수로 취임(9개월)함
1549(명종 4년)	49세	소수서원 개칭하여 사액서원의 효시가 됨
1550(명종 5년)	50세	예안 하명동에 한서암을 짓고 학문에 전념함
1553(명종 8년)	53세	4월에 성균관 대사성에 제수되었으나 사퇴함
1554(명종 9년)	54세	경복궁에 새로 지은 여러 전각의 편액을 씀

1556(명종 11년)	56세	도산에서 《주자서절요》를 편찬 완성함
1557(명종 12년)	57세	도산서당을 지을 터를 마련하고 《계몽전의》를 저술함
1559(명종 14년)	59세	휴가를 얻어 귀향함
1560(명종 15년)	60세	〈사단칠정론〉을 저술함 이 해에 도산서당을 완공함
1561(명종 16년)	61세	〈도산기〉 같은 명문을 남김
1564(명종 19년)	64세	2월에 〈무이구곡도〉의 발문을 씀
1566(명종 21년)	66세	공조판서와 홍문관 대제학, 예문관 대제학에 임명됨
1567(명종 22년)	67세	역동서원을 새로 건축함
1568(선조 1년)	68세	의정부 우찬성과 판중추부사에 임명됨
1570(선조 3년)	70세	사망함

퇴계 편지 백 편 - 퇴서백선退書百選

2020년 12월 21일 초판 1쇄 발행

저자	이 황
편자	이정로
번역	박상수

발행인	전병수
편집·디자인	배민정
발행	도서출판 수류화개
	등록 제569−2015002015000018호 (2015.3.4.)
	주소 세종시 한누리대로 312 노블비지니스타운 704호
	전화 010−3236−0248
	팩스 02−6280−0258
	메일 waterflowerpress@naver.com
	홈페이지 http://blog.naver.com/waterflowerpress

ⓒ 도서출판 수류화개, 2020

값 28,000원
ISBN 979−11−971739−2−9 (03810)
CIP 2020051421

이 도서의 국립중앙도서관 출판예정도서목록(CIP)은 서지정보유통지원시스템 홈페이지
(http://seoji.nl.go.kr)와 국가자료종합목록 구축시스템(http://kolis-net.nl.go.kr)에서 이용하실
수 있습니다. (CIP제어번호 : 2020051421)